Dors bien cette nuit

KAREN ROSE

Dors bien cette nuit

Roman

MOSAÏC poche

Titre original : I'M WATCHING YOU

Traduction de l'américain par PHILIPPE MORTIMER

Cette œuvre est une œuvre de fiction. Les noms propres, les personnages, les lieux, les intrigues, sont soit le fruit de l'imagination de l'auteur, soit utilisés dans le cadre d'une œuvre de fiction. Toute ressemblance avec des personnes réelles, vivantes ou décédées, des entreprises, des événements ou des lieux, serait une pure coïncidence.

Le visuel de couverture est reproduit avec l'autorisation de :
Revolver : © ANDREW UNANGST / GETTY IMAGES
Réalisation graphique couverture : DPCOM

MOSAÏC, une maison d'édition de la société HARLEQUIN
83-85, boulevard Vincent Auriol, 75646 PARIS CEDEX 13
Tél. : 01 45 82 47 47

www.editions-mosaic.fr

ISBN 978-2-2803-3430-3 — ISSN 2261-4540

A mes amis Kay et Marc Conterato — pour leur créativité souvent diabolique. Et pour avoir été présents à chaque moment important de ma vie. Je vous aime tous les deux.

Et, comme toujours, à Martin. Je suis la femme la plus chanceuse du monde puisque cet homme est à la fois mon mari et mon meilleur ami.

Prologue

Chicago, lundi 29 décembre, 7 heures

Le soleil s'était couché. Il fallait qu'il allume la lumière.

Mais il aimait l'obscurité. Il aimait le silence de la nuit. La manière dont la pénombre permettait à un homme de se cacher. Au-dedans comme au-dehors. Il était de ces hommes-là. Obscur et secret. Au-dehors comme au-dedans. Solitaire. Jusqu'au bout des ongles.

Le clair de lune filtrait au travers des rideaux, illuminant de biais la pile de balles luisantes. Il prit l'un des projectiles, le brandit vers la lumière, le retourna dans tous les sens. Il imagina les dégâts que la balle pouvait causer.

Il esquissa un sourire. *Oh! oui.* Les dégâts qu'*il* allait causer.

Il plissa les yeux dans la pénombre et maintint la balle face au rayon de lune. Il examina le poinçon que le moule artisanal avait gravé dans la douille du projectile. C'était la marque de son père, et celle de son grand-père avant lui. Ce poinçon était le symbole de sa famille.

Sa famille…

Il reposa soigneusement la balle sur la table, puis caressa du bout des doigts la chaînette qu'il portait au cou, et palpa la petite médaille qui était tout ce qu'il lui restait de sa famille. Tout ce qui lui restait de Leah…

Ce médaillon — cette breloque, attachée à une chaîne qui tintait à chaque mouvement — avait appartenu à Leah.

Sur cette médaille étaient gravées les quatre lettres qui avaient fondé sa foi.

Il les caressa une à une. WWJD[1].

Bonne question… Que ferait Jésus ?

Il retint son souffle un instant. Jésus ne ferait probablement pas ce qu'il s'apprêtait à faire.

Il tendit son bras gauche à l'aveuglette et posa la main sur le bord de la photo encadrée. Il ferma les yeux, incapable de regarder le visage disposé sous le verre. Mais il les rouvrit rapidement : une image plus récente de ce visage, qui avait envahi son cerveau, était plus insupportable encore.

Il avait cru que plus rien ne pourrait lui fendre le cœur. Mais, chaque fois qu'il voyait les yeux de Leah, à jamais figés sur la photo, il se rendait compte qu'il avait eu tort. Son cœur pouvait se fendre encore et encore, déchiré à jamais.

Et, dans sa tête, des images atroces pouvaient défiler, encore et encore, jusqu'à le rendre fou.

De sa main gauche, il plaqua le cadre en argent sur la médaille qu'il tenait de l'autre main.

Suis-je donc devenu fou ? se demanda-t-il.

Au fond, quelle importance ?

Il se souvenait très bien du médecin légiste, lorsque ce dernier avait soulevé le drap qui couvrait le corps de Leah. Le médecin avait estimé que le spectacle serait si insoutenable que l'identification s'était faite par le truchement d'un écran vidéo. L'homme se souvenait avec une douloureuse netteté de l'expression qui avait envahi le visage de l'adjoint au shérif, au moment où le corps avait été dévoilé. Il y avait une infinie pitié dans son regard. Et du dégoût, aussi.

L'homme ne pouvait en vouloir au flic. Ce n'est pas tous les jours que les policiers d'une petite ville découvrent le corps d'une femme qui a décidé d'en finir avec la vie. Et

1. Initiales de « *What Would Jesus Do ?* » (Que ferait Jésus ?), formule popularisée dans les années 1990 par les églises évangéliques américaines et qui figure souvent sur des bracelets.

qui a tout prévu pour ne pas en réchapper. Ni cachets, ni poignets tailladés. Leah n'avait pas simulé son suicide. Ce n'était pas un appel au secours, non. Elle avait mis fin à ses jours avec la détermination la plus totale.

Elle avait plaqué un .38 Spécial contre sa tempe.

Il esquissa un sourire sans joie. Elle s'était suicidée comme un homme. Alors, lui aussi s'était comporté comme un homme, à ce moment terrible. Il avait hoché la tête. Et sa voix lui avait semblé celle d'un autre, lorsqu'il avait prononcé ces mots :

— Oui, c'est elle. C'est Leah.

Le médecin légiste avait brièvement hoché la tête, pour signifier qu'il avait bien entendu. Puis il avait doucement remonté le drap sur le corps — et Leah avait disparu à jamais.

Oui, un cœur pouvait se fendre encore et encore.

Il reposa doucement le cadre sur la table et saisit de nouveau la balle. Du pouce, il caressa la marque du poinçon. De l'autre main, il caressa la marque de Leah : WWJD. Alors, que ferait Jésus, dans une telle situation ?

Il ne le savait toujours pas. Mais il savait ce que Jésus n'aurait *pas* fait.

Jésus n'aurait pas permis à un violeur, déjà deux fois condamné, de rôder en toute liberté pour guetter des femmes innocentes et les violer. Il n'aurait pas permis à ce monstre de récidiver. Il n'aurait pas laissé la victime tellement traumatisée, tellement déprimée, qu'elle n'aurait trouvé d'autre échappatoire que le suicide. Et il n'aurait certainement pas permis à ce violeur d'échapper à la justice une troisième fois.

Il avait prié pour que lui vienne la sagesse. Il l'avait cherchée dans les Saintes Ecritures.

La vengeance est mienne, dit le Seigneur.

La juste vengeance de Dieu s'accomplirait à la fin des temps.

C'était écrit.

Il déglutit et sentit le regard de Leah posé sur lui, dans le cadre argenté.

Il allait simplement donner un coup de main à Dieu. Faire en sorte que sa juste vengeance s'accomplisse un peu plus tôt.

1

Chicago, mercredi 18 février, 14 heures

— Tu as de la visite, Kristen.

Owen Madden désigna la vitrine qui donnait sur la rue : un homme vêtu d'un épais manteau lançait des regards interrogateurs à Kristen.

Kristen Mayhew lui adressa un bref hochement de tête. L'homme pénétra dans le petit restaurant où elle s'était réfugiée pour échapper aux protestations enragées fusant de toute part dans la salle du tribunal, puis au feu roulant de questions des journalistes, sur les marches du palais de justice. Elle garda les yeux baissés sur son bol de soupe tandis que son supérieur, John Alden, adjoint principal au procureur d'Etat, s'installait sur le tabouret voisin.

— Un café, s'il vous plaît, lança-t-il.

Owen s'empressa de lui remplir une tasse.

— Comment avez-vous su que j'étais ici ? demanda Kristen d'une voix calme.

— Lois m'a dit que vous veniez déjeuner ici tous les jours.

Elle y prenait aussi la plupart de ses petits déjeuners et de ses dîners, en fait. Quand ses aliments ne lui étaient pas livrés à domicile, prêts à être réchauffés au four à micro-ondes, elle allait manger chez Owen. Lois, la secrétaire de John, connaissait bien les habitudes de Kristen.

— La chaîne locale a interrompu ses programmes pour annoncer le verdict et diffuser les premières réactions, poursuivit John. Vous vous en êtes bien tirée, avec les journalistes. Même avec cette Richardson…

Kristen se mordit l'intérieur des joues et la colère monta en elle. Elle repensa au micro que la blonde peroxydée avait agité sous son nez. Elle aurait bien aimé le lui enfoncer dans le gosier…

— Quand je pense, se souvint John, qu'elle voulait savoir si ce procès perdu aurait des « répercussions » sur la composition du bureau du procureur…

Il frissonna et ajouta :

— Bon sang, qu'est-ce qu'il fait froid, aujourd'hui… Vous pouvez me raconter ce qui s'est passé, exactement, au tribunal ?

Kristen retira les épingles qui maintenaient son chignon en place. Trop serré, il lui donnait la migraine. Sa frustration n'était pas étrangère non plus à son malaise. Ses cheveux, une fois libérés, vinrent balayer ses épaules. Et elle se sentit totalement perdue et misérable.

Elle se massa le crâne d'un geste las.

— Les jurés n'étaient pas unanimes. Onze d'entre eux penchaient pour la culpabilité, et le douzième l'a jugé innocent… Le juré numéro trois. Vendu corps et âme au riche-industriel-Jacob-Conti.

Elle appuya sur ces derniers mots, avec lesquels la presse avait l'habitude de décrire le père de l'accusé, Angelo Conti. Elle savait que le riche industriel avait corrompu ce juré, faussant ainsi le fonctionnement du système judiciaire, et privant de justice une famille endeuillée.

Les yeux de John s'assombrirent brusquement, et sa mâchoire se serra.

— Vous en êtes sûre ?

Elle se souvint de la façon dont l'homme assis sur la chaise numéro trois avait évité son regard, lorsque le jury était revenu dans la salle, après quatre jours de délibérations. Elle se souvint aussi des regards méprisants que les autres jurés avaient jetés à l'homme.

— Oui, j'en suis sûre. Il a des enfants en bas âge, beaucoup de dettes… C'est une proie facile pour un homme comme Jacob Conti. Nous savions tous que Conti était prêt à tout pour tirer son fils d'affaire. Puis-je prouver pour autant que le juré numéro trois a été payé par Conti pour empêcher l'unanimité du jury ?

Elle hocha la tête.

— Non, bien sûr, conclut-elle d'un air las.

John tapa du poing sur le comptoir.

— On ne peut donc pas le récuser, grommela-t-il.

Kristen haussa les épaules. La fatigue commençait à se faire sentir. Elle avait encore passé une nuit sans dormir, à la veille de ce procès important. Et elle était convaincue qu'elle ne parviendrait pas à trouver le sommeil ce soir-là non plus. Elle savait déjà que, dès qu'elle aurait posé la tête sur l'oreiller, elle entendrait de nouveau les cris horrifiés poussés par le jeune mari de Paula Garcia, lorsque le jury s'était dispersé, et que le fils de Jacob Conti était ressorti libre du tribunal. Libre, jusqu'à ce qu'on puisse le rejuger.

— Je vais me mettre dès demain à surveiller les dépenses du juré numéro trois. Tôt ou tard, il se servira de cet argent pour payer ses dettes. Ce n'est qu'une question de temps.

— Et en attendant ?

— Je vais travailler sur un nouveau procès. Angelo Conti va retourner à l'université et se remettre à boire… Et Thomas Garcia va rentrer dans son appartement désert, où l'attend un berceau vide.

John soupira.

— Vous avez fait de votre mieux, Kristen. On ne gagne pas à tous les coups. Si seulement…

— Si seulement il avait heurté un arbre avec sa Mercedes, au lieu de percuter la voiture de Paula Garcia, l'interrompit Kristen avec amertume. Et si seulement il avait été moins soûl… Il aurait peut-être hésité, alors, à l'extraire de sa voiture accidentée pour la frapper à mort avec un démonte-pneu et la réduire ainsi au silence.

Kristen tremblait à présent de tout son être, sous l'effet combiné de l'épuisement et du chagrin. La pauvre Paula était enceinte, et son bébé était mort avec elle.

— Si seulement Jacob Conti se souciait de donner à son fils le sens des responsabilités, au lieu de tout faire pour le sortir de prison, reprit-elle.

— Si seulement, rectifia John, Jacob Conti lui avait enseigné le sens des responsabilités avant de lui offrir une voiture de sport à cent mille dollars… Ma pauvre Kristen, vous avez vraiment une mine de déterrée.

Elle eut un rire sans joie.

— Vous, vous savez parler aux femmes, lança-t-elle.

Il ne lui rendit pas son sourire.

— Je parle sérieusement. On dirait que vous allez vous évanouir d'un instant à l'autre. J'ai besoin de vous, moi… Dès demain matin, il faut que vous soyez d'attaque.

Elle leva les yeux vers lui et le gratifia d'un sourire ironique.

— Vous êtes un vrai charmeur, vous savez.

Il eut un bref sourire, cette fois. Puis il reprit son sérieux.

— Je veux faire condamner Jacob Conti, Kristen. Il a corrompu un juré, il a sali l'institution judiciaire. Je veux qu'il paie pour ça.

Kristen se força à descendre du tabouret, puis lutta pour rester debout, combattant la fatigue. Elle se redressa et regarda John droit dans les yeux, d'un air déterminé.

— Pas autant que moi, dit-elle.

Mercredi 18 février, 18 h 45

Abe Reagan se fraya un chemin entre les tables de travail des inspecteurs, conscient des regards curieux qui se posaient sur lui, tandis qu'il cherchait des yeux le lieutenant Marc Spinnelli, son nouveau supérieur.

A travers la porte entrouverte, il entendit le bruit d'une conversation, dans le bureau de Spinnelli.

— Pourquoi lui ? demandait une voix féminine. Pourquoi pas Wellinski ou Murphy ? Bon sang, Marc, je veux un partenaire à qui je puisse faire confiance, pas un nouveau dont personne n'a entendu parler !

Abe, sans bouger, attendit la réaction de Spinnelli. Il ne doutait pas un instant que cette femme était Mia Mitchell, sa nouvelle partenaire — et, étant donné la perte qu'elle venait de subir, il pouvait difficilement lui en vouloir.

— En fait, Mia, vous ne voulez pas de nouveau partenaire du tout, répliqua Spinnelli. Mais vous en aurez un quand même et, comme je suis votre supérieur, c'est à moi qu'il revient de le choisir.

— Mais celui-là n'a jamais travaillé aux Homicides ! Il me faut quelqu'un d'expérimenté.

— Il l'est, Mia.

La voix de Spinnelli était apaisante sans être condescendante. Cela plut à Abe.

— Il a travaillé à la brigade des stupéfiants comme agent infiltré, ces cinq dernières années.

Cinq ans. Il était entré dans la clandestinité un an après que Debra s'était fait tirer dessus. Il avait espéré que ce travail épuisant et risqué le détournerait du chagrin que lui causait le spectacle de sa femme, plongée dans ce que les médecins appelaient un état végétatif persistant, et ne survivant que sous assistance respiratoire. Mais sans résultat. Et puis, un an auparavant, elle avait fini par mourir. Abe avait alors poursuivi sa dangereuse mission au sein des réseaux de trafiquants, en espérant de nouveau que le risque qu'il encourait tous les jours atténuerait le chagrin de cette perte définitive.

Mitchell ne répondit pas à la remarque de son supérieur, et Abe s'apprêta à frapper à la porte lorsque la voix de Spinnelli se fit entendre de nouveau — avec une pointe de reproche, cette fois.

— Avez-vous lu les informations que je vous ai transmises ?

Nouveau silence avant que Mitchell ne réponde, sur la défensive :

— Je n'en ai pas eu le temps. J'étais trop occupée à m'assurer que Cindy et ses enfants aient de quoi se nourrir.

Cindy devait être Mme Ray Rawlston, la veuve du partenaire de Mitchell. Il avait été tué dans une embuscade au cours de laquelle Mitchell elle-même avait été blessée. Elle en avait conservé une cicatrice juste au-dessus de la cage thoracique. La balle n'avait manqué le cœur que de quelques centimètres. Apparemment, Mitchell avait eu de la chance.

Et, apparemment, Abe en savait bien davantage sur elle qu'elle n'en savait sur lui.

Las d'écouter aux portes, il frappa sèchement du poing contre le panneau de bois.

— Entrez, dit Spinnelli.

Il était assis à son bureau. Mitchell était adossée contre le mur qui lui faisait face, les bras croisés, et elle se mit à dévisager Abe d'un œil sévère. Elle mesurait à peu près un mètre soixante-cinq et devait peser dans les soixante kilos. Elle semblait musclée et bien bâtie. Son dossier la décrivait comme une célibataire endurcie. Elle avait trente et un ans, mais son visage paraissait bien plus jeune. En revanche, ses yeux... On aurait cru qu'elle avait déjà traversé tous les aléas de l'existence. Abe comprenait ce qu'elle ressentait.

Spinnelli se leva et lui tendit la main de manière amicale.

— Abe, ça fait plaisir de vous revoir !

Abe lui serra la main en croisant brièvement son regard, puis se remit à étudier sa nouvelle partenaire. Elle le regardait droit dans les yeux, sans ciller, toujours adossée au mur. Son corps paraissait tendu à l'extrême.

— Je suis heureux de vous revoir, moi aussi, lieutenant, fit Abe sans quitter Mia des yeux. Et vous devez être Mitchell...

Elle hocha la tête d'un air froid.

— La dernière fois que j'ai regardé mon casier, dans le vestiaire, c'est le nom qu'il y avait marqué dessus, répliqua-t-elle.

Eh bien, au moins, je ne vais pas m'ennuyer, avec elle, songea Abe. Il lui tendit la main et se présenta :

— Abe Reagan.

Elle lui serra rapidement la main, comme si ce contact physique lui était pénible. C'était d'ailleurs peut-être le cas…

— J'avais compris, bougonna-t-elle.

Elle lui jeta un regard hostile et lança :

— Pourquoi avez-vous quitté la brigade des stupéfiants ?

— Mia ! intervint Spinnelli.

Abe hocha la tête.

— Ce n'est pas grave, dit-il. Je peux faire un résumé, puisque l'inspecteur Mitchell n'a visiblement pas pris le temps de consulter mon dossier.

Mitchell plissa les yeux mais ne répliqua pas.

— Nous venons d'achever une mission clandestine de cinq ans, expliqua Abe. Les malfaiteurs ont été arrêtés, et nous avons mis la main sur cinquante millions de dollars d'héroïne pure, mais il a fallu que je me grille pour les besoins de l'opération.

Il haussa les épaules et poursuivit :

— De toute façon, il était temps pour moi de passer à autre chose…

Elle continuait à le dévisager d'un œil hostile.

— Bon, Reagan, fit-elle, j'ai pigé. Quand est-ce que vous commencez à travailler aux Homicides ?

— Aujourd'hui même, intervint Spinnelli. Tout est en règle, du côté des stups, Abe ?

— Presque. Il me reste encore quelques derniers détails à voir avec le bureau du procureur. Je dois m'y rendre dès la fin de cet entretien.

Il sourit d'un air contrit et ajouta :

— J'ai été clandestin si longtemps que ça va me faire drôle d'entrer dans le bureau du proc' en tant qu'inspecteur.

Il reprit son sérieux et demanda :

— J'aurai une table de travail ?

Il vit le regard de Mitchell se brouiller. Elle déglutit et répondit :

— Ouais. Il faut que je fasse un peu de nettoyage, mais…

— Ne prenez pas cette peine, l'interrompit Abe. Je peux m'en occuper moi-même.

Mitchell secoua énergiquement la tête.

— Non ! cracha-t-elle. C'est à moi de le faire. Allez régler vos derniers détails. Le bureau sera prêt quand vous reviendrez.

Elle tourna les talons et se dirigea vers la porte.

Spinnelli bredouilla :

— Mia…

Elle fit volte-face. Abe vit dans ses yeux que la colère avait remplacé le chagrin.

— J'ai dit que *je le ferai*, Marc ! haleta-t-elle.

Elle inspira longuement et s'efforça de retrouver son calme.

— Ils ont ce qu'il faut, Mitchell ? demanda doucement Abe.

— *Qui* a ce qu'il faut ? répliqua-t-elle d'un ton morne, en le regardant droit dans les yeux.

— La femme et les gosses de Ray, ils ont de quoi se nourrir ?

Elle garda le silence, puis répondit :

— Ouais. Ils ont ce qu'il faut.

— Tant mieux, fit-il.

Il vit qu'il venait de remonter un peu dans l'estime de sa nouvelle partenaire. Elle hocha la tête, puis se dirigea vers la porte, et recouvra assez de sang-froid pour ne pas la claquer derrière elle trop brutalement. Les stores qui masquaient la fenêtre se mirent à cliqueter dans le silence.

Spinnelli inspira profondément.

— Elle n'a pas encore fait son deuil. Ray était un véritable mentor pour elle, expliqua-t-il.

Il haussa les épaules, et Abe comprit que Spinnelli, lui aussi, avait été profondément touché par la perte de son collègue.

— C'était son mentor, mais aussi son ami, confia-t-il.

— Et le vôtre, remarqua Abe.

Spinnelli parvint à esquisser un sourire avant de se laisser retomber dans son fauteuil.

— Oui, c'était aussi mon ami.

Il garda un instant le silence.

— Mia est une policière chevronnée, vous savez.

Le regard de Spinnelli se fit plus perçant, et Abe eut la soudaine impression que le lieutenant cherchait à le jauger.

— Je crois que vous vous entendrez bien, ajouta Spinnelli.

Abe fut le premier à détourner le regard. Il plongea la main dans sa poche et saisit les clés de sa voiture.

— Il faut que j'aille au bureau du procureur, finit-il par dire.

Il était déjà sur le pas de la porte lorsque Spinnelli lui lança :

— Abe, moi, je l'ai lu, votre dossier. Vous avez eu de la chance de vous en tirer vivant, lors de la dernière phase de votre mission.

Abe haussa les épaules. Toute sa vie, il avait eu *ce genre* de chance.

Si tous ceux qui lui faisaient la remarque connaissaient la vérité…

— Il faut croire que j'ai au moins un point commun avec Mitchell, alors.

Spinnelli fronça les sourcils.

— Mia a été blessée en essayant de protéger Ray. Vous, vous avez la réputation de prendre beaucoup de risques…

Il le regarda d'un air sévère et ajouta :

— Ici, il vous faudra oublier vos tendances suicidaires. Je n'ai aucune envie de devoir assister à un autre enterrement. Que ce soit le vôtre… ou celui de Mia.

Plus facile à dire qu'à faire, songea Abe. Mais il savait ce qu'on attendait de lui, et hocha la tête avec raideur :

— Oui, patron.

2

Mercredi 18 février, 20 heures

Kristen poussa vivement le bouton d'appel de l'ascenseur. Une fois de plus, elle quittait le bureau en retard.

— Retournez chez vous pour vous reposer... Mon œil ! marmonna-t-elle.

John avait affirmé vouloir qu'elle soit en forme, le lendemain ; mais il lui avait aussi demandé de procéder à « une vérification rapide » d'un dossier urgent. Une tâche en avait entraîné une autre, comme tous les soirs. Et, comme tous les soirs, elle sortait du bâtiment longtemps après ses collègues, y compris John. Elle leva les yeux au ciel en constatant que les ampoules étaient grillées, dans le couloir reliant les bureaux aux ascenseurs qui menaient au parking. Elle sortit son Dictaphone de sa poche.

— Note au service d'entretien, murmura-t-elle dans le micro de l'appareil. Deux ampoules grillées dans le couloir d'accès aux ascenseurs.

Avec un peu de chance, Lois taperait cette note — et les vingt autres que Kristen avait enregistrées, au cours des trois dernières heures. Lois ne refusait jamais de lui rendre de petits services, il suffisait de parvenir à capter son attention. Car tous les substituts du procureur avaient une quantité ahurissante de dossiers à traiter en même temps, et toutes les requêtes venant de l'unité des Enquêtes spéciales du bureau du procureur étaient aussi importantes les unes que les autres — car chacune était une question de vie ou de mort.

De vie ou de mort... Les dossiers que traitait Kristen avaient trop souvent un rapport avec la mort, et en plus ils lui prenaient toute sa vie…

Quelle vie, d'ailleurs ? En dehors du travail, elle n'en avait plus du tout.

Et elle était là, attendant l'ascenseur menant au parking, toute seule, et presque trop fatiguée pour se plaindre de sa solitude.

Elle fit bouger les muscles de son cou, raidis par l'examen d'une innombrable paperasse, lorsque le duvet qui ornait sa nuque se hérissa : son odorat venait de détecter un léger changement dans l'atmosphère moisie qui régnait dans le couloir.

Je suis fatiguée, c'est certain, mais je ne suis pas seule.

L'instinct, l'entraînement, ainsi que des souvenirs de films vus au cinéma l'incitèrent aussitôt à fouiller dans son sac à main pour s'armer de son aérosol de gaz lacrymogène. Son cœur battit plus vite, et elle chercha dans sa mémoire l'emplacement de la sortie de secours la plus proche. Elle se retourna avec circonspection, bien campée sur ses jambes, le poing crispé autour de l'aérosol. Préparant sa fuite, mais prête à se défendre.

Elle n'eut qu'une fraction de seconde pour mesurer l'imposante stature de l'homme qui se tenait devant elle, bras croisés, et les yeux rivés sur le cadran digital qui surplombait la porte de la cage d'ascenseur. De l'une de ses mains énormes, il agrippa vivement le poignet de Kristen et se mit à le serrer comme un étau, tout en la fixant de son regard perçant.

Ses yeux bleus étaient vifs comme la flamme, mais froids comme la glace. Kristen frissonna, mais ne parvint pas à détourner le regard. Ces yeux lui rappelaient vaguement quelque chose. Mais le reste de la physionomie de l'homme lui était parfaitement inconnu, et semblait emplir l'étroit couloir. Ses larges épaules occultaient le peu de lumière environnante, et son visage était placé à contre-jour.

Bon sang, où l'avait-elle déjà vu ?

Le cœur battant à tout rompre, elle fouilla dans sa mémoire. Elle n'aurait pas pu oublier un homme de cette taille et de ce gabarit. Même enveloppés de pénombre, les traits durs de son visage manifestaient une évidente détresse, et la forme carrée de sa mâchoire attestait une énergie peu commune. Tous les jours, elle avait à s'occuper de gens plongés dans la peine et dans la souffrance : elle sut instinctivement que l'homme qui lui faisait face avait eu sa part de l'une comme de l'autre.

Il fallut à Kristen une bonne seconde pour se rendre compte qu'il respirait aussi difficilement qu'elle. En marmonnant un juron, il lui arracha l'aérosol de la main, et le charme fut rompu. Il lâcha Kristen et, par réflexe, elle se mit à se frotter le poignet, tandis que son cœur se remettait progressivement à battre à un rythme normal. Il n'avait pas été brutal, juste ferme. Toutefois, son poignet lui faisait un peu mal, à travers la manche de son manteau.

— Non mais, vous êtes folle, ma petite dame ! grogna-t-il d'une voix rauque.

Kristen sentit la moutarde lui monter au nez.

— Vraiment ? rétorqua-t-elle. Ça vous arrive souvent de vous approcher des femmes seules sans faire de bruit, dans des couloirs mal éclairés ? J'aurais pu vous faire mal !

L'homme haussa furtivement un sourcil, l'air amusé.

— Vous plaisantez ? Si j'avais voulu vous agresser, vous n'auriez rien pu faire pour m'en empêcher.

Kristen sentit son visage pâlir à ces mots. Il avait raison. Elle aurait été incapable de se défendre, face à un tel colosse. Elle aurait été complètement à sa merci.

L'homme plissa les yeux.

— Vous n'allez pas vous évanouir, quand même, dit-il.

Kristen sentit de nouveau la colère l'envahir… ce qui mit immédiatement fin à son malaise. Elle se redressa et dit :

— Je ne m'évanouis jamais.

C'était la stricte vérité. Elle tendit la main et ajouta :

— Mon aérosol, s'il vous plaît.

Il eut un grognement et répondit :

— Ça ne me plaît pas.

Mais il posa quand même l'objet dans la main ouverte de Kristen.

— Je parle sérieusement, ma p'tite dame. Si vous m'aviez aspergé de gaz lacrymogène, ça n'aurait servi qu'à me mettre en colère. D'ailleurs, vous n'avez pas eu le temps de vous servir de votre bombe, avant que je vous désarme. C'est moi qui aurais pu m'en servir contre vous !

Kristen fronça les sourcils. Savoir qu'il avait raison ne faisait qu'attiser sa colère.

— Ah oui ? Et que doit donc faire une femme seule, alors, dans une telle situation ? répliqua-t-elle sèchement. Se laisser agresser sans se défendre ?

— Je n'ai pas dit ça, dit-il en haussant les épaules. Prenez des cours d'autodéfense, plutôt.

— C'est ce que j'ai fait, figurez-vous.

La sonnerie de l'ascenseur retentit, et Kristen et l'homme se tournèrent ensemble vers les deux portes, guettant celle qui allait s'ouvrir. Les vantaux de celle de gauche s'écartèrent, et l'homme fit un ample geste de la main pour inviter Kristen à passer la première.

Elle l'examina avec toute la sagacité que peuvent apporter des milliers d'heures passées en compagnie de criminels ayant commis toutes les horreurs imaginables. Cet homme n'était pas dangereux, elle en était certaine, à présent.

Ce qui n'interdit pas d'être prudente.

— J'attends le prochain, déclara-t-elle.

Les yeux bleus de l'homme lui lancèrent des éclairs. Sa mâchoire se crispa et un muscle tressaillit furtivement dans son cou. Elle l'avait offensé. Eh bien, tant pis !

— Je ne fais pas de mal aux innocentes, dit-il d'une

voix crispée, en bloquant les portes de l'ascenseur pour empêcher leur fermeture.

Son corps puissant s'affaissa légèrement, et Kristen eut soudain l'impression qu'il était aussi fatigué qu'elle.

— Allez-y, ma p'tite dame, je ne vais pas tenir cette porte toute la nuit, et je ne vais pas vous laisser toute seule ici.

Elle jeta un coup d'œil à droite, puis à gauche, dans le couloir désert. Elle ne tenait pas à traîner là plus longtemps, et se décida donc à entrer dans la cabine — agacée, comme chaque fois qu'elle devait faire face à cette évidence : elle avait toujours peur d'être seule dans un couloir obscur, malgré dix ans d'autothérapie, et malgré les innombrables ouvrages qu'elle avait lus pour se guérir de cette phobie.

— Arrêtez de m'appeler « ma p'tite dame » ! lui lança-t-elle sèchement.

Il la suivit dans la cabine, et les battants de la porte coulissèrent derrière lui. Il posa sur elle un œil sévère.

— Quelle est la première chose qu'on vous a apprise, pendant vos cours d'autodéfense ? demanda-t-il, tel un professeur interrogeant un élève.

Ce ton condescendant la fit bouillir de rage, mais elle se prêta au jeu et récita :

— Règle numéro un : surveillez toujours ce qui vous entoure.

Il se contenta de hausser les sourcils d'un air arrogant, ce qui agaça encore plus Kristen.

— Je l'ai appliquée, en l'occurrence, non ? dit-elle. Alors même que vous vous approchiez de moi à pas feutrés…

— Cela faisait bien deux minutes que j'étais là, grogna-t-il.

Kristen plissa les yeux.

— Je ne vous crois pas, répliqua-t-elle.

Elle aurait juré qu'il ne se trouvait pas dans le couloir, un instant avant de sentir sa présence. Il n'avait pas fait le moindre bruit en s'approchant d'elle.

Il s'adossa à la cloison de la cabine, croisa les bras et se mit à réciter, en imitant le ton de Kristen :

— « Note au service d'entretien. Deux ampoules grillées dans le couloir d'accès aux ascenseurs. » Et mon préféré : « Retournez chez vous pour vous reposer… Mon œil ! »

Kristen se sentit piquer un fard.

— Pourquoi l'ascenseur ne démarre-t-il pas ? demanda-t-elle avant de lever les yeux au ciel.

Tout simplement parce que ni elle ni l'homme n'avaient appuyé sur le bouton. Elle se hâta de presser celui du deuxième niveau et la cabine se mit en branle.

— Comme ça, je sais où vous avez garé votre voiture, annonça l'homme en hochant la tête d'un air satisfait. Si j'étais un agresseur…

Une fois de plus, il avait raison. Elle avait fait tout le contraire de ce qu'elle avait appris au cours d'autodéfense. Elle se massa les tempes et soupira longuement.

— Bon, vous avez raison, admit-elle à contrecœur. Je n'ai pas fait ce qu'il fallait. Vous êtes content ?

Il la gratifia d'un sourire qui coupa le souffle de la jeune femme. Ce simple sourire effaçait tout ce qu'il y avait d'austère et de morose dans les traits de l'homme, et donnait à son visage un charme irrésistible. Le cœur de Kristen se figea un instant.

Reprends-toi, espèce d'idiote !

D'ordinaire, elle ne réagissait pas à la présence des hommes, pas ainsi en tout cas. Ce n'était pas qu'elle ne les aimait pas, ni qu'elle ne les remarquait pas — elle savait apprécier un beau spécimen mâle quand elle en croisait un. Et celui-ci était sans conteste un beau spécimen. Grand, large d'épaules. Un physique de vedette de cinéma. Elle l'aurait forcément remarqué, si elle l'avait croisé dans la rue. Elle était humaine, après tout. Une humaine légèrement traumatisée, voilà tout. Non, il fallait être lucide. Le « légèrement » était de trop.

— Je n'avais aucunement l'intention de vous effrayer dans le couloir, je vous le jure, répondit-il. Mais vous étiez tellement plongée dans vos pensées que je n'ai pas osé vous déranger.

Kristen sentit de nouveau ses joues s'enflammer.

— Ça ne vous arrive jamais, de parler tout seul ? demanda-t-elle.

Le sourire disparut des lèvres de l'homme et son regard se remplit de nouveau de désespoir. Kristen se sentit un peu coupable d'avoir posé cette question.

— Si, parfois, murmura-t-il.

La sonnerie de l'ascenseur retentit de nouveau, et les vantaux s'ouvrirent sur le parking obscur, où flottait une odeur d'huile de moteur rance et de gaz d'échappement. Cette fois, son geste signifiant « après vous » fut moins ostensible, et Kristen ne savait comment mettre un terme à la conversation.

— Ecoutez, je suis désolée, lança-t-elle. Pardonnez-moi d'avoir failli vous asperger de gaz lacrymogène. Vous avez raison, j'aurais dû être davantage sur mes gardes.

Il l'examina attentivement avant de répondre :

— Vous êtes fatiguée. Les gens font moins attention, quand ils sont fatigués.

Elle eut un sourire ironique en répondant :

— Ça se voit tant que ça ?

Il hocha la tête.

— Ouais. Je me sentirais plus rassuré si vous me laissiez vous accompagner jusqu'à votre voiture.

Kristen plissa les yeux.

— Mais qui êtes-vous ? demanda-t-elle.

— Je me demandais quand vous me poseriez enfin la question. Vous êtes toujours aussi confiante ? Ça vous arrive souvent, de parler à des inconnus dans l'ascenseur ?

Non, ce n'était nullement dans ses habitudes, et elle avait toutes les raisons du monde de ne pas être confiante.

— Absolument pas, répliqua-t-elle. D'habitude, je commence par vider ma bombe lacrymo sur les gens qui m'abordent, et je leur pose des questions après.

L'homme sourit, de manière plus chaleureuse, cette fois.

— J'ai donc eu de la chance, une fois de plus, répondit-il. Je m'appelle Abe Reagan.

Kristen fronça les sourcils.

— Je vous connais, dit-elle. Je sais que je vous connais.

Il fit signe que non.

— Si on s'était déjà vus, je me souviendrais de vous.

— Ah bon, pourquoi ?

— Parce que je n'oublie jamais un visage.

Il prononça ces mots d'un ton neutre, comme pour en retirer tout soupçon de flirt. Kristen fut agacée de se sentir déçue par cette froideur.

— Il faut que je rentre chez moi, annonça-t-elle.

Elle tourna les talons, tenant sa clé de voiture entre l'index et le majeur, comme on le lui avait appris dans ses cours d'autodéfense. Le dos bien droit, elle se mit à marcher en tendant l'oreille, mais elle n'entendit que le bruit des pas d'Abe Reagan qui la suivait. Elle s'arrêta devant sa vieille Toyota, et Reagan s'arrêta lui aussi. Se tournant vers lui, elle constata que son visage était de nouveau masqué par la pénombre.

— Merci, dit-elle. Vous pouvez partir de votre côté, maintenant.

— Je ne crois pas, madame.

Là, c'en était trop !

— Je ne comprends pas, fit-elle sèchement.

Il désigna l'un des pneus de la Toyota.

— Voyez par vous-même.

Kristen se pencha et eut un haut-le-cœur. Un pneu crevé ! C'était bien le moment…

— Bon sang, maugréa-t-elle.

— Ne vous en faites pas, je vais changer la roue, dit Reagan.

Un autre jour, elle aurait sans doute refusé, car elle était tout à fait capable de le faire elle-même. Mais ce soir, épuisée comme elle l'était, elle préférait que ce soit lui qui se coltine cette corvée.

— Merci, c'est très aimable à vous, monsieur Reagan.

Il ôta son pardessus et l'étendit sur le capot.

— Mes amis m'appellent Abe.

Elle hésita, haussa les épaules. Après tout, si cet homme était dangereux, il serait déjà passé à l'acte.

— Moi, c'est Kristen, répondit-elle.

— Ouvrez le coffre, Kristen, ça ne me prendra pas longtemps.

Kristen s'exécuta, en se demandant depuis quand elle n'avait pas ouvert le coffre de sa voiture. Elle espérait qu'il s'y trouvait effectivement une roue de secours, et redoutait déjà la réaction méprisante de ce monsieur-je-sais-tout, au cas où il n'y en aurait pas.

Elle resta figée, les yeux fixés sur l'intérieur du coffre. Elle était certaine de l'avoir laissé vide et propre.

Dire qu'il ne l'était plus aurait été un euphémisme. Elle tendit une main hésitante avant de se raviser.

Ne touche à rien.

Elle examina le contenu du coffre, en essayant de comprendre ce que pouvaient bien être les trois objets encombrants qui s'y trouvaient. Tandis que ses yeux s'habituaient à la faible lumière diffusée par la petite lampe du coffre, elle comprit peu à peu ce qu'elle avait devant les yeux.

Et dire qu'elle pensait avoir vécu le pire, ce jour-là, avec le fiasco du procès Conti.

Malgré son trouble, elle perçut la voix de Reagan qui disait :

— Il n'y en a que pour quelques minutes…

— Euh, non. Je ne crois pas.

En un éclair, il s'approcha d'elle et jeta un coup d'œil par-dessus son épaule. Elle l'entendit émettre un petit sifflement de stupéfaction.

— Nom de Dieu, murmura-t-il.

Sa vue devait être meilleure que celle de Kristen, car il ne lui avait fallu qu'un instant pour comprendre ce que son propre cerveau horrifié avait mis plusieurs secondes à assimiler.

— Il faut que j'appelle la police, dit-elle d'une voix tremblante.

Ce n'était pas tous les jours que son espace privé était ainsi violé. Et ce n'était certainement pas tous les jours qu'elle découvrait elle-même une scène de crime. Une scène de crime peu banale.

Trois caisses à bouteilles étaient disposées côte à côte dans le coffre. Chacune contenait des vêtements surmontés d'une enveloppe en papier kraft. Au centre de chaque enveloppe était fixée une photo Polaroid.

La photo d'une personne morte. Même plongée dans la pénombre, Kristen le distinguait parfaitement.

— Il faut que j'appelle la police, répéta-t-elle, en constatant avec soulagement que sa voix avait recouvré sa fermeté habituelle.

— C'est ce que vous venez de faire, répliqua Abe d'une voix sombre.

Kristen se tourna vers lui.

— Vous êtes flic ? s'exclama-t-elle.

Il sortit une paire de gants en latex de sa poche et dit :

— Inspecteur Abe Reagan, brigade des homicides.

Il enfila ses gants en faisant claquer le latex, et le bruit sec sembla résonner dans le parking.

— Il est peut-être temps que vous m'en disiez davantage sur vous, Kristen, poursuivit-il.

Elle le regarda saisir soigneusement l'enveloppe posée sur la caisse de droite.

— Kristen Mayhew, fit-elle.

Il sursauta, se tourna vivement vers elle et demanda :

— La substitut du procureur ? Eh bien, ça alors ! ajouta-t-il en la voyant hocher la tête de manière affirmative.

Il l'examina d'un œil attentif.

— C'est à cause de vos cheveux, dit-il avant de reporter son attention sur l'enveloppe qu'il tenait à la main.

— Qu'est-ce qu'ils ont, mes cheveux ?

— Ils étaient coiffés en arrière, avant.

Il étudia l'enveloppe à la lumière de la lampe du coffre.

— Ah, si seulement j'avais une lampe de poche ! s'exclama-t-il.

— J'en ai une dans la boîte à gants.

Il fit non de la tête, les yeux rivés sur la photo.

— N'y touchez pas, dit-il d'un ton sans réplique. Je vais faire remorquer votre véhicule jusqu'à la brigade, où l'on pourra procéder au relevé des empreintes. Il ne faut toucher à rien. Merde, ce gars est mort !

— C'est le trou qu'il a dans la tête qui vous fait dire ça ? demanda-t-elle, avec une pointe d'ironie.

Abe lui lança un sourire narquois.

— Peut-être bien…, répondit-il.

Il reprit son sérieux et se remit à examiner la photo.

— Un homme blanc, autour de la trentaine. Ses mains sont liées…

Il plissa les yeux et ajouta d'un ton neutre :

— Super.

Sans réfléchir, Kristen se pencha pour regarder la photo.

— Quoi donc ?

— Si je ne me trompe pas, quelqu'un a recousu la victime de bout en bout.

Kristen lui saisit le bras et inclina la photo vers la lampe du coffre. Il y avait en effet une cicatrice, qui partait du sternum et descendait le long du buste.

— Mon Dieu, murmura Kristen.

Horrifiée, elle tourna son regard vers les caisses à bouteilles, puis leva les yeux vers Reagan.

— Vous ne croyez pas que…

Elle laissa sa question en suspens en voyant Reagan se mettre à grimacer.

— Que les organes qui ont été retirés du corps se trouvent dans ces caisses ? poursuivit-il. Eh bien, je pense que vous le saurez bien assez tôt. Vous connaissez ce type ?

Elle plissa de nouveau les yeux et fit non de la tête.

— Il fait trop sombre. Peut-être que je le reconnaîtrais, avec un meilleur éclairage.

Elle leva les yeux vers Reagan. A son grand désespoir, elle se sentait totalement impuissante.

— Je suis désolée, fit-elle.

— Ce n'est pas grave, Kristen. On sera bientôt fixés.

Il prit son téléphone portable et pianota sur le clavier.

— C'est Reagan, annonça-t-il. J'ai une... Euh, un...

— Problème, suggéra Kristen, qui sentait un rire hystérique monter dans sa poitrine.

Elle le refoula au plus profond d'elle-même. Quelqu'un avait commis un meurtre et déposé des preuves de son crime dans le coffre de *sa* voiture. Elle avait roulé dans les rues de la ville sans savoir qu'elle transportait de telles horreurs. Elle inspira profondément, soulagée de sentir l'odeur âcre de l'huile de vidange et des gaz d'échappement, plutôt que la puanteur d'organes en cours de décomposition.

— Un problème, répéta Abe. Je suis avec Kristen Mayhew. Quelqu'un a mis dans le coffre de sa voiture quelque chose qui ressemble à des preuves de différents homicides... Nous nous trouvons au deuxième niveau du parking adjacent au palais de justice. Bloquez toutes les issues, au cas où cette personne se trouverait encore sur les lieux.

Il écouta la réponse de son interlocuteur, puis se tourna vers Kristen. Son regard, qu'elle trouvait si froid, se fit plus chaleureux. Il posa les yeux sur les mains de la jeune femme, et elle s'aperçut qu'elle lui serrait encore le bras, tel un naufragé accroché à une bouée. Elle le lâcha aussitôt et fit un pas en arrière.

— Bien, je lui dirai, dit-il à son correspondant. Oui. Je vous attends ici.

Il éteignit son téléphone et le rangea dans sa poche.

— Vous tenez le coup ? s'enquit-il.

Elle hocha la tête, espérant qu'elle n'était pas trop livide.

Elle avait les jambes qui tremblaient, mais, s'efforçant de reprendre contenance, elle demanda :

— Et vous ?

Elle leva la tête et planta ses yeux dans les siens. Sa nonchalance affectée s'évapora d'un seul coup.

Il la contemplait d'un œil intense, la mâchoire serrée. Kristen sentit un picotement naître dans sa poitrine et envahir tout son corps, la faisant frissonner. Elle dut joindre les mains pour ne pas se cramponner de nouveau au bras de cet homme, qu'elle venait à peine de rencontrer.

— Spinnelli m'a demandé de vous dire que ce n'était pas la peine d'en arriver là pour capter l'attention de la brigade, dit Abe d'une voix rauque. Une boîte de chocolats et un bouquet de fleurs auraient suffi.

Le timbre de sa voix la fit frissonner. Elle avait l'impression troublante que des doigts invisibles caressaient sa colonne vertébrale.

Quel effet cela lui ferait-il, si ces doigts étaient vraiment ceux d'Abe Reagan ?

Mais il s'était déjà tourné vers le coffre, rompant le lien qui s'était fugitivement établi entre eux. Et Kristen frissonna de nouveau.

— Il envoie une unité de scène de crime, ajouta-t-il. Il va falloir attendre un peu.

Mercredi 18 février, 21 heures

Enfin. Il était assis dans sa voiture, en toute sécurité, loin des policiers en uniforme qui s'affairaient dans le parking. Des gyrophares illuminaient la nuit, et les abords du bâtiment étaient délimités par du ruban jaune. Soit un haut responsable politique venait d'être assassiné dans ce parking, soit Kristen Mayhew avait enfin découvert ce qui se trouvait dans son coffre. Il avait toutes les raisons de penser que la seconde hypothèse était la bonne.

Il avait été très occupé, au cours des semaines précédentes. Il en était à cinq. Cinq de moins, certes. Mais un million d'autres méritaient le même sort.

Il s'était chargé du premier discrètement, sans douleur et sans bruit, en toute tranquillité.

Et il s'était rendu compte que cela ne suffisait pas. Absolument pas.

Il avait rendu service à la société, mais cela ne suffisait pas à venger les victimes. A venger sa Leah. Cela ne suffisait pas qu'il soit le seul à savoir. A se réjouir.

Alors, il avait brusquement modifié son projet. Et il n'avait eu aucun mal à choisir qui méritait le plus de savoir ce qu'il avait fait.

Kristen Mayhew.

Cela faisait un certain temps qu'il l'observait. Il savait avec quelle ardeur elle travaillait pour défendre les victimes qui croisaient son chemin. Il savait combien les échecs pouvaient l'affecter. Celui qu'elle avait subi ce jour-là avait été particulièrement sévère. Angelo Conti… Ce petit salaud vicieux et cynique…

Ses poings se crispèrent autour du volant. Conti avait tué une femme enceinte et n'éprouvait aucun remords. Ce soir, il était de retour chez lui et dormait dans son lit douillet. Conti allait se réveiller demain et continuer à vivre dans l'impunité la plus totale.

Il sourit à cette pensée. Car lui aussi se réveillerait demain, et la première chose qu'il ferait serait d'ajouter le nom de Conti à ceux que contenait le bocal à poisson. Il était plein, ce bocal. Rempli de petits bouts de papier, soigneusement découpés et pliés. Sur chacun d'eux était inscrit le nom d'un représentant du Mal. Ils auraient bientôt ce qu'ils méritaient.

L'un après l'autre, ils seraient châtiés.

Et le tour de Conti viendrait, tôt ou tard. Comme les autres, Conti allait payer pour son crime.

Il en était à cinq. Cinq de moins. Mais un million d'autres méritaient le même sort.

3

Mercredi 18 février, 21 h 30

Spinnelli les attendait dans le labo. Il était en train d'enfiler une paire de gants en latex quand ils pénétrèrent dans la pièce l'un derrière l'autre, tels les rois mages portant leurs présents au petit Jésus.

— Vous en avez mis, du temps ! dit-il sèchement, tandis qu'Abe posait délicatement une caisse sur la table en Inox trônant au centre de la pièce.

— Nous attendions que Jack ait fini, répliqua Mia en posant sa caisse à côté de celle d'Abe.

Jack Unger, responsable de l'unité de scène de crime, dirigeait l'équipe qui avait passé le parking au peigne fin. Ses hommes avaient agi en professionnels méthodiques et consciencieux. Abe éprouvait du respect pour leurs compétences, mais il finissait par s'impatienter. Il y avait des indices matériels liés à plusieurs crimes de sang, dans ces caisses, mais l'éclairage du parking était trop faible pour qu'il soit possible de les examiner sur place. Jack avait insisté pour que ses hommes finissent leur inspection, avant qu'Abe ne se mette à étudier le contenu des caisses.

Il se tourna vers Spinnelli.

— Vous voulez qu'on fasse ça vite, ou vous préférez qu'on fasse ça bien ?

— Les deux, dit Spinnelli. Où est Kristen ?

— Je suis là, dit celle-ci en fermant la porte du labo

derrière elle. J'ai essayé de joindre John Alden au téléphone, pour lui annoncer cette découverte, mais je suis tombée sur sa messagerie.

— Eh bien, je suis là, moi, dit Spinnelli. Alors racontez-moi tout.

Kristen retira son manteau, et Abe lui jeta un long regard. L'épais vêtement dissimulait un corps svelte, de petite taille, moulé dans un tailleur noir qui contrastait avec l'ivoire de sa peau comme avec le vert émeraude de ses yeux — des yeux qui fascinaient Abe depuis qu'il les avait vus de près, dans l'ascenseur. Il se souvint de la première et seule fois où il l'avait croisée, deux ans auparavant. Elle était déjà en noir, ce jour-là. Elle semblait se rappeler, elle aussi, l'avoir déjà vu ; mais visiblement elle avait oublié dans quelles circonstances. Finirait-elle par se remémorer leur première rencontre ? Il trouvait déjà incroyable qu'elle se souvienne de son visage. Lui ne l'avait pas reconnue, au premier abord, ni même dans l'ascenseur, en raison de sa foisonnante chevelure, auburn et bouclée. Quand il l'avait vue, deux ans auparavant, elle arborait un chignon extrêmement strict — comme à présent, d'ailleurs.

Il la regarda passer une main sur son chignon, comme pour s'assurer qu'il n'allait pas brusquement se défaire. Elle s'était recoiffée juste avant l'arrivée de Mia et de Jack sur la scène de crime. Pas besoin d'être grand devin pour en déduire qu'elle se murait ainsi dans son rôle de procureur. Il était vrai qu'elle n'avait pas précisément la réputation d'une jeune femme échevelée et craintive, capable de s'accrocher au bras du premier venu…

— J'attendais l'ascenseur, et j'ai rencontré l'inspecteur Reagan, expliqua-t-elle.

Elle haussa une épaule et ajouta :

— Il était tard, et il m'a proposé de m'accompagner jusqu'à ma voiture. Nous avons alors constaté que l'un de mes pneus était dégonflé. Quand j'ai ouvert le coffre pour prendre le cric, je suis tombée là-dessus…

Elle pointa un doigt vers les trois caisses, avant d'écarter les doigts en demandant :

— Vous auriez des gants pour moi ?

Jack lui en remit une paire en latex. Elle les enfila puis se posta près de la table, le plus loin possible d'Abe. Elle avait veillé à garder ses distances, depuis qu'ils avaient découvert les caisses, une heure plus tôt. Elle s'était bien gardée de saisir son bras — pas plus que celui de quiconque, d'ailleurs. Sans doute était-elle gênée de s'être montrée si craintive et vulnérable devant lui. Et à présent elle restait sur ses gardes. Abe trouvait cette métamorphose tout à fait fascinante.

— Jetons un coup d'œil à l'offrande de votre admirateur anonyme, dit Jack. Par où préférez-vous qu'on commence ?

Abe vit le regard de Kristen se diriger vers la caisse posée en bout de table — celle contenant la photo d'un torse suturé. Celle qu'il avait lui-même apportée.

— Elle n'est pas plus lourde que les autres, fit Abe, et il vit les yeux de Kristen se tourner vers les siens.

Pendant un instant, il y lut du soulagement et de la gratitude, avant qu'elle n'arbore de nouveau le masque de la professionnelle.

— Alors, examinons-les dans l'ordre où elles étaient disposées dans mon coffre : de gauche à droite.

Jack saisit l'enveloppe de la première caisse et l'examina attentivement.

— Je suis prêt à parier que ces enveloppes ne « parleront » pas, dit-il. On doit pouvoir acheter les mêmes dans n'importe quelle papeterie. Mais je vais quand même fendre le rabat gommé, au cas où notre homme aurait été assez bête pour le lécher et y laisser de l'ADN.

— N'y comptez pas trop ! grommela Spinnelli.

— Jack est un indécrottable optimiste, dit Mia. Il

achète encore des billets saisonniers pour les matchs des Chicago Cubs[1].

Jack sourit à Mia comme à une vieille amie qui peut bien se permettre de le railler un peu.

— Ils gagneront la coupe cette année ! répliqua-t-il d'un ton léger.

Il reprit son sérieux et tendit l'enveloppe à Kristen.

— Vous reconnaissez ce type ?

Kristen hésita avant de la prendre.

— Il faisait trop sombre dans le parking, murmura-t-elle.

Puis elle soupira et tendit la main, en ajoutant :

— Voyons voir.

Sa main tremblait un peu. Abe la vit s'efforcer de recouvrer son calme. Elle posa longuement les yeux sur le cliché un peu flou fixé à l'enveloppe.

— Anthony Ramey, dit-elle à voix basse.

— Merde, marmonna Mia.

— Qui est Anthony Ramey ? demanda Abe.

— Un violeur en série, répondit Kristen, avant de déglutir. Il agressait ses victimes dans des parkings de Michigan Avenue. Il choisissait des femmes qui rentraient seules chez elles après le travail.

Elle leva ses beaux yeux verts vers Abe. Il repensa à la frayeur qu'il y avait lue devant l'ascenseur, à ce dérisoire aérosol de gaz lacrymogène qu'elle avait failli lui vider au visage. Et il comprit la colère et l'inquiétude de cette femme. Il n'était pas étonnant qu'elle ait eu peur de lui. Ce qui était étonnant, à la vérité, c'était qu'elle ose traîner seule le soir dans des bureaux déserts, étant donné le nombre de crimes dont elle avait connaissance, de par sa profession.

— Je l'ai mis en examen il y a deux ans et demi, poursuivit-elle, mais le jury l'a acquitté.

— Pourquoi ?

1. Ce club de base-ball de Chicago, au palmarès jadis prestigieux, n'a pas remporté le titre mondial depuis 1909.

Une lueur de regret et d'amertume vint assombrir le regard de Kristen.

— Perquisition illégale de l'appartement de Ramey… Le juge a rejeté la seule preuve matérielle que nous avions, et ses victimes n'ont pas pu l'identifier avec certitude.

— Ce sont Warren et Trask qui ont effectué cette perquisition, dit Mia, en tournant vers elle la photo que Kristen tenait à la main, pour examiner le visage de Ramey. Ils ne s'en sont toujours pas remis.

Kristen soupira.

— Moi non plus, dit-elle. Au début, ces trois femmes refusaient de témoigner, mais je les ai convaincues de le faire, en leur promettant que Ramey serait mis pour longtemps hors d'état de nuire.

— Eh bien, visiblement, quelqu'un d'autre s'en est chargé, ajouta Abe, et il vit que Kristen avait l'air troublée.

— On dirait bien, murmura-t-elle.

Elle rendit l'enveloppe à Jack.

— Je ne crois pas que je vais aimer ce que je vais voir, reprit-elle, mais montrez-moi les autres.

Jack lui tendit la deuxième enveloppe. Le cliché était aussi flou que le premier, mais on y distinguait quand même trois corps alignés côte à côte. Kristen cligna des yeux et approcha la photo du plafonnier.

— Vous avez une loupe, Jack ? demanda-t-elle.

Sans dire un mot, Jack lui en tendit une. Elle examina la photo en plissant les yeux.

— Oh ! mon Dieu, souffla-t-elle.

Mia regarda par-dessus son épaule et lâcha un bref juron avant de dire :

— Des Blades.

Abe lui lança un regard surpris.

— Des Blades ? Ces trois types sont des Blades ? s'exclama-t-il.

Il avait eu affaire à ce gang, lorsqu'il infiltrait le narcotrafic. Les Blades étaient réputés pour leurs trafics de drogue et d'armes. Ce n'était qu'une petite bande de racailles, lorsqu'il avait fait ses débuts à la brigade des stupéfiants, mais ils s'étaient rapidement développés depuis. Si quelqu'un avait assassiné trois Blades, cela risquait de déclencher des représailles sanglantes.

Kristen lui jeta un nouveau regard inquiet.

— Ils ont des tatouages de Blades. Voyez par vous-même, dit-elle.

Elle lui tendit l'enveloppe et la loupe.

— J'ai mis en examen trois Blades, l'an dernier, pour le meurtre de deux élèves de primaire qui attendaient leur bus, poursuivit-elle pendant qu'Abe examinait le tatouage ornant le bras de l'un des cadavres — trois serpents entrelacés.

Elle avait de bons yeux. Ou peut-être ce détail l'avait-elle marquée, à l'époque du procès.

— Les gamins se sont retrouvés au beau milieu d'une fusillade entre gangs. Ils n'avaient que sept ans.

Mon Dieu. Sept ans… Et rayés de la surface de la terre parce qu'une bande de voyous s'était lancée dans une guerre des gangs pour contrôler le territoire.

— Et ces gars ont été acquittés, eux aussi ? demanda-t-il d'une voix tendue.

Elle hocha la tête, et il vit de nouveau s'assombrir le vert de ses yeux. Son visage était empli de regret, de colère, mais aussi d'une inquiétude croissante.

— Nous avions quatre témoins visuels, pourtant, précisa-t-elle.

— Qui ont eu une crise d'amnésie le jour du procès, ajouta Mia avec amertume. Celui-ci, c'est moi qui l'ai arrêté et interrogé, ajouta-t-elle avant de détourner les yeux. Avec Ray.

— Vous avez fait de votre mieux, Mia, dit Spinnelli. Vous vous êtes tous comportés de manière irréprochable.

Abe rendit l'enveloppe à Jack.

— Et la troisième photo ? demanda-t-il.

— Je préfère ne pas la voir, marmonna Mia.

Kristen redressa le dos.

— On en a déjà vu deux, dit-elle. La troisième me concerne aussi, je suppose.

Elle saisit l'enveloppe et constata :

— Celui-ci a été recousu, du sternum à l'abdomen.

Sa bouche se crispa. Elle ajouta :

— Il est vrai que ce n'était pas quelqu'un de très sympa.

Elle jeta un regard à Spinnelli, en précisant :

— Ross King.

Spinnelli ne put réprimer une moue de dégoût.

— L'enfer vient d'accueillir un nouveau pensionnaire, dit-il.

Abe prit la photo des mains de Kristen. Elle avait raison, mais il fut obligé de regarder longuement l'image pour s'en convaincre. Le visage tuméfié du cadavre ne ressemblait guère à celui qui avait orné la une du *Chicago Tribune* pendant des semaines, avant le procès de King.

— Vous êtes vraiment physionomiste, dit Abe. Je ne l'aurais pas reconnu, avec tous ces hématomes…

— C'est peut-être parce que j'ai rêvé que les parents de ses victimes se fassent justice eux-mêmes, et qu'il sorte de leurs mains avec cette tête-là, répliqua Kristen d'un ton caustique.

Abe la regarda d'un air surpris, et Kristen lui lança un sourire amer.

— Nous sommes des êtres humains, inspecteur, dit-elle. Nous voyons les victimes, nous aussi. Il est difficile de ne pas détester un prédateur qui abusait de jeunes garçons lui faisant confiance.

— J'ai lu des articles dans la presse sur cette affaire, quand j'étais dans la clandestinité, dit Abe. Un entraîneur de softball pédophile…

Il tendit l'enveloppe à Spinnelli.

— Qui avait un très bon avocat, ajouta Kristen, les sourcils froncés. Il a fait comparaître le frère de King, et lui a fait dire que King avait lui-même été abusé dans son enfance. L'avocat a obtenu l'ajournement du procès pour défaut d'unanimité dans le jury. Et nous avons dû atténuer l'inculpation, en passant de viol à simple agression sexuelle, parce que les parents des victimes ne voulaient pas que celles-ci subissent l'épreuve d'un deuxième procès.

— Ce que ce salaud d'avocat avait prévu dès le début, ajouta Spinnelli.

— Oui, cet avocat était vraiment malin.

Kristen se pencha en avant, posa ses doigts gantés sur la table et observa les caisses d'un air accablé.

— Nous savons maintenant qui sont les victimes, reprit-elle. Cinq personnages peu recommandables. Passons au reste… Jack…

Ils regardèrent en silence Jack ouvrir soigneusement la première enveloppe et en vider le contenu sur la table. Il mit son enregistreur en marche.

— Ceci est l'enveloppe sur laquelle était fixé le Polaroid d'Anthony Ramey, dit-il dans le micro. A l'intérieur se trouvent quatre autres Polaroid. Des vues de la victime sous différents angles. A l'arrière-plan, on distingue ce qui ressemble à un sol en béton.

Abe jeta un coup d'œil sur les photos.

— Voici un gros plan de la tête. La balle était sans doute de calibre 22.

Abe leva les yeux vers Kristen.

— Un projectile plus gros aurait fait plus de dégâts, et il ne resterait pas grand-chose du visage.

Jack poursuivit sa description.

— Quatre Polaroid et… une carte avec une croix indiquant un endroit. On dirait que c'est près de l'arboretum.

La moustache de Spinnelli s'affaissa.

— C'est là que nous avons arrêté Ramey, dit-il d'un ton morne.

Jack étala la carte sur la table, puis il regarda l'autre feuille de papier, qu'il tenait à la main, et lut ce qui y était inscrit.

Il releva les yeux d'un air hésitant.

— Et une lettre qui commence par « Ma très chère Kristen »…

Kristen écarquilla les yeux.

— Une lettre qui m'est adressée ? s'exclama-t-elle.

Elle était troublée, inquiète, et Abe se dit qu'elle avait toutes les raisons de l'être. Avec cette lettre, les choses prenaient un tour encore plus personnel.

— Lisez cette lettre, demanda Abe d'une voix douce, mais ferme. A voix haute.

Mercredi 18 février, 22 heures

Jacob Conti n'accorda même pas un regard à l'employé qui venait de lui ouvrir la porte du club. Il était riche, et sa richesse excédait tout ce que peuvent imaginer les gens ordinaires, quand ils rêvent de faire fortune. Tout le monde s'empressait de lui tenir la porte. Il avait presque oublié le temps où il aurait été surpris par ce geste de déférence. Il scruta la masse mouvante des corps qui tournoyaient sur la piste de danse, et plissa les yeux en apercevant Angelo. Son fils était facile à repérer. C'était le jeune homme avec une putain sur chaque genou et une bouteille à la main. On aurait pu croire qu'après avoir échappé de peu à la prison, Angelo aurait fait profil bas, au moins pour la soirée. Mais non, il était là. A fêter son acquittement, sans doute.

Angelo était un fêtard réputé. Ses excès étaient légendaires. *Mais ils vont bientôt cesser*, se promit Jacob.

Il demeura debout devant son fils pendant une bonne minute avant que celui-ci ne s'aperçoive de sa présence.

— Bonsoir, papa, bredouilla Angelo, levant la bouteille presque vide en guise de salutation.

— Lève-toi, maugréa Jacob. Lève-toi immédiatement, ou je te traîne hors de cet endroit par la peau des fesses.

Angelo le regarda, hébété, puis se leva lentement.

— Il y a un problème ? demanda-t-il.

— Le problème, c'est que tu es ici en train de te bourrer la gueule.

Angelo sourit.

— Et alors ? J'ai été acquitté.

Il se passa la langue sur les dents, comme s'il était surpris de pouvoir prononcer ce mot magique.

— Et je ne serai pas rejugé. Mon acquittement est définitif, tu sais.

Jacob agrippa Angelo par le revers de sa veste et le força à se tenir droit.

— Espèce de crétin, siffla-t-il d'un ton excédé. Tu n'as pas été acquitté. Tu as bénéficié d'un jury non unanime. Ça veut dire que l'accusation peut demander un nouveau procès. Ça veut dire aussi que Mayhew t'a placé sous surveillance, et qu'elle ne te lâchera pas. Ça signifie donc qu'au moindre faux pas, tu retournes en taule.

Angelo se dégagea, puis défroissa le revers de sa veste d'une main moite. Une lueur bravache, qu'accentuaient les effets de l'alcool, brilla dans ses yeux.

— Ça ne me dérangerait pas de la revoir, la Mayhew, dit-il d'un ton fanfaron. Elle a un très beau cul sous son tailleur noir, cette garce.

Il haussa un sourcil maussade et ajouta :

— Mais je ne retournerai pas en taule !

Jacob serra les poings. Il lui était déjà arrivé de frapper Angelo. Mais Elaine n'aimait pas qu'il porte la main sur son fils chéri. Leur « fils chéri » avait vingt et un ans, et il allait avoir des ennuis, s'il continuait dans cette voie.

Jacob décida de contenir sa colère.

— Qu'est-ce qui t'en rend si sûr, Angelo ?

Angelo ricana avant de répondre :

— Parce que tu seras toujours là pour me faire sortir de taule.

Jacob regarda son fils unique se faufiler dans la foule des danseurs, sachant que ce dernier avait raison. Il aimait son fils. Et il était prêt à tout pour le protéger.

*
* *

Mercredi 18 février, 22 heures

— Et voilà, dit Jack, après avoir lu le dernier mot de la lettre.

Kristen garda les yeux fixés sur le bout de papier. Heureusement que la lettre était dans les mains fermes de Jack. Les siennes tremblaient irrésistiblement.

Sachant que les autres attendaient qu'elle émette un commentaire, elle tira nerveusement sur les gants en latex qui moulaient ses mains moites, respira longuement, puis s'approcha de Jack.

— Je peux ? demanda-t-elle.

Il lui tendit la lettre en haussant les épaules.

— C'est vous la vedette, madame le procureur, dit-il.

Elle lui lança un regard furieux.

— Ce n'est vraiment pas drôle, Jack, lui reprocha-t-elle sèchement.

— Je ne cherchais pas à faire de l'esprit, répliqua Jack. Qu'a-t-il voulu dire par « rayures bleues » ?

Le cœur battant, elle scruta soigneusement la feuille, en espérant que Jack avait sauté par mégarde quelques lignes du message. Mais ce n'était pas le cas. Elle tourna la feuille et en examina le verso, dans l'espoir d'y trouver un détail qui la renseignerait sur l'identité de son auteur. En vain. Ce n'était qu'une feuille de papier, sortie d'une imprimante à jet d'encre comme il devait y en avoir des milliers dans l'agglomération de Chicago. Pas de nom, pas de filigrane, rien. Juste trois paragraphes, contenant les mots les plus effrayants qu'elle avait jamais lus.

— Je suppose que vous n'avez jamais reçu de lettre du même genre ? demanda Mia.

Elle prit doucement le poignet de Kristen, lui retira la lettre des mains et posa celle-ci sur la table, pour l'examiner à son tour.

Kristen secoua la tête.

— Non, rien de tel.

Elle tapota du bout des doigts sur la table et répéta :

— Non, jamais rien de tel…

Elle leva les yeux et croisa le regard bleu azur d'Abe Reagan, fixé sur elle. Ce regard appuyé la troublait encore plus que lorsqu'il lui avait saisi le poignet, devant l'ascenseur.

— Qu'y a-t-il ? demanda-t-elle.

Il fronça les sourcils et murmura :

— Relisez-la.

— Comme vous voulez.

Elle se força à lire la première ligne :

— « Ma très chère Kristen »…

— Il vous connaît, murmura Spinnelli.

Cette hypothèse la fit frissonner.

— Ou il croit vous connaître, ajouta Abe d'une voix songeuse, avant de lui faire signe de poursuivre sa lecture.

Elle dut tendre ses doigts gantés sur la table, de part et d'autre de la lettre, pour empêcher ses mains de trembler.

— « Ma très chère Kristen, il vient un moment, dans la vie d'un homme, où il doit s'engager à fond pour ce qu'il croit, et où il lui faut reconnaître une loi supérieure à celle des hommes. Ce temps est venu. Pendant trop longtemps, j'ai vu les innocents souffrir et les coupables échapper à leur châtiment. Je ne peux plus assister à cela passivement. Je sais que vous, entre toutes les femmes, êtes à même de comprendre ce que je ressens. Pendant des années, vous avez œuvré pour venger les innocents, pour faire payer aux coupables leurs méfaits. Mais, même vous, vous ne parviendrez pas à les faire condamner tous. Anthony Ramey abusait de femmes innocentes, les meurtrissait dans leur chair, les privait de leur confiance en l'humanité — et, quand ses victimes ont eu le courage de l'affronter devant le tribunal, elles n'y ont pas trouvé la justice qu'elles méritaient. Aujourd'hui, elles l'ont obtenue, ainsi que vous. Cette nuit, vous pourrez dormir tranquillement, en sachant qu'Anthony Ramey a enfin été jugé, et qu'il a payé pour ses méfaits. »

Kristen inspira profondément avant de poursuivre :

— C'est signé « Votre humble serviteur ».

Elle se remit à tapoter nerveusement sur la table, avant d'étendre de nouveau les doigts.

— Et il y a un post-scriptum…

Elle ouvrit la bouche, mais aucun son n'en sortit.

Perplexe, Mia lut la dernière ligne à sa place :

— « Et, si malgré tout vous ne parvenez pas à dormir, je vous conseille de choisir les rayures bleues. »

Ils demeurèrent silencieux un instant. Ce fut Reagan qui rompit le malaise régnant dans la pièce en tapant du poing sur la table. Kristen leva les yeux vers lui, et vit qu'il fronçait les sourcils d'un air soucieux.

— Qu'est-ce qu'il veut dire, en parlant de « rayures bleues » ? lui demanda-t-il.

Kristen refoula un rire nerveux au fond de sa gorge.

— Que faites-vous quand vous n'arrivez pas à dormir, inspecteur Reagan ?

Reagan la regarda d'un air pensif.

— En général, je me lève et je regarde la télé, ou alors je lis, répondit-il.

— Et vous, Mia ?

Mia la regarda d'un air intrigué.

— Parfois, je regarde la télé. Parfois, je fais des étirements sur mon tapis de sol. Pourquoi me demandez-vous ça ?

Kristen retira en silence ses gants trempés de sueur. Elle prit une serviette en papier et s'essuya les mains.

— Moi, reprit-elle, je rénove.

Mia haussa les sourcils, l'air perplexe.

— Je vous demande pardon ?

Kristen esquissa un sourire confus.

— Je fais des travaux dans ma maison, expliqua-t-elle. Je repeins les murs, je ponce le parquet, ou j'installe une nouvelle douche. Le mois dernier, j'ai décidé de poser du papier peint dans mon salon. J'ai accroché des échantillons sur les murs pendant toute une semaine, pour bien réfléchir au choix du motif. Des roses, du lierre ou…

Elle jeta la serviette dans la corbeille à papier avant d'achever sa phrase.

— Ou des rayures bleues.

Elle se tourna vers l'assistance, qui semblait sous le choc, et ajouta :

— Je vois que vous avez compris.

— Ce type est un voyeur, en plus d'être un meurtrier qui veut faire la justice ! fit Mia d'une voix incrédule.

Cette fois, Kristen ne put contenir sa nervosité. Elle eut un petit rire, qu'elle tenta tant bien que mal de refréner. Ce n'était pas le moment de passer pour une hystérique.

— Jack, j'ai besoin d'une autre paire de gants, dit-elle. Il est temps de regarder ce qui se trouve dans la caisse.

Jack répondit à sa demande. Elle enfila les gants propres pendant qu'il sortait délicatement des vêtements pliés de la caisse. Il les plaça chacun dans un récipient en plastique, spécialement préparé pour l'occasion. Une odeur rance, écœurante, emplit aussitôt la pièce, et Kristen se félicita de ne pas avoir dîné.

— Nous les déplierons au labo, pour y chercher des fibres ou d'autres traces du même genre, dit Jack. Il y a une chemise, couverte de sang.

Il retourna le col pour regarder l'étiquette.

— Ce n'est pas une marque connue, constata-t-il. Il y a aussi un jean, maculé de sang, mais moins que la chemise. Un Levi's. Et puis une ceinture…

Il grimaça avant de poursuivre son inventaire :

— Un caleçon Fruit of the Loom.

— Sa mère serait-elle fière de lui ? demanda Spinnelli d'un ton sec.

Jack laissa échapper un petit gloussement avant de répondre :

— Vous voulez dire : est-ce que ce caleçon est propre ? Il l'était peut-être quand Ramey l'a mis. Mais maintenant il est vraiment… sale. Une paire de chaussettes, une paire de Nike. Et enfin…

Il fronça les sourcils en examinant le fond de la caisse.

— Je ne sais pas comment nommer ça, dit-il. Une sorte de carreau. Votre « humble serviteur » a songé à mettre un fond solide à son paquet cadeau, madame le procureur, pour être sûr que rien d'important ne glisse hors de la caisse.

Il souleva l'objet en question et le tourna dans tous les sens.

— Et ce n'est pas n'importe quel carreau : je crois bien qu'il est en marbre.

— Il faudra le faire analyser, conclut Kristen. Et qu'en est-il de la caisse où se trouvait la photo des Blades ? Je voudrais savoir s'il y a une autre lettre.

Jack ouvrit l'enveloppe. Elle contenait d'autres photos, et deux autres feuilles de papier.

— Il est méthodique, dit-il, tandis que tous se rapprochaient du contenu de l'enveloppe, étalé sur la table. Des gros plans des tatouages et des blessures causées par les balles.

Kristen dut serrer les poings pour ne pas trembler.

— Il y a une lettre, Jack ? demanda-t-elle.

— Patience, patience, répondit-il.

— Vous ne diriez pas ça si c'était vous qu'il épiait, fit Mia d'un ton de reproche, et Jack se crut obligé de prendre un air contrit.

— Une carte, dit-il. Avec une croix qui désigne un endroit… et une lettre.

Il la tendit à Kristen.

— Merveilleux, fit-elle.

Elle examina la feuille et déglutit avec difficulté en lisant le post-scriptum.

Il est encore plus intime que le premier.

Elle inspira longuement, puis se mit à lire la lettre à haute voix.

— « Ma très chère Kristen, Il semble que vous n'ayez pas encore trouvé le premier gage de mon estime. »

Elle leva les yeux et vit que Reagan, l'air soucieux, la regardait fixement.

— Il n'a pas l'air content, remarqua-t-elle.

Le front de Reagan se plissa d'inquiétude.

— Continuez, lâcha-t-il.

— « Ce n'est pas grave ; ce n'est qu'une question de temps, après tout. Heureusement qu'on est en hiver. Ça devrait se conserver. »

Elle fronça les sourcils à son tour, puis regarda la carte. Elle venait de comprendre. Au bord de la nausée, elle murmura :

— Il veut dire que les corps devraient se conserver.

— On est vraiment des petits veinards, fit Mia d'un ton pince-sans-rire.

— « Ces trois racailles et leurs semblables troublaient régulièrement la paix publique. Ils ont fauché deux vies innocentes et précieuses. Et, pour cela, ils devaient mourir. La peur et le chagrin qu'ils ont causés aux honnêtes gens disposés à témoigner contre eux ne font que s'ajouter à la liste de leurs péchés. Vous avez bien bataillé au tribunal, Kristen, mais ce combat était perdu d'avance. Dormez bien, cette nuit, en sachant que ces meurtriers impitoyables ont subi un juste châtiment. Votre humble serviteur. »

Le silence retomba dans la pièce.

— Et le P.-S. ? demanda Abe d'un ton brusque.

Kristen inspira lentement, s'efforça de maîtriser sa voix, et se mit à parler distinctement.

— « Vous avez bien fait de choisir les rayures bleues, et vous avez fait preuve d'un savoir-faire admirable en posant le papier peint. Vous devriez cependant choisir une autre tenue, quand vous faites des travaux chez vous. Il serait dommage que l'on puisse croire que vous n'êtes pas une vraie dame. »

Mia hésita un instant avant de demander :

— Que portiez-vous quand vous avez posé ce papier peint en pleine nuit, Kristen ?

Kristen sentit ses joues s'enflammer et ses mains devenir moites de nouveau.

— Un soutien-gorge de gym et un short de cycliste. Il

était 3 heures du matin, et je pensais qu'aucun voisin n'était éveillé à cette heure-là.

Reagan se leva à son tour et se mit à arpenter la pièce, l'air tendu.

— On s'éloigne du sujet, dit-il d'une voix crispée. Jack, je voudrais voir la dernière lettre.

Une fois de plus, Jack s'exécuta et ouvrit la troisième enveloppe, dont il déversa le contenu sur la table. Sans examiner les Polaroid ni la carte, il tendit la lettre à Reagan. Ce dernier la lut, se renfrogna et devint rouge de colère.

— « Ma très chère Kristen, j'attends avec impatience que vous partagiez avec moi la satisfaction que me donne ma mission. Ross King était le plus vil des criminels : ses proies étaient de jeunes garçons auxquels il dérobait leur innocence. Puis il a conspiré avec un avocat véreux pour contourner le système judiciaire. Le châtiment que je lui réserve est mille fois moins sévère que ce qu'il méritait. Dormez bien cette nuit, en sachant que les enfants dont il a ruiné la vie sont vengés, et que d'autres, innombrables, sont désormais à l'abri de ce pervers. Votre humble serviteur. »

— Et le P.-S. ? demanda Kristen d'une voix tremblante.

Reagan releva la tête d'un air perplexe.

— « Cerisier, ma chère, cerisier », lut-il.

Kristen ferma les yeux et sentit son estomac se nouer.

— J'ai décapé le vernis de ma cheminée de bois, et je m'apprête à la revernir, expliqua-t-elle. J'avais le choix entre trois teintes : chêne, érable et cerisier…

Elle ouvrit les yeux et ajouta, la voix tendue par l'inquiétude et la colère :

— Cette cheminée se trouve au sous-sol. Il est impossible de la voir depuis la rue. Il faut se coller à la fenêtre et jeter un regard plongeant à l'intérieur.

— Ainsi, il rôde autour de chez vous, dit Spinnelli d'un ton lugubre. Quand avez-vous travaillé sur cette cheminée pour la dernière fois ?

— Samedi dernier…

Elle posa ses mains sur ses cuisses et précisa :

— L'affaire Conti m'a pris tout mon temps, ces derniers jours, et je n'ai pas eu le loisir de bricoler chez moi.

— Nous savons donc que sa visite est récente. Il devait s'impatienter, et s'étonner que vous n'ayez pas encore ouvert le coffre de votre voiture.

Spinnelli se tourna vers Abe, puis vers Jack et Mia.

— Vous avez vérifié si le pneu avait été crevé ?

— Une incision a été pratiquée dans la face externe du pneu, répondit Abe, en enfonçant ses poings fermés dans les poches de son pantalon.

— Le pneu a-t-il été lacéré pendant que le véhicule se trouvait dans le parking ? demanda Spinnelli.

— J'en suis quasiment sûr, affirma Jack avant de se tourner vers Kristen. Tout cela signifie que vous n'avez pas ouvert votre coffre depuis un mois. Pas une seule fois ?

Kristen haussa les épaules.

— Je ne transporte jamais d'objets encombrants. Tous les matériaux que j'utilise pour rénover ma maison me sont livrés à domicile. Je mets le petit matériel sur la banquette arrière.

Mia fronça les sourcils.

— Vous n'achetez jamais de nourriture ?

— Pas beaucoup. Je ne cuisine presque jamais…

— Si vous ne cuisinez pas, qu'est-ce que vous mangez ? s'étonna Spinnelli, l'air perplexe.

Kristen haussa de nouveau les épaules.

— Je prends presque tous mes repas dans un petit restaurant près du palais de justice.

Un peu gênée par la tournure que prenait la conversation, elle leva les yeux vers Abe Reagan et lui demanda :

— Quoi d'autre ?

Reagan était en train d'étudier les cartes.

— Il faudrait poster dès maintenant des flics en uniforme à chacun des points indiqués sur ces cartes, jusqu'à ce qu'on puisse y envoyer vos hommes, Jack. Je voudrais commencer les recherches à l'aube. Dès les premières lueurs du jour.

Spinnelli examina rapidement les photos et dit :

— Ça nous fait cinq victimes. Qu'en est-il des éventuels suspects ?

— Il faut commencer par les victimes… des victimes, dit Mia.

— Combien y en a-t-il, Kristen ? s'enquit Spinnelli.

Kristen se redressa sur sa chaise.

— Ramey a violé au moins les trois femmes qui ont porté plainte. Les Blades ont tué deux gamins. Ross King a abusé de six garçons, âgés de sept à quinze ans. Au total, nous avons donc onze victimes, auxquelles il faut bien sûr ajouter leurs proches.

Elle leva une nouvelle fois les yeux vers Reagan et ajouta :

— Je peux établir une liste de noms et d'adresses.

— Mais pourquoi une victime de l'un de ces criminels s'intéresserait-elle aux autres tueurs ? Cela semble absurde, observa Jack.

— Pas forcément, objecta Abe. Ce serait une bonne manière de brouiller les pistes.

Il nota les endroits indiqués sur les cartes sur son bloc-notes, et précisa sa pensée :

— L'une des victimes aurait pu assouvir sa vengeance et tuer deux autres criminels pour instiller le doute, au cas où elle se ferait prendre. Tout en s'imaginant qu'elle devenait ainsi un véritable justicier.

— Je trouve étonnant que votre « humble serviteur » ne s'en soit pas pris à un avocat, au point où il en était, grommela Mia.

Le regard de Kristen se porta successivement sur les photos, les vêtements, les cartes puis les lettres.

— Il est fort possible que l'idée lui traverse bientôt l'esprit, dit-elle à voix basse. Je ne crois pas qu'il considère sa « mission » comme achevée. A mon avis, c'est même tout le contraire…

4

Mercredi 18 février, 23 heures

Abe s'arrêta net au pied de l'escalier.

Elle était emmitouflée dans son gros pardessus, devant la porte vitrée qui donnait sur la rue. Sa chevelure flamboyante était toujours coiffée en un chignon soigné, si serré qu'Abe en eut mal pour elle. Son profil semblait taillé dans la pierre, tant elle restait immobile.

Il fut surpris de la voir là. Il aurait cru qu'elle rentrerait chez elle après la réunion, qui s'était achevée une demi-heure plus tôt. Chacun était parti de son côté. Spinnelli s'était rendu dans son bureau, et avait passé l'ordre de poster des policiers en faction aux trois endroits indiqués sur les cartes. Mia avait filé, en emportant un grand carton rempli des effets personnels de Ray Rawlston, son ancien coéquipier.

Elle avait pris bien soin d'effacer toute trace de l'homme qui avait passé tant d'heures à travailler à la table dont Abe avait hérité. Il n'enviait pas la tâche pénible qui attendait Mia : rapporter les affaires personnelles d'un collègue tombé au champ d'honneur à sa veuve, ce n'était jamais une partie de plaisir. Abe l'avait fait une fois, longtemps auparavant, avant d'être promu au grade d'inspecteur.

Il n'y avait pas grand-chose à rapporter : juste la casquette de base-ball de son partenaire.

Il avait dû réconforter l'épouse que ce dernier laissait derrière lui. Il lui avait tapoté l'épaule, tandis qu'elle sanglotait en serrant le couvre-chef contre son cœur. Elle n'avait pas pleuré, ni à l'hôpital ni à l'enterrement, mais n'avait pu retenir ses larmes en recevant des mains d'Abe cette maudite casquette. Il était rentré chez lui et s'était longuement défoulé, en martelant de coups son sac de sable, jusqu'à ce que Debra vienne le voir, inquiète. Elle avait couvert de baisers ses phalanges meurtries et l'avait serré fort dans ses bras, en lui murmurant à l'oreille les mots de réconfort que seules savent prononcer les épouses.

Et Debra était morte, elle aussi, à présent.

Comme elle lui manquait ! Il se laissa aller un court instant à l'émotion. Que serait sa vie, maintenant, si sa femme n'avait pas été fauchée dans la fleur de l'âge ? Il s'aperçut alors qu'il n'avait pas bougé d'un centimètre. Il avait encore les yeux rivés sur le profil de Kristen Mayhew, tandis qu'elle contemplait fixement la rue obscure. Il se demanda quelles étaient ses pensées. Sans doute avait-elle peur. Elle avait toutes les raisons d'être effrayée. Même si Spinnelli avait donné des ordres pour qu'une voiture de patrouille passe devant chez elle toutes les heures, et même si elle avait les numéros de téléphone portable de tous les inspecteurs de la brigade.

Il s'approcha d'elle à pas lents et s'éclaircit la gorge avant de demander :

— Suis-je hors de portée de votre bombe lacrymo ?

Il vit Kristen, dans le reflet de la porte vitrée, esquisser un faible sourire.

— Vous n'avez rien à craindre, inspecteur, dit-elle à voix basse. Je croyais que vous étiez déjà parti.

Il s'arrêta à quelques centimètres d'elle — plus près de son corps qu'il n'en avait eu l'intention. Il sentit son parfum, et resta cloué sur place. Quand elle lui avait serré le bras, dans le parking, elle était très près de lui, déjà, mais l'odeur d'huile de vidange et de gaz d'échappement avait tout recouvert.

Il s'en apercevait, maintenant : elle sentait bon. Elle était très jolie. Il aurait préféré ne pas s'en rendre compte.

— Je m'apprêtais à rentrer chez moi, dit-il. Je vous croyais partie depuis une bonne demi-heure.

— J'attends un taxi.

— Un taxi ? Pourquoi ?

— Parce que vous avez fait mettre ma Toyota à la fourrière, et que l'agence de location de voitures est fermée, à cette heure-ci.

Abe hocha la tête. Quelle bande d'idiots ! Il n'arrivait pas à croire qu'aucun d'entre eux n'y ait pensé, avant de se séparer.

— Vous n'avez pas d'ami qui puisse venir vous chercher ?

— Non.

Elle avait répondu sans la moindre trace d'amertume dans la voix.

Ce « non » veut-il dire qu'elle n'a pas d'ami qui puisse venir la chercher ce soir-là, ou qu'elle n'a pas d'ami du tout ?

Cette pensée le surprit lui-même, autant que le besoin qu'il ressentait soudain de la protéger. Mais de quoi ? D'un justicier assoiffé de sang, doublé d'un voyeur ? De sa solitude ?

De moi ?

— Je vais vous raccompagner, lança-t-il sans réfléchir. C'est sur mon chemin.

C'était un mensonge, bien sûr, mais elle ne pouvait pas le savoir.

Elle sourit.

— Comment pouvez-vous dire ça ? Vous ne savez même pas où j'habite.

Là, elle se trompait, et pour l'en persuader il récita à voix haute son adresse, avant de hausser les épaules d'un air gêné.

— Je vous ai entendue donner votre adresse à Spinnelli, pour qu'il la transmette à l'équipe de protection. Laissez-moi vous raccompagner, Kristen. J'inspecterai votre maison, histoire de vérifier qu'il n'y a pas de justicier voyeur dans les placards…

— Oui, c'est vrai que cela m'inquiète un peu, admit-elle. Vous êtes sûr que ça ne vous dérange pas ?

— Sûr et certain. Mais il faut que je vous demande deux faveurs…

Ses yeux verts exprimèrent aussitôt de la méfiance. Et il se demanda pourquoi. Ou, plutôt, *qui* pouvait avoir fait naître chez elle une telle méfiance à l'égard des hommes.

— Lesquelles ? demanda-t-elle sèchement.

— La première, c'est que vous arrêtiez de m'appeler « inspecteur », dit-il calmement. Appelez-moi Abe, je vous en prie.

Il vit les épaules de Kristen se détendre, sous le lourd pardessus.

— Et la seconde ?

— Je suis affamé. J'avais prévu de m'arrêter quelque part pour manger un morceau. Voulez-vous vous joindre à moi ?

Elle hésita, puis hocha la tête en disant :

— Moi non plus, je n'ai pas dîné.

— Parfait. Mon 4x4 est garé sur le trottoir d'en face.

Mercredi 18 février, 23 heures

Il était prêt. Il passa un dernier coup de chiffon sur le canon mat de son fusil, et vit qu'il était comme neuf. C'était normal : un homme avisé doit prendre soin de ses outils. Ce principe de base lui avait été très utile, ces dernières semaines.

Il approcha de son visage la photo, dans son cadre argenté, et murmura :

— Six de moins, Leah. Qui sera le prochain ?

Il reposa délicatement le fusil sur la table et plongea la main dans le bocal. Celui qui avait abrité le poisson rouge de Leah. Elle avait toujours eu un poisson rouge. Et ceux qui se succédaient dans le bocal avaient tous invariablement été baptisés Cleo. Quand un poisson mourait, un autre Cleo apparaissait comme par miracle dans le bocal, dès le lendemain. Leah refusait d'admettre que le précédent était mort, et ne manifestait aucun chagrin. Elle se contentait d'aller à l'animalerie acheter un nouveau poisson.

Il avait trouvé un Cleo mort dans le bocal de Leah, le jour où il avait identifié son corps. Il n'avait pas eu le courage d'en racheter un autre.

A présent, le bocal contenait les noms de toutes les personnes qui avaient été indûment acquittées, au terme d'un procès où Kristen Mayhew avait représenté l'accusation. Des meurtriers, des violeurs, des pédophiles, qui tous avaient été relâchés parce qu'un avocat de la défense sans scrupules avait trouvé une faille dans la procédure. Ces avocats ne valaient pas mieux que leurs clients. Ils étaient mieux habillés, c'était tout.

Il fouilla un instant au milieu des bouts de papier, puis se figea lorsque ses doigts entrèrent en contact avec un bord corné. Avant de se lancer dans sa mission, il s'était demandé par lequel de ces criminels il convenait de commencer. Il avait tenté de déterminer quel crime était le plus affreux, quelle victime méritait le plus d'être vengée : le temps lui serait compté, dès lors que la police serait en alerte, et il n'aurait sans doute pas le loisir de les châtier tous. Et puis, il savait que Kristen risquait de prévenir la police. Mais cela valait le coup de prendre le risque. Comme ça, grâce à lui, elle savait qu'elle n'était pas toute seule. Ne sachant par quel malfaiteur commencer, il avait donc mis les noms de ses cibles dans le bocal, et laissé à Dieu le soin de guider sa main.

Il prit le papier plié et regarda en souriant la marque qu'il avait lui-même faite — histoire d'aider Dieu à faire son choix…

Quel châtiment allait-il choisir, pour l'homme dont le nom était écrit sur ce bout de papier fatal ? Il y avait, en effet, des méfaits pires que d'autres. Le viol et les actes de pédophilie étaient des crimes prémédités. Des vices qu'il fallait punir sans la moindre pitié. Alors, il avait corné tous les bouts de papier liés à des crimes sexuels.

Il fixa la feuille un long moment avant de la déplier. Sa dernière cible avait été une priorité. Ross King devait mourir. Aucun honnête homme n'aurait pu dire le contraire. Il était mort lentement, et dans les plus grandes souffrances. A la fin, il avait imploré sa grâce si pitoyablement…

Il s'était souvent demandé, naguère, s'il aurait le cran de frapper un homme implorant sa pitié. Il savait à présent qu'il en était capable.

Il avait bien agi, cette nuit-là. Il avait débarrassé le monde d'un parasite dangereux pour la société. Dieu devait être content. Et les innocents étaient un peu plus en sécurité, désormais. Cela l'avait conforté dans sa décision de choisir en priorité les bouts de papier cornés. Il demeurait quand même une part de hasard, et le choix final appartenait encore à Dieu. Quand il aurait épuisé toutes les feuilles repliées, il passerait aux crimes moins graves. Et s'il ne parvenait jamais à ce stade, il aurait quand même la satisfaction de savoir qu'il avait éliminé les pires.

Il déplia le petit bout de papier et son sourire devint carnassier.

Oui, je suis prêt.

Mercredi 18 février, 23 h 35

— Mais c'est très bon.

Abe gloussa.

— Ça a l'air de vous étonner, répondit-il.

— En effet.

Kristen observa un instant le sandwich grec à la lumière des réverbères qui défilaient à l'extérieur de la voiture. Ils n'étaient qu'à quelques kilomètres de chez elle, mais elle n'avait pu se retenir de mordre dans le sandwich, moins d'une minute après avoir quitté le drive-in. Elle avait plus faim qu'elle ne l'aurait cru.

— Qu'est-ce qu'il y a dedans ?

— De l'agneau, du veau, des oignons, de la feta et du yogourt. Vous n'en avez jamais mangé ? C'est vrai ?

— Là d'où je viens, on ne mange pas beaucoup de plats exotiques.

— D'où venez-vous ?

Elle regarda son sandwich un long moment, si long qu'il crut qu'elle n'allait pas répondre.

— Du Kansas, finit-elle par lâcher.

Abe se demanda ce qu'elle avait bien pu laisser derrière elle, là-bas, qui lui pesait tant sur le cœur.

Il s'efforça de répondre d'un ton léger :

— Sans blague ! Moi qui croyais que vous étiez originaire de la côte Est…

— Eh bien, vous aviez tort, répliqua-t-elle, la tête tournée vers la vitre. Tournez à droite au prochain feu.

Il n'ajouta rien, tandis qu'elle lui indiquait d'une voix tendue comment se rendre chez elle. Arrivé sous l'auvent de sa maison, il se tourna vers elle pour contempler son visage.

Ou plutôt son profil. Elle regardait droit devant elle, en évitant son regard. Et sans oser regarder sa propre maison.

— Je peux vous conduire jusqu'à un hôtel, si vous le souhaitez, murmura-t-il.

Elle se raidit un peu plus.

— Je parle sérieusement, Kristen, reprit Abe. Personne ne pourrait vous reprocher de ne pas vouloir dormir chez vous, cette nuit. J'inspecterai votre maison pendant que vous rassemblerez quelques affaires dans un sac.

— Non, dit-elle fermement. J'habite ici. Je ne vais pas me laisser déloger de ma propre demeure !

Elle emballa les restes de son sandwich grec et ramassa l'ordinateur portable posé à ses pieds.

— Je vous remercie pour votre proposition, poursuivit-elle. Mais ce justicier ne semble pas me vouloir du mal. Ma maison est équipée d'un signal d'alarme, et les agents que Spinnelli a chargés de ma protection passeront régulièrement devant chez moi. Tout va bien se passer, ne vous en faites pas. Si vous insistez, je veux bien que vous inspectiez rapidement les lieux, mais alors dépêchons-nous. Il faut que j'aille nourrir mes chats.

Abe ne put s'empêcher d'admirer son courage lorsqu'elle ajouta, avec un sourire en coin :

— Même si mes chats ne valent pas grand-chose, côté protection.

Il la suivit jusqu'à la porte de la cuisine et attendit, avant d'entrer, qu'elle désactive le signal d'alarme. Elle appuya sur l'interrupteur et Abe laissa son regard vagabonder dans la pièce. Il vit des appareils électroménagers en plastique marron, un papier peint gris métallisé tapageur, des meubles en aggloméré dénués de charme. Il était clair qu'elle n'avait pas eu encore assez d'insomnies pour se lancer dans la rénovation de cette morne cuisine… Son regard se posa de nouveau sur elle : raide comme la justice, elle restait emmitouflée dans son manteau. Dans la pénombre, il l'entendit déglutir. Le besoin de la réconforter l'envahit de nouveau, mais il commençait à la connaître. Elle le repousserait, même si ses intentions étaient tout ce qu'il y avait de plus honnête. Il se força à rester immobile, et garda les mains dans ses poches.

— Vous voulez faire votre inspection dans le noir, ou avec l'éclairage ? demanda-t-elle.

— J'allumerai dans chaque pièce, l'une après l'autre.

Il regrettait déjà qu'elle ait refusé d'aller à l'hôtel. Etait-elle vraiment en danger ? Il n'aurait su le dire. Mais de toute évidence, elle était encore inquiète, et cela le perturbait.

A pas lents, il commença à visiter la maison. Allumant la lumière du salon, il remarqua le papier peint à rayures bleues. Elle avait fait du bon travail. Il songea soudain à Annie, sa sœur. Elle était décoratrice de profession, et n'aurait pas fait mieux.

Il se dirigea vers les deux chambres d'amis et n'y trouva nulle trace d'un voyeur, pas plus que dans la salle de bains, avec ses étagères remplies de produits de beauté soigneusement alignés. Tout y était si propre, si bien rangé, qu'on aurait cru qu'elle attendait un invité. Il se demanda aussitôt lequel, et s'attendit à trouver de la mousse à raser et un rasoir près de la vasque. Mais il n'y en avait pas.

Aucune trace de présence masculine…

Il se moqua amèrement de sa propre jalousie. C'était vraiment déplacé, et totalement absurde. Si elle avait un homme dans sa vie, elle lui aurait demandé de venir la chercher à la brigade, au lieu d'attendre le passage d'un taxi.

Et, quand bien même elle aurait un homme dans sa vie, cela ne le regardait en rien.

Il ouvrit la porte de la chambre de Kristen, l'œil aux aguets, mais ne perçut aucun mouvement dans la pièce. De toute façon, il ne s'attendait guère à y trouver quelqu'un. Il appuya sur l'interrupteur et constata que Kristen avait beaucoup de goût dans le choix de son mobilier. Des meubles et bibelots art déco emplissaient la chambre, créant une atmosphère chaleureuse et raffinée. Il ne vit aucune dentelle, aucun ruban, mais il y avait quand même une ambiance féminine dans la pièce. Cela venait peut-être de l'édredon à l'ancienne qui recouvrait le lit. Et peut-être aussi du parfum persistant qui flottait dans l'air. Un chat noir au poil lustré était couché sur l'oreiller, et le jaugeait d'un œil aussi vert et méfiant que le regard de Kristen.

Abe pointa sa lampe de poche sous le lit et ouvrit le placard, rempli de tailleurs noirs, anthracite et bleu marine. Visiblement, le talent qu'avait Kristen pour choisir les couleurs de son logis ne s'étendait pas à sa garde-robe. Peut-être cela était-il dû à un code vestimentaire tacite propre aux magistrats. Il s'étonna quand même de l'absence de tenues de soirée, de robes du soir, d'escarpins vernis. Interrompant un instant son inspection, il caressa le chat et lui grattouilla le crâne. Puis il sortit de la chambre et se rendit dans la cuisine, où Kristen était en train de mettre de l'eau dans une théière en porcelaine ornée d'un motif floral rose. Elle n'avait toujours pas retiré son manteau d'hiver, et Abe se demanda si elle comptait vraiment passer la nuit chez elle.

— Rien à signaler au rez-de-chaussée, déclara-t-il.

Elle hocha la tête en silence.

— Où est la porte qui mène au sous-sol ? demanda Abe.

Elle désigna une porte derrière elle.

— Regardez bien où vous mettez les pieds, dit-elle. C'est un peu le fouillis, en bas.

Ce que Kristen Mayhew appelait « fouillis » était mieux rangé que les maisons de ses frères et sœurs, songea-t-il. La cheminée était poncée, dévoilant la teinte naturelle du bois. Quelques échantillons de bois teinté étaient posés sur son manteau. Abe soupira. L'« humble serviteur » de Kristen avait raison. C'était cerisier, le meilleur choix.

Kristen sursauta lorsqu'elle entendit les pas d'Abe Reagan faire grincer les marches de l'escalier menant au sous-sol. Elle ne savait pas vraiment ce qui la rendait aussi nerveuse. Etait-ce de savoir qu'un assassin épiait ses moindres mouvements lorsqu'elle était chez elle ? Ou bien était-ce la présence d'un homme dans sa maison, pour la première fois depuis qu'elle y avait emménagé ? Elle inspira profondément, et l'arôme du thé qui infusait l'apaisa suffisamment pour qu'elle recouvre sa contenance.

Abe Reagan, rengainant son pistolet dans son holster d'épaule, réapparut dans la cuisine.

Son pistolet. Il avait donc sorti son arme. Un frisson lui parcourut l'échine.

— Tout va bien ? s'enquit-elle d'un ton neutre.

Il hocha la tête.

— Il n'y a personne dans cette maison, à part vous, moi, et le chat noir posé sur votre oreiller.

Kristen esquissa un sourire.

— C'est Nostradamus. Il consent parfois à me laisser dormir dans mon lit, expliqua-t-elle.

Reagan éclata de rire, et le cœur de Kristen fit un bond dans sa poitrine. Il était vraiment beau garçon. Et il avait l'air gentil.

Mais c'était quand même un homme. Comme tous les autres, sans doute.

— Vous avez appelé votre chat Nostradamus ? demanda-t-il en souriant.

Elle hocha la tête.

— Oui. Méphistophélès n'est pas encore rentré. Il doit être en train de chasser des souris dans le quartier.

Le sourire de Reagan s'élargit.

— Nostradamus et Méphistophélès… Le prophète de la fin du monde et le diable lui-même. Pourquoi pas Mistigri ou Boule-de-poil ?

— Je n'ai jamais pu me résoudre à leur donner des petits noms mignons, répondit-elle d'un ton caustique. Cela ne leur irait pas du tout. Quand je les ai recueillis, ils ont ravagé trois tapis en moins d'une semaine…

— Si vous prenez un chien, il faudra l'appeler Cerbère, alors, plaisanta Reagan.

Elle sourit faiblement. Il faisait des efforts pour détendre l'atmosphère, et elle trouvait ça plutôt charmant.

— Ah oui, le molosse à trois têtes qui garde les Enfers… J'y penserai. Voulez-vous du thé ? J'en bois la nuit, quand je suis énervée. J'espère que cela m'apaisera ce soir, et que je pourrai dormir.

— Non merci. Il faut que je rentre chez moi et que je dorme quelques heures, moi aussi. Je dois retrouver Mia et Jack à l'aube, demain matin.

Soudain rappelée à la réalité, Kristen crispa les doigts sur la théière.

— Par qui allez-vous commencer ? murmura-t-elle.

Il haussa ses larges épaules.

— Par Ramey. On va procéder dans l'ordre où il les a tués.

Kristen se força à verser du thé dans une tasse, mais ne put réprimer une grimace en voyant ses mains qui tremblaient. Elle renversa quelques gouttes du breuvage brûlant sur le vieux comptoir.

— Oui, c'est logique, fit-elle.

Elle leva les yeux vers lui et constata qu'il la regardait avec la même intensité que dans le bureau de Spinnelli. Elle lut de l'inquiétude dans ses yeux, et redressa machinalement le dos. Elle n'était pas une faible femme. Elle avait beaucoup de défauts, sans doute, mais la faiblesse n'en faisait pas partie.

— J'aimerais venir, moi aussi, lança-t-elle.

Il réfléchit un instant à cette proposition.

— Je suppose que c'est dans l'ordre des choses, finit-il par dire. N'oubliez pas de mettre de bonnes chaussures.

Elle baissa les yeux vers sa tasse de thé et releva aussitôt la tête.

— Le problème, c'est que je n'ai plus de voiture, marmonna-t-elle, l'air contrarié.

— Je viendrai vous chercher à 6 heures du matin.

— Merci, c'est gentil. Je louerai une voiture dès demain. Mais je ne voudrais pas vous déranger…

— Ce sera avec plaisir, Kristen. Ça ne me dérange pas.

Il était sincère, c'était évident. Et cette sollicitude troublait un peu Kristen.

— Alors…

Il fit un pas en avant.

— Il faut que je file.

S'arrêtant sur le seuil de la cuisine, il ajouta :

— Félicitations pour vos travaux de rénovation. C'est très réussi.

Elle serra entre ses mains la tasse brûlante, absorbant la chaleur de la porcelaine. Elle se rendit compte qu'elle avait très froid.

— Merci pour le compliment, dit-elle. Et encore merci pour m'avoir raccompagnée… Et pour le sandwich grec.

Il observa un instant le visage de Kristen, l'air perplexe.

— Vous êtes vraiment sûre que vous voulez rester ici ?

Elle sourit d'un air déterminé, même si elle sentait sa résistance faiblir tout à coup.

— Absolument. Vous devriez aller dormir. 6 heures du matin… ça ne vous laisse pas beaucoup de temps pour vous reposer.

Abe lui jeta un dernier regard hésitant avant de franchir le seuil et de s'arrêter sous l'auvent. Au travers du rideau de gaze de la porte vitrée, il la vit tirer le verrou et activer l'alarme. Il fut tenté, un instant, de retourner la voir et de l'obliger à choisir la sécurité relative d'une chambre d'hôtel. Mais cela ne le regardait pas, au fond. Kristen Mayhew était adulte, et parfaitement capable de prendre elle-même ce genre de décision.

Il démarra sa voiture et s'engagea dans la rue. Une pensée lui traversa soudain l'esprit : elle ne l'avait pas appelé « inspecteur ». Elle ne l'avait pas appelé Abe non plus. Ils avaient conversé pendant une heure, et elle avait soigneusement évité de le désigner.

Et alors ?

Pourquoi ce détail l'agaçait-il ? Il n'y avait aucune raison que cela le préoccupe. Il n'y avait d'ailleurs aucune raison qu'*elle* le préoccupe. Elle était jolie, c'était indéniable. Mais il n'allait pas tarder à rencontrer d'autres jolies femmes, maintenant qu'il ne travaillait plus dans la clandestinité. Pendant cinq ans, il n'avait pu nouer aucun lien personnel, et avait à peine trouvé le temps d'aller voir ses proches : ses frères et sœurs, ses parents, et même Debra. Toutes les fois qu'il l'avait fait, c'était en craignant à chaque pas d'être suivi, en redoutant de les mettre en danger, par sa simple visite.

A présent qu'il était débarrassé du poids du secret et de l'isolement, il réintégrait un environnement normal, au sein duquel des collègues entretiennent sans se cacher des relations professionnelles et amicales. Il était tout naturel qu'il soit tenté de nouer des liens, en ce premier jour de liberté. Et il était non moins naturel de trouver Kristen Mayhew séduisante, car elle avait, à sa manière, beaucoup de charme.

A la vérité, elle était encore plus belle que lors de leur première et brève rencontre, quelques années auparavant.

Dorénavant il pouvait, sans le moindre remords, laisser libre cours au désir qui lui tenaillait les entrailles. Debra était morte. Vraiment morte. Après avoir survécu cinq ans dans les limbes de l'inconscience, elle avait finalement trouvé la paix éternelle. Il était temps qu'il se remette à vivre.

La première étape, c'était d'obtenir de Kristen Mayhew qu'elle l'appelle par son prénom. Ensuite, il aviserait…

De la fenêtre du salon, Kristen regarda les feux arrière de Reagan disparaître dans la nuit, plus troublée qu'elle ne l'aurait imaginé. Elle jeta un coup d'œil dans la rue, se demandant si le tueur était en train de l'épier, à cet instant. Mais la rue était déserte. Aucune fenêtre du voisinage n'était illuminée. Cependant, son malaise persistait, et Kristen ne savait pas trop s'il était dû à l'homme qui signait ses missives « votre humble serviteur », ou à celui qui avait tant rechigné à la laisser sans protection, dans un parking obscur.

Lentement, elle se dirigea vers sa chambre et s'assit devant le miroir de sa coiffeuse. Abe Reagan était bel homme. Grand. Brun. Bien bâti. Oui, il était vraiment très beau garçon. Elle n'était pas assez naïve pour ne pas avoir décelé dans ses yeux un intérêt tout particulier pour elle. Et elle était assez franche avec elle-même pour admettre qu'elle en avait été touchée.

Méthodiquement, elle retira les épingles qui maintenaient son chignon en place et les déposa dans le petit plateau en plastique dévolu à cet usage. Elle se regarda dans le miroir. Elle n'était pas belle. Elle le savait. Mais elle n'était pas non plus sans charme — elle en était bien consciente aussi. Elle voyait bien que les hommes la regardaient parfois d'un drôle d'air. Mais elle ne leur rendait jamais ce genre de regard. Elle ne leur prodiguait pas le moindre encouragement.

Elle avait déjà entendu plus d'un murmure de dépit sur son passage.

La reine des glaces. Voilà comment on la surnommait, dans les couloirs.

Il y avait du vrai dans ce sobriquet. En surface, en tout cas. Elle ne se dévoilait jamais à qui que ce soit.

Mais elle n'était pas assez froide pour ne pas reconnaître les hommes droits et bienveillants qui méritaient qu'on s'intéresse à eux. Elle en croisait, parfois — même si elle se gardait bien de leur faire des avances. Et elle n'était pas assez aveugle pour ne pas avoir constaté qu'Abe Reagan faisait partie du lot.

Mais même ceux-là attendaient davantage d'une femme que ce que Kristen était en mesure de leur offrir…

Elle sortit d'un tiroir l'album qui constituait son plus grand trésor et recelait ses plus grands regrets. Elle le feuilleta, s'attardant sur une photo, puis sur une autre. Comme toujours, elle finit par le refermer d'un geste résolu, et le rangea dans le tiroir. Elle avait besoin de sommeil. Abe Reagan viendrait à l'aube, pour l'emmener à la recherche du cadavre d'Anthony Ramey.

Elle aurait voulu regretter la mort tragique de ce dernier, mais ça, c'était trop lui demander.

Anthony Ramey était un violeur. Ses victimes étaient traumatisées à vie.

Elle était bien placée pour le savoir.

Jeudi 19 février, 00 h 30

Zoe Richardson ferma et verrouilla la porte d'entrée, après avoir renvoyé son amant à son épouse. Elle alluma son téléviseur. Elle avait programmé l'enregistrement du journal de 22 heures, sachant à l'avance qu'elle serait occupée à autre chose, à cette heure-là… Elle s'étira langoureusement, aussi agréablement surprise que la première fois qu'elle avait couché avec lui. Elle avait entrepris de le séduire en raison de sa fonction et de ses relations bien placées, mais cet homme faisait vraiment des merveilles, au lit. Elle n'avait jamais eu besoin de simuler. Pas une seule fois.

Mais le temps du plaisir était passé, et il fallait se remettre au travail. Elle rembobina la cassette, jusqu'à ce que les visages pleins d'entrain des présentateurs du journal télévisé apparaissent sur l'écran. Sa bonne humeur disparut, comme chaque fois qu'elle voyait quelqu'un d'autre occuper le siège qu'elle aurait mérité d'avoir.

J'ai pourtant tout fait pour y parvenir, merde !

Elle s'était consciencieusement chargée de chaque petit fait divers qu'on lui avait donné à traiter, tel un os à ronger. Mais ce temps était révolu. Grâce à ses nouvelles relations, elle ne tarderait pas à toucher le gros lot : le reportage qui la propulserait au poste de présentatrice du journal télévisé de l'une des plus grandes chaînes nationales. Elle allait devenir célèbre. Et, une fois qu'elle aurait atteint son but, elle comptait bien en profiter.

Ah, nous y voilà !

Elle vit son propre visage apparaître sur l'écran. Elle était filmée sur les marches du palais de justice, en train de rappeler aux téléspectateurs qu'elle avait interpellé le procureur Mayhew en début d'après-midi. Elle glosait sur l'échec qu'avait essuyé Mayhew, en tentant de faire condamner le fils du riche industriel Jacob Conti. Elle parvenait à merveille à paraître sérieusement attristée par cet acquittement scandaleux. En réalité, ce fiasco lui procurait une satisfaction infinie. Puis, elle se retournait — *joli profil, Zoe*, se dit-elle avec une pointe d'orgueil — et le cameraman faisait un gros plan sur le visage du célèbre Jacob Conti.

— Pouvez-vous faire part aux téléspectateurs de votre réaction, au sujet du verdict clément dont a bénéficié votre fils ? demandait alors Zoe.

Le visage bien conservé de Jacob Conti arborait une expression de soulagement.

— Je ne saurais vous dire combien nous sommes soulagés, mon épouse et moi-même, de savoir que les jurés n'ont pu déclarer mon fils coupable. Cette accusation infondée a failli ruiner sa vie…

— Certains disent que c'est plutôt la vie de Paula Garcia qui est ruinée, et celle de l'enfant qu'elle portait, répliquait Zoe.

Conti fronçait alors les sourcils, surjouant la tristesse et l'affliction.

— Les Garcia ont toute ma sympathie, répondait-il. Je compatis de tout cœur avec eux, et je comprends leur chagrin… Mais mon fils n'en est pas responsable.

Zoe se regarda en train de hocher gravement la tête. A l'écran, elle faisait une moue affligée avant de poser la question fatale :

— Monsieur Conti, qu'avez-vous à dire au sujet de la corruption des jurés ?

Elle l'avait pris par surprise ! Mais l'industriel refoulait aussitôt son agacement, et répondait avec un aplomb remarquable :

— Je ne puis ajouter foi à de telles rumeurs, mademoiselle Richardson. Surtout pas à une rumeur dénuée de tout fondement.

Cela dit, il penchait la tête avec élégance, en guise de salut, avant d'ajouter d'un ton courtois :

— Pardonnez-moi, mais il faut maintenant que je retourne parmi les miens.

Le visage de Zoe réapparut sur l'écran.

— C'était l'industriel Jacob Conti, qui a exprimé ses condoléances à la famille de Paula Garcia, mais aussi son soulagement de savoir son fils innocenté…

Zoe interrompit la lecture. Elle dupliquerait ce passage plus tard, et l'ajouterait à la cassette où elle conservait ses apparitions à l'écran les plus notables. Une sorte de curriculum vitæ en images. Elle se leva, se délectant du contact soyeux de son peignoir, qui frottait contre ses cuisses. Elle adorait la soie. Ce peignoir lui avait été offert par l'un des principaux collaborateurs du maire, avec lequel elle avait eu des contacts… poussés. Elle sourit. Cela n'avait duré qu'un temps. Dans ses moments de franchise, elle était capable de s'avouer que cet homme lui manquait un peu. Mais les vêtements de prix qu'il lui offrait lui manquaient bien davantage.

Bientôt, elle aurait les moyens de s'offrir elle-même ses sous-vêtements de soie. Bientôt, elle serait en mesure de s'offrir tout ce qu'elle désirait. Parce que, bientôt, ce serait *son* visage et *sa* voix auxquels l'Amérique se fierait, à l'heure du journal télévisé. Elle arpenta son salon d'un pas nerveux. Ce qui lui manquait, c'était un reportage pouvant marquer les esprits. Jusque-là, elle s'en était plutôt bien tirée, en épiant la Jeanne d'Arc des tribunaux, cette Kristen Mayhew. Son instinct lui disait qu'il fallait persister dans cette voie. Elle passa ses doigts manucurés sur sa manche de soie, en se demandant ce qu'allait faire sa magistrate favorite, le lendemain matin.

Jeudi 19 février, 00 h 30

L'écran de l'ordinateur luisait dans l'obscurité de la pièce. Grâce à internet, il savait que l'homme dont il avait tiré le nom, dans le bocal, habitait dans le quartier North Shore de Chicago, l'un des plus huppés de la ville.

Il aurait du mal à atteindre la cible numéro sept chez elle ou sur son lieu de travail. Il fallait donc l'attirer quelque part. Un endroit soigneusement choisi, pour qu'il ait tout loisir de lui infliger le traitement qu'elle méritait.

Il jeta un coup d'œil à la pile d'enveloppes qui brillait d'un blanc surnaturel à la lumière d'un réverbère, au travers des rideaux.

Mais, d'abord, il y avait une tâche qu'il devait accomplir.

5

Jeudi 19 février, 6 h 30

L'unité de scène de crime avait déjà préparé le site, lorsque Reagan gara son 4x4 près de l'arboretum. A l'intérieur du bâtiment, des plantes tropicales étaient en fleur. Le peu d'herbe qui poussait à l'extérieur était jaune et flétri sous la bruine. Jack avait disposé une bâche goudronnée non loin du parking, au-dessus d'un coin d'herbe, à l'ombre du métro aérien. Ses hommes avaient dû trouver quelque chose.

Luttant contre le froid, Kristen descendit du 4x4 et se fraya un chemin dans la neige fondue. Elle avait suivi le conseil de Reagan et avait mis des chaussures de sport montantes. Reagan, qui la précédait, ralentit le pas pour marcher à son rythme, et elle lui en fut reconnaissante : sa haute taille et ses larges épaules lui servaient de brise-vent. Il était venu la chercher à 5 h 59, avec un sac de bagels toastés au saumon fumé posé sur le siège du passager. Il lui avait ainsi fait découvrir un nouveau casse-croûte. Elle s'aperçut qu'elle aimait le saumon fumé, presque autant que les sandwichs grecs de la veille.

Jack était en train d'arpenter le périmètre interdit lorsqu'ils le rejoignirent. Il avait l'air maussade.

— Venez voir, leur lança-t-il.

L'un de ses hommes était agenouillé et pointait le faisceau de sa lampe torche vers le sol.

Non, pas vers le sol, en fait… Ce qu'il éclairait n'était pas de la neige boueuse. Kristen sentit son sang se glacer dans ses veines et resta pétrifiée.

Il a osé.

— Eh bien, merde alors, marmonna Abe. Qui sont Sylvia Whitman, Janet Briggs et Eileen Dorsey ?

— Les trois victimes que Ramey a violées, s'entendit répondre Kristen.

Elle ne parvenait pas à détacher ses yeux du halo de lumière, qui éclairait une dalle de marbre où étaient inscrits les trois noms que venait de prononcer Reagan. Ainsi que des dates.

C'était une pierre tombale.

Elle consulta Reagan du regard.

— Ces dates sont celles de leurs naissances et celles des viols dont elles ont été victimes. Il…

Elle s'interrompit pour déglutir.

Reagan secoua la tête.

— C'est absurde…

Mia les rejoignit d'un pas pressé. Son haleine formait une brume opaque autour de sa bouche.

— Qu'est-ce qui est absurde ? demanda-t-elle, avant de murmurer : Oh ! mon Dieu…

Kristen, recouvrant ses esprits, lança à Reagan :

— Vous avez raison, c'est absurde. En outre, si l'une de ces femmes était morte, je l'aurais su.

Un mari ou un petit ami en fureur n'aurait en effet pas manqué de l'en informer. A l'issue du procès, ils avaient déjà amèrement exprimé leur ressentiment, lorsqu'ils avaient vu leurs compagnes contraintes à un témoignage humiliant et impudique, avec pour seul résultat l'acquittement de leur bourreau. Kristen sentait encore la honte cuisante que lui avaient procurée ces reproches indignés, qu'elle n'avait pas même essayé de réfuter. Elle surmonta son sentiment de culpabilité et posa les yeux sur la dalle de marbre.

— Ce n'est qu'un symbole, en souvenir de ce qu'ont subi les victimes. Un hommage à leur calvaire, dit-elle.

Abe hocha la tête et dit à Jack :

— Mettons-nous à creuser. Faites attention, en manipulant la pierre tombale. La terre qui se trouve au-dessous contient peut-être des éléments de preuve. Y a-t-il des pierres tombales, sur les autres sites ?

— On ne va pas tarder à le savoir, répondit Jack.

Il leur fit signe de s'éloigner, pour ne pas gêner les hommes de son équipe.

— L'exhumation va prendre un certain temps, reprit-il. Le sol est complètement gelé.

Abe et Kristen reculèrent, sans quitter le coin de pelouse, abrité de la bruine par la bâche goudronnée. Ils regardèrent les techniciens de scène de crime creuser méticuleusement la terre.

— J'ai établi une liste des victimes, de leurs proches et de toutes les autres personnes liées à ces trois affaires, dit Kristen.

Une pelletée de terre gelée vint atterrir sur le monticule qui prenait forme à ses pieds.

— Une nouvelle nuit d'insomnie ? s'enquit Mia à voix basse, les yeux rivés sur les fossoyeurs.

— On pourrait dire ça, lâcha Kristen.

Elle avait essayé de s'endormir, mais elle n'avait pu s'empêcher de penser à *lui*, l'homme qui l'épiait. A chaque craquement du plancher de sa vieille demeure, elle sursautait et sa tension montait d'un cran. Elle avait fini par renoncer à trouver le sommeil.

— J'ai également établi une liste de tous les accusés contre qui j'ai requis et qui ont été acquittés, en séparant ceux qui s'en sont tirés en raison de vices de forme de ceux qui ont été défendus dans les règles.

— Ça en fait combien, en tout ? demanda Reagan.

— Arrivée à la moitié, j'ai dû remplacer la cartouche

d'encre de mon imprimante, expliqua Kristen d'un ton pince-sans-rire. Ma fierté professionnelle en a pris un coup...

— Et combien de ces procès auriez-vous pu gagner ? demanda Reagan.

Elle s'était posé la question elle-même et s'était livrée à un petit calcul.

— Vingt-cinq pour cent, à peu près, répondit-elle en toute franchise.

— Vingt-cinq pour cent... En y repensant après coup..., fit Reagan d'une voix songeuse.

Il émit un petit grognement et ajouta :

— Ce qui veut dire que, dans les trois quarts des cas, vous n'auriez rien pu changer au résultat du procès. Je suis impressionné.

La première réaction de Kristen fut de ne pas prendre au sérieux cette remarque flatteuse. Mais elle se ravisa lorsqu'elle se tourna vers lui et lut dans ses yeux bleus qu'il parlait avec le plus grand sérieux. Elle fut alors ravie du compliment, non sans en éprouver aussitôt une certaine gêne. Et puis, une impression étrange de déjà-vu se mêlait à son plaisir d'être flattée par cet homme... Elle le regarda en fronçant les sourcils et dit :

— Je sais qu'on s'est déjà rencontrés. Hier soir, vous avez parlé de mon chignon. Que vouliez-vous dire ?

Il ouvrit la bouche, mais ses mots furent couverts par un cri lancé par Jack :

— On a trouvé quelque chose ! Venez voir !

Ils se précipitèrent tous les deux, Kristen un peu moins vivement que Reagan, entravée qu'elle était par sa jupe — et malgré ses chaussures tout-terrain. Elle contourna le tas de terre extraite du sol et vint se poster au bord de la fosse, profonde d'environ un mètre. Puis elle déglutit.

Il avait raison. On a de la chance d'être en hiver.

En été, la chair aurait été dans un tel état de décomposition que le corps aurait été méconnaissable. Mais les hivers étaient rudes à Chicago : il était relativement bien conservé. Assez, en tout cas, pour qu'on puisse l'identifier.

— C'est bien lui, c'est Anthony Ramey, confirma-t-elle d'une voix tremblante.

Personne n'aurait pu lui reprocher d'être sous le choc. Les hommes de l'unité de scène de crime arboraient eux aussi des mines dégoûtées, qui signifiaient clairement qu'ils auraient préféré être n'importe où ailleurs plutôt que dans cette fosse, avec ce cadavre en putréfaction. Mia appliqua un mouchoir sur sa bouche et son nez avant de faire le tour de la fosse, pour examiner le corps sous un autre angle.

— Enfin, ce qu'il en reste, précisa-t-elle au travers de son mouchoir. Nom de Dieu, Kristen, votre « humble serviteur » ne l'a pas épargné, ce Ramey. Rien de tel que la justice expéditive, avec une touche de référence biblique...

Elle disait vrai. Nu et putréfié, le corps d'Anthony Ramey avait été étendu dans la fosse, amputé de ses organes génitaux. A la place de ceux-ci, il y avait un trou de la taille d'une balle de tennis.

— Œil pour œil, murmura Kristen, atterrée.

Elle regretta cruellement de ne pas s'être, comme Mia, munie d'un mouchoir. Malgré le gel, la puanteur que dégageait le cadavre était assez forte pour lui donner la nausée, et elle maudit les bonnes intentions de Reagan, qui lui avait offert un petit déjeuner copieux. Son bagel au saumon fumé lui restait sur l'estomac.

— Un coup de fusil de chasse ? demanda Reagan à Mia.

Elle acquiesça en silence.

— Sans doute.

Mia s'accroupit pour examiner la plaie de plus près.

— Ce trou n'a pas été fait avec la même arme que celle dont il s'est servi pour le tuer. Il l'a sans doute fait après l'avoir abattu. Sur les Polaroid, on ne distinguait pas de blessure au niveau du pubis.

— Le médecin légiste nous en dira davantage, fit Reagan en s'accroupissant à côté de Mia. C'est quoi, ça ?

Mia plissa les yeux au-dessus de son mouchoir.

— De quoi parlez-vous ?

Reagan désigna la gorge de Ramey.

— Cette marque autour du cou, là.

Il se mit à quatre pattes et se pencha dans la fosse, avant de reporter son regard sur Mia.

— On dirait des traces de strangulation, dit-il. Jack ?

Des traces de strangulation…

Oh ! non, songea Kristen, horrifiée. *Non, non, non.*

Jack épousseta la terre qui maculait le cou de Ramey avec une brosse à poils souples.

— Oui, ça en a tout l'air, fit Jack.

Mia se retourna pour regarder Kristen.

— Est-ce que Ramey…

Kristen y avait déjà pensé. Son estomac se noua un peu plus. Ce que tout cela impliquait était si troublant qu'elle aurait préféré ne pas y songer. Mais il le fallait.

— Il surprenait ses victimes par-derrière et les étranglait avec une chaînette à gros maillons, mais seulement pour les empêcher de crier. Quand elles cessaient de se débattre, il cessait de les étrangler et les traînait dans un coin sombre du parking pour les violer. C'est justement cette chaînette que la police avait, selon l'avocat de Ramey, obtenue de manière illicite, lors de la perquisition chez Ramey. Elle a été invalidée. Si nous avions pu présenter cette preuve au jury, j'aurais obtenu sa condamnation. Mais les jurés ne l'ont jamais vue…

— Il s'agit donc d'un imitateur, dit Reagan sans quitter des yeux les traces de strangulation.

Kristen fit non de la tête. Mia lui lança un regard sombre, comme si elle avait compris que les choses se présentaient mal.

— Ce détail n'a jamais été révélé à la presse, murmura Kristen. Aucun média n'en a parlé.

Reagan tourna lentement la tête, d'un air aussi soucieux que Mia, et grommela :

— Ce qui veut dire que…

Kristen hocha la tête et compléta sa phrase :

— L'assassin a eu accès à des données confidentielles.

— Eh merde, lâcha Reagan.

Jeudi 19 février, 7 h 45

Le bagel au saumon fumé était toujours au fond de son estomac, mais il semblait faire tout son possible pour s'en extraire. Kristen avait à ses pieds la sépulture improvisée de trois jeunes hommes qui avaient ôté la vie à deux enfants, avec une atroce insouciance. Une fois de plus, la carte laissée par son « humble serviteur » s'était montrée précise et, une fois de plus, il avait posé une dalle de marbre sur la terre recouvrant la tombe.

Sur la pierre tombale étaient inscrits les noms des deux enfants qui n'atteindraient jamais l'âge de huit ans.

Jack avait annoncé leur arrivée par radio aux agents en faction devant la troisième et dernière scène de crime, où ils s'attendaient à trouver le corps de Ross King. Et ils y trouvèrent en effet une pierre tombale, portant les noms des six innocentes victimes des actes atroces que ce dernier avait commis.

Il leur avait volé leur enfance. Ces six jeunes garçons avaient témoigné avec tant de courage que Kristen en était encore bouleversée. Ils avaient évoqué leur terreur et leur douleur à huis clos, dans une salle de tribunal où seuls étaient présents leurs parents, le juge, l'avocat de la défense, Ross King et Kristen.

Et le jury.

Elle venait de se rendre compte qu'elle avait oublié de dresser une liste des jurés.

— Leurs noms n'ont pas été divulgués, dit Kristen.

Mia et Reagan se tournèrent vers elle. Elle cligna des yeux.

— Les noms des victimes de King n'ont jamais été divulgués. Ils étaient mineurs. Les policiers qui ont arrêté

King connaissaient ces noms, bien sûr. Ainsi que les avocats et les jurés… J'aurais dû établir aussi une liste des jurés.

Elle sortit de sa serviette les tirages papier qu'elle avait imprimés pendant la nuit.

— Voici la liste de toutes les personnes liées aux trois procès. Les victimes, leurs proches et les témoins. J'en ai fait deux copies, une pour chacun de vous.

Elle tendit à chaque inspecteur une liasse de feuilles A4.

— Mais j'ai oublié d'y inclure les membres du jury. Ça ne veut pas forcément dire grand-chose. Les jurés siégeant lors du procès Ramey n'étaient pas au courant, pour la chaînette… Mais ceux du procès King connaissaient les noms des victimes.

Mia feuilleta sa liasse.

— Hé bien ! s'exclama-t-elle. Ça vous a pris combien de temps ?

— Pour obtenir la liste, à peu près dix minutes. Je conserve toutes les données liées à mes dossiers. Le plus dur était donc déjà fait. Mais j'ai mis près de trois heures à l'imprimer, parce que mon imprimante est un vieux modèle, particulièrement lent.

Elle vit le regard de Reagan s'assombrir.

— Qu'y a-t-il ? s'enquit-elle en fronçant les sourcils.

Il la regarda d'un œil froid.

— Il y a des flics, sur cette liste, dit-il en s'efforçant de rester calme.

Kristen sentit sa gorge se nouer, comme chaque fois qu'elle était stressée. Et, comme d'habitude, elle se reprit et demeura impassible. C'était l'un des plus précieux talents qu'elle possédait, cette capacité à se dominer.

Elle regarda Reagan droit dans les yeux, sans ciller.

— Bien sûr. Ces flics ont participé à l'enquête, répondit-elle.

— Pendant trop longtemps, ils ont vu les innocents souffrir et les coupables échapper à leur châtiment, dit Reagan d'un ton lugubre, citant la lettre du tueur.

Kristen serra les mâchoires, mais parvint à répliquer d'une voix neutre :

— C'est vous qui le dites, pas moi. Mais c'est vrai. D'autant qu'on sait maintenant que le tueur a accès à des informations confidentielles.

Du coin de l'œil, elle vit que Mia suivait la conversation en fronçant les sourcils.

Reagan feuilleta sa liasse d'une main impatiente et demanda :

— Où sont les noms des avocats, Kristen ?

— Ils sont tous sur la liste. Vous y trouverez les noms des avocats de la défense ainsi que ceux de tous leurs collaborateurs.

Il inclina la tête.

— Et votre propre bureau ? poursuivit-il en s'efforçant visiblement de rester calme. Et les procureurs ?

Elle laissa échapper un petit soupir.

— Dans toutes ces affaires, inspecteur Reagan, c'était moi, le procureur.

— Mais vous avez des assistants, n'est-ce pas, Kristen ? déclara Mia d'un ton neutre. Des secrétaires ?

A vrai dire, elle n'y avait pas pensé, mais il était aussi juste que judicieux d'adjoindre à la liste les noms des employés du parquet. Surtout depuis qu'on savait qu'il y avait peut-être une taupe qui renseignait le tueur.

— Je vais compléter la liste et vous en ferai parvenir une version augmentée juste après le déjeuner.

Elle prit son ordinateur portable et dit :

— A plus tard.

— Où allez-vous ? lança Reagan.

Irritée, elle se redressa et répondit :

— Le bureau du procureur ouvre à 9 heures.

Elle le regarda d'un air sévère et ajouta :

— Nous avons tous un travail à accomplir, inspecteur. Chacun le sien.

Il hocha la tête avec raideur et souleva la liasse qu'elle lui avait remise.

— Merci. Il nous aurait fallu des heures pour établir cette liste.

Il lui tendait le calumet de la paix, et elle l'accepta en hochant de la tête de manière courtoise.

— Des jours, même, rectifia Mia. Nous allons nous mettre à interroger les victimes dès aujourd'hui.

L'estomac de Kristen se noua.

— Ce sera une nouvelle épreuve, pour ces malheureux, dit-elle en regardant Mia. J'aimerais bien assister à ces entretiens, surtout à ceux que vous aurez avec les victimes de Ramey et de King.

Mia la gratifia d'un regard chaleureux et s'apprêtait à dire quelque chose lorsque Reagan répondit à sa place, avant qu'elle puisse articuler le moindre mot :

— Pourquoi donc, madame la substitut ? demanda-t-il d'un ton caustique. Vous avez peur qu'on force une victime à avouer ? Qu'on la torture ?

Mia lâcha un long soupir et grommela :

— Vous êtes à côté de la plaque, Reagan, elle…

Kristen leva une main conciliatrice.

— Ce n'est pas grave, Mia, dit-elle. Etant donné les circonstances, je comprends la réaction de l'inspecteur Reagan, même s'il se trompe.

Elle leva les yeux vers lui, comme pour le défier, et ajouta :

— Mettons les choses au clair, inspecteur. J'ai toujours eu de bonnes relations de travail avec la brigade des homicides du lieutenant Spinnelli. Tous vos nouveaux collègues pourront vous dire que je suis équitable et méthodique. Je ne sais pas si nous avons affaire à un flic, à un avocat, ou tout simplement à un cinglé qui a de très bonnes sources d'information… Mais, à ce stade de l'enquête, aucun d'entre nous ne peut se permettre d'écarter un suspect potentiel, quel qu'il soit. Même si c'est un flic. Surtout si c'est un flic, en fait. C'est justement parce que je respecte votre insigne que je ne veux pas le voir terni par un mouton noir qui ne représente en rien le travail que vous faites.

Il ouvrit la bouche et, cette fois, ce fut elle qui l'interrompit.

— Je n'ai pas fini.

Si les gens savaient combien elle devait s'entraîner, pour conserver ce calme de surface, même quand sa gorge était nouée par la tension…

— En me fondant sur mon expérience personnelle, aussi limitée soit-elle, reprit-elle, je ne crois pas que vous soyez du genre à maltraiter une victime de viol qui a déjà subi l'épreuve de devoir porter plainte et témoigner au tribunal. Mais, à en juger par votre réaction, à l'instant, je dois vous avouer que je m'interroge encore sur votre susceptibilité…

Il détourna les yeux d'un air penaud, et Kristen soupira.

— Je sais bien, ajouta-t-elle, que ces victimes comptaient sur moi pour obtenir réparation et justice, et que presque toutes me reprochent d'avoir échoué. Je n'ai pas à me sentir redevable vis-à-vis d'elles, mais je ne peux pas m'en empêcher. C'est pour ça que je veux être présente, quand vous les interrogerez. Vous pouvez trouver que je suis masochiste, si ça vous chante. Mais ne mettez pas en doute mon impartialité comme vous venez de le faire.

— Excusez-moi, dit-il à voix basse. J'ai dépassé les bornes, je le reconnais.

Il posa longuement les yeux sur elle, et son regard était presque aussi tangible qu'un contact physique. Elle resta un long moment bouche bée, puis hocha la tête, soit pour échapper à l'emprise de ce regard, soit pour rejeter les excuses d'Abe — elle n'en savait rien elle-même.

— Ce n'est pas grave, inspecteur, bredouilla-t-elle. Je comprends…

Mia se racla la gorge, et Kristen sursauta. Elle en avait presque oublié la présence de Mitchell.

— Nous vous appellerons dès que nous serons prêts à interroger les victimes, Kristen, conclut Mia.

Kristen sentit ses joues rosir. C'était vraiment ridicule

de perdre ainsi ses moyens devant un homme, telle une adolescente écervelée ! Mais les yeux de cet homme la fascinaient. Et elle était sûre qu'elle les avait déjà vus quelque part. *Mais où ?*

— Merci, dit-elle d'un ton cassant. Il faut que je file, maintenant, je vais être en retard.

Elle tourna les talons, et avait déjà parcouru la moitié du chemin jusqu'à la rue lorsqu'elle sentit une main se poser sur son épaule. Elle sut que c'était Reagan sans avoir à se retourner, et sans qu'il ait prononcé le moindre mot. Un picotement lui parcourut l'épaule, malgré les couches d'étoffe qui séparaient cette main de sa peau.

— Je vous raccompagne ? demanda-t-il.

Elle secoua la tête.

— Non, dit-elle, honteuse du timbre trop rauque de sa voix.

D'un air résolu, elle regarda droit devant elle et ajouta :

— Je vais prendre un taxi. Une voiture de location doit m'être livrée au bureau ce matin. Comme vous voyez, pas de souci de ce côté-là. Il faut vraiment que j'y aille, inspecteur.

Il retira lentement sa main, et elle se dirigea vers la rue en se gardant bien de se retourner.

Mais elle savait que Reagan la suivait des yeux.

Jeudi 19 février, 8 h 15

— Eh bien, Scott, voilà qui est intéressant, dit Zoe d'un air pensif, en sirotant une tasse de café noir.

Son cameraman répondit en bâillant :

— Quoi donc ?

— Mayhew est en train de gravir les marches du tribunal. Filme-la…

— Pourquoi ? demanda Scott en fronçant les sourcils. J'espère que tu n'es pas en train de faire une fixation sur cette proc'…

— Fais ce que je te dis. Et je veux un gros plan sur ses pieds.

— Tu ne serais pas un peu tordue ? maugréa Scott.

Mais il s'exécuta, et l'objectif de sa caméra suivit Kristen jusqu'en haut des marches, avant qu'elle ne s'engouffre dans le bâtiment.

Zoe lui prit la caméra des mains.

— Voyons voir, fit-elle.

Elle rembobina la cassette et fixa le viseur.

— Tu vois ? Regarde-moi ces chaussures…

Scott but une gorgée de café et répliqua :

— Oui, je les ai vues… Des Nike montantes. Qui ne vont pas du tout avec son tailleur.

Zoe leva les yeux au ciel.

— Non ! Regarde bien… Elles sont couvertes de boue.

Scott haussa les épaules.

— Et alors ? Elle est allée faire un jogging ce matin, voilà tout.

Zoe hocha la tête.

— Non, Mayhew ne fait pas de jogging. Elle fait de l'aérobic deux fois par semaine dans une salle de sport de son quartier.

Elle releva la tête et vit le visage mal rasé de Scott déformé par une grimace de dégoût.

— Tu es vraiment obsédée par cette femme, grommela-t-il. Tu la suis partout, hein ?

Zoe soupira d'un air excédé.

— Ne dis pas de bêtises. Je ne suis pas obsédée par Mayhew. Je n'ai fait que me renseigner sur ses habitudes. Comme ça, quand elle est sur un coup, je m'en aperçois. Comme ce matin, par exemple. Elle est allée quelque part avant de se rendre au travail…

Elle plissa les yeux et sentit le fin duvet de sa nuque se hérisser. Le journalisme d'investigation reposait sur l'instinct autant que sur la persévérance. Et sur la préparation. Et, ce matin-là, ces qualités étaient sur le point de payer.

— Notre dévouée représentante du ministère public mijote quelque chose, dit-elle d'un air pensif.

Elle se tourna vers Scott en arborant un sourire satisfait.

— On est sur le point de toucher le gros lot, mon vieux.

Jeudi 19 février, 10 h 15

John se tenait à la fenêtre, tournant le dos à Kristen, et il était visiblement tendu. Les bras croisés, il serrait les poings dès que Kristen lui révélait un nouveau détail de l'affaire.

— J'ai trouvé un message de l'inspecteur Mitchell sur ma boîte vocale une heure après mon arrivée au bureau, conclut-elle. Les policiers ont déterré les corps de trois membres de la bande des Blades. Même mise en scène, sauf pour la blessure au pubis.

Dans le reflet de la vitre, elle vit son chef serrer la mâchoire.

— Elle m'annonçait aussi qu'ils s'apprêtaient à se rendre sur la troisième scène de crime, celle où Ross King est probablement enterré.

— Vous savez quelle heure il est, Kristen ? demanda John après un instant de silence.

Il avait dit cela comme un père irrité qui gronde sa fille, coupable d'être rentrée après l'heure autorisée au foyer familial. Et cette attitude agaça Kristen au plus haut point.

— Oui, John. Ma montre est précise à la seconde près.

— Alors, pourquoi avoir tellement tardé à me tenir au courant ? lui lança-t-il. Douze heures après…

Kristen fronça les sourcils.

— Mais j'ai essayé de vous joindre. Je vous ai laissé trois messages sur votre répondeur, pour vous dire qu'il y avait une urgence.

Il se tourna vers elle en fronçant lui aussi les sourcils.

— Vraiment ? Trois messages ? s'exclama-t-il. Je n'en ai reçu aucun, pourtant.

Il sortit son téléphone portable de sa poche et pianota un instant sur le clavier.

— Je vais demander à Lois de contacter l'opérateur, ajouta-t-il. C'est inacceptable.

Son expression passa de la colère à l'inquiétude.

— Ça va, vous ? demanda-t-il.

Kristen haussa les épaules.

— J'en viens à espérer qu'un autre substitut soit le prochain destinataire de ce genre de cadeau, répondit-elle. Ça voudrait dire que le tueur n'est pas focalisé sur moi.

Elle se souvenait distinctement de chaque craquement du plancher de sa demeure, la nuit précédente. De ces interminables secondes passées à se demander si le tueur n'était pas tout près, en train de l'épier dans l'obscurité. Même si elle savait que Reagan avait inspecté le moindre placard, et jusque sous les lits…

Elle s'empressa de chasser de son esprit Reagan et son fascinant regard.

— Je ne me sens pas vraiment en danger, mais c'est quand même perturbant, admit-elle.

John appela Lois par l'Interphone.

— Lois, pouvez-vous convoquer une réunion d'urgence de tous les substituts, cet après-midi ? 13 heures. Présence obligatoire. Ceux qui sont au tribunal doivent passer me voir dans mon bureau avant de rentrer chez eux ce soir.

Il se tourna vers Kristen et lui dit :

— Comme ça, si le tueur tente le coup avec un autre de nos collègues, ils seront avertis.

Jeudi 19 février, 12 heures

— Merci de nous accorder un peu de votre temps, Miles, dit Mia en pénétrant avec Abe dans le bureau du Dr Westphalen, le psychologue de la brigade. Nous sommes confrontés à une situation très inhabituelle.

— Que s'est-il passé ? demanda Westphalen, en la dévisageant d'un air inquiet.

Lorsque Mia l'eut informé dans le détail des événements de la nuit, il dit :

— Montrez-moi ces lettres.

Mia lui tendit des copies des trois missives. Il les lut, puis les relut, avant de relever la tête et de retirer ses lunettes.

— Intéressant, fit-il.

— Je savais que vous réagiriez ainsi, dit Mia. Votre avis ?

— Il est sincère, répondit Westphalen. Et intelligent, avec ça. Soit il a une formation littéraire, soit c'est un autodidacte qui lit beaucoup. Il y a une sorte de… cadence poétique dans son style. On y perçoit un certain raffinement… et de la culture. Il écrit comme un grand-père instruit qui rédigerait des conseils de sagesse pour ses petits-enfants. Il est sans doute profondément croyant, même s'il ne mentionne ni Dieu, ni aucune religion en particulier.

Abe pinça les lèvres.

— C'est surtout un hypocrite, objecta-t-il. Il joue les justiciers et s'apitoie sur les victimes alors qu'il espionne le procureur Mayhew.

Westphalen haussa un sourcil et se tourna vers Mia.

— Qu'en pensez-vous ? demanda-t-il.

Elle laissa échapper un soupir dubitatif.

— Il semble nourrir une haine particulière envers les délinquants sexuels. Nous avons trouvé cinq corps aujourd'hui. Le violeur et le pédophile avaient tous deux les organes sexuels arrachés par un coup de fusil, alors que les meurtriers n'avaient reçu qu'une balle dans la tête. Et puis, il y a ce qu'il a fait à King…

— Le pédophile ? dit Westphalen.

Mia grimaça et poursuivit :

— Oui, le pédophile… Eh bien, soit il s'est fracassé la tête contre un mur en acier, soit notre « humble serviteur » lui a cogné le visage avec une rage incroyable. Il en a fait de la charpie. Sa propre mère ne l'aurait pas reconnu.

— Kristen l'a reconnu, elle, remarqua Abe.

Mia fronça les sourcils, et se tourna pour faire face à son partenaire.

— Qu'insinuez-vous par là ?

Abe haussa les épaules d'un air gêné.

— Ce n'était qu'une remarque en passant. Cela prouve qu'elle a l'œil.

Mia plissa les yeux.

— Vous lui en voulez encore ? demanda-t-elle sèchement.

Abe secoua la tête.

— Non, pas du tout ! s'exclama-t-il. C'est vrai qu'elle m'a un peu énervé, tout à l'heure, mais c'est oublié.

Westphalen les regardait d'un air perplexe, et Abe se sentit obligé de se justifier.

— Elle a fait une liste de toutes les personnes liées de près ou de loin aux crimes vengés par le tueur, et elle y a inclus des noms de policiers. Ça m'a un peu… étonné, c'est tout.

Pivotant dans son fauteuil, Mia se tourna vers Westphalen.

— Il faut dire que le tueur est au courant de détails qu'il ne devrait pas connaître, dit-elle.

— Des détails ? Lesquels ?

— Ramey étranglait ses victimes avec une chaînette avant de les violer. On en a eu la preuve, expliqua Mia. C'était son mode opératoire habituel. Mais le public n'en a jamais été informé, car cette preuve a été invalidée.

Westphalen se cala au fond de son fauteuil et se tourna vers Abe, en demandant :

— Et c'est ce qui vous trouble, n'est-ce pas ?

Abe fronça les sourcils.

— Bien sûr que ça me trouble… Ça veut dire qu'il y a eu des fuites.

— Ou que le tueur est l'un d'entre nous, précisa Mia.

Mia avait choisi les mêmes termes que le matin même, en se penchant sur la tombe improvisée de Ramey. *L'un d'entre nous.* Cela irrita Abe de la même façon. Il ne supportait pas l'idée qu'un flic puisse jouer les justiciers, se muer en assassin — et espionner une femme dans sa propre maison.

Surtout si cette femme était Kristen…

— Pourquoi nous a-t-il laissé leurs vêtements ? s'enquit Abe, pour changer de sujet.

Westphalen joignit les mains et demanda :

— Qu'aurait-il pu en faire ?

— Il aurait pu les jeter, répliqua Mia. Pourquoi ne les a-t-il pas détruits ?

Abe se mit à arpenter la pièce.

— Quelqu'un aurait pu le voir en train de les détruire, suggéra-t-il. Un chien aurait pu les sortir d'une poubelle. S'il les avait brûlés, nous aurions pu expertiser les cendres…

Il se tourna vers Mia, en souriant d'un air ironique.

— Quoi de plus sûr que de laisser ces vêtements sous la garde des flics ?

Mia lui rendit son sourire, non sans amertume.

— Oui, il est malin, admit-elle. Mais pourquoi les pierres tombales ?

— C'est ce que je trouve le plus fascinant, dans son mode opératoire, intervint Westphalen. Un tel symbole… Et puis, ça a dû lui demander pas mal d'efforts. Il a utilisé du vrai marbre ?

Abe cessa de faire les cent pas et s'assit à côté de Mia.

— Le labo nous le dira avec certitude, dit-il. Nous avons commencé à nous renseigner sur les graveurs de pierre. Il n'y en a pas tant que ça, dans la région.

— Nous essayons de trouver quelqu'un qui pourrait reconnaître sa façon de graver, expliqua Mia. Que pensez-vous de ce symbole ?

— La seconde date qu'il a gravée sur les pierres est le jour de l'agression des victimes, dit Westphalen. Comme si c'était le jour de leur mort. Pour lui, la vie des victimes s'est arrêtée le jour où elles ont été violées, même si elles sont encore vivantes… Il écrit qu'il a trop longtemps vu les coupables échapper à leur châtiment. Cela peut vouloir dire qu'il voit ça tous les jours à la télévision. Mais cela peut dire aussi qu'il a connaissance de meurtres et de crimes commis là où il vit.

Il haussa légèrement les épaules avant d'ajouter :

— Ou encore, qu'il voit de très près des coupables échapper à leur châtiment… Comme un policier, par exemple. En tout cas, je suis certain qu'il a lui-même subi récemment un traumatisme. Il y a une touche tellement personnelle, dans son comportement et dans ses écrits ! Il faudrait chercher parmi les gens qui ont subi une terrible perte, ces derniers temps.

— Une victime, ou un proche d'une victime ? demanda Mia.

— Peut-être, ou peut-être pas, répondit Westphalen en fronçant les sourcils. Il n'agit sous le coup de la colère que de manière sporadique, comme lorsqu'il a défiguré King ou qu'il a tiré sur les parties génitales des deux délinquants sexuels. On dirait qu'il s'empare d'eux méthodiquement, mais qu'une fois qu'ils sont en son pouvoir, il ne peut s'empêcher de céder à la colère. A l'inverse, la manière dont il les traque, dont il les enterre après leur mort, tout cela dénote beaucoup de calcul, de préparation. Je doute que vous trouviez des indices utiles sur les scènes de crime. En tout cas, pas dans un premier temps. Peut-être plus tard, s'il a l'impression de pouvoir agir en toute impunité, et que cela le conduise à commettre des imprudences. Mais cela n'arrivera peut-être pas avant longtemps…

— Merveilleux, maugréa Abe.

— Désolé, inspecteur, mais je n'ai pas le don de divination. Je pense que la perte ou le traumatisme qu'il a subi, et qui a déclenché cette série de meurtres, est très récent. Par contre, je ne crois pas que le crime dont il a été victime le soit. Il faut beaucoup de temps, pour accumuler autant de colère…

— Quel âge lui donneriez-vous ? voulut savoir Mia.

Westphalen haussa les épaules.

— Difficile à dire. Il écrit comme un lettré d'un certain

âge, mais il faut de la force physique pour déplacer des cadavres. Je dirais donc qu'il est assez jeune.

— Et pourquoi cible-t-il Kristen ? poursuivit-elle.

Le regard de Westphalen s'assombrit subitement.

— Je n'en sais rien, admit-il. Cela pourrait tenir tout simplement au fait que les journalistes aiment bien montrer son joli minois à la télé... Mais cet homme souffre à l'évidence d'une obsession. Kristen est-elle sous protection ?

Mia échangea un regard furtif avec Abe.

— Vous pensez que c'est nécessaire ? demanda-t-elle au psychologue.

— Peut-être bien. Sauf si les autres procureurs reçoivent à leur tour le même genre de « cadeaux ».

— Et vous croyez que ça va arriver ? s'enquit Abe.

La perplexité qui se lisait dans le regard de Westphalen se mua en franche inquiétude.

— Non, je ne le crois pas, répondit-il.

— Merveilleux, maugréa de nouveau Abe.

6

Jeudi 19 février, 13 h 30

— La prochaine fois, c'est moi qui choisis l'endroit où l'on déjeune, grommela Mia, en gravissant à toute allure l'escalier qui menait aux locaux de la brigade des homicides.

— C'était très bon, objecta Abe, qui la suivait de près. C'est le meilleur curry que j'ai mangé depuis longtemps.

Mia se tourna vers lui d'un air outré.

— C'était végétarien, lâcha-t-elle.

Jamais Ray n'aurait…

Elle n'acheva pas cette pensée. Ray n'était plus là. Elle avait un nouveau partenaire, à présent. Il fallait qu'elle s'y habitue. La veille, avant de se coucher, elle avait enfin pris le temps de consulter le dossier de l'homme avec lequel il lui fallait désormais faire équipe.

— Ce n'était qu'un repas, Mitchell. Vous n'en mourrez pas… Tiens, c'est quoi, ça ?

Mia ramassa l'épaisse pile de documents posée sur son bureau, identique à celle qu'Abe venait de trouver sur le sien.

— Les nouvelles listes de Kristen, dit-il. Elle a tenu sa promesse.

Mia feuilleta la liasse, s'arrêta sur une page où était fixé un petit Post-it vert fluo, et ne put réprimer un petit gloussement. En tête de la liste se trouvait le nom de Kristen elle-même, en caractères gras italiques, suivis, en caractères romains maigres, des noms de sa secrétaire, de trois autres substituts du procureur, et de son patron, John Alden lui-même.

— Ça va nous prendre des heures pour vérifier tout ça ! remarqua Abe en feuilletant sa propre liasse.

Mia le vit rougir, lorsqu'il atteignit la page marquée d'un Post-it.

— Je ne voulais pas l'insulter, ajouta-t-il. J'étais juste un peu étonné…

— Je crois qu'elle a compris, répliqua Mia.

Elle leva la tête et vit un inconnu traverser le bureau de la brigade et se diriger vers eux. Même si elle ne l'avait jamais vu, son visage avait quelque chose de familier : il ressemblait étrangement à Abe.

— Tiens, on dirait que vous avez de la visite, murmura-t-elle à ce dernier.

Abe leva les yeux, et un sourire vint illuminer son visage. Mia en resta bouche bée. L'impassible Abe Reagan en train de sourire ! Ce spectacle aurait presque suffi à lui faire oublier la règle qu'elle s'était fixée : ne jamais se laisser séduire par un flic.

Sauf qu'elle avait vu les yeux d'Abe étinceler chaque fois qu'il regardait Kristen. Elle savait donc à quoi s'en tenir. Mais le pauvre garçon avait encore du pain sur la planche : Kristen Mayhew était une dure à cuire, aussi bien sur le plan sentimental que dans l'exercice de son métier.

— Sean, dit Abe.

Les deux hommes s'embrassèrent, puis Abe se tourna vers Mia.

— Mon frère, Sean, expliqua-t-il.

— J'avais compris toute seule, fit Mia d'un ton sec.

Sean était aussi brun et beau garçon qu'Abe, mais, malheureusement, il portait une alliance à l'annulaire gauche.

— Je passais dans le quartier, dit Sean.

Abe eut un petit grognement amusé.

— Depuis quand viens-tu t'encanailler dans les quartiers populaires ? demanda-t-il.

Il se tourna vers Mia et précisa :

— Sean est agent de change.

— Depuis que maman m'a demandé de venir te saluer, répondit Sean. Elle veut être sûre qu'on te traite bien, ici… Papa l'a empêchée de venir elle-même faire un tour.

Abe esquissa un sourire.

— Ouf ! Je l'ai échappé belle, s'exclama-t-il. Ça fait plaisir de te voir. Comment va Ruth ?

— Mieux, maintenant que le bébé fait ses nuits.

Une ombre passa fugitivement dans le regard d'Abe, et Mia vit se dessiner sur ses lèvres un sourire crispé, mais sincère.

— Tant mieux, dit-il.

Le sourire de Sean s'estompa.

— Abe, reprit-il. Au sujet du baptême, samedi prochain…

Le regard d'Abe s'assombrit de nouveau, et il se força une fois de plus à sourire.

— J'y serai. C'est promis.

— Je sais. C'est juste que… Ruth est terriblement gênée, mais ses parents ont invité Jim et Sharon…

Le sourire disparut des lèvres d'Abe, et il serra les dents. Mia savait qu'elle n'aurait pas dû écouter cette conversation. Mais si les deux frères avaient voulu davantage d'intimité, ils auraient pu aller parler de leurs problèmes ailleurs. Les prénoms Jim et Sharon ne figuraient pas dans le dossier d'Abe, mais ils étaient visiblement très importants à ses yeux.

— Dis à Ruth que ce n'est pas grave, grommela Abe. Je viendrai quand même, et sans faire de scandale. L'église est bien assez grande pour nous trois.

Sean soupira.

— Je suis désolé, Abe.

— Je t'ai déjà dit que ce n'était pas grave, répliqua Abe, en affichant un sourire de façade. Vraiment.

— La bonne nouvelle, c'est que maman prépare un jambon braisé pour le repas de dimanche prochain. Elle a tenu à ce que je te le dise.

— Je vais l'appeler ce soir pour la prévenir que je serai là.

Il y eut un bref silence, pendant lequel le visage de Sean prit une expression affligée.

— Je suis allé avec Ruth à Willowdale, hier. Les roses sont magnifiques.

Mia vit la bouche d'Abe se contracter et comprit, cette fois-ci, de quoi il retournait. Willowdale était un cimetière, et elle avait lu dans le dossier d'Abe qu'il était veuf depuis peu.

— C'est moi qui les ai déposées, le week-end dernier. C'était ma première visite. Jusque-là, il m'était impossible d'y retourner.

Mia sentit son cœur se serrer.

A quoi pouvait bien ressembler sa vie, quand il était dans la clandestinité, et qu'il ne pouvait même pas prendre le risque d'aller se recueillir sur la tombe de sa femme ?

Elle éprouva subitement un mélange de respect et de compassion pour cet homme. Abe Reagan avait fait de grands sacrifices pour permettre d'arrêter de dangereux trafiquants de drogue.

Sean saisit le bras d'Abe et le serra fort.

— Je sais… A dimanche, mon vieux.

— Merci d'être passé, murmura Abe.

Lorsque son frère eut quitté le bureau, il s'affala dans son fauteuil et se plongea dans la nouvelle liste de Kristen.

Mia l'observait d'un œil amusé.

— Alors, c'est lui, la brebis galeuse de la famille, celui qui gagne bien sa vie ? demanda-t-elle.

Abe eut un petit rire bon enfant.

— Allez comprendre ! Il n'y a que des flics, dans la famille, et Sean préfère passer ses journées à jouer les financiers.

— Vous êtes flics de père en fils, chez vous ? s'enquit Mia.

— Ouais. Mon père est flic… à la retraite. Il a fait toute sa carrière comme îlotier. Mon grand-père également. Et l'un de mes frères est flic aussi.

Il crut bon de préciser :

— Il s'appelle Aidan, et il est célibataire.

— Je ne sors jamais avec des flics, répliqua Mia en souriant.

— Oui, ça vaut mieux, acquiesça-t-il avec une pointe d'ironie. Vous êtes une fille intelligente, à ce que je vois…

Elle haussa les sourcils et répliqua :

— Assez intelligente, en tout cas, pour déduire que Ruth est la femme de Sean, et que Debra, la vôtre, a été enterrée à Willowdale. Mais qui sont Jim et Sharon ?

Abe écarquilla les yeux, plus ébahi par le culot de Mia que par ses capacités de déduction.

— Ce sont les parents de Debra, répondit-il avec réticence. Je ne m'entends pas très bien avec eux… Vous êtes toujours aussi curieuse ?

— N'oubliez pas que désormais, vous êtes mon partenaire… Quand est-ce que Debra est décédée ?

— Ça dépend de votre vision philosophique de l'existence, rétorqua Abe.

Il poussa un long soupir lorsqu'il la vit froncer les sourcils d'un air perplexe.

— Debra a été grièvement blessée il y a six ans. Elle était déjà en état de mort cérébrale quand elle a été admise aux urgences. Elle ne s'est jamais réveillée.

Ce détail ne se trouvait pas dans le dossier d'Abe.

— Dans quelles circonstances a-t-elle été blessée ? demanda Mia.

Le visage d'Abe devint très pâle.

— Une balle destinée à quelqu'un d'autre l'a touchée par erreur.

— Destinée à qui ?

Comme si ce n'était pas inscrit sur le visage accablé d'Abe… Mia eut un élan de compassion pour le malheureux.

— A moi, murmura-t-il. Elle a été tirée par un jeune voyou qui cherchait à se venger, parce que j'avais arrêté son frère.

Il déglutit avant d'ajouter :

— Ce voyou était un piètre tireur.

Mia lui lança un regard empli de sympathie.

— Et elle est morte quand ? Techniquement parlant ?
— Techniquement parlant ? Il y a un an.
— Je suis navrée, dit-elle.
Abe hocha brièvement la tête.
— Merci, fit-il.
— Et l'assassin de votre femme, il est resté longtemps en prison ?
Abe serra les dents et détourna les yeux sans répondre.
— Six mois seulement, finit-il par lâcher.
Mia soupira.
— C'est comme celui qui a tué Ray… L'avocat de ce salaud a plaidé les circonstances atténuantes. Dans deux ans, il sortira de taule pour bonne conduite, et se pavanera de nouveau dans les rues de la ville…
Abe releva la tête.
— Eh bien, Mitchell, dans deux ans, celui-là, je vous promets qu'on l'aura à l'œil.
Ray t'aurait apprécié, Abe Reagan, songea Mia. *Malgré tes tendances à jouer les cow-boys.*
Elle savait à présent pourquoi Abe avait pris tant de risques. C'était son intense chagrin qui l'avait poussé à commettre des actes excessifs.
— Vous avez l'intention de recommencer à prendre des risques inutiles, comme à la brigade des stups ? demanda-t-elle.
Il esquissa un sourire et répondit :
— Non.
— Tant mieux.

Jeudi 19 février, 14 h 30

De sa camionnette, il vit une vieille dame, en tenue de femme de ménage, ouvrir la porte d'entrée et ramasser le colis qu'il avait déposé sur le perron, après avoir sonné à la porte.
Il mit en marche le moteur de sa camionnette, avec un

sourire satisfait. Tournant au coin de la rue, il s'engagea dans une ruelle et s'arrêta de nouveau. Il sortit de son véhicule et retira le panneau magnétique souple qui couvrait le flanc de la camionnette, dévoilant l'inscription peinte sur la carrosserie. Contournant le véhicule, il fit de même de l'autre côté. Puis il enroula les deux panneaux souples et les rangea à l'arrière de la camionnette, avant de se rasseoir à la place du conducteur.

Il fallait qu'il retourne au travail. A son emploi de jour. Son vrai boulot ne commencerait qu'à la tombée de la nuit.

Jeudi 19 février, 15 h 30

Kristen était assise dans sa voiture, redoutant l'épreuve qui l'attendait. Mitchell et Reagan n'allaient pas tarder à arriver. Ensuite, il lui faudrait faire face une nouvelle fois au regard accusateur de Sylvia Whitman.

Elle se remémora le procès Ramey.

Il faisait froid ce jour-là, tout comme aujourd'hui.

Les trois femmes portaient des vêtements modestes et ordinaires, ceux qu'elles mettaient tous les jours pour aller travailler. Elles semblaient à la fois pétrifiées et dégoûtées. Leurs compagnons contenaient à grand-peine leur fureur, en voyant Ramey près de son avocat. Elle se rappela la façon dont chacune de ces femmes était venue à la barre pour redonner sa version des faits, les mains jointes. La honte qui se lisait dans leurs yeux… La façon dont elles évitaient les regards…

Sauf le mien.

L'une après l'autre, elles avaient regardé Kristen avec espoir, voyant en elle leur unique soutien, dans cette salle du tribunal.

Comme elles s'étaient montrées courageuses ! Elles avaient gardé la tête haute, même quand l'avocat de Ramey avait tenté de leur faire perdre leur sang-froid, en mettant leur sincérité ou leur moralité en doute. Elles avaient tenu bon et aucune d'elles n'avait craqué… jusqu'à ce que le jury rende son verdict, et que Ramey sorte libre du tribunal.

Kristen inspira profondément. *Moi aussi, j'ai craqué, ce jour-là.*

Et la blessure s'était élargie ce matin même, lorsqu'elle avait découvert le corps émasculé d'Anthony Ramey.

Elle n'avait ressenti aucune compassion, ni pour Ramey ni pour sa famille. Elle avait refoulé ce qu'elle éprouvait réellement tout en observant le cadavre, au côté de Mitchell et Reagan. Mais, plus tard, elle avait dû se l'avouer : ce qu'elle avait ressenti était purement et simplement… de la satisfaction. Et même de la gratitude.

Leur « humble serviteur » avait tué un homme qui ne méritait pas de vivre, et dont elle se refusait à pleurer la mort. Cette réaction était inconvenante, certes, mais humaine.

Et, après tout, la « reine des glaces » était encore humaine.

La berline sombre de Mitchell se gara le long du trottoir, juste devant la voiture de Kristen : celle-ci vit la portière du passager s'ouvrir, et Reagan sortir du véhicule. Il se redressa et ajusta son nœud de cravate. Kristen sentit sa gorge se nouer tandis qu'elle admirait ses larges épaules, son corps athlétique, et la barbe naissante qui ombrait ses joues. Elle déglutit. Oui, sans aucun doute, elle était encore humaine.

Ses cheveux bruns ébouriffés par le vent, Reagan leva les yeux vers la maison puis, sans crier gare, posa son regard sur Kristen. Le cœur de la jeune femme tressaillit. Il était craquant, elle était bien forcée de le reconnaître.

Ce qui l'obligeait à admettre autre chose. Son sang pouvait encore s'échauffer, son pouls s'accélérer, pour d'autres raisons que la peur. Même si cet engouement était ridicule.

Ce qui l'agaçait le plus, c'était son incapacité à détacher les yeux de cet homme. Secouant la tête, elle ouvrit sa portière au moment où il allait galamment le faire pour elle. Elle sortit de son véhicule sans saisir la main qu'il lui tendait.

— Ça ira, dit-elle. Quoi de neuf ?

Ce fut Mia qui répondit :

— Nous avons informé les proches des victimes. Ils vont venir identifier les corps dans les heures qui viennent. La mère de King s'est mise à geindre si fort que j'ai cru que mes tympans allaient éclater. Et la petite amie de Ramey a failli griffer le beau visage d'Abe avec ses ongles longs.

Abe leva les yeux au ciel en entendant le compliment.

— Et nos amis les Blades ? demanda Kristen.

— Nous avons retrouvé les parents proches de deux des trois Blades assassinés. Impossible de trouver ceux du troisième.

Mia fronça les sourcils et ajouta :

— La petite amie de l'un d'eux jure qu'elle était avec lui, le 12 janvier, mais qu'il a disparu dès le lendemain. Le frère du deuxième affirme qu'il se trouvait encore chez lui le 20 janvier, et qu'il a disparu depuis. Une semaine entière sépare donc les deux disparitions.

Abe haussa les épaules.

— Avec un peu de chance, le médecin légiste pourra nous fournir une estimation de la date du décès, suggéra-t-il.

Il leva les yeux vers la maison et demanda :

— Bon, on y va ?

— Qu'allez-vous demander à Mme Whitman ? s'enquit Kristen. Comme on ne connaît pas les dates des décès, impossible de lui demander si elle a un alibi…

— Ce qui m'intéresse pour l'instant, répondit Abe, c'est de voir comment elle réagira à la nouvelle.

— Ça m'étonnerait qu'elle fonde en larmes, répliqua Kristen d'un ton impassible.

— Des larmes de joie, peut-être ?

— Même pas. Sylvia Whitman n'est pas du genre à pleurer.

Elle redressa les épaules et lança :

— Allons-y, finissons-en.

Mia et Reagan la laissèrent sonner à la porte. Sylvia Whitman leur ouvrit. Elle regarda Kristen avec mépris, mais n'eut pas l'air étonnée.

— Vous n'avez pas l'air surprise de me voir, madame Whitman, dit Kristen à voix basse.

— C'est parce que je ne le suis pas, répliqua la femme. Entrez donc, puisqu'il le faut.

Abe songea que cet accueil n'était pas des plus chaleureux, mais qu'au moins elle ne leur avait pas claqué la porte au nez. Mia lui avait parlé des suites du procès, et des lettres pleines de mépris que Sylvia Whitman avait adressées au patron de Kristen, en exigeant le renvoi de celle-ci pour incompétence.

A l'évidence, Kristen se sentait encore coupable de ne pas avoir obtenu la condamnation de Ramey. Mais une fois à l'intérieur de la maison, elle avait recouvré sa contenance habituelle, et son visage était aussi impassible que celui de Whitman. Abe dut reconnaître qu'elle ne manquait pas de sang-froid.

— Excusez-moi de ne pas vous offrir de thé, dit Mme Whitman en les précédant dans le salon.

Abe s'assit dans un fauteuil juste en face de leur hôte, afin de mieux épier ses réactions. Il ne plaisantait pas, la veille, lorsqu'il avait dit que l'une des victimes originelles pouvait très bien avoir tué les hommes dont ils avaient déterré les cadavres, près de l'arboretum. Même si ces cinq hommes avaient amplement mérité leur sort, cela ne changeait rien au fait qu'ils avaient été assassinés. Quelqu'un aurait pu imaginer ce scénario pour brouiller les pistes et satisfaire sa vengeance personnelle, tuant au passage d'autres criminels ayant bénéficié de la mansuétude de la justice.

Après s'être assise à son tour, Kristen joignit les mains sur ses cuisses serrées.

— Je vous présente les inspecteurs Reagan et Mitchell. Madame Whitman, pourquoi n'êtes-vous pas étonnée de me revoir ? demanda-t-elle avec un tel calme qu'Abe, devinant ce qu'elle éprouvait vraiment, fut impressionné par son cran.

Les lèvres pincées, Mme Whitman se leva et sortit une enveloppe d'un tiroir.

Encore une enveloppe, songea Abe.

Sans dire un mot, elle la tendit à Kristen, qui en sortit une lettre. La tenant du bout des doigts, elle la parcourut rapidement, avant de lâcher un soupir.

— « Ma chère madame Whitman, lut-elle à haute voix, ce que vous avez souffert dépasse l'imagination, et je ne reviendrai pas là-dessus. Je veux seulement que vous sachiez que votre bourreau a enfin été châtié comme il le méritait. Il est mort. Cela ne saurait réparer le tort qu'il vous a fait, mais j'espère que cela vous aidera à renouer avec la vie. »

Kristen leva les yeux vers les deux policiers, avant de lire la signature :

— « Votre humble serviteur ».

— C'est donc vrai ? demanda Mme Whitman. Ramey est mort ?

Kristen hocha la tête.

— Oui, dit-elle sobrement. Quand avez-vous reçu cette lettre, madame Whitman ? Et comment ?

— Je l'ai trouvée ce matin sur le paillasson, sous le journal auquel je suis abonnée.

Abe tiqua.

Kristen a donc découvert les offrandes macabres dans son coffre de voiture avant que cette lettre ne soit envoyée.

C'était là un élément intéressant. Il était prêt à parier que l'homme n'avait laissé aucune empreinte digitale sur la lettre, ni sur l'enveloppe. Mais on aurait une idée de l'heure de dépôt en se renseignant auprès du livreur de journaux.

— Y avait-il quelque chose d'autre, avec cette lettre ? demanda Abe.

Mme Whitman le regarda droit dans les yeux.

— Non, répondit-elle sans ciller. Juste cette lettre, c'est tout. Pourquoi ?

Kristen remit la lettre dans l'enveloppe et la tendit à Mia.

— Les inspecteurs vont vous demander où vous vous trouviez au moment de la mort de Ramey, dit-elle à Mme Whitman.

Mia glissa la lettre dans un sac en plastique.

— Nous vous serions très reconnaissants, madame Whitman, si vous et votre époux pouviez venir à la brigade pour que nous prélevions vos empreintes. Ainsi, nous pourrons les distinguer de celles de l'auteur de cette lettre.

— Je vais vous épargner cette peine, inspecteur, répliqua la femme d'une voix trop douce. Si Ramey a été tué de nuit, sachez que j'étais seule ici. Je suis seule ici toutes les nuits. Et je n'ai personne pour confirmer mon alibi. Je ne l'ai pas tué, mais je rends hommage à celui qui s'en est chargé.

— Et monsieur Whitman ? demanda Kristen.

— Il est parti.

Pendant un instant, Abe crut que la femme allait craquer. Mais elle inspira profondément, et cela suffit à lui faire reprendre contenance.

— Il a demandé le divorce un an après le procès, précisa-t-elle.

— Il faudra que vous nous donniez son adresse, madame, dit Abe.

Les yeux de la femme luisaient de chagrin et de colère — et d'humiliation, aussi. Abe sentit la compassion lui nouer le ventre et murmura :

— Je suis désolé.

Jeudi 19 février, 18 heures

Si les entretiens avec Sylvia Whitman et Janet Briggs avaient été froids, mais plutôt courtois, il n'en alla pas du tout de même avec Eileen Dorsey et son mari. En sortant de chez eux, les oreilles de Kristen résonnaient encore des cris et des éclats de voix qui avaient ponctué la conversation. Son cœur battait encore à tout rompre.

— Eh bien, c'était charmant, fit Mia en se frottant le front d'un air las.

Kristen s'adossa à sa voiture de location, parvenant à peine à maîtriser ses tremblements.

La voix de Reagan se fit entendre derrière elle :

— Vous allez bien, Kristen ?

Elle savoura la chaleur de sa voix et sentit les tremblements s'estomper. Elle ne voulait pas songer à ce qui l'apaisait ainsi, ne se demandait pas pourquoi elle se sentait autant en sécurité avec lui. Pour l'heure, elle se contentait d'en profiter.

Elle adressa un pâle sourire à Abe Reagan et dit :

— Je vais très bien, merci. Et je dois vous exprimer toute ma reconnaissance. La présence de deux inspecteurs armés les a vraiment poussés à parler… Au moins, on a appris qu'ils détenaient des armes à feu.

— Vous voulez dire une cinquantaine, intervint Mia. Mince, je n'avais encore jamais vu un tel arsenal chez un particulier.

Reagan appuya une hanche contre le capot.

— « Oui, j'ai une arme à feu, inspecteur », dit-il en singeant Stan Dorsey.

Kristen laissa échapper un petit rire, et sentit sa tension s'évanouir d'un seul coup. Abe venait d'imiter à la perfection le ton indigné de Stan Dorsey, lorsque celui-ci avait posé un énorme revolver sur la table de sa salle à manger, puis deux pistolets semi-automatiques, une carabine de chasse aux couleurs camouflage, et une kalachnikov AK-47. En regardant ses visiteurs d'un œil farouche, il avait alors ouvert son imposante armoire à fusils, laquelle contenait, au bas mot, une quarantaine d'autres armes.

— Et, si vous voulez tout savoir, je m'en suis servi récemment, pour m'entraîner, avait-il précisé.

Kristen se souvenait encore de la peur qu'elle avait ressentie, lorsque Dorsey lui avait déclaré bien en face qu'il rêvait toutes les nuits de farcir de plomb la carcasse d'Anthony Ramey. Il avait ajouté qu'il n'avait pas tué ce salopard, mais que si cela avait été le cas il aurait espéré que Kristen requière contre lui, à son procès : l'incompétence de la jeune femme était telle, selon lui, qu'il aurait été sûr de ne pas moisir longtemps en prison… Puis Dorsey s'était penché vers elle en serrant les poings, et avait dégoupillé sa dernière grenade verbale : il aurait aimé, avait-il vociféré, que Ramey ait sévi dans le parking de Kristen plutôt que dans celui de son épouse, le soir du viol. Ainsi, elle saurait ce que c'était que d'avoir été la victime d'un pervers tel que Ramey.

Elle avait alors perçu un mouvement, derrière elle. C'était Reagan qui venait de faire un pas en avant. Il ne l'avait pas touchée, n'avait pas dit un mot, mais Dorsey avait dû lire quelque chose de dissuasif dans son regard, car l'homme avait lentement baissé la tête, tout en reculant, sans desserrer les poings. Reagan avait tendu sa carte à Dorsey, par-dessus l'épaule de Kristen, en lui demandant de l'appeler s'il avait d'autres informations à leur fournir.

Mia secoua la tête.

— Je me demande, confia-t-elle, si leurs voisins savent qu'ils habitent à côté d'un tel arsenal. Il se prétend « collectionneur »… Tu parles !

Reagan haussa les épaules.

— Toutes les armes qu'il détient sont dûment déclarées et enregistrées. Ce n'est donc pas illégal, nota-t-il.

— Eux aussi ont reçu une lettre de notre « humble serviteur », ajouta Kristen.

Elle tenta de chasser de son esprit le regard luisant de rage de Dorsey. Il était assez vindicatif pour être le tueur, mais sans doute trop passionné pour avoir agi aussi méthodiquement.

— Ainsi que Janet Briggs, observa Mia.

— Soit notre tueur a eu recours à un mode de distribution du courrier extrêmement discret, soit il s'en est chargé lui-même, dit Abe. En supposant que toutes les victimes qu'il a vengées ont reçu de semblables missives, cela voudrait dire qu'il a effectué onze dépôts dans la nuit. Quelqu'un a forcément vu quelque chose. Nous allons donc nous renseigner auprès de tous les voisins de ces victimes. L'un d'eux a peut-être remarqué son manège.

— Bonne idée, fit Mia.

Son téléphone portable se mit à sonner, sur une seule note.

— Oui, répondit-elle dans l'appareil.

Elle plissa les yeux et demanda :

— Quand ?... D'accord, nous arrivons.

Elle rempocha son téléphone et releva la tête.

— Spinnelli vient de m'annoncer que le médecin légiste a du nouveau. Il nous attend dans le bureau de Spinnelli, il faut qu'on y soit le plus vite possible. Vous venez avec nous, Kristen ?

Kristen hocha la tête et sentit aussitôt son estomac se mettre à gargouiller.

— Oui, dit-elle, mais d'abord, il faut que j'aille manger un morceau. Inspecteur Reagan, c'est vous qui avez offert les sandwichs, hier soir, et les bagels ce matin. C'est mon tour de vous inviter : je vais passer prendre quelque chose à grignoter chez Owen, et je vous rejoindrai dans le bureau de Spinnelli. Dites au médecin légiste de m'attendre, avant de faire son rapport.

— C'est qui, Owen ? demanda Mia. J'espère que ce ne sera pas des plats végétariens.

Reagan leva les yeux au ciel.

— Le curry de légumes de tout à l'heure était très bon, protesta-t-il.

— Moi, rétorqua Mia, il me faut de la viande, sinon je frôle la crise d'anémie.

Reagan grommela, avec une pointe d'ironie dans la voix :

— C'est vrai que vous avez l'air particulièrement anémique, Mitchell...

Mia, qui avait une carrure plutôt solide, l'ignora et se tourna vers Kristen.

— Si ces plats sont à la viande, prenez-m'en un, dit-elle.

Kristen sourit et expliqua :

— Owen tient le petit restaurant où je vais manger habituellement. Vous voulez essayer son poulet frit ?

Mia soupira.

— Tope là ! fit-elle.

Jeudi 19 février, 18 h 15

Zoe referma son téléphone portable et s'écria :

— Bingo !

Scott bâilla et se mit à protester :

— Ce soir, j'ai un rendez-vous, Richardson.

— Moi aussi, j'avais un rendez-vous, répliqua Zoe.

Il faudra que je pense à l'annuler, d'ailleurs.

Si elle faisait vite, elle aurait peut-être bouclé un sujet pour le journal de 22 heures. Elle regarda deux voitures passer : la première était conduite par l'inspecteur Mitchell, accompagnée d'un homme qu'elle ne connaissait pas, mais sur lequel elle se promit de se renseigner. Kristen Mayhew était au volant de l'autre voiture, seule.

— Tiens, ce n'est pas sa voiture, ça, remarqua Zoe.

Scott bâilla de nouveau.

— Elle a peut-être acheté une nouvelle bagnole.

— Tu plaisantes ? Cette femme a l'intention de conduire sa vieille Toyota jusqu'à ce qu'elle rende l'âme, et elle peut encore rouler longtemps, j'en suis sûre…

Elle haussa les épaules lorsque Scott se tourna vers elle d'un air perplexe.

— Je connais son garagiste. Il me rancarde de temps en temps, expliqua-t-elle.

— Des confidences sur l'oreiller ? lâcha Scott en ricanant.

Zoe se mordit la langue pour ne pas répliquer vertement. Qu'elle le veuille ou non, elle avait besoin de lui pour tourner cette séquence.

Elle l'ignora et sortit son miroir de son sac à main. Son maquillage était toujours impeccable.

— En plus, ajouta-t-elle, cette voiture a un autocollant Avis sur l'une des vitres. Allez, viens, ce n'est qu'une petite interview.

— De qui ? s'enquit Scott. Ton héroïne vient de se tirer.

Une fois de plus, Zoe se garda bien de réagir. Le jour où Mayhew serait son héroïne, les poules auraient des dents. Son gagne-pain, peut-être, mais son héroïne, jamais !

— Tu n'as pas bien suivi, ou quoi ? demanda-t-elle. Elle vient de visiter trois maisons avec l'inspecteur Mitchell. Ça n'excite pas ta curiosité ? Tu ne veux pas savoir pourquoi ?

— Non. Mais tu vas me le dire, je n'en doute pas, fit Scott d'une voix traînante.

Elle serra les poings.

— Selon les archives, cette maison appartient à Eileen Dorsey, dit-elle. La précédente était celle de Janet Briggs, et la toute première celle de Sylvia Whitman. Les trois victimes d'Anthony Ramey…

Elle vit Scott écarquiller les yeux. Il n'était pas idiot. C'était juste un homme qui avait bêtement cru qu'une seule nuit de sexe, plusieurs mois auparavant, pouvait se transformer en une relation suivie, et qui lui en voulait parce que ça ne s'était pas passé comme il l'avait prévu.

— Je vois que ça t'arrive de regarder les infos, constata-t-elle en esquissant un sourire narquois.

Scott se redressa.

— Ramey a échappé à la prison, dit-il. Si la justice s'intéresse à lui aujourd'hui, c'est qu'il a récidivé… ou alors qu'il est mort.

Zoe sortit de la camionnette et ajusta sa jupe.

— Eh bien, fit-elle. Allons voir ce qu'il en est.

Jeudi 19 février, 18 h 30

— Kristen, ça fait plaisir de vous voir ! dit Vincent.

Il prit un sac en papier brun sous le comptoir.

— Votre commande est prête, ajouta-t-il.

Vincent travaillait pour Owen avant même qu'elle y prenne ses habitudes. C'était un homme doux et modeste, apprécié de tous.

Un fracas en provenance de la cuisine les fit sursauter.

— Encore un nouveau cuisinier ? demanda Kristen.

Vincent soupira.

— Celui-là, je lui donne deux jours, pas plus, déclara-t-il.

Owen avait embauché tant de cuisiniers, ce dernier mois, que Kristen avait cessé d'essayer de se souvenir de leurs noms.

— Aucune nouvelle de Timothy ? s'enquit-elle.

— Non. J'aimerais bien que sa grand-mère se rétablisse, répondit Vincent. Owen va devenir fou à lier, à force de changer de cuisinier. Aucun ne fait l'affaire.

— On pourrait peut-être aider Timothy à trouver une assistance pour sa grand-mère. Comme ça, il pourrait revenir travailler ici.

Vincent haussa les épaules.

— On lui a proposé de l'aide, mais Timothy a dit qu'il n'en voulait pas. Vous connaissez Tim…

Kristen hocha la tête.

— Je sais, dit-elle.

Timothy était un adulte atteint de trisomie 21, indépendant et fier. Elle l'imaginait bien refuser l'aide de son patron.

— Bonjour ! s'exclama Owen, sortant de la cuisine en s'essuyant les mains sur son tablier, qui ceignait sa taille un peu replète.

Il était robuste, sympathique, et sa tourte au poulet était excellente. Il gratifia Kristen d'un large sourire en se tournant vers elle.

— Vous m'avez manqué, ce midi, ajouta-t-il.

Elle fit une grimace.

— Je me suis contentée de biscuits au beurre de cacahuètes.

Owen se renfrogna.

— Vous allez finir par tomber malade, si vous ne vous nourrissez pas correctement.

— Je vous promets que je ferai attention. Je suis passée prendre une commande.

Owen parcourut la fiche et dit d'une voix étonnée :

— Trois sandwichs au poulet frit et trois tourtes au poulet ?

Kristen s'en pourléchait les babines.

— Avec des pommes de terre et de la sauce, précisa-t-elle.

— Tout y est, assura Owen. Qu'est-ce qui se passe, ce soir ? Vous avez des invités ?

Il prit le sac et se dirigea vers la porte d'entrée.

— Une réunion avec des policiers… J'ai proposé d'offrir le dîner, expliqua-t-elle.

Elle lui tint la porte et frissonna en voyant Owen s'avancer en manches de chemise dans le froid mordant, sans trembler le moins du monde. Il regardait autour de lui d'un air perplexe.

— Ma voiture est là, dit Kristen en désignant son véhicule de location.

Un sourire radieux vint illuminer le visage d'Owen.

— Ah, je vois que vous vous êtes enfin décidée à vous débarrasser de votre ruine.

— Ce n'est pas une ruine. Elle est juste un peu cabossée.

Elle ouvrit la portière du passager et Owen posa le sac sur le siège.

— C'était un tas de ferraille, insista Owen. Vincent prie pour vous tous les jours, en songeant que vous roulez avec ça. On était morts d'inquiétude chaque fois que vous repartiez d'ici dans cette guimbarde.

— En fait, j'ai loué une voiture, le temps que la mienne sorte du garage, dit Kristen.

Elle se mordit la lèvre en prononçant ce petit mensonge. Owen se renfrogna de nouveau.

— Je vous dis que c'est un tas de ferraille, Kristen. Vous allez vous retrouver en panne sur le bord de la route en pleine nuit et…

Il secoua la tête d'un air dégoûté et ajouta :

— Vous êtes vraiment têtue.

— Peut-être, mais cela m'épargne d'avoir un crédit à rembourser ! Ne restez pas dans le froid comme ça, Owen. Vous allez attraper froid.

7

Jeudi 19 février, 19 heures

— Où est Spinnelli ? demanda Mia.

Elle jeta sa veste sur la table autour de laquelle ils s'étaient réunis la veille. Abe constata qu'un tableau blanc avait été installé à leur intention. Une jeune femme en blouse blanche était déjà assise, et le manteau de Jack était posé sur le dossier d'une chaise — même si Jack lui-même ne se trouvait pas dans la pièce. La jeune femme se leva et tendit la main à Abe.

— Julia VanderBeck. Je suis médecin légiste.

Elle avait dans les trente-cinq ans, ses yeux étaient d'un brun chaud, et le châtain de ses cheveux rappelait la couleur d'un café-crème onctueux. Il la trouva jolie. Il aurait même pu la trouver attirante. Mais il ne pensait qu'à la peau ivoire de Kristen, à ses grands yeux verts et à ses boucles auburn.

— Abe Reagan, dit-il. Les cinq corps sont dans votre bureau ?

— Oui, mais si ça ne vous dérange pas attendons que tout le monde soit là pour commencer, cela m'épargnera de me répéter.

Elle avait dit cela poliment, mais avec une pointe de lassitude dans la voix.

Mia se laisser tomber sur sa chaise.

— Où est Spinnelli ? répéta-t-elle. Et Jack ?

— Nous voilà ! dit Spinnelli, qui venait de franchir

la porte, une marmite à la main. Nous avons de la visite, ajouta-t-il d'un ton amusé.

— Une bonne fée qui peut revenir quand elle veut, précisa Jack, les bras chargés de bols Tupperware.

Abe reconnut aussitôt les bols et les plats, avant même d'entendre la voix de sa mère. Elle fit son entrée dans la pièce et s'écria :

— Abe !

Elle se pendit à son cou et le gratifia d'un gros baiser sur la joue. Il se laissa faire en ignorant les sourires en coin de ses collègues.

— Maman, fit-il.

Elle lui sourit. Elle avait l'air tellement heureuse qu'il n'eut pas le cœur de lui dire qu'elle n'aurait pas dû venir. Il lui rendit son sourire. Il s'était demandé quand elle se déciderait à lui rendre visite sur son lieu de travail. Sean lui avait rapporté que leur père lui avait interdit d'y aller ; mais Becca Reagan n'était pas femme à s'en laisser imposer par son mari.

— Que fais-tu ici ?

— Je ne veux pas t'entendre dire que je n'aurais pas dû venir, lança-t-elle en gloussant. J'ai appelé le lieutenant Spinnelli pour avoir le numéro de ta ligne directe, et il a eu la gentillesse de m'apprendre que vous alliez travailler tard ce soir, et qu'il ne fallait pas que je m'inquiète.

Spinnelli souleva le couvercle de la marmite, et Abe reconnut aussitôt l'odeur du ragoût au chou-fleur de sa mère. C'était l'un de ses plats préférés.

Spinnelli inspira profondément, humant, en connaisseur, le fumet qui émanait de la marmite.

— Votre mère nous a proposé de nous apporter le dîner, dit-il en souriant. Comment pouvais-je refuser ?

Abe se courba pour embrasser sa mère sur la joue.

— Merci, maman, murmura-t-il.

Il vit ses joues rosir, et elle lui parut aussi belle que le jour où elle était venue à l'école élémentaire avec des gâteaux au chocolat, pour célébrer avec les autres gamins l'anniversaire de son fils.

— C'est vraiment sympa de ta part, ajouta-t-il.

— Mais c'est tout naturel ! s'exclama-t-elle.

Elle sortit des assiettes en carton et des couverts en plastique de l'énorme sac à main dont elle ne se séparait jamais.

— Je n'allais quand même pas te laisser mourir de faim ! poursuivit-elle.

Mia se pencha sur la marmite et huma son contenu.

— Il y a de la viande ? demanda-t-elle.

La mère d'Abe prit un air outragé.

— Bien sûr, répondit-elle. Vous n'êtes quand même pas végétarienne, ma chère ?

Mia éclata de rire.

— Non, madame, répliqua-t-elle. Je suis l'inspecteur Mia Mitchell, la nouvelle partenaire d'Abe.

Becca eut un air inquiet.

— Vous faites équipe avec lui ?

Mia gloussa.

— Ne vous en faites pas. Avec moi, il n'a rien à craindre.

Spinnelli acquiesça d'un vigoureux hochement de tête.

— On peut compter sur Mia, dit-il d'un ton catégorique.

Toujours perplexe, Becca se dirigea vers la porte.

— Eh bien, je vais vous laisser travailler, maintenant, annonça-t-elle.

Abe regarda Mia remplir l'assiette de Jack de ragoût, lequel leva les deux mains pour lui signifier qu'il n'avait pas faim à ce point.

— Je te raccompagne jusqu'au rez-de-chaussée, maman, dit Abe.

Elle attendit d'être au bas de l'escalier pour demander à son fils :

— Alors, qui était l'autre femme, celle en blouse blanche ?

— C'est le médecin légiste.

Abe ne put réprimer un gloussement en voyant l'air horrifié de sa mère.

— Je suis sûr qu'elle s'est lavé les mains avant de quitter la morgue, ajouta-t-il.

— Mince alors ! fit-elle.

Puis elle haussa les épaules et dit avec philosophie :

— Eh bien, je suppose qu'il faut bien que quelqu'un se charge de ce genre de travail. Et ta nouvelle partenaire ? Ça se passe bien, avec elle ?

Elle lui jeta un regard plein de sous-entendus et ajouta :

— Elle est mignonne.

Abe éclata de rire.

— Arrête un peu, maman ! Il ne faut surtout pas que je lui plaise, tu sais. Ça risquerait de la troubler, et de l'empêcher d'arrêter les méchants…

Becca sourit et répondit :

— Tu as raison. Tu me rapporteras les plats ?

— Dimanche, quand je viendrai manger le jambon… voire avant, si j'arrive à me libérer.

— Ah, je vois que tu as parlé avec Sean.

Son sourire s'estompa.

— Donc tu es au courant, pour le baptême.

Abe poussa un long soupir et garda le silence.

Oui, je suis au courant.

Il s'était efforcé de confiner cette pensée dans un coin de sa tête, mais elle n'avait cessé de le tourmenter plus ou moins consciemment. A présent, la perspective de revoir Jim et Sharon revenait lui nouer l'estomac. Ses relations avec les parents de Debra n'avaient jamais été très chaleureuses, mais elles avaient même tourné à la franche hostilité, peu avant la mort de sa femme. Il serra sa mère dans ses bras et dit :

— Ne t'inquiète pas. Je te promets que je ne gâcherai pas le baptême de ma nièce.

— Je n'ai jamais pensé que tu pourrais te montrer odieux, Abe. Mais je ne voulais pas que tu sois pris au dépourvu, voilà tout.

En effet, ce n'était pas son genre de prendre les gens en

traître. Elle était restée fidèle à ses enfants, contre vents et marées. Et c'est bien pour ça qu'il l'aimait tant.

— Eh bien, me voilà prévenu, maintenant ! conclut-il.

Il déposa un baiser sur sa joue et ajouta :

— Merci pour le dîner, maman. Je passerai te voir dès que j'aurai un moment de libre.

Elle lui caressa la joue.

— Je suis tellement contente que tu aies un nouveau travail, murmura-t-elle.

— Je m'en doute, dit-il.

— Je m'inquiétais pour toi tous les jours, tu sais…

Elle était l'épouse d'un flic et avait enfanté deux autres flics. Elle connaissait les risques du métier et avait appris à vivre avec, mais le long passage dans la clandestinité que venait d'effectuer Abe avait plongé sa famille dans les affres de l'inquiétude. Abe ne pouvait l'ignorer. Au début de sa mission secrète, il avait risqué des visites mensuelles au foyer parental ; mais plus il avait avancé dans sa mission, plus ces visites s'étaient espacées. La dernière fois qu'il y était allé, c'était juste après le décès de Debra. Une année s'était écoulée depuis. Une année passée dans le secret le plus absolu, comme une plongée au cœur des ténèbres. Mais tout cela était derrière lui, désormais. A présent, il pouvait rendre visite à ses parents à sa guise.

— Je sais, maman… Mais maintenant tout va bien, je t'assure.

Les mains de sa mère restaient plaquées sur ses joues, et il commençait à avoir une crampe dans la nuque, à force de rester penché en avant, mais il ne chercha pas à se libérer de son étreinte.

— J'espère que tu ne t'es pas senti trop gêné par ma visite, ce soir, Abe. Je n'ai tout simplement pas pu m'en empêcher.

— Je t'aime, maman. Tu as été formidable.

Son regard se brouilla, et il se força à sourire pour rompre la solennité de l'instant.

— Mais il vaut mieux que tu n'en fasses pas une

habitude… Ce serait comme avec des chats de gouttière : quand on prend l'habitude de les nourrir, on n'arrive plus à s'en débarrasser !

Elle éclata de rire et relâcha son étreinte, avant de désigner une porte vitrée qui donnait sur la rue.

— Abe, va aider cette dame. Elle est trop petite pour porter un tel fardeau.

Kristen était en train d'essayer d'ouvrir la porte d'une main, tandis qu'elle tenait de l'autre un volumineux sac en papier. Abe se souvint qu'elle avait promis de rapporter de quoi manger. Ne restait plus qu'à espérer que cela puisse être conservé au réfrigérateur, car il doutait fort que ses collègues aient encore faim, après avoir englouti le ragoût de sa mère. S'empressant d'ouvrir la porte, il lui prit son sac des mains.

— Laissez, je m'en charge.

Kristen se redressa et dit :

— Merci. Ce sac n'avait pas l'air si lourd, quand Owen l'a porté jusqu'à ma voiture.

Elle jeta un coup d'œil à la mère d'Abe, qui attendait avec une évidente impatience d'être présentée. Puis elle se tourna vers Abe d'un air perplexe.

— Kristen, je vous présente ma mère, Becca Reagan. Maman, voici Kristen Mayhew, qui travaille au bureau du procureur.

Sa mère toisa Kristen de la tête aux pieds.

— Vous avez l'air plus grande, à la télé, remarqua-t-elle.

Kristen lui adressa un sourire poli.

— Vous êtes la première à me le dire. Merci.

— Un de ces jours, je vais coller une gifle à cette horrible journaliste qui vous harcèle. Ça lui apprendra les bonnes manières.

De poli, le sourire de Kristen se fit sincère.

— Ça, c'est gentil, madame Reagan. Je dois vous avouer que j'en ai souvent eu envie, moi aussi.

— Ma fille veut être juriste, dit Becca d'un ton pensif.

— Annie ? demanda Abe, surpris.

— Non, pas Annie ! répliqua Becca en fronçant les sourcils. Annie a déjà un métier. Rachel. Tiens-toi au courant, Abe.

— Rachel ne peut pas avoir envie de devenir juriste, objecta-t-il. C'est encore une petite fille.

Rachel était la dernière-née de la famille Reagan. Une surprise tardive, qui avait réenchanté le couple formé par Becca et le père d'Abe. Abe avait vingt-deux ans de plus qu'elle, et les trois frères la considéraient davantage comme leur fille que comme leur sœur.

— Rachel a treize ans, remarqua Becca sèchement. Et tu ferais mieux de te rappeler la date de son anniversaire. Pas de peluche, cette fois… Elle est trop grande, désormais.

Abe eut une exclamation de surprise. Rachel ne pouvait avoir treize ans. Cela lui semblait tout simplement impossible. Treize ans, cela voulait dire le maquillage, la coquetterie et… les garçons. Cette pensée le fit frémir.

— Alors, que voudrait-elle que je lui offre, pour son anniversaire ?

— Des sous, lâcha Becca.

Elle se tourna vers Kristen et ajouta :

— Elle veut faire le même métier que vous.

Kristen écarquilla les yeux.

— Que moi ?

— Bien sûr. Elle vous voit souvent à la télé. Accepteriez-vous d'en parler un peu avec elle ?

Un sourire amusé se dessina sur les lèvres de Kristen, et Abe retint son souffle. C'était un sourire espiègle et bienveillant, qu'il n'avait jamais vu, jusqu'à présent, illuminer son beau visage.

— Vous voulez que je l'en dissuade, madame Reagan ? demanda Kristen.

— Je ne sais pas. Vous trouvez que ce serait préférable, que c'est un métier trop dur ?

Kristen haussa les épaules.

— Certains jours, oui, répondit-elle. Mais le plus souvent,

non. En tout cas, je serais heureuse d'en discuter avec elle. Votre fils a mon numéro de téléphone au bureau.

Votre fils. Il y avait dans cette façon de le désigner la même distance que la veille. Cette politesse excessive commençait à irriter Abe. Il avait un prénom, quand même ! Elle appelait Mia, Jack et Marc par leurs prénoms, comme le voulait la règle, entre gens qui travaillent ensemble.

— Il faut qu'on se mette au boulot, maman, dit-il brusquement. Les collègues nous attendent, là-haut. Fais bien attention, sur le chemin du retour.

Becca parut étonnée par la brusquerie de son ton.

— Ne t'en fais pas, répliqua-t-elle. N'oublie pas de me rapporter mes plats.

Elle les salua de la main et sortit du bâtiment.

Kristen le regarda d'un air méfiant.

— Quels plats ? demanda-t-elle.

— Maman a apporté un petit encas, expliqua-t-il.

Kristen s'engagea dans l'escalier en déboutonnant son manteau.

— Un petit encas ?

— Nous garderons le poulet frit pour le petit déjeuner, dit-il. Ce ne sera pas trop copieux ?

Elle haussa les épaules.

— Non, pas du tout.

Jeudi 19 février, 19 h 15

Spinnelli était en train d'avaler une dernière bouchée de ragoût lorsqu'ils pénétrèrent ensemble dans la salle de réunion.

— J'étais sur le point d'envoyer une équipe de recherche, railla-t-il. On commençait à s'impatienter.

— Eh bien, pas moi ! fit Mia en léchant sa fourchette. Si vous n'étiez pas revenus, j'aurais pu me servir une autre assiette.

— Vous nous en avez laissé ? demanda Abe, en jetant un coup d'œil dans la marmite de sa mère.

Mia sourit.

— Seulement les légumes, répondit-elle d'un ton blagueur.

Abe posa le sac en papier de Kristen sur la table, et en sortit deux emballages en polystyrène.

— Eh bien, dit-il, mettons-nous au travail. Julia, qu'avez-vous à nous dire au sujet des corps ?

Julia sortit un bloc-notes de sa serviette.

— Les cinq corps ont été apportés à l'institut médico-légal à 14 heures.

Abe tendit à Kristen l'une des deux parts de poulet frit, et elle sentit ses doigts chauds effleurer son poignet. Elle se souvint de ce qu'elle avait ressenti, chez les Dorsey, lorsqu'il avait mis fin d'un seul regard aux récriminations du mari. Elle se souvint de l'impression de sécurité qu'elle avait éprouvée alors.

Ce qu'elle ressentait à présent était plus troublant encore.

Il s'assit juste à côté d'elle. Kristen n'eut pas l'impolitesse de déplacer sa chaise, pour s'éloigner de lui. Elle resta donc où elle était, et se concentra sur l'ordre du jour.

Il y avait cinq cadavres à la morgue. Et l'homme qui les y avait expédiés projetait sans doute déjà d'en envoyer un sixième…

— La cause du décès ? Il s'agit bien d'une blessure à la tête, provoquée par une arme à feu ? demanda-t-elle à Julia.

Julia fit non de la tête.

— Si ça pouvait être aussi simple… En fait, c'est un peu plus compliqué que ça. Alors, ouvrez grand vos oreilles. Il y a donc cinq corps. Tous ont été blessés par balle, à la tête. Mais ces blessures n'ont provoqué la mort que des trois Blades. Les blessures à la tête de Ramey et de King sont postérieures à leur décès, et ont été causées par une autre arme.

Julia s'interrompit, comme pour s'assurer que toute l'assistance écoutait avec attention.

— Ramey a été étranglé, reprit-elle. Les radios montrent que son larynx a été broyé avec une chaîne. J'ai réussi à obtenir un bon cliché des traces de strangulation. Le tueur n'y est pas allé de main morte. Les sillons qu'il a laissés sont profonds.

Elle tendit une photo à Jack. Celui-ci l'examina avant de la passer à son voisin.

— Je vais peut-être même pouvoir faire un moulage de l'empreinte des maillons, inscrite dans la chair. Je vous tiendrai au courant. Ramey avait en outre une fracture à la base du crâne. Ce qui laisse penser que le tueur l'a frappé avec un objet contondant, avant de l'étrangler.

— Quel genre d'objet contondant ? s'enquit Mia.

— Je n'ai pas encore réussi à le déterminer. S'il y a du nouveau de ce côté-là, je ne manquerai pas de vous en informer. Le corps de Ramey ne présentait aucune trace de blessures défensives. Il n'y avait pas de résidus organiques sous ses ongles. J'ai par contre trouvé des traces de poudre autour du trou qu'il a dans la tête. Il avait aussi des écorchures aux poignets et aux chevilles.

— Le tueur a donc assommé Ramey, l'a ligoté, puis l'a étranglé. Ensuite, il lui a logé une balle dans la tête et l'a déplacé pour l'enterrer, résuma Spinnelli, en inscrivant ce qu'il était en train de dire sur le tableau blanc. La blessure à la tête était superflue.

— Il se venge, mais cela ne lui suffit pas, fit Reagan d'un air pensif. Alors, lorsqu'il transporte le corps sur le lieu de la mise en terre, il tire une nouvelle fois sur lui. Et, comme cela ne lui suffit toujours pas, il lui tire un coup de fusil dans le pubis.

— Nous avons passé la scène de crime au peigne fin, dit Jack. On a trouvé du petit plomb de chasse. De même pour King.

— Impossible d'utiliser un silencieux sur un fusil de chasse, déclara Mia. Une telle détonation s'entend de loin. Quelqu'un a dû l'entendre.

Spinnelli hocha la tête.

— Nous interrogerons les riverains demain, annonça-t-il.

Il traça trois colonnes sur le tableau blanc, surmontées des noms « Ramey », « Blades » et « King ».

— Quand Ramey a-t-il été vu vivant pour la dernière fois ? demanda-t-il.

Mia ouvrit son bloc-notes et répondit :

— Sa mère a déclaré qu'elle l'avait vu pour la dernière fois le 3 janvier. Sa petite amie confirme. Elle en est même sûre, parce que Ramey lui a posé un lapin ce soir-là.

Kristen inspira profondément, tandis que Spinnelli notait cette date dans la colonne « Ramey ». Le crissement du feutre sur le plastique blanc la fit grincer des dents.

Les rayures bleues. C'est ce soir-là qu'elle avait choisi le papier peint à rayures bleues. Mais elle n'avait sorti les échantillons que le surlendemain, lorsque l'insomnie l'avait poussée à retapisser ce mur.

— Il a dû mettre la caisse contenant les effets de Ramey dans mon coffre le lendemain ou le surlendemain, au plus tard.

Elle jeta un coup d'œil à Spinnelli, dont la moustache frémissait de colère, avant de poursuivre :

— C'est cette nuit-là que j'ai sorti les échantillons. Vous pouvez interroger mes voisins pour leur demander s'ils n'ont rien vu de louche, cette nuit-là. Mais dans le quartier, tout le monde est au lit avant minuit.

— Quels échantillons ? demanda brusquement Julia.

Spinnelli adressa un regard à Kristen, pour lui signifier qu'elle pouvait mettre Julia au courant.

— Le tueur a laissé des lettres dans mon coffre de voiture.

— Je sais, répliqua Julia. Mais de quels échantillons s'agit-il ?

— Dans la lettre qui était avec les vêtements de Ramey, il mentionne des échantillons de papier peint que j'ai disposés sur le mur de mon salon.

Julia se cala au fond de sa chaise en fronçant les sourcils.

— Il vous épie ?

— On dirait bien, fit Kristen.

Elle sentit un frisson lui parcourir l'échine et ajouta :

— Ne me regardez pas comme ça, Julia.

Mais Julia continua de la fixer avec intensité, avant de sortir lentement d'autres photos de sa serviette. Kristen reconnut le visage tuméfié de Ross King.

— Ross King a été frappé avec un objet contondant à la tête et aux épaules, expliqua-t-elle.

Elle brandit l'une des photos et désigna quelque chose du bout de son stylo.

— Ici, nous pouvons voir une fracture derrière l'oreille droite, et une autre sur la tempe gauche, poursuivit-elle. Vu la forme de l'hématome, je pense qu'il s'est servi d'une batte de base-ball.

— King était entraîneur de softball, murmura Kristen. Il y a une sorte de logique, dans le choix de cette arme.

Reagan saisit l'une des photos pour l'examiner de plus près.

— Vous avez trouvé des éclats de bois ? s'enquit-il.

— Non, pas un seul. Je penche donc pour une batte en aluminium.

— Il a été frappé à mort ? demanda Mia.

Julia secoua la tête.

— Je ne le sais pas encore. Et je ne le saurai qu'en pratiquant l'autopsie. Mais je dirais plutôt que le décès de King est dû à une blessure par balle, dans la poitrine.

Elle sortit une autre photo, où l'on voyait en gros plan les points de suture qui parcouraient le torse de King, et désigna une petite plaie en forme de demi-cercle.

— Oui, ça ressemble bien à une blessure par balle, convint Reagan.

— Je pense que le tueur a dû récupérer la balle dans le poumon de King, dit Julia en lui tendant la photo. On ne voit pas de projectile sur les radios, mais la moitié de son poumon gauche a disparu. Or il n'y a pas de blessure de sortie. Quant à savoir pourquoi le tueur tenait tant à récupérer la balle, c'est à vous de le découvrir, pas à moi.

— Et de quoi s'est-il servi, pour recoudre l'incision ? demanda Spinnelli.

— D'un fil de lin, répliqua Julia en haussant les épaules. Qu'on peut trouver dans n'importe quelle quincaillerie du pays.

— Une balle dans la tête, et une balle dans le cœur, marmonna Kristen, en adressant à Julia un regard appuyé.

Elle connaissait trop bien cette femme pour ne pas se douter qu'elle ne leur avait pas encore tout dit.

— Quoi d'autre ? ajouta-t-elle.

Julia lui rendit son regard, et Kristen perçut de l'inquiétude dans ses yeux.

— Il a tiré dans les genoux de King, répondit Julia.

Elle sortit une autre photo de sa serviette et la tendit à Jack.

— Nous avons vu les blessures aux genoux quand nous l'avons déterré, dit ce dernier d'un air songeur. Mais nous ne sommes pas parvenus à déterminer leur origine.

— Ces blessures ont été causées par des balles, révéla Julia. C'est ce qu'indiquent les radios. L'autopsie nous en dira davantage. Sur les radios, on voit que les deux rotules ont été fracassées. Ou plutôt pulvérisées. Il a tiré à bout portant, et il s'est servi d'une arme très puissante.

— Il a immobilisé King pour l'empêcher de s'échapper, murmura Kristen.

Sans qu'elle sache vraiment pourquoi, cette pensée la perturbait davantage que le meurtre lui-même.

Julia étala une autre série de clichés sur la table.

— C'est bien ce que j'en ai déduit, dit-elle. Voici d'autres données que vous pouvez inscrire sur votre tableau, Marc. Les trois Blades ont été tués d'une seule balle dans la tête, entre les deux yeux. Aucune trace de poudre. Aucune trace de coups, comme sur les deux autres victimes. Aucune blessure défensive.

Elle leva les yeux et regarda fixement Kristen.

— Il faudra que les balisticiens vous le confirment, mais

à en juger par l'angle d'entrée de chacun des projectiles, je pense que le tueur a tiré d'une certaine hauteur. L'absence de résidu de poudre indique qu'il se trouvait bien plus haut que ses cibles.

Mia se pencha sur les photos et demanda :

— A quelle hauteur, selon vous ?

Julia haussa les épaules avant de répondre :

— Entre sept et dix mètres, peut-être.

— A moins qu'il n'ait pris la peine d'effacer les traces de poudre, suggéra Mia d'un ton peu convaincu.

Kristen poussa un long soupir. Elle comprenait maintenant pourquoi Julia paraissait si inquiète.

— Il ne les a pas assommés d'emblée, conclut-elle. Ils étaient donc conscients, quand il leur a tiré dessus. Je n'arrive pas à croire qu'un Blade ne se soit pas défendu.

Elle leva les yeux et vit que Reagan l'observait. Cette fois, elle trouva son regard étrangement réconfortant.

— Ils ne l'ont pas vu, lâcha-t-elle à voix basse. Il les guettait du haut d'un toit.

Reagan hocha lentement la tête et prononça les mots que tous avaient à l'esprit :

— Nous avons affaire à un tireur d'élite.

Mia se cala sur sa chaise et ajouta :

— Et à un homme qui met froidement et minutieusement ses victimes hors de combat… et puis qui se déchaîne sur elles comme un dément.

Kristen frissonna. Elle était transie de froid, malgré la chaleur qui régnait dans la pièce. Malgré la chaleur rassurante dégagée par Reagan, juste à côté d'elle.

— Et c'est un tueur de cette trempe qui m'épie, murmura-t-elle.

Spinnelli posa son feutre sur la table.

— Bon sang, grommela-t-il.

*
* *

Jeudi 19 février, 19 h 45

Le tableau blanc était couvert des notes inscrites par Spinnelli au fil de la réunion, et pourtant Kristen avait l'impression qu'ils n'avaient fait qu'effleurer la personnalité de son « humble serviteur ».

— Nous savons à présent, dit-elle, qu'après avoir tué ses victimes, en des lieux qui restent à déterminer, il les a transportées dans un endroit clos, où il a photographié et nettoyé les corps. Ensuite, il a emporté les cadavres près de l'arboretum et les a enterrés.

Kristen ne pouvait détacher son regard du tableau blanc. Elle avait été bouleversée d'apprendre que l'homme qui l'épiait la nuit se servait d'un fusil à lunette pour abattre ses victimes. Mais une tranche d'omelette norvégienne préparée par la mère de Reagan l'avait un peu requinquée. Mme Reagan cuisinait encore mieux qu'Owen, elle était bien obligée de l'admettre.

— Vous avez oublié de mentionner les mutilations sexuelles pratiquées après le décès de deux de ses victimes, observa Mia.

Kristen soupira.

— Oui, il faut en parler, admit-elle.

Reagan se cala au fond de sa chaise, les bras croisés.

— Il a abattu ses victimes proprement, efficacement, résuma-t-il. Mais les délinquants sexuels ont eu droit à un petit bonus.

— Il a peut-être été lui-même victime d'abus sexuels ? hasarda Jack.

— Ou l'un de ses proches l'a été, ajouta Spinnelli.

— Ou les deux, fit Kristen en soupirant.

Elle leva les yeux et évita ceux de Reagan avant de dire :

— Il est vrai que les proches des victimes, en général, développent un type de réaction qui diffère de celui propre aux victimes.

Abe fronça les sourcils. Il y avait quelque chose, dans

la façon dont elle avait dit ça, qui le mit immédiatement en alerte.

— Stan Dorsey en est un bon exemple, répondit-il.

Pourquoi fuyait-elle son regard ? Peut-être était-elle encore sous le choc de l'entretien tendu qu'ils avaient eu avec les Dorsey ? Lui-même avait passé un moment difficile, après tout — alors qu'il avait plus d'une fois dans sa vie rencontré ce genre d'excités. Ce regard de dément, toutes ces armes à feu… Il y avait de quoi avoir froid dans le dos. Kristen ne devait pas voir ce genre d'arsenal tous les jours.

Elle lui lança un sourire distant, crispé.

— Oui, tout à fait, concéda-t-elle.

Elle se pencha vers Mia, fuyant son regard. Il aurait voulu la prendre par les épaules et la forcer à tourner les yeux vers lui, mais il s'en garda bien.

— Rappelez-moi ce qu'a dit Miles Westphalen ce matin, dit-elle.

Mia jeta un coup d'œil à Abe avant de répondre :

— Il estime que notre homme a vécu récemment un événement traumatisant, et que c'est ce choc qui a déclenché sa folie meurtrière. Miles a précisé que, si le tueur a été lui-même victime d'un crime, ce crime a dû survenir il y a longtemps. Selon lui, c'est donc un traumatisme récent qui a réveillé de vieux démons, remontant à un passé plus lointain.

Mia se tourna vers Spinnelli, avant de regarder Kristen et d'ajouter :

— Miles nous a demandé si vous étiez protégée.

Kristen resta impassible.

— Il pense que j'en ai besoin ?

— Oui, répliqua Mia sans ciller.

Kristen tapota du doigt sur la table un bref instant. S'il ne l'avait pas observée du coin de l'œil, Abe n'aurait jamais décelé le léger tremblement de ses mains. Pas étonnant qu'elle soit d'une telle efficacité, au tribunal. Elle affrontait l'adversité avec un art consommé de la maîtrise de soi.

— Il ne m'a pas menacée personnellement, objecta-t-elle.

— A votre place, je demanderais une protection, Kris, dit Julia d'un ton grave.

Les mâchoires de la jeune femme se crispèrent.

— J'aviserai en fonction des événements. Pour l'instant, je ne tiens pas à me retrouver prisonnière dans ma propre maison, et je refuse que l'on m'en chasse. Qu'est-ce que Westphalen a dit d'autre ?

Mia, qui connaissait bien Kristen, abandonna le sujet de sa protection.

— Il était très intéressé par les pierres tombales, répondit-elle.

— Alors parlons-en, intervint Spinnelli. Jack, qu'avez-vous à nous dire à ce sujet ?

Julia se leva alors et déclara :

— Moi, je n'ai rien d'autre à vous apprendre pour aujourd'hui. J'en saurai davantage demain, après les autopsies. Et puis il y a une baby-sitter qui attend que je prenne la relève… Vous avez encore besoin de moi ?

Spinnelli secoua la tête.

— Rentrez chez vous, Julia. Vous voulez emporter une part de gâteau ?

— Non, merci. Je commence les autopsies à 9 heures demain matin. Si vous avez besoin de me joindre, vous savez où me trouver…

Elle prit sa serviette et son sac à main.

— Bonsoir tout le monde ! ajouta-t-elle.

— Alors, Jack ? demanda Spinnelli en tapotant sur la table d'un air impatient.

Jack sursauta et se tourna vivement vers le lieutenant.

— Euh, excusez-moi, bredouilla-t-il. Je n'ai pas bien entendu…

Abe avait remarqué, avec un amusement mêlé de pitié, que Jack observait avec beaucoup d'intérêt le moindre mouvement de Julia. Il ne l'avait pas lâchée des yeux. Jack était mordu, c'était clair — et Julia ne s'en doutait pas, ou alors s'en fichait. *Pauvre gars*, songea Abe.

Spinnelli regarda Jack d'un air sévère.

— Les pierres tombales. Qu'avez-vous trouvé, Jack ? insista-t-il.

Jack reprit ses esprits et se racla la gorge.

— Les pierres tombales sont en marbre. Les inscriptions sont gravées à la sableuse et non taillées dans la pierre, ce qui paraît logique. Il lui aurait fallu une semaine pour en tailler une seule au ciseau. Il a donc pratiqué un sablage.

— Un sablage ? Comment ça marche ? s'enquit Kristen.

Jack se cala au fond de son siège.

— Dans la plupart des cas, l'artisan crée un gabarit, en utilisant du caoutchouc ou du film polyester photosensible, sur lequel il trace ou reproduit ce qu'il souhaite inscrire. Il évide ensuite les inscriptions et motifs ainsi obtenus, ce qui donne une sorte de pochoir. Il colle ce gabarit sur la pierre qu'il veut graver, enfourne le tout dans une cabine de sablage et projette du sable par-dessus, à l'aide d'un pistolet à air comprimé. Le sable projeté creuse à la surface de la pierre les formes délimitées par le pochoir. Quand il a fini de sabler, il décolle le pochoir, et l'inscription est en place. Le caoutchouc et le polyester sont d'autant plus difficiles à décoller que les caractères sont gravés en profondeur, comme c'est le cas des pierres tombales que notre tueur a posées sur les sépultures improvisées de ses victimes.

Mia avait l'air impressionnée par l'érudition de Jack.

— Vous avez déjà fait ça ? demanda-t-elle.

Jack eut un sourire ironique.

— J'ai renoncé à l'artisanat le jour où j'ai failli me couper un doigt en cours de travaux manuels, au lycée, avoua-t-il. En fait, j'ai fait une recherche sur internet pour en savoir plus sur cette technique. J'y ai aussi appris qu'il n'y avait pas beaucoup de gros fabricants de pierres tombales ou de plaques commémoratives, dans la région. Mais je ne crois pas que ce type se soit adressé à un fournisseur. Je suis presque sûr qu'il les a gravées lui-même. D'après ce que j'ai lu sur les différents sites que j'ai consultés, il suffit d'avoir le bon matériel. Avec ce procédé, c'est assez simple, et peu coûteux à réaliser.

— Où aurait-il pu se procurer le matériel ? s'enquit Spinnelli.

— Il existe très peu d'entreprises spécialisées dans ce domaine, répondit Jack. Et puis, il y avait des traces de matériau, sur le marbre : selon les collègues du labo, ce n'est pas du caoutchouc. Ce qui veut dire qu'il s'agit de polyester. Cela rétrécit un peu le champ de nos recherches.

— Je vais me renseigner là-dessus, dit Mia. Jack, vous me donnerez le nom de ces sociétés demain. Je leur demanderai de me fournir une liste de leurs clients, à Chicago et dans ses environs.

— Il est possible qu'il ait acheté son matériel il y a longtemps, observa Abe.

Mia hocha la tête d'un air pensif.

— C'est possible, en effet, admit-elle. Mais il faut bien qu'il se procure les matériaux quelque part. Je vais me renseigner là-dessus. Il ne suffit pas d'aller faire un tour au supermarché pour trouver du marbre.

Spinnelli nota tout cela sur son tableau blanc et demanda :

— Quoi d'autre ?

— On est toujours en train d'analyser les vêtements qu'on a trouvés dans les caisses, indiqua Jack. On aura les résultats demain matin. On va aussi demander au labo d'examiner les lettres que le tueur a envoyées aux victimes de Ramey. Mais ça m'étonnerait que ça donne grand-chose…

Kristen soupira.

— Il nous reste à rendre visite aux victimes de King et aux parents des deux gosses tués par les Blades, dit-elle.

Abe voyait bien qu'elle redoutait ces entretiens.

— Je peux y aller tout seul, Kristen, proposa-t-il.

Elle secoua la tête, comme il savait à l'avance qu'elle le ferait.

— Non, je préfère être présente. Pouvez-vous attendre 10 heures, demain matin ? Je dois assurer la permanence du bureau du procureur entre 9 et 10 heures.

Son téléphone portable se mit à sonner, et une version numérique du *Canon* de Pachelbel résonna dans la pièce.

— Mayhew à l'appareil… Salut, John, oui, on a presque fini…

Elle pâlit subitement et se leva d'un bond. Elle se dirigea vers le téléviseur qui était installé dans un coin en disant :

— Oh ! mince… Sur quelle chaîne ?

Elle alluma le téléviseur. Zoe Richardson apparut à l'écran, postée dans une rue qui rappelait quelque chose à Abe.

— Merde, grogna Mia.

— Cette femme est un vrai rapace, marmonna Jack.

Abe observa Kristen, debout devant l'écran, tenant la télécommande d'une main tremblante. Cette fois, ce n'était pas de la peur qu'il lisait dans son regard, mais de la fureur. Il comprenait ce qu'elle ressentait. Richardson avait dû la suivre tout l'après-midi, tapie dans l'ombre, jusqu'à ce qu'elle puisse ramasser la mise.

— C'est ainsi que se referme un chapitre effroyable de la vie de ces trois femmes, concluait Richardson.

Sa permanente oscillait à peine, dans la brise vespérale. La caméra fit un zoom sur la maison de Sylvia Whitman.

— Elles ont toutes trois été victimes d'un viol, avant de voir leur agresseur acquitté, en raison de ce que d'aucuns décrivent comme l'incompétence du bureau du procureur d'Etat. Mais aujourd'hui, ces trois femmes ont enfin été vengées. Aujourd'hui, chacune de ces trois femmes a reçu la visite de la substitut du procureur Kristen Mayhew, accompagnée de deux policiers de Chicago, qui les ont informées qu'Anthony Ramey, leur bourreau, venait de payer pour ses crimes…

La voix de la présentatrice du journal télévisé l'interrompit, sur un ton grave et inquiet à la fois :

— Quelles sont les réactions de la police et du bureau du procureur, Zoe ?

— Nous n'avons pas été en mesure de joindre la police, ce soir. Nous ne pouvons que supposer qu'elle enquête d'ores et déjà pour découvrir qui a tué Ramey.

— Les trois femmes ont-elles pu vous fournir d'autres informations, Zoe ? Des éléments qui pourraient être utiles à cette enquête, par exemple ? demanda la présentatrice.

— Saloperie, marmonna Jack. Comme si on avait besoin de son aide.

— Pas les lettres, murmura Mia. Mon Dieu, faites qu'elle ne parle pas des lettres…

Richardson haussa les sourcils, comme si elle venait de se souvenir de quelque chose d'important. Mia frappa violemment la table du plat de la main en jurant :

— Merde !

Kristen leva une main pour demander le silence, et Mia serra les dents.

— Oui, Andrea, répondit Richardson. Chacune des trois femmes a reçu une lettre anonyme aujourd'hui, leur annonçant que Ramey était mort et que justice était faite.

Les yeux de la journaliste se mirent à briller.

— Il a signé chaque lettre « votre humble serviteur »… C'était Zoe Richardson, en direct de Chicago.

La caméra revint au visage grave de la présentatrice.

— Merci, Zoe. Nous attendons avec impatience de nouveaux détails sur cette affaire, en exclusivité sur notre chaîne.

Comme sur commande, le visage de la dénommée Andrea s'illumina subitement.

— Revenons maintenant au reste de l'actualité, poursuivit-elle.

D'un geste rageur, Kristen éteignit le téléviseur. Pendant un long moment, personne ne prononça le moindre mot dans la pièce.

— Comment a-t-elle appris tout ça ? finit par demander

Spinnelli, qui peinait à contenir sa rage. Comment a-t-elle su, bon sang ?

Kristen fixait des yeux l'écran noir, tournant le dos aux policiers.

— Elle nous a suivis, murmura-t-elle.

Elle déglutit avec difficulté.

— Elle m'a suivie, plutôt, ajouta-t-elle plus haut.

Elle reposa soigneusement la télécommande et soupira :

— Je n'arrive pas à y croire…

— Ma mère va lui coller une torgnole, fit Abe d'un ton léger. Je sais par expérience qu'elle n'y va pas de main morte, quand elle est en colère.

Kristen se retourna et le regarda avec un petit sourire crispé.

— Combien de fois avez-vous mis votre mère en colère, Reagan ? s'enquit-elle.

Abe se força à sourire.

— Un nombre incalculable de fois, répondit-il.

Le sourire crispé se mua en un rictus narquois.

— Ça, je veux bien le croire.

Spinnelli se frotta les joues d'un air las et dit :

— Eh bien, les amis, tout le monde est au courant, maintenant. Je vais donner une conférence de presse, demain. Abe, je compte sur vous pour vérifier les alibis de tous les proches des victimes de King au moment des meurtres. Et essayez de savoir s'il y a des tireurs d'élite parmi eux, et s'ils détiennent des armes.

— En plus de Stan Dorsey ? lança Abe d'un ton caustique.

Spinnelli leva les yeux au ciel.

— Je veux tout savoir de l'emploi du temps de ce Dorsey le jour de la mort de Ramey. De mon côté, je vais vérifier s'il y a, sur la liste établie par Kristen, des flics et des avocats capables d'effectuer de tels tirs. Mia, voyez ce que vous pouvez trouver du côté des pierres tombales. J'espère que Julia nous fournira de nouveaux éléments, quand elle aura terminé les autopsies.

— Et la prochaine victime de ce tueur ? demanda Kristen. Allons-nous attendre qu'une nouvelle caisse soit déposée sur mon paillasson ?

Spinnelli secoua la tête.

— Je vais faire installer des caméras de surveillance autour de votre maison dès demain, lui promit-il. S'il recommence à rôder autour de chez vous, nous le saurons.

Elle secoua la tête à son tour avec énergie.

— Ce n'est pas ce que je voulais dire. Nous savons qu'il en veut tout particulièrement aux délinquants sexuels. Je peux vous fournir une liste de tous les pervers contre lesquels j'ai requis. Peut-être pouvons-nous l'empêcher de repasser à l'attaque.

Spinnelli hocha la tête.

— Ce serait un bon début, admit-il. Au fait, Kristen…

Elle le dévisagea avec méfiance.

— Oui ?

— Vous avez un chien ?

— Non.

— Alors, je vous conseille de vous en procurer un.

— Un gros, intervint Mia. Pas un petit toutou ridicule.

— Un chien de garde, fit Jack en montrant les dents. Aux crocs acérés.

Kristen se tourna vers Abe, en haussant les sourcils.

— Pas d'autres recommandations ? demanda-t-elle.

Il sourit légèrement et dit :

— Appelez-le Cerbère, il tiendra compagnie à Méphistophélès et Nostradamus.

A sa grande surprise, il vit Kristen éclater de rire. Pas un petit rire poli, mais un vrai rire, qui venait du fond du cœur et faisait pétiller son regard. Abe sentit une nouvelle fois son cœur se serrer.

*
* *

Jeudi 19 février, 21 heures

Zoe vida son verre de vin, ce qui, après son bain, acheva de lui réchauffer les os. *Quand je serai riche et célèbre, j'irai m'installer au soleil. Marre de Chicago et de ses hivers glacés.*

Elle sourit en repensant à la mort d'Anthony Ramey, et au justicier qui lui avait réglé son compte. Grâce à ce tueur, elle avait enfin obtenu un scoop, un vrai.

Mayhew doit être furieuse, songea-t-elle en jubilant. *C'est vraiment merveilleux.*

Zoe retira soigneusement la cassette du lecteur vidéo. Ce reportage méritait sans conteste d'être conservé.

Elle venait de noter la date de l'enregistrement sur une étiquette lorsqu'elle sursauta, en entendant frapper à sa porte d'entrée. Elle regarda à travers le judas, prise d'une légère inquiétude, mais se rassura bien vite.

Il ne pouvait rien contre elle. Elle pouvait révéler que la fuite venait de lui, et il savait qu'elle n'hésiterait pas à le faire. Il était à sa merci.

Elle ouvrit la porte, s'efforçant d'avoir l'air étonné.

— Je ne t'attendais pas, affirma-t-elle. Tu n'as pas eu mon message ? J'ai dû annuler le rendez-vous de ce soir…

Il poussa la porte brutalement, la claqua derrière lui et lui saisit rageusement les épaules. Son regard était sombre et furieux. Une veine palpitait le long de sa tempe. Zoe sentit un frisson d'excitation lui parcourir la nuque.

— Mais bon sang, qu'est-ce que tu as fait ? demanda-t-il en la secouant comme un prunier.

Elle cligna des yeux, de plus en plus émoustillée. Qui aurait cru que cet homme était capable de se mettre en colère ?

— De quoi parles-tu ? feignit-elle de s'étonner.

— « C'était Zoe Richardson, en direct de Chicago… » imita-t-il avec hargne.

Il se remit à la secouer et hurla :

— Tu te rends compte de ce que tu as fait ?

— Tu me fais mal, geignit-elle.

Il la lâcha aussitôt, le souffle haletant. Elle le regarda dans les yeux et cessa de jouer avec lui.

— J'ai fait mon boulot, voilà tout, dit-elle d'un ton froid. Je suis journaliste. J'informe le public.

— Tu me prends pour l'un de tes admirateurs débiles ? grommela-t-il, excédé. Je sais que tu es journaliste. Mais pourquoi suivre Mayhew ? As-tu la moindre conscience des ennuis que tu vas me causer ?

Elle haussa les épaules avec insouciance et saisit son verre à vin.

— Ça, ce n'est pas mon problème, dit-elle. Tu veux un verre de vin ? J'ai un excellent chardonnay.

Il la regarda comme si elle était devenue folle.

— Tu t'en fiches, hein ? Tu te fiches complètement d'avoir provoqué un scandale qui pourrait me coûter ma carrière ? reprit-il d'une voix étranglée.

Elle espéra que son sourire paraîtrait sincère et répondit :

— Je ne vois pas le rapport entre ton boulot et le mien.

Le rapport était pourtant évident. Elle l'avait manipulé sans vergogne.

Elle s'approcha de lui, consciente de la manière dont son peignoir de soie moulait ses formes. Elle savait aussi qu'elle sentait bon, au sortir du bain. Et que les pans de son peignoir étaient assez écartés pour dévoiler un peu de son anatomie… Suffisamment pour attirer le regard de l'homme, pour faire briller ses yeux de désir.

— Arrête de bouder, chéri, chuchota-t-elle.

Elle se dressa sur la pointe des pieds et déposa un baiser sur la bouche crispée de son visiteur. Il se détendit un peu. Elle se colla contre lui et sentit aussitôt son sexe gonfler et se durcir.

C'est comme donner des bonbons à un gamin. Les hommes sont tellement prévisibles…

— Tu savais que j'étais journaliste, avant de chercher à me rencontrer.

En fait, c'était elle qui s'était débrouillée pour lui être présentée... Mais, grâce à ce petit mensonge, elle le plaçait dans la situation de celui qui avait bien cherché ce qui lui arrivait. Elle se passa lentement la langue sur les lèvres et sentit l'homme frémir de tout son être.

— Je faisais des reportages sur Mayhew depuis des mois, quand on s'est rencontrés, et je continuerai quand tu te seras lassé de moi et que tu seras retourné dans les bras de ta femme.

Elle l'embrassa et lui mordilla les lèvres.

— Comment va-t-elle, d'ailleurs ? demanda-t-elle.

Il glissa une main sous le peignoir de Zoe et caressa la peau nue de son dos.

— Qui ça ? murmura-t-il en penchant la tête, avide d'autres baisers.

— Ta femme, mon chéri, ronronna-t-elle.

— Il est probable qu'elle dorme, à cette heure-ci.

Elle tira sur la cravate de l'homme et frotta ses seins contre l'étoffe.

— Et quand elle dort elle ne se réveille pas de la nuit, ajouta-t-il.

Zoe posa son verre à vin sur la table de l'entrée, tendit la main par-dessus l'épaule de l'homme, et ferma le verrou.

— Parfait, dit-elle.

8

Jeudi 19 février, 21 heures

Tout en ajustant son rétroviseur, Kristen jeta un coup d'œil inquiet à droite, puis à gauche, avant de sortir du parking. Elle se sentait seule et vulnérable. Regardant furtivement par-dessus son épaule, elle se demanda si elle était suivie par le tueur.

Et s'il ne la suivait pas, où était-il ? Que faisait-il en cet instant ? Qui serait la prochaine victime de sa colère ?

Ses mains se crispèrent sur le volant, et les phares des voitures la firent cligner des yeux. Tous ces gens dans les rues, la plupart vaquant à des affaires parfaitement légales. Mais, pour tous ces citoyens honnêtes et respectueux des lois, il y en avait un qui ne l'était pas.

Elle expira lentement, et vit son haleine former brièvement un petit nuage de vapeur. Le tueur était là, dans cette ville, quelque part, traquant lui aussi ceux qui enfreignaient les lois.

Et, pour une raison qui échappait à Kristen, il avait choisi de déposer à ses pieds le fruit de son labeur.

Le fruit de son labeur.

— Voilà que je me mets à être aussi pompeuse que lui, murmura-t-elle.

Elle se mordit la lèvre et leva une nouvelle fois les yeux vers son rétroviseur. *Pompeux, mais dangereux*, songea-t-elle. Son « humble serviteur » était un maniaque extrêmement dangereux.

Elle pensa tout à coup à Jack, et à l'étrange grimace qu'il avait faite, en lui conseillant de se trouver un chien aux crocs acérés. Et elle sourit en songeant aux flics qu'elle venait de quitter. Ils avaient tenté de la distraire, d'apaiser ses craintes. Ils l'avaient accompagnée jusqu'à sa voiture de location. Tous. Mia, Jack et Marc. Et Reagan. Impossible de l'oublier, Reagan. Ses yeux bleus, ses plaisanteries. *Cerbère…* Elle laissa échapper un petit gloussement. *Le gardien à trois têtes des Enfers.*

L'idée du chien n'était pas mauvaise, après tout. Elle s'en procurerait un. Ce week-end, peut-être. Un chien de garde, dressé à aboyer au moindre mouvement suspect. Un chien aux crocs acérés. *Mais qui ne mange pas les chats, si possible.*

Elle songea au moyen d'en trouver un, tout en roulant vers sa demeure. Arrivée chez elle, elle s'engagea dans l'allée, et ses pensées un peu légères s'estompèrent. Elle se rendit compte alors que la vue de sa propre maison l'angoissait énormément.

Il pouvait être n'importe où dans les parages. La colère se mêla à l'effroi. Elle s'en voulait de rester là, tétanisée par la peur, assise dans sa voiture, au pied de sa propre maison.

Elle entendit frapper à la vitre et sursauta si vivement qu'elle faillit heurter le plafond de la voiture. Se tournant, elle vit le visage de Reagan. Elle ouvrit la vitre et sentit en frissonnant le froid s'engouffrer dans l'habitacle.

— Il fait moins vingt, dehors ! grommela-t-il, tout en gardant l'œil sur les fenêtres environnantes, plongées dans l'obscurité. S'il ne vous tue pas, vous allez mourir d'hypothermie !

Elle plissa les yeux.

— Dans la voiture, il faisait chaud, répliqua-t-elle sèchement.

— Oui, mais moi, je suis congelé. Donnez-moi vos clés.

— Pardon ?

Il tendit sa main gantée au travers de la fenêtre, paume ouverte.

— Donnez-moi vos clés, pour que je puisse inspecter vos placards. Dépêchez-vous, Kristen, je meurs de froid.

Elle sortit la clé du contact et déposa le trousseau dans la main d'Abe.

— Je ne vous ai pas demandé de venir, dit-elle.

Mais je suis quand même bien contente que vous soyez là.

Maudissant ses jambes tremblantes, elle le suivit dans l'allée.

— Tout le plaisir est pour moi, rétorqua-t-il d'un ton railleur. Vous devriez avoir une lampe, pour éclairer votre porte.

— J'en avais installé une, grommela-t-elle.

Elle grimaça en voyant la main grelottante d'Abe rater la serrure, et la clé érafler la porte extérieure de la cuisine, qu'elle avait repeinte à l'automne.

— Mais les voisins se sont plaints, parce que ça les empêchait de dormir, poursuivit-elle. Et ils ont signé une pétition pour que je l'enlève.

Abe sortit une lampe de poche de son manteau et dirigea le faisceau lumineux vers la serrure. Il déverrouilla la porte et dit :

— Vos voisins sont des ânes.

Il attendit qu'elle le rejoigne à l'intérieur pour refermer la porte.

— Désactivez l'alarme et restez là, ordonna-t-il.

— Oui, chef.

Il esquissa un sourire en coin, amusé par le ton caustique de Kristen, et elle sentit son cœur s'emballer une fois de plus. Mais pas à cause de la peur, cette fois. Enfin, pas le même genre de peur. Mais il battait tout aussi vite, et tout aussi fort.

Elle vit Abe dégainer son arme.

— Restez là, répéta-t-il, mais sur un ton moins autoritaire, cette fois. S'il vous plaît.

— Je ne suis pas complètement idiote, marmonna-t-elle.

Il sortit de la cuisine. Pendant qu'il procédait à son

inspection, elle s'occupa les mains à nourrir les chats et à préparer du thé, en adjurant ses mains de ne pas trembler.

Le thé était infusé et versé, et Reagan n'avait toujours pas reparu. Elle marcha à pas feutrés jusqu'à l'ouverture qui donnait sur le salon, et jeta un coup d'œil dans la pièce. Comme la veille, il avait allumé les lumières au fur et à mesure de son examen des lieux. Elle avait râlé en pensant à sa facture d'électricité, mais s'était bien gardée de les éteindre. Elle se doutait qu'il en irait de même ce soir-là.

Derrière elle, la porte s'ouvrit et se referma brusquement. Kristen contint un petit cri d'effroi, puis elle entendit la voix de Reagan pester dans la cuisine :

— Bon sang, qu'est-ce qu'il fait froid, dehors !

Elle se tourna vers lui et le vit s'essuyer les pieds, couverts de neige, sur le paillasson.

— Vous m'avez fait peur, protesta-t-elle.

Abe leva les yeux et la regarda d'un air désolé. Elle demeura immobile, sa tasse en porcelaine à la main. Elle avait gardé son manteau d'hiver, boutonné jusqu'au cou, alors qu'il faisait chaud dans la cuisine.

— Excusez-moi, je ne voulais pas vous effrayer…

Il jeta le trousseau de clés de Kristen sur le comptoir et y posa aussi, plus précautionneusement, le sac contenant son ordinateur portable.

— J'ai remonté la vitre de votre voiture et j'ai verrouillé les portières, ajouta-t-il.

Elle inspira profondément.

— Merci, dit-elle. Pourquoi avez-vous mis tout ce temps ?

Il rangea sa lampe dans sa poche avant de répondre :

— Je suis passé par la porte du sous-sol pour inspecter le jardin, derrière, et j'ai contourné la maison…

— Et alors ?

Il serra les dents et répondit :

— Quelqu'un est venu. Il y a des traces de pas dans la neige, près des fenêtres du sous-sol. Qu'y a-t-il dans le petit appentis du jardin ?

— C'était un garage, à l'origine, mais je m'en sers pour entreposer des vieilleries. Pourquoi ?

Il haussa les épaules.

— Simple curiosité… C'est un sacré cadenas que vous avez mis sur la porte. On pourrait croire que vous y conservez des objets de valeur.

Elle eut un pâle sourire, parfaitement artificiel. Depuis qu'il l'avait vue rire de bon cœur, il ne pouvait plus se méprendre sur la sincérité de ses sourires.

— Ce qui n'a aucune valeur pour certains peut en avoir beaucoup pour d'autres, lâcha-t-elle d'un ton détaché.

Ce qui revenait à dire qu'elle n'avait aucune intention de lui révéler ce qui se trouvait dans l'appentis. Il en fut un peu vexé. Elle leva sa tasse.

— Vous voulez du thé ?

Abe la regarda un instant en silence, et comprit qu'elle faisait des efforts pour paraître cordiale et décontractée. Alors qu'elle était gênée de se retrouver seule avec lui dans sa cuisine, il en était certain. Mais elle faisait de son mieux pour se montrer accueillante. Il était temps de la laisser tranquille, et de lui permettre de se reposer. Mais il ne parvenait pas à se décider à quitter les lieux.

Il aurait voulu l'entendre rire une nouvelle fois.

— Volontiers. Ça me réchauffera.

Il s'assit à la table de la cuisine, puis retira ses gants et son écharpe.

— Vous n'enlevez pas votre manteau ? demanda-t-il.

Elle baissa la tête, et parut surprise de constater qu'elle le portait encore. Elle s'en débarrassa gauchement et le posa sur une chaise, mais ne fit pas le moindre mouvement indiquant qu'elle allait retirer sa veste anthracite.

— Merci de m'avoir rejointe ici.

Elle se concentrait sur la tasse qu'elle était en train de remplir de thé.

— J'ai eu peur d'entrer chez moi toute seule, et ça m'a

rendue furieuse contre moi-même. C'est pour ça que je vous ai parlé si sèchement, tout à l'heure, s'excusa-t-elle.

Elle leva les yeux et le regarda fixement, en ajoutant :

— Désolée.

Il pencha la tête et l'observa en silence, tandis qu'elle posait la tasse devant lui.

— Ce n'est pas grave. J'ai l'habitude d'entendre des femmes en colère se défouler sur moi. J'ai deux sœurs, vous savez… Asseyez-vous, je vous en prie.

Elle s'assit timidement. Se sentait-elle toujours aussi mal à l'aise dans sa propre maison ? Ou était-ce la sensation d'être épiée par un justicier sanguinaire qui la mettait dans cet état ?

— Ah oui, Annie et Rachel, c'est bien ça ? dit-elle.

Il hocha la tête, heureux de constater qu'elle s'en souvenait.

— Oui, et j'ai aussi deux frères : Aidan et Sean.

Il souffla sur son thé et se délecta de la chaleur de la porcelaine entre ses mains glacées.

— Aidan est flic, lui aussi, précisa-t-il. Et mon père l'était, avant de prendre sa retraite. Ainsi que tous ses amis, ou presque…

Elle le regarda d'un œil perçant et répondit :

— Je comprends mieux, maintenant, pourquoi vous avez pris la mouche, quand j'ai dit que des policiers pouvaient être des suspects potentiels. Dès le début, j'aurais dû aussi inclure dans la liste mes collègues du bureau du procureur. J'aurais dû y penser, c'est vrai. Mais je ne suis pas habituée à me charger moi-même de ce genre de travail.

Elle se passa la main sur la nuque.

— Je ne voulais pas vous manquer de respect.

— C'est moi qui ai réagi trop fort, dit-il, en esquissant un sourire. Dans ma famille, on ne parlait jamais des enquêtes internes visant des policiers… Le terme « police des polices » était un gros mot, chez nous…

Elle sourit. Faiblement, mais sincèrement.

— Eh bien, je suis heureuse de savoir que ce petit malentendu est dissipé.

Elle retrouva son sérieux et ajouta :

— Mais vous êtes bien conscient qu'il y a de grandes chances que le tueur soit un flic, maintenant que nous savons que c'est un tireur chevronné.

Abe hocha la tête.

— Je sais, admit-il. Je crois que je le pressentais déjà, ce matin. Mais il n'est jamais facile pour moi de reconnaître qu'un collègue puisse passer du mauvais côté.

Elle se massa de nouveau la nuque, et Abe serra un peu plus fort sa tasse brûlante, pour se retenir de poser les mains sur ses épaules, comme il en mourait d'envie.

— Détachez-les, fit-il.

Elle écarquilla les yeux.

— Pardon ?

Il sirota son thé et dit :

— Détachez vos cheveux. Ces épingles doivent vous donner la migraine. En outre, je vous ai déjà vue décoiffée, et puis vous êtes chez vous, maintenant, plus au travail.

Elle hésita un instant avant d'obtempérer, et retira ses épingles, laissant ses boucles rousses flotter sur ses épaules — ou plutôt se détendre brusquement dans tous les sens, comme autant de petits ressorts. Il ne put réprimer un gloussement, en songeant qu'elle ne serait pas ravie de cette comparaison.

— Qu'y a-t-il ? demanda-t-elle. A quoi pensez-vous ?

Le visage de Kristen parut se détendre, lui aussi, tandis qu'elle passait ses doigts dans ses boucles folles, comme pour les dompter. Ses cheveux étaient-ils aussi soyeux qu'il l'imaginait ? Le parfum de cette chevelure épanouie et flamboyante se déposerait sur ses mains, s'il avait le courage de s'en assurer par lui-même…

Il secoua la tête, recouvrant ses esprits.

— Si je vous le disais, ça ne vous plairait pas.

Elle fit une moue et répondit :

— On dirait que j'ai mis les doigts dans une prise électrique, c'est ça ? On me l'a déjà dit cent fois, vous savez…

— Moi, je préfère vos cheveux comme ça.

Elle plissa les yeux, comme si elle le soupçonnait de mentir mais qu'elle était trop polie pour le dire.

— Merci, fit-elle.

Ils restèrent silencieux un moment, sirotant leur thé dans le calme de la cuisine. Abe se demanda si cette maison s'animait, de temps en temps. La maison de ses parents avait été si bruyante, pendant son enfance, qu'il avait souvent dû chercher ailleurs un peu de tranquillité. Mais le silence qui régnait dans la maison de Kristen Mayhew était franchement oppressant. Malgré les efforts qu'elle avait accomplis pour rénover chacune des pièces, l'une après l'autre, l'endroit dégageait une désagréable impression de vide.

— Ça fait longtemps que vous habitez ici ? demanda-t-il.

— Deux ans, à peu près.

Elle regarda autour d'elle avant d'ajouter :

— Ça m'a amusée de retaper cette bicoque.

— Vous avez fait du bon boulot, dit-il.

Flattée, elle eut un sourire sincère.

— Ma sœur Annie est décoratrice d'intérieur, reprit-il. Elle travaille à son compte. Je suis sûre qu'elle adorerait se mesurer à un logement ancien comme celui-ci.

— Cette maison date de 1903. Dans chaque pièce, j'ai retrouvé les planches originelles des murs et des cloisons, et je les ai remises à neuf. Mais je n'ose même pas envisager la réfection de cette cuisine. J'attends que le frigo, le four ou le lave-vaisselle tombe en panne pour me pousser à la retaper. Mais, comme je ne cuisine presque jamais, le four et le lave-vaisselle ne s'usent pas, et le frigo semble immortel.

Elle esquissa un sourire, dans lequel Abe perçut une pointe de nostalgie.

— Votre mère a l'air très sympa, poursuivit Kristen. Elle s'occupe bien de son plus jeune rejeton, en tout cas…

— Je ne suis pas le plus jeune, corrigea-t-il. La benjamine, c'est Rachel.

Elle haussa un sourcil.

— Ah oui, Rachel. Celle qui veut être comme moi. Elle a treize ans, c'est ça ?

— Il paraît, répondit-il, en feignant l'effroi.

— Ça a dû être une drôle de surprise, quand elle est née, non ?

— Ça, vous pouvez le dire ! Ça nous a fait un de ces chocs !

Il sourit et ajouta :

— Je me souviens que nous étions stupéfaits de savoir que nos parents faisaient encore l'amour.

Elle gloussa, mais ne dit rien, et, au bout de quelques secondes, le silence se fit oppressant de nouveau.

— Et vous ? se risqua enfin Abe. Vous avez de la famille, dans le coin ?

Elle secoua la tête.

— Non.

Il se pencha légèrement vers elle et attendit qu'elle se fasse plus précise. Reculant presque imperceptiblement sur son siège, elle répéta :

— Non, je n'ai aucune famille à Chicago.

Abe fronça les sourcils. La voix de Kristen s'était faite morne, et son regard était soudain vide de toute expression.

— Où donc, alors ? s'enquit-il. Au Kansas ?

Ses yeux brillèrent un instant, en entendant prononcer le nom de son Etat natal, et elle posa lentement sa tasse sur la table.

— Non plus, dit-elle. Merci de m'avoir escortée, inspecteur Reagan. La journée a été longue, pour vous comme pour moi…

Elle se leva. Abe, contrarié par sa subite froideur, en aurait fait autant, s'il n'avait vu les mains de Kristen trembler, juste avant qu'elle ne les joigne précipitamment derrière son dos. En la voyant ainsi, toujours vêtue de son tailleur sombre, il se dit qu'elle devait adopter cette posture au tribunal, pour parfaire sa carapace et paraître impassible.

Avec les mains qui tremblent dans le dos.

Hier, elle avait laissé entendre qu'elle n'avait pas de petit ami. Aujourd'hui, elle venait de lui révéler qu'elle n'avait pas de famille. Abe se rendit compte alors qu'il n'avait vu aucune photo dans la maison, pas le moindre souvenir personnel, hormis le diplôme de droit accroché au-dessus de son bureau.

— Rasseyez-vous, Kristen, dit-il d'une voix douce.

Elle le regarda en silence, raide et figée.

— S'il vous plaît, insista-t-il.

Elle serra la mâchoire et détourna les yeux.

— Pourquoi ?

— Parce que vous êtes épuisée.

Elle secoua la tête, faisant virevolter ses boucles rousses.

— Pourquoi tenez-vous tant à vous renseigner sur ma famille ? demanda-t-elle.

— Eh bien… parce que la famille… C'est important, la famille.

Elle se tourna vers lui, et il vit que la lassitude avait remplacé la colère, dans son regard.

— Vous êtes proche de votre famille, inspecteur ?

Inspecteur… Elle semblait bien décidée à le tenir à distance. Il était tout aussi décidé à abattre le mur qu'elle avait érigé entre eux.

— Je n'ai pas eu beaucoup l'occasion de voir mes parents, ces dernières années. C'est mon travail de clandestin qui l'exigeait. Mais oui, bien sûr, je me sens proche d'eux, ainsi que de mes frères et sœurs. C'est ma famille.

— J'en suis heureuse pour vous. Sincèrement. Mais vous devriez savoir que beaucoup de familles ne sont pas vraiment unies, et qu'elles connaissent souvent toutes sortes de problèmes.

— Vous êtes trop jeune pour être aussi blasée.

Les épaules de Kristen s'affaissèrent.

— Je suis bien plus âgée que vous ne le pensez, murmura-t-elle.

Il se leva.

— Je pense surtout que vous êtes fatiguée, dit-il. Essayez de dormir un peu.

Elle eut un rictus amer.

— Fais dodo, petite Kristen ? railla-t-elle avec aigreur. Malheureusement, ça me paraît bien improbable.

Elle leva la main pour l'empêcher de répliquer et ajouta :

— Ne le dites pas !

— Quoi donc ?

— Ne me dites pas d'aller me réfugier dans un hôtel. Je suis chez moi, ici. Je ne laisserai personne m'en déloger.

Il ramassa les tasses et les posa dans l'évier.

— Ce n'est pas que j'allais dire. Je voulais simplement vous proposer d'aller à la pharmacie vous chercher des cachets, pour vous aider à dormir.

Elle ferma les yeux et agrippa d'une main crispée le dossier de sa chaise.

— Pourquoi êtes-vous si aimable avec moi, inspecteur ?

C'était une bonne question. Parce qu'elle avait l'air seule ? Parce qu'il l'avait vue effrayée et vulnérable, alors qu'elle avait l'habitude d'arborer un masque de fermeté et de confiance en soi ? Parce qu'il se demandait pourquoi elle n'avait pas de tenue de soirée dans sa garde-robe, pas plus que de photos de famille sur sa table de nuit ? Ou parce qu'il la trouvait très séduisante et n'arrivait pas à la chasser de son esprit ? Serait-ce parce que son rire lui faisait battre le cœur, et que son sourire le faisait fondre ?

— Je ne sais pas, répondit-il d'un air sombre. Et vous, pourquoi ne m'appelez-vous pas par mon prénom ?

Elle ouvrit de grands yeux et le considéra subitement avec méfiance.

— Je… Je ne sais pas, balbutia-t-elle.

— A la bonne heure !

Il enfila son manteau, en sentant qu'elle ne le quittait pas des yeux. Quand il eut fini de le boutonner, elle plongea son regard dans le sien, et il vit qu'elle était encore troublée par sa question. Tant mieux. Il était non moins troublé par la sienne.

— Je viendrai vous chercher au tribunal, demain matin, dit-il. J'aimerais rendre visite aux autres victimes, avant que les familles des cinq morts ne fassent le rapprochement avec le reportage de votre amie Richardson, et ne cherchent à la contacter…

En entendant le nom de Richardson, Kristen pâlit.

— Je serai prête.

Jeudi 19 février, 22 h 30

Il avait froid, très froid. Ses mains étaient complètement engourdies, et il jeta un coup d'œil plein de convoitise aux gants fourrés qui dépassaient de son sac. Bientôt, il pourrait les mettre. Pour l'instant, il devait se contenter de ses gants de cuir fin. Ses gants fourrés étaient si épais qu'il ne sentirait même pas la détente de son arme, s'il les enfilait.

Allongé sur le ventre, à même le béton, il se tortilla un peu, essayant de trouver une position plus confortable. Il combattit l'envie de consulter sa montre. Il ne s'était probablement pas écoulé plus d'une heure depuis qu'il était arrivé. Il avait jadis passé trois fois plus de temps dans des affûts à canard, guettant le gibier à plume. Il pouvait bien attendre encore un peu, pour un trophée infiniment plus précieux.

Il s'attendait à ce que son invité surgisse à tout moment. Que Trevor Skinner puisse ne pas venir ne lui avait même pas effleuré l'esprit. L'appât était trop beau.

Tellement beau que même un homme comme Skinner prendrait le risque de venir dans un endroit pareil après la tombée de la nuit.

Il avait repéré les lieux plusieurs semaines auparavant. *Tout est dans le repérage*, songea-t-il, *le choix du bon endroit*. Celui-là convenait à merveille. Une ruelle déserte et sombre, bordée d'entrepôts. Un bâtiment abandonné d'un étage, dont le toit était facile d'accès. Le tout dans un quartier sufisamment mal famé pour dissuader tout voisin alerté par un bruit suspect de sortir de chez lui et de regarder de quoi il retournait.

Il entendit la voiture se rapprocher avant de la voir tourner au coin de la rue, les phares en veilleuse. Il regarda silencieusement Skinner sortir de sa Cadillac. Penchant la tête pour mieux observer la scène, il s'assura que c'était bien l'homme qu'il voulait abattre.

C'était bien lui.

Il orienta la lunette de son arme vers le genou de Skinner et appuya sur la détente. Une fois… Deux fois… Skinner s'écroula en lâchant un cri. Exactement comme King. Il éprouva un sentiment de triomphe, qu'il s'empressa de refouler. Son œil droit était toujours plaqué contre la lunette, et l'homme se tenait encore dans sa ligne de mire. Lorsqu'il vit la main de Skinner esquisser un mouvement, il fit feu une nouvelle fois. La main de Skinner retomba sur la chaussée. Skinner avait voulu sortir un objet de sa poche. Il n'était désormais plus en état de le faire.

Il attendit encore trente secondes. Skinner ne bougeait plus. Il rassembla promptement son matériel, ainsi que les douilles, et grimaça à leur contact brûlant. La police allait lui mettre la main dessus, tôt ou tard, mais il n'avait pas l'intention de leur faciliter la tâche. Il descendit de son perchoir, se retrouva dans la rue, et rangea son matériel dans la petite cachette située à l'arrière de sa camionnette. Les flics n'auraient aucun mal à la trouver, en fouillant le véhicule, mais un simple regard jeté en passant sur cette camionnette de livraison ne suffisait pas à en distinguer la présence.

Il s'autorisa à consulter sa montre, afin de pouvoir minuter le reste de sa tâche. Il souleva la civière à roulettes qu'il avait confectionnée et installée sur le plancher, à l'arrière de sa camionnette. Il tira la rampe, fit rouler la civière jusqu'au corps convulsé de Skinner, le hissa par-dessus, l'immobilisa grâce à des sangles, et plaça celles-ci dans leurs points d'ancrage : clic, clac… *Les ceintures de sécurité sauvent des vies*, songea-t-il ironiquement, tout en ignorant les gémissements pitoyables de Skinner, qui lui demandait qui il était et ce qu'il lui voulait. Les jurons et promesses de vengeance que proféra alors Skinner d'une voix faible le firent sourire.

Ce soir, c'était lui qui se vengeait. Et qui vengeait la jeune femme dont le viol brutal, un an auparavant, était resté impuni : Renee Dexter.

Et, bien sûr, Leah…

Il fit rouler la civière sur la rampe, par-dessus l'épaisse bâche en plastique qui recouvrait le plancher de la camionnette. Les taches de sang étaient diablement difficiles à nettoyer, sur la moquette qui tapissait l'habitacle. Et la police avait les moyens de détecter des résidus organiques, même après un nettoyage complet.

Pour finir, il fouilla dans les poches de Skinner, en sortit un trousseau de clés, un Smartphone et une arme de poing, qui ressemblait davantage à un pistolet à eau qu'à une véritable arme à feu.

— Pourquoi… Pourquoi faites-vous… ça ? demanda Skinner.

Le visage affreusement tordu par la douleur, il ajouta :

— Prenez… mon portefeuille… Laissez-moi partir…

Il gloussa, ferma le hayon de la camionnette, empocha le Smartphone et jeta le trousseau de clés sur le siège avant de la Cadillac. Dans ce quartier, une voiture dont les clés étaient visibles serait immanquablement volée avant l'aube.

Il consulta sa montre une dernière fois. Le deuxième acte ne lui avait pas pris plus de sept minutes. Pour King, il avait duré huit minutes et vingt secondes. Il s'améliorait.

*
* *

Jeudi 19 février, 22 h 30

Installé dans sa voiture, Abe avait les yeux fixés sur l'immeuble dans lequel il habitait. Il contempla le sombre mégalithe de béton qui semblait percer le ciel. Son appartement se trouvait au septième étage. Il avait un lit, un fauteuil, et un téléviseur recevant par câble près de deux cent cinquante chaînes — qu'il n'avait pas allumé une seule fois depuis plus de six mois. Ce modeste logis était une coquille vide, un endroit où il ne venait que pour dormir.

Il eut un soupir de dépit. Lui non plus n'avait pas décoré son logement de photos de famille. Elles se trouvaient toutes dans des cartons. Il les avait lui-même déposés dans un garde-meuble, le jour où il avait remis les clés de son ancienne maison au nouveau propriétaire. La maison qu'il avait achetée avec Debra, avec une balançoire dans le jardin et une chambre d'enfant… Peu avant de mourir, Debra avait repeint celle-ci en bleu clair.

Kristen entreposait ses souvenirs dans le petit appentis de son jardin. Lui, il les conservait dans le garde-meuble Chicagoland U-Store, à Melrose Park.

Il consulta la pendule du tableau de bord, puis jeta un coup d'œil aux bols vides posés sur le siège du passager. Sa mère restait éveillée tard, les soirs où Aidan ou son père étaient en service de nuit. *Ou moi*, songea-t-il. Il se remémora les nombreuses fois où, passant chez ses parents pour avaler un bon petit déjeuner, après toute une nuit de travail, il avait trouvé sa mère endormie dans son fauteuil préféré, devant la télévision encore allumée.

Il redémarra sa voiture et manœuvra pour quitter la place qu'il avait trouvée, au bas de son immeuble.

Vingt minutes plus tard, il s'engageait dans l'allée de la maison de ses parents. La lumière était allumée, et sa clé ouvrait encore la porte d'entrée. Cela faisait longtemps qu'il n'était pas venu comme ça, en pleine nuit. C'était avant son mariage avec Debra. Comme prévu, sa mère était en train de dormir dans son fauteuil favori. Certaines choses ne changeaient jamais. Il mit les bols vides dans l'évier de la cuisine, puis couvrit sa mère d'un plaid en laine. Elle bougea un peu, puis se redressa, émergeant de son sommeil. Elle ouvrit de grands yeux en voyant son fils.

— Il y a un problème ?

Il s'accroupit à côté d'elle et répondit :

— Aucun. Il fallait juste que je rapporte les bols.

Elle plissa les yeux.

— Ça aurait pu attendre dimanche. Dis-moi, quel est le problème ?

Il lui prit la main.

— Il n'y en a pas. Tu me manquais, c'est tout.

Elle sourit et lui pressa la main.

— Toi aussi, tu m'as manqué. La réunion s'est bien passée ?

— Oui. Ton ragoût de chou-fleur a eu beaucoup de succès.

— Tant mieux. Personne ne t'a taquiné parce que ta maman t'a apporté ton dîner ?

Il sourit.

— Pas du tout. Au contraire, ils aimeraient bien que tu rejoignes l'équipe !

Elle lui rendit son sourire, puis son regard se fit narquois.

— Alors, et cette Mlle Mayhew ?

Abe fit semblant de ne pas comprendre.

— Elle est arrivée trop tard pour goûter ton ragoût. Mia avait déjà mangé toute la viande.

Becca secoua la tête.

— Non, dit-elle. Ce n'est pas ce que je voulais savoir. Elle est jolie, cette femme. Et intelligente…

Il aurait dû se douter que la façon dont il couvait Kristen du regard n'avait pas échappé à l'œil acéré de sa mère.

— Oui, maman, c'est vrai.

— Ça ne t'a pas plu, quand elle a fait mine de t'ignorer, hein ?

Sa mère le connaissait si bien…

— Non, en effet, avoua-t-il.

Le regard de Becca se fit plus serein.

— Tu veux que je te prépare un casse-croûte ? demanda-t-elle.

Il l'aida à se lever et répondit :

— Non, je veux que tu ailles te coucher.

Elle grimaça.

— Ton père ronfle.

— C'est faux, protesta Kyle Reagan, qui venait de faire son apparition en se grattant la bedaine.

— Non, c'est vrai ! cria d'une voix indignée Rachel, derrière la porte fermée de sa chambre.

— Toi, tu devrais dormir, à une heure aussi tardive, la gronda son père.

Rachel entrebâilla la porte de sa chambre et pointa la tête. Abe cligna des yeux en découvrant sa petite sœur, vêtue en tout et pour tout d'un T-shirt deux fois trop grand pour elle. Becca avait dit vrai : Rachel avait bien grandi. *Mon Dieu, elle n'a que treize ans, et elle a l'air d'en avoir dix-sept*, songea Abe. Elle arborait une drôle de coupe de cheveux, et des traces de mascara étaient visibles autour de ses yeux, qu'elle levait au ciel de façon théâtrale.

— Comme si je pouvais dormir, avec tout ce bruit ! s'exclama-t-elle.

Elle examina Abe d'un œil curieux.

— Salut, Abe, lui dit-elle. Ça fait plaisir de te revoir.

Elle va me demander une faveur, songea Abe. Voilà au moins une chose qui n'avait pas changé, depuis un an.

— Salut, Rach.

— Alors, tu peux me l'obtenir, cette interview ?

Abe cligna des yeux.

— Une interview ? Avec qui ?

— Mais avec Kristen Mayhew, enfin ! Maman m'a dit que vous étiez comme les doigts de la main, elle et toi.

Abe grimaça.

— Tu veux interviewer Kristen Mayhew avec une caméra, comme une journaliste ?

— Non, pas avec une caméra… Avec un stylo. On nous

a demandé de rédiger un dossier sur le métier qu'on voulait faire plus tard. Pour ça, il faut interviewer quelqu'un qui l'exerce. Je veux être juriste, comme Mlle Mayhew.

— Maudits juristes, grommela Kyle. Les flics arrêtent les délinquants, et les avocats obtiennent leur libération ! Ou alors, les procureurs les laissent filer.

Rachel secoua la tête.

— Pas elle, papa. Son taux de condamnation est le plus élevé du bureau du procureur de Chicago.

Elle haussa les sourcils — Abe aurait juré qu'elle les avait épilés, depuis la dernière fois qu'il l'avait vue.

— Alors ? Tu peux arranger cette interview, oui ou non ?

Je n'arrive même pas à obtenir d'elle qu'elle m'appelle par mon prénom, songea Abe.

— Je ne sais pas, répondit-il franchement. Mais je peux lui demander.

Kyle disparut dans la cuisine, marmonnant son mépris pour les gens de robe.

— L'an dernier, elle a donné une conférence, lors de la remise des diplômes de la fac de droit de Chicago, dit Rachel.

Abe avait du mal à imaginer Kristen prenant la parole devant un auditoire d'étudiants.

— Ah bon ? fit-il.

Rachel hocha vigoureusement la tête, faisant cliqueter ses longues boucles d'oreilles.

— J'ai fait une recherche sur internet, et j'ai trouvé son discours sur le site d'un journal universitaire en ligne. Elle a dit que la formation et l'accompagnement des jeunes constituaient la meilleure manière d'assurer la relève.

— Elle a dit ça ?

Rachel leva les yeux au ciel une nouvelle fois, et Abe vit du coin de l'œil sa mère contenir un sourire.

— Et alors, ça t'étonne ? grinça Rachel, d'un ton qui lui rappela son père. Oui, elle a dit ça. Donc, je me suis dit qu'elle adorerait aider une collégienne comme moi.

Elle gratifia Abe d'un de ses sourires charmeurs auxquels il n'avait jamais été capable de résister.

— S'il te plaît, insista-t-elle. S'il te plaît !

Abe, désarmé, poussa un long soupir.

— Je lui demanderai, Rach, promit-il. Mais ne sois pas déçue si elle refuse. C'est une femme très occupée, tu sais.

Rachel prit un air de conspirateur et se pencha vers lui.

— Je suis sûre que tu pourrais l'inviter à dîner, dimanche prochain, dit-elle tout bas. Maman va préparer un énorme jambon. Il lui arrive bien de manger, à ta copine, non ?

— C'est hors de question ! s'exclama Abe en se renfrognant.

Mais ce n'était pas la pensée de voir Kristen assise en face de lui à la table de sa mère qui lui déplaisait. Bien au contraire. Non, il se renfrognait en pensant au ton froid avec lequel elle l'appelait « inspecteur ». Elle ne le considérait pas comme un ami.

Le visage de Rachel s'assombrit.

— Bon, eh bien demande-lui quand même, pour l'interview. Ça me fera une bonne note assurée.

— D'accord.

— Je crois que tu devrais être au lit depuis longtemps, ma chérie, intervint Becca.

Rachel fronça les sourcils mais obéit, non sans s'être hissée sur la pointe des pieds pour déposer un baiser sur la joue rugueuse d'Abe.

— Je suis contente que tu sois venu, chuchota-t-elle. Même si tu ne peux pas me décrocher cette interview.

Il l'embrassa sur le front. C'était une brave gamine, après tout.

— Moi aussi, petite morveuse, ça m'a fait plaisir de te voir. Maintenant, va te coucher. Sinon, tu vas piquer du nez demain, à l'école.

Becca lui passa le bras autour de la taille, tandis que la porte de la chambre de Rachel se refermait sur elle.

— Elle était tout excitée d'apprendre que tu connaissais Mlle Mayhew. Je lui ai conseillé d'attendre un peu, avant de te demander d'arranger un rendez-vous… Mais tu sais comment elle est. Le lit de ton ancienne chambre est fait, Abe. Si tu veux dormir ici, je te ferai des gaufres pour le petit déjeuner. Des gaufres maison, pas ces répugnantes gaufres surgelées.

— Moi, tu ne m'en fais jamais, des gaufres maison, se plaignit Kyle, depuis la cuisine.

— Toi, il ne faut surtout pas que tu en manges, rétorqua Becca. Je te rappelle que tu es au régime.

Abe ne put s'empêcher de sourire, tandis que son père continuait de marmonner dans son coin.

— Non, maman. Il faut que je sois au bureau à la première heure, demain matin. Je voulais juste passer vous dire un petit bonsoir.

Elle soupira et le raccompagna jusqu'à la porte.

— Tu viendras, dimanche ?

— A moins qu'il ne survienne quelque chose de vraiment important dans mon enquête, tu peux compter sur moi.

Vendredi 20 février, 1 heure

— Pourquoi ?

C'était un cri déchirant, mais ce salaud méritait de souffrir. Il lui jeta un regard froid.

— Renee Dexter, dit-il sobrement.

Les yeux écarquillés par la terreur, Skinner tourna la tête pour le suivre du regard, tandis qu'il rassemblait ses outils.

— Qui ça ?

Il se figea et examina le corps pitoyable de Skinner, toujours immobilisé par les sangles. Il saignait moins, à présent. Son costume Armani était couvert de sang. Ce serait le vêtement le plus cher qu'il mettrait dans une caisse, depuis que sa mission avait commencé. Skinner était sur le point de s'évanouir, mais s'efforçait de rester conscient.

— Vous ne vous souvenez vraiment pas d'elle, hein ?

— Non. Merde… Où on est ? haleta Skinner. Qui êtes-vous ?

Il tourna le dos à Skinner, ignorant ses questions.

— Je vais vous rafraîchir la mémoire. Renee Dexter était étudiante. Un soir, alors qu'elle rentrait de son emploi à temps partiel à la bibliothèque du campus…

Il ouvrit un tiroir et examina son contenu, avant de poursuivre :

— Sa voiture est tombée en panne. Elle n'avait pas de téléphone portable pour appeler un garagiste.

Il agita la photo qu'il avait prise dans le tiroir sous le nez de Skinner, avant de la poser sur la table. Avec satisfaction, il vit les yeux de Skinner devenir vitreux sous l'effet de la peur.

— Oh ! mon Dieu ! hurla Skinner en se tortillant, tentant en vain de s'échapper. Vous êtes dingue, complètement dingue !

Il réfléchit un instant à ce que venait de dire sa proie.

— C'est possible, dit-il enfin. Dieu en sera juge.

Il poussa un chariot sur lequel était posé un étau. Il disposa les mâchoires de l'étau de part et d'autre du crâne de Skinner et commença à serrer en tournant la manette. Skinner poussa un gémissement.

— Renee Dexter avait peur, reprit-il d'une voix plus dure. Elle avait dix-neuf ans, et elle était là, seule sur le bord de la route, à une heure tardive… Une voiture s'est arrêtée, et deux jeunes gens à l'allure soignée en sont sortis. Elle s'est sentie rassurée. Elle avait eu peur de tomber sur des voyous, mais le destin lui envoyait deux jeunes gens à l'air aimable.

Il tourna légèrement la manette, et Skinner se mit à sangloter.

— Malheureusement, ces deux jeunes gens n'étaient pas du tout aussi sympathiques qu'ils en avaient l'air, monsieur Skinner. Quand la police a retrouvé Renee Dexter, le lendemain matin, elle était en train de courir sur la chaussée, se faufilant entre les voitures, les vêtements déchirés. Les policiers ont cru qu'elle était ivre, mais ce n'était pas le cas. La mémoire vous revient, monsieur Skinner ?

— Pourquoi ? sanglota Skinner. Pourquoi me faites-vous ça ?

Il regarda Skinner d'un air dégoûté et dit :

— Quelle ironie ! C'est exactement ce que Renee a demandé aux deux jeunes gens, pendant qu'ils la violaient à tour de rôle, cette nuit-là, se relayant pour l'immobiliser. Elle a expliqué qu'ils lui avaient répondu en riant : « Parce qu'on en a envie. » Les policiers ont réussi à arrêter les deux jeunes gens grâce à la description que leur a fournie Renee, sur son lit d'hôpital. Et le bureau du procureur a, bien évidemment, engagé des poursuites contre les deux violeurs.

Il souleva l'outil qu'il avait choisi, le tordit à la lumière du plafonnier, admira son éclat.

— Et c'est là que vous intervenez, monsieur Skinner.

Il eut un petit gloussement sans joie en voyant l'avocat battre éperdument des cils.

— Ah, je vois que la mémoire vous revient, monsieur Skinner.

— Vous… Vous n'étiez pas là !

— En êtes-vous sûr, monsieur Skinner ? Vous étiez assis à la même table que ces deux monstres, répondit-il d'une voix tremblante de colère. Et, quand Renee est venue à la barre, vous l'avez taillée en pièces, vous l'avez violée une seconde fois, pour ainsi dire. Non pas avec vos poings ou avec votre…

Il tendit le doigt vers le bas-ventre de Skinner et reprit :

— Mais vous l'avez violée quand même ! Vous avez affirmé que c'était une fille facile, et que ces garçons l'avaient rencontrée lors d'une fête, le week-end précédent. C'était faux. Selon vous, elle avait accepté de les revoir. Encore faux. Une analyse d'urine révélait qu'elle avait fumé de la marijuana au cours des deux semaines précédentes… Ce qui confirmait, selon vous, le genre de fille qu'elle était. Alors, vous avez prétendu qu'elle était consentante, et qu'elle les avait ensuite accusés à tort.

Il se pencha vers sa victime, le corps vibrant de colère.

— Vous vous en souvenez, maintenant, monsieur Skinner ?

— Je…

— Répondez à ma question, monsieur Skinner. Oui ou non ?

Skinner poussa un gémissement horrifié.

— Oh ! mon Dieu, fit-il.

Son bourreau se redressa.

— Vous ne vous sentez pas bien, monsieur Skinner ? Ça fait longtemps que je réfléchis à votre châtiment. Très longtemps. Ces êtres malfaisants sont sortis libres du tribunal parce que vous avez dépeint Renee Dexter comme une fille sans morale ni vertu. Quand elle a essayé de se défendre contre vos allégations, vous l'avez mise sur le gril, sans répit, jusqu'à ce qu'elle en perde la voix.

Il se calma un peu. Il se sentait prêt, maintenant, à accomplir ce qui devait être accompli.

— A présent, vous allez savoir ce que l'on ressent, quand on n'a plus de voix.

Vendredi 20 février, 3 h 45

Zoe retira vivement le drap qui couvrait le corps endormi de son amant.

— Allez, debout ! dit-elle en lui secouant l'épaule. Lève-toi, mon grand. Il est temps que tu rentres au bercail.

Il roula sur le dos et cligna des yeux.

— Quelle heure est-il ?

— Presque 4 heures. Le réveil de ta femme va sonner dans moins de deux heures.

Il ouvrit grand les yeux et lâcha un juron. Bondissant hors du lit, il ramassa son caleçon.

— Pourquoi m'as-tu laissé m'endormir ? lui lança-t-il.

Zoe détourna les yeux, sous prétexte de rassembler les objets éparpillés tombés des poches de son amant. Lorsqu'elle parvint à masquer la joie qui luisait dans son regard, elle se tourna vers lui, les mains pleines de pièces de monnaie.

— Parce que je me suis endormie, moi aussi, prétendit-elle dans un sourire enjôleur. Tu m'as épuisée…

Il leva les yeux vers elle, tout en enfonçant les pans de sa chemise dans son pantalon. Il avait bien mérité ce petit compliment, après tout, et cela ne coûtait guère à Zoe de flatter son orgueil de mâle.

— Tu étais vraiment déchaînée, toi aussi, murmura-t-il. Tu es si sensuelle…

Elle déposa un petit baiser sur les lèvres de l'homme.

— Je sais, fit-elle en toute modestie. Mais il est temps que tu rentres chez toi.

— J'y vais. On se retrouve, ce soir ?

Je n'en ai aucune envie, songea-t-elle. Mais elle lui sourit et minauda :

— J'aimerais bien. Ça dépendra du boulot…

Si tout se déroulait comme elle le souhaitait, elle aurait d'autres chats à fouetter.

Il lui saisit le menton et l'embrassa sur la bouche.

— Je t'appellerai, dit-il.

Elle le raccompagna jusqu'à la porte.

— Bonne idée.

Elle referma la porte derrière lui et, en poussant le loquet, put enfin sourire à son aise.

Savait-il qu'il parlait dans son sommeil ? Elle soupçonnait sa femme de le savoir…

Elle décrocha son téléphone.

— Scott… Oui, je sais quelle heure il est… Retrouve-moi au studio dans quarante-cinq minutes. Nous allons avoir une journée bien remplie.

9

Vendredi 20 février, 8 h 30

— Vous n'avez pas l'air dans votre assiette, dit Lois.

Kristen leva les yeux des paperasses qui encombraient son bureau. Sur le seuil de la pièce, la secrétaire de John, une pile de dossiers dans les bras, la dévisageait avec une moue inquiète.

— Merci, Lois, ça va.

Elle posa un œil las sur les dossiers.

— Ne me dites pas que ces dossiers me sont destinés.

— J'en ai bien peur, répliqua Lois.

Elle posa bruyamment les dossiers sur le bureau, puis laissa tomber ses bras le long de ses hanches généreuses.

— Vous avez dormi, cette nuit ? demanda-t-elle.

Non, pas une seconde.

— Un peu, mentit Kristen.

Elle dévissa le bouchon de la Thermos qu'Owen avait remplie un peu plus tôt.

— Mais j'ai assez de café pour tenir le coup, ajouta-t-elle.

— Pas de nouvelles lettres ?

Elle secoua la tête, en songeant aux empreintes de pas que Reagan avait trouvées tout près des fenêtres de sa maison.

— Non, répondit-elle. Mais ça viendra. Ce n'est qu'une question de temps.

Son collègue Greg Wilson passa la tête dans le bureau et lança à Lois :

— Vous lui avez demandé ?

Lois se tourna vers lui en fronçant les sourcils.

— J'allais le faire.

Greg entra d'un pas nonchalant dans la pièce. Il venait de fêter son quarantième anniversaire, mais avait conservé de beaux traits juvéniles, qui faisaient tourner la tête de toutes les employées du bureau du procureur.

— Nous nous inquiétons tous pour vous, Kristen, dit-il.

Kristen se sentit légèrement agacée.

— Je suis capable de prendre soin de moi, Greg, rétorqua-t-elle sèchement.

Il balaya l'argument de la main.

— Venez donc habiter à la maison ! Nous avons une chambre de libre, depuis que ma belle-mère est partie avec un type rencontré à la salle de bingo.

Kristen en resta bouche bée.

— Quoi ? fit-elle.

— Eh oui, ma belle-mère a rencontré ce gars, et…

Kristen secoua la tête, autant pour recouvrer ses esprits que pour signifier à Greg que les frasques de sa belle-mère ne l'intéressaient pas.

— Vous voulez vraiment que je m'installe chez vous ? s'exclama-t-elle.

— Nous savons tous que vous vivez seule, s'empressa d'expliquer Lois. On a tiré à la courte paille, pour savoir qui vous le proposerait…

Kristen haussa un sourcil.

— Et c'est vous qui avez perdu, Greg ?

— Non, j'ai gagné ! Je serais très heureux de vous héberger… le temps que cette affaire se termine.

Elle en fut touchée, et parvint à sourire.

— Je ne suis pas sûre que votre femme serait d'accord, objecta-t-elle.

— C'est une idée de ma femme.

Kristen écarquilla les yeux.

— Vous lui avez parlé des lettres ? demanda-t-elle.

Greg fronça les sourcils.

— Bien sûr que non, répondit-il. Je lui ai dit que vous faisiez faire des travaux chez vous, et que vous aviez besoin d'habiter ailleurs pendant quelque temps.

L'air penaud, il ajouta :

— Et puis, elle a vu le reportage de Richardson, hier soir, et elle m'en a parlé ce matin, au petit déjeuner. Mais je ne lui ai rien appris de plus. Alors, qu'en dites-vous ?

Kristen leva les yeux vers Greg et Lois. Elle sentit son cœur se serrer, à la vue de leur air inquiet. Cela faisait bien longtemps qu'on ne lui avait pas tendu la main ainsi.

Non, tu te trompes, c'est exactement ce qu'a fait Reagan, hier soir.

— C'est vraiment très sympa de votre part, mais…, dit-elle.

— Mais ? fit Greg en se renfrognant.

— Mais je ne me laisserai pas chasser de chez moi ! En outre, le lieutenant Spinnelli fait installer aujourd'hui même une caméra de vidéosurveillance en face de chez moi.

Greg avait l'air résigné.

— Je crois que vous êtes en train de commettre une erreur, finit-il par dire en soupirant.

Kristen sourit à ses deux collègues et ajouta :

— En tout cas, je vous remercie du fond du cœur.

Lois se pencha pour l'étreindre brièvement, et Kristen se raidit. Cela faisait si longtemps qu'on n'avait pris soin d'elle. Et encore plus longtemps que quelqu'un ne l'avait pas prise dans ses bras — de quelque façon que ce soit. Lois recula aussitôt, en rougissant légèrement, mais elle ne s'excusa pas d'avoir eu ce geste aussi affectueux qu'imprévu.

— Si vous avez besoin de nous, Kristen, dit Lois, n'hésitez pas à le dire.

— Je n'y manquerai pas… Je vous le promets.

Kristen s'efforça de prendre un ton détaché, pour mettre fin à son émotion :

— Bon, maintenant, il me reste moins d'une heure pour

jeter un coup d'œil à tous ces dossiers. Ensuite, je dois filer au tribunal.

Lois sortit de la pièce en secouant la tête. Greg s'arrêta sur le seuil du bureau. Son visage, habituellement enjoué, s'était assombri.

— Kris, nous sommes vraiment inquiets, vous savez. Ne sous-estimez pas ce type.

Elle le regarda droit dans les yeux et dit :

— Je m'en garderai bien.

Puis elle se cala au fond de son siège et considéra d'un air accablé les dossiers qu'elle avait à traiter. Il lui fallut une bonne minute pour se ressaisir et ouvrir le premier dossier de la pile.

Elle lâcha un soupir. Encore une affaire de viol…

Certains jours se passaient mieux que d'autres. Celui-ci commençait mal.

Vendredi 20 février, 11 heures

— Merci de m'avoir attendue…

Abe se tourna brièvement vers Kristen, assise sur le siège du passager. C'étaient les premiers mots qu'elle prononçait depuis qu'elle était montée dans son 4x4, le manteau déboutonné, et les joues rougies par l'effort et le froid. Il l'avait vue, perchée sur ses hauts talons, dévaler l'escalier du palais de justice avec une telle précipitation qu'il se demandait encore par quel miracle elle n'avait pas trébuché. Pendant les vingt premières minutes du trajet, elle n'avait cessé de jeter des regards inquiets derrière elle. Il avait fini par lui assurer que, même si Zoe Richardson avait tenté de les suivre, ils devaient l'avoir semée depuis longtemps.

A présent, elle était immobile, et semblait contempler le paysage urbain qui défilait autour d'eux. Ils atteignaient le paisible quartier de la banlieue de Chicago où habitait la première des jeunes victimes de Ross King.

— Ce n'est pas grave, dit Abe. J'en ai profité pour passer quelques coups de fil.

Il s'écoula une bonne trentaine de secondes avant qu'elle ne dise :

— Il y a du nouveau ?

— Jack a trouvé des traces de lait séché à l'intérieur de l'une des caisses.

Les yeux toujours rivés sur la vitre, elle ne cilla pas.

— N'est-ce pas normal de trouver des traces de lait dans une caisse à bouteilles de lait ? demanda-t-elle.

— Oui, si ces caisses ont été utilisées peu de temps auparavant pour des livraisons de lait.

— Ce qui pourrait vouloir dire qu'il a accès à une personne ou à une entreprise qui se fait livrer son lait par caisses entières ?

— Il y a des chances, en effet.

— Je comprends. Mais il aurait pu les ramasser n'importe où, ces caisses, vous ne croyez pas ?

Abe haussa les épaules, un peu perturbé par l'apathie de Kristen. Il lui était sans doute arrivé quelque chose, au cours de la matinée. Mais il ne se faisait pas d'illusions : elle ne lui faisait pas assez confiance pour lui faire des confidences.

— Peut-être, dit-il. C'est quand même un indice. Jack a aussi trouvé du marbre pilé, dans toutes les caisses. Mais cela n'a rien de très surprenant. Le tueur a dû ranger ses caisses avec ses dalles en marbre, à un moment ou à un autre.

Il se gara le long du trottoir, juste devant leur premier rendez-vous.

— Vous ne voulez pas me dire ce qui s'est passé ? lança-t-il subitement, d'une voix crispée.

Elle se raidit et demeura muette.

— Une autre lettre ? insista-t-il.

Elle tourna la tête et le fixa de ses yeux verts, emplis de détresse.

— Non, répondit-elle. Je vous l'aurais dit. Je ne suis pas idiote, inspecteur.

Il aurait voulu la toucher, la cajoler, mais, bien sûr, il n'en fit rien.

— Alors, que s'est-il passé ?

Le regard de Kristen se fit plus serein.

— J'ai été chargée d'une nouvelle affaire d'agression sexuelle, aujourd'hui. La victime et son père m'attendaient à la porte de mon bureau, quand je suis revenue du tribunal.

Cela expliquait la tension qui habitait sa voix, lorsqu'elle l'avait appelé pour demander de lui accorder une demi-heure supplémentaire. Abe ne dit rien, attendant qu'elle poursuive son récit — ce qu'elle fit au bout de quelques secondes :

— Elle a craqué dans mon bureau. Elle était terrifiée à l'idée de témoigner. Son père était à deux doigts de la menacer, si elle ne se décidait pas à le faire. Il a dit qu'il ne trouverait pas le repos tant que le salaud qui avait violé sa fille ne se trouverait pas derrière les barreaux.

— Son témoignage ne sera pas très convaincant, si les jurés estiment qu'elle ne parle pas de manière spontanée.

Kristen se mit à regarder la maison où on les attendait.

— Vous avez raison. Et c'est bien pour ça qu'elle ne témoignera pas, finalement… alors que je suis sûre qu'elle dit la vérité. En plus, dans ce dossier, les preuves matérielles ne sont pas irréfutables. C'est donc à moi de décider si nous disposons d'un nombre suffisant d'éléments à charge pour engager des poursuites contre l'homme qu'elle accuse.

— Et, si vous engagez ces poursuites, il faudra appeler cette jeune fille à la barre…

Il suivit le regard de Kristen, toujours dirigé vers la maison de la victime de King, et ajouta :

— Comme les garçons de l'affaire King.

Elle lâcha un long soupir.

— Comme les victimes de l'affaire Ramey, et de toutes les autres affaires de viol. Dès lors qu'une de ces victimes est appelée à témoigner, elle revit inévitablement son viol, et c'est une nouvelle épreuve pour elle.

— C'est peut-être, pour certaines, une manière de panser

leurs plaies, d'apprendre à oublier… et de se remettre à vivre normalement.

Elle se tourna vers lui et lui jeta un regard attristé, empli de vulnérabilité et de regret. Abe en eut le cœur serré.

— Croyez-moi, ces victimes-là n'oublient jamais, dit-elle tout bas. Elles peuvent se remettre à vivre normalement, mais elles n'oublient jamais… Jamais !

Elle ouvrit la portière et sortit du 4x4.

— Allez, lâcha-t-elle sans le regarder, finissons-en.

Décontenancé, Abe resta immobile un instant, avant de sortir à son tour du véhicule et de la rejoindre sur le trottoir.

— Kristen…

Elle secoua la tête d'un air tellement résolu qu'il préféra ne pas insister. Il ne savait d'ailleurs pas très bien ce qu'il aurait pu lui dire.

Elle désigna l'allée en disant :

— Les Reston ont de la visite.

C'était exact. Plusieurs voitures étaient garées dans l'allée et sur le trottoir d'en face.

— M. Reston était le porte-parole de toutes les familles de victimes, dans cette affaire, expliqua-t-elle. Je crois bien qu'il l'est encore.

Elle n'eut pas besoin de frapper. A peine eut-elle posé un pied sur le perron que la porte s'ouvrit d'elle-même. Dans l'entrée se tenait un homme en chaussettes, vêtu d'un sweat-shirt des Bears, l'équipe locale de football américain, et d'un vieux jean râpé. Sur son visage se lisait une lassitude empreinte de résignation.

— Mademoiselle Mayhew, dit-il doucement. Nous vous attendions.

Il ouvrit la porte en grand et leur fit signe d'entrer. Abe jeta un coup d'œil circulaire dans le salon, où étaient assis neuf autres adultes. Ces derniers le regardèrent avec curiosité, avant de dévisager Kristen avec hostilité.

Cette attitude irrita profondément Abe. Il prit une longue inspiration et songea au motif de leur visite. Il essaya de se mettre à la place de ces gens. Leurs enfants avaient subi de terribles épreuves : aux sévices que leur avait infligés King s'étaient ajoutées les carences du système judiciaire, qui avait échoué à punir ce dernier. Debout derrière Kristen, il effleura son épaule pour lui donner du courage. Elle tressaillit à ce contact, puis se racla la gorge.

— Bonjour, je vous présente l'inspecteur Reagan, dit-elle. Il est chargé de l'enquête sur cette affaire.

Il n'était pas nécessaire de préciser de quelle affaire il s'agissait. Les parents restèrent silencieux.

Le dos raide, Kristen poursuivit :

— Ross King a été assassiné. Nous avions prévu de passer la matinée à informer les familles de ses victimes, mais je vois que vous nous avez facilité la tâche en vous réunissant tous ici.

— C'est toujours un plaisir de vous faciliter la tâche, mademoiselle Mayhew, dit d'un ton sarcastique l'un des hommes assis sur le canapé.

Une fois de plus, Abe dut se souvenir de la raison de leur visite pour ne pas répliquer vertement.

Kristen fit mine d'ignorer la remarque.

— Je vois aussi que vous êtes déjà informés, ajouta-t-elle.

Reston désigna la table basse, ou étaient posées cinq enveloppes, soigneusement alignées.

— Nous avons tous reçu ces lettres, hier matin. Et nous avons vu le reportage à la télé hier soir.

Kristen scruta la pièce et demanda :

— Où sont les Fuller ?

— Ils ont divorcé l'année dernière, répondit Reston. Elle est repartie à Los Angeles avec leur petit garçon. Lui, il a été muté à Boston. Leur mariage n'a pas résisté…

Une femme assise dans un fauteuil se leva et rejoignit Reston, pour faire face à Kristen. Elle passa un bras autour de la taille de ce dernier, à la manière des épouses qui restent envers et contre tout solidaires de leur mari.

— A la télé, expliqua-t-elle, nous avons vu que vous

êtes allée voir ces femmes, hier. Nous nous sommes dit que vous ne tarderiez pas à vouloir nous rencontrer à notre tour.

Elle leva les yeux et toisa Abe d'un air de défi.

— Nous étions une famille heureuse et unie, inspecteur Reagan. Jusqu'à ce que Ross King ne détruise notre vie. Il n'y a pas une seule personne ici qui ne se félicite de le savoir mort.

Abe observa les visages des parents, l'un après l'autre. Puis, choisissant prudemment ses mots, il dit :

— Je ne vous ferai pas l'offense de penser que vous regrettez sa mort. Je ne vais pas non plus faire semblant de compatir au sort de Ross King. Cela dit, mon travail consiste à enquêter sur un meurtre, quels que soient mes sentiments à l'égard de la victime. Je ne vous demande pas de me comprendre, mais ça n'en est pas moins la réalité.

Ces mots furent accueillis par un long silence. Jusqu'à ce que l'une des femmes ne se mette à pleurer. Son mari se leva, le visage déformé par la colère et le désespoir.

— Dites-nous, mademoiselle Mayhew, lança-t-il, est-ce qu'il a souffert ?

Son épouse redressa la tête, le visage couvert de larmes.

— Vous nous devez bien ça, dit-elle.

Kristen consulta Abe du regard. Il vit, un bref instant, la détresse de la mère se refléter dans ses yeux. Elle reprit ses esprits et se tourna vers les parents, qui attendaient sa réponse :

— Je n'ai pas le droit de vous fournir d'informations sur une affaire en cours.

— Allez au diable ! s'écria un autre père, en se levant d'un bond. Nous avons fait tout ce vous nous avez demandé de faire. Nous avons imposé l'épreuve du tribunal à nos enfants parce que vous nous avez assuré que vous le feriez enfermer…

Il se rassit lourdement et baissa la tête. Ses épaules se mirent à trembler.

— Dieu vous maudisse, murmura-t-il.

Abe sentit que Kristen hésitait. Puis elle lâcha un long soupir.

— Je ne peux pas vous donner de détails, poursuivit-elle. Mais…

Le père qui venait de l'invectiver releva la tête. Abe sentit les larmes lui monter aux yeux, face à la détresse de cet homme.

— Mais ? murmura l'homme.

— Je peux vous dire qu'il a souffert, dit Kristen sobrement.

— Beaucoup, ajouta Abe sans emphase.

Il se demanda comment les parents allaient réagir. Ils se regardèrent les uns les autres, et il lut une sorte de soulagement dans leurs yeux.

— Je sais bien, reprit Abe, que lorsque nous aurons retrouvé l'assassin de King vous aurez plutôt envie de lui adresser vos remerciements, mais…

— Une bouteille de single malt vingt ans d'âge, déclara l'un.

— Un week-end dans ma maison en Floride, fit un autre.

— Un abonnement à vie pour les matchs des Bears ! surenchérit un troisième.

Abe leva la main pour imposer le silence.

— J'ai bien compris. Cependant, j'espère que vous allez accepter de coopérer avec moi. Quelqu'un a-t-il remarqué un détail qui permettrait de déterminer l'heure à laquelle ces lettres ont été apportées ?

Personne ne prononça le moindre mot, et Abe soupira.

— Vous êtes intelligents, dit-il. Vous savez que King n'est pas le seul à avoir été assassiné par cet homme. Vous savez aussi que nous ne pouvons tolérer que les gens se substituent à la justice. Si ce n'était pas le cas, vous auriez vous-mêmes réglé son compte à King.

— Comment savez-vous que ce n'est pas l'un d'entre nous qui l'a exécuté ? demanda Reston.

— Je n'en sais rien, répliqua Abe. Mais, comme je vous l'ai dit, vous êtes intelligents. Vous devez vous douter que vous figurez tous sur ma liste de suspects potentiels. Vous savez aussi que cette situation ne peut qu'être dommageable à vos enfants, qui ont déjà trop souffert. Je crois que la seule raison pour laquelle vous ne vous êtes pas chargés vous-mêmes de tuer King, il y a trois ans, c'est que vous ne vouliez pas que vos enfants grandissent en ne vous voyant qu'au parloir de la prison.

Il les vit tressaillir, et sut qu'il avait marqué un point.

— Il faut que je sache quand vous avez reçu ces lettres. Ensuite je veux que vous me disiez où vous étiez, la nuit où King a disparu.

— C'était quel jour ? demanda Mme Reston.

— Commençons par le commencement, répondit Abe.

Il sortit son bloc-notes et reprit :

— Comme je ne connais que les Reston, il faut que je note vos noms. Ensuite, vous me direz où et quand vous avez reçu cette lettre.

M. Reston haussa les épaules.

— Je me suis endormi sur le canapé, avant-hier soir, indiqua-t-il. Je me suis réveillé à 3 heures du matin, j'ai ouvert la porte d'entrée pour aller verrouiller le portail, et j'ai vu la lettre coincée entre le cadre et les battants.

— Bien, dit Abe.

Il nota ce que venait de lui confier Reston et lança :

— Au suivant.

Les autres parents déclarèrent avoir trouvé la lettre à leur réveil. L'un à 6 heures, les autres vers 7 heures.

Il avait obtenu des réponses de tous les parents, sauf de celui qui avait invectivé Kristen. Cet homme était resté silencieux, tête baissée. Abe attendait qu'il s'exprime, mais il restait muré dans son silence.

Kristen non plus n'avait rien dit, pendant qu'Abe interrogeait les parents l'un après l'autre. Elle se pencha vers l'homme et lui posa doucement la main sur l'épaule.

— A quelle heure êtes-vous rentré chez vous, monsieur Littleton ?

Il leva la tête et plissa ses yeux rougis.

— Pourquoi me demandez-vous ça ? répliqua-t-il, sur la défensive.

Sa femme soupira d'un air las.

— Tu sais très bien pourquoi, Les. Il est rentré vers 1 h 30, répondit-elle.

Elle se tourna vers Abe et présenta leur couple :

— Les et Nadine Littleton.

— La lettre était-elle déjà arrivée, monsieur Littleton ? demanda Kristen.

— Oui, dit Littleton avant de détourner les yeux.

Il n'avait pas tout dit, Abe en aurait mis sa main à couper.

— Avez-vous vu quelqu'un l'apporter ? insista Kristen, en essayant de ne pas le brusquer.

Littleton hésita avant de hocher la tête.

— Oui, il a glissé l'enveloppe dans la boîte aux lettres, marmonna-t-il.

Abe attendit la suite, mais l'homme n'ajouta rien.

— Et alors ? fit Abe. A quoi ressemblait-il ?

Littleton haussa les épaules.

— Vêtu de noir. Taille moyenne. Rien de particulier…

— Il était en voiture ? demanda Kristen en lui effleurant de nouveau l'épaule. Je vous en prie, monsieur Littleton.

— Une camionnette blanche. Je n'en sais pas plus.

Kristen se redressa.

— Puis-je m'entretenir avec vous en tête à tête, madame Littleton ?

Elle se tourna vers Abe et lui dit à voix basse :

— Pendant ce temps-là, vous pouvez commencer à les interroger sur ce qu'ils faisaient, au moment où King a disparu. Je n'en ai pas pour longtemps.

Elle alla s'isoler avec Mme Littleton dans la cuisine, et Abe se tourna vers le groupe de parents. Tous jurèrent qu'ils étaient chez eux, la nuit en question. Kristen revint avec Mme Littleton et enfila ses gants.

— Je sais où étaient les Littleton au moment de la disparition de King, inspecteur, dit-elle.

Il lui jeta un regard intrigué, referma son bloc-notes et rangea les cinq enveloppes dans un sac.

— Je vous demande de ne pas parler de cette visite aux journalistes, lança-t-il à la ronde.

— Et si on leur parle quand même ? demanda Reston.

Abe soupira.

— C'est votre droit, bien sûr. Mais Zoe Richardson ne s'intéresse qu'à sa carrière. Vous avez réussi à éviter que les noms de vos enfants ne soient étalés dans la presse au moment de l'arrestation de King et de son procès. J'espère que vous comprenez que la protection de leur vie privée est toujours une priorité.

Sur ces mots, il prit congé et regagna son 4x4 en compagnie de Kristen.

Lorsqu'ils eurent tous deux bouclé leur ceinture, il démarra et dit :

— Alors ?

Elle soupira.

— M. Littleton s'est mis à boire, après le procès. Il a été arrêté il y a quelques mois après s'être battu dans un bar. Mme Littleton est venue me voir pour me demander de le tirer d'affaire.

— Ça n'a pas dû être facile pour elle de vous demander un tel service.

Kristen haussa un sourcil ironique.

— Non, c'était même un crève-cœur… Quoi qu'il en soit, j'ai convaincu le substitut chargé des poursuites contre Littleton d'alléger les chefs d'accusation. Grâce à mon intervention, il n'a écopé que d'une simple mise à l'épreuve, avec obligation de suivre un programme de lutte contre la dépendance. J'ai deviné qu'il était sorti boire, avant-hier soir. Mme Littleton m'a donné le nom du bar qu'il fréquente, et de la société du taxi qui l'a ramené. Le chauffeur a peut-être vu quelque chose d'intéressant. M. Littleton était également au bar le soir de la disparition de King. Et c'est encore en taxi qu'il est rentré chez lui.

Elle se tourna vers la maison des Reston et ajouta :

— Je ne voyais pas l'intérêt de le faire parler de son problème devant les autres parents.

Abe passa la première vitesse et dit :

— Eh bien, moi, j'ai appris des choses, ce soir.

— A savoir ?

— Notre homme conduit une camionnette blanche et s'habille en noir, le soir. Il a apporté les lettres entre 1 h 30 et 3 heures du matin. Et…

Il attendit qu'elle le regarde, avec une pointe de méfiance, pour achever sa phrase.

— Et ? demanda-t-elle.

— Et… Et vous êtes quelqu'un de formidable, Kristen Mayhew.

Elle ouvrit de grands yeux et sentit ses joues s'enflammer, mais elle ne détourna pas la tête et resta silencieuse un instant. Abe s'aperçut que la respiration de la jeune femme s'était subitement accélérée. *Tout comme les battements de mon cœur*, se dit-il. Elle déglutit et murmura d'une voix rauque, incroyablement sensuelle :

— Merci, inspecteur.

Le regard d'Abe passa des lèvres de Kristen à sa gorge, qui palpitait d'émotion. Elle se mordit la lèvre d'un air confus.

Le travail. Il fallait qu'il songe au travail.

Il se força à tourner la tête vers le volant et manœuvra son 4x4 pour s'éloigner du trottoir.

Vendredi 20 février, 13 heures

Zoe était furieuse. Même si elle venait d'obtenir une information intéressante, de la bouche de l'un des assistants du médecin légiste, ce n'était à ses yeux qu'une maigre victoire. Elle était assise avec Scott dans leur camionnette, au pied du palais de justice, attendant que la reine fasse son apparition. Etouffant un juron, elle dit d'un ton rageur :

— Je n'arrive pas à croire que tu les aies perdus de vue...

Scott se frotta le nez.

— Ça fait dix fois que tu me le dis, et ça fait dix fois que je te dis que je suis désolé, bougonna-t-il. Tu crois que c'est facile de suivre un flic qui sait qu'il est suivi ? La prochaine fois, tu n'auras qu'à conduire toi-même. Et moi, je me chargerai de cuisiner les gens à ta place.

Zoe leva les yeux au ciel. Au moins, grâce à la plaque d'immatriculation du 4x4, elle avait réussi à trouver le nom du flic. L'inspecteur Abe Reagan... Un coup de fil aux archives lui avait appris qu'il avait fait toute sa carrière dans la police de Chicago, qu'il était veuf, et qu'il venait d'une famille de flics. Il était photogénique, en tout cas. Beau profil, et carrure de rugbyman. Elle en était presque jalouse de Mayhew, assise à son côté dans le 4x4 en question.

— Bon, elle va bien finir par revenir ici, dit-elle.

Scott se tortillait d'impatience sur son siège.

— Tu as les noms des cadavres qu'ils ont déterrés hier. Pourquoi ne pas en faire un sujet ?

Il avait raison. Un petit intermède coquin, lors d'une réception, lui avait procuré une source éternelle d'informations, en provenance directe de l'institut médico-légal. C'était incroyable ce que les hommes étaient prêts à faire, pour éviter que leurs épouses n'apprennent leurs aventures extraconjugales. Et puis, elle les avait bien méritées, ses infos exclusives ! Elle frémissait encore en songeant qu'elle s'était laissé caresser par des mains qui manipulaient toute la journée des cadavres.

Ainsi, elle savait qu'il y avait trois crimes vengés par le tueur justicier, et qu'il y avait cinq corps qui reposaient à l'institut médico-légal. Elle connaissait les noms. Elle aurait pu immédiatement aller interviewer les familles des enfants abattus par les Blades. Mais, avant tout, elle tenait à filmer le visage de Mayhew, lorsqu'elle lui poserait la question qui tue.

— Alors ? demanda Scott. On y va, à la maison des gosses qui sont morts, ou pas ?

— On n'y va pas, cracha Zoe.

Elle se redressa brusquement sur son siège en voyant le 4x4 de l'inspecteur Reagan s'approcher du palais de justice.

— Ça y est, les voilà ! s'exclama-t-elle. Viens, Scott, à nous de jouer !

Elle attendit que Mayhew soit sortie du 4x4 et ait gravi la moitié des marches du palais pour bondir hors de la camionnette, suivie de Scott, qui avait mis sa caméra en marche. Elle barra la route de Mayhew et éprouva un intense plaisir à voir la colère déformer son joli minois.

— Pas de commentaire, Richardson, grogna Mayhew.

Elle fit un pas en avant, mais Zoe la devança prestement, avec la grâce d'une danseuse.

— Je n'ai pas encore posé de question, madame la substitut, protesta Zoe.

— Mais ça ne saurait tarder, n'est-ce pas ?

— En effet !

Elle approcha le micro de ses propres lèvres et dit :

— Pouvez-vous me confirmer que vous enquêtez désormais sur cinq meurtres, madame la substitut ?

Prise de court, Mayhew écarquilla les yeux, puis elle les plissa d'un air furieux.

— Pas de commentaire ! dit-elle sèchement.

Elle se remit à gravir les marches, mais Zoe ne la lâchait pas d'une semelle, tandis que Scott filmait la scène.

— Est-il vrai que le tueur vous a adressé des lettres personnelles, où il présentait ces meurtres comme des offrandes ?

Mayhew se figea sur place et pinça les lèvres.

— Pas de commentaire, répéta-t-elle.

Mais la manière dont elle s'était immobilisée en disait long. Elle recommença à gravir les marches à toute vitesse.

Zoe la laissa filer, non sans lui asséner un dernier coup. Elle lança alors, dans le dos de la substitut qui la fuyait :

— Il a signé les lettres qu'il a envoyées aux victimes de Ramey : « Votre humble serviteur »... Est-ce aussi ainsi qu'il a signé celles qu'il vous a fait parvenir, madame la substitut ?

Mayhew s'arrêta une nouvelle fois et se tourna vers Zoe. Elle était redevenue impassible.

— Vous ne semblez pas avoir compris, mademoiselle Richardson. Pas de commentaire !

— Continue à tourner, ordonna Zoe à Scott.

Il s'exécuta, continuant à filmer Mayhew jusqu'à ce que cette dernière ait disparu dans les entrailles du palais de justice.

Scott abaissa sa caméra.

— Comment savais-tu qu'elle a reçu des lettres, elle aussi ?

Zoe eut un petit sourire satisfait.

— Je suis une pro, mon petit Scott, dit-elle. N'oublie jamais ça.

Vendredi 20 février, 13 h 30

Les mots qu'elle essayait de déchiffrer étaient flous. Elle n'avait pas réussi à lire une ligne.

Ce n'est pas juste !

Kristen se mordit la lèvre. Combien de fois avait-elle entendu cette phrase, au cours des cinq années qui s'étaient écoulées, depuis qu'elle avait été engagée au bureau du procureur ? Souvent, beaucoup trop souvent... Et dans la bouche de trop de victimes... Ce qui ne la rendait pas moins vraie pour autant. Combien de fois se l'était-elle répétée ? Certes, cela faisait longtemps qu'elle ne l'avait pas appliquée à sa propre vie...

Sa vie qui était, en ce moment même, complètement pourrie.

Mais elle avait connu de pires moments. Une fois ou

deux. Bien pires. Et elle n'était pas du genre à se plaindre. Elle gardait sa vie personnelle pour elle.

Alors, pourquoi aujourd'hui ? Merde…

Elle serra les dents et se tamponna les lèvres avec un mouchoir en papier. Mais qu'est-ce qui lui avait pris, de parler sur ce ton à Reagan ? Etait-elle devenue folle ?

Elle ferma les yeux et leva la tête vers le plafond, comme pour chasser de son esprit le souvenir des yeux perçants de Reagan. Pour en chasser le son de sa voix, quand il l'avait appelée par son prénom — *comme s'il savait.* Ou pour oublier le regard brûlant qu'il lui avait jeté, après leur visite aux parents.

Il lui avait dit qu'elle était formidable.

Mon Dieu. S'il savait… S'il savait vraiment qui je suis.

Il en voulait davantage. Elle avait remarqué la chaleur de son regard, et elle en avait eu la chair de poule.

On l'avait déjà qualifiée de bien des épithètes — mais de « naïve », rarement. On la décrivait souvent comme « froide », on la surnommait la « reine des glaces », elle ne l'ignorait pas. Mais « naïve », cela faisait longtemps qu'elle ne l'était plus. Reagan avait envisagé de l'embrasser, elle s'en était bien rendu compte. Là, dans la voiture, juste devant la maison des Reston.

Elle eut un petit gloussement sans joie.

S'il savait, il prendrait ses jambes à son cou…

Il avait envisagé de l'embrasser et, l'espace d'un instant, elle s'était demandé ce qu'elle éprouverait s'il la touchait. Elle s'était demandé si ses lèvres étaient douces. Et ce qu'elle ressentirait en serrant son corps musclé dans ses bras…

Oui, pendant cet instant absurde, elle avait envisagé de lui rendre son baiser, s'il sautait le pas. C'était sans doute pour cela qu'elle était tellement bouleversée.

— Kristen, vous avez de la visite.

Elle se retourna vivement et vit Lois, debout sur le seuil de son bureau, qui la dévisageait d'un œil inquiet. Kristen inspira profondément et jeta un coup d'œil à son agenda. Elle n'avait plus qu'un quart d'heure de libre.

— Pouvez-vous lui dire de revenir un peu plus tard dans l'après-midi ?

Après la conférence de presse… Quand Richardson aurait lancé ses révélations devant tous les journalistes de Chicago… *J'aurais dû en parler à Reagan*, songea-t-elle. *J'aurais dû le préparer à ce choc. Cela aurait été la moindre des choses.*

— Je suis trop occupée, en ce moment, ajouta-t-elle.

— Non, ça ne peut pas attendre ! s'écria Owen en contournant Lois, un grand sac en papier à la main. Vous n'êtes pas venue déjeuner, aujourd'hui !

Kristen se cala sur sa chaise, n'en croyant pas ses yeux. Elle désigna la pile de dossiers qui s'accumulaient sur son bureau.

— Trop de paperasse, expliqua-t-elle.

Owen fronça les sourcils.

— La paperasse ne vous dispense pas de vous nourrir, Kristen. Je vous ai apporté du ragoût de bœuf.

Il posa le sac sur le bureau et haussa un sourcil broussailleux avant d'ajouter :

— Avec de la tarte aux cerises, en dessert.

Elle leva les yeux vers lui en souriant.

— Ce n'était pas la peine de vous donner tant de mal, protesta-t-elle.

Il la dévisagea d'un air sévère.

— Mais ce n'est rien du tout, répondit-il. J'ai mis un peu de ragoût dans un bol, et j'ai marché quelques centaines de mètres pour vous l'apporter. D'ailleurs, j'avais d'autres commandes dans le coin.

Il sortit du sac un bol en plastique et le posa devant elle.

— J'ai vu cette Richardson à la télé, hier soir, lâcha-t-il.

Elle soupira.

— Ah, dit-elle. J'ai vu la fin de son reportage…

Owen fronça de nouveau les sourcils.

— C'est vrai, ce qu'elle a dit ? C'est vrai qu'il y a un justicier qui venge les crimes impunis, à Chicago ?

Kristen retira le couvercle du bol. Le ragoût sentait bon.

— Ecoutez, Owen, vous vous doutez bien que, même si je savais quelque chose à ce sujet, je n'aurais pas le droit de vous en parler.

Elle leva les yeux et tenta de sourire.

— Je peux quand même manger du ragoût ? plaisanta-t-elle.

Il ne lui rendit pas son sourire.

— J'ai regardé les infos, ce matin, Kristen. Et on parle beaucoup de ce justicier, depuis le reportage de cette Richardson.

Super.

— Alors, quels sont les commentaires de vos clients à ce sujet ? demanda-t-elle.

Il se pinça les lèvres.

— Ils pensent tous que quelqu'un est enfin passé à l'action contre le crime, dans cette ville, répondit-il.

Kristen grimaça et désigna la pile de dossiers.

— Qu'est-ce que vous croyez que je fais, toute la journée ? A 10 heures du soir, je serai encore assise à ce bureau, figurez-vous.

— La situation pourrait empirer, Kristen, dit Owen en remontant la fermeture Eclair de son blouson. Vincent et moi, nous nous inquiétons pour vous. Nous voulons que vous soyez prudente, c'est tout.

Attendez donc que Zoe Richardson repasse à l'antenne, songea Kristen. *Vous verrez ce qu'empirer veut dire.*

— Je suis toujours prudente, Owen. Merci pour le déjeuner.

Vendredi 20 février, 13 h 50

Abe posa un sac sur son bureau.

— Vous avez faim ?

Mia leva les yeux en reniflant.

— Ça dépend, qu'est-ce que vous me proposez ?

— Des sandwichs grecs et des hamburgers.

Il jeta un coup d'œil dans le sac et ajouta :

— Et puis des baklavas…

Mia eut un large sourire.

— Je retire tout ce que j'ai pu dire de méchant sur vous ! s'exclama-t-elle.

Abe gloussa.

— Là, j'ai du mal à vous croire.

Elle choisit un hamburger.

— Vous avez interrogé le chauffeur de taxi ? demanda-t-elle. Qu'est-ce que ça a donné ?

— Il a vu une camionnette blanche ornée d'une grande fleur sur le côté, lorsqu'il a déposé Littleton chez lui.

Mia haussa les sourcils.

— Une camionnette de livraison de fleuriste ? Il n'a pas vu le nom de la société ?

— Il se souvient seulement qu'il y avait le mot « fleurs », dit Abe d'un ton caustique.

Il sortit un sandwich grec de son emballage et le regarda avec contentement. Il ne s'était pas rendu compte qu'il avait faim à ce point.

— Bon, eh bien, ça rétrécit un peu le champ des recherches, observa Mia.

— Oui, aux quatre cent soixante fleuristes de Chicago qui livrent à domicile. J'ai déjà vérifié.

— Jack a-t-il trouvé des résidus de fleurs, dans les caisses qui ont été déposées dans la voiture de Kristen ?

— Non, et ça l'intrigue. Il pense que, si le tueur s'était servi d'une camionnette de fleuriste pour transporter les corps ou les caisses, on aurait retrouvé du pollen sur les vêtements.

Il désigna la liste qui se trouvait sur le bureau de Mia — celle des personnes ayant acheté du matériel de sablage — et demanda :

— Rien de neuf, de ce côté-là ?

D'un geste rageur, elle repoussa les feuilles de papier et répondit :

— J'aimerais bien savoir ce que je cherche exactement. Il y a des centaines de noms, sur cette liste. J'ai demandé à Todd Murphy de m'aider à déterminer si certains ont des antécédents judiciaires… Mais, de toute façon, j'ai comme l'impression que notre homme n'a jamais eu affaire à la justice.

Abe était enclin à penser de même.

— Commençons par vérifier si certaines de ces personnes ne travaillent pas pour un fleuriste de Chicago. Donnez-moi quelques pages…

Elle lui tendit une partie de la liste et grimaça en entendant un cri s'élever dans le bureau de Spinnelli.

— Tiens ! dit-elle. On dirait que le chef n'est pas content.

Abe se tourna vers la porte entrouverte du bureau de Spinnelli et vit celui-ci en train d'arpenter la pièce en gesticulant, un téléphone plaqué contre l'oreille.

— Il a le trac avant la conférence de presse, c'est ça ? demanda Abe. Elle est programmée pour 15 heures, et l'heure fatidique approche…

— Mais non, répondit Mia. Il essaie d'expliquer au capitaine comment Richardson a eu son scoop…

Elle pencha la tête et fronça les sourcils, en découvrant le regard interloqué d'Abe.

— Mince, fit-elle. Je croyais que vous étiez au courant.

Abe sentit sa nuque se raidir, signe indéniable de stress.

— Au courant de quoi ?

— Richardson sait que Kristen a elle aussi reçu des lettres du tueur. Elle sait aussi que nous avons cinq corps à la morgue, et elle connaît leurs noms. Apparemment, Richardson a tendu une embuscade à Kristen, sur les marches du palais de justice. Kristen a appelé Spinnelli aussitôt après. Je pensais qu'elle vous en avait parlé.

Abe n'avait plus faim, tout à coup.

— Non, elle ne l'a pas fait, dit-il.

En fait, elle était sortie précipitamment du 4x4 d'Abe. Les

heures qui s'étaient écoulées après leur visite aux Reston avaient été marquées par un malaise latent, dans l'habitacle de la voiture. Elle s'était enfermée dans sa coquille, ne desserrant pas les dents jusqu'à ce qu'ils atteignent la maison du premier enfant tué par les Blades. Puis elle s'était limitée au strict minimum, sans dévier de son travail. Et elle ne l'avait pas appelé « Abe » une seule fois. Ils avaient interrogé les familles des enfants fauchés par les balles des voyous, en supportant sans broncher leur colère et leurs regards accusateurs. Et ils avaient récupéré deux autres lettres de leur « humble serviteur ». Puis, dans un silence pesant, il l'avait raccompagnée au palais de justice.

Elle ne l'avait pas appelé pour le prévenir que Richardson en savait long. Elle ne lui avait pas fait confiance. Et pourtant il était bien certain d'avoir lu du désir dans ses yeux, lorsqu'ils étaient assis dans son 4x4, devant la maison des Reston. Un désir ardent, même. Il avait été à deux doigts de l'embrasser, là, dans sa voiture — ce qui aurait été, évidemment, totalement inacceptable du point de vue professionnel. Mais probablement merveilleux.

Au dernier moment, elle s'était raidie. Elle avait peur, il le savait. *Moi aussi*, songea-t-il. Mais la peur qu'éprouvait Kristen était plus profonde, plus viscérale. Et il pensait connaître la source de ses angoisses. S'il ne se trompait pas, ils avaient bien du chemin à faire, avant de tomber dans les bras l'un de l'autre.

Il faut que je sois dingue pour imaginer qu'elle puisse me tomber dans les bras. Alors, pourquoi est-ce que je persiste à y songer ?

Parce qu'elle avait du cran. Ainsi que de beaux yeux verts, et des courbes séduisantes. De l'esprit, et une sorte de grâce tranquille. Et puis un rire à couper le souffle…

C'était tout simplement quelqu'un de formidable. Voilà, ce n'était pas plus compliqué que ça : Kristen Mayhew était une femme formidable et elle était belle.

Foutaises.

C'était bien plus compliqué que ça.

Mia finissait de manger son hamburger en silence, mastiquant d'un air pensif. Elle s'essuya la bouche avec une serviette en papier, qu'elle plia ensuite soigneusement.

— Ça fait longtemps que je connais Kristen, finit-elle par dire. Et je la connais bien… Enfin, aussi bien que ceux qui travaillent régulièrement avec elle.

Abe leva les yeux, et lut de la compréhension et de la perspicacité dans le regard de Mia. Il sentit ses joues s'enflammer.

— Mais bon, poursuivit-elle, personne ne la connaît vraiment… Elle est assez solitaire.

Elle fronça les sourcils et ajouta :

— On l'appelle la « reine des glaces », dans les couloirs, ce qui est vraiment injuste.

Abe se souvint de l'angoisse qu'il avait perçue dans le regard de Kristen, lorsque l'une des mères avait craqué, dans le salon des Reston. Il se souvint également que Kristen n'avait pas prononcé le moindre mot pour se défendre, face aux paroles accusatrices des parents.

Et la façon dont elle avait dit que les victimes n'oublient jamais, juste avant d'entrer chez les Reston… Ayant vu ça, il ne pouvait pas dire qu'elle était froide et glaciale.

— Oui, c'est très injuste, répondit-il d'un ton neutre.

Sa voix dissimulait mal ce qu'il ressentait vraiment. Kristen Mayhew avait éveillé en lui quelque chose qu'il n'avait pas éprouvé depuis longtemps : le désir farouche de la protéger et de la défendre, contre tous ceux qui cherchaient à lui nuire.

Le tueur ressent la même chose que moi.

Cette pensée lui traversa l'esprit tel un éclair. Son sang se figea dans ses veines.

C'est pour ça que c'est à elle qu'il a adressé ses « offrandes », c'est pour ça qu'il l'épie la nuit.

— Le tueur la connaît, dit-il.

Mia le regarda d'un air intrigué.

— Ça, nous le savons déjà.

— Non, je veux dire qu'il la connaît personnellement. Il l'a vue réagir face aux victimes.

Il a compris la compassion qui l'habite, il a percé ses angoisses.

— Et il ne la hait pas, ajouta-t-il.

— Qu'entendez-vous par là ?

Abe se pencha vers Mia.

— J'ai vu comment les proches des victimes se comportent avec Kristen. Ils la méprisent, certains lui sont carrément hostiles.

— Comme Stan Dorsey, par exemple.

— Exactement. Mais aucune des personnes que nous avons interrogées n'était chaleureuse avec elle, aucune ne l'admirait… Même pas les Littleton, alors qu'elle a tiré le père du pétrin. Il lui en veut encore, de façon pathétique et sordide.

Les yeux de Mia se mirent à briller.

— Tous ces gens qu'elle représentait au tribunal lui en veulent d'avoir perdu…

— Le tueur a lui aussi perdu un procès, à un moment ou à un autre, dit Abe. Un procès où Kristen le représentait. Et mon instinct me dit que ce tueur n'a pas découvert son existence en la voyant à la télévision. Il l'a rencontrée personnellement. J'en suis certain. Il nous faut trouver une victime qui a perdu un procès et ne lui en tient pas rigueur.

Mia pencha la tête, méditant ce qu'Abe venait de dire.

— Elle nous a donné la liste de tous les procès qu'elle a perdus, finit-elle par dire. Je me demande si elle conserve dans sa base de données des indications sur la réaction des parties civiles, après le verdict.

Abe décrocha son téléphone en disant :

— Il n'y a qu'un moyen de le savoir.

***

Vendredi 20 février, 14 heures

L'homme qui avait construit cette maison jouait de la trompette. L'épouse de cet homme n'appréciait que très modérément ses talents musicaux. Elle avait donc insisté pour qu'il renonce à la trompette ou qu'il fasse insonoriser le sous-sol.

Le tueur referma précautionneusement la porte du sous-sol derrière lui.

Par chance, le bâtisseur de cette maison aimait vraiment jouer de la trompette.

Faute d'insonorisation, le tueur aurait sans doute été dénoncé par un voisin.

Mais, à présent, tout bruit avait cessé. Skinner était mort. La rigidité cadavérique était survenue, puis s'était estompée. Le corps était à présent tout flasque. Il s'en approcha, en regrettant qu'on ne puisse pas tuer le même homme deux fois. Et, dans le cas de Skinner, cent fois. Ce salaud avait bâti sa carrière d'avocat sur la défense de véritables monstres. La maison de huit pièces qu'habitait Skinner dans le quartier huppé de North Shore, ses voitures de luxe, les écoles privées renommées où ses enfants étudiaient : tout ce qu'il possédait et tout ce dont il jouissait, il l'avait acquis avec l'argent du sang ; il avait pu se payer tout cela grâce à la souffrance des innocents et au triomphe des coupables.

Il sortit son pistolet du tiroir, sachant qu'il devrait se contenter d'un geste symbolique. Il pointa le canon de son arme sur le front de Skinner.

Il pressa la détente. Et hocha la tête. C'était fait. Et bien fait.

Il restait encore quelques détails à régler, puis il lui faudrait replonger la main dans le bocal à poisson légué par Leah. Il enfila ses gants et s'apprêta à dépouiller Skinner de son costume Armani. Il n'en aurait plus besoin : il faisait très chaud, en enfer.

10

Vendredi 20 février, 14 h 15

Kristen et Jack regardèrent Julia retirer soigneusement le fil de lin du torse de Ross King. Après son rendez-vous, Kristen avait tenu à assister à l'autopsie de King. Si une autopsie ne suffisait pas à lui changer les idées, c'est que son cas était désespéré... Elle avait croisé Jack au moment où il arrivait à l'institut médico-légal. Il affichait une mine morose. Il n'avait rien trouvé de plus sur les vêtements, dans les caisses ou dans la terre des sépultures. Il était venu voir si l'autopsie ne pourrait pas l'orienter vers d'autres analyses, potentiellement fructueuses.

Et aussi parce qu'il en pince pour Julia, songea Kristen. *Dommage que tout le monde le sache, sauf elle.*

— La personne qui a posé ces points de suture savait y faire, dit Julia. Ils sont propres et bien espacés, sans déchirure de la peau.

Elle leva la tête vers Kristen, les yeux déformés par les épaisses lunettes de protection.

— C'est un médecin ou un infirmier, ou alors un bon couturier, ajouta-t-elle.

— Ou un chasseur, fit Jack, qui se trouvait à la droite de Kristen.

Il haussa les épaules lorsque les deux femmes le regardèrent d'un air perplexe.

— J'allais à la chasse avec mon oncle, autrefois, raconta

Jack. Nous abattions beaucoup de canards et de daims. Mon oncle savait recoudre un canard comme l'aurait fait un chirurgien.

— C'est ce qui explique la netteté de l'incision, observa Julia en examinant le corps de King.

Kristen se rapprocha, les yeux fixés sur les mains gantées de Julia.

— Que voulez-vous dire ? demanda Kristen.

Julia tira sur un morceau de peau en répondant :

— Je ne vois aucune trace d'hésitation.

— Oui, les bords de la plaie sont parfaitement réguliers, dit Jack.

Julia hocha la tête.

— Exactement. L'incision n'est pas plus profonde que nécessaire.

Julia écarta la peau de part et d'autre de l'incision, dévoilant les chairs.

— Les organes n'ont subi aucun dégât, poursuivit-elle. En tout cas, pas à cause de la lame dont il s'est servi pour inciser. Regardez, c'est là que la balle est entrée. Ce type sait se servir d'un couteau. Je n'aurais pas pensé à un chasseur, mais je crois maintenant que vous avez raison.

— C'est une possibilité parmi d'autres, fit une voix grave dans leur dos.

Kristen sursauta au son de cette voix. Elle n'eut qu'un instant pour recouvrer son calme avant de se tourner vers Reagan, debout sur le seuil de la salle d'autopsie. Mia était à peine visible, derrière son imposante stature. Le regard qu'il posa sur elle était lourd de sous-entendus et, se souvenant de ce qui s'était passé entre eux dans la matinée, Kristen détourna les yeux.

— Bonjour, inspecteur Reagan, dit Julia. Votre mère a-t-elle apporté le déjeuner ? ajouta-t-elle d'une voix pleine d'espoir.

Reagan fit un pas dans la pièce.

— Une autre fois, peut-être, répliqua-t-il. Ainsi notre

tueur est un tireur d'élite et un as de l'aiguille. Y a-t-il d'autres éléments révélés par l'autopsie ?

— Je n'ai rien pour l'instant, répondit Julia, qui se pencha aussitôt sur le corps.

— Qu'avez-vous appris sur la camionnette blanche ? demanda Kristen.

Reagan se tourna vers elle, les yeux emplis de reproches. Il ne répondit pas tout de suite. Elle n'ignorait pas qu'il savait qu'elle avait appelé Spinnelli, et se doutait qu'elle l'avait vexé, en ne l'avertissant pas au préalable.

Mais elle avait été incapable de passer ce simple coup de téléphone. Les plaies qu'elle avait elle-même rouvertes dans la matinée étaient encore à vif, et l'humiliation trop récente. Reagan croyait la comprendre, mais il ne pouvait connaître son secret. Et, même s'il avait deviné ce qui lui pesait sur le cœur, il ne pourrait jamais vraiment comprendre ce qu'elle ressentait.

— C'était une camionnette de livraison de fleurs, finit-il par dire d'un ton neutre. Spinnelli a envoyé quelques hommes interroger les voisins de l'arboretum, pour savoir s'ils ont vu une camionnette similaire. Comme c'est assez récent, avec un peu de chance, ils s'en souviennent peut-être encore.

L'un des assistants de Julia venait d'entrer dans la pièce, tenant à la main un carnet.

— Ça alors ! s'écria Julia. Voilà quelque chose qu'on ne voit pas tous les jours. Deux des Blades assassinés présentent des traces de lésions cellulaires. A en juger par ces diapos, je dirais qu'ils ont été congelés.

— Tiens, tiens ! fit Mia. Des brûlures dues au gel… Il aurait dû utiliser du film étirable.

Reagan échangea un regard amusé avec Mia avant de se tourner vers Julia.

— Ça paraît logique, dit-il.

— Vraiment ? s'exclama Julia en haussant les sourcils.

Mia hocha la tête avant d'expliquer :

— Les trois Blades assassinés figurent sur la même

photo, mais chacun d'entre eux a été vu pour la dernière fois à une date différente, à plusieurs jours d'intervalle. Nous nous demandions justement ce que notre « humble serviteur » avait bien pu faire des premiers cadavres, en attendant de les avoir tous tués. Il tenait à ce qu'ils soient ensemble sur la photo, parce qu'ils ont commis ensemble le crime qu'il voulait venger.

Reagan se croisa les bras et ajouta :

— Ça pourrait vouloir dire qu'il conserve les corps dans un endroit où il ne peut pas prendre le risque que leur présence soit détectée. S'il ne les avait pas congelés, les deux premiers corps auraient commencé à sentir mauvais avant qu'il ne les ait tous réunis.

Mia fit la moue.

— Ou bien, il est juste très minutieux, hasarda-t-elle.

— Ça renforce l'hypothèse du chasseur, déclara Jack. Un chasseur dispose souvent d'un grand congélateur pour y conserver le gibier, surtout s'il chasse le daim.

Reagan hocha lentement la tête.

— Vous avez raison, dit-il avant de se tourner vers Mia. Après la conférence de presse, on devrait aller prospecter du côté des clubs de tir locaux. Je parie qu'ils sauront nous indiquer les clubs de chasseurs du coin.

— Renseignez-vous plus particulièrement sur les chasseurs qui s'intéressent aux cervidés et au gibier à plume, conseilla Jack. On ne recoud pas souvent les cervidés, après les avoir pansés, mais cela se pratique couramment sur les faisans, par exemple. Bon, il faut que je file. Au revoir, Julia.

Julia leva les yeux du corps de King et lança un sourire distrait à Jack.

— Au revoir, fit-elle.

Mia leva les yeux au ciel, tandis que Jack sortait en les saluant de la main.

— C'est débile, marmonna-t-elle.

Kristen ne comprit pas si elle faisait allusion à Jack ou à Julia et elle n'était franchement pas d'humeur à s'en soucier.

Pour l'heure, elle cherchait surtout à échapper aux regards insistants de Reagan. Les yeux de l'homme semblaient en effet suivre le moindre de ses gestes. Elle mit son manteau et allait franchir la porte lorsque Mia lui barra le passage.

— Attendez, lança-t-elle. Nous sommes venus vous parler de votre base de données, celle où vous archivez toutes les affaires dans lesquelles vous avez représenté l'accusation. Avez-vous conservé des indications sur les réactions des victimes ? Sur leur mécontentement ou leur satisfaction, à l'issue des procès de leurs agresseurs ?

— Notamment, intervint Reagan, sur leurs réactions à votre égard. Nous cherchons une victime qui ne vous reproche pas d'avoir perdu.

Kristen déglutit. La voix chaude et grave de Reagan la troublait. Il était trop près d'elle, beaucoup trop près. Mais elle ne pouvait reculer. Elle inspira profondément.

— Toutes les victimes me font des reproches, d'une manière ou d'une autre, dit-elle. Mais je vais étudier ma liste, pour voir si je ne me souviens pas d'un détail.

Elle consulta sa montre et sentit l'angoisse l'envahir de nouveau. Zoe Richardson s'était sans doute juré de transformer la conférence de presse de Spinnelli en un numéro de cirque.

— Bon, ajouta-t-elle. Il est temps d'y aller.

Vendredi 20 février, 15 heures

C'est meilleur que le sexe.

Cette pensée frappa l'esprit de Zoe, mais elle resta impassible. Les caméras et les appareils photo étaient braqués sur le podium, où des micros et deux chaises avaient été installés. A gauche, une porte s'ouvrit, et deux hommes vinrent y prendre place. L'un était le lieutenant de police Marc Spinnelli ; l'autre était John Alden, le patron de Kristen Mayhew.

Quand on parle du loup…

Tandis qu'Alden et Spinnelli prenaient place sur l'estrade, Mayhew arrivait dans la salle, flanquée de Mitchell et de Reagan. Zoe fronça les sourcils en voyant ce dernier. Il lui jeta un regard narquois, sans doute en se souvenant de la façon dont il l'avait semée, dans la matinée. Entourée de sa garde d'honneur, Mayhew alla s'asseoir sur le côté. Son visage était impassible, jusqu'à ce qu'elle repère Zoe, assise au premier rang. Elle lui jeta un regard empli d'hostilité et de mépris.

Spinnelli s'approcha du micro et les murmures cessèrent.

— Vous savez que nous enquêtons sur une série de meurtres liés entre eux, annonça Spinnelli sans préambule.

Zoe sentit plus qu'elle ne le vit toutes les têtes se tourner vers elle.

Merci, merci ! aurait-elle voulu lancer à la cantonade.

— Hier, nous avons exhumé cinq corps de victimes d'homicides. Comme vous le savez, toutes ces victimes ont été mises en examen avant d'être acquittées ou de bénéficier d'un non-lieu. L'enquête est menée par les inspecteurs Mia Mitchell et Abe Reagan, de la brigade des homicides, que je dirige, sous le contrôle du bureau du procureur. Nous n'avons pour l'instant aucune déclaration à faire sur l'avancement de l'enquête, si ce n'est que nous mettons tout en œuvre pour arrêter au plus vite le meurtrier.

Il marqua une pause, et les flashs se mirent à crépiter dans la salle.

A côté de Zoe, l'un de ses confrères, qui travaillait pour une chaîne concurrente, se leva d'un bond et demanda :

— Que pouvez-vous nous dire sur les lettres envoyées aux victimes des cinq hommes retrouvés morts ?

— Pas de commentaire pour l'instant sur cet aspect de l'enquête, répondit Spinnelli.

Zoe se leva à son tour, faisant mine de ne pas entendre les murmures de ses confrères.

— Lieutenant, qu'avez-vous à dire sur les lettres personnelles que le meurtrier a envoyées à la substitut Mayhew, et dans lesquelles il lui dédie ses crimes et se déclare son « humble serviteur » ?

Elle bluffait. Elle n'avait fait que deviner que les meurtres avaient été dédiés à Mayhew. Mais elle ne tarda pas à s'apercevoir qu'elle avait vu juste.

Les murmures enflèrent dans la salle, jusqu'à se transformer en véritables exclamations. De sa place au premier rang, Zoe eut tout loisir de voir Spinnelli serrer les mâchoires d'un air furieux. Elle avait été obligée de jouer cartes sur table face à Mayhew, sur les marches du palais de justice, pour obtenir confirmation de ce que son flair lui soufflait. Malheureusement, cela avait donné le temps à Spinnelli de préparer sa réponse. Il n'était pas pris au dépourvu, c'était évident. Mais c'était quand même une question choc, et Zoe savoura pleinement cet instant de triomphe.

— Pas de commentaire pour l'instant, dit Spinnelli sans hausser le ton.

Mais il était clair que le coup avait porté. Zoe observa Mayhew du coin de l'œil. La substitut se tenait droite, le visage impassible, tandis que les flashs crépitaient autour d'elle. Zoe ne put s'empêcher d'éprouver du respect pour son sang-froid, dans un moment aussi crucial. C'était sans doute cette incomparable maîtrise d'elle-même qui en avait fait la substitut la plus en vue du bureau du procureur. Elle jouait son rôle à merveille.

— Pourtant, toutes les victimes de ces meurtres ont été poursuivies par la substitut Mayhew, qui a représenté l'accusation lors de leurs procès, insista Zoe. Qu'avez-vous à dire au sujet de tous ceux qui sont libres parce que Mayhew n'est pas parvenue à les faire condamner ?

L'un des journalistes, assis derrière Zoe, s'écria d'une voix gouailleuse :

— Tous aux abris !

Et les rires fusèrent dans la salle. Mais il était évident qu'Alden et Spinnelli ne trouvaient pas ça drôle.

Spinnelli se tourna vers un journaliste de la station de radio WGN et dit :

— Question suivante, s'il vous plaît.

Zoe se rassit. Parfois, un silence en disait plus long qu'une réponse détaillée.

— L'enquête s'oriente-t-elle vers un tueur solitaire ou vers un groupe criminel ? demanda le journaliste de WGN.

— Pas de commentaire, dit Spinnelli. Une autre question ?

— Vous n'avez chargé que deux inspecteurs de cette enquête, alors que vous en aviez affecté quatre, voire davantage, à d'autres affaires de meurtres en série…

Cette remarque venait d'un journaliste du *Chicago Tribune* et provoqua plusieurs murmures dans l'assistance.

— Nos lecteurs doivent-ils en déduire que vous accordez moins d'importance à ces meurtres parce que les victimes ont été mises en examen, par le passé ? insista-t-il.

Spinnelli serra les mâchoires un peu plus fort, et Zoe vit tressaillir un muscle de son cou crispé. Le représentant du *Chicago Tribune* avait touché une corde sensible.

Oui, songea Zoe, *c'est un aspect intéressant sur lequel il faudra revenir : une sorte de conflit d'intérêts. Combien de flics veulent-ils* vraiment *arrêter le justicier ?*

Et les gens qui avaient été poursuivis par Mayhew et qui s'en étaient tirés, dans quelle peur vivaient-ils, désormais ? Elle songea au dernier procès qu'avait perdu Mayhew. Angelo Conti aurait certainement un avis intéressant sur la question — surtout si Zoe parvenait à le coincer à la sortie d'un bar. Ce ne serait pas de l'information au sens strict du terme, mais ça ferait assurément de la bonne copie.

Et il arrive que la bonne copie suscite de nouvelles informations. Quelle aubaine !

Bravant le brouhaha, Spinnelli répondit d'une voix posée :

— Nous avons chargé les inspecteurs Mitchell et Reagan de cette enquête, car ils sont tous deux expérimentés et hautement qualifiés. Ils peuvent compter sur tous les moyens de la police de Chicago. Les décisions que nous avons prises à cet égard sont parfaitement appropriées.

John Alden se leva, et Spinnelli s'écarta pour lui laisser la parole.

— Le lieutenant Spinnelli et moi-même, dit-il, sommes parfaitement d'accord concernant les équipes affectées à cette enquête. Nous n'avons aucun commentaire à ajouter pour l'instant.

Les deux hommes descendirent ensemble du podium et Zoe les regarda attentivement, l'œil brillant. Spinnelli était tout fringant, dans son uniforme, et Alden avait un costume de bonne coupe. Pas mal du tout, ces deux hommes. Mais ce n'était pas le moment de songer à des futilités.

Elle avait un sujet à préparer, pour les infos de 18 heures. Avec un peu de chance, Angelo Conti serait déjà ivre.

Vendredi 20 février, 16 h 15

Le type qui se tenait derrière le comptoir vitré était bâti comme un char d'assaut — ce qui n'était pas plus mal, car, sous la vitre, était étalé un nombre impressionnant d'armes à feu.

— Ce type est presque aussi bien achalandé que cet abruti de Dorsey, marmonna Mia, qui se tenait derrière Abe.

Celui-ci gloussa. Elle avait raison. Malheureusement, cet abruti de Dorsey et sa femme avaient tous deux de solides alibis pour les soirs où King et Ramey avaient disparu, ainsi que pour la nuit où leur « humble serviteur » avait joué les facteurs et distribué ses lettres aux familles.

La montagne de muscles, derrière le comptoir, plissa les yeux et demanda :

— En quoi puis-je vous être utile ?

Abe sortit son insigne et Mia fit de même.

— Je suis l'inspecteur Reagan, et voici l'inspecteur Mitchell.

Le regard de l'homme se mit à briller, et un sourire méprisant vint déformer ses lèvres.

— Ça devait arriver, déclara-t-il avec amertume.

— Pourquoi dites-vous cela, monsieur ? s'enquit Mia.

— Il suffit qu'un type se mette à buter deux ou trois salopards pour que les flics se mettent à harceler les détenteurs légitimes d'armes.

Il secoua la tête d'un air dégoûté.

— En fait, nous sommes venus pour vous demander de l'aide, dit Abe.

L'homme ricana et répondit :

— Allez-y… J'écoute…

Abe s'appuya contre le comptoir et haussa les épaules.

— Vous savez certainement pourquoi nous sommes ici, poursuivit Abe. Nous cherchons le type qui a buté deux ou trois salopards, comme vous dites… et qui se prépare sans doute à en buter deux ou trois autres. Nous avons choisi votre magasin parce qu'il abrite un stand de tir, et que vous y organisez des concours de tir de haut niveau. Et nous espérons que vous accepterez de coopérer en nous fournissant la liste des participants, ce qui nous épargnera de revenir avec un mandat de perquisition.

La montagne de muscles toisa Abe avec dédain.

— Revenez avec un mandat de perquisition, dit-il.

Abe soupira.

— J'espérais que vous vous montreriez raisonnable, lança-t-il avec une pointe de regret dans la voix.

— Il va l'être, fit une voix éraillée dans le dos du vendeur. Donne-leur cette liste, Ernie.

Une petite dame toute ridée venait de surgir de l'arrière-boutique.

— Je m'appelle Diana Givens et je suis la propriétaire de ce magasin. Je vous présente mon neveu Ernie. Il me donne un coup de main quand je suis alitée.

Elle tendit une main gracile qu'Abe serra avec douceur.

— J'ai vu la conférence de presse à la télé, inspecteur, reprit-elle. Je sais qui vous êtes et pourquoi vous êtes ici.

Elle se tourna vers Ernie.

— Va chercher le dossier dans l'armoire du bureau, ordonna-t-elle. Tout de suite !

Ernie s'exécuta en traînant des pieds et en maugréant.

— Ce grand benêt se prend pour le président de la NRA[1], marmonna Diana Givens. Je n'ai rien à me reprocher dans la gestion de mon magasin, inspecteurs. Je respecte les lois sur la vente d'armes, je vérifie toujours l'identité de mes clients, et je m'assure, pour le moindre achat, qu'ils ne figurent pas dans le fichier des personnes auxquelles il est interdit de vendre des armes. Je ne crois pas que ça serve à grand-chose pour enrayer la criminalité, mais la loi, c'est la loi. Je suis prête à coopérer avec vous, dans la mesure de mes moyens.

— Alors, peut-être pouvez-vous nous aider, dit Mia, en regardant une vitrine fixée au mur. Vous avez une belle collection d'armes anciennes, ici. Mon père est collectionneur, lui aussi. Il a un LeMat de 1864, à l'état neuf, et prêt à l'emploi.

Diana Givens se radoucit, et ses yeux se mirent à briller.

— A l'état neuf, vous dites ? demanda-t-elle avec intérêt.

— Absolument.

— S'il veut le vendre, dites-lui que je suis intéressée.

Mia se tourna vers elle en esquissant un sourire.

— Il a l'intention de me le léguer, un jour. Si jamais je dois m'en séparer, je reviendrai vous voir... Mais venons-en

1. La National Rifle Association est une organisation ayant pour objet de défendre le droit des Américains à détenir des armes, conformément au deuxième amendement de la Constitution. Elle compte quatre millions de membres et constitue un lobby puissant, lié à l'industrie de l'armement et opposé à toute législation contrôlant la possession et le port d'armes.

à l'essentiel. Nous cherchons un tireur chevronné qui serait également chasseur.

La vieille dame lui lança un regard narquois.

— Voilà qui restreint considérablement la recherche, répliqua-t-elle d'un ton sarcastique.

Mia sourit.

— Je sais. Il chasse probablement le cerf et le faisan. Est-ce que vous gardez trace des ventes de munitions ? Nous cherchons quelqu'un qui achète à la fois des cartouches pour la chasse au gros gibier et des cartouches pour le gibier à plume.

— Vous chassez ? lui demanda Diana Givens.

Mia la regarda d'un air amusé.

— Ça m'est arrivé. Pas beaucoup, mais je sais me repérer dans une forêt. J'ai tué un cerf, un jour, avec mon père. Ma mère nous a préparé des ragoûts pendant un mois.

— Pourquoi n'en avez-vous pas parlé à la morgue, quand Jack a dit que le tueur était peut-être un chasseur ? s'enquit Abe.

Mia grimaça.

— Parce que je voulais que Jack puisse briller auprès de Julia. Elle le remarque à peine, alors qu'il se meurt d'amour pour elle. Et ça m'énerve…

Mia se pencha par-dessus le comptoir et regarda Diana Givens droit dans les yeux.

— Pouvons-nous consulter vos archives, madame Givens ?

La vieille dame hésita un instant, puis hocha la tête.

— Ce n'est pas de gaieté de cœur, vous savez, répondit-elle. L'homme que vous cherchez a tué des gens qui ne méritaient pas de vivre. Je ne souhaite pas son arrestation.

— Mais il faut pourtant bien qu'on l'arrête, madame, dit Abe à voix basse. C'est la loi.

Diana Givens poussa un long soupir.

— Je sais. Mais ça ne me réjouit pas. Les archives sont dans l'arrière-boutique.

*
* *

Vendredi 20 février, 16 h 30

— Kristen, la jeune Myers est là, avec son père, annonça Lois.

Kristen abandonna le rapport qu'elle était en train de lire et leva la tête. Elle avait une atroce migraine. Lois la regarda en fronçant les sourcils.

La jeune Myers était la victime, dans l'affaire de viol dont elle s'occupait depuis peu. Celle dont le père insistait pour qu'elle porte plainte. Il ne manquait plus qu'elle craque une nouvelle fois dans le bureau de Kristen pour achever de gâcher cette journée.

— Je suppose qu'ils ne voudront pas repasser plus tard, murmura Kristen.

Lois émit un petit grognement avant de répondre :

— Non, c'est peu probable. Kristen, ce père m'inquiète. Il est nerveux, complètement à cran. Vous voulez que j'appelle la sécurité ?

— Oui. Dites-leur de se tenir prêts. Et dites aux Myers que je les recevrai dans cinq minutes. Il faut que je termine ça, d'abord.

Il fallait bien qu'elle finisse quelque chose, ce jour-là. Son téléphone n'avait cessé de sonner, depuis la conférence de presse. Tous les journalistes de Chicago semblaient souhaiter obtenir d'elle une déclaration.

— D'accord, Kristen, fit Lois. Ah, et puis il y a ça…

Elle déposa une grosse liasse de papiers sur le bureau, reliée par une grosse pince noire.

— Des courriels, expliqua-t-elle. Certains veulent en savoir davantage sur cette affaire, la plupart applaudissent aux meurtres de votre « humble serviteur ».

Elle lâcha un soupir et ajouta :

— Ne rentrez pas seule chez vous, ce soir. Appelez la

sécurité pour vous faire accompagner jusqu'à votre voiture. Moi, je vais rentrer tôt, aujourd'hui. J'ai une de ces migraines.

Bienvenue au club, songea Kristen. Elle contempla la liasse avec hostilité. Tous les médias parlaient de l'affaire, depuis la conférence de presse. CNN l'avait passée en boucle, et même le portail de Yahoo affichait une photo de Spinnelli et d'Alden sur le podium. Kristen se massa la nuque, plus lasse que jamais.

Elle recevrait les Myers, et puis elle rentrerait chez elle. Après tout, qui avait besoin de procureurs débordés, quand il y avait un justicier dans la ville ? Peut-être valait-il mieux qu'elle le laisse terminer son grand nettoyage. Cela lui ferait de la besogne en moins, et elle ne s'en porterait que mieux.

Elle en profiterait même pour prendre des vacances.

Elle esquissa un sourire en s'imaginant en maillot de bain sur une plage de sable fin, lunettes de soleil sur le nez, en train de lire un magazine.

Comme si elle en avait déjà pris, des vacances ! Certes, Alden n'arrêtait pas de l'exhorter à se reposer, mais, chaque fois qu'elle avait fait une demande de congés, il avait trouvé une raison impérieuse pour qu'elle reste au bureau. Et pourtant elle l'avait remplacé maintes fois, lorsque c'était lui qui partait en vacances…

Le ressentiment ne faisait qu'aggraver sa migraine. Elle inspira profondément et laissa son esprit vagabonder. Pour se détendre, elle imagina des vagues venant lécher le rivage, et des mouettes rieuses tournoyant au-dessus des flots. C'était un exercice de relaxation que les psychologues recommandaient aux salariés stressés : elle l'avait entendu dire à la télévision, lors d'une nuit d'insomnie passée à rénover son parquet.

« Imaginez votre endroit préféré, et toutes vos inquiétudes se dissiperont… »

Elle s'enfonça dans son fauteuil et ferma les yeux. Elle imagina qu'elle les rouvrait et qu'elle laissait sa tête rouler vers une chaise longue voisine de la sienne.

Dans laquelle Reagan était allongé en maillot de bain. Son corps était musclé, bronzé… Comme s'il avait senti le regard énamouré de Kristen, il se tournait vers elle et la gratifiait d'un large sourire. Puis il lui prenait doucement la main…

Kristen se redressa subitement, et la brusquerie de son geste déclencha un nouvel accès de migraine, lui vrillant la tête. *Bon sang…* Cet homme ne lui laissait aucun répit. Il avait fouillé ses placards, lui avait apporté à manger, avait gâché la séance d'autopsie par ses regards lourds de reproches. A présent, il s'immisçait jusque dans ses plus innocentes rêveries. Elle maudit son cœur qui battait trop vite. Tout cela était vraiment futile.

Pourquoi désirer ce qu'elle n'obtiendrait jamais ? Si elle se dévoilait vraiment aux yeux de Reagan, ce qu'il verrait le ferait fuir à toutes jambes. Aucun doute là-dessus.

Mais Dieu, ce qu'il était beau, sur cette plage de rêve…

Elle fronça les sourcils, atterrée par sa propre bêtise.

Fais-toi une raison, Kristen. Tu n'auras jamais de compagnon. Tu n'auras même jamais de vacances à la plage…

Elle décrocha le téléphone d'un geste résolu et dit :

— Lois, faites entrer la jeune Myers.

Vendredi 20 février, 16 h 30

La chapka à larges oreillettes dissimulait son visage et, comme le vent était glacial ce jour-là, personne ne trouverait cela étrange. S'il parvenait à échapper à la police et à poursuivre sa mission jusqu'au printemps, il lui faudrait trouver d'autres moyens de se dissimuler, lors de ses sorties.

Cette pensée le fit sourire, tout comme d'imaginer la boîte brune, sur le perron de la maison de Kristen. Le gamin qui avait servi de messager s'était montré très efficace.

Le tueur savait que les caméras de surveillance pointées

sur la maison avaient filmé le visage du gamin. Retrouver ce dernier allait occuper Reagan et Mitchell pendant un ou deux jours, mais, quand ils lui mettraient la main dessus, il ne pourrait leur fournir que la plus sommaire des descriptions. Un dessinateur de portraits-robots ne parviendrait à en tirer qu'un croquis imprécis, pouvant correspondre à au moins un dixième des habitants de Chicago.

Il avait soigneusement choisi le gosse. Si la vie de ce garçon devenait pénible, en raison de son lien avec le « tueur justicier », comme l'appelaient les journalistes, il l'aurait bien mérité. Si ce n'était pas le cas, eh bien, tant mieux pour lui ! Mais ce ne serait pas plus mal qu'il récolte quelques ennuis…

Sans ralentir, l'homme continua de rouler dans la rue de Kristen et s'arrêta docilement à un stop, le clignotant gauche allumé. Il était d'une importance vitale que rien dans son comportement ne soit susceptible d'attirer l'attention d'un passant sur sa camionnette blanche — qui, ce jour-là, arborait le logo d'un électricien. Un visage jovial, dessiné sur une prise électrique géante. Plutôt réussi, comme logo.

Cela aurait amusé Leah.

Vendredi 20 février, 18 h 50

Spinnelli s'adossa à sa chaise en soupirant. La lassitude marquait ses traits. Aucun d'entre eux n'avait passé une bonne journée, mais pour Spinnelli cela avait été infernal.

— Bon, vous avez des listes de tireurs de haut niveau et de chasseurs, de fleuristes et de fabricants de dalles funéraires…

Il se passa une main molle sur la joue et ajouta comme pour lui-même :

— On dirait un inventaire surréaliste…

Complètement abattu, Abe gardait les yeux fixés sur les listes couvrant la table de la salle de réunion. Il y avait une flopée de chasseurs, dans la région de Chicago. Et ils n'avaient rendu visite, à cette heure, qu'à une petite partie des armureries locales.

— Il va nous falloir plusieurs jours pour éplucher ces listes, même en nous faisant aider par des collègues, maugréa-t-il. Les gars de l'informatique pourraient peut-être nous donner un coup de main. En cherchant ces noms dans leurs fichiers, par exemple.

Mia se tourna vers Spinnelli et ajouta :

— J'ai entendu dire que nous pouvions disposer des données de la police de Chicago.

Spinnelli haussa les épaules.

— Je vais leur demander un coup de main, dit-il. Ils arriveront peut-être à trouver quelque chose, avec tout le matériel de pointe qu'ils ont dans leurs bureaux.

Abe se leva d'un air las et se dirigea vers le tableau blanc, sur lequel Spinnelli continuait de noter des indices. Aucun lien ne s'était dessiné jusqu'à présent entre ces diverses informations.

— Nous avons vérifié où se trouvaient toutes les victimes originelles aux moments où King, Ramey et les Blades ont disparu. Les seuls dont les alibis sont fragiles sont Sylvia Whitman et Paulo Siempres, le beau-père de l'un des enfants tués par les Blades.

— Vous pensez que l'une de ces deux personnes peut être notre tueur ? demanda Spinnelli.

Abe secoua la tête.

— Pas Siempres, en tout cas, répondit-il. Il n'aurait certainement pas eu la force d'étrangler Ramey. Son bras droit est atrophié. C'est une séquelle de la poliomyélite qui l'a touché dans son enfance.

— Et Mme Whitman ?

— Impossible, lâcha Mia.

Elle croisa les bras et précisa :

— C'est une grande gueule, mais je l'en crois incapable. Elle aurait pu payer quelqu'un pour liquider Ramey, c'est vrai. Mais si elle l'a fait, on n'a aucune trace de l'argent nécessaire à la négociation. J'ai vérifié les comptes bancaires de tous les suspects potentiels : aucun d'entre eux n'a sorti, ces derniers temps, une somme suffisante pour payer un tueur à gages.

— En outre, poursuivit Abe, il fallait connaître les noms des six victimes de King, pour pouvoir les graver dans le marbre des pierres tombales. Et nous n'avons aucune raison tangible de soupçonner Whitman ou Siempres d'avoir accès à des informations aussi confidentielles.

Spinnelli soupira.

— En m'appuyant sur la liste de Kristen, contenant tous les juristes et les flics liés aux trois affaires, j'ai pu extraire les noms de tireurs de haut niveau, confia-t-il.

— Pauvre Marc, fit Mia d'une voix pleine de compassion. La presse, et maintenant l'inspection générale des services…

— Je préfère encore la presse à la police des polices, maugréa Spinnelli. Bref, examinez bien cette liste, et tâchez de savoir s'il y a un lien entre ces noms et ceux de chasseurs, des fleuristes ou de graveurs sur pierre des environs.

Abe parcourut rapidement la liste et laissa échapper un petit sifflement.

— Regardez ça, Mia.

Mia ouvrit de grands yeux.

— John Alden y figure, s'exclama-t-elle.

— Oui, le procureur a servi dans l'armée, et il a reçu une formation de tireur d'élite, dit Abe.

Il leva les yeux vers Spinnelli et demanda :

— Vous voulez vraiment qu'on se renseigne là-dessus ?

Spinnelli haussa les épaules.

— Vérifiez les alibis, par simple routine. Je m'occuperai personnellement d'Alden.

— On fera tout ça lundi, suggéra Mia.

Spinnelli fronça les sourcils.

— Pourquoi pas tout de suite ?

Mia jeta un regard appuyé à la pendule.

— On est vendredi, dit-elle. Et j'ai un rendez-vous.

— Et alors ? répliqua Spinnelli. Moi, ça fait une semaine que je n'ai pas vu ma femme et mes gosses.

— Alors vous devriez vous aussi rentrer chez vous, rétorqua Mia. Ce n'est pas parce que…

Le téléphone d'Abe se mit à vibrer dans sa poche. Il jeta un coup d'œil sur l'écran, leva la main pour imposer le silence à ses collègues, et prit la communication, le visage soucieux.

— Qu'est-ce qui se passe ?

Mia et Spinnelli se turent tandis qu'il écoutait la réponse.

— Restez dans votre voiture, vitres fermées et portières verrouillées. Je suis là dans dix minutes, répondit-il.

Il referma vivement son téléphone et expliqua :

— Kristen vient d'être agressée. Une voiture a percuté la sienne et elle a heurté un poteau. Deux individus armés de couteaux voulaient connaître l'identité de son « humble serviteur ».

Mia blêmit.

— Merde, lança-t-elle. Ça ressemble à un coup des Blades, ça. Maudite Richardson !

Spinnelli se leva d'un bond.

— Elle est blessée ?

— Où est-elle ? demanda Mia.

— Je ne crois pas qu'elle soit blessée, dit Abe d'une voix grave. Mais elle a eu très peur.

Il se promit que le voyou qui avait causé une telle frayeur à Kristen allait le payer cher.

— Elle les a aspergés de gaz lacrymogène et s'est enfermée dans sa voiture, poursuivit-il. Puis elle a klaxonné, jusqu'à ce que d'autres automobilistes ralentissent pour voir ce qui se passait. Ces salopards ont pris la fuite.

Il prit son manteau et ajouta :

— Je m'en occupe. Je vous tiens au courant.

*
* *

Vendredi 20 février, 19 h 10

A présent que le danger était passé, Kristen avait envie de hurler.

Son épaule était encore meurtrie, à l'endroit où ses agresseurs l'avaient saisie pour l'extraire de sa voiture. Son visage était encore douloureux, après le choc de l'airbag, et elle savait qu'elle avait de la chance de ne pas s'être cassé le nez. Tous ses muscles étaient tendus, depuis qu'elle était remontée dans sa voiture. Elle savait que, si elle se laissait aller, elle se mettrait à pleurer. Et ça, c'était hors de question.

Car Richardson était là, à deux pas, avec son larbin de cameraman.

Kristen bouillait de rage. Si jamais elle apprenait que Richardson avait assisté à toute la scène et s'était contentée de la filmer, pendant qu'elle appelait à l'aide… Non-assistance à personne en danger. Cette garce allait le payer très cher.

Quelqu'un vint frapper à la vitre et elle étouffa un cri. Un agent de police en uniforme était penché vers la portière.

— Tout va bien, mademoiselle Mayhew ? demanda-t-il assez fort pour qu'elle l'entende.

Il était là parce qu'elle avait appelé police secours, juste après avoir joint Reagan. Elle hocha la tête et sentit la douleur lui vriller le crâne.

— Oui, fit-elle.

— Voulez-vous qu'on appelle une ambulance ?

Voilà qui serait du plus bel effet, aux infos de 22 heures.

— Hors de question, dit-elle d'un ton catégorique. Vous les avez rattrapés ?

Il secoua la tête.

— Non. On va continuer à chercher, mais je crois qu'ils se sont enfuis à pied en passant par la zone d'activité, juste en face d'ici.

Il se redressa subitement, et Kristen comprit que Reagan venait d'arriver à son tour. Sept minutes et demie. Il avait dû griller quelques stops en chemin… Elle ne put s'empêcher de lui en être reconnaissante.

Son visage apparut à la vitre, inquiet et anxieux.

— Déverrouillez votre portière, Kristen.

Elle s'exécuta, en adjurant ses mains de ne pas trembler, et en se mordant la lèvre pour ne pas grimacer de douleur. Il ouvrit en grand la portière et fronça les sourcils en l'entendant grincer.

— Ils ont percuté cette aile, murmura-t-elle. Je crois qu'ils ont plié le châssis.

Il s'accroupit, mettant son visage à hauteur de celui de Kristen, et la regarda d'un air grave.

— Votre airbag s'est gonflé, constata-t-il.

Il avait prononcé ces mots d'un ton anxieux, comme si l'airbag avait aggravé le choc, et non l'inverse.

— C'est ce qui arrive, quand on heurte un poteau à soixante à l'heure.

Elle haussa les sourcils et ajouta fièrement :

— Je les ai aspergés de gaz lacrymo, en plein dans les yeux !

Il esquissa un sourire, et elle se rendit subitement compte qu'elle était heureuse qu'il soit là, auprès d'elle.

— Bravo, dit-il.

— Ils se sont enfuis…

Elle pointa le doigt vers une longue étendue de béton, illuminée par de hauts réverbères.

— En passant par la zone d'activité, précisa-t-elle. Je pense qu'ils se sont servis d'une voiture volée pour me percuter.

Ils avaient abandonné le véhicule, et le pare-chocs avant était encore encastré dans celui de la voiture de Kristen.

— C'étaient des Blades, reprit-elle. Ils voulaient savoir qui avait tué leurs copains. Quand je leur ai dit que je n'en savais rien, ils m'ont expliqué, dans leur langage fleuri, que, dans ce cas, ils m'enlèveraient et me séquestreraient jusqu'à ce que le justicier cherche à me délivrer et vienne se jeter dans la gueule du loup.

Reagan examina le visage de Kristen.

— Ils ne vous ont pas blessée, constata-t-il.

Elle secoua la tête.

— Non. J'ai juste une petite douleur à l'épaule et au genou. Quelques cachets d'aspirine et un bon bain chaud suffiront à me remettre d'aplomb. S'il vous plaît…

Sa voix se mit à chevroter, et elle déglutit avant de dire :

— S'il vous plaît, ramenez-moi chez moi.

Il lui tendit la main et l'aida à s'extraire de l'habitacle. Pendant une fraction de seconde, elle chancela, puis céda à l'envie de se blottir contre son corps puissant. Elle le sentit se raidir un bref instant, puis il la prit dans ses bras et la serra fort contre lui. Elle frissonna d'aise.

Elle se sentait en sécurité. Enfin…

Mais sa douleur à l'épaule se réveilla, et elle ne put retenir un petit gémissement. Les muscles de Reagan se crispèrent.

— Vous êtes blessée, dit-il. Je vous emmène aux urgences.

— Non, je vous en prie.

Elle inspira et se détacha de lui. Le répit avait été bref. Il voulut lui caresser la joue, mais elle secoua la tête.

— Pas ici. *Elle* est là, tout près.

Une lueur de haine naquit dans les yeux de Reagan, et elle vit qu'elle n'avait pas besoin de préciser *qui* était là.

— Où ça ? fit-il.

Kristen désigna un monospace banalisé.

— Son complice est en train de nous filmer, dit-elle.

Reagan grogna et lui demanda :

— Vous pouvez tenir sur vos jambes ? Ça ne prendra qu'une minute.

— Vous allez jouer les gros bras avec Richardson ? s'enquit Kristen en esquissant un sourire.

Reagan lui rendit son sourire, découvrant ses dents blanches. Kristen ne put s'empêcher de repenser à la vision qu'elle avait eue de lui, en maillot de bain sur la plage. Il avait l'air encore plus séduisant dans la réalité que dans son rêve.

— Seulement si elle me met en colère, dit-il.

— Alors, oui, je peux très bien tenir sur mes jambes.

Elle regarda Reagan s'approcher d'un pas vif et décidé du monospace de Richardson. Il ouvrit en grand la porte coulissante et obtura l'objectif de son corps massif. Richardson bondit hors du monospace, les mains sur les hanches. Mais Reagan ne bougea pas d'un iota et, une minute plus tard, Kristen le vit revenir vers elle, une cassette noire à la main.

Il l'aida ensuite à monter dans son 4x4.

— J'ai besoin d'une déclaration, monsieur, dit l'agent de police.

Reagan inspira profondément, s'efforçant visiblement de conserver son calme, puis il se tourna vers le jeune flic de police secours.

— Vous savez qui est cette dame ? demanda Reagan.

L'agent observa Kristen un instant, par-dessus l'épaule de Reagan, avant de répondre :

— Oui, monsieur.

— Alors, pouvez-vous nous rejoindre chez elle, dans une demi-heure ? Elle vous fera sa déclaration là-bas. Autre chose : pouvez-vous empêcher cette vipère de nous suivre ?

Le jeune flic lança un regard plein de mépris au monospace de Richardson.

— Avec plaisir, inspecteur, répondit-il. Mademoiselle Mayhew, vous êtes sûre que vous n'avez pas besoin de soins médicaux ?

Elle sourit au jeune homme et se sentit brusquement soulagée.

— Certaine… Merci quand même.

L'agent se dirigea vers sa voiture de patrouille tandis que Reagan se tournait vers Kristen. Elle sentit son cœur se serrer. Elle lisait clairement sur son visage qu'il désirait la protéger, la réconforter. Et il lui était difficile d'y résister.

— La femme de mon frère Sean est pédiatre, dit-il. Vous êtes plus âgée que ses patients habituels, mais je suis sûr qu'elle vous accorderait volontiers une consultation à domicile.

— Non, ce n'est vraiment pas la peine. Merci. S'il vous plaît, ramenez-moi chez moi.

Il claqua la portière et prit place devant le volant. Ils restèrent un long moment silencieux. Puis Reagan se tourna vers elle et dit doucement :

— Pourquoi ne m'avez-vous pas appelé, avant de quitter le bureau ? Je vous aurais escortée jusque chez vous.

A sa grande honte, Kristen sentit les larmes lui monter aux yeux. Il s'en était sans doute aperçu, mais n'ajouta rien, attendant qu'elle réponde.

— Vous vous souvenez de la nouvelle affaire de viol dont je vous ai parlé ce matin ? finit-elle par dire d'une voix mal assurée.

Reagan ne cilla pas.

— La victime d'une agression sexuelle, qui ne veut pas porter plainte mais que son père pousse à le faire ? demanda-t-il.

Elle hocha la tête.

— Oui. Ils sont revenus me voir cet après-midi, et le père a dit…

Sa voix se brisa, et elle inspira longuement avant de poursuivre.

— Pendant un instant, reprit-elle, j'ai cru qu'il souhaitait qu'un autre substitut soit désigné, à cause de la situation actuelle… Pour éviter que sa fille n'attire l'attention des médias. Mais ce n'était pas le cas…

Reagan sortit un paquet de mouchoirs en papier de la boîte à gants et le lui tendit sans dire un mot. Elle prit le paquet et le serra fort dans sa main tremblante.

— Il a dit qu'il espérait que je perde ce procès, pour que mon « humble serviteur » aille punir le salaud qui a violé sa fille. Il y a trois jours, j'étais encore substitut du procureur. Maintenant j'ai l'impression de n'être plus que la substitut d'un meurtrier.

Elle se cala au fond de son siège, tournant la tête vers la vitre.

— J'avais besoin d'être seule. Je suis désolée.

Il démarra le moteur du 4x4.

— L'essentiel, c'est que vous ne soyez pas blessée, dit-il.

Il manœuvra pour s'éloigner du trottoir.

— Je vais dormir sur votre canapé, ajouta-t-il.

Elle comprit qu'il ne s'agissait pas d'une demande, mais d'un ordre. Elle regarda la voiture de location accidentée disparaître peu à peu dans le rétroviseur, et prit conscience du danger qu'elle avait frôlé.

Ils auraient pu me tuer…

Ils auraient pu me…

Des souvenirs enfouis depuis longtemps affluèrent dans sa tête. Elle eut un frémissement.

— C'est un canapé-lit, murmura-t-elle.

Elle ferma les yeux et tenta de rêver de plages ensoleillées et de vagues impétueuses. Mais une seule image emplissait son esprit. Une image qui repassait en boucle, comme une vidéo de cauchemar, focalisée sur un instant précis.

Un instant précis de sa propre existence.

Vendredi 20 février, 19 h 30

Il laissa échapper un soupir mécontent en regardant s'éloigner la voiture de Reagan. Certes, elle était en sécurité, désormais. Mais elle avait frôlé le pire. Il avait failli intervenir, mais elle avait su se défendre seule, en les arrosant de gaz lacrymo. Et elle les avait mis en déroute. Ils avaient détalé comme des coyotes.

Elle était indemne. Mais elle aurait pu être sérieusement blessée. Méprisables vers de terre… Percuter la voiture d'une femme seule…

Il sursauta en entendant tapoter contre sa vitre. Un agent de police se pencha vers lui et dit :

— Nous sommes en train de sécuriser les lieux, monsieur. Pouvez-vous déplacer votre véhicule ?

Il sourit à l'agent d'un air débonnaire. Il fallait éviter de faire naître les soupçons. Il hocha la tête et, sans dire un mot, démarra sa camionnette et se glissa dans le flot de véhicules. Il ne fallait pas qu'on l'arrête. Du moins, pas tout de suite. Il avait encore de l'ouvrage à accomplir. Il était encore loin d'avoir vidé son bocal à poisson.

11

Vendredi 20 février, 20 heures

— Donnez-moi vos clés.

Kristen garda le silence et demeura parfaitement immobile. Elle continuait de poser des yeux mornes sur le monde extérieur, au travers de la vitre. *Elle est encore sous le choc*, songea Abe.

Bon sang, pourquoi n'avait-il pas suivi sa première impulsion ? Il aurait pu la conduire directement aux urgences…

Abe sortit du 4x4, ouvrit la portière de Kristen et lui effleura le menton.

— Kristen…

Il claqua des doigts, et elle cligna des yeux.

— Allons-y, dit Abe. Vous pouvez marcher ?

Elle hocha la tête d'un air absent, se laissa glisser hors de l'habitacle, et grimaça de douleur lorsque ses pieds entrèrent en contact avec le sol. Ignorant ses protestations muettes, il la prit dans ses bras et la porta, comme si c'était l'un des enfants de son frère Sean.

Ils franchirent ainsi la porte de la cuisine, et Abe prit soin d'empêcher le genou endolori de Kristen de heurter le cadre de la porte. Il avait remarqué qu'elle ménageait ce genou, lorsqu'il était allé récupérer la cassette contenant les images volées par Richardson. Il n'avait pas pu faire taire cette dernière pendant la conférence de presse, mais il n'était pas question qu'il lui permette de diffuser un reportage où tout Chicago aurait pu voir Kristen blessée et effrayée.

Car, malgré ses bravades, la femme qu'il portait dans ses bras était blessée et effrayée. Terrorisée, même. Il repensa soudain à la lueur qu'il avait surprise dans son regard, en début de matinée.

Elle lui avait dit que les victimes n'oubliaient jamais. Et il l'avait soupçonnée d'en être une elle-même. A présent, il en était certain. Mais il n'était pas encore prêt à réfléchir à tout cela. Sa colère à l'égard des Blades et de Richardson était encore trop forte pour qu'il puisse songer avec lucidité au passé de cette femme qu'il chérissait.

— Il faut que je désactive l'alarme, dit-elle.

Il la fit glisser sur le sol, le temps qu'elle tape un code sur le clavier. Puis il la conduisit sur le moelleux canapé du salon. Il l'y allongea et plaça un petit coussin sous ses genoux.

Il entreprit de déboutonner le manteau de Kristen, mais elle lui agrippa aussitôt le poignet.

— Non, fit-elle.

Elle leva la tête vers lui et le regarda d'un œil grave dans la pénombre.

— Comme vous voulez, lâcha-t-il.

Il alluma le plafonnier et tous deux clignèrent des yeux, un peu éblouis.

— Je vais vous faire du thé, dit-il.

Pourvu qu'elle ait du thé en sachet ! Il n'avait aucune idée de la quantité de thé qu'il fallait mettre dans la théière en porcelaine ornée de roses.

— Ne bougez pas, ajouta-t-il.

Il trouva des sachets dans la cuisine et s'acquitta de sa tâche du mieux possible, tout en appelant Spinnelli, puis Mia, puis sa belle-sœur Ruth, qui était médecin. Il parvint à leur parler d'une voix calme, mais s'aperçut que ses mains tremblaient, lorsqu'il referma son téléphone.

Il se tourna et s'adossa contre le vieux réfrigérateur, tenant à la main la fragile tasse remplie du breuvage bien chaud. Il sentit son estomac se nouer.

Il se retrouvait *là*, une fois de plus.

Là, avec Debra, le jour où elle s'était fait tirer dessus par le petit con qui voulait venger son frère. Il se sentait comme englué dans cette scène, qu'il avait rejouée dans sa tête un nombre incalculable de fois.

Il faisait froid ce jour-là. La nuit précédente, il était tombé quinze centimètres de neige sur Chicago. Le verglas tapissait les trottoirs de la ville, et Abe s'était inquiété pour Debra, redoutant qu'elle ne glisse, en allant faire ses courses, et qu'elle ne se fasse mal. A elle, et à l'enfant qu'elle portait.

Quelle ironie.

— Je vais te déposer juste devant le magasin, avait-il dit.

Il craignait que le moindre trajet à pied ne soit une épreuve pour elle, au huitième mois de sa grossesse.

Elle avait ri, de ce rire rauque qu'il trouvait si sexy.

— Ne joue pas les papas poules, avait-elle répliqué d'un ton taquin. Je suis enceinte, pas handicapée. Ça me fera du bien de faire un peu d'exercice. C'est Ruth qui me l'a dit.

Alors il avait continué à rouler, cherchant une place de libre le long du trottoir, et en avait trouvé une à deux ou trois cents mètres du magasin d'articles pour bébés de la Michigan Avenue. Il tardait à Debra d'utiliser les bons d'achat qu'elle avait reçus en cadeau la veille, au cours d'une soirée entre amis. Elle était descendue de la voiture sans laisser à Abe le temps d'aller lui tenir la portière.

Et soudain tout était allé très vite. Le coup de feu... Debra qui s'effondre sur le trottoir... Le regard surpris du tireur adolescent, avant qu'il ne se mette à détaler vers la voiture où l'attendait un complice... Le bruit strident des pneus crissant sur la chaussée...

Ensuite, tout se déroulait au ralenti. Le sang de Debra qui coulait dans le caniveau... Un passant qui appelait au secours... La vaine tentative d'Abe pour arrêter le flot de sang... Sa propre voix qui implorait :

— Debra, je t'en supplie, ma chérie, ouvre les yeux…

Il avait répété ces mots, inlassablement.

Mais les yeux de Debra étaient restés fermés. Et elle ne les avait plus jamais réouverts. Les médecins avaient mis au monde le corps inanimé du bébé, quatre heures plus tard, à l'hôpital.

Jamais Abe ne s'était senti aussi impuissant de sa vie.

Jusqu'à ce soir.

Il se remémora sa course folle pour arriver sur les lieux de l'accident. Il savait que Kristen était bloquée dans sa voiture accidentée, il savait que deux voyous l'avaient menacée, alors qu'elle n'était pour rien dans ce qui causait leur fureur.

Mais elle s'en est bien sortie. Elle a su se défendre toute seule.

Il laissa échapper un petit rire. Elle avait réussi à mettre ses agresseurs en déroute avec une bombe lacrymo de rien du tout… Heureusement qu'elle avait eu le cran de s'en servir. Heureusement que la peur ne l'avait pas tétanisée.

— Abe ?

Il leva les yeux, et vit qu'elle se tenait dans l'embrasure de la porte. Elle le regardait d'un air inquiet.

Et elle l'avait appelé « Abe ».

— Vous devriez rester allongée, dit-il.

Elle fit un pas vers lui, en boitant sur le linoléum défraîchi de la cuisine, et lui prit la tasse des mains.

— Je n'ai rien de cassé. Je vais bien.

Elle allait mieux, en effet, il s'en aperçut au premier coup d'œil. Son regard était moins vague, son visage moins pâle. Mais elle n'était pas au mieux de sa forme, non plus. Loin de là.

— Vraiment ? Alors que vous n'avez même pas retiré votre manteau, dans votre propre maison ?

Il avait dit cela d'une voix plus dure qu'il ne l'aurait voulu. Mais elle retira son manteau sans protester, révélant un tailleur anthracite et un chemisier fuchsia parfaitement assortis aux reflets flamboyants de sa chevelure rousse.

— C'est mon thé ? demanda-t-elle en désignant la tasse qu'Abe tenait à la main.

— Sauf si vous le trouvez imbuvable, auquel cas, je le garde pour moi.

Elle en sirota une petite gorgée.

— Il est très bon, déclara-t-elle. Je peux vous offrir à boire ? Vous avez l'air d'aller encore plus mal que moi…

Il se dit qu'un verre ne lui ferait pas de mal, en effet.

— Vous avez quelque chose de plus fort que le thé ?

— Je ne bois jamais, mais j'ai peut-être une bouteille quelque part.

Elle fouilla dans un placard et en sortit une bouteille encore scellée d'un scotch de très bonne marque.

— J'ai gagné ça à la tombola de la fête de Noël du bureau, l'an dernier. Si vous le trouvez mauvais, ce sera la faute de John.

Ils s'assirent face à face à la table de la cuisine.

— Il est excellent, dit-il après avoir trempé ses lèvres dans le breuvage ambré.

John Alden avait bon goût.

— Pourquoi ne buvez-vous jamais ? demanda-t-il.

Il prit une nouvelle gorgée de scotch et sentit ses entrailles se réchauffer. L'alcool avait un effet apaisant, dissipant la nervosité que ses tristes souvenirs avaient fait naître en lui.

— C'est une exigence professionnelle, expliqua-t-elle.

Elle hocha la tête pour souligner le propos et ajouta :

— Ma sœur est morte dans un accident de voiture quand j'avais seize ans, à cause de l'alcool. Je n'en ai jamais bu la moindre goutte.

— Je suis désolé.

— Merci.

Ils restèrent silencieux, sirotant chacun leur boisson. *Ce n'est pas un silence pesant, pour une fois*, pensa Kristen en observant Reagan. Elle commençait à s'habituer à le voir dans sa cuisine. Elle appréciait l'intimité qui semblait se créer entre eux, même si c'était un pur produit de son imagination. Un vain désir…

La sonnerie de la porte retentit dans l'entrée, et Reagan se leva.

— C'est sans doute l'agent McIntyre qui vient prendre note de votre déclaration, dit-il.

— Faites-le entrer, je vous prie.

Elle l'entendit marcher d'un pas léger vers la porte, ouvrir celle-ci et saluer McIntyre. Puis elle l'entendit jurer.

Elle sut pourquoi il jurait avant même qu'il ne soit revenu dans la cuisine, une boîte en carton à la main.

— Salopard ! grommela Reagan. Au moins, la caméra aura filmé son visage…

Kristen posa les yeux sur la boîte. La fatigue lui engourdissait les membres. McIntyre, qui avait suivi Reagan, la regardait d'un air perplexe.

— Cela devait arriver, tôt ou tard, affirma-t-elle. Vous voulez l'ouvrir ici ou à la brigade ?

Reagan saisit son téléphone portable et dit :

— C'est à Spinnelli d'en décider.

Il sortit de la cuisine, la laissant seule avec la boîte et l'agent McIntyre, dont le regard s'était rempli d'inquiétude.

— C'est vraiment dommage, mademoiselle Mayhew, déclara-t-il.

Elle n'aurait su dire pourquoi, mais le ton grave du jeune homme lui parut incroyablement comique. Elle se mit à rire, à gorge déployée, avant de s'adosser à sa chaise pour reprendre son souffle. McIntyre jeta un coup d'œil soupçonneux à sa tasse de thé.

— Ce n'est que de l'earl grey ! lui lança-t-elle. C'est l'inspecteur Reagan qui boit le verre de scotch.

— Oui, mademoiselle, fit le jeune flic. Puis-je recueillir votre déposition, maintenant ?

Kristen désigna une chaise et lui fit signe de s'y asseoir.

— Allez-y, et rassurez-vous : je ne suis pas en état

d'ébriété, dit-elle. Je suis simplement morte de fatigue et d'inquiétude.

Elle se redressa et ajouta :

— Excusez-moi, mais je suis à bout de nerfs. C'est ce qui explique mon rire.

Il la gratifia d'un regard compréhensif et sortit son bloc-notes.

— Je vais faire au plus court, promit-il.

Il tint parole et s'abstint de lui faire répéter les détails. Il avait déjà rangé son bloc-notes lorsque Reagan revint dans la pièce.

— Vous avez tout ce qu'il vous faut, McIntyre ? demanda-t-il.

— Oui. Je ne sais pas si nous allons retrouver ces salauds, mais nous enverrons quelques collègues interroger les riverains, demain matin. L'un d'eux aura peut-être entendu quelqu'un se vanter d'avoir agressé la substitut… On verra bien.

Reagan grimaça.

— Ils vont remettre ça, c'est certain, affirma-t-il.

Kristen sentit son estomac se nouer.

— Chouette, fit-elle.

Reagan pressa doucement l'épaule indemne de Kristen et dit :

— Ne vous inquiétez pas, on vous protège.

Il retira sa main doucement.

— Spinnelli et Jack vont arriver, reprit-il. McIntyre, il faudra que vous confirmiez sur procès-verbal la présence de la boîte sur le perron.

McIntyre ajusta son couvre-chef.

— Pas de souci, inspecteur. Mademoiselle Mayhew, je vous rappellerai si nécessaire.

Reagan le raccompagna jusqu'à la porte d'entrée. Kristen l'entendit aussi accueillir un nouvel arrivant, et elle ouvrit de grands yeux lorsqu'une femme d'une trentaine d'années pénétra dans la cuisine. Ses cheveux étaient châtain clair et elle portait un sac noir.

Décidément, sa maison avait reçu plus de visiteurs en quelques heures que ces deux dernières années…

Reagan lui jeta un regard circonspect.

— Je vous présente ma belle-sœur Ruth.

La pédiatre. Kristen se pinça les lèvres.

— Mais je vous ai dit que je n'avais rien de cassé, protesta-t-elle.

— Et vous avez sans doute raison, mademoiselle Mayhew, dit la femme. Mais il vaut mieux en avoir le cœur net, comme ça nous pourrons toutes les deux aller nous coucher tranquilles.

— Appelez-moi Kristen.

Elle jeta un regard furieux à Reagan, qui n'avait pas du tout l'air contrit.

— L'inspecteur Reagan n'aurait pas dû vous faire venir à une heure pareille, et je vous assure que je me porte comme un charme, ajouta-t-elle.

— Elle a mal à l'épaule et au genou, dit Reagan, sans tenir compte de ce qu'elle venait de dire.

Kristen soupira. Ruth la regarda d'un air amusé.

— Appelez-moi Ruth ou Dr Reagan, mais ne m'appelez surtout pas Dr Ruth, c'est tout ce que je demande… Abe, du balai !

Elle attendit qu'il obéisse et se mit à sourire.

— Enlevez votre veste et votre collant, si vous y parvenez, ordonna-t-elle.

Retirer la veste fut pénible mais faisable. Le collant, c'était une autre affaire. Agacée, Kristen dut reconnaître sa défaite.

— Finalement, c'est une bonne chose que vous soyez venue, admit-elle. Je ne me vois pas dormir avec mon collant.

Ruth sourit et s'accroupit à côté d'elle.

— Moi, je ne me vois pas en porter du tout, confia-t-elle à Kristen. J'aurais l'impression d'être enserrée dans du boyau à saucisse. Laissez-moi vous aider à l'enlever.

Une minute et quelques contorsions plus tard, Kristen se retrouva jambes nues. Sa jupe était retroussée au-dessus de ses genoux. Ruth la palpa précautionneusement avant de se redresser sur ses talons.

— Vous avez probablement une petite entorse au genou, et l'épaule légèrement foulée. Rien de bien grave, mais vous aurez mal demain.

Kristen fronça les sourcils.

— Plus mal que ce soir ?

— Oui, beaucoup plus mal, dit Ruth d'une voix pleine d'entrain. Mais ça aurait pu être beaucoup plus grave, et vous avez de la chance de vous en tirer avec ces petits bobos.

Elle baissa la tête. De joyeuse, son expression se fit inquiète.

— Abe est un chic type. Il avait peur que vous ne soyez en état de choc. Ne lui en voulez pas.

Kristen tira sur sa jupe pour couvrir ses genoux.

— Je suis désolée qu'il vous ait dérangée pour si peu.

— Ce n'est pas grave. Vous avez dîné ?

Kristen fronça les sourcils et tenta de se souvenir de son dernier repas.

— Oui, dit-elle. Je me suis arrêtée chez Owen pour manger un morceau, sur le chemin du retour. C'est après que ces voyous m'ont agressée.

— Eh bien, je pense que ce que vous avez de mieux à faire, maintenant, c'est d'avaler un cachet d'aspirine et de prendre un bon bain chaud.

Kristen émit un petit grognement.

— C'est exactement ce que j'ai dit à Reagan, mais il est trop têtu et n'a rien voulu savoir.

Ruth éclata de rire.

— C'est de famille, ma chère. Attendez de rencontrer son père…

Kristen secoua la tête, prise de panique à la pensée que Ruth croyait que…

— Oh ! non, fit-elle. Je ne veux pas… Je veux dire…

Elle renonça à s'expliquer, lorsqu'elle vit que son embarras ne faisait qu'amuser Ruth davantage.

— N'en parlons plus, lâcha Kristen.

— Je suis heureuse de vous avoir rencontrée, Kristen, dit Ruth.

Son sourire s'estompa, et elle jeta un coup d'œil à la porte avant d'ajouter :

— Il va vouloir prendre soin de vous. Laissez-le faire. C'est très important, pour lui.

Kristen se souvint de son expression, lorsqu'elle l'avait rejoint dans la cuisine. De la tristesse et du désespoir qu'elle avait lus dans son regard. De la façon dont il serrait la tasse de thé, si fort qu'elle avait craint qu'il ne la réduise en miettes.

— Pourquoi ? ne put-elle s'empêcher de demander.

Mais elle n'obtint pas de réponse. Reagan venait d'entrer dans la cuisine.

— Elle n'a rien de cassé, déclara Ruth en lui tapotant l'épaule. Toi, par contre, tu as l'air d'avoir besoin d'un bon repas et d'une bonne nuit de sommeil.

Il sourit avec affection à sa belle-sœur, et Kristen sentit son cœur se serrer. Ce devait être formidable d'avoir une famille, des proches que l'on pouvait appeler à la rescousse à tout moment.

— Ne t'inquiète pas pour moi, dit-il.

Ruth soupira.

— C'est ce que tu me dis tout le temps, mais je ne peux pas m'en empêcher. Tu viens au baptême, hein ? C'est dans une semaine, n'oublie pas…

— Rien au monde ne pourra m'empêcher d'assister au baptême de ma nièce, promit-il.

Ruth se mordit la lèvre avant d'ajouter :

— Désolée pour les parents de Debra, Abe. Ce sont mes parents qui les ont invités. Je ne pouvais décemment pas leur dire de ne pas venir sans déclencher une grosse dispute familiale.

Qui était cette Debra ? Et pourquoi le regard de Reagan s'était-il assombri, en entendant mentionner ses parents ?

— Ce n'est pas grave, Ruth. Je suis sûr que nous parviendrons à coexister pacifiquement le temps d'une soirée.

Il lui remit une mèche de cheveux en place, juste derrière l'oreille, d'un geste sûr qui témoignait de leur complicité.

— Si je les vois prêts à faire un esclandre, je m'éclipse, c'est promis, assura-t-il.

— Mais je n'ai aucune envie que ça en arrive là ! s'exclama Ruth d'une voix émue.

Elle ferma les yeux et ajouta :

— Je suis désolée. Mais tu as été absent à tellement de fêtes familiales… Je ne veux pas que tu rates celle-là.

Il jeta un coup d'œil en direction de Kristen, d'un air embarrassé. Elle le gratifia d'un sourire compatissant.

Il la connaissait à peine et s'était comporté très gentiment avec elle. Il avait pris soin d'elle alors que rien ne l'y obligeait. Ruth avait laissé entendre qu'il avait besoin d'affection et, quelle que soit la raison de cette confidence, Kristen l'avait crue.

— Pas de sentimentalisme avec moi, dit Reagan. Tu sais que ce n'est pas mon genre.

Ruth lui sourit, les yeux embués de larmes.

— Excuse-moi, mais c'est plus fort que moi. Kristen, je suis enchantée d'avoir fait votre connaissance. Evitez de poser le pied par terre pendant quelques jours.

Elle déposa un baiser sur la joue de Reagan.

— Tu viens dîner chez les parents, dimanche ?

Kristen vit Reagan rougir légèrement.

— Rater un jambon braisé, moi ? Jamais ! fit-il. Je te raccompagne à ta voiture.

Kristen salua Ruth de la main et dit :

— Merci beaucoup.

Elle les regarda s'éloigner. Reagan avait posé son bras sur l'épaule de Ruth, et ce spectacle faillit lui arracher une larme. Elle s'en voulut aussitôt d'envier cette harmonie, cette affection entre membres d'une même famille. Elle détourna les yeux et se remit à regarder fixement la boîte en carton.

Reagan n'était là que parce qu'elle avait reçu les colis du tueur. Dès que ce dernier aurait été mis hors d'état de nuire, il sortirait de sa vie. Elle inspira profondément, sans pouvoir détacher son regard de la boîte.

Quelle avait été la cible du justicier, cette fois-ci ? Elle tenta de compatir avec la victime, mais il était bien difficile de compatir aux malheurs de criminels et de détraqués. Encore plus après ce qu'elle venait de vivre. Il n'y avait pas besoin de beaucoup d'imagination pour deviner ce que ces voyous lui auraient infligé, si elle ne les avait pas mis en fuite…

Ses propres souvenirs suffisaient à lui en donner un aperçu.

— Spinnelli ne va pas tarder à arriver, murmura-t-elle.

Et il ne serait pas convenable de l'accueillir ainsi, les jambes nues. Il fallait qu'elle se change. Rassemblant toute son énergie, elle se força à se lever.

Vendredi 20 février, 21 h 15

Il ne frappa pas doucement, comme à son habitude, mais tambourina de toutes ses forces sur la porte, au risque d'alerter tout le voisinage.

Zoe lui ouvrit.

— Tu ne sais donc pas te maîtriser, lança-t-elle d'un ton cinglant.

Il pénétra dans l'appartement et claqua la porte derrière lui, avec une telle violence que les murs en tremblèrent.

— Apparemment pas, puisque j'ai été assez stupide pour coucher avec toi.

Son corps tremblait de rage contenue et, pour la première fois, Zoe eut peur de lui.

— Calme-toi, enfin ! Tu veux boire un verre ? demanda-t-elle.

— Non, je ne veux pas boire un verre !

Il lui saisit le bras, et elle poussa un petit cri. Il la souleva sans ménagement et dit :

— Ce que je veux, c'est que tu arrêtes les frais ! Voilà ce que je veux. Fini, les reportages sur Mayhew et sur le justicier ! Fini, tout ça ! Tu m'entends ?

Il la secoua un peu plus fort, et elle étouffa un gémissement de douleur.

— Tu m'entends ? répéta-t-il.

Elle se débattit, mais il ne lâcha pas prise.

— C'est mon boulot, répliqua-t-elle. Je fais mon boulot, c'est tout.

— Alors, trouve-toi un autre sujet de reportage, parce que si tu continues à faire ton boulot comme ça je ne vais pas tarder à perdre le mien !

— Tu exagères, dit-elle. Tu ne risques rien.

Il se remit à la secouer.

— Si tu continues à enquêter sur Mayhew et le justicier, je vais vite être viré de mon poste ! Il faut que tu arrêtes !

Elle redressa la tête et le regarda droit dans les yeux.

— Ah bon ? Et si je continue, tu fais quoi ? Qu'est-ce que tu peux faire contre moi ? Clamer haut et fort qu'on a couché ensemble ? Je ne suis pas mariée, moi ! Ça m'est complètement égal !

Elle plissa les yeux et ajouta :

— A moins que tu ne songes à me transformer en cadeau pour Kristen Mayhew…

Il blêmit, comme elle l'avait prévu.

— Qu'est-ce que tu racontes ? demanda-t-il.

Elle haussa les épaules d'un air nonchalant.

— Tu as entendu parler du pouvoir de la presse ? Il me suffira d'une allusion… pour t'associer au justicier. Ça pourrait bien ruiner ta carrière, ça… Pour de bon !

Il la regarda fixement, puis la lâcha, comme si elle était plus brûlante qu'un charbon ardent. Elle savoura l'instant.

Personne ne menace Zoe Richardson. Personne !

— Tu es complètement folle, murmura-t-il.

— Malheureusement pour toi, je suis parfaitement saine d'esprit.

Elle posa les mains sur ses hanches, pleinement consciente du spectacle qu'elle offrait.

— Tu veux rester, ou non ? lança-t-elle.

Il la regarda d'un air horrifié.

— Parce que tu crois que j'ai encore envie de coucher avec toi ? Après ce que tu m'as fait ? Mon Dieu…

— Dommage. Cette conférence de presse et les interviews des Conti m'ont bien échauffée… Ce n'était pas une invitation à dormir…

Il plissa les yeux.

— Conti ? Quel rapport avec ce salaud ?

Zoe éclata de rire.

— Ah, te voilà bien moralisateur, tout à coup ! Rentre chez toi, mon chou. Tu auras peut-être le temps d'arriver avant le début du journal de 22 heures. Mais il faut que tu files tout de suite.

Il secoua la tête.

— Tu es une vraie peste ! s'exclama-t-il.

— Et alors ? D'ailleurs, si j'étais toi, mon chou, je ferais attention à ta somniloquie…

Il blêmit et se figea.

— Qu'est-ce que tu racontes, encore ?

Elle jubilait.

— Tu parles pendant ton sommeil, mon vieux. Je suis sûre que ta petite femme est au courant de notre liaison. Ou qu'elle le sera bientôt.

Elle pencha la tête et lui adressa un sourire condescendant :

— Fais de beaux rêves.

Vendredi 20 février, 22 heures

Il avait pioché le nom de sa prochaine cible dans le bocal à poisson. Le choix était bon. Il contempla un moment le nom inscrit sur le petit bout de papier, songeant à la bassesse des crimes qu'avait commis cet homme.

Il s'aperçut soudain qu'il envisageait avec délectation la mort de ce salaud. Qu'il en tirerait du plaisir…

Il soupira. Il devait être franc avec lui-même.

Il s'était lancé dans cette mission pour venger Leah et d'autres victimes, auxquelles justice n'avait pas été rendue. Après le deuxième meurtre, celui de Ramey, il avait éprouvé une grande satisfaction, et c'était normal. Mais l'élimination de King lui avait procuré davantage que de la satisfaction. Cela avait été presque… grisant de frapper cet homme jusqu'à réduire son visage en un amas de chairs sanglantes. Et puis, avec Skinner, il avait ressenti un plaisir intense.

Les yeux de Skinner, emplis de terreur. La façon dont il avait tenté de se débattre, dont il avait haleté de souffrance. La façon dont il avait gargouillé son dernier soupir. Tout cela lui avait donné du plaisir.

Etait-ce mal ? Dieu en serait-il mécontent ?

Non, se dit-il. *Dans la Bible, ceux que Dieu inspire reçoivent souvent de Lui l'ordre de tuer, et ils s'en réjouissent.*

Même Skinner, en fin juriste, aurait compris cela.

Il se leva pour s'installer devant son ordinateur lorsque le scintillement de l'écran du téléviseur attira son attention. Toute la journée, il avait regardé par intermittence la télévision. Guettant les mentions de ses exploits, jaugeant les réactions du public. Sa popularité ne faisait aucun doute, à en juger par les manifestations de joie, devant le tribunal, que retransmettait à l'instant la chaîne locale. Soudain, il se figea : le visage de Zoe Richardson emplissait l'écran.

Il détestait cette femme. Elle était vile, elle aussi, à sa manière. Elle avait l'art de se mettre en valeur au détriment des autres, et osait décrire Kristen comme une incompétente. Il était heureux d'avoir vu Reagan lui confisquer sa cassette, dans l'après-midi. D'ailleurs, si Reagan ne l'avait pas fait, il s'en serait chargé lui-même.

Il s'assit, saisit la télécommande et augmenta le volume. Richardson était en train d'interviewer Angelo Conti. Ce meurtrier en liberté…

— Quelle a été votre réaction, quand vous avez entendu parler de l'« humble serviteur » ? demanda Richardson.

— Je n'ai pas vraiment été surpris, répondit Conti d'un air fanfaron.

Richardson inclina la tête.

— Pourquoi donc, Angelo ?

— Je pense à la manière dont elle s'en est prise à moi, au procès, comme une folle… alors que j'étais innocent.

— En fait, Angelo, vous avez été acquitté pour défaut d'unanimité du jury. La substitut Mayhew pourrait bien réenclencher les poursuites à votre encontre.

Le visage d'Angelo vira au cramoisi.

— Ouais, mais elle perdra, une fois de plus, dit-il. Vous n'avez pas remarqué qu'elle est totalement incompétente ? C'est pour ça qu'elle a engagé ce type. Elle ne réussit pas à gagner ses procès, alors elle se venge par des moyens illégaux !

Richardson le regarda d'un air interloqué.

— Vous insinuez que la substitut Mayhew a eu recours aux services de ce justicier pour tuer les gens qu'elle n'est pas parvenue à faire condamner ? L'assassin serait un tueur à gages à la solde du procureur Mayhew ?

Le tueur sentit son estomac se nouer.

— Non ! murmura-t-il en serrant le médaillon qui pendait à son cou. Ça ne s'est pas passé comme ça…

Il vit sur l'écran Angelo Conti hausser les épaules.

— Appelez-le comme vous voulez, répliqua le jeune homme. J'aimerais bien qu'on vérifie ses comptes bancaires, comme elle a vérifié les miens.

— C'est un point de vue intéressant, dit Richardson.

Puis elle se tourna vers l'objectif et conclut :

— C'était Zoe Richardson, en direct de Chicago.

Il éteignit la télévision d'une main tremblante et regarda le nom inscrit sur le bout de papier qu'il venait de piocher.

Il allait falloir attendre. Il avait une autre cible à éliminer en priorité.

*
* *

Vendredi 20 février, 22 h 30

— Où est donc Spinnelli ? grommela Jack. J'ai hâte d'ouvrir cette boîte.

Abe lui lança un sourire narquois. Jack parlait comme un gosse devant le sapin, le matin de Noël.

— Il ne va pas tarder à arriver. Vous aurez toute la journée de demain pour en analyser le contenu.

Jack émit un petit grognement.

— Et Mia, où est-elle ? J'aurais cru qu'elle voudrait être aux premières loges.

— Elle avait un rendez-vous galant, répondit Abe. Je l'ai appelée pour lui dire que Kristen allait bien, mais, quand je l'ai rappelée une heure et demie plus tard, elle avait éteint son portable.

— Ça fait au moins quelqu'un qui aura le sourire, demain matin, râla Jack.

Assise à l'autre bout de la table de la cuisine, Kristen leva la tête. Elle était vêtue d'un survêtement, mais ses cheveux étaient encore sévèrement noués en chignon. Abe avait une folle envie de défaire ce chignon et de laisser flotter les boucles rousses sur les épaules de la jeune femme.

— Pourquoi Mia serait-elle plus heureuse que nous autres ? demanda-t-elle naïvement.

Elle ouvrit de grands yeux en comprenant subitement ce qu'avait voulu dire Jack, et ses joues rosirent un peu.

— Je n'ai rien dit, bredouilla-t-elle.

Jack sourit et dit :

— Excusez-moi, Kristen.

Il reprit son sérieux pour ajouter :

— On sait d'avance qu'il n'y aura pas grand-chose à analyser, demain. Il n'est même pas venu en personne livrer cette boîte, nous le savons déjà.

C'était vrai, hélas ! Ce salaud avait dû repérer les caméras, car un jeune garçon avait été filmé en train de déposer la boîte devant la porte. Sur l'enregistrement, on voyait assez distinctement son visage, ainsi que le nom de son collège, brodé sur sa veste. Il ne serait pas bien difficile de le retrouver.

Malgré tout, l'équipe de Jack était en train de relever les empreintes sur le perron et passait au peigne fin le jardin, en quête d'un indice quelconque. En se renseignant auprès des voisins, Abe avait appris que la boîte était déjà sur le perron lorsque ces derniers étaient rentrés du travail, vers 17 heures. Depuis, aucun d'entre eux n'avait rien remarqué de suspect.

Jack désigna la boîte et marmonna :

— Bon, allez, ouvrons-la, et n'en parlons plus.

Abe soupira.

— D'accord, allez-y. Puisque ça vous démange.

Jack avait déjà recouvert la table d'une nappe en papier blanche.

— Je ne m'attends guère à trouver des empreintes sur cette boîte, mais on ne sait jamais… Allons-y.

Il ouvrit la boîte d'un coup de cutter et en sortit une enveloppe. Il se rassit brusquement en murmurant :

— Mon Dieu…

Kristen se leva d'un bond.

— Qu'y a-t-il ?

Jack leva les yeux vers elle, blême comme un spectre.

— C'est Trevor Skinner, dit-il.

— Oh ! non !

Kristen se rassit, le visage livide.

— C'était ce que je redoutais, murmura-t-elle. Il a ajouté des avocats de la défense à sa liste de cibles.

Abe retira l'enveloppe de la main tremblante de Jack. Il ne connaissait Skinner que de réputation, et savait que c'était un personnage sulfureux.

— Vous le connaissiez bien ? demanda-t-il à Kristen.

Elle hocha la tête, encore sous le choc.

— Nous nous sommes affrontés à plusieurs reprises. Il était impitoyable. Je détestais me retrouver dans la même chambre du tribunal que lui. Il était implacable avec les victimes, et savait les harceler de questions jusqu'à ce qu'elles perdent tous leurs moyens.

Elle plaqua une main contre ses lèvres et murmura :

— Je n'arrive pas à y croire.

Abe vida l'enveloppe sur la table, en fit tomber la lettre et entreprit de la lire à haute voix :

— « Ma très chère Kristen, je suis heureux de constater que vous avez enfin découvert mes cadeaux. J'espère que vous êtes contente de savoir que ces monstres sont morts. Je poursuivrai ma mission tant que j'en aurai la possibilité. Vous devez vous demander pourquoi j'agis ainsi, pourquoi j'ai entrepris de débarrasser cette ville de la vermine qui la ronge. Qu'il vous suffise de savoir que j'ai des raisons personnelles d'agir de la sorte. J'ai eu l'occasion de voir Trevor Skinner en action au tribunal. J'ai vu comment il retournait habilement l'opinion des jurés, au détriment des victimes, rendant souvent celles-ci incapables d'exprimer leur point de vue. »

Abe marqua une pause et se tourna vers Kristen.

— Il n'a pas tort, admit-elle. J'avais beau soulever objection sur objection, il ne s'arrêtait jamais. Les accusés qui en avaient les moyens le choisissaient souvent pour les défendre. Il savait à merveille dénigrer les victimes. Les affaires de viol étaient extrêmement pénibles, avec lui.

Elle se pinça les lèvres et frissonna.

— Face à lui, les femmes se sentaient salies et méprisables, murmura-t-elle.

Son regard croisa celui d'Abe, et il s'aperçut qu'elle avait les yeux humides.

— Je regrette son assassinat, Abe, mais je suis heureuse qu'il ne puisse plus jamais infliger une telle épreuve à une femme, ajouta-t-elle.

Elle cligna des yeux, laissant couler deux grosses larmes sur ses joues. Jack posa la main sur son épaule.

— Nous aurions dû ouvrir cette boîte au labo, dit-il avec

bienveillance. C'est une trop rude épreuve pour vous, après ce que vous avez vécu, ce soir.

Elle inspira profondément et repoussa doucement la main de Jack.

— Ça ira, fit-elle. Ecoutons la suite.

Abe reprit sa lecture :

— « C'est la raison pour laquelle, selon le précepte “œil pour œil”, j'ai imaginé un châtiment adapté au personnage. Trevor Skinner est mort dans l'incapacité de prononcer le moindre mot pour sa défense. Chère Kristen, je vous prie de faire en sorte que les criminels de Chicago sachent que je les guette, que je suis en colère, et que je suis au-dessus des lois humaines. Je reste, plus que jamais, votre humble serviteur. »

Abe soupira avant de reprendre :

— « Post-scriptum : vous devriez finir une tâche avant de vous lancer dans une autre. »

— Quelle est cette nouvelle tâche ? demanda Jack.

Kristen fronça les sourcils d'un air sombre.

— Hier soir, je me suis mise à confectionner des rideaux pour obturer mes fenêtres, confia-t-elle.

Jack ne put réprimer un sourire. Puis il se mit à rire, et Kristen se mit à rire avec lui. *Son rire est vraiment merveilleux*, songea Abe. Une fois de plus, il se sentait bouleversé. Cela devait se lire sur son visage, car elle reprit rapidement son sérieux, affichant un air désolé.

— Excusez-moi, dit-elle. C'est que la journée a été… vraiment éprouvante.

— Et ce n'est pas fini, déclara Spinnelli, qui venait d'apparaître dans l'embrasure de la porte. Vous avez regardé les infos ?

— Nous avions d'autres chats à fouetter, Marc, répondit Kristen d'un ton pince-sans-rire. Nous étions là, lors de la conférence de presse. Qu'est-ce qu'elle a *encore* fait ?

Spinnelli sortit une cassette de la poche de son manteau.

— Où est votre lecteur ?

— Dans le salon, dit-elle d'une voix inquiète.

Spinnelli jeta un coup d'œil à la boîte en carton et demanda :

— C'est qui, cette fois ?

— Trevor Skinner, lâcha Abe.

Spinnelli pâlit à son tour.

— Et moi qui croyais que rien de pire ne pouvait arriver aujourd'hui, maugréa-t-il.

Samedi 21 février, 2 heures

— Vous devriez dormir.

Sursautant au son de la voix grave de Reagan, Kristen détourna les yeux de la cheminée qu'elle était en train de poncer, au sous-sol, et coupa court à une délicieuse rêverie : Zoe Richardson enduite de miel et attachée à une fourmilière géante, le corps grouillant de fourmis rouges affamées, aux morsures douloureuses. Elle était encore furieuse de ce que la journaliste avait fait. Insinuer qu'elle avait pu payer un tueur à gages ! Cette garce peroxydée avait ainsi donné aux criminels de la ville une raison supplémentaire de lui en vouloir. Elle bouillait de rage en songeant qu'Angelo Conti avait trouvé là une nouvelle occasion de fanfaronner devant une caméra.

Mais, en cet instant, elle était surtout furieuse de constater que la voix de Reagan faisait battre son cœur.

Il s'était montré adorable avec elle. Il avait tenu à rester, après le départ de Spinnelli et de Jack. Il craignait que les hommes qui avaient agressé Kristen ne reviennent.

— Excusez-moi, dit-elle posément. Je ne voulais pas vous réveiller. J'essayais de me calmer un peu.

— Je ne dormais pas.

Elle le regarda descendre à pas lents l'escalier qui menait au sous-sol. Il était encore chaussé de ses chaussures de ville, comme pour être prêt, à tout moment, à s'élancer à la poursuite d'un éventuel intrus. Les seuls signes de décontraction étaient l'absence de cravate et le fait que sa chemise, déboutonnée au niveau du col, n'était plus rentrée dans son pantalon. Le regard de Kristen s'attarda un instant sur sa gorge — un instant un peu trop long, sans doute. Elle leva les yeux et vit ses joues mal rasées et ses traits creusés par l'inquiétude. *C'est pour moi qu'il s'inquiète*, songea-t-elle, en s'efforçant de n'y trouver aucune autre signification que professionnelle.

— Ça ne vous fait pas mal à l'épaule, de poncer comme ça ? demanda-t-il.

Elle baissa les yeux vers le papier de verre qu'elle tenait à la main.

— Non, pas du tout, répondit-elle. C'est à l'épaule gauche que j'ai mal, et je suis droitière.

— Je croyais que vous étiez en train de coudre des rideaux, dit-il.

— La machine à coudre aurait fait trop de bruit, et je…

— Et vous ne vouliez pas me réveiller, je sais.

Il traversa la pièce et vint se coller devant les fenêtres donnant sur le jardin. Contrairement à Kristen, Reagan était assez grand pour pouvoir regarder au travers sans monter sur une chaise. Il y avait quelque chose de rassurant dans sa taille et dans sa carrure.

— Où se trouve votre machine à coudre ?

— Dans la chambre d'amis, au rez-de-chaussée.

— Alors, il aurait pu vous voir de la rue.

Kristen lâcha sa feuille de papier de verre. Ses mains étaient moites, subitement. Elle les frotta sur son pantalon de survêtement.

— Oui, fit-elle.

Elle se leva, en grimaçant à cause de son genou endolori.

— Ecoutez, dit-elle. Je sais que j'ai l'air lâche et faible en disant ça, mais je préférerais qu'on ne parle pas de lui, là, maintenant. Ça me rend folle de me demander s'il n'est pas en train de me regarder.

Elle se frotta les épaules, soudain transie de froid.

— J'ai peur d'être espionnée, reprit-elle. Mon Dieu, on se croirait dans un film de Hitchcock ! J'ai même peur d'entrer dans ma cabine de douche…

Il esquissa un sourire. Ce n'était pas la première fois que Kristen remarquait qu'il avait une jolie bouche, bien dessinée, en harmonie avec ses traits réguliers.

— Si vous voulez prendre une douche, je monterai la garde devant la salle de bains… Et je vous promets que je ne vous regarderai pas !

Elle se figea. Il avait voulu la taquiner, la faire sourire, mais elle constata qu'il était presque aussi gêné qu'elle par cette allusion un peu coquine. Il demeura immobile, lui aussi. L'atmosphère était subitement pesante, la tension presque palpable entre eux.

Soudain, une pensée lui traversa l'esprit, et elle redressa le menton.

— Vous avez travaillé sur l'affaire Sparks, n'est-ce pas ? demanda-t-elle. C'est là que je vous ai vu ! C'était il y a deux ans, pendant l'été. Vous avez infiltré un gang de trafiquants de drogue, et vous avez été arrêté en compagnie de truands, pour détention illégale de stupéfiants. Je vous ai vu pendant que vous étiez avec eux, au dépôt.

Un sourire ironique et un peu distant se forma sur les lèvres de Reagan.

— Je me demandais si vous vous en souviendriez, dit-il. Vous y avez mis le temps, en tout cas !

Elle fit un pas chancelant vers lui, en souriant, et protesta :

— Ne soyez donc pas si injuste ! Vous n'aviez pas du tout la même allure. Vous aviez un catogan, une barbe, un œil au beurre noir et… une grande gueule !

Il lui rendit son sourire.

— Oui, je jouais un tout autre personnage, ce jour-là. Vous auriez dû entendre ce que j'ai dit de vous, après votre départ…

Elle était seule avec un homme qu'elle ne connaissait

que depuis trois jours… *Et qui, si je ne me trompe, est en train de me draguer.*

Ce n'était pas la première fois qu'on lui faisait la cour, mais chaque fois elle avait froidement repoussé les avances de ses admirateurs. Il en allait tout autrement, cette fois-ci : elle se sentait réellement touchée, et avait le plus grand mal à maîtriser son émotion.

— Je préfère ne pas savoir ce que vous avez dit, répondit-elle.

Il haussa un sourcil brun, et cette mimique le rendait diablement séduisant. Kristen sentit le désir lui brûler les joues.

Ne te fais pas d'illusions, Kristen…

— Disons simplement que le personnage que j'incarnais était censé être très… viril, et n'en parlons plus, dit-il d'un ton pince-sans-rire, sans détacher son regard de celui de Kristen.

Elle déglutit et détourna les yeux. Ramassant sa feuille de papier de verre, elle se remit à poncer une moulure de la cheminée, couverte de plusieurs couches de peinture.

— J'apportais des documents au commissariat, ce jour-là, raconta-t-elle. Je vous ai d'abord entendu parler haut et fort, dans la cellule du dépôt. Et puis je vous ai vu. Vous me regardiez d'un drôle d'air…

De ses yeux bleus perçants qu'elle n'avait jamais vraiment oubliés.

— Pourquoi me regardiez-vous comme ça ? demanda-t-elle.

Elle le sentit s'approcher, derrière elle, sentit la chaleur de son corps, tout près de son dos.

— Je ne sais pas, répondit-il d'un ton grave. J'ai levé les yeux et je vous ai vue, dans votre tailleur noir, avec votre chignon, et j'ai été… fasciné.

Fasciné… Rien que ça…

Kristen se força à rire.

— Je vous en prie, inspecteur Reagan, dit-elle d'un ton léger. « Fasciné », c'est un peu exagéré, non ?

— Vous m'avez posé une question et j'y ai répondu, répliqua-t-il d'une voix tendue.

Kristen sentit son estomac se nouer douloureusement. Elle se remit à poncer sa cheminée, jusqu'à ce qu'elle soit certaine de pouvoir parler avec détachement.

— D'accord, n'en parlons plus. Je crois que je préfère que nous parlions du justicier tueur, finalement…

— Ma femme était encore vivante, à l'époque.

Ces mots semblaient lui avoir échappé, et résonnèrent un instant dans la tête de Kristen.

Sa femme…

Elle se tourna lentement vers lui. Il était très près d'elle, et elle se colla contre la cheminée pour préserver la faible distance qui les séparait.

Il l'avait reluquée, alors que sa femme était encore en vie. Elle ne pensait pas qu'il était ce genre d'homme. *Et cela faisait mal.*

— Votre femme ? murmura-t-elle.

Il la regardait droit dans les yeux avec intensité. Comme pour la défier.

— Oui, dit-il. Debra, ma femme.

Debra, dont les parents étaient invités au baptême de la nièce de Reagan — ce qui, visiblement, le chagrinait. Elle se mordilla la lèvre et demanda :

— Elle est morte, c'est ça ?

— Oui, il y a un an.

Kristen attendit un instant, mais Reagan n'ajouta rien.

— De quoi est-elle morte ?

Elle vit la colère envahir le regard de Reagan.

— La cause officielle du décès est une défaillance cardiaque. Mais son cœur a lâché au bout de cinq ans d'état végétatif prolongé. A ce stade, n'importe quelle autre défaillance organique aurait été mortelle.

La gravité de cette confidence laissa Kristen pantoise. *Cinq ans…* Cinq années de non-vie et de souffrance. Sa première impression avait donc été la bonne, lorsqu'elle l'avait observé dans l'ascenseur : il y avait au fond de lui une infinie détresse.

— Vous l'aimiez…, fit-elle.

— Oui !

Il avait lancé brutalement ce mot, qui en disait plus qu'un long discours. Elle sut que, si elle voulait en apprendre davantage, il lui faudrait poser d'autres questions. Mais voulait-elle vraiment en savoir plus ? Elle avait assez de problèmes comme ça sans se charger de ceux d'un autre…

Oui, mais lui, il s'est chargé des tiens, Kristen, et sans hésiter.

Elle comprit soudain ce qu'il avait à lui offrir : une occasion de partager leur peine.

Une relation humaine. Cela même qui manquait tant à Kristen, depuis si longtemps. Et ce besoin la terrifiait autant qu'il l'attirait.

Il la regardait réfléchir, ce qui la troublait encore plus. Elle avait l'impression qu'il lisait dans ses pensées et devinait son secret.

C'est peut-être le cas. Et peut-être que ça *ne le dérangera pas.*

Elle rejeta aussitôt cette pensée, d'un optimisme puéril. *Mais bien sûr que ça le dérangera. Ce genre de problème, ça change tout. Car, plus tard, quand il voudra…*

Pour l'instant, il avait surtout besoin de se confier, et elle avait envie de l'écouter. En bons amis. Sans plus.

Ce serait à lui de choisir, ensuite. A lui de s'éloigner, déçu. Forcément déçu. Elle le savait. Et ils seraient tous les deux blessés.

Mais pas ce soir.

Elle déchira sa petite feuille de papier de verre en deux et lui en tendit une moitié.

— Parlez-moi de Debra, dit-elle.

Il prit le bout de papier de verre, qui avait l'air minuscule dans sa grande main. Il fit un pas de côté et se posta à l'autre bout de la cheminée. Elle inspira profondément et se remit à poncer avec obstination.

— Elle était…, commença-t-il.

Sa voix se brisa.

— Elle était toute ma vie, ajouta-t-il d'une voix rauque.

Le cœur de Kristen se serra. Que ressentait-on quand on était « toute la vie » d'un autre ? D'un autre comme Abe Reagan…

Elle se mit à poncer plus vigoureusement.

— Que s'est-il passé ? demanda-t-elle.

— Nous sommes allés faire des courses, un jour. Elle est sortie de la voiture et on lui a tiré dessus.

Elle lui jeta un rapide coup d'œil. Il était immobile, le regard rivé sur le papier de verre qu'il tenait à la main.

— Pourquoi ? Une balle perdue, lors d'une bagarre entre gangs ?

La mâchoire de Reagan se serra.

— Non, lâcha-t-il entre ses dents. C'était un petit voyou qui cherchait à se venger de l'inspecteur nouvellement promu qui venait d'arrêter son frère.

Elle ferma brièvement les yeux. Il avait juste accompli son travail, et un petit salaud avait ruiné sa vie. Il y avait un parallèle évident entre son histoire et la sienne. Mais elle ne voulait pas en parler. Pas encore.

— Dites-m'en plus sur elle.

— Elle avait des cheveux châtains et des yeux marron.

Il resta silencieux un instant. Elle sentit qu'il se débattait avec les souvenirs des jours heureux passés auprès de cette femme.

— Elle était grande, reprit-il d'une voix plus assurée. Elle était institutrice à l'école maternelle. Elle adorait les enfants.

— J'ai l'impression que c'était une femme bien.

— Oui.

Elle sentit un mélange de joie et de regret dans sa voix. Elle se tourna vers lui et s'aperçut qu'il souriait dans le vide.

Il restait immobile, tenant son papier de verre comme s'il ne savait quoi en faire.

— Elle arrivait à me supporter, ajouta-t-il.

Kristen se força à sourire.

— Ça ne devait pas être facile, ça ! répondit-elle.

Le sourire de Reagan s'effaça, et il parut soudain très las, comme vidé de toute énergie.

— Vous ne pouvez même pas imaginer, dit-il.

Kristen se sentit, elle aussi, subitement très lasse, et elle cessa de poncer.

— Je suis fatiguée, Abe. Je crois que je vais aller me coucher. Vous devriez faire de même. S'il vous plaît…

Il se tourna vers elle et l'observa de la tête aux pieds. La lassitude de Kristen s'évanouit aussi subitement qu'elle était venue.

Elle venait de prendre conscience de la situation. Il lui avait confié qu'il était « fasciné » par elle.

Et moi, je suis fascinée par lui.

— Vous ne retirez jamais ces épingles à cheveux ? demanda-t-il.

Elle sentit sa tête tourner un peu.

Respire, Kristen. Respire.

— Pourquoi me demandez-vous ça ?

Il secoua la tête, et le charme fut rompu.

— Ce n'est pas grave, dit-il. Allez vous coucher. C'est bientôt l'aube.

— Et qu'arrivera-t-il, alors ?

Il haussa un sourcil.

— Nous irons déterrer Trevor Skinner, répondit-il.

12

Samedi 21 février, 7 heures

Les journalistes formaient une véritable horde, menée par Zoe Richardson, qui brandissait un micro sous le nez d'Abe.

— Le public a le droit de connaître l'identité de cette victime ! pérorait Richardson. C'est une information qui ne peut être passée sous silence.

— C'est pourtant ce que nous allons faire, jusqu'à ce que la famille de la victime soit avisée du décès, répondit Abe d'un ton menaçant.

Il n'ignorait pas que le moindre de ses gestes était filmé. Il fit un signe à l'agent de police chargé de contenir la meute de journalistes et lui dit :

— Empêchez-les de franchir le périmètre interdit.

Il revint sur la scène de crime, à l'ombre des grands arbres qui bordaient la route.

Julia se tenait derrière Jack, près de la tombe couverte d'une dalle sur laquelle était gravé ce nom : Renee DEXTER. Mia était avec Kristen, qui venait d'exposer les détails de l'affaire aux policiers. A peu près dans les mêmes termes que la veille, dans sa cuisine. Dexter était une victime de viol, que Skinner avait traitée sans ménagement lorsqu'elle avait été appelée à témoigner au tribunal.

— J'ai soulevé objection sur objection, avait-elle murmuré, les yeux fixés sur le nom gravé dans le marbre. Mais le juge a laissé Skinner tailler en pièces cette malheureuse.

L'équipe de Jack était en train d'exhumer le corps, sous l'œil attentif de Julia. Une fois le corps de Skinner posé à terre, Mia s'agenouilla à côté du cadavre.

— Il tient quelque chose à la main, remarqua-t-elle. Son poignet est couvert de bande adhésive.

Jack trancha précautionneusement la bande et déplia les doigts du cadavre. Mia leva les yeux vers Abe d'un air dégoûté.

— On dirait que ce bavard de Skinner a vraiment perdu sa langue, cette fois, lâcha-t-elle.

— Il « est mort dans l'incapacité de prononcer le moindre mot pour sa propre défense », dit Kristen en citant la lettre du tueur. Vous avez prévenu son épouse ?

Abe hocha la tête.

— Spinnelli est arrivé chez les Skinner à l'heure où nous sommes arrivés ici, expliqua-t-il. Nous ne voulions pas que ce soit les journalistes qui lui annoncent la mort de son mari.

Toujours agenouillée près du corps, Mia leva la tête vers Julia.

— Peut-on mourir d'une ablation de la langue ? s'enquit-elle.

Julia vint s'accroupir de l'autre côté du corps.

— Non, répondit-elle. Mais regardez ces creux, de chaque côté du crâne. Ils font la même taille, et sont situés de manière symétrique, derrière chaque oreille…

— Il lui a mis la tête dans un étau, dit Jack.

Julia acquiesça d'un hochement de tête.

— Ça a dû suffire, fit-elle.

— Suffire à quoi ? demanda Abe.

Julia se leva.

— A le tuer. Je ne pourrai vous le confirmer qu'après l'autopsie. Mais si votre tueur a de la suite dans les idées, je pense qu'il lui a tiré une balle dessus après le décès. Et quelque chose me dit qu'on va trouver beaucoup de sang dans ses poumons.

Abe soupira.

— Vous voulez dire qu'il a coupé la langue de Skinner

et qu'il a immobilisé sa tête avec l'étau pour qu'il se noie dans son propre sang ?

Mia se leva et s'épousseta les genoux.

— Je crois, dit-elle, que nous devrions placer sous surveillance le type qui a été acquitté pour le viol de Renee Dexter. En toute logique, ça devrait être lui, la prochaine cible.

Ils s'éloignèrent un peu, tandis que les assistants du médecin légiste plaçaient le cadavre dans une housse mortuaire.

— Le tueur a franchi une nouvelle étape, murmura Kristen. Skinner était un avocat redoutable, et même détestable… mais il n'a jamais enfreint la loi.

— A qui le tour ? lança Jack d'une voix amère. Aux juges ?

— Ou aux procureurs qui perdent leurs procès, ajouta Reagan.

Kristen se tourna vers lui en écarquillant les yeux.

— Ce type, reprit Reagan, n'a aucune limite. Il est extrêmement dangereux. Il ne vous reproche rien, pour l'instant. Mais ça peut changer.

— Nous avons demandé à Spinnelli de vous accorder une protection permanente, annonça Mia.

Kristen ouvrit la bouche pour protester, puis se ravisa.

— Merci, fit-elle.

— Et nous ne vous quittons plus tant que le dispositif n'est pas installé, poursuivit Abe.

Le téléphone portable de Mia se mit à sonner, et elle l'ouvrit d'un geste vif.

— Mitchell, dit-elle.

Un sourire se forma sur ses lèvres tandis qu'elle écoutait attentivement.

— Merveilleux ! s'exclama-t-elle. C'est vraiment génial, la technologie. Ne quittez pas…

Elle se tourna vers Abe en levant les sourcils.

— Les collègues ont retrouvé la voiture de Skinner en ville. Elle est équipée d'un GPS.

Abe sentit son cœur battre un peu plus vite. *Enfin, une piste…*

— Demandez-leur s'ils peuvent retracer les déplacements de la voiture, dans la soirée de jeudi.

— Ils l'ont déjà fait, rétorqua-t-elle avec une évidente satisfaction.

Samedi 21 février, 7 heures

Pris de nausée, il chancela contre le mur du sous-sol et se laissa glisser à terre en haletant. Son cœur battait à tout rompre. Ses mains, ses bras, son torse et son visage étaient couverts de sang.

C'est moi qui ai fait ça. Oh! mon Dieu... C'est moi... qui ai fait ça. Ça!

Il ferma les yeux.

Détends-toi. Inspire profondément. Maîtrise-toi.

Il inspira, expira, et sentit le calme l'envahir peu à peu. Il en avait fini. Angelo Conti était mort. Et bien mort.

Il s'appuya contre le mur et se força à se relever. D'un œil effaré, il regarda la scène de carnage qui l'entourait. Il avait perdu le contrôle de lui-même. Il ne fallait pas que cela se reproduise. Jamais.

Mais Angelo Conti l'avait bien mérité, ce petit salaud. Il n'avait pas eu de difficulté à le trouver, la veille au soir. Il lui avait suffi d'attendre qu'Angelo sorte en titubant de l'un de ses bars préférés, à deux pas du campus de l'université. Il s'était dirigé vers sa Corvette, dans l'intention évidente de se mettre au volant. Angelo ne se souciait visiblement pas d'être complètement ivre. On aurait pu croire que le jeune homme se ferait discret, après avoir évité de peu la prison. Il avait failli s'y retrouver précisément pour avoir conduit sous l'emprise de l'alcool et provoqué un accident. Après lequel il n'avait pas hésité à tuer Paula Garcia — et l'enfant qu'elle portait — pour éviter qu'elle témoigne contre lui.

Mais cela ne lui avait pas suffi. A l'évidence, Angelo Conti se croyait protégé des dieux.

Eh bien, Angelo s'était trompé.

Il ne m'a pas vu venir. Il aurait pu se contenter de frapper Conti à la tête et de le traîner à bord de sa camionnette. Mais, à la vue de ce fanfaron éméché et de sa luxueuse Corvette, il avait cédé à la rage qui bouillait en lui. Alors, il lui avait tiré une balle dans chaque genou.

Puis il l'avait assommé d'un coup de matraque, et l'avait mis dans sa camionnette.

Il avait savouré d'avance le moment où Conti reprendrait conscience, imaginé avec délectation la peur qui envahirait son regard et paralyserait sa langue de vipère. Mais non. Quand Conti s'était réveillé, il avait fait preuve d'une lucidité et d'une volubilité étonnantes. En quelques secondes, il avait compris à qui il avait affaire.

Et il n'avait pas arrêté de parler, parler, parler…

Et, sans même m'en rendre compte, j'ai ramassé le démonte-pneu. Les premiers coups ont été portés pour qu'il se taise et écoute ce que j'avais à lui dire. Mais rien n'y faisait, il n'a pas voulu la fermer. Et puis, il s'est mis à parler de Kristen…

Et c'est là que j'ai pété les plombs.

Car Conti n'avait prononcé que des obscénités de la pire espèce.

— Comment te paie-t-elle, pour faire le sale boulot à sa place ? avait-il crânement demandé. En nature, je parie ! Elle est bonne ? J'ai toujours pensé que c'était une chaudasse, sous ses airs de sainte-nitouche…

Il n'arrêtait pas de parler, de tenir des propos orduriers sur Kristen. Il était complètement déchaîné.

Alors, moi aussi, je me suis déchaîné.

Il inspira profondément. Plus personne ne reconnaîtrait Angelo Conti, désormais. La majeure partie de son visage avait été réduite en bouillie, comme effacée par la violence des coups. Il ne servait à rien de le photographier dans un tel état. Il fouilla dans les affaires du jeune homme et trouva son portefeuille. On lui avait retiré son permis, après son arrestation pour état d'ivresse. Mais Conti avait une carte d'étudiant, ornée de son portrait. Cela ferait l'affaire.

Il passa ensuite au rituel du coup de feu post mortem. La détonation du pistolet et l'odeur âcre de la poudre l'apaisèrent un peu.

Il consulta sa montre et grimaça.

— Je vais être en retard, murmura-t-il.

Il fallait qu'il se lave et qu'il aille travailler. Il reviendrait plus tard, pour graver la pierre tombale. Paula Garcia et son enfant le méritaient amplement.

Samedi 21 février, 9 h 30

L'épouse de Trevor Skinner était une femme mince et pâle, qui paraissait sur le point de s'évanouir à chaque instant. Elle ne sut que répondre lorsqu'il lui fut demandé où se trouvait son mari, le soir de sa mort. Elle ne fut d'aucune aide lorsque les questions portèrent sur des visiteurs inhabituels, ou sur ce qui avait pu l'attirer à l'endroit où il avait été abattu, jeudi soir.

Ils avaient retrouvé le lieu de l'embuscade facilement, grâce à la technologie moderne. Skinner était abonné à un service de géolocalisation, qui permettait de suivre à la trace les automobilistes par satellite, et de leur porter assistance en cas de panne ou d'accident. Ce service fournissait également à ses utilisateurs des itinéraires routiers. La chance avait souri aux enquêteurs. Skinner avait appelé pour savoir comment se rendre à un site industriel désaffecté, où le tueur lui avait tiré dans les genoux avant de l'emmener ailleurs. Apparemment, la voiture de Skinner avait ensuite été volée par des adolescents, qui l'avaient abandonnée dans un terrain vague, où des policiers l'avaient retrouvée dans la matinée.

Abe s'apprêtait à prendre congé de la veuve lorsqu'une femme de ménage âgée le tira doucement par la manche.

— Monsieur, chuchota-t-elle. Il y a eu un colis…

Abe et Mia accompagnèrent la femme de ménage dans une pièce voisine, où ils pouvaient entendre plus distinctement sa voix douce, sans qu'elle soit couverte par les cris et les pleurs de Mme Skinner.

— Quand ce colis a-t-il été livré, madame ? demanda Abe.

— Jeudi.

Elle haussa les épaules d'un air gêné.

— Vers 14 heures, précisa-t-elle.

— Vous avez vu quelqu'un le déposer ?

— Non, monsieur. Quelqu'un a sonné à la porte et l'a laissé sur le paillasson. Quand je suis allée ouvrir, il n'y avait personne.

— Pouvez-vous décrire ce colis ? s'enquit Mia.

— C'était une petite boîte en carton marron, avec une étiquette où était écrit le nom de M. Skinner. Il était très léger, comme s'il était vide. Il faisait à peu près cette taille, dit-elle en écartant légèrement les mains.

Léger… Comme s'il était vide… Il ne devait contenir qu'une feuille de papier. Une nouvelle lettre, sans doute. Abe se demanda ce qu'elle pouvait bien dire, et quelle proposition avait été assez alléchante pour attirer Skinner dehors, à une heure aussi tardive.

— Vous avez vu un véhicule, madame ? demanda Abe.

— Oui, oui, j'ai vu une camionnette blanche. Je me rappelle avoir trouvé ça curieux que le colis ne soit pas un bouquet de fleurs, parce que c'était une camionnette de fleuriste.

— Tiens donc, marmonna Mia. Vous avez ouvert le colis ?

La femme de chambre ouvrit de grands yeux horrifiés.

— Non, répondit-elle. M. Skinner n'aimait pas que les domestiques touchent à ses affaires. Il était très exigeant, vous savez.

Elle regarda par-dessus son épaule, en direction de Mme Skinner, toujours en larmes.

— Il est vraiment mort ? murmura-t-elle.

Ça oui, songea Abe. *M. Skinner est vraiment mort. Tout ce qu'il y a de plus mort.*

— Oui, madame. Vous nous en voyez navrés.

Samedi 21 février, 16 h 30

— Diana Givens ne pourra pas nous aider, dit Mia d'une voix sombre.

Elle était assise sur la banquette arrière du 4x4 de Reagan.

— Personne ne peut nous aider, en l'occurrence, ajouta-t-elle. La balle est trop endommagée.

Les techniciens de l'unité de scène de crime avaient trouvé cette balle dans le cadre de bois de la porte de l'ancienne usine où Skinner avait été enlevé, le jeudi soir. L'analyse du sang qu'ils avaient trouvé sur la chaussée leur confirmerait que c'était bien l'endroit où il avait été abattu, mais ils n'en doutaient guère. La découverte de ce projectile était cruciale, surtout quand on se souvenait des efforts incroyables que le tueur avait déployés pour extraire la balle fichée dans le corps de King, incisé puis recousu.

La balle présentait une sorte de marque — sans doute le poinçon du fabricant, selon le service de la balistique. Malheureusement, ce poinçon était sévèrement altéré, au point qu'on ne pouvait le distinguer nettement.

— On ne sait jamais, Mia, dit Abe.

Il gara en douceur son imposant 4x4 sur le parking d'une armurerie à l'ancienne. Mia en descendit aussitôt.

— Vous venez, Kristen ? demanda-t-elle.

Kristen soupira. Elle avait passé la journée à faire le tour de la ville, avec Mia et Reagan. Ils en étaient à leur septième armurerie.

— Pourquoi pas ? fit-elle.

Reagan lui adressa un regard compatissant.

— Je peux vous ramener chez vous, proposa-t-il. Spinnelli a dû désigner votre ange gardien, à l'heure qu'il est.

Cette pensée contrariait Kristen autant qu'elle la rassurait. Ses voisins s'étaient montrés peu contents de devoir subir les gyrophares de l'unité de scène de crime pendant la moitié de la soirée. Dorénavant, il y aurait une voiture de police garée en permanence devant chez elle, jusqu'à ce que…

Jusqu'à quand, au fait ? Jusqu'à ce que les choses changent. Jusqu'à ce que son « humble serviteur » ait cessé de l'épier. Jusqu'à ce qu'elle ne soit plus la cible de racailles ivres de vengeance ou de journalistes en quête de scoop. Jusqu'à ce qu'elle ne soit plus une victime potentielle… Elle regarda la grande enseigne de l'armurerie et prit sa décision.

— Non, dit-elle. Je viens avec vous.

Reagan l'aida à descendre de son siège, et elle retint son souffle jusqu'à ce qu'elle soit bien droite sur ses jambes. Son genou la lançait douloureusement, mais elle faisait tout son possible pour que ça ne se voie pas, au cas où il y ait des caméras indiscrètes.

— Vous voyez des caméras ? chuchota-t-elle.

Reagan scruta la rue et répondit :

— Non, je crois que toutes les caméras sont à la conférence de presse de Spinnelli.

Il grimaça et ajouta :

— Mieux vaut que ce soit lui que nous. Surtout depuis que notre tueur a élargi son répertoire.

— J'ai reçu une quinzaine d'appels d'avocats de la défense sur mon portable, depuis que Richardson a révélé le meurtre de Skinner, déclara Kristen.

Elle esquissa un pas prudent et grimaça de douleur.

— Ils ont tous peur de sortir de chez eux, ajouta-t-elle.

Kristen éprouvait, malgré elle, une certaine satisfaction à les imaginer tremblants de peur.

Reagan se contenta de grogner.

— Nous aurions dû prendre la voiture de Mia, dit-il. Monter dans mon 4x4 et en descendre sans cesse, ce n'est pas très recommandé, pour votre genou.

Elle leva les yeux vers le visage de Reagan mais ne put

voir ses yeux, masqués par des lunettes de soleil. *Cela vaut mieux*, songea-t-elle. Elle s'était trop habituée à son regard protecteur.

— Vous avez entendu ce que Ruth a dit, protesta-t-elle. Je ne suis pas blessée.

Il ne dit rien et lui offrit son bras tandis qu'ils suivaient Mia dans le magasin.

— C'est quoi, ça ? demanda Kristen en désignant la mallette que Mia tenait à la main.

Celle-ci avait insisté pour qu'ils fassent un crochet chez elle, avant de commencer la tournée des armureries.

Reagan émit un petit gloussement avant de répondre :

— Vous allez voir.

Un grand costaud, qui se tenait derrière le comptoir, les accueillit d'un regard mauvais.

— Vous voilà de retour, maugréa-t-il.

— Faut croire, dit Mia avec flegme. Diana est là ?

— Non, répliqua sèchement l'homme.

— Oh ! Ernie, arrête un peu, fit une voix dans l'arrière-boutique.

La vieille dame fit son apparition, le bras en écharpe.

— Oui, je suis là, inspecteurs, reprit-elle. En quoi puis-je vous être utile, aujourd'hui ?

Elle jeta un regard méfiant à la mallette de Mia, avant de reconnaître Kristen.

— Je vois que vous êtes venus avec une star, ajouta-t-elle.

— Ouais, c'est une vraie vedette, dit Mia.

Elle se pencha par-dessus le comptoir et exposa le but de leur visite :

— Voilà ce qui nous amène, Diana : nous avons trouvé une balle pendant notre enquête.

Elle sortit un sachet et le posa sur le comptoir vitré.

— Elle n'est pas en très bon état, mais c'est tout ce que nous avons pour l'instant, précisa-t-elle. Est-ce qu'elle vous évoque quelque chose ?

La vieille dame pinça les lèvres, accentuant les rides

qui bordaient sa bouche. Elle tripota le sachet contenant le projectile.

— Qu'est-ce que vous me donnez, en échange de mon expertise ?

Mia tapota sur la mallette qu'elle avait apportée.

— Montrez-vous coopérative, ma chère, et nous verrons ce que nous pourrons faire pour vous, répondit-elle.

— C'est quoi ? murmura Kristen à l'oreille de Reagan, mais il secoua la tête et lui fit signe de se taire.

Le regard de Diana s'était fait plus chaleureux.

— Ça fait longtemps qu'on ne m'a pas appelée « ma chère », dit-elle.

— Ravie d'avoir pu vous faire plaisir. Alors, qu'en dites-vous ? Nous pensons que cette balle a été moulée artisanalement.

Diana eut une moue dubitative.

— C'est évident. Mais elle est trop abîmée pour qu'on puisse déterminer dans quel moule elle a été fabriquée.

Elle prit la balle et plissa les yeux.

— Il y a un poinçon, observa-t-elle.

— Je sais, dit Mia. Les gens de la balistique me l'ont déjà dit. Mais ils n'ont pas su l'identifier. Et vous ?

Diana alla chercher une loupe et se mit à étudier attentivement le projectile.

— Elle est vraiment trop abîmée, conclut-elle au terme de son examen. Il n'y a plus beaucoup de gens qui fabriquent eux-mêmes leurs balles, de nos jours.

— Y en a-t-il, parmi vos clients ? s'enquit Mia. Et sur la liste des tireurs d'élite que vous nous avez fournie ?

La vieille dame réfléchit un instant.

— Il y en a quelques-uns, mais aucun n'utilise un poinçon.

Elle désigna la mallette.

— Qu'est-ce qu'il y a là-dedans, inspecteur Mitchell ?

Mia l'ouvrit.

— Le pistolet de mon père, répondit-elle.

Elle sourit en voyant Diana écarquiller les yeux, fascinée

par le pistolet de collection. Puis elle referma promptement la mallette lorsque Diana tendit la main pour toucher l'objet de sa convoitise.

— Plus tard, peut-être, fit Mia.

Diana haussa les sourcils.

— Que voulez-vous, en contrepartie ? demanda-t-elle.

— Nous avons besoin d'informations sur ce poinçon, expliqua Mia. Si vous parvenez à en faire un dessin reconnaissable, pouvez-vous nous l'envoyer par courriel ?

Diana acquiesça d'un hochement de tête.

— Je suis du genre à coopérer avec la police, inspecteur Mitchell, dit-elle. En fait, je peux même faire mieux que ça. Je vais donner rendez-vous à tous mes amis tireurs d'élite, et nous dresserons une liste des poinçons que nous connaissons.

Reagan eut un petit rire rauque.

— Elle assure, hein ? murmura-t-il en désignant Mia.

Kristen contempla un instant son profil. Reagan regardait Mia avec un mélange d'admiration et d'amusement. Il n'était pas du genre à se sentir diminué par le talent des autres.

— Oui, dit Kristen. Quelle est notre prochaine étape ?

— Un lycée. Nous voulons montrer aux élèves un photogramme où l'on voit le gamin qui a déposé le colis sur le perron de votre maison. Comme c'est le week-end, il y aura certainement des adolescents sur le terrain de basket situé en face du lycée.

— Ça peut attendre un peu ? s'enquit Kristen.

Il lui jeta un regard perplexe.

— Sans doute, lâcha-t-il. Pourquoi ?

Kristen se tourna vers le comptoir vitré.

— Parce que je vais d'abord acheter une arme à feu, répondit-elle.

Samedi 21 février, 17 heures

— Tu peux m'accorder un instant, Jacob ?

On n'en trouve pas beaucoup dans l'entourage des trafiquants de drogue et d'armes.

Il ne cessait de se remémorer leur première rencontre, au dépôt. Il n'avait pas menti la veille, quand il lui avait dit qu'il avait été fasciné. Totalement fasciné. Et excité. Incroyablement excité. Il avait joué son personnage de truand, ce jour-là, en présence de Kristen. Il avait lancé des remarques graveleuses, pour donner le change à ses complices, flattant leur haine de la magistrature et se taillant un beau succès auprès de ces hors-la-loi endurcis. Mais la vision angélique de cette femme n'avait cessé de le troubler, tout au long de cette comédie, destinée à le faire passer pour un truand chevronné.

Il avait été libéré sous caution peu de temps après son arrestation, et était retourné infiltrer la pègre, au sein de laquelle il avait ses habitudes, et qu'il côtoyait quotidiennement.

Mais dès qu'il en avait la possibilité, il allait voir Debra, dans l'établissement de soins palliatifs où elle survivait. Il s'asseyait à son chevet, lui massait les mains et les pieds, prononçait doucement son nom, tout en étant torturé par les remords : il s'en voulait d'avoir désiré une autre femme alors que son épouse respirait encore, même si celle-ci était plongée dans l'inconscience.

A présent, sa femme avait enfin trouvé la paix de l'âme. Et il désirait toujours Kristen Mayhew.

Ce fut avec un regret évident que le serveur dut interrompre la conversation en italien pour aller prendre d'autres commandes. Kristen se tourna vers Abe et ouvrit de grands yeux. Abe se rendit compte que ses pensées devaient se lire dans son regard. Il songea un instant à en rire, de manière nonchalante. Mais il vit les yeux de Kristen briller, et ses joues rosir.

— Pardonnez mon impolitesse, dit-elle. Je suis désolée de vous avoir ignoré ainsi. Mais ça fait tellement longtemps que je n'ai pas eu l'occasion de pratiquer mon italien.

— Ne vous excusez pas. C'était un plaisir. Je ne savais pas que vous parliez italien.

Elle esquissa un haussement d'épaules.

— J'ai vécu un an en Italie, quand j'étais étudiante, expliqua-t-elle. Je me débrouille pas mal dans la conversation courante, mais je suis sûre que ma grammaire laisse à désirer. Et puis, je manque de pratique.

Elle prit son menu et baissa les yeux.

— Vous n'étiez pas obligé de m'inviter à dîner, reprit-elle. Spinnelli a posté une voiture de patrouille en bas de chez moi. Je pense que, désormais, je vais pouvoir me débrouiller toute seule.

Abe sentit le désir monter en lui, stimulant son audace.

— Il ne vous est pas venu à l'esprit que je pourrais simplement avoir envie d'être en votre compagnie ? demanda-t-il. Et que cette invitation n'a rien à voir avec l'enquête ?

Elle leva les yeux vers lui.

— Oui, dit-elle d'une voix rauque qui exacerba le désir d'Abe. Oui, cette idée m'est venue à l'esprit, en effet.

Il déglutit. Des dizaines de répliques possibles défilèrent dans son esprit, mais toutes lui parurent inappropriées, et vouées au rejet.

— Ah, *signorina*, fit alors une voix.

Il soupira en voyant Kristen se tourner vers le visage radieux de Tony Rossellini, le patron du restaurant du même nom, et l'un des plus vieux amis de ses parents. Abe se força à sourire.

— Tony, dit-il, ça fait plaisir de vous revoir.

Tony ouvrit de grands yeux surpris, et Abe se rendit compte que le vieil homme n'était pas venu à leur table pour le voir, lui.

— Abe ! s'exclama-t-il. Abe Reagan ! Mon neveu ne m'a pas dit que c'était toi qui étais venu avec cette belle *signorina*. Ça fait du bien de te revoir. Tes parents sont venus dîner la semaine dernière, mais ils ne m'ont pas dit que tu étais revenu à Chicago.

C'était la version officielle que la famille était chargée de fournir aux amis de la tribu. Abe était censé avoir déménagé à Los Angeles, et ne revenir que de temps à autre pour rendre visite à ses parents. Rachel elle-même en était persuadée. Le danger aurait été trop grand pour lui, si l'un des enfants ou des amis de la famille avait bavardé. Il échangea un regard avec Kristen, et vit aussitôt qu'elle avait compris le subterfuge et ne le trahirait pas.

— Oui, Tony. Je suis revenu. J'ai été muté à la brigade des homicides. Je vous présente Kristen Mayhew.

La peau du visage flétri par les ans de Tony se plissa un peu plus tandis qu'il méditait cette information, comme s'il essayait de situer Kristen. Lorsqu'il se souvint de son nom, il haussa brusquement les sourcils.

— Ah, fit-il. Eh bien, ne parlons pas de toutes ces horreurs, ce soir. Ce soir, il faut oublier le travail, il faut s'amuser !

Il exhiba une bouteille de vin rouge qu'il avait tenue cachée derrière son dos. Un grand cru, comme Abe s'en rendit compte d'un bref coup d'œil à l'étiquette.

— Mon neveu ne m'a parlé que d'une belle demoiselle qui avait passé un an dans la ville de mon père et de mon grand-père, dit Tony.

Avec l'habileté d'un expert, il déboucha la bouteille.

— Ma dernière visite à Florence remonte à bien longtemps, reprit-il. Mais cette ville est toujours présente dans mon cœur.

Il entreprit de remplir leurs verres avec fierté, et c'est alors qu'Abe se souvint que Kristen ne buvait pas.

Il ouvrit la bouche pour en faire part à Tony, mais resta bouche bée. Son corps tout entier se raidit lorsqu'il sentit la main de Kristen se poser subrepticement sur la sienne. Puis elle leva son verre pour trinquer avec Tony. Elle lui parla en italien, et ce qu'elle lui dit parut ravir ce dernier. Il lui répondit dans sa langue natale avant de se tourner vers Abe, en souriant aux anges.

— Maintenant que tu es revenu, dit-il, il faut que tu viennes manger souvent ici. Avec la *signorina.*

— C'est promis.

Il n'aurait pu dire si cette promesse concernait la première phrase de Tony ou la seconde.

— Tony, ajouta-t-il, nous avons été suivis toute la journée par des journalistes. Si vous voyez entrer quelqu'un de suspect, pourriez-vous…

Tony fronça les sourcils.

— Pas la peine de m'en dire davantage. Ils ne vous embêteront pas.

Il retourna en cuisine, sans attendre de réponse.

Kristen reposa doucement le verre sur la table et détourna les yeux.

— Sympa, ce Tony, lâcha-t-elle.

— Oui, dit Abe. C'est un vieil ami de mes parents.

Il pencha la tête de côté, en priant pour qu'elle tourne son regard vers lui. Mais elle n'en fit rien. Il était démangé par l'envie de la toucher, de laisser glisser sa main sur la table et de saisir la sienne, comme elle venait furtivement de le faire. Mais il s'en abstint et porta son verre à ses lèvres.

— Je croyais que vous ne buviez pas, dit-il.

— Je ne bois pas, en effet, mais je ne voulais pas faire injure à cet homme charmant en rejetant son cadeau. J'en boirai une ou deux gorgées d'ici la fin du repas… Et vous serez seul à le savoir.

C'était une nouvelle preuve de son respect des autres. Il repensa à son regard, la nuit précédente, lorsqu'elle avait déchiré en deux sa feuille de papier de verre, avant de lui en tendre la moitié. Il y avait lu de la compassion, mais aussi quelque chose d'autre. Quelque chose de sensuel, qui l'avait empêché de dormir pour le restant de la nuit.

— Kristen, fit-il.

Il attendit, mais elle s'obstinait à fixer l'autre bout de la salle.

— Vous auriez pu rentrer chez vous, puisque Spinnelli

vous fait protéger, finit-il par dire. Mia a proposé de vous raccompagner, avant d'aller à son rendez-vous... Pourquoi avez-vous accepté mon invitation à dîner ?

Il s'écoula un long moment avant qu'elle ne se décide à le regarder dans les yeux. Quand elle le fit, il lut dans son regard du désir, mais aussi une sorte de vulnérabilité qui lui serra le cœur.

— Il ne vous est pas venu à l'esprit que j'ai accepté votre invitation parce que j'avais envie d'être en votre compagnie, moi aussi ? demanda-t-elle posément.

— C'est ce que j'espérais, avoua-t-il avec la plus absolue sincérité.

Elle esquissa un sourire, si léger qu'il ne l'aurait pas remarqué, s'il n'avait pas eu les yeux rivés sur son beau visage. Il posa sa main sur celle de Kristen, la sentit tressaillir. Mais elle ne retira pas sa main, et il y vit un bon signe.

— Pourquoi l'Italie ? lâcha-t-il.

Elle cligna des yeux, comme prise au dépourvu par la question.

— Pardon ? fit-elle.

Il glissa son pouce sous la main de Kristen et se mit à lui caresser doucement la paume. Elle se raidit, mais n'ôta pas sa main.

— Pourquoi avez-vous passé un an en Italie ?

Elle baissa les yeux vers leurs mains unies.

— Je suivais des études à Florence.

— Des études artistiques ?

Elle leva les yeux vers lui en souriant, et il sentit son cœur bondir dans sa poitrine.

— Quelles autres études peut-on faire à Florence ? demanda-t-elle avec une pointe d'ironie dans la voix.

— Je me disais aussi que vous aviez le sens des coloris, dit Abe. Mais, si vous avez fait des études d'art à Florence, comment se fait-il que vous soyez devenue juriste ? Pourquoi ne vous adonnez-vous pas à la peinture ou à la sculpture ?

Le sourire de Kristen s'estompa.

— La vie ne se déroule pas toujours comme on l'avait prévu. Mais je suppose que vous êtes aussi bien placé que moi pour le savoir.

— En effet, fit-il.

Elle lutta visiblement pour recouvrer son assurance et ajouta, d'un ton léger :

— Je me trouve bien égoïste. Vous m'invitez à partager un bon repas, et je deviens larmoyante. Parlons d'autre chose.

— Comme il vous plaira.

Il pencha la tête et examina soigneusement le visage de la jeune femme avant de reprendre :

— Vous nous avez étonnés, tout à l'heure, au stand de tir. Vous ne nous aviez jamais dit que vous saviez vous servir d'une arme à feu.

Et pourtant elle avait fait une brillante démonstration de sa capacité à utiliser un pistolet. Il l'avait observée avec intérêt, pendant qu'elle choisissait méthodiquement une arme dans la vitrine de Diana Givens. Il s'était délecté à l'avance du plaisir qu'il aurait à lui en montrer le maniement. Il pourrait passer ses bras autour de son torse, sentir son corps svelte contre le sien…

Cette pensée avait déclenché dans son corps une réaction aussi immédiate qu'embarrassante, et il avait été presque soulagé de l'entendre décliner sa proposition. Puis il l'avait vue vider un chargeur sur une cible en papier avec autant de précision que de promptitude, le laissant pantois.

— Vous avez atteint la poitrine à chaque coup, ajouta-t-il.

— Je ne suis pas une tireuse d'élite, mais j'arrive à faire mouche sur une boîte de conserve accrochée à une clôture, à vingt mètres.

— Ainsi, vous avez vécu dans une ferme, au Kansas ? s'enquit-il, en se remémorant les détails épars qu'elle lui avait confiés sur son existence.

Elle gigota sur son siège d'un air embarrassé et hocha la tête.

— Oui, dit-elle. Mon père avait un vieux .38 Spécial dont nous nous servions pour tirer sur des cibles.

Elle venait en fait d'esquiver la question portant sur son enfance et sa famille.

— Qui a hérité du revolver de votre père, quand il est mort ? demanda-t-il.

Ses traits se figèrent et elle murmura :

— Mon père n'est pas mort.

Abe fronça les sourcils.

— Mais vous m'avez dit que vous n'aviez plus de famille.

— C'est vrai.

Elle inspira profondément, et se fit visiblement violence pour conserver son sang-froid.

— Je suis désolée, dit-elle. Voilà que je redeviens larmoyante. Je suis surtout furieuse d'avoir à attendre trois jours pour obtenir mon arme.

Elle fit une petite grimace avant d'ajouter :

— Les types contre lesquels j'ai besoin de me protéger se procurent leurs armes auprès de trafiquants qui ne respectent pas la législation. Ils sont armés tandis que, moi, je dois attendre qu'on me permette de l'être.

— Compte tenu de votre profession et de votre situation actuelle, vous auriez sans doute pu obtenir une autorisation immédiate.

— Oui, probablement... Mais Zoe Richardson en aurait fait des gorges chaudes, à la télé.

Elle secoua la tête et ajouta :

— Non, il ne vaut mieux pas. Je vais me contenter de placer un piolet sous mon oreiller, en attendant d'avoir le permis de détention.

Il ouvrit la bouche pour objecter, mais se ravisa en voyant la porte du restaurant s'ouvrir. Kristen se redressa aussitôt et retira sa main, qu'Abe tenait toujours dans la sienne.

— Qu'y a-t-il ? demanda-t-elle en se contorsionnant pour regarder derrière elle, d'un air alarmé. Encore des journalistes ?

— Non, pire... Ma petite sœur.

Et c'était vrai : Rachel venait d'arriver, accompagnée d'une flopée d'adolescents.

Que Rachel ne le voie pas, il ne fallait pas y compter. Qu'elle ne reconnaisse pas Kristen relevait de la plus inconcevable des chimères.

Il vit Rachel ouvrir de grands yeux et traverser la salle d'un pas pressé.

— Abe !

Elle se pencha et le gratifia d'une bise sonore.

— Quelle surprise ! poursuivit-elle. Alors, tu lui as demandé ?

Abe soupira. Il avait été trop occupé pour se souvenir de la demande d'interview de Rachel, dans le cadre de son projet scolaire.

— Non, Rach, je n'ai pas eu le temps.

Rachel fronça les sourcils, mécontente.

— Alors, tu pourrais au moins me présenter, pour que je lui demande moi-même !

Abe soupira de nouveau, plus profondément cette fois.

— Kristen Mayhew, je vous présente ma petite sœur Rachel, dit-il à contrecœur. Rachel, voici la substitut du procureur Mayhew.

Samedi 21 février, 19 h 30

— Il ne veut pas être dérangé.

Jacob, plongé dans la pénombre de son bureau, entendit la voix de son majordome résonner dans l'entrée. Il était en train d'écouter l'un de ses arias préférés. Habituellement, c'était ainsi qu'il se détendait, en fin de journée. Mais, ce jour-là, la voix du ténor ne parvenait pas à apaiser son angoisse. Angelo avait disparu, Elaine était en larmes, et Jacob redoutait le pire.

— Je suis sûr qu'il acceptera de me recevoir, répondit Drake Edwards.

Non, je ne veux pas te voir, songea Jacob. Mais il appuya sur la télécommande pour couper le son du lecteur.

— Faites-le entrer, cria-t-il.

Il se leva et constata avec fureur que ses jambes tremblaient légèrement. Il jeta un coup d'œil à Drake et se laissa retomber sur son siège. Son chef de la sécurité affichait un air lugubre.

— Désolé, Jacob, dit Drake à voix basse.

Il sortit un trousseau de clés de la poche de sa chemise, et Jacob reconnut immédiatement le porte-clés aux armes de l'université Northwestern.

— On a retrouvé la Corvette, dit Drake. Des gamins nous ont dit avoir trouvé les clés sur le siège avant, et l'avoir volée pour faire une virée.

— Et Angelo ? demanda Jacob d'une voix rauque.

Drake secoua la tête.

— Il a été vu pour la dernière fois dans un bar près du campus. Ses copains nous ont dit qu'il avait bu un coup de trop, mais il a refusé qu'ils appellent un taxi.

Quel crétin, songea Jacob.

— Ça ne m'étonne pas, fit-il.

— Jacob, nous…

Drake ferma les yeux, l'air peiné, avant de poursuivre :

— Nous avons trouvé du sang sur le siège du conducteur.

Jacob inspira profondément. Il allait falloir en informer Elaine. Cette nouvelle risquait de la tuer.

— Je vais attendre que nous en soyons sûrs, avant d'en parler à ma femme. Continue à chercher, Drake. Et fais suivre Mayhew et ces deux inspecteurs… Mitchell et Reagan. Selon Richardson, le tueur envoie des lettres à Mayhew. S'il est arrivé…

Il dut se forcer à terminer sa phrase :

— … quelque chose à Angelo, ils ne tarderont pas à être au courant.

Drake hocha la tête avec raideur. *L'épreuve est rude pour lui aussi*, songea Jacob. Drake était à son service depuis longtemps, bien avant qu'il ne devienne Jacob Conti, le riche industriel de Chicago. Il avait été son bras droit quand il montait des escroqueries minables aux dépens de vieilles dames, et quand il accomplissait de basses besognes pour le compte de gens plus riches que lui. Drake faisait partie de sa famille, en quelque sorte. Il avait changé les couches d'Angelo, il l'avait emmené au cirque quand il était tout petit. Drake était probablement presque aussi ému que lui.

— Je fais déjà surveiller ces trois-là, ainsi que leurs supérieurs et la Richardson, dit Drake. Essaie de te reposer, Jacob. Je ferai tout pour retrouver Angelo.

Jacob le savait bien. Il avait toute confiance en Drake.

Mais, quand il retrouvera Angelo, aurai-je encore un fils ?

13

Avant de s'engager dans l'allée de la maison de Kristen, Reagan salua d'un geste de la main le flic qui se trouvait dans la voiture de patrouille. Les phares de son 4x4 éclairèrent un autre véhicule, garé sous l'auvent.

— On dirait que vous avez de la visite.

— Je n'en attendais pas, répondit-elle.

Elle n'avait jamais de visite — en dehors de celles de Reagan, depuis quelques jours.

— L'agence de location a dû me livrer une nouvelle voiture, ajouta-t-elle.

Elle plissa les yeux pour mieux voir, dans la pénombre, la marque et le modèle de la voiture.

— C'est une Chevrolet, dit-elle.

Elle jeta un coup d'œil à Reagan, et vit qu'il l'observait avec la même intensité, la même attente que pendant tout le trajet.

— Elle sera peut-être équipée d'un GPS, comme celle de Skinner, poursuivit-elle.

Reagan esquissa un sourire.

— Ça ne serait pas plus mal, dit-il.

Le silence s'installa entre eux et se fit pesant. Il ne détachait pas les yeux de son visage. Qu'attendait-il ? Elle n'aurait su le dire avec certitude.

Mais si, je sais ce qu'il veut.

Le problème, c'était qu'elle ne savait pas par où commencer.

— Merci, finit-elle par dire. J'ai passé une bonne soirée.

Et c'était vrai. Elle avait rencontré la sœur de Reagan et la horde d'adolescents qui l'accompagnait. Ces gamins s'étaient montrés bruyants, mais leur enthousiasme juvénile l'avait aidée à surmonter son humeur dépressive. Ils s'étaient montrés curieux de l'affaire en cours, dont ils n'ignoraient aucun détail, grâce à Rachel. Ils avaient posé à Kristen toutes sortes de questions, la plupart assez pertinentes. Rachel s'était lancée dans une imitation si drôle de Zoe Richardson que Kristen en avait ri aux larmes. Puis les collégiens étaient allés occuper une bonne moitié du restaurant, laissant Reagan et Kristen en tête à tête.

Reagan aimait les arts plastiques, et ils découvrirent qu'ils partageaient le même goût pour les impressionnistes. En matière de musique, il n'en allait pas tout à fait de même. Il était adepte du rock des années 1970, alors que Kristen avait dû avouer, au grand dédain de Reagan, qu'elle avait acheté tous les albums des Bee Gees... Elle avait trouvé la compagnie de Reagan tout à fait agréable. Et rassurante. Et excitante.

Une fois de plus, il lui avait pris la main. Personne ne lui avait tenu la main depuis bien longtemps. Ce geste tendre n'avait fait qu'aiguiser son désir, mais l'avait un peu paniquée, aussi.

— Pardonnez à ma sœur, elle est parfois un peu..., commença Reagan.

— Adolescente ? proposa Kristen.

Il eut un large sourire.

— Ouais, on peut dire ça comme ça, acquiesça-t-il. Mais ne vous sentez surtout pas obligée de lui accorder cette interview. Je sais qu'elle vous a forcé la main.

Kristen secoua la tête. Rachel Reagan était une négociatrice retorse et obstinée, il fallait le reconnaître. Alors que Kristen avait poliment décliné la proposition d'interview, elle avait fini par accepter, une minute plus tard, une invitation au dîner dominical de la famille Reagan, le lendemain.

— Ça n'a pas d'importance, fit-elle.

Et elle était sincère.

— Ça ne me dérange pas, ajouta-t-elle. Pas du tout. Et puis, en ce moment, ça me fera du bien d'avoir bonne presse, pour une fois, dit-elle avec ironie.

Reagan grimaça.

— Tony s'en voulait terriblement, dit-il.

— Ça devait arriver, admit Kristen avec philosophie. Ce n'était pas sa faute, si les journalistes m'attendaient à la sortie de son restaurant. J'aimerais bien savoir quand cette Richardson trouve le temps de dormir. Elle semble avoir le don d'ubiquité.

— Au moins, l'agent qui monte la garde devant chez vous l'empêchera de vous importuner.

Il y eut un nouveau silence, et Kristen regretta d'être si mal à l'aise. Elle aurait voulu l'inviter chez elle à boire une tasse de thé, sans que cela soit mal interprété. Mais comment pourrait-il en être autrement ? Elle se souvint avec délice du contact du pouce de Reagan sur sa paume, et soupira profondément.

— Je ne suis pas douée pour ça, fit-elle.

Il haussa un sourcil et lui lança un regard pétillant.

— Pour quoi ? demanda-t-il.

Kristen leva les yeux au ciel et se lança :

— Voulez-vous boire une tasse de thé à la maison ?

Les yeux de Reagan se mirent à briller dans la pénombre, et le cœur de Kristen battait à tout rompre tandis qu'elle attendait sa réponse.

— Oui, dit-il enfin d'une voix rauque. Avec plaisir…

Elle eut la nette impression qu'il pensait à autre chose qu'à une simple tasse de thé en prononçant le mot « plaisir ».

— Il faut d'abord que je dise un mot à votre ange gardien, ajouta-t-il. Je reviens tout de suite.

Il claqua la portière, laissant Kristen dans l'obscurité, seule avec ses pensées.

Il va t'embrasser, Kristen. Espèce d'idiote ! Il va s'apercevoir de ta… froideur.

Elle n'était pas naïve : oui, il tenterait de l'embrasser. Et elle ne se faisait aucune illusion : oui, il s'en apercevrait. Avec un homme comme Reagan, il suffirait d'un seul baiser pour qu'il s'aperçoive de son insensibilité.

Bon, il va s'en apercevoir. Et alors ? Peut-être que ça ne le dérangera pas.

Mais oui, songea-t-elle avec une amère ironie. *Tu es vraiment idiote, ma pauvre. Il n'y a aucun homme que ça ne dérange pas.*

Elle soupira. Même quelqu'un d'aussi prévenant qu'Abe Reagan comprendrait qu'elle n'était pas à la hauteur. Au bout d'un seul baiser, il s'apercevrait qu'elle était froide. Trop froide pour lui procurer ce qu'il cherchait, ce qu'il désirait. Il ne tarderait pas à conclure que ça ne pourrait jamais marcher entre eux. Et, même s'il tentait de prendre la chose avec gentillesse, ils se retrouveraient bien vite, l'un avec l'autre, dans une relation purement professionnelle.

Ce qui valait mieux, au fond. Le plus tôt ils arrêteraient ce tueur, le plus tôt Reagan disparaîtrait de sa vie… et elle pourrait se remettre à son train-train habituel.

Ce train-train, c'est ta solitude. Et cette solitude, tu y es condamnée. Il faut te faire une raison.

Il ouvrit la portière, laissant l'air froid s'engouffrer dans l'habitacle, et mettant ainsi fin aux pensées de Kristen. Elle leva un œil morne vers lui.

— Alors, l'agent n'a rien vu de louche, pendant mon absence ? demanda-t-elle.

— Non, répondit Reagan. Il s'appelle Charlie Truman, et c'est un flic efficace. C'est un ami de mon frère. Avec lui, vous serez en sécurité. Vous vous souvenez de McIntyre, l'agent qui a recueilli votre déposition, hier soir ? C'est lui qui est chargé de la garde de jour. Vous devriez le voir demain matin…

Il s'interrompit, fronça les sourcils et demanda :

— Qu'y a-t-il, Kristen ?

— Rien, fit-elle.

Il l'aida à descendre du 4x4, sans ajouter un mot. Il ouvrit la porte extérieure qui donnait sur la cuisine et mit la lumière pendant qu'elle désactivait l'alarme.

— Je reviendrai une autre fois boire une tasse de thé avec vous, dit-il. Vous devez être épuisée.

— Non ! s'exclama-t-elle.

Le mot lui avait échappé, la surprenant autant que lui. Elle inspira et déboutonna son manteau.

Allez, finissons-en, s'exhorta-t-elle en son for intérieur.

— Non, répéta-t-elle. Restez, je vous en prie.

Elle retira son manteau et entreprit de faire le thé. Elle entendit le bruit sourd du manteau de Reagan tombant sur une chaise. Elle renversa une demi-cuillerée de sucre sur le comptoir et maudit le tremblement de ses mains.

— Kristen, fit-il dans son dos.

Sa voix était profonde, grave et apaisante.

— Détendez-vous, tout ira bien.

Non, tout n'ira pas bien. Elle baissa la tête et dit :

— Vous aviez sans doute raison. Je suis épuisée…

Et je ne suis vraiment pas douée pour ça.

Elle tressaillit lorsqu'elle sentit les mains de Reagan se poser sur ses épaules. Mais ses mains n'étaient pas avides, elles étaient apaisantes. Il lui massa doucement les épaules, et elle eut envie de le supplier de ne jamais arrêter. Il fit glisser la veste de Kristen avant de recommencer à la masser. Elle pouvait sentir la chaleur de ses mains au travers de son chemisier, tandis que son corps commençait lentement à se détendre.

Lui, il est doué pour ça, pensa-t-elle.

— Merci, fit-il.

Et elle se rendit compte qu'elle avait pensé tout haut. La voix de Reagan s'était faite plus rauque encore, plus profonde — et un frisson parcourut l'épiderme de Kristen. Les mains de Reagan se crispèrent un bref instant sur les épaules de la jeune femme, puis il desserra son étreinte et se mit à lui masser la nuque du bout des pouces, délicatement. Elle sentit ses jambes faiblir. Toujours placé derrière elle, il passa un bras vigoureux autour de son torse, juste au-dessous des seins, et elle se laissa faire. Elle laissa Reagan la soutenir et plaquer son corps contre le sien.

Et quel corps ! Un corps dur et ferme. Surtout à l'entrejambe…

Elle déplaça son bassin vers l'avant, pour s'éloigner un peu de son membre viril. La tension était revenue. Sans dire un mot, il retira son bras de sa poitrine et se remit à lui masser les épaules.

— Ça fait du bien, murmura-t-elle.

— Moi aussi, dit Reagan, ça me fait du bien.

— Comment ça ?

— Vous n'êtes pas la seule à être nerveuse dans cette cuisine, Kristen.

Elle lui jeta un regard, par-dessus son épaule. Son visage était fermé et sombre.

— Pourquoi êtes-vous nerveux ? susurra-t-elle.

Les mains de Reagan se figèrent, et il resta silencieux un moment.

— Parce que, murmura-t-il, vous m'avez dit que vous n'aviez pas de famille, alors que votre père est encore vivant… Parce que vous m'avez dit que vous avez fait des études d'art à Florence, et je ne vois aucun tableau peint par vous dans cette maison. Parce que vous m'avez dit que les victimes n'oublient jamais. Parce que quelqu'un vous a fait du mal, et que je suis terrifié à l'idée que je pourrais vous donner l'impression d'en être capable, moi aussi. Alors que je ne vous veux aucun mal. Et que je ne vous en ferai jamais.

Mais je souffrirai quand même, songea-t-elle. Elle sentit son cœur se fendre à cette pensée.

Elle hocha la tête et dit :

— Je sais bien.

Il ne lui voulait aucun mal, en effet, même s'il la ferait inéluctablement souffrir. Une petite partie d'elle-même souhaitait à toute force qu'il ait raison.

Il la regarda droit dans les yeux et demanda :

— En êtes-vous sûre ?

Il lui caressa les cheveux et retira l'une des épingles qui maintenaient son chignon. Elle tomba sur le comptoir dans un petit bruit sec. Il en retira une autre.

— Que faites-vous ? s'enquit-elle d'une voix rauque.

— Je défais votre chignon. La vue de ces épingles m'a offusqué toute la journée, lui chuchota-t-il à l'oreille.

Un nouveau frisson voluptueux la fit chanceler.

Il continua de retirer les épingles. Ses cheveux enfin libérés tombèrent en cascade sur ses épaules, et Reagan y plongea les mains, lui caressant la tête. Elle eut un petit gémissement et ferma les yeux, le souffle coupé. Ces caresses lui faisaient tant de bien !

Il lui prit doucement le menton et se mit à lui caresser la joue, du bout du pouce. Elle se força à ouvrir les yeux, un peu étourdie. Son visage était tout proche du sien.

Les lèvres de Reagan effleurèrent ses tempes, et la sensation de plaisir s'accrut encore.

— Il y a une autre raison à mon inquiétude, murmura-t-il.

— Laquelle ? dit-elle d'une voix presque inaudible.

— J'ai eu envie de vous la première fois que je vous ai vue, et j'ai encore envie de vous maintenant.

Cet aveu la choqua. Elle aurait dû être terrifiée.

Mais je ne le suis pas.

Au contraire, elle avait envie de céder à la tentation.

Puis il couvrit ses joues de baisers, et ses lèvres se rapprochèrent des siennes.

Elle était plus que tentée.

Il lui suffisait de tourner un peu la tête, et la bouche de Reagan entrerait en contact avec la sienne. Et c'était ce qu'elle voulait. Elle voulait sentir la chaleur de sa bouche. Elle voulait être embrassée par cet homme.

— Abe, souffla-t-elle dans un filet de voix.

Il se figea.

— Redites-le, fit-il. Redites mon prénom.

Elle déglutit et parvint à recouvrer sa voix.

Il frissonna, et la vibration se propagea de sa chair à celle de Kristen, exacerbant son désir. Elle cessa de penser lorsque la bouche de Reagan glissa de quelques centimètres sur sa joue et atteignit ses lèvres. Il colla sa bouche avide et ardente à la sienne, doucement et fermement à la fois.

Mais elle en voulait davantage. Elle pivota pour lui faire face et, en un battement de cœur, il la prit dans ses bras et plaqua ses mains brûlantes contre ses reins. Il inclina la tête pour rendre son baiser plus profond, et elle leva les bras pour les appuyer contre son torse puissant. Il lui prit doucement les poignets, et les mains de la jeune femme se retrouvèrent posées sur la nuque du policier. Il se remit aussitôt à lui caresser les hanches, enfonçant avidement ses doigts dans sa chair.

Et le baiser dura et dura encore.

Il décolla brusquement sa bouche de celle de Kristen, puis lui prit la main gauche et la colla contre son cœur. Elle sentit ce dernier battre à tout rompre sous les pectoraux puissants, et leva les yeux. Elle sut alors qu'aussi longtemps qu'elle vivrait, quoi qu'il advienne par la suite, jamais elle n'oublierait le regard de cet homme, à cet instant. Ce regard empli d'un infini désir.

Comme s'il ne pouvait se rassasier de moi.

Abe se pencha vers elle.

— Regarde dans quel état tu me mets, Kristen, chuchota-t-il. Je t'en prie, n'aie pas peur.

— Je n'ai pas peur.

Je n'ai vraiment pas peur. Pour le prouver, à elle-même autant qu'à lui, peut-être, elle pencha la tête et se mit à l'embrasser. Ce baiser-là fut plus court que le précédent, mais cette fois c'était sa langue à elle qui œuvrait. Elle décolla ses lèvres et recula la tête pour le regarder. Il souriait d'un air radieux, et le cœur de Kristen bondit dans sa poitrine. Il y avait tant de douceur, dans ce sourire ! Spontanément, elle le lui rendit.

— Je suis heureux, dit-il.

— Moi aussi.

— Il faut que je parte, maintenant.

Stupéfaite, Kristen écarquilla les yeux.

— Pourquoi ? demanda-t-elle.

Le sourire de Reagan se fit contrit.

— Parce que j'ai envie de faire bien davantage que de t'embrasser.

Elle sentit sa gorge se serrer.

— Abe, je…

Il lui effleura les lèvres du bout des doigts et ajouta :

— Ne t'en fais pas, Kristen, je peux attendre.

Elle couvrit ses doigts de baisers, et elle vit ses yeux s'embraser.

J'inspire un désir ardent à cet homme.

Elle ne pouvait plus en douter, à présent. Elle le sentit dans le bref frôlement de leurs deux corps tandis qu'ils échangeaient un autre baiser. Elle l'avait excité au plus haut point.

Et pourtant il ne l'avait pas forcée, il n'avait pas cherché à la pénétrer. Il ne s'était pas enfoncé en elle. Il ne lui avait pas fait mal.

Comme quand j'avais vingt ans et que j'étais terrifiée. « Ne bouge pas. Ne te débats pas. Petite allumeuse, tu l'as bien cherché… » Le sol était dur et la nuit était chaude, tandis que la grande roue tournait inlassablement, brillant de mille feux, et que…

Non, non !

Elle ferma les yeux, inspira profondément, et chassa cet affreux souvenir de son esprit. Lorsqu'elle rouvrit les yeux, elle lut dans le regard de Reagan qu'il savait. Il comprenait. Et il ne la fuyait pas pour autant.

— Chaque chose en son temps, Kristen, murmura-t-il. C'est ainsi que nous allons procéder.

Nous. Les larmes lui montèrent aux yeux, et elle les repoussa en clignant les paupières.

— Pourquoi te soucies-tu de moi ?

Il eut un sourire si doux qu'elle en eut le cœur chaviré.

— Parce que je t'aime, répondit-il. Maintenant, je vais te souhaiter bonne nuit. Il faut que j'y aille.

Et il l'embrassa une dernière fois, avec une fougue qui trahissait la persistance de son désir et son besoin inassouvi de la posséder.

— Sois prête demain à 16 heures, pour le dîner chez mes parents, dit-il avant de franchir la porte. Jusque-là, ne sors pas de cette maison sans être accompagnée de McIntyre, de Mia ou de moi.

Dimanche 22 février, 9 heures

Il faisait trop froid dans la rue pour qu'on y croise des badauds, mais Abe entendit le son rythmé d'un ballon de basket-ball rebondissant sur le béton. Avec un peu de chance, il aurait plus de succès que la veille, pour retrouver le gamin qui avait déposé le colis sur le perron de Kristen. Car personne ne semblait le connaître. Il allait peut-être falloir attendre le lendemain, pour interroger le directeur du lycée et lui demander si le garçon figurait parmi ses élèves.

Mia était adossée à sa voiture, occupée à retirer le couvercle en plastique de son gobelet de café. Elle désigna un deuxième gobelet, posé sur le capot.

— C'est pour vous, dit-elle.

Abe prit le gobelet et marmonna un vague remerciement. Mia lui jeta un regard offusqué.

— Eh bien, persifla-t-elle. Vous avez l'air bien joyeux, ce matin.

— Je n'ai pas bien dormi, la nuit dernière.

— Pourquoi donc ?

Abe grimaça.

Parce que, chaque fois que je fermais les yeux, je rêvais que j'embrassais Kristen jusqu'à ce qu'elle en oublie son propre nom, jusqu'à ce que l'épreuve atroce qu'elle a subie sorte de sa tête à jamais, jusqu'à ce qu'elle me supplie de l'embrasser encore et encore…

Chaque fois, il était sorti de son rêve seul dans son lit, en érection et le cœur lourd.

— Ce doit être cette enquête qui me pèse. Allez, mettons-nous au boulot. Il faut retrouver ce gamin au plus vite. Je suis invité à dîner chez ma mère, ce soir.

Le visage de Mia s'illumina.

— Vous me garderez les restes ? demanda-t-elle.

Abe gloussa.

— Allons-y, Mia, dit-il.

Ils gagnèrent le terrain de basket qui faisait face au lycée. Cinq garçons s'arrêtèrent aussitôt de jouer, lorsqu'ils les virent arriver.

— V'là les flics, lança l'un d'eux.

— C'est ceux qui rôdaient dans le coin hier, ajouta un autre.

Abe brandit son insigne.

— Bonjour, je suis l'inspecteur Reagan, et voici l'inspecteur Mitchell. Nous cherchons un élève du lycée. Y en a-t-il parmi vous ?

Les cinq gamins échangèrent un regard plein d'appréhension. Ils avaient dans les seize ans.

A peine plus jeunes que le petit voyou qui a tiré sur Debra, songea Abe.

— Je vous ai posé une question, dit-il d'une voix plus dure. Vous êtes dans ce lycée, oui ou non ?

Ils hochèrent tous la tête à contrecœur.

Mia sortit la capture d'écran de sa poche.

— Nous cherchons ce garçon, expliqua-t-elle. Si nous ne le trouvons pas aujourd'hui, nous le trouverons demain, quand le lycée rouvrira. Si vous nous dites aujourd'hui que vous ne le connaissez pas et que nous apprenons demain que vous êtes dans la même classe…

Elle ne précisa pas sa menace, mais le ton de sa voix en disait long.

— Il vaudrait mieux pour vous nous aider dès aujourd'hui, ajouta-t-elle.

Ils marmonnèrent d'inaudibles jurons, mais regardèrent la photo, puis échangèrent de nouveaux regards maussades.

— Vous le connaissez, hein, demanda Mia.

L'un des garçons hocha la tête.

— Ouais, ça nous arrive de le croiser.

Abe toisa le gamin qui tenait le ballon au creux de son bras. Le garçon lui rendit son regard d'un air de défi.

— Il n'a rien fait de mal ? s'enquit-il.

— On n'a pas dit qu'il avait fait une bêtise, répondit Mia posément. Où pouvons-nous le trouver ?

Les garçons se mirent à regarder leurs pieds.

— Chais pas, firent-ils en chœur.

Abe soupira.

— Bon… Vous l'aurez voulu, les gars, dit-il. Tous contre la clôture. On va appeler des voitures de patrouille pour vous embarquer, et on en reparlera au commissariat.

— On n'a rien fait de mal ! protesta le garçon qui tenait le ballon. De quel droit pouvez-vous nous coffrer ?

Mia haussa les épaules.

— Vous êtes des témoins matériels dans une affaire de meurtre, déclara-t-elle. Vous ne regardez jamais *COPS* ?

— Merde, gémit l'un des garçons. Ma mère va me tuer, si elle doit venir me chercher au commissariat.

— Alors, dites-nous où trouver ce mec, insista Abe d'une voix sévère, et nous vous ficherons la paix.

Celui qui tenait le ballon se renfrogna avant de prendre la parole :

— Il s'appelle Aaron Jenkins. Il n'est même plus au lycée. Il habite pas loin d'ici.

Il tendit un doigt vers la droite et ajouta :

— Par là.

— Il y a beaucoup d'immeubles « par là », dit Mia d'un ton sarcastique, en tournant la tête dans cette direction. Ce serait sympa d'être plus précis.

Le garçon se renfrogna un peu.

— C'est le seul bâtiment avec une véranda verte, poursuivit-il de mauvaise grâce. Il y a une vieille, devant la porte, qui passe son temps à nous observer.

— Elle a une casquette, précisa l'un de ses copains. Vous pouvez pas la rater. Elle a le mauvais œil, si vous voyez ce que je veux dire…

Mia esquissa un sourire.

— Merci, dit-elle.

Puis elle tendit la main vers le garçon qui tenait le ballon.

— Je peux ? demanda-t-elle.

Il lui lança un regard goguenard, empreint de mépris, et lui lança le ballon. Elle l'attrapa d'une seule main et expédia avec assurance le ballon dans le cercle du panier, à plusieurs mètres d'elle. Les garçons en restèrent pantois.

Mia se contenta de sourire.

— Ne faites pas de conneries, les gars, lança-t-elle. Ça me ferait de la peine d'avoir à vous embarquer pour de vrai, un jour.

Abe les entendit se récrier, tandis qu'ils s'éloignaient sans demander leur reste.

— Où avez-vous appris à jouer ? demanda-t-il à Mia.

— C'est mon père qui m'a montré, fit Mia en haussant les épaules. Il voulait des fils, et n'a eu que des filles.

Abe trouva cela plutôt triste, mais il se garda bien d'émettre le moindre commentaire. Ils se mirent à marcher dans la direction indiquée par le garçon. Abe repensa au regard froid de Kristen, la veille, lorsqu'elle lui avait confié que son père était encore en vie. Il se dit que les problèmes qu'elle avait connus avec son père étaient bien pires que ceux qu'avait connus Mia…

— Voilà la véranda verte, et voilà la vieille qui a le mauvais œil, marmonna Mia, lorsqu'ils arrivèrent à hauteur du bâtiment en question.

Il s'y trouvait bien une vieille dame, assise devant la porte et revêtue d'une casquette à pois. Elle les accueillit d'un regard méfiant. Le large sourire qu'affichait Mia ne sembla guère l'amadouer.

— Oui, ce doit être ici, acquiesça Abe. Croisons les doigts pour qu'Aaron Jenkins soit chez lui.

Ils trouvèrent l'appartement des Jenkins et frappèrent à la porte. Une femme qui tenait dans ses bras un bambin vint ouvrir et écarquilla les yeux en les voyant.

— Que voulez-vous ? s'enquit-elle.

— Nous cherchons un garçon nommé Aaron Jenkins, madame, répondit poliment Mia.

— C'est mon fils. Pourquoi ? Il a des ennuis ?

Mia secoua la tête.

— Nous voulons simplement lui parler.

La femme regarda par-dessus son épaule d'un air indécis.

— Mon mari est au travail, dit-elle.

— Ça ne prendra qu'un instant, la rassura Abe. On ne va pas vous déranger longtemps.

— Aaron ! appela la femme.

Et le jeune homme qui figurait sur la vidéo sortit de l'une des chambres. Il leur jeta un coup d'œil et fit un pas en arrière.

— Nous voulons juste te poser une ou deux questions, expliqua Mia.

Il s'immobilisa et dit :

— Je n'ai rien fait de mal.

— Aaron, viens ici ! ordonna sèchement sa mère.

Il s'exécuta en traînant des pieds.

— Tu as livré un colis, vendredi après-midi, dit Abe.

Aaron fronça les sourcils.

— Ce n'est pas illégal, que je sache.

— On n'a pas dit que tu avais commis un délit, répliqua Mia. Qui t'a donné ce colis, Aaron ?

— Un Blanc. Il m'a donné cent dollars pour le déposer sur le perron d'une maison.

— A quoi ressemblait-il ? demanda Abe.

Aaron haussa les épaules.

— Je ne sais pas. Il portait un blouson avec une capuche, et je n'ai pas pu voir son visage.
— Il était jeune ? Vieux ? insista Mia.
Aaron lâcha un soupir impatient.
— Je vous ai dit qu'il avait une capuche. Je n'ai pas pu voir la tête qu'il avait.
— Il était dans une voiture ? poursuivit Abe.
— Non, dans une camionnette. Blanche. Avec un panneau sur le côté, où était peinte une prise de courant.
— Une prise de courant ? s'étonna Abe.
— Ouais, une prise de courant avec un visage souriant. Il y avait marqué Banner Electronics.
Aaron hocha la tête et conclut :
— Je n'en sais pas plus.
Abe fronça les sourcils. Ce n'était donc pas la même camionnette. Mia se tourna vers lui, tout aussi intriguée, puis reporta son attention sur Aaron et lui demanda :
— Comment as-tu su où livrer le colis ?
Aaron haussa les épaules.
— Le type m'a donné l'adresse sur un bout de papier et m'a demandé de le déchirer après la livraison. C'est ce que j'ai fait. Voilà, c'est tout que ce que je peux vous dire… Je peux y aller, maintenant ?
Mme Jenkins, secouant légèrement le bambin, demanda à son tour :
— Il peut y aller ?
Mia hocha la tête.
— Oui, c'est bon.
Elle resta silencieuse jusqu'à ce qu'ils soient sortis de l'immeuble.
— Le matériel qui sert à graver les pierres tombales peut aussi être utilisé pour fabriquer des panneaux en caoutchouc gaufrés.
— Il suffit d'y coller des aimants, et on obtient des panneaux magnétiques amovibles.
Abe soupira.

— Bon sang, fit-il.

Mia leva les yeux au ciel.

— Dire que j'ai passé des heures à chercher des fleuristes. Ce n'est pas du tout un fleuriste. C'est pour ça que Jack n'a trouvé ni pétales ni pollen dans les boîtes. Ce type peut se faire passer pour ce qu'il veut, et changer de profession à volonté.

Le téléphone d'Abe se mit à sonner. Un regard à l'écran l'informa sur l'identité de son correspondant. Il décrocha avec appréhension.

— Il y a un problème, Kristen ?

— J'ai reçu un nouveau colis, Abe, dit Kristen d'une voix tremblante. McIntyre a attrapé le gamin qui l'a déposé. Il vous attend pour que vous puissiez l'interroger.

— On arrive tout de suite, assura Abe avant de se tourner vers Mia. Appelez Jack et dites-lui de nous rejoindre chez Kristen. Je vais prévenir Spinnelli. Notre humble serviteur a encore frappé…

Dimanche 22 février, 10 heures

— Oh ! mon Dieu, souffla Kristen.

Son visage avait blêmi lorsque Jack avait vidé le contenu de l'enveloppe sur la table de la cuisine.

— C'est Angelo Conti, dit-elle.

Mia lui posa un bras sur l'épaule pour la réconforter.

— Ne vous évanouissez pas.

— Je ne m'évanouis jamais, répliqua Kristen.

Abe se souvint qu'elle avait dit la même chose, lors de leur première rencontre dans l'ascenseur, quand il l'avait involontairement effrayée. Il se sentit fier d'elle. Il lui en coûtait de garder ses distances, mais il savait qu'elle tenait à son image professionnelle. Ses cheveux étaient soigneusement coiffés en un chignon serré, tandis que les épingles qu'il avait retirées la veille jonchaient encore le comptoir, à l'endroit même où il les avait posées.

— Cette fois, il n'y a pas de Polaroid, observa Jack. Il n'y a que la carte d'étudiant de Conti, délivrée par l'université Northwestern. Pourquoi ?

— Je n'en sais rien, dit Abe en prenant la lettre.

Il se mit à la lire à haute voix :

— « Ma très chère Kristen, Angelo Conti est mort. Son crime a pour origine son irresponsabilité et son impardonnable dépravation. Il a percuté la voiture de Paula Garcia parce qu'il était ivre au volant. Et son intolérable mépris pour la vie humaine l'a conduit à battre à mort cette malheureuse. Le mépris non moins grand de son père pour les lois américaines et le système judiciaire l'a poussé à corrompre un juré. Angelo Conti est sorti libre de son procès. Et, comme si tant de crimes ne lui suffisaient pas, il a aggravé son cas en vous calomniant publiquement — et cela, je ne pouvais en aucune façon le tolérer. J'espère que sa mort constituera un avertissement pour tous ceux qui foulent aux pieds le système judiciaire et se moquent de ceux qui le servent. Quant à moi, je reste, comme toujours, votre humble serviteur. »

Abe leva les yeux et vit Kristen affaissée dans son fauteuil.

— Il y a un post-scriptum ? demanda-t-elle.

— C'est un numéro de plaque d'immatriculation.

Abe lui passa la lettre, et elle la considéra d'un œil perplexe.

— Ce n'est pas le mien, dit-elle. Je n'y comprends rien.

— Je crois qu'il faut qu'on interroge le garçon qui a déposé le colis, déclara Mia.

Abe acquiesça d'un hochement de tête.

Ils sortirent tous deux et marchèrent jusqu'à la voiture de patrouille, où les attendaient McIntyre et son captif, assis sur la banquette arrière.

— Il s'appelle Tyrone Yates, les informa McIntyre. Ses parents vont arriver.

— Je n'ai rien fait de mal, grogna Yates.

— On ne t'accuse de rien, rétorqua Mia.

Yates leur fournit un témoignage à peu près identique à celui d'Aaron Jenkins. Sauf que, cette fois-ci, la camionnette blanche arborait le logo d'un magasin de tapis. Quand le garçon eut achevé son récit, ses parents, arrivés entre-temps, le ramenèrent chez eux.

Kristen était en train de faire du thé lorsque Mia et Abe, accompagnés de McIntyre, franchirent le seuil de la cuisine. Mia se laissa tomber sur une chaise, tandis qu'Abe allait se poster à la fenêtre qui donnait sur le jardin gelé. McIntyre resta près du seuil. Son visage juvénile semblait troublé.

— Alors ? demanda Kristen. Vous avez appris quelque chose ?

— Pas vraiment, répondit Abe, en lui jetant un coup d'œil par-dessus son épaule.

McIntyre se dandinait d'un air gêné.

— Au sujet de la camionnette blanche…, commença-t-il.

— La camionnette de fleuriste ? l'interrompit Kristen.

Mia secoua la tête.

— Nous pensons qu'il utilise des panneaux magnétiques amovibles, dit-elle. Le garçon du lycée nous a juré que c'était une camionnette d'électricien. Et celui qui vient de déposer ce colis a vu une camionnette de livreur de tapis…

— C'est pour ça que je n'ai pas trouvé de résidus floraux dans les boîtes, maugréa Jack en frappant du plat de la main sur la table. Nom de Dieu… Il peut changer l'aspect de son véhicule à volonté.

Abe se retourna, le visage fermé.

— Qu'alliez-vous dire au sujet de la camionnette blanche, McIntyre ? s'enquit-il.

— Le soir où Mlle Mayhew a été victime d'une agression à la voiture bélier, c'est moi qui étais chargé de détourner la circulation de la scène de crime, juste après. Des automobilistes se sont arrêtés pour voir ce qui se passait. L'un d'eux conduisait une camionnette blanche d'électricien.

Kristen sentit son estomac se nouer. Elle savait ce que

signifiait le post-scriptum, à présent. Elle prit la lettre sur la table et la montra à McIntyre.

— Vous reconnaissez ce numéro, monsieur l'agent ?

McIntyre hocha la tête.

— Oui, répondit-il. C'est celui de la voiture qui vous a percutée. Elle avait été volée un peu plus tôt, ce jour-là.

Kristen reposa la lettre sur la table, d'une main étonnamment ferme.

— C'est bien ce que je pensais, murmura-t-elle.

Jack étouffa un juron.

— Il était présent sur les lieux ! s'exclama-t-il.

Abe eut un petit gloussement sans joie.

— J'étais à deux pas de lui, et je l'ignorais ! Vous vous souvenez de son aspect, McIntyre ?

Celui-ci secoua la tête.

— Il était coiffé d'une chapka avec de grosses oreillettes, qui lui couvrait presque tout le visage. Il faisait si froid ce soir-là que ça m'a paru normal. Il était très poli. Ça, je m'en souviens.

— Quel âge ? demanda sèchement Mia.

McIntyre haussa les épaules.

— Je ne sais pas, répondit-il. C'est difficile à dire. La quarantaine ou la cinquantaine, peut-être… Il n'a pas dit grand-chose. Il a juste hoché la tête quand je lui ai demandé de circuler. J'ai pensé qu'il était un peu gêné d'être surpris en train d'épier la scène.

Ils restèrent tous silencieux pendant un moment. Puis Jack se leva et dit :

— Il faut que j'appelle mon équipe, pour qu'on aille voir le lieu indiqué sur la carte. Je vais appeler Julia, aussi, pour qu'elle nous retrouve là-bas. Vous venez ?

— Je ne voudrais surtout pas rater ça, répliqua Abe d'un ton sarcastique. Allons-y.

Kristen voulut leur emboîter le pas, mais Abe l'en empêcha.

— Reste ici, murmura-t-il. S'il te plaît.

— Je tiens à y aller, fit-elle à voix basse, sachant que les autres les regardaient.

Abe se tourna vers ces derniers et leur demanda :

— Vous pouvez nous accorder un instant ?

McIntyre fit aussitôt un salut un peu raide.

— Il faut que je reprenne ma garde, lança-t-il.

Mia haussa les sourcils et scruta Abe et Kristen avec une ostensible curiosité.

— D'accord, finit-elle par dire.

Kristen sentit ses joues rougir.

— Reagan, il faut que je vienne, insista-t-elle.

Jack lui lança un regard sévère et dit :

— Il a raison, Kristen. Vous avez déjà eu un accident ce week-end. Je n'aimerais pas qu'il vous arrive d'autres déboires.

Puis il suivit Mia dans la cuisine, laissant Abe et Kristen en tête à tête.

Abe la regarda et lança avec conviction :

— Reste ici !

Kristen sentit le mécontentement monter en elle.

— Je t'en prie. J'ai besoin d'y aller.

Il posa ses mains sur les épaules de Kristen.

— Tu sais ce qui va se passer, quand Jacob Conti va se rendre compte que son fils a été assassiné ?

Il la regarda en silence avant de poursuivre :

— Si tu vas sur la scène de crime et que les journalistes sont présents, ton visage passera en boucle dans les journaux télévisés. Surtout si l'on apprend qu'Angelo a été assassiné parce qu'il t'a attaquée verbalement… Conti cherchera à se venger de toi. Et c'est le genre de type qu'il vaut mieux éviter d'avoir pour ennemi. Je t'en supplie, reste ici. Fais-le pour moi.

Son regard était impérieux, mais ce fut l'émotion qu'elle perçut dans sa voix qui finit par la convaincre.

— D'accord, dit-elle. Je vais rester ici.

Le soulagement d'Abe était palpable, et il lâcha les épaules de Kristen.

— Je reviendrais te chercher pour aller dîner chez mes parents.

— A 16 heures, fit-elle.

Il se pencha pour l'embrasser.

— Appelle-moi en cas de problème, ajouta-t-il.

Kristen lâcha un soupir en entendant la porte d'entrée claquer. Elle avait de toute façon pris l'habitude de l'appeler, en cas de problème. Dans un éclair de lucidité, elle se remémora les paroles de la belle-sœur d'Abe et en perçut le sens. Ruth lui avait dit qu'il avait besoin de prendre soin d'elle et de la protéger. Pas besoin d'être fin psychologue pour savoir pourquoi. Abe avait assisté, impuissant, au meurtre de sa femme. Cet homme, qui était payé pour assurer la sécurité du public, n'avait pas été capable de protéger sa femme et de lui sauver la vie.

Maintenant, c'est moi qu'il veut protéger. Cette pensée avait quelque chose de réconfortant. Mais elle se demanda ce qu'il adviendrait lorsque ce cauchemar cesserait, et qu'elle n'aurait plus besoin de sa protection. Elle passa le bout de ses doigts sur ses lèvres, encore chaudes du baiser qu'ils venaient d'échanger.

J'en profiterai tant que ça durera, et je m'en contenterai.

Pour l'heure, il lui restait une pile de rideaux à coudre.

Dimanche 22 février, 11 h 30

Le point que le tueur avait marqué d'une croix sur la carte était un petit terrain, à une cinquantaine de mètres de l'endroit où la voiture d'Angelo Conti était entrée en collision avec celle de Paula Garcia. Très approprié, en effet. Ils trouvèrent une pierre tombale où étaient inscrits les noms de Paula Garcia et de l'enfant qu'elle portait, au moment de son décès. Abe sentit ses yeux s'embrumer tandis qu'il regardait ces noms gravés dans le marbre. Il ressentait à l'égard de Thomas Garcia une empathie que ses collègues policiers pouvaient difficilement éprouver autant que lui. Ils contemplaient la sépulture dans un silence pesant, que seul venait rompre le bruit des pelles.

— Berk, fit Mia d'un air dégoûté, lorsque les assistants de Jack époussetèrent la terre qui recouvrait le visage d'Angelo Conti.

Ce qu'il en restait, du moins.

Julia grimaça.

— On dirait que notre homme a carrément pété un plomb, cette fois, observa-t-elle.

Le corps fut exhumé avec soin. Abe le retourna doucement, dévoilant une série d'hématomes au niveau des reins.

— Un démonte-pneu ? se demanda-t-il à haute voix.

Julia s'agenouilla à ses côtés.

— Sans doute, dit-elle. J'aurai une idée plus précise quand j'aurai nettoyé le corps.

— Conti a frappé Paula Garcia avec un démonte-pneu, remarqua Mia. Et cette information n'a pas été fournie à la presse.

— Encore une fuite ? marmonna Abe. Super…

Julia était en train d'examiner le cadavre d'un air inquiet.

— Il s'est vraiment déchaîné, Abe. Ça fait longtemps que je n'ai pas vu un corps dans cet état-là. Il continue d'épier Kristen ?

Abe pinça les lèvres.

— C'est probable. Et on n'a toujours pas de piste sérieuse.

Julia haussa les épaules et lâcha un soupir qui se transforma en buée dans l'air glacial.

— Il faut voir le bon aspect des choses, dit-elle. Il a perdu son sang-froid. Peut-être n'a-t-il pas été aussi méticuleux que d'habitude, dans la suppression d'éventuels indices.

Elle fit signe à son assistant. Celui-ci glissa prestement le corps dans une housse mortuaire, qu'il ferma aussitôt.

— J'ai fini l'autopsie de Skinner hier soir, reprit Julia. J'ai trouvé du sang dans ses poumons.

Mia laissa échapper un petit grognement.

— Ça s'est donc bien passé comme on le pensait.

Julia hocha la tête.

— J'ai apporté à Jack des photos des marques, sur le crâne de Skinner. Il va essayer de déterminer avec quel genre d'étau elles ont été faites. Les rotules des genoux de Skinner étaient brisées, exactement comme celles de King, et la balle qu'on a retrouvée dans sa tête a été tirée après son décès.

Elle retira ses gants en latex et enfila une paire de gants en cuir.

— Ah, j'ai aussi fait un moulage en plâtre des traces de strangulation, sur la gorge de Ramey. Je l'ai également transmis à Jack.

— Bon travail, Julia, la complimenta Abe.

— Merci, dit-elle. Essayez de mettre la main sur ce tueur avant qu'il ne me donne de nouveau de l'ouvrage. J'ai rendez-vous ce soir avec un enfant de trois ans qui ne comprend pas pourquoi sa maman préfère découper des cadavres que lui tenir compagnie.

Elle le salua d'un petit geste de la main et s'éloigna.

Abe se tourna vers Mia.

— Elle a un enfant ? demanda-t-il.

— Un gosse adorable. Son mari l'a quittée, et elle doit jouer les mères célibataires, depuis.

— Ce doit être dur pour elle, dit Abe, en jetant un coup d'œil en coin à Jack.

Celui-ci était en train de regarder Julia tandis qu'elle donnait des instructions à ses assistants, affairés à charger le corps de Conti dans le véhicule de l'institut médico-légal.

— Et Jack ? Elle y pense ?

— Absolument pas, lâcha Mia en levant les yeux au ciel. C'est un amour à sens unique…

Elle prit un air narquois et ajouta :

— On ne peut pas en dire autant pour tout le monde.

A sa grande consternation, Abe sentit ses joues s'enflammer.

— Ça suffit, Mia, fit-il. Prenons quelques photos de cette scène de crime et allons-y. Je…

Il fut interrompu par un cri alarmé, se retourna et vit Julia plaquée contre sa voiture par un homme aux cheveux gris.

— Merde, pesta-t-il en se précipitant vers eux. C'est Conti.

Mais Jack l'avait devancé, et séparait déjà Conti et Julia lorsque Abe atteignit la voiture, suivi de Mia.

— Ne la touchez pas ! gronda Jack, prêt à frapper Conti.

Abe vint s'interposer.

— Calmez-vous, Jack, marmonna-t-il.

Jack fit un pas en arrière, tremblant de rage. Abe se tourna vers Conti, qui le regardait d'un œil égaré.

— Vous êtes sur une scène de crime, dit Abe. Je dois vous demander de vous éloigner.

— C'est son fils, bon sang ! s'écria un autre homme à la stature imposante.

Mia sortit son bloc-notes et demanda :

— Et vous, qui êtes-vous ?

— Drake Edwards, répondit l'homme. Je suis responsable de la sécurité de M. Conti. Nous voulons voir Angelo.

Mia inspira longuement.

— Nous avions prévu de vous informer de la mort de votre fils dans d'autres circonstances, monsieur Conti. Pour le moment, je crois qu'il vaut mieux que vous ne le voyiez pas.

Conti ferma les yeux et son corps se voûta, tandis que Drake Edwards lui posait un bras sur l'épaule, en geste de réconfort.

— Alors, c'est vrai ? murmura Edwards. C'est bien Angelo ?

Mia hocha la tête.

— Oui, monsieur. C'est ce que nous croyons.

Conti ouvrit les yeux en grand.

— C'est ce que vous *croyez* ? Vous n'en êtes pas sûrs ? Vous…

Il écarquilla les yeux en prenant conscience de l'horreur de la situation.

— Il l'a défiguré, hein ? reprit-il. Vous ne l'avez même pas reconnu !

Il se précipita vers le véhicule du médecin légiste, mais Edwards le retint par la manche, et lui murmura à l'oreille des mots qui le figèrent sur place. Conti lutta visiblement pour se maîtriser. Son visage se transforma de façon étonnante. Un instant plus tard, c'est un Conti livide, mais calme et posé, qui se tournait vers Julia pour lui demander :

— Quand pourrons-nous récupérer son corps ? Sa mère voudra l'enterrer…

— Quand le médecin légiste aura achevé son travail, dit sèchement Jack.

Julia lui prit le bras pour l'inciter à se calmer.

— Je ferai de mon mieux pour achever mon examen dans les plus brefs délais, promit-elle d'une voix un peu tremblante. Je compatis à votre chagrin.

Conti hocha la tête avec raideur et tourna les talons, toujours soutenu par son chef de la sécurité.

— Comment a-t-il su ? s'exclama Julia, encore sous le choc de l'altercation. Comment a-t-il su que c'était son fils ?

Tandis que la grosse limousine d'Angelo s'éloignait, Abe aperçut à l'arrière-plan Zoe Richardson qui les observait, et son cameraman qui filmait la scène. Sans le moindre scrupule.

— Voilà notre copine, annonça Julia à voix basse.

— Dites plutôt notre vautour, lâcha Abe d'un ton caustique.

— Une vraie garce, grogna Jack.

— Elle a un de ces culots ! lança Mia.

Abe alla à la rencontre de la journaliste. Il sentait monter en lui une fureur qu'il savait devoir maîtriser. Cette femme adorait jeter de l'huile sur le feu.

— Mademoiselle Richardson, dit-il, je dois vous demander de passer votre chemin. Ceci est une scène de crime et vous n'êtes pas autorisée à vous y trouver.

Elle fit mine de ne pas avoir entendu et demanda :

— Dr VanderBeck, avez-vous été blessée, lors de l'agression que M. Conti vient de commettre à votre encontre ?

Julia la regarda, bouche bée, comme si la journaliste était une extraterrestre.

— Pas de commentaires, dit sèchement Mia en se plaçant devant la caméra. Partez, maintenant, mademoiselle Richardson, ou je vous arrête pour entrave au déroulement de l'enquête.

— Mais…

— Tout de suite ! insista Mia.

Elle posa la main sur ses menottes, et le cameraman abaissa sa caméra.

— C'est bon, on s'en va, fit-il en jetant un regard en coin à Richardson.

Celle-ci avait l'air furieuse.

— Non ! gronda-t-elle. Nous restons. C'est vous qui entravez mon travail d'investigation, garanti par le premier amendement de la Constitution. Les gens ont le droit d'être informés.

— Et moi je dis qu'on s'en va, insista le cameraman.

Richardson se tourna lentement vers lui, l'air outré.

— C'est ça, déclara posément Abe. Fichez-moi le camp. Ouste !

Richardson le regarda d'un œil venimeux.

— Au fait, où est Mayhew ? demanda-t-elle.

— Hors de votre portée, répliqua Abe. Et, à moins que vous ne vouliez que je vous confisque de nouveau votre cassette, vous devriez suivre le conseil de votre collègue.

Il la regarda s'éloigner d'un pas furieux.

— Je hais cette femme, murmura-t-il.

Julia se redressa et dit :

— Je vous comprends… Bon, moi, je vais à la morgue, c'est plus calme qu'ici. Je vous appelle si je trouve quelque chose d'intéressant.

Elle se tourna vers Jack et ajouta doucement :

— Merci, Jack.

Elle se mit au volant de sa voiture et démarra, laissant Jack troublé par ces simples mots.

— Finalement, cet amour n'est peut-être pas si unilatéral que ça, murmura Mia en souriant.

14

Dimanche 22 février, 17 h 30

Etre invitée au dîner du dimanche chez les Reagan donnait l'impression à Kristen d'être au Kansas, au beau milieu d'une tornade. Deux téléviseurs étaient allumés, rivalisant de volume sonore. Rivés à l'écran de celui du salon, les hommes regardaient un match, qui leur arrachait des grognements tantôt indignés tantôt ravis. L'autre téléviseur était situé dans la cuisine, réglé sur une comédie sentimentale. Mme Reagan s'affairait dans la cuisine, préparant une purée de pommes de terre et surveillant la cuisson de son jambon. Chaque fois qu'elle ouvrait la porte du four, un arôme merveilleux s'en échappait. Kristen s'aperçut qu'elle mourait de faim.

— Ça sent bon, dit-elle à Rachel, qui était assise à côté d'elle, à la table de la cuisine.

Rachel y avait étalé quelques livres et un petit Dictaphone.

— Maman est la meilleure cuisinière de Chicago, s'exclama-t-elle. Toutes mes amies le reconnaissent, d'ailleurs.

Elle ouvrit son cahier à une page blanche et poursuivit :

— Merci de m'avoir accordé cette interview. Maman m'a dit que je ne devrais pas vous embêter avec ça, avec tout ce qui se passe en ce moment…

— Ça ne me dérange pas, affirma Kristen. Je devenais dingue chez moi, toute seule, à me tourner les pouces.

Une clameur éclata dans le salon.

— Je croyais que la saison du football américain était terminée, dit-elle.

Rachel tourna la tête pour jeter un coup d'œil dans le salon.

— Oui, la saison du foot est finie, mais en ce moment ils regardent un match de basket et un match de base-ball en même temps. Pour Noël, Sean a offert à papa l'une de ces télés avec fonction PiP où l'on peut regarder deux chaînes en même temps.

Elle esquissa un sourire juvénile et ajouta :

— Maman était furieuse… Bon, ça ne vous dérange pas, si j'enregistre ce que vous dites ?

— Tu crois que tu vas pouvoir entendre ce qui sera enregistré, avec ce brouhaha en fond sonore ?

— Bien sûr. J'ai grandi dans cette maison. Vivre sans cesse dans le bruit m'a permis de développer mes capacités auditives.

Rachel alluma son Dictaphone et annonça dans le micro :

— Ceci est un entretien avec la substitut du procureur Kristen Mayhew. Madame la substitut, pouvez-vous tout d'abord nous dire pourquoi vous avez choisi la profession de juriste ?

Kristen ouvrit la bouche, prête à débiter la phrase toute faite par laquelle elle avait l'habitude de répondre à cette question — et qui n'avait guère de rapport avec la vérité. Mais elle lut dans le regard bleu de Rachel quelque chose qui l'en dissuada.

— Ce n'était pas mon premier choix, dit-elle en toute franchise. J'ai commencé par suivre des études artistiques. J'ai même obtenu un diplôme élémentaire d'arts appliqués. Mais, alors que j'entamais ma deuxième année dans cette discipline, une personne qui m'était très proche a été victime d'un crime particulièrement grave.

Rachel écarquilla les yeux.

— Ah bon ? fit-elle. Qui donc ?

— Je préfère ne pas le révéler, par égard pour la vie

privée de cette personne. En tout cas, celui qui a perpétré ce crime n'a jamais été puni, et je me suis dit que c'était injuste.

— Vous êtes donc devenue juriste pour que ça change ?

Kristen regarda la jeune fille droit dans les yeux. Elle lui rappelait sa propre jeunesse, qui lui paraissait si lointaine.

— Oui, confirma-t-elle. C'est ce que j'aime à me dire, certains jours.

Rachel avait préparé une longue liste de questions. Kristen répondit scrupuleusement à chacune d'entre elles, tout en suivant des yeux Becca, qui s'activait dans la cuisine. Cela lui rappelait sa propre mère, autrefois, et des souvenirs aigres-doux vinrent lui trotter dans la tête.

Becca était en train de rouler de la pâte brisée lorsque la porte de derrière s'ouvrit, livrant passage à un homme vêtu d'un sweat-shirt des Bears et d'un jean délavé. Il était aussi grand et brun qu'Abe. Le nouvel arrivant déposa un baiser sur la joue de Rachel, et Kristen comprit aussitôt que c'était le second frère d'Abe. Elle avait été présentée à Sean, à son arrivée chez les Reagan. Cet homme devait donc être…

— Aidan ! s'écria Rachel en lâchant son stylo. On pensait que tu ne viendrais pas.

Aidan portait un cintre sur lequel était disposé un uniforme de la police de Chicago.

— J'ai dû échanger ce congé contre des heures sup, expliqua-t-il. Mais pour rien au monde je n'aurais raté le jambon de maman.

Il posa sa casquette sur la tête de sa sœur et abaissa la visière pour lui en couvrir les yeux.

— Alors ? demanda-t-il. Quoi de neuf, petite morveuse ?

Rachel releva la visière et dit :

— Je fais mes devoirs.

Le regard d'Aidan se porta sur Kristen, et elle sentit son œil bleu et froid la jauger avec méfiance.

— Je vois ça, lâcha-t-il. Vous êtes la substitut Mayhew, n'est-ce pas ?

Kristen était loin d'être certaine que ce titre plaide en

sa faveur auprès d'Aidan, mais elle lui tendit quand même la main.

— Appelez-moi Kristen.

Il lui serra la main et ajouta avec mauvaise grâce :

— Moi, c'est Aidan.

Ses yeux, si semblables à ceux d'Abe, se plissèrent.

— Pourquoi êtes-vous ici ? siffla-t-il.

— Aidan, intervint Becca, en le regardant avec une moue désapprobatrice. Qu'est-ce qui te prend ?

— Désolé, maugréa Aidan.

Mais, à en juger par son regard dédaigneux et sa mâchoire serrée, il était clair qu'il ne l'était guère.

— Aidan, fit la voix d'Abe, derrière Kristen.

Kristen se tourna vers lui sans réfléchir. Elle sentit son cœur bondir dans sa poitrine au souvenir du baiser qu'ils avaient échangé, lorsqu'il était revenu de l'exhumation d'Angelo Conti. Il portait encore son costume, mais il avait desserré le nœud de sa cravate et déboutonné son col de chemise, révélant un cou puissant et le haut d'une poitrine velue. Il fit un pas vers son frère et lui demanda d'une voix défiante :

— Il y a quelque chose qui ne va pas ?

Aidan regarda Abe, puis tourna les yeux vers Kristen, d'un air incrédule et méprisant. Kristen se demanda s'il avait deviné leur relation.

— Je trouve ça un peu fort, répondit Aidan.

— Qu'est-ce qui est un peu fort ? s'enquit Rachel.

— Tais-toi, Rachel ! ordonna sèchement Aidan. Dis-moi que ce n'est pas vrai, Abe.

Abe le dévisagea posément.

— Je ne comprends pas, dit Abe. Tu es poli avec nos invités, d'habitude. Qu'est-ce qui t'arrive ?

— Oh rien, trois fois rien, répliqua Aidan avec amertume. C'est juste que mon partenaire et trois autres collègues de notre commissariat ont été convoqués par la police des polices, hier. Il paraît que le bureau du procureur enquête sur certains flics, concernant la mort violente de tarés qui auraient dû passer sur la chaise électrique depuis longtemps.

Il lança un regard noir à Kristen et ajouta :

— Ce sont de bons flics, qu'on ne peut pas soupçonner de meurtre. Même du meurtre de criminels que vos services, en raison de leur incompétence, n'ont pas su faire condamner.

Kristen voulut protester, mais un regard d'Abe suffit à l'en dissuader.

— Et maintenant, reprit Aidan en s'adressant à Abe, tu as le culot de la ramener *ici* ! Eh bien, si c'est comme ça, moi, je me tire…

— Reste où tu es, intervint Becca, qui venait de se placer entre les deux frères. Tu ne pourras partir que quand tu te seras excusé auprès de l'invitée de Rachel.

Aidan écarquilla les yeux et regarda Abe en bredouillant :

— Je croyais… Je croyais que…

Abe esquissa un sourire.

— On peut dire que, *formellement*, c'est l'invitée de Rachel, précisa-t-il. Mais, la prochaine fois, ce sera bien moi qui l'inviterai.

Ravies, Becca et Rachel observèrent Kristen, dont les joues se mirent à rosir. Elle les ignora ostensiblement et se tourna vers Aidan.

— Je suis désolée d'apprendre que vos collègues ont eu des ennuis, dit-elle. Mais toutes les personnes qui ont été en rapport avec les dossiers concernés ont dû, en effet, être interrogées. Le personnel du bureau du procureur a subi ou va subir le même interrogatoire, moi y compris. Ceux qui ont un alibi pour l'heure du crime seront rayés de la liste des suspects. Les autres devront s'attendre à une enquête plus approfondie.

Elle leva les mains et les laissa retomber, avant d'ajouter :

— Je suis désolée. Sincèrement désolée…

Aidan hésita un instant avant d'incliner la tête.

— Bon, d'accord, grommela-t-il.

— Si on la fait manger au fond du jardin, toute seule,

tu serais d'accord pour qu'elle reste ? demanda Rachel d'un ton où l'ironie se mêlait au reproche.

Aidan leva les yeux au ciel et lança :

— Rends-moi ma casquette, petite merdeuse !

— Aidan ! intervint de nouveau Becca. Ne dis pas de gros mots dans ma cuisine !

— Va dans le salon dire des gros mots avec papa, fit Rachel en souriant.

Aidan hésita puis lui rendit son sourire, avant de se tourner vers Kristen, l'air sérieux.

— Excusez-moi, dit-il d'une voix calme. Mon partenaire était dans tous ses états, après son interrogatoire par l'inspection des services. On a tous peur que ça tourne à la chasse aux sorcières.

— Pas tant que je serai en poste, affirma Kristen.

Aidan se pinça les lèvres, semblant méditer cette promesse, avant de répondre :

— D'accord.

Il haussa un sourcil et ajouta :

— Bon, vous pouvez rester.

Dimanche 22 février, 20 heures

Elle s'est bien défendue, songea Abe avec fierté.

Kristen avait survécu à un repas de famille chez les Reagan. Le jambon avait été dévoré jusqu'à la dernière miette, et tous les convives s'étaient rassemblés dans le salon pour regarder un film. Tout se passait comme dans le bon vieux temps, et Abe en avait la gorge serrée. Sean était installé sur le canapé, et Ruth assise en tailleur par terre, avec son bébé, adossée aux genoux de son homme. Longtemps après la mort de Debra, Abe avait continué de trouver insoutenable la vue de ce couple uni. Ce n'était pas seulement dû à la forte ressemblance qui existait entre Ruth et Debra. Rien d'étonnant à cela, puisqu'elles étaient cousines germaines. C'était surtout leur évident bonheur qu'il avait du mal à supporter. Au fil des ans, Abe s'était peu à peu habitué à cette sensation de perte et de solitude. Il avait appris à vivre avec. Mais la présence dans la même pièce que lui de Ruth et de Sean, si heureux ensemble, lui avait longtemps, malgré son affection pour eux, fendu le cœur.

Jusqu'à aujourd'hui. Aujourd'hui, je ne suis plus seul. Aujourd'hui, j'ai présenté Kristen à ma famille, et elle s'est sentie à l'aise, comme si elle les connaissait de longue date.

A présent, elle était assise à côté de Rachel, dans la causeuse, et regardait une comédie avec Steve Martin que Sean avait louée pour l'occasion. Du canapé où il était assis avec son frère, Abe pouvait observer le visage de Kristen, complètement détendu, pour la première fois depuis cinq jours.

Elle suivait les péripéties du film avec attention lorsque Rachel se pencha pour lui chuchoter quelques mots à l'oreille. Ce devait être l'une de ces plaisanteries irrévérencieuses dont Rachel avait le secret, car Kristen éclata de ce rire un peu rauque que Reagan trouvait tellement merveilleux, et qui lui faisait battre le cœur.

Mais il aurait dû se douter qu'il ne serait pas le seul à éprouver un tel émoi.

En entendant Kristen rire, Ruth se tourna vers elle pour la fixer d'un air ébahi. Ses parents firent de même, visiblement peinés.

Abe aurait voulu pouvoir mettre la scène sur pause et exfiltrer Kristen de la pièce, avant qu'elle ne se rende compte de la réaction de sa famille. Mais il était trop tard : le mal était fait. Le sourire de Kristen s'évapora comme la rosée sous les rayons du soleil.

Elle se tourna vers Abe, de nouveau sur ses gardes.

— Qu'est-ce qu'il y a ? demanda-t-elle.

— Mon Dieu, murmura Ruth.

Puis elle secoua la tête et dit plus haut :

— Je suis désolée, Kristen. Je ne voulais pas être impolie,

mais… votre rire m'a rappelé celui d'une personne que j'ai bien connue.

Kristen se figea, les yeux toujours rivés sur Abe.

— Debra ? hasarda-t-elle.

Abe avait vu dans les yeux de cette femme de la peur et du courage, de la vulnérabilité et de la tristesse. A présent il y découvrait de la peine et de l'humiliation. Elle tirait visiblement des conclusions hâtives, et il se sentit transpercé comme par un poignard.

— Kristen…, commença-t-il.

Elle leva la main pour le faire taire, un sourire crispé sur les lèvres.

— Ce n'est rien, fit-elle.

Mais il n'était pas dupe, et voyait bien qu'elle était vexée. Elle se tourna vers le téléviseur et dit posément :

— Pouvez-vous rembobiner un peu, Sean ? J'ai raté un passage.

Sean s'exécuta. Ruth lança un regard contrit à Abe, et le film suivit son cours ; mais Steve Martin lui parut désormais beaucoup moins amusant.

Dimanche 22 février, 22 heures

Abe passa devant la voiture de patrouille qui montait la garde dans la rue et s'engagea dans l'allée de la maison de Kristen. Elle avait chaleureusement remercié les parents d'Abe pour ce succulent dîner, avait félicité Sean et Ruth sur la bonne mine de leur bébé, et avait souhaité à Rachel une bonne note pour son exposé. Mais, une fois dans le 4x4 d'Abe, elle s'était murée dans le silence, et à chaque kilomètre franchi il sentait son cœur s'alourdir. Il savait ce qu'elle avait dans la tête, et attendait avec impatience qu'elle rompe le silence.

Ce qu'elle finit par faire.

— Ce n'est pas grave, Reagan, dit-elle.

Il grimaça en l'entendant l'appeler par son nom de famille. Elle s'obstinait à détourner le regard, fixant d'un œil morose les fenêtres de sa maison, pourvues de rideaux neufs.

— Je comprends, poursuivit-elle.

— Qu'est-ce que tu comprends ? demanda-t-il en prenant la main de Kristen.

— J'ai compris, avant ce soir, que tu avais besoin de me protéger, de prendre soin de moi. Parce que tu as échoué à le faire avec Debra. Même si ce n'était en rien ta faute. Mais je n'avais pas compris que tu me voyais comme sa remplaçante.

Elle déglutit et tourna encore un peu plus la tête vers sa vitre.

— Mon amour-propre en a pris un coup, ajouta-t-elle avec une amère ironie.

— Tu n'es pas la remplaçante de Debra. Enfin, Kristen ! Regarde-moi !

Elle secoua la tête avec fermeté et ouvrit sa portière.

— Merci, dit-elle. J'ai passé une très bonne soirée, et ta famille est formidable. Appelle-moi demain, si tu as besoin de me voir au sujet de l'enquête. L'agent Truman veille sur moi. Je ne risque rien. Tout se passera bien pour moi.

Et c'est vrai, songea-t-elle. Elle avait subi des épreuves bien plus rudes que celle-là, après tout.

Elle claqua la portière du 4x4, s'attendant vaguement à ce qu'il la suive. Elle tenta de se convaincre qu'elle n'était pas déçue, lorsqu'elle constata qu'il n'en faisait rien. Il manœuvra son 4x4 hors de l'allée, faisant vrombir son moteur si fort que les voisins ne manqueraient pas de s'en plaindre. Elle pénétra dans sa cuisine, sans songer que c'était la première fois qu'elle rentrait chez elle non accompagnée, depuis cinq jours. Sans songer au baiser qu'ils avaient échangé la veille. Sans songer à Reagan.

La conclusion de cette histoire n'était pas si calamiteuse, finalement. Elle avait découvert qu'elle pouvait être embrassée par un homme sans prendre ses jambes à son cou — et qu'elle pouvait même mourir d'envie qu'il recommence. Le bilan n'était donc pas totalement négatif.

Elle posa son manteau sur l'une des chaises de la cuisine et posa les yeux sur sa théière. L'objet raviva un souvenir qu'elle voulait chasser de sa mémoire… Elle se dit qu'elle n'avait pas le courage d'en faire usage et qu'il valait mieux qu'elle s'abstienne de boire du thé, ce soir-là.

Au moins, son « humble serviteur » ne pourrait plus l'épier au travers de ses fenêtres. Celles-ci étaient désormais masquées par d'épais doubles-rideaux.

Elle entra dans sa chambre et referma la porte derrière elle, sans plus penser à Reagan.

Mais ce fut son nom qu'elle hurla lorsque la main surgit de l'obscurité et vint se plaquer contre sa bouche, étouffant ses cris. Elle se sentit plaquée contre un corps humain large et dur, et se débattit de toutes ses forces, labourant de ses ongles la peau de son agresseur. Elle l'entendit étouffer un juron, et la main se décolla de ses lèvres. Un bras puissant entoura aussitôt sa poitrine, comme un étau, l'empêchant de se débattre. Elle hurla de nouveau, distribua des coups de pied, sentit son talon heurter quelque chose de dur. Puis elle se figea, en sentant le froid contact du métal contre sa tempe.

Je vais mourir.

Des lèvres vinrent frôler l'une de ses oreilles.

— C'est mieux, comme ça, fit une voix grave. Maintenant, dites-moi comment il s'appelle.

Dimanche 22 février, 22 h 05

Elle a de bonnes raisons d'être vexée, se dit Abe en s'éloignant de la maison de Kristen. Une femme intelligente comme elle a l'habitude de raisonner. Malheureusement, en l'occurrence, elle s'était trompée. Elle n'était pas la remplaçante de Debra.

Il songea soudain qu'elle était rentrée chez elle toute seule.

J'aurais dû la suivre, inspecter ses placards, comme les autres fois.

Mais Charlie Truman montait la garde.

Abe se figea et sentit les poils de sa nuque se hérisser. Truman était-il vraiment là ? Il avait vu sa voiture, mais avait-il vu Truman ?

La panique l'envahit, et il fit demi-tour au beau milieu de la chaussée. Une voiture lui adressa un coup de Klaxon furieux, mais Abe était déjà loin. Il pila net à hauteur de la voiture de patrouille et bondit hors de son 4x4, pour jeter un coup d'œil à l'intérieur. L'habitacle était sombre et vide. Il tira sur la poignée de la portière, mais celle-ci était verrouillée. Truman n'était plus là.

Kristen !

— Oh ! merde ! s'exclama-t-il.

Il remonta l'allée en courant sur le verglas. Dans sa précipitation, il glissa, chuta, se releva d'un bond et se remit aussitôt à courir. La porte de la cuisine était verrouillée. Il tambourina des poings sur l'épais battant de bois en criant :

— Kristen !

Il fit le tour de la maison. La porte qui donnait sur le sous-sol était moins solide. Il entreprit de la défoncer, en se jetant de tout son poids contre l'obstacle, jusqu'à ce que le cadre se fende et que la porte cède enfin à ses assauts. Il pénétra dans la maison, gravit les marches de l'escalier quatre à quatre et se précipita dans la chambre de Kristen, l'arme au poing et le cœur battant.

Elle était à genoux sur la moquette, tête baissée, haletante, tenant à la main le téléphone sans fil de sa table de nuit. Il s'agenouilla à son côté et lui redressa doucement le menton. Ses yeux étaient écarquillés et vitreux.

Elle le fixa un instant, interloquée, puis regarda le téléphone qu'elle tenait à la main. Non sans ironie, le téléphone portable d'Abe se mit à sonner.

— Je viens de composer ton numéro, dit-elle d'une voix étrangement distante. Il est parti. Par la fenêtre…

Abe fonça vers la fenêtre, juste à temps pour voir une silhouette, toute de noir vêtue, courir au milieu du jardin enneigé. L'homme enjamba d'un bond la clôture, avec l'agilité d'un athlète, et détala à toute allure, disparaissant dans la nuit.

— Merde, grommela Abe.

Il aurait pu l'attraper, s'il était resté à l'extérieur. Même si c'était sans doute le fracas de la porte défoncée qui avait causé sa fuite… Abe se retourna et vit Kristen se relever avec difficulté. En deux enjambées, il se porta à son aide et la hissa dans ses bras. Il s'assit sur le lit, en serrant bien fort contre lui le corps tremblant de Kristen. Elle se blottit dans ses bras, s'agrippant aux revers de son manteau. Elle respirait vite, trop vite, et il se mit à la bercer doucement.

— Tout va bien, chuchota-t-il. Je suis là.

Il colla sa joue contre le front de Kristen.

Oh! mon Dieu, oh, mon Dieu… Je suis arrivé juste à temps.

Il inspira profondément, et se rendit compte que sa propre respiration était aussi irrégulière que celle de Kristen. Il sortit son téléphone de sa poche et composa le numéro du commissariat.

— L'agent Truman a disparu, dit-il.

— Il a été appelé pour une urgence, il y a une dizaine de minutes, lui répondit calmement le flic de permanence au standard. Une jeune fille a sollicité son aide, en lui disant que son grand-père était tombé dans son jardin et avait perdu connaissance. Il est parti avec elle porter assistance à ce monsieur. Que s'est-il passé, inspecteur ?

— La femme devant chez qui il était censé monter la garde vient d'être agressée dans sa propre chambre à coucher, pesta Abe. Appelez l'agent Truman immédiatement et dites-lui de retourner à son poste.

Il raccrocha et appela Mia. Elle décrocha à la première sonnerie.

— Qu'y a-t-il ?

— Kristen a été agressée.

Il entendit Mia se déplacer, ouvrir et refermer des tiroirs.

— Comment va-t-elle ?

— Pas très bien. Appelez Jack et dites-lui que je veux qu'il envoie ici une unité de scène de crime, le plus tôt possible. Je me charge de prévenir Spinnelli.

— Entendu. Où est l'agent chargé de sa protection ?

— Il a été appelé pour une urgence. Il sera bientôt de retour. Venez dès que vous pouvez.

Il raccrocha et jeta le téléphone d'une main tremblante sur le couvre-lit. Elle n'avait pas prononcé le moindre mot, depuis qu'il l'avait prise dans ses bras.

— Kristen, ma chérie, il faut que tu te concentres. Es-tu blessée ?

Elle fit signe que non et il eut un soupir de soulagement. Il sentit que son cœur se remettait à battre normalement.

— Bien, dit-il. A-t-il dit quelque chose ?

Elle hocha la tête.

— Quoi donc ? demanda Abe. Qu'a-t-il dit ?

Elle marmonna quelque chose contre la joue d'Abe. Il décolla doucement sa tête de celle de Kristen, et elle s'efforça vaillamment de maîtriser sa respiration.

— « Dites-moi… comment il s'appelle », bredouilla-t-elle.

Merde.

— Il voulait connaître le nom du tueur ?

Elle hocha la tête en fermant les yeux.

— Il avait… un pistolet, poursuivit-elle d'une voix haletante. L'acier du canon était… froid… Il l'a plaqué contre ma tête… Il a dit… qu'il n'hésiterait pas… à tirer…

Elle frissonna et s'agrippa de plus belle au manteau d'Abe.

— Et qu'il me ferait sauter la cervelle, reprit-elle. Il a dit que je recevais… des lettres… et que je devais donc forcément le connaître… Il a dit que c'était peut-être moi… qui l'avais engagé…

Zoe Richardson ! C'était elle, la responsable de cette

agression. Abe proféra un affreux juron et, chose incroyable, Kristen eut un sourire complice.

— Quel preux chevalier tu fais, fit-elle.

Sa respiration commençait à redevenir régulière.

Abe colla sa tête contre celle de Kristen et la serra bien fort dans ses bras.

— Qu'a-t-il dit d'autre ? s'enquit-il.

— Il a dit que si je ne le savais pas, il vaudrait mieux pour moi que je le devine… ou, sinon, des gens qui m'étaient chers le paieraient de leur vie.

Une sirène se mit à retentir dans le lointain. Abe lâcha Kristen et l'aida doucement à s'allonger sur son lit.

— Je vais aller inspecter les alentours, dit-il. Peut-être a-t-il laissé tomber quelque chose dans sa fuite.

— Mais tu n'y crois pas vraiment, hein ?

— Non. Reste ici. Je reviens tout de suite.

— Abe…

Il se tourna et vit qu'elle avait les yeux rivés sur ses mains.

— Fais venir un des assistants de Jack, dit-elle. Pour examiner mes ongles…

Elle leva la tête et regarda Abe avec un air satisfait.

— Je lui ai griffé le visage, expliqua-t-elle.

Abe ne put s'empêcher de sourire.

— Bien joué, jeune fille !

Il était fier d'elle.

Lundi 23 février, 00 h 30

C'était fini, à présent. Tous les policiers et les membres de l'unité de scène de crime étaient partis. Il ne restait plus chez Kristen qu'elle-même et Abe Reagan, face à face dans le salon. Abe lui tendit la main. Elle se jeta dans ses bras.

— Comment as-tu su qu'il fallait revenir ? demanda-t-elle en pressant sa joue contre son torse puissant.

Il la prit dans ses bras et s'installa sur le canapé, la plaçant sur ses genoux comme si elle avait été une petite fille. Il ne lui vint pas à l'esprit de protester.

Il retira les épingles de son chignon en quelques gestes prompts et précis. Elle laissa échapper un soupir de soulagement en sentant sa chevelure reprendre sa forme naturelle.

— Je me suis rappelé que je n'avais pas vu Truman, dans la voiture de patrouille, répondit-il.

Il haussa les épaules et précisa :

— J'avais un mauvais pressentiment…

— Merci, fit Kristen.

Elle eut un petit sourire en coin et ajouta :

— Je commence à m'habituer au rôle de la damoiselle en détresse, et tu joues à merveille celui du preux chevalier.

Il lui caressa la tête de sa grande main.

— Les deux rôles se complètent bien, non ? dit-il.

— En effet, convint-elle. D'ailleurs, c'est toi que j'ai appelé dès que ce salaud a filé.

— Plutôt que police secours…

Elle sourit et dit :

— Eh oui… Je savais que tu viendrais. Merci de veiller sur moi comme ça.

Il resta silencieux un long moment.

— Tu as eu de la chance, ce soir, finit-il par dire.

Elle préférait ne pas y penser.

— L'agent Truman sera-t-il sanctionné ? demanda-t-elle.

Abe secoua la tête, et Kristen se sentit soulagée. L'agent Truman avait l'air aussi accablé qu'elle, lorsqu'il avait regagné son poste, quelques minutes après l'arrivée d'Abe.

— Non, il n'a pas commis de faute. Comment pouvait-il se douter qu'on l'attirait loin de chez toi sous un prétexte fallacieux ? La fille qui lui a demandé de l'aide avait l'air sincèrement affolée.

— Qui est-elle ?

— Truman la décrira au dessinateur de portrait-robot, mais je ne crois pas que ça donnera grand-chose. En y repensant, il ne pouvait même pas affirmer avec certitude qu'il s'agissait d'une adolescente. Elle lui a raconté que son grand-père était sorti promener son chien, et qu'elle avait fini par s'inquiéter de ne pas le voir revenir. Elle a prétendu qu'il avait perdu connaissance et qu'elle l'avait trouvé face contre terre dans la neige, non loin de chez elle. Truman a mis sur le compte de la panique le fait que cette jeune fille n'ait pas appelé police secours. Il n'y avait évidemment pas de vieil homme évanoui...

— Pourquoi n'a-t-il pas utilisé sa voiture de patrouille, pour se rendre chez la jeune fille ?

— Elle lui a dit qu'elle habitait tout près, et que ce serait plus rapide de passer par les jardins adjacents. Elle était en larmes et semblait complètement hystérique. Et tout à coup, hop ! elle a disparu. Ne voyant pas de vieil homme à l'endroit où il était censé se trouver, Truman s'est retourné, et s'est rendu compte que la jeune fille s'était évaporée. Le temps qu'il s'aperçoive qu'il avait été berné, j'étais déjà de retour ici.

Kristen se blottit contre Abe tandis qu'il caressait ses boucles rousses. Elle sentait sa nervosité s'effacer peu à peu.

— Bon, dit-elle. C'est fini, et nous sommes tous les deux indemnes... Quelle journée !

Les doigts d'Abe se figèrent dans la chevelure de Kristen.

— Kristen, excuse-moi.

Elle ouvrit les yeux et vit qu'il la fixait d'un air penaud.

— Pourquoi ? demanda-t-elle.

— Pour la scène de tout à l'heure, en présence de ma famille. Oui, c'est vrai, par certains côtés, tu ressembles à Debra. Mais je te jure que je ne te vois pas comme la remplaçante de mon épouse décédée.

Elle le regarda droit dans les yeux, puis se blottit dans ses bras musclés. Elle se souvint de ce qu'elle avait ressenti, lorsqu'il s'était mis à tambouriner sur la porte de la cuisine.

Il était revenu. Pour elle.

— Ce n'est pas grave, dit-elle.

Il écarquilla les yeux.

— Vraiment ?

Elle hocha la tête.

— Abe, tu m'es venu en aide chaque fois que je t'ai appelé. Grâce à toi, j'ai recouvré des émotions que je croyais ne plus jamais éprouver. Pour tout cela, je te suis reconnaissante. Le fait que je ressemble à Debra est vraiment secondaire.

Elle plissa les yeux et ajouta :

— Mais si tu veux que je me coiffe comme elle, ou que je porte ses vêtements, je trouverais ça assez tordu, je te préviens tout de suite.

Il gloussa.

— Tu aurais l'air d'une gamine qui se déguise avec les vêtements de sa mère, si tu mettais les vêtements de Debra. Elle mesurait près d'un mètre quatre-vingts.

Kristen posa sa tête sur l'épaule d'Abe et sentit les bras de celui-ci resserrer leur étreinte.

— J'aime bien ta famille, Abe. Même Aidan.

Il se renfrogna.

— Aidan se comporte comme un idiot, parfois.

— Pas comme toi, hein ? railla-t-elle.

Il recula un peu pour la regarder dans les yeux.

— Pourquoi dis-tu ça ?

— Tu te souviens dans quelle colère tu t'es mis, quand j'ai inclus des flics dans ma liste de suspects potentiels ?

Il tira sur l'une des boucles de cheveux de Kristen.

— Tais-toi, répliqua-t-il, ou tu seras privée de massage.

Elle haussa les sourcils.

— Un massage ? Vraiment ? s'exclama-t-elle d'un ton réjoui.

— Je crois que tu en as bien besoin. Tu es encore toute contractée.

Elle le regarda avec intensité, songeant au contact de ses mains sur ses épaules et sur son dos, et elle se sentit fondre. Puis elle pensa au contact de ses mains… ailleurs. Et son ventre se contracta.

— Je te fais totalement confiance, tu sais ? dit-elle.

Le regard d'Abe s'embrasa. Il avait compris qu'elle fixait des limites au massage qu'il lui proposait.

— Tu peux compter sur moi pour ne pas en abuser. Ça me rend fou de ne pas en profiter davantage, mais tu peux te fier à moi. Ce sera un massage bien innocent. Sans plus. Mais je veux quand même quelque chose en échange...

Elle fit une moue et demanda :

— Quoi donc ?

— J'aimerais que tu me parles de ta famille. Je t'ai présentée à la mienne, y compris à mon crétin de frère. A ton tour de faire un pas vers moi.

Kristen lâcha un profond soupir. Sa famille était très différente de celle d'Abe. Mais, là encore, cela lui parut secondaire.

— J'ai été élevée dans une ferme du Kansas, à cent kilomètres du premier feu rouge. Je n'avais qu'une sœur, Kara.

— Tu m'as dit que ta sœur était morte dans un accident de voiture dû à l'alcool...

Elle sentit une douleur familière lui étreindre le cœur, comme si cela avait eu lieu la veille, et non une quinzaine d'années auparavant.

— J'avais seize ans à l'époque, et elle en avait dix-huit. Kara avait toujours été une enfant rebelle. Nous avons grandi dans une famille très...

Elle chercha le mot exact et reprit :

— ... très rigide. Mon père avait des règles strictes. Kara ne les supportait pas. A dix-huit ans, elle est partie en voiture avec des amis à Topeka, ce foyer de tous les vices...

Abe sourit à l'évocation de cette petite ville provinciale, peu réputée pour sa vie nocturne et le dérèglement de ses mœurs, et elle lui rendit son sourire d'un air complice.

— Quand on a vécu toute son enfance dans une ferme du Kansas, avec des champs de blé à perte de vue, même Topeka peut avoir de l'attrait...

Elle reprit son sérieux, tandis que les souvenirs défilaient dans sa tête.

— Kara se rendait à une fête, poursuivit-elle. Quoi qu'il en soit, mes parents ont reçu un appel de la police d'Etat en pleine nuit. Kara était morte…

Abe avait lui aussi recouvré son sérieux.

— Je suis désolé, murmura-t-il.

— J'étais bouleversée. Pour de multiples raisons. J'adorais ma sœur, et sa mort m'a profondément affligée. Elle me manquait terriblement. Elle me manque encore aujourd'hui. Et puis, mes parents ont beaucoup changé après sa mort. Mon père est devenu encore plus strict. Ma mère s'est mise à dépérir. Avant, elle modérait la sévérité de mon père. Mais, après la mort de Kara, elle est devenue… Je ne sais pas comment dire… Elle s'est complètement assombrie et laissée aller. Elle n'était plus la même.

— Tu devais sans doute lui en vouloir de s'occuper moins de toi, dit Abe.

Kristen réfléchit un bref instant à cette remarque.

— Oui, sans doute. Quand j'y repense aujourd'hui, je m'aperçois que je lui en voulais beaucoup, en effet. Le pire, c'est que mon père est devenu de plus en plus sévère avec moi. On aurait cru que c'était moi l'enfant rebelle à laquelle il fallait serrer la vis… Il ne me laissait pas sortir de la maison, sauf pour aller à l'école. J'étais privée de matchs, de bals, de toute la vie sociale des adolescents. Mais j'avais un professeur d'art merveilleux, au lycée. C'est lui qui m'a aidée à décrocher une place dans un programme d'études, à Florence, et c'est lui qui m'a trouvé une famille d'accueil, là-bas. C'est même lui qui en a parlé à mon père, pour lui demander son autorisation.

— Et ton père a dit non…

Kristen le regarda longuement. Il ne l'avait pas quittée des yeux pendant son récit.

— Il a dit non, en effet.

Elle haussa les épaules et reprit :

— Alors je me suis révoltée, et j'y suis allée quand même. J'avais dix-huit ans, j'étais majeure, et j'avais gagné l'argent nécessaire en faisant du baby-sitting, avant la mort de Kara. En outre, ma sœur avait mis de côté un petit pécule, avant de mourir. Je savais qu'elle aurait voulu que j'en dispose, et c'est ce que j'ai fait. C'est ainsi que j'ai pu acheter un billet d'avion pour l'Italie. Un aller simple. Je savais qu'il faudrait que je revienne aux Etats-Unis un jour, mais je ne prévoyais pas l'avenir à si long terme.

— J'ai du mal à t'imaginer agir sur un coup de tête, remarqua Abe.

Kristen songea à la jeune fille qu'elle avait été.

— Les gens changent, avec le temps, dit-elle. Pour résumer, quand je suis revenue d'Italie, je suis allée à la fac. Mon père n'avait pas changé, lui, alors je suis allée habiter ailleurs.

Ce n'était qu'en partie vrai, mais elle ne pouvait ni ne voulait en dire davantage pour l'instant.

Abe l'observa brièvement, et elle sut qu'il avait compris qu'elle dissimulait quelque chose. Mais il n'insista pas.

— Tu m'as dit que ton père était encore vivant. Quand l'as-tu revu pour la dernière fois ? demanda-t-il.

— Le mois dernier.

Abe haussa les sourcils.

— Le mois dernier ? s'étonna-t-il.

— Oui. Ma mère est dans une maison de santé.

Elle sentit sa gorge se serrer et précisa :

— Elle est à un stade très avancé de la maladie d'Alzheimer. Ça fait trois ans qu'elle ne me reconnaît plus. Mais je vais dans le Kansas une fois par mois pour lui rendre visite. Mon père y était, la dernière fois. En général, il évite d'y aller les dimanches prévus pour ma visite, mais ma mère avait passé une mauvaise nuit, et le personnel soignant lui avait demandé d'être là. Il est sorti de la chambre dès que j'y suis entrée. On peut donc dire que je l'ai vu, ou plutôt croisé, mais il ne m'a pas adressé la parole.

— Je suis désolé.

— Moi aussi. C'est dur pour moi de voir ma mère dans

cet état. J'ai été heureuse de voir la tienne, tout à l'heure, si active et si énergique. Après la mort de Kara, la mienne était trop déprimée pour communiquer avec moi. Maintenant, elle dépérit, allongée toute la journée sur son lit, perdue dans sa demi-conscience. Ce n'est plus ma maman depuis que j'ai seize ans.

Abe resta silencieux un instant.

— Quand j'allais voir Debra, au centre de soins palliatifs, je lui parlais pendant des heures sans savoir si elle m'entendait...

Kristen colla sa tête contre la poitrine d'Abe et reprit d'une voix lasse :

— Il m'arrive parfois d'espérer qu'elle meure, et l'instant d'après je me sens terriblement coupable.

Abel eut un bref soupir.

— Je connais ça, dit-il. Ça m'est arrivé souvent de souhaiter la mort de Debra, quand elle était inconsciente. Et, moi aussi, j'éprouvais des remords après de telles pensées.

— Vendredi soir, tu m'as dit qu'elle est restée cinq ans dans le coma.

Cinq ans à voir survivre la personne qu'on aime sans pouvoir communiquer avec elle, songea Kristen. *Quelle longue et cruelle épreuve !*

— Elle n'était pas dans le coma, elle était dans un état végétatif prolongé, précisa Abe. Ce n'est pas pareil. Debra était déjà en état de mort cérébrale, quand elle est arrivée aux urgences.

Kristen hésita avant de murmurer :

— Tu as songé à demander l'arrêt de l'assistance respiratoire ?

Il soupira de nouveau.

— Oui, avoua-t-il. Chaque fois que je la voyais, et même chaque fois que je pensais à elle... Mais je ne pouvais m'y résoudre. Tant qu'elle a vécu, j'ai repoussé cette idée. Mais ses parents auraient aimé que je prenne cette décision.

Kristen ouvrit de grands yeux.

— Normalement, ce sont plutôt les parents qui s'accrochent, dans ce genre de situation, répondit-elle.

— Pas ceux de Debra.

Son regard s'assombrit avant qu'il ne précise :

— Peu avant qu'elle ne meure, son père avait engagé une procédure judiciaire pour que la tutelle de Debra me soit retirée. Ses parents affirmaient qu'elle n'aurait pas voulu vivre dans cet état-là, et je savais bien qu'ils avaient raison. Mais elle était *vivante*…

— Et tant qu'il y a de la vie, il y a de l'espoir…

— Oui… La mère de Debra a eu un infarctus. Son père m'a dit qu'elle ne supportait plus de voir sa fille dans cet état, et que ça la tuait à petit feu. Il était bouleversé. Face à son désespoir, je n'ai pas su comment réagir. Mais je ne pouvais tout simplement pas faire ce qu'il me demandait. Il a donc entamé une procédure au tribunal pour devenir le tuteur de ma femme, un mois avant sa mort naturelle, due à une infection. Le décès est survenu avant la décision du juge. Depuis, ses parents et moi ne sommes pas vraiment en bons termes.

— Je comprends pourquoi, maintenant.

Il eut un long soupir.

— Debra et Ruth étaient cousines, expliqua-t-il. C'est comme ça que je l'ai rencontrée. Ce sont Sean et Ruth qui m'ont présenté Debra.

Kristen hocha la tête.

— Je comprends mieux ! dit-elle. C'est pour ça que Ruth en a parlé, quand elle est venue ici. Sa mère a invité les parents de Debra au baptême.

Abe sourit d'un air penaud.

— Bien vu, dit-il. Mais je serais encore plus impressionné si tu pouvais me dire de quoi je vais bien pouvoir leur parler, quand je les reverrai. Enfin… Assez de soucis comme ça, pour ce soir !

Il se leva, laissant le corps de Kristen glisser contre le sien jusqu'à ce qu'elle sente ses pieds toucher le sol. Il embrassa le front de Kristen, puis l'entraîna doucement vers la chambre à coucher.

— Un massage, déclara-t-il. Pas plus. Ensuite j'irai m'allonger sur le canapé, où j'aurai du mal à dormir.

— Pourquoi ? Il n'est pas confortable ?

— A vrai dire, répliqua-t-il d'une voix amusée mêlée de regret, ce n'est pas le canapé qui m'empêchera de dormir...

Elle se figea. Il fit un pas vers elle et elle sentit la chaleur qui émanait de son corps.

— Je suis navrée, lâcha-t-elle.

Et elle était sincère. Mais elle savait qu'Abe serait dépité par sa froideur, si elle l'accueillait dans son lit.

Il écarta les mèches rousses qui frisaient sur la nuque de Kristen et y déposa un baiser. Elle frissonna.

— Ne t'inquiète pas pour moi, murmura-t-il. J'étais sincère quand je t'ai dit que chaque chose devait venir en son temps.

Elle rassembla tout son courage et ajouta :

— Tu serais... déçu.

— Je ne crois pas. Mais ne t'en fais pas pour ça. Pour l'instant, il faut que je m'occupe des muscles contractés de ton dos. Et ensuite tu dormiras comme un bébé.

Il la poussa doucement vers le lit.

— Je te le garantis, promit-il.

Elle s'arrêta devant le lit, et posa timidement la main sur le col de son chemisier. Elle se sentait idiote. Bon sang, elle avait trente et un ans, quand même ! Ces pudeurs de vierge effarouchée n'étaient plus de son âge.

— J'ai juste envie que tu te détendes, chuchota-t-il. Tu m'as dit que tu me faisais confiance...

Elle inspira profondément et se coucha sur le ventre, tout habillée.

— C'est vrai, fit-elle.

Plus qu'à aucun autre homme de ma connaissance.

— Déplace-toi un peu sur le côté, fit-il en s'agenouillant près des hanches de Kristen. J'ai un aveu à te faire :

j'ai appris à masser pour pouvoir m'occuper de Debra, quand elle était inconsciente. Ces massages empêchaient ses muscles de s'atrophier. Et comme le centre de soins manquait de personnel…

Elle se raidit lorsqu'il posa ses mains sur son dos, mais il ne dit rien et se mit à lui malaxer la chair méthodiquement, au travers de l'étoffe de son chemisier, jusqu'à ce qu'elle commence à se détendre.

— Mm… Tu sais vraiment bien t'y prendre.

Il demeura silencieux et continua de lui masser les muscles de part et d'autre de la colonne vertébrale. Elle ne put réprimer un soupir d'aise, et se demanda ce que cela lui ferait si ces mains apaisantes étaient en contact direct avec sa peau.

Il cessa de la masser et dit d'une voix rauque, comme s'il avait lu dans ses pensées :

— Ce serait beaucoup mieux si tu enlevais ton chemisier.

Elle déglutit et resta immobile, gardant le silence.

— Tourne-toi, souffla-t-il.

Elle retira son chemisier, fut tentée de défaire son soutien-gorge, se ravisa… et se remit à plat ventre.

— Voilà, dit-il. Comme ça.

Elle attendit avec impatience le premier contact des mains d'Abe sur sa peau nue. Elle frissonna lorsqu'il se remit à la masser et lâcha un long soupir. Il avait raison. Cela lui faisait un bien fou, et c'était en effet beaucoup plus agréable ainsi.

— Tu as un très joli dos, observa-t-il doucement.

Elle frissonna un peu, mais pas de froid. Au contraire. Elle avait chaud partout où il la touchait, et même partout où il ne la touchait pas. Elle sentit ses mamelons durcir contre le coton du soutien-gorge, et ses cuisses frémir de manière presque douloureuse.

Cambrant subitement les reins, elle enfonça son bas-ventre dans le matelas.

Il marqua une pause et demanda :

— Je t'ai fait mal ?

— Non.

Pas au sens où il l'entendait, en tout cas. C'était plutôt une pulsion qu'une douleur, un besoin que seul cet homme pouvait satisfaire.

Je veux qu'il me touche encore.

Elle poussa un petit gémissement, et Abe cessa brusquement de lui malaxer les omoplates.

Il avait compris ce qu'elle désirait. Bon sang ! Lui aussi avait du mal à penser à autre chose... Il mourait d'envie de la caresser. Mais il fallait qu'il soit fort. Il lui avait promis de s'en tenir à un massage conventionnel, et n'avait qu'une parole.

Pourtant, il voyait ses seins gonflés par le désir, prêts à déborder du soutien-gorge. Ses reins nus, offerts.

Il se sentait prêt à la posséder comme jamais auparavant.

S'efforçant de rester maître de ses pulsions, il couvrit de la couette cette chute de reins si tentante.

Mais il allait une fois de plus avoir du mal à dormir, cette nuit-là.

Il se leva et vit qu'elle respirait régulièrement, profondément. Ses longs cils bordaient ses paupières closes et frémissaient sur sa peau laiteuse, tels de minuscules éventails. Il se pencha et lui embrassa la joue.

— Dors bien, dit-il tout bas.

Il allait se redresser, lorsque la main de Kristen lui agrippa le poignet.

— Ne t'en va pas, fit-elle.

Les yeux d'Abe se posèrent inévitablement sur ses seins. Il maudit en son for intérieur ce soutien-gorge, qui lui masquait un spectacle qu'il devinait délicieux.

Il fallait qu'il sorte de cette chambre. Tout de suite.

Il secoua la tête.

— Je dormirai par terre dans le couloir, juste de l'autre côté de la porte de ta chambre, affirma-t-il. Tu peux dormir tranquille.

— Ne t'en va pas, répéta-t-elle.

Elle lui serra le poignet un peu plus fort et ajouta :

— Je t'en supplie.

— Kristen, je…

Il soupira et dégagea avec délicatesse son poignet des doigts crispés de Kristen.

— Il faut que tu dormes, dit-il. Et je ne peux pas rester dans cette chambre. Je te l'ai promis…

— Je sais.

Elle agrippa la chemise d'Abe et se redressa vivement, pour s'asseoir sur le bord du lit. De sa main libre, elle lui saisit de nouveau le poignet, et porta la paume de sa main à ses lèvres.

Il ne put réprimer un petit grognement.

— Kristen, laisse-moi sortir de cette pièce. Tout de suite.

— Non.

Elle lui prit la main et la plaqua contre son cœur battant.

— Tu ne peux pas comprendre, reprit-elle. Je n'aurais jamais cru que je ressentirais ce que je ressens en ce moment.

Elle leva les yeux vers lui, et son regard, exempt de toute crainte et de toute méfiance, était absolument bouleversant. Sans détourner les yeux, elle plaça la main d'Abe sur le bonnet gauche de son soutien-gorge. Puis elle posa sa main sur la sienne, le forçant doucement à tenir son sein en coupe entre ses doigts.

— C'est toi qui me fais cet effet, et toi seul, chuchota-t-elle d'une voix à peine audible.

Elle posa la main sur sa cuisse et ferma les yeux, comme pour savourer cet instant.

Il comprit alors qu'il ne pouvait refuser cette invitation au plaisir. Il s'assit à côté d'elle et se mit à lui caresser le sein, effleurant du pouce son mamelon, qui pointait sous le coton.

— Tu es si belle, murmura-t-il.

Il se pencha pour l'embrasser sur la bouche. Elle se mit à lui caresser la nuque, et il prolongea son baiser, enfonçant sa langue dans la bouche offerte de Kristen. Il se mit à lui caresser le sein droit, et elle lui facilita la tâche en se tournant légèrement vers lui.

Abe fut frappé par sa grâce et son innocence.

Quel que soit le passé de cette femme, ce qu'elle ressent en ce moment est complètement nouveau pour elle.

Il se pencha davantage et couvrit ses seins de baisers, au travers de l'étoffe du soutien-gorge. Il éprouva une grande fierté en l'entendant gémir de plaisir, comme s'il venait d'accomplir un exploit inouï…

Et, peut-être, en effet, était-ce bien le cas.

Elle colla sa poitrine contre le visage d'Abe et il ouvrit la bouche pour lécher avidement l'un de ses mamelons, regrettant que le coton y fasse obstacle. Mais elle tira subitement d'un coup sec sur l'étoffe, et l'obstacle disparut. Il plaça ses lèvres autour du mamelon érigé et se mit à le sucer goulûment.

Elle se mit à gémir, chuchotant son nom. Abe sentit son cœur battre à tout rompre. Il avait envie d'elle. Il avait envie de la voir nue, envie de se fondre en elle, envie de la sentir frémir dans ses bras en murmurant son nom.

Avant de prendre conscience de ce qu'il faisait, il glissa sa main plus bas. Ses doigts cherchèrent, trouvèrent, conquirent.

Un petit halètement effarouché le surprit, et il leva la tête. La panique et la confusion se mêlaient à la passion dans les yeux de Kristen.

— Ce n'est que ma main, c'est tout, dit-il. J'arrête tout de suite, si tu veux…

Elle plissa les yeux et posa une fois de plus sa main sur celle d'Abe, l'empêchant de s'en aller.

— Non je ne veux pas, murmura-t-elle.

Il sourit.

— Comme tu veux, ma belle, ajouta-t-il docilement.

Elle ferma les yeux et serra les lèvres. Sa main lâcha celle d'Abe et s'accrocha à la couette. Elle fronça les sourcils, se concentrant avec une application naïve qui arracha un sourire à Abe. Il frotta sa paume contre son pubis, tout en observant son visage qui s'adoucissait sous l'effet du plaisir. Comme elle était belle, en cet instant ! Il la caressa sans dire un mot, pour la laisser savourer sa jouissance. Elle ouvrit de grands yeux ébahis et il y lut autant de stupéfaction que d'insistance.

— Encore, fit-elle tout bas. Ne t'arrête pas.

Il serra les dents pour contenir les pulsions de son propre corps.

Pas cette fois, pensa-t-il. *Cette fois, c'est pour Kristen.*

— Je n'en ai pas l'intention, répliqua-t-il.

Il continua à la caresser. Elle se mit à se déhancher et à haleter de plus en plus vite. Arc-boutée contre le matelas, elle se figea soudain complètement. Puis elle lâcha la couette et saisit la main d'Abe, la serrant de toutes ses forces. Abe se dit qu'il n'avait jamais rien vu de plus excitant que Kristen en plein orgasme. Elle se laissa retomber sur le matelas, haletante.

L'érection d'Abe était devenue douloureuse. Et son désir ne fit que s'accroître lorsqu'elle ouvrit les yeux.

— J'y suis arrivée, sussura-t-elle, émerveillée. J'y suis vraiment arrivée.

Il esquissa un sourire, malgré les tiraillements impatients qui lui vrillaient l'aine.

— Oui, ma chérie, tu y es arrivée.

— Merci.

Il comprit, au ton de sa voix, que cela dépassait de loin la simple gratitude. C'était visiblement un tournant dans la vie de cette femme. Il était humblement satisfait d'avoir partagé ce moment avec elle.

Mais il espérait aussi qu'un autre tournant du même genre surviendrait vite, très vite… Il n'était pas sûr de pouvoir résister à la tentation, la prochaine fois qu'elle aurait du plaisir.

Il écarta les mèches folles qui lui balayaient les joues.

— De rien, dit-il.

Elle eut un petit soupir.

— Mais toi, tu n'as pas…

Il l'embrassa sur la bouche et répondit :

— Non, je n'ai pas joui, mais ce n'est pas grave.

Elle se mordit la lèvre.

— Je suis désolée.

Il posa un doigt sur les lèvres de Kristen.

— N'en parlons plus. Ce n'est vraiment pas grave, te dis-je.

— Abe…

Ses yeux verts s'emplirent de larmes.

— Je suis désolée, répéta-t-elle. Je…

— Chut.

Il la prit dans ses bras et l'installa sur ses genoux, pour la deuxième fois de la soirée. Il s'attendait vaguement à une telle réaction, mais les larmes de Kristen ne lui en fendirent pas moins le cœur. Elle colla sa joue trempée contre la poitrine d'Abe et se mit à trembler.

— J'avais si peur, dit-elle.

Il lui embrassa le front et demanda :

— De moi ?

Elle secoua la tête.

— Non, répondit-elle. Pas de toi. J'avais peur de ne pas pouvoir…

Elle haussa une épaule et ajouta :

— Tu sais bien quoi.

Il le devinait, et maudit mentalement celui qui avait fait perdre à cette femme toute confiance en son corps — celui qui lui avait fait du mal.

Celui qui lui avait fait du mal. Quel euphémisme…

Il était flic, il avait vu bien des horreurs, et pourtant il avait du mal à prononcer le mot qu'elle n'oublierait jamais.

Le mot « viol ». Elle avait été violée, c'était évident.

Il n'avait qu'une envie : découvrir qui l'avait blessée ainsi et lui arracher les tripes à mains nues.

— Tu veux en parler maintenant ? demanda-t-il doucement.

Il la sentit se raidir. Elle secoua la tête de nouveau, avec plus de véhémence, cette fois.

— Non, fit-elle. Non, pas maintenant.

Abe l'étreignit affectueusement.
— Alors, dors.

Lundi 23 février, 1 h 30

Il avait perdu la maîtrise de lui-même, avec Conti. Il ne fallait pas que cela se reproduise. Non pas que cette ordure n'ait pas mérité de se faire massacrer de la sorte — il aurait mérité bien pire. Mais c'était dangereux. A coup sûr, il avait laissé des indices, sur le corps de Conti.

Mais ce qui était fait était fait.

J'aurais pu me contenter de l'enterrer sans prévenir personne, laissant sa famille se morfondre dans l'incertitude, songea-t-il.

Mais, en agissant ainsi, il se serait privé d'un dénouement qui lui était précieux. Le monde entier savait à présent qu'Angelo Conti avait été châtié pour avoir tué Paula Garcia et l'enfant qu'elle portait, bafoué le système judiciaire américain, et dénigré la substitut Kristen Mayhew. Désormais, la racaille qui défilait au tribunal y réfléchirait à deux fois, avant de la diffamer publiquement.

Il se déplaça légèrement, cherchant une position plus confortable sur le toit en béton. Il avait fallu qu'il trouve un nouveau toit de guet. Qui aurait cru que les policiers parviendraient à localiser le précédent, grâce à la voiture de Skinner ? Il devait reconnaître qu'ils s'étaient montrés efficaces. Mitchell et Reagan n'étaient pas des crétins. Surtout ce Reagan. Il fronça les sourcils.

Reagan avait accouru pour venir en aide à Kristen, lorsqu'elle avait été agressée par ces voyous, au volant de sa voiture. Kristen s'était blottie dans les bras du flic comme si elle le connaissait depuis toujours, alors même qu'ils ne s'étaient rencontrés que quelques jours auparavant.

Il espérait sincèrement que Reagan n'était pas du genre à profiter des bonnes dispositions de Kristen à son égard. S'il était assez stupide pour tenter d'abuser d'elle, il ne tarderait pas à s'apercevoir qu'elle avait un allié puissant, un humble serviteur tapi dans l'ombre.

Ah, enfin! Il commençait à craindre que sa cible ne se soit ravisée. Et voilà qu'elle arrivait.

Après avoir dérogé à ses propres règles pour châtier le jeune Conti, il avait recommencé à piocher dans son bocal à poisson et avait repris sa quête. La cible de ce soir avait été facile à appâter. Il avait rejoint Arthur Monroe dans un bar et avait sympathisé avec lui en lui payant une bière. Puis il s'était vanté de détenir une forte quantité de cocaïne pure, et avait proposé de lui en céder un peu à vil prix.

Et il se trouvait maintenant à l'endroit fixé pour le rendez-vous.

Cet appât avait admirablement bien fonctionné jusque-là : c'est ainsi qu'il avait réussi à attirer dans son traquenard toutes ses cibles — sauf Skinner, avec qui il avait fallu employer un autre stratagème. Il lui avait promis des informations susceptibles de discréditer une victime, qui accusait l'un des clients de Skinner de harcèlement sexuel. Il eut une moue de dégoût en y repensant. Le meurtre de Skinner avait vraiment été un bienfait pour l'humanité.

Mais, ce soir, il fallait qu'il s'occupe d'Arthur Monroe. Cet homme avait justifié l'abus sexuel infligé à la fille de sa petite amie en affirmant que la gamine de cinq ans l'avait « aguiché » et qu'il n'avait « pas pu se contrôler ». Kristen avait tout fait pour que Monroe ait un procès, mais la mère de la victime avait retiré sa plainte, refusant de laisser sa fille témoigner.

Il serra les dents en cadrant Monroe dans la lunette de son fusil. Dans la plupart des cas de ce genre, les parents refusaient que leur enfant témoigne, afin de leur épargner une exposition médiatique qui ne pouvait qu'aggraver leur traumatisme. Mais la mère de cette petite fille ne voulait tout simplement pas que son compagnon aille en prison. Au grand dam de Kristen, le juge qui suivait cette affaire s'était rangé à l'avis de la mère, et avait prononcé une sentence clémente, mettant ainsi fin à la procédure judiciaire.

Il connaissait déjà Kristen, à l'époque, et se souvenait très bien de ce jour-là. Cette affaire avait porté un coup terrible à la substitut. Elle avait présenté au juge des réquisitions qui ne laissaient aucun doute sur l'atrocité des faits commis, mais le juge les avait rejetées, condamnant Monroe à une simple mise à l'épreuve, assortie de l'obligation de suivre une thérapie.

Une mise à l'épreuve ! Pour avoir abusé d'une fillette de cinq ans ! Il sourit avec amertume, tout en suivant dans sa ligne de mire l'homme qui traversait la rue. Ce soir, il allait régler son compte au pédophile. La prochaine fois, qui sait ? il piocherait peut-être le nom d'un juge dans le bocal à poisson.

Il inclina légèrement la lunette, de manière à viser les genoux de Monroe. Il voulait qu'il paie chèrement son crime, et rechignait à lui loger une balle dans la tête. Il aurait voulu qu'il souffre, avant de mourir. Mais la vision de ses propres mains ensanglantées, après le traitement féroce qu'il avait infligé à Conti, lui traversa l'esprit.

Mes mains sanglantes, et pas de gants.

Quelle erreur stupide ! Il était hors de question de prendre des risques, cette fois-ci. Il fallait absolument qu'il conserve la maîtrise de lui-même. Les policiers savaient déjà que le panneau du fleuriste sur sa camionnette était faux, et ils avaient retrouvé une balle. Heureusement qu'elle était trop endommagée pour être identifiable…

Mais ce n'était que partie remise. Tôt ou tard, les enquêteurs finiraient par comprendre qui il était.

Dépêche-toi ! Il y a tant d'autres noms dans le bocal…

Il remonta la lunette, visa le front de Monroe, et appuya doucement sur la détente.

Neuf de moins.

Mais un millier d'autres méritaient le même sort.

15

Lundi 23 février, 5 heures

— Réveille-toi…

Kristen entendit une mouche bourdonner et la chassa d'une main molle.

— Kristen, réveille-toi !

Mais non, ce n'était pas une mouche, c'était une voix. Celle d'Abe. Elle se mit sur le dos et écarquilla les yeux. Abe était assis au bord de son lit. Il avait l'air inquiet. Et incroyablement séduisant. Sa chemise était à moitié déboutonnée, ce qui laissait entrevoir sa poitrine. Elle savait combien cette poitrine était ferme et puissante. Elle avait senti sa force, chaque fois qu'elle s'était blottie contre lui. A présent, elle se demandait ce que cela ferait, de caresser cette large poitrine. Cela plairait-il à Abe ? Gémirait-il doucement de plaisir ?

Tandis qu'elle se posait ces questions, il leva la main pour écarter délicatement quelques mèches qui balayaient son front, et son geste était si tendre qu'elle faillit en soupirer d'aise.

Ses mains étaient si douces. Si belles. Elle changea de position et sentit un frisson lui parcourir l'entrejambe. Elle savait à présent avec certitude que ce frisson pouvait aller au-delà d'une simple frustration. Bien au-delà…

C'est donc cela, l'orgasme, songea-t-elle.

La sensation de son premier orgasme, la nuit précédente, avait tout simplement été… indescriptible. Exaltante. Grisante. Fascinante.

J'y suis arrivée. J'ai fini par y arriver.

Et elle avait hâte de recommencer.

Comment s'y prend-on, pour formuler une telle requête ?

Et, si elle lui proposait de recommencer, n'allait-il pas en demander davantage ? Car, forcément, il voudrait… aller plus loin. Et, quoi qu'il en dise, il serait inévitablement déçu. La sensation de chaleur qui irradiait les cuisses de Kristen s'évanouit brusquement.

Tant pis…

Il se pencha vers elle et demanda :

— Tout va bien ?

— Très bien.

Il plissa les yeux.

— On ne dirait pas. Tu ne devrais pas aller travailler, aujourd'hui.

— Mais il le faut, j'ai une audience à 9 heures.

Elle se redressa péniblement et eut un petit gémissement de douleur.

— J'ai l'impression d'avoir été percutée par un camion, dit-elle.

— Tu es encore sous le choc. Tu viens d'être agressée et menacée avec un pistolet.

L'estomac de Kristen se contracta, et elle jeta un coup d'œil par la fenêtre. Elle avait presque oublié cette agression, c'était quand même incroyable !

Sa première pensée avait été pour Reagan et la douceur de ses mains…

— Tu es en sécurité, maintenant, poursuivit Reagan d'une voix apaisante. Tu n'as plus à avoir peur.

Mais elle n'avait pas peur. Aucun homme ne lui avait jusque-là procuré cette sensation de sécurité. Abe y était parvenu.

Elle le regarda droit dans les yeux.

— Je sais, dit-elle. Merci.

Le regard inquiet de Reagan se fit brusquement plus intense, et Kristen sentit son corps s'enflammer et frémir, presque douloureusement. Elle vit la gorge et la mâchoire de Reagan se serrer. Mais il n'esquissa pas le moindre geste pour la toucher.

Dommage…

Elle était au lit. Avec un homme. Et elle n'avait pas peur.

Sans le quitter des yeux, elle esquissa un sourire.

— Bonjour, fit-elle.

Les narines de Reagan frémirent et elle l'entendit inspirer profondément.

— Bonjour, répondit-il.

Il aurait besoin de se raser, songea-t-elle.

Une barbe naissante couvrait ses joues et son menton. Elle effleura du bout des doigts les lèvres de Reagan, et constata combien elles étaient douces.

Le regard de Reagan se fit plus tendre.

— Tu es si belle, chuchota-t-il.

Elle se força à inspirer lentement et dit :

— Non, ce n'est pas vrai.

Il lui embrassa le poignet, et elle se demanda s'il sentait son pouls s'accélérer. Il se pencha jusqu'à frôler son visage. A cette distance, elle pouvait mieux voir le bleu intense de ses yeux.

— Mais si, c'est vrai, insista-t-il.

Puis il pencha la tête et elle sentit ses lèvres se coller aux siennes. Et son cœur se mit une nouvelle fois à s'emballer follement.

Le désir montait en elle par vagues irrépressibles. Elle s'entendit gémir de plaisir, et il dut l'entendre aussi, car il se mit à l'embrasser avec plus de fougue, tout en la pressant contre son oreiller. Elle tendit les mains, trouva les épaules de Reagan et s'y agrippa. Elle y sentit une raideur, une crispation singulière. Elle se rendit compte qu'il se retenait. Il ne la touchait qu'avec la bouche, prenant bien garde de maintenir le reste de son corps à distance. Il ne la forçait pas, ne se jetait pas sur elle comme une bête. Il était excité, fort et puissant, mais restait doux et attentionné. Et Kristen trouvait d'autant plus excitant ce contraste entre l'ardeur de son baiser et la modération de ses gestes.

Il acheva son baiser sans vraiment l'achever, couvrant de petits baisers ses joues, son menton et son front.

— Tu es très belle, Kristen, lui chuchota-t-il à l'oreille.

Elle frissonna, tendit le bassin vers lui, ne rencontra qu'une couette et du vide. De plus en plus tendu, il recula et reprit sa position initiale. Elle ouvrit les yeux et vit qu'il la regardait fixement, en haletant légèrement.

C'est donc ça, ce qu'on appelle « désir », se dit Kristen. *Ça me plaît vraiment.*

— Comment fais-tu ça ? demanda-t-elle d'une voix rauque.

Il haussa les sourcils.

— Ça te plaît ? demanda-t-il.

Elle sentit la chaleur de ses joues, et sut qu'elles étaient plus rouges qu'une pivoine.

— Oui, fit-elle doucement.

— Tant mieux ! s'exclama-t-il avec une telle satisfaction qu'elle se mit à sourire.

Elle referma les yeux et rassembla tout son courage avant de dire :

— Ça me donne envie d'aller plus loin…

Il y eut un bref silence.

— Tant mieux ! répéta-t-il, et, cette fois, c'était sa voix à lui qui devenait rauque.

Il lui effleura les lèvres du bout des doigts, puis se leva en faisant grincer le sommier. Elle le suivit des yeux, et sentit sa gorge s'assécher en remarquant la protubérance qui enflait sa braguette.

Sa poitrine n'est pas la seule partie de son corps qui soit dure, songea-t-elle.

Et cette pensée ne la rebuta pas. Au contraire.

Il reprit la parole d'un air décidé.

— Il faut que tu te lèves, maintenant. Je dois passer chez moi pour me laver, me raser et me changer, avant de t'emmener au travail.

Elle ouvrit la bouche pour dire qu'elle pouvait très bien y aller toute seule, mais se ravisa. Il ne fallait pas pousser la fierté jusqu'à la bêtise. Et elle était loin d'être une idiote.

— D'accord, fit-elle.

Lundi 23 février, 8 heures

Spinnelli avait l'air inquiet, et Abe pensa qu'il avait toutes les raisons de l'être. Ils n'avaient aucune piste tangible.

Son supérieur était appuyé contre la table de la salle de réunion, le visage morose.

— Bon, je vais essayer de résumer la situation, dit-il.

Il leva une main et se mit à compter sur ses doigts.

— Premièrement, nous avons deux nouveaux cadavres sur les bras. Deuxièmement, l'une des substituts les plus en vue de la ville a été agressée à deux reprises, dont une fois chez elle. Troisièmement, la chasse aux avocats de la défense est ouverte…

— Ça, ce n'est pas un drame, maugréa Mia.

Spinnelli la fit taire d'un regard furieux.

— Quatrièmement, poursuivit-il, le capitaine a reçu des appels de Jacob Conti une trentaine de fois dans le week-end parce que le médecin légiste est en train, d'après Conti, de charcuter son fils une seconde fois… Et, cinquièmement…

Il écarta bien les cinq doigts de sa main tendue et reprit :

— Nous n'avons pas le moindre suspect à nous mettre sous la dent.

Mia gigota sur sa chaise et soupira :

— Triste constat, mais c'est tout ce qu'il y a de plus vrai, malheureusement.

— Kristen a griffé son agresseur, hier soir, dit Abe. Qu'en est-il des résidus organiques prélevés sous ses ongles ?

Assis derrière Mia, Jack haussa les épaules.

— Je peux obtenir un échantillon d'ADN, mais tant qu'on n'a pas de suspect je ne peux le comparer avec rien.

Spinnelli fixait le tableau blanc d'un air abattu.

— Est-ce que Julia a trouvé des éléments de preuve, sur le corps de Skinner ? demanda-t-il. Pas de cheveu, de fibre ?

Jack secoua la tête.

— Rien. J'ai trouvé quelques traces, sur les vêtements de Skinner : de la terre et quelques résidus industriels, provenant de l'ancienne usine où il a sans doute été abattu. J'ai comparé ces traces avec le site où l'on a trouvé la balle, et je peux vous confirmer que Skinner s'y est bien rendu. L'étau dont le tueur s'est servi pour immobiliser la tête de Skinner était si serré que la chair a conservé une empreinte du numéro de modèle. Julia a pu teinter la peau, pour que je prenne une photo précise. C'est un étau de marque Craftsman.

— Une marque connue pour la solidité de ses produits, marmonna Mia. Tous les papas bricoleurs en demandent pour Noël...

— Oui, moi-même, j'ai un étau de cette marque chez moi, grommela Spinnelli. Ma femme me l'a offert pour équiper mon atelier.

— Je pense que la moitié des ateliers de Chicago en sont pourvus, observa Jack.

— Et la balle ? lança Spinnelli.

— Nous l'avons montrée à tous les armuriers de la ville, dit Mia. Aucun d'entre eux n'a reconnu le poinçon. La balle est trop endommagée. Selon eux, plus personne ne s'entraîne dans les stands de tir avec des balles fabriquées artisanalement. Mais j'ai pensé...

— Incroyable ! la coupa Spinnelli d'un ton sarcastique.

Mia lui jeta un regard à la fois vexé et agacé.

— Oui, ça m'arrive de temps en temps, Marc, rétorqua-t-elle d'une voix morne.

Spinnelli soupira.

— Excusez-moi, Mia. Je sais que vous avez tous travaillé sur cette affaire, pendant le week-end. Mais, moi, si je suis un peu à bout de nerfs, c'est que j'ai reçu un appel du capitaine, ce matin. Il venait d'avoir une explication orageuse avec le maire, qui venait lui-même de se faire engueuler par Conti, lequel exige que l'on mette plus de moyens dans cette enquête… Le maire n'est pas content, ce qui veut dire, vous vous en doutez, que le capitaine n'est pas content non plus. Pour arranger le tout, on dirait que tous les avocats de Chicago ont appelé le maire ou le capitaine pour se plaindre. Selon eux, on mettrait plus de flics sur cette affaire si des procureurs étaient visés, et non des avocats…

La mâchoire de Spinnelli se crispa.

— Foutaises, lâcha-t-il entre ses dents serrées.

— C'est pour ça que vous êtes de sale humeur ? répliqua Mia. D'accord, mais ne vous défoulez pas sur moi !

— Désolé, dit Spinnelli en haussant les sourcils. Alors à quoi pensiez-vous, Mia ?

Mia, qui ne semblait pas vraiment convaincue par les excuses de Spinnelli, répondit :

— Je me disais juste que si ce type est un tireur de bon niveau, et qu'il ne s'entraîne pas dans un stand de tir public, c'est qu'il doit avoir son propre lieu d'entraînement. Il lui faut donc pas mal de terrain pour ça, afin d'éviter que les voisins ne s'en aperçoivent et n'appellent les flics. Depuis le 11-Septembre, les gens ont tendance à être un peu suspicieux, quand ils se rendent compte que leur voisin joue à Rambo dans son jardin…

— Bien déduit, Mia, fit Abe. S'il possède un terrain, son nom doit apparaître sur un cadastre ou un acte notarié. On peut comparer ces données avec la liste des clients des sociétés spécialisées dans la gravure sur pierre.

— Mais pas avec celle des fleuristes, glissa malicieusement Jack.

— Ne m'en parlez pas, lança Mia d'un ton agacé. Quand je pense que j'ai épluché pendant des heures ces satanées listes de fleuristes…

— Sommes-nous vraiment sûrs qu'il n'est pas fleuriste ? insista Spinnelli. Deux gamins ont témoigné avoir vu d'autres panneaux sur la camionnette. Est-on certain qu'ils ont dit la vérité ?

— McIntyre l'a vu aussi, dit Abe.

Spinnelli en prit son parti à contrecœur et haussa les épaules.

— D'ailleurs, pourquoi ces gamins mentiraient-ils ? poursuivit Jack. Qu'est-ce que ce mensonge pourrait leur apporter ?

— Surtout si l'on se souvient que l'un d'entre eux est passé à côté d'une voiture de police, pour livrer l'une des boîtes, précisa Mia. Quand Tyrone Yates a déposé le paquet concernant Conti, McIntyre était en faction dans sa voiture, juste devant la maison de Kristen. Si ces gamins étaient de mèche avec le tueur, ils n'auraient pas été si audacieux.

Abe fut subitement frappé d'une pensée terrible.

— Tyrone Yates *aurait pu* se montrer audacieux, rectifia-t-il. Quant à l'autre gamin…

Mia se tourna vers lui en fronçant les sourcils.

— Qu'est-ce que cela signifie ? s'enquit-elle.

Abe s'assit devant l'ordinateur et se connecta à la base de données judiciaires de la police de Chicago.

— Pourquoi le tueur a-t-il choisi ces deux gamins ? demanda-t-il. Ils habitent deux quartiers différents, fréquentent deux écoles différentes. Les a-t-il choisis au hasard ?

Spinnelli lui jeta un regard désabusé.

— Ce type-là ne laisse rien au hasard, répondit-il. Il est trop méthodique. Tout ce qu'il fait est calculé, minutieusement pesé. Abe, dites-moi qu'aucun de ces deux gamins n'a jamais enfreint la loi, dites-moi que ce sont deux chérubins qui n'ont jamais eu affaire à la justice… S'il vous plaît…

Abe entra le nom de Tyrone et attendit la réponse de l'ordinateur. Lorsque le résultat de la recherche s'afficha sur l'écran, il laissa échapper un soupir.

— Ce garçon a un casier judiciaire long comme le bras. Agression, possession de stupéfiants, et j'en passe.

Mia se figea.

— Et Aaron Jenkins ?

Le seul son qu'on entendit dans la pièce pendant quelques instants fut celui du clavier sur lequel Abe pianotait.

— Idem, dit-il enfin. Ajoutez-y quelques menus larcins…

Il fit défiler la fenêtre du fichier et précisa :

— Il a eu dix-huit ans il y a quatre mois. Il a un casier de délinquant juvénile, mais les dossiers qui le concernent sont scellés, puisqu'il était mineur au moment des faits.

Abe leva les yeux et vit tous les regards dirigés vers lui.

— Le tueur a manipulé ces gosses, murmura-t-il.

Jack fronça les sourcils.

— Là, j'avoue que je ne vous suis plus, fit-il.

Abe se cala sur son siège en croisant les bras et dit :

— Il n'a pas choisi ces gamins au hasard, j'en suis certain. Il leur en voulait, peut-être. Ils ont pu lui nuire, à lui ou à quelqu'un qui lui est cher et qu'il souhaite venger. Sachant qu'il les a engagés, on aurait pu être portés à croire qu'ils le connaissent. Ce sont des mauvais sujets, leur réputation n'est plus à faire. Leur implication dans cette affaire ne tardera pas à être connue, si elle ne l'est déjà… Et c'est ainsi qu'ils se retrouveront liés au tueur. Dorénavant, si quelqu'un veut retrouver le tueur, c'est à eux qu'il ira dire deux mots.

Jack secoua la tête.

— Mais c'est absurde ! s'écria-t-il. Il y a trop de « peut-être » et de « si », dans votre raisonnement. D'ailleurs, s'il en voulait à ces garçons, pourquoi ne les a-t-il pas tués lui-même ?

Abe haussa les épaules.

— Je ne sais pas, admit-il. C'est peut-être contraire à son éthique. Ce qu'il leur reproche n'est peut-être pas assez grave pour qu'il aille jusqu'au meurtre, même si ça ne le dérangerait pas que quelqu'un d'autre s'en charge. Je ne sais pas… mais je sais que, pour l'instant, c'est notre seule piste.

Mia ferma les yeux et grommela, affolée :

— Nous avons montré des photos d'Aaron Jenkins à tous les habitants de son quartier… Tous !

Jack se frotta les tempes.

— Et grâce à Zoe Richardson, tous les gens qui regardent les journaux télévisés savent que c'est vous et Abe qui travaillez sur cette enquête.

— Elle a d'ailleurs montré à l'écran la photo de Tyrone Yates, hier soir, remarqua Spinnelli d'une voix sombre.

Abe serra les dents. Il n'avait pas regardé les informations, la veille. Il avait eu trop à faire avec l'agression dont Kristen avait été victime.

— Comment Richardson s'est-elle procuré des photos de Tyrone Yates ? demanda-t-il.

Spinnelli se passa la main dans les cheveux d'un air las.

— Elle devait rôder autour de la maison de Kristen, dit-il. Elle a réussi à filmer Yates dans la voiture de McIntyre, pendant qu'ils vous attendaient. L'image n'est pas de très bonne qualité, mais on le reconnaît bien. Juste après, ils ont passé la séquence où l'on voit Conti s'en prendre à Julia, sur la scène de crime. « Le chagrin d'un père », pour reprendre l'expression de Richardson…

Mia se leva et se mit à arpenter la pièce.

— Ainsi, résuma-t-elle, que ce soit en raison de notre enquête de voisinage ou des révélations de Richardson, l'identité des deux porteurs de colis est de notoriété publique.

— Ces gamins ne sont pas en mesure d'identifier le tueur, déclara Jack. Sauf s'ils vous ont menti…

— Il est possible qu'ils aient menti, dit Abe. Mais ça me paraît improbable. On va quand même les faire venir ici, pour les interroger plus précisément. De toute façon, s'ils ont affaire à des gens qui veulent la peau de notre « humble serviteur », leurs vies sont d'ores et déjà en danger. Nous savons que les Blades veulent à tout prix se venger du tueur, au point d'avoir pris le risque de s'attaquer à Kristen sur la voie publique. Arrêtons ces deux garçons pour assurer leur protection. Entre-temps, j'aimerais bien savoir quel lien il peut y avoir entre eux et le tueur. Car Kristen, pour une fois, n'était pas impliquée dans leurs démêlés avec la justice…

*
* *

Lundi 23 février, 11 h 30

Le silence était pesant dans la salle de réunion du procureur d'Etat. Kristen inspira profondément.

— Et voilà, je crois que je vous ai tout dit, conclut-elle.

Elle scruta la vingtaine de visages qui lui faisaient face et lut dans la plupart des regards de l'indignation et du désarroi. Greg et Lois avaient l'air franchement inquiets.

A l'autre bout de la table, John paraissait épuisé. C'était à sa demande qu'elle avait accepté de relater à ses collègues l'attaque qu'elle avait subie au volant de sa voiture, le vendredi précédent, ainsi que la découverte du colis concernant Skinner, de celui contenant la carte d'étudiant d'Angelo Conti, et enfin la tentative d'enlèvement dont elle avait été victime, la veille. En quelques mots, elle avait évoqué la façon dont Abe Reagan était venu à son secours — gardant évidemment le silence sur l'aide d'un autre genre qu'il lui avait apportée…

— Vous êtes sûre que vous ne savez pas qui est ce type ? demanda Greg d'une voix dubitative.

Kristen cessa aussitôt de penser à Abe Reagan.

— Vous croyez que je garderais une telle information pour moi ? répliqua-t-elle sèchement.

Greg fit une grimace.

— Vous savez bien que je n'ai pas dit ça, répondit-il. Ce que je pense, c'est que ce type vous connaît, lui. Il vous suit de près. Il y a sans doute des moments où il est si près de vous qu'il pourrait vous toucher…

— C'est sympa de dépeindre Kristen dans une situation aussi torride, ironisa Lois.

Des gloussements amusés parcoururent l'assistance. Kristen parvint à sourire, malgré l'angoisse qui crispait ses muscles.

— Greg ne m'apprend rien, dit-elle. Tout ce qu'il vient de dire, je le savais déjà.

John se racla la gorge avant de prendre la parole :

— Les policiers ont pu déterminer des créneaux horaires pour chacun des meurtres. Comme on pense que le tueur a eu accès à des dossiers judiciaires confidentiels, il sera demandé à chacun d'entre vous de dire où vous vous trouviez, à ces moments-là. J'ai garanti au lieutenant Spinnelli votre coopération.

Cette fois, ce furent des murmures mécontents qui parvinrent aux oreilles de Kristen, et elle leva la main pour imposer le silence.

— Nous avons si souvent critiqué la police pour ses approximations et son manque de transparence ! s'exclama-t-elle. Dans le cas présent, les policiers essaient justement d'être exhaustifs. Ils souhaitent interroger ceux d'entre nous qui ont accès à des informations confidentielles afin de restreindre la liste des suspects potentiels. Je vous demande de coopérer pleinement avec eux, lorsqu'ils prendront contact avec vous.

John leva la main d'un geste las.

— Sachez que j'ai moi-même été interrogé par Spinnelli, samedi dernier. Quand les enquêteurs vous demanderont où vous vous trouviez au moment des meurtres, répondez-leur avec franchise. Et souvenez-vous que tout ce que vous avez entendu aujourd'hui dans cette pièce est confidentiel, et ne doit en aucun cas être divulgué. A présent, vous pouvez partir.

Il fit un signe à Kristen.

— Je voudrais vous parler une minute.

Il attendit qu'il ne reste plus qu'eux deux dans la salle pour lui demander :

— Comment s'est passée votre audience, ce matin ?

Kristen haussa les sourcils, étonnée par cette question. Habituellement, John ne se souciait guère de ces audiences routinières, où les plaintes et recours étaient présentés par les avocats, avant d'être inscrites au calendrier judiciaire.

Sauf lorsqu'il y était question d'affaires importantes, et cela n'avait pas été le cas ce jour-là.

— L'ambiance était tendue, dit-elle.

C'était un euphémisme. Les avocats s'étaient placés le plus loin possible de Kristen, comme pour tenir à l'écart une pestiférée.

— Mais j'y ai survécu, ajouta-t-elle.

— Vous êtes une battante, Kristen. Mais vous n'allez pas aimer ce que j'ai à vous annoncer…

Kristen sentit le duvet de sa nuque se hérisser.

— A savoir ? demanda-t-elle.

— Sachez d'abord que j'ai tenté de m'y opposer. J'ai essayé de peser de tout mon poids, mais…

Kristen lut dans les yeux de son supérieur une résignation mêlée de lassitude.

— Dès que la nouvelle du meurtre de Skinner s'est répandue, Milt a reçu des appels furieux, tout au long du week-end, reprit-il.

Milt, le procureur de l'Etat, était à ce titre le supérieur de John. Il n'intervenait que pour distribuer les blâmes ou les éloges, décider des sanctions ou des promotions.

Kristen n'était pas assez naïve pour imaginer qu'il s'agissait là d'une promotion.

— Vous êtes en congé administratif jusqu'à la fin de cette affaire, dit John.

Kristen se figea, n'en croyant pas ses oreilles.

— Je vous demande pardon ? fit-elle.

John soupira.

— Aucun avocat de Chicago ne veut apparaître dans la même salle de tribunal que vous. Ils ont tous menacé d'invoquer le risque physique, pour eux comme pour leurs clients. Milt craint qu'ils ne contestent en appel toutes les décisions et tous les jugements rendus en votre présence. Vous devez donc me rendre tous vos dossiers avant 16 heures, aujourd'hui même. Je les partagerai entre vos collègues.

Kristen resta figée sur sa chaise, abasourdie. Incapable d'articuler le moindre mot.

John se leva.

— Je suis désolé, Kristen. J'ai dit à Milt qu'il avait tort de céder ainsi à la pression, que c'était injuste envers vous. Mais il n'a rien voulu entendre. Je me sens responsable de cette situation, croyez-moi, mais je ne peux rien faire pour y remédier.

Il posa une main timide sur l'épaule de sa subordonnée. Elle la sentit à peine.

— Prenez ça comme une occasion de partir en vacances, poursuivit-il sans conviction. Vous les avez bien méritées.

Des vacances… Quelle dérision !

Elle se leva avec difficulté, s'efforçant de masquer le tremblement de ses mains.

— Je vais rassembler mes dossiers, parvint-elle à dire.

— Kristen…

John lui tendit la main, mais elle ne la saisit pas. Il laissa sa main retomber et soupira de nouveau.

— N'hésitez pas à m'appeler, si vous avez besoin d'aide.

— Je n'en aurai pas besoin.

Lundi 23 février, 13 heures

Abe détestait l'odeur de l'institut médico-légal. Les bons jours, c'était celle d'un hôpital, saturée d'antiseptique. Et il détestait les hôpitaux. Les mauvais jours… Par chance, le décès de Conti était trop récent pour que la puanteur de son cadavre ne soit devenue intolérable.

— Nous sommes venus aussi vite que possible, Julia, dit Mia en se dirigeant vers la table où gisait le corps d'Angelo Conti. Alors, quoi de neuf ?

— Je tenais à vous montrer ceci, déclara Julia en les rejoignant près de la table. De tous les corps qui sont arrivés ici, ces derniers jours, c'est celui de Conti qui était le plus esquinté. Le tueur ne l'a pas simplement battu, il l'a transformé en steak haché.

— A point pour moi, sans cornichons, fit Mia d'un ton grinçant.

Julia esquissa un sourire.

— Ne me faites pas rire, lança-t-elle. J'ai mal aux côtes, depuis hier.

Abe fronça les sourcils.

— Jacob Conti vous a fait si mal que ça ? demanda-t-il.

Julia eut une moue désabusée.

— J'en ai gardé quelques bleus, avoua-t-elle. Ça aurait pu être pire.

— Jack a bien failli lui casser la gueule, fit Mia d'un ton entendu.

Les joues de Julia rosirent légèrement.

— Jack n'aurait pas dû s'énerver comme ça, dit-elle.

— Eh bien, moi, je suis heureuse qu'il soit intervenu, affirma Mia.

Julia hésita brièvement avant d'admettre :

— Moi aussi, en fait.

— Vous auriez pu porter plainte contre Conti, fit remarquer Abe.

— C'est vrai, répondit Julia, mais je trouve que la situation est déjà assez tendue comme ça. Surtout avec cette journaliste qui filme chacun de nos mouvements. Et puis, il venait d'apprendre la mort de son fils, on peut comprendre sa réaction... Bref ! Regardez donc ça.

Elle fit légèrement rouler le corps de Conti, et désigna un point juste au-dessus de la face postérieure du genou.

— Elle est à peine visible, mais c'est mieux que rien, ajouta-t-elle.

Le cœur battant, Abe se pencha pour mieux examiner la trace.

— Une empreinte partielle de pouce, constata-t-il.

Mia l'examina à son tour.

— Tracée dans le sang de Conti, s'exclama-t-elle. Bravo, Julia !

— La coloration de l'épiderme indique que le tueur a fait basculer le corps sur le côté, peu de temps après le décès. Le sang devait être encore humide.

— Il ne portait donc pas de gants, murmura Mia.

Abe sentit l'espoir l'envahir.

— Il était tellement déchaîné qu'il en a oublié de prendre les précautions habituelles, observa-t-il.

— Tout porte à le croire, affirma Julia d'une voix satisfaite. Vu la violence des coups, il y avait très peu de traces de sang sur le corps. Il a dû se rendre compte de son erreur et tenter de le nettoyer. Mais, quand il a fait basculer Conti sur le côté, le corps s'est rigidifié, et cette zone, derrière le genou plié, est devenue difficile à voir. Quoi qu'il en soit, cette minuscule trace de sang lui a échappé.

Abe émit un petit sifflement.

— On a de la chance que l'empreinte n'ait pas été effacée par le frottement sur la jambe, dit-il.

— Vous pouvez le dire. J'ai appelé Jack pour qu'il m'aide à prélever l'empreinte. Il devrait être là d'un instant à l'autre.

— Ce n'est qu'une empreinte partielle, lâcha Mia. N'en attendons pas trop.

— Vous avez raison, concéda Abe en examinant une nouvelle fois l'empreinte. Mais il a commis une erreur. Et il en commettra d'autres. C'est comme ça qu'on parviendra à le débusquer.

Julia retira ses gants.

— Ce serait bien, dit-elle. J'ai hâte que cette affaire se termine… Pour nous tous, mais surtout pour Kristen. J'ai appris ce qu'il lui est arrivé, hier soir. Comment va-t-elle ?

— Elle avait l'air d'aller bien, quand je l'ai quittée, fit Mia d'une voix malicieuse, en jetant à Abe un regard en coin. Mais, bon, je ne suis pas restée toute la nuit à veiller sur elle, *moi*…

Julia parut amusée.

— Vous avez dormi sur le canapé, c'est cela, Abe ? demanda-t-elle non moins malicieusement.

Abe leva les yeux au ciel.

— En effet, répliqua-t-il. Un canapé-lit très inconfortable...

Il disait vrai. Kristen s'était endormie dans ses bras. Il était resté un long moment assis sur le lit, à la regarder dormir, en se demandant à quoi tenait son attirance pour cette femme. Etait-ce parce qu'il avait passé six ans en solitaire, à vivre dans la clandestinité ? Ou alors parce qu'il la comparait inconsciemment à Debra ? Ni l'un ni l'autre. Il était simplement mû par le désir qu'il éprouvait pour une femme, belle, intelligente et sensible.

Quand il était sorti de la chambre, il s'était contenté de l'inconfort relatif du canapé-lit, sur lequel il s'était allongé en ruminant sa frustration... Se limiter, au réveil, à quelques baisers matinaux avait été l'une des épreuves les plus terribles qu'il ait eu à subir de son existence.

— Les canapés-lits sont rarement confortables, observa Julia d'un ton pince-sans-rire.

Elle leva les yeux lorsque la porte s'ouvrit, et son expression se modifia, passant de l'amusement à l'intérêt. Jack faisait son entrée.

— Jack, s'écria-t-elle. Déjà !

Celui-ci referma la porte derrière lui et dit :

— Dans le message que vous m'avez laissé, vous disiez que c'était urgent.

— En effet, dit Abe en enfilant sa veste. Soyez soigneux avec cette empreinte, Jack. C'est notre premier véritable indice, jusqu'à présent.

Lundi 23 février, 14 h 30

Quand il gardait la tête froide, il lui était plus facile d'agir avec ordre et méthode. Il y avait beaucoup moins de nettoyage à effectuer, quand la seule trace sur le corps était un trou bien net, laissé par la balle qu'il lui avait logée dans le front. Le projectile était ressorti au-dessus de la nuque. Le nettoyage avait été une corvée, bien sûr. Mais les tâches les plus importantes, dans la vie, étaient rarement les plus faciles à accomplir. Cette corvée avait été, en tout état de cause, plus facile qu'avec Conti. Il frissonnait encore de dégoût en repensant au moment où il avait dû laver le corps de ce dernier. Cela avait été vraiment répugnant.

Même pour moi.

Mais assez pensé à Angelo Conti. Il était passé à autre chose. Il venait de régler son compte à Arthur Monroe, le pédophile impuni… Et il avait choisi son lieu de sépulture avec un soin rempli d'ironie. Le juge au grand cœur, qui avait eu plus de pitié pour le coupable que pour sa victime âgée de cinq ans, possédait un pressing au nord de la ville. C'était là qu'il comptait se débarrasser du corps de Monroe. En guise d'avertissement à ce juge trop clément.

Il engagea sa camionnette dans l'allée qui longeait l'arrière du pressing. La camionnette arborait un nouveau panneau, imitant à la perfection le logo du service des eaux de Chicago. Tout comme celui de l'électricien, ce panneau offrait une couverture idéale pour creuser une tranchée sur la voie publique. Personne ne s'inquiéterait, en voyant ce véhicule utilitaire garé dans la rue.

Et personne ne s'était inquiété.

C'est presque décevant, songea-t-il en remontant dans la camionnette, après avoir accompli sa tâche. Personne ne lui mettait de bâtons dans les roues. Personne ne lui disait jamais : « Hep, vous, là ! Qu'est-ce que vous fabriquez ? »

Mais il était vrai que cela valait mieux. Il serait récompensé de ses efforts lorsque le monde apprendrait qu'un autre monstre avait été éliminé.

Il fallait qu'il retourne travailler, à présent.

Plus tard, il piocherait un nouveau nom dans le bocal.

*
* *

Lundi 23 février, 15 h 45

— Kristen ?

Elle leva les yeux au son de la voix de Greg, et vit qu'il se tenait sur le seuil de son bureau. Il avait l'air malheureux. En fait, il avait l'air presque aussi déprimé qu'elle. Elle baissa la tête et se remit à rassembler ses dossiers. S'efforçant de parler calmement, elle dit :

— J'ai presque fini, Greg. Vous aurez ces dossiers dans moins d'une heure.

Il poussa un profond soupir.

— Vous savez bien que ce n'est pas pour ça que je suis venu.

Il fit un pas dans le bureau de Kristen et referma la porte derrière lui.

— Je suis désolé, dit-il. Désolé que cette affaire ait pris de telles proportions… Et désolé que ce soit tombé sur vous. Et que ce soit moi qui hérite de certains de vos dossiers…

Elle leva la tête et le regarda dans les yeux.

— Je sais. Je ne vous en veux pas, Greg. Pas le moins du monde.

Il se laissa tomber sur la chaise qui faisait face au bureau de Kristen.

— Ce n'est pas juste, ajouta-t-il. Ni correct. Mais, bon, rien de ce qui vous arrive depuis une semaine n'est juste ni correct… Comment vous sentez-vous, Kristen ? Vous allez bien ?

Les mains de Kristen se figèrent sur le dossier qu'elle était en train de ranger.

— Je me porte comme un charme, Greg.

— C'est ce que vous dites chaque fois, fit-il avec une pointe d'amertume dans la voix. Lois et moi, nous redoutions que vous soyez mise sur la touche. C'est pour cela que nous vous avons proposé, l'autre jour, de venir habiter quelque temps chez l'un d'entre nous.

— Pour que j'attire les tueurs chez vous, pour mettre vos familles en danger ? Pas question !

Il grimaça et frappa du poing sur son genou.

— Mais enfin, il faut bien que quelqu'un veille sur vous ! Vous ne pouvez pas affronter seule une telle situation.

Je ne suis pas seule, faillit-elle répondre.

Cette pensée résonna dans sa tête, et la détendit un peu. Pour l'instant, Abe Reagan était à ses côtés. Elle ne savait pas vraiment ce qui le motivait. Mais il lui suffisait d'être certaine qu'il accourrait, si elle avait besoin de lui.

— Tout ira bien, Greg, dit-elle d'une voix plus ferme. Je suis sous protection policière. Ma maison est équipée d'un système d'alarme…

— Ni l'alarme, ni le flic qui était censé surveiller votre maison ne se sont montrés d'une grande utilité, hier soir, observa-t-il d'un ton sarcastique.

D'un bref hochement de tête, Kristen reconnut qu'il avait raison.

— Je crois que je vais me procurer un chien, finit-elle par répondre.

Cela ne parut pas rassurer Greg.

— Un gros chien ?

— Oui, un molosse à trois têtes… Je l'appellerai Cerbère.

Greg fronça les sourcils, puis parut se détendre un peu.

— Quand ça ? demanda-t-il.

— Peut-être demain.

Leur conversation fut interrompue par des coups frappés à la porte. Celle-ci s'entrouvrit à moitié : c'était Lois.

— Kristen, vous avez de la visite, annonça-t-elle.

Le sourire de Kristen s'estompa.

— Dites-leur de s'adresser à John. Je suis en congé.

Lois secoua la tête.

— C'est une visite personnelle, précisa-t-elle.

Elle ouvrit la porte en grand, et Owen fit son apparition. Il tenait à la main un sac en papier brun qui répandait une odeur appétissante.

— Vous n'êtes pas venue déjeuner, dit-il d'un ton de reproche.

Greg se leva et dit d'une voix insistante :

— Dès demain, le chien ?

— C'est promis, fit Kristen.

Greg sortit de la pièce. Owen se renfrogna en voyant le carton que Kristen était en train de remplir de dossiers.

— C'est quoi, ça ?

Kristen fit un geste nonchalant de la main.

— Oh ! je mets un peu d'ordre dans mes dossiers.

— Pourquoi votre collègue a-t-il parlé de chien ? s'enquit Owen d'une voix soupçonneuse.

— Parce que j'ai envie de prendre un chien, répliqua-t-elle d'un ton dégagé. Qu'y a-t-il dans ce sac ?

— De la soupe et un croque-monsieur. Je ne savais pas que vous aimiez les chiens. Je croyais même que vous y étiez allergique. Je me souviens du jour où un client aveugle est entré dans le restaurant avec son chien : vous vous êtes mise à éternuer comme une damnée…

— Il y a de la tarte, aussi ? demanda-t-elle pour changer de sujet.

— Oui, de la tarte aux pommes. Une recette que Vincent a héritée de sa mère. Pourquoi voulez-vous un chien ?

Kristen ouvrit le sac et en huma le contenu d'un air gourmand.

— Je suis affamée, lança-t-elle. Je n'ai pas eu le temps de déjeuner.

En réalité, elle avait eu peur de sortir du bureau pour aller se restaurer, ce qui n'avait fait qu'ajouter à son agacement.

Il ferma le sac d'un geste brusque au moment où elle allait plonger la main dedans.

— Un chien… Qu'est-ce qui se passe ? demanda-t-il.

— Oh ! j'ai reçu quelques visites importunes, à cause de cette absurde histoire de lettres, dit-elle avec une nonchalance affectée.

Elle se força à sourire pour rassurer Owen et ajouta :

— J'ai promis aux collègues que je prendrais un chien pour dissuader d'éventuels importuns.

Il plissa les yeux.

— C'est tout ? Juste des importuns ?

Elle hocha la tête.

— Mais oui… Alors, vous êtes content de votre nouveau cuisinier ?

Owen se renfrogna et lui tendit le sac.

— Il a démissionné. J'ai dû en embaucher un autre, mais il ne fait pas l'affaire non plus. Pourquoi n'êtes-vous pas venue déjeuner, ce week-end ? Vous ne suivez pas l'un de ces régimes à la noix, j'espère ?

Kristen gloussa. Entre les sandwichs grecs d'Abe, le restaurant italien et le jambon braisé de Becca, elle n'avait pas autant mangé depuis des années.

— Non, répondit-elle. En fait, je…

Elle hésita avant d'achever sa phrase :

— Je vois quelqu'un.

Elle haussa les épaules en voyant Owen arborer un sourire ravi et s'empressa de préciser :

— Et je mange avec lui.

— Très bonne nouvelle. Comment s'appelle-t-il ?

— Abe Reagan.

Owen plissa de nouveau les yeux.

— L'inspecteur qui enquête sur les meurtres ? demanda-t-il d'une voix inquiète.

— Oui.

Elle retira le couvercle du bol de soupe et lâcha :

— Ça n'a pas l'air de vous plaire. Pourquoi ?

— Je ne sais pas. C'est peut-être risqué.

Au point où j'en suis…, se dit-elle.

Le regard d'Owen s'adoucit un peu.

— Il est gentil avec vous ? s'enquit-il.

Elle songea à la nuit précédente, aux baisers du matin, à sa patience et à sa douceur, et elle sentit ses joues rosir.

— Oui, tout à fait, répondit-elle.

— Alors, ça me va. Mangez, maintenant. Il faut que je retourne au restaurant, avant que Vincent n'étrangle le nouveau cuisinier.

— Je vois mal Vincent s'énerver à ce point, fit-elle en souriant.

— Ne vous fiez pas aux apparences. Il est capable d'entrer dans une colère noire, vous savez.

Kristen fut sincèrement étonnée.

— Vincent ? En colère ?

Elle médita cette information un instant. Et balaya aussitôt ses doutes. Vincent était incapable de faire du mal à autrui. Mais il fallait admettre qu'on avait déjà vu des choses plus aberrantes…

Owen se dirigea vers la porte, en ajoutant d'une voix moqueuse :

— Il a perdu vingt dollars en pariant sur les Bulls, hier soir et je l'ai entendu dire : « Merde alors ! »

Elle se rendit compte alors qu'il la taquinait et se moqua d'elle-même en son for intérieur. Comment avait-elle pu croire une seule seconde que Vincent pouvait être son « humble serviteur » ?

— Ce n'est pas très gentil, ça, Owen, dit-elle en souriant.

— Je sais, répliqua-t-il en lui rendant son sourire.

Il ouvrit la porte et faillit heurter Lois, qui était de retour.

— Kristen, vous avez encore de la visite.

Elle avait l'air à la fois soucieuse et amusée. Kristen ne tarda pas à comprendre pourquoi.

— Kristen ! s'écria Rachel en entrant en trombe dans le bureau. Miam, ça a l'air bon, ce que vous mangez ! Je peux goûter ?

Kristen éclata de rire.

— D'accord, mais ne touche pas à la tarte aux pommes. Rachel, je te présente Owen. Owen, voici la petite sœur d'Abe, Rachel.

Rachel le gratifia d'un large sourire — celui qu'elle réservait aux gens qu'elle ne menait pas encore par le bout du nez.

— Ravie de vous rencontrer, monsieur Owen, déclara-t-elle poliment.

— Tout le plaisir est pour moi, fit Owen en inclinant la tête. A bientôt, Kristen.

— Merci, Owen.

Kristen sourit à Lois, qui attendait sur le seuil du bureau.

— Rachel peut rester avec moi, lui assura-t-elle.

La jeune fille déballa le croque-monsieur :

— J'ai la dalle, moi ! J'ai raté le déjeuner à la cantine parce que je discutais avec ma prof.

Elle engloutit une énorme bouchée et dit en mastiquant :

— Nous parlions de vous, d'ailleurs.

— De moi ?

Rachel hocha la tête et déglutit.

— Vous n'avez rien à boire, ici ?

Kristen lui tendit l'une des bouteilles d'eau minérale qu'elle conservait dans un tiroir de son bureau. Rachel en but la moitié d'une traite avant de poursuivre :

— Merci. Elle a adoré mon interview. Elle voudrait savoir si vous accepteriez de venir vous adresser à ses élèves…

Elle inclina légèrement la tête et ajouta :

— S'il vous plaît.

Kristen la regarda d'un air soudain soucieux.

— Ta mère sait que tu es ici ?

— Plus ou moins. Je lui ai dit que j'allais voir une copine après les cours. Comme vous m'avez dit que vous passiez presque tout votre temps ici, ce n'était pas vraiment un mensonge.

Kristen se retint de sourire et regarda la jeune fille d'un air grave.

— Ce n'était pas vraiment la vérité non plus, rétorqua-t-elle d'un ton de reproche. Comment es-tu venue dans le quartier, au fait ?

— J'ai pris le métro, répondit-elle avec une pointe d'agacement dans la voix. Je ne suis pas complètement idiote, Kristen. Je sais comment on fait pour se rendre dans le centre-ville.

Mais il y avait plusieurs quartiers mal famés, entre le faubourg où vivaient les Reagan et la station de métro qui reliait le centre. Kristen frissonna en songeant à cette jeune fille de treize ans se déplaçant toute seule dans ces zones dangereuses.

— Rachel, tes parents ne t'autorisent pas à aller toute seule dans le centre, quand même ?

Rachel baissa les yeux, l'air honteux.

— Non, avoua-t-elle. Je serai sans doute encore privée de sortie…

Elle redressa la tête. Ses yeux bleus pétillaient de malice. Exactement comme ceux d'Abe en pareille situation.

— Sauf si vous ne me dénoncez pas, bien sûr ! poursuivit-elle.

Kristen ne put réprimer un petit rire.

— Bon, dit-elle, voilà comment on va faire : je vais te raccompagner chez toi. Tes parents, bien sûr, vont se demander pourquoi je suis avec toi. Et tu le leur diras toi-même. Tu ne crois quand même pas que je vais te laisser rentrer toute seule… Il va bientôt faire nuit.

Rachel fit une moue qui déforma sa jolie bouche.

— Je n'y avais pas pensé, en fait, admit-elle.

Kristen haussa un sourcil.

— Tu ferais mieux de réfléchir à ce que tu fais, si tu veux devenir procureur. C'est un métier où il faut savoir envisager toutes les possibilités. Et où il faut souvent s'attendre au pire.

Rachel sembla recouvrer tout son enthousiasme.

— Alors, vous viendrez à l'école ? demanda-t-elle. S'il vous plaît…

Elle joignit les mains sur son cœur et ajouta :

— Je promets de ne plus jamais prendre le métro pour venir vous voir.

— Je constate que tu ne promets pas de ne plus jamais

prendre le métro toute seule, répliqua Kristen d'un ton caustique.

Rachel se contenta de sourire. Kristen jeta un œil sur les dossiers qui encombraient son bureau. C'était à Greg de s'en soucier, désormais. Elle, elle était officiellement en « rattrapage de congés »...

— Pourquoi pas ? répondit-elle. Je vais avoir beaucoup de temps libre, ces prochains jours.

Avec un regard plein d'assurance, qui prouvait qu'elle n'avait pas douté un instant du succès de sa démarche, Rachel se cala sur son siège et mordit dans le croque-monsieur.

— Chouette ! s'exclama-t-elle. Ça va me faire des points en plus !

Kristen lui jeta un regard empli de bienveillance et dit :

— On ne parle pas la bouche pleine, Rachel.

Lundi 23 février, 17 heures

Jacob Conti broyait du noir. Il s'adossa à son confortable fauteuil en cuir et demanda :

— Alors, qu'as-tu appris ?

Drake lui jeta un coup d'œil inquiet.

— Elle est irréprochable, Jacob. Cette bonne femme n'a même jamais écopé de la moindre amende pour stationnement interdit. Il n'y a pas moyen de l'attaquer. C'est une juriste intègre.

Jacob se renfrogna et fit légèrement pivoter son fauteuil.

— Ça, tu me l'as déjà dit.

— C'était vrai au moment du procès d'Angelo. Et rien n'a changé depuis, fit Drake d'une voix posée.

Le calme dont faisait preuve son bras droit commençait à agacer Jacob. Drake avait enquêté de fond en comble sur Mayhew lorsqu'elle avait été désignée pour représenter l'accusation, au procès d'Angelo. Ses hommes avaient épluché son passé, en quête d'une information compromettante. Mais ils n'avaient rien trouvé. Impossible de lui faire du chantage.

C'était une petite garce moralisatrice, qui appliquait ses propres principes avec une constance remarquable.

Jacob se mit à fixer la photo d'Angelo qui ornait le mur, et sentit les larmes lui monter aux yeux.

Quel idiot. Qu'est-ce qui lui a pris d'ouvrir sa grande gueule ?

L'homme qui avait tué son fils allait le payer cher.

Elaine n'avait pas quitté son lit, depuis qu'il lui avait annoncé la mauvaise nouvelle. De sa vie, il n'avait jamais accompli une corvée plus pénible. Il avait fallu lui administrer un calmant, et une infirmière ne quittait plus son chevet, au cas où elle serait la proie d'une nouvelle crise d'hystérie.

— Mayhew a griffé Paglieri, dit Drake.

Drake tourna brusquement la tête.

— Quoi ?

— Paglieri, fit Drake d'une voix crispée, le gars que tu as envoyé chez Mayhew sans me le dire, pour lui faire cracher le nom du tueur.

Jacob fit pivoter son fauteuil et fixa Drake droit dans les yeux.

— Je n'ai pas besoin de ta permission, Drake, répliqua-t-il d'un ton cinglant. Je suis encore le patron, si je ne m'abuse...

Drake ne cilla pas.

— C'est exact, reconnut-il. Mais je me permets quand même de te dire que ce n'était pas très malin, Jacob. Tu pensais avec ton cœur, pas avec ta tête, quand tu as fait ça. C'était une erreur.

Jacob s'empara d'un cendrier et le projeta violemment à travers la pièce. Il se brisa contre le mur d'en face, répandant des éclats de verre dans toute la pièce.

— Bien sûr que je pense avec mon cœur ! s'écria-t-il, hors de lui. Mon fils est mort, Drake...

Une vague de chagrin lui déforma le visage.

— Angelo est mort, murmura-t-il comme pour lui-même.

— Je sais, Jacob. Mais on ne peut pas aller harceler une femme comme Mayhew sans s'attendre à en subir les conséquences. Elle a griffé Paglieri. Tu sais ce que ça veut dire ? Des résidus de peau sous les ongles, Jacob… Des échantillons d'ADN… S'ils l'arrêtent, ils remonteront la piste jusqu'à toi. Il vaut mieux que tu me laisses me charger de cette affaire.

— Mais tu viens de me dire que tu n'as rien trouvé !

— Rien d'illégal, Jacob. Mais ça ne veut pas dire qu'on ne peut pas la convaincre de coopérer.

Jacob soupira. Drake avait raison. Il ne rendait pas service à son fils, en agissant de manière impulsive.

— Bon, dit-il. Je t'écoute.

Lundi 23 février, 18 heures

Zoe plissa les yeux pour mieux voir les images qui défilaient sur l'écran.

Merde, on était trop loin. Le film est flou.

Elle avait tenté de filmer la maison de Mayhew, la nuit précédente, mais elle avait été obligée de rester à deux pâtés de maisons de là. Le flic qui était en faction les avait fermement repoussés, les empêchant de filmer de plus près. Il s'était pourtant passé quelque chose d'intéressant cette nuit-là, et, cette fois-ci, à l'intérieur de la maison. Apparemment, le château fort de Mayhew avait subi une incursion de l'ennemi !

Malheureusement, Mayhew semblait s'en être tirée indemne. Quel dommage… Si elle avait été blessée, ou pire, cela aurait pu faire un reportage sensationnel…

Malgré tout, cette histoire commençait à se ramifier de manière intéressante. Tant mieux, car son amant — et informateur malgré lui — n'était jamais revenu. Ce type avait peut-être une conscience, après tout.

Elle appuya sur la touche « arrêt ». Le film était inutilisable. Trop flou, trop sombre. Rien à en tirer. Il lui fallait autre chose. CNN l'avait appelée dans la matinée pour acquérir les droits sur ses futurs reportages. Elle tenait une occasion de se faire connaître comme il ne s'en présenterait peut-être plus jamais dans sa carrière. Et elle n'allait pas laisser Mayhew et ses chiens de garde tout gâcher.

16

Lundi 23 février, 21 heures

Abe entra dans la cuisine de sa mère et huma l'arôme qui y régnait. Le plat qu'elle avait préparé pour le dîner sentait vraiment très bon. Il espérait qu'il en restait un peu pour lui.

— Salut, toi, fit une voix dans son dos.

Kristen. Abe cessa brusquement de penser à son repas. Il se retourna et la vit, debout sur le seuil de la cuisine.

Bon sang, elle est plus belle que jamais.

Il songea soudain au colis qui venait d'être déposé devant chez elle. Derrière Kristen, il aperçut le visage souriant de Rachel.

— Salut, Abe, fit-elle à son tour.

Il passa devant Kristen pour aller embrasser sa petite sœur. Puis il lui posa une main sur le visage et la repoussa doucement.

— Va voir ailleurs si j'y suis, gamine, dit-il en la sentant glousser contre sa paume.

Kristen lui sourit d'un air narquois.

— On a fait de l'algèbre. Enfin, disons plutôt que Rachel a fait de l'algèbre pendant que je me sentais vieille et dépassée.

Elle ajouta tout bas :

— Viens à mon secours, je t'en prie.

Abe étreignit Kristen, sous les yeux visiblement ravis de Rachel.

— Je suis sérieux, Rach, insista-t-il. Je dois parler travail avec Kristen. Toi, retourne à tes maths.

— D'accord, dit Rachel en clignant de l'œil. Je vous laisse *parler* de votre *travail*.

Elle sortit en leur jetant un regard coquin, visiblement amusée par la situation.

— Comme j'aimerais avoir de nouveau treize ans ! s'exclama Kristen.

Abe la regarda d'un air surpris.

— Ça te plairait ? Avoir treize ans ?

Elle fit une horrible grimace et Abe rit de bon cœur.

— Je plaisantais, tu penses bien.

Elle reprit son sérieux et demanda :

— Alors, quoi de neuf ?

Il secoua la tête.

— On ne peut pas en parler ici. Rachel a les oreilles qui traînent.

Il lui prit la main et la conduisit dans la buanderie. Il referma la porte derrière eux. Le bourdonnement de la télévision ne parvenait pas jusqu'à cette petite pièce confinée, où seuls résonnaient les roulements sourds et réguliers de la machine à laver.

— Dis-moi tout, maintenant, réclama-t-elle.

Mais il secoua de nouveau la tête. Il aurait voulu pouvoir oublier la sinistre réalité.

— Commençons par ça, dit-il en se penchant pour se blottir contre son cou gracile.

Il huma son parfum léger, aux vertus apaisantes. Elle soupira d'aise et se détendit, comme si elle avait attendu toute la soirée ce moment béni. Elle le prit dans ses bras, et ses mains menues vinrent caresser sa nuque et ses cheveux. Lorsqu'elle redressa la tête, il colla ses lèvres contre les siennes. Elles avaient toujours ce même goût exquis. Non, elles étaient plus savoureuses encore.

— Comment vas-tu ? demanda-t-il en se décollant à peine de sa bouche suave.

Elle esquissa un sourire et répondit tout bas :

— Tu viens de m'épargner une séance d'algèbre. Comment ne pas t'en être reconnaissante ?

Il l'embrassa de nouveau, puis recula légèrement la tête pour contempler son visage. Elle avait subi un nouveau choc dans la journée. Sa mise en congé forcée lui avait porté un coup. Mais elle ne semblait pas trop abattue. Elle n'avait pas craqué. Il est vrai qu'elle n'avait pas eu un moment de répit, depuis qu'il les avait quittées, elle et Rachel, quatre heures auparavant.

Finalement, ce long tête-à-tête avec sa sœur avait peut-être eu du bon. Rachel n'avait pas sa pareille pour vous faire oublier les plus sombres tracas de l'existence.

— Quel était le menu du dîner ? s'enquit-il.

— Du bœuf braisé aux légumes verts…

Elle le regarda d'un air gourmand, et Abe sentit le désir monter en lui. Il recula d'un pas, pour mettre un peu de distance entre lui et ce corps qui l'excitait tant. Pas question de l'effaroucher en se montrant trop empressé. Tôt ou tard, elle s'habituerait à lui, et à la manière dont son corps réagissait en sa présence.

Il espérait seulement que ce moment viendrait bientôt…

— Avec de petites pommes de terre, précisa-t-elle. Ta mère t'en a laissé une assiette. Et ton père a raconté plein d'histoires à table.

Abe émit un petit grognement.

— Ça, ça ne m'étonne pas.

Il avait laissé Kristen sous la protection de son père. Celui-ci n'avait pas posé la moindre question, mais, Abe en était certain, il se doutait bien de ce qui se tramait entre son fils et la jeune femme. Kyle Reagan avait beau être un flic à la retraite, il avait gardé toute sa tête, depuis son départ de la police.

— Quelles histoires ? fit-il. Ou peut-être vaut-il mieux que je ne le sache pas…

— Oh ! toutes sortes d'histoires.

Elle lui caressa la nuque, et Abe sentit son corps se raidir. Elle plissa légèrement les yeux, sans cesser de le caresser. Il posa ses mains sur le dos de Kristen, en s'efforçant de ne pas pétrir ses reins, comme il mourait d'envie de faire. Cherchait-elle à le mettre à l'épreuve ?

— C'est très agréable, murmura-t-il.

Il vit qu'elle prenait de l'assurance. Elle posa ses mains sur la poitrine d'Abe et fit glisser sa veste de ses épaules. Dans un froissement de tissu, celle-ci tomba sur le sol. Kristen voulut se baisser pour la ramasser, mais il la serra fermement dans ses bras pour l'en empêcher.

— Laisse, fit-il.

Le regard de Kristen se fit plus intense, et il inspira profondément tandis qu'elle défaisait d'une main fébrile son nœud de cravate.

— Ton père m'a dit que tu te disputais tout le temps avec Sean, quand vous étiez petits, dit-elle d'une voix rauque.

Elle entreprit de déboutonner la chemise d'Abe. Il s'efforça d'expirer lentement et de ne pas bouger ses mains, de nouveau plaquées sur le dos de Kristen.

— Tout le temps, admit-il. Ces disputes rendaient ma mère furieuse.

Elle parvint à défaire le bouton du col de sa chemise, et il laissa ses bras pendre le long de ses flancs, en serrant les poings. Elle continuait d'éprouver son pouvoir sur lui, et il n'aurait pour rien au monde interrompu cette délicieuse démonstration de force.

— C'est bon, souffla-t-il tout bas.

Elle fronça les sourcils en libérant un deuxième bouton.

— J'ai bien aimé l'histoire où Sean te taquinait sur le siège arrière de la voiture et où tu as voulu le fouetter avec la ceinture de sécurité.

Elle en était au troisième bouton. Abe dut faire un effort prodigieux pour se souvenir de l'anecdote qu'elle évoquait.

— Ah oui ! Ça m'a valu quatre points de suture à la lèvre, parce que la ceinture s'est rétractée et m'a cinglé le visage.

— Pauvre chou, chuchota-t-elle.

Il ne savait pas bien si elle s'apitoyait sur le gamin de sept ans qui avait fait une bêtise et l'avait payée d'une cicatrice à la lèvre ou sur l'adulte que ses caresses mettaient à la torture. Elle défit un quatrième bouton et se mit à caresser la peau ainsi mise à nu. Levant un œil surpris, elle dit :

— Mais tu es très doux…

La sueur commençait à perler sur les tempes d'Abe.

— Quoi donc ? demanda-t-il.

Elle continua de caresser le haut de sa poitrine, tout en fixant son visage.

— Je me demandais si les poils de ta poitrine étaient soyeux, avoua-t-elle.

Sans détacher son regard du sien, il fit sauter d'un coup sec les derniers boutons. Il saisit les poignets de Kristen et plaqua ses mains sur sa poitrine, pour diriger ses caresses. Il faillit gémir de plaisir. Cela faisait si longtemps qu'il n'avait pas senti les mains d'une femme le caresser. Six longues années. C'était comme un retour en un pays oublié. Il ferma les yeux et se laissa bercer par cette sensation voluptueuse. Puis il lui lâcha les poignets, mais elle continua de lui caresser la poitrine. Lorsqu'il ouvrit les paupières, il vit qu'elle le regardait avec des yeux emplis de curiosité et de désir.

— Tu aimes ça, murmura-t-elle.

Le ronflement de la machine à laver couvrait le son de sa voix, mais il put lire sur ses lèvres ces mots si doux.

— Beaucoup trop, répondit-il.

Son sexe en érection était plus dur qu'une barre de fer, et il savait qu'il effrayerait Kristen, s'il se collait à elle dans cet état. Elle commença à lui caresser les mamelons, sous les poils drus de sa poitrine, et il ne put retenir un gémissement de plaisir.

Elle s'humecta les lèvres et Abe sentit le désir qui émanait du corps de la jeune femme.

— Embrasse-moi, Kristen. Je t'en supplie.

Elle se dressa sur la pointe des pieds et colla doucement

ses lèvres contre les siennes. Il se pencha en avant, tout en agrippant le lave-linge derrière elle. Elle était prisonnière, coincée entre ses bras puissants et la machine qui vibrait. Mais il prenait bien soin de maintenir ses hanches à quelques centimètres du corps brûlant de la jeune femme.

— J'ai envie de toi, lâcha-t-il. Je ne veux pas te faire peur, mais j'ai très envie de toi.

Elle l'étreignit et se mit à l'embrasser avec fougue. Leurs langues luttaient en un combat délicieux. Elle se remit à lui caresser la poitrine et les mains d'Abe se crispèrent sur le lave-linge, comme celles d'un naufragé sur une bouée de sauvetage.

Car il était en train de se noyer, submergé par les flots du plaisir.

Et il ne voulait surtout pas remonter à la surface.

Puis la porte de la buanderie s'ouvrit, laissant un courant d'air froid s'engouffrer dans la pièce. Aidan était sur le seuil et les regardait avec stupéfaction. Il écarquilla les yeux et ouvrit la bouche. Pendant un instant, Abe et lui se dévisagèrent.

Puis Aidan s'éloigna à reculons.

— Excusez-moi, bredouilla-t-il. Je vais passer par l'autre porte.

Il jeta un coup d'œil par-dessus son épaule et ajouta en souriant :

— Attention ! Le monospace de Ruth et de Sean vient de se garer dans l'allée, et on dirait qu'ils sont venus avec leurs cinq mômes.

La porte se referma, mais le charme était rompu. Kristen regarda Abe, les mains toujours posées sur son torse dénudé. Il frissonna, en maudissant intérieurement Aidan.

Même s'il lui était reconnaissant, aussi, d'avoir interrompu leurs ébats au moment crucial…

Si ces caresses avaient duré quelques secondes de plus, il aurait été incapable de se maîtriser. Il aurait pris Kristen, là, sur la machine à laver, alors qu'il savait qu'elle avait encore besoin de temps et de confiance.

— Il y a de la visite, dit-elle. Il faut sortir de là.

Mais elle ne parvenait pas à détacher ses doigts du torse d'Abe.

— Encore un instant. Ça me fait tant de bien.

Il déposa un baiser sur sa tempe, puis sur son front et au coin de sa bouche.

— Tu me fais tant de bien, poursuivit-il.

— Tu es si patient, avec moi.

Il déglutit et dit :

— Tu le mérites.

Le compliment la fit sourire, mais d'un petit sourire triste qui fendit le cœur d'Abe.

— C'est ce qu'on verra, répliqua-t-elle laconiquement.

Elle glissa ses mains hors de la chemise et s'adossa contre le lave-linge.

— En tout cas, ajouta-t-elle d'un air taquin, c'était un agréable digestif !

Abe se redressa à regret en reboutonnant sa chemise.

— Qu'est-ce que vous avez mangé, au dessert ?

— De la tourte aux cerises. Meilleure que celle d'Owen, mais ne va pas le lui répéter.

— Je sais garder un secret, dit-il en souriant.

— Quel secret ? demanda-t-elle en fronçant les sourcils.

— Tous tes secrets, répondit-il en jouant avec une mèche de cheveux auburn.

Elle resta silencieuse un instant avant de murmurer :

— Debra avait de la chance d'être ta femme.

Il ne sut trop que répondre. Mais elle inclinait déjà la tête et le considérait d'un air sérieux.

— Alors, qu'as-tu trouvé ?

Abe fut soudain ramené à la dure réalité.

Il avait été appelé alors qu'ils se mettaient à table. Truman avait attrapé un autre gamin en train de déposer un colis sur le perron de la maison de Kristen. Une fois de plus, le garçon en question était un délinquant juvénile multirécidiviste. Un autre adolescent au casier judiciaire long comme le bras.

La machine à laver s'arrêta de tourner à cet instant précis, comme par un fait exprès.

— Arthur Monroe, murmura-t-il.

Elle battit des paupières.

— La petite Katie Abrams…

— Oui, c'est bien le nom qui est gravé sur la pierre tombale, confirma-t-il.

— L'un des plus graves échecs de ma carrière. Je suis tombée sur le juge le plus « compréhensif » du monde. Il a cru, je ne sais pourquoi, que c'était la faute de la société si Monroe avait abusé d'une fillette de cinq ans…

Elle ferma les yeux, et il vit qu'elle luttait pour garder son calme.

— Quel était le post-scriptum ? demanda-t-elle.

Il serra la mâchoire, sentant la colère l'envahir.

Ce salopard prétend qu'il se soucie de Kristen alors qu'il la met en danger !

— Il s'inquiétait pour ta sécurité. Tout comme moi.

Elle écarquilla les yeux.

— Comment ça ?

— Voilà ce qu'il a écrit : « Prenez garde à qui vous faites confiance pour vous protéger la nuit. »

Telles deux émeraudes enchâssées dans sa peau laiteuse, ses yeux se mirent à briller de fureur.

— Je le hais ! s'exclama-t-elle.

— Je sais. Je ne veux pas que tu dormes chez toi, ce soir. Viens chez moi, plutôt.

Les lèvres de Kristen se mirent à trembler.

— Je refuse qu'on me chasse de chez moi. Je sais que tu penses que c'est absurde, mais je tiens à ne pas décamper de chez moi sous la menace.

Il y avait une autre raison, Abe en était certain. Plus profonde, sans doute, enfouie dans son âme. Elle la lui dirait en temps voulu, comme le reste.

— D'accord, fit-il. Mais je reste avec toi.

Les yeux de Kristen s'embuèrent, et elle s'efforça rageusement de maîtriser ses larmes.

— Je déteste cette situation.

Il la prit dans ses bras et elle se laissa faire.

— Je sais, lâcha-t-il.

Son téléphone se mit à sonner dans sa poche et il l'en extirpa tandis qu'elle restait blottie contre lui.

— Reagan à l'appareil, dit-il.

La voix de Mia était toute tremblante. Et ce n'était pas dû à la mauvaise qualité de la liaison. Elle était bouleversée.

— Abe, on a retrouvé Tyrone Yates… Il est mort.

— Oh non ! Comment est-ce arrivé ?

— C'est un coup des Blades. Ils ont signé leur crime en tailladant son visage du symbole de leur bande.

— Et l'autre garçon ? Aaron Jenkins,

— On le cherche toujours, répondit Mia. Ses parents sont dans tous leurs états. Au moins, ça dissuadera la famille du gamin qu'on a arrêté aujourd'hui de nous reprocher de l'avoir placé en garde à vue protectrice…

— Cela suffira peut-être à nous rendre accessible le dossier judiciaire de Jenkins. Le juge Rheingold ne voulait rien entendre, quand je l'ai appelé, tout à l'heure. Il devient tatillon quand il s'agit de mineurs. On verra s'il change d'avis, maintenant que Yates a été assassiné.

Mia soupira et reprit :

— Je crois qu'il vaut mieux s'adresser à Mme Jenkins. En attendant, les Blades deviennent vraiment dangereux. Dites à Kristen de prendre des vacances. Elle pourrait aller en Jamaïque… Le plus loin possible…

— Je lui transmettrai votre proposition, dit Abe sans croire une seconde que Kristen suivrait ce conseil.

Il referma son téléphone et le rangea dans sa poche.

— Mia te salue bien.

Elle haussa les sourcils.

— Et qu'a-t-elle dit d'autre ?

Il lui apprit la mort de Tyrone Yates, et elle courba la tête d'un air accablé.

— Je préfère encore l'algèbre, murmura-t-elle.

Il déposa un autre baiser sur son front.

— Comment te sens-tu ? demanda-t-il. Pas trop démoralisée ?

— Tu veux dire : après ce qui s'est passé aujourd'hui, ou après ce qui s'est passé hier soir ?

— Les deux.

Elle inspira profondément et redressa le dos.

— Pour être tout à fait franche, je suis furieuse. Mais il y a peut-être un côté positif, dans ma mise en congé. Maintenant, j'ai du temps pour éplucher de vieux dossiers. Je vais pouvoir t'aider à déterminer ce que ces victimes ont en commun, en dehors de ma participation à leur procès.

Abe fronça les sourcils et dit :

— Mais…

Elle lui adressa un petit sourire satisfait.

— J'ai fait une copie sur CD de tous leurs dossiers. Je peux travailler à domicile.

— Ce n'est pas très réglementaire, objecta-t-il.

Le sourire de Kristen se fit narquois, presque coquin, et Abe sentit son cœur se serrer.

— Vous allez m'arrêter, inspecteur Reagan ? demanda-t-elle malicieusement.

Il gloussa.

— C'est une proposition tentante, répliqua-t-il non moins malicieusement. Sortons d'ici, avant que je ne te passe les menottes.

Il lui posa un bras sur l'épaule et ils sortirent ensemble de la buanderie. Dans la cuisine, l'atmosphère était survoltée. Les enfants de Ruth et de Sean couraient dans tous les sens en braillant. Abe embrassa sa mère sur la joue, puis il déposa un petit baiser sur celle du bébé qu'elle tenait dans ses bras. Sa toute nouvelle nièce.

— Me revoilà, lança-t-il.

Becca le regarda d'un air amusé, et Abe comprit aussitôt qu'Aidan lui avait raconté ce qu'il avait vu, dans la buanderie.

— Je vois ça, fit-elle. Bonsoir, Kristen.

Abe se tourna vers Kristen, qui regardait Ruth d'un air horrifié.

— Ils sont tous à vous ?

Ruth sourit, avant qu'un bruit de verre brisé ne la fasse sursauter.

— Oui, répondit-elle. Et il y a en un cinquième dans le salon, qui vient de perdre son argent de poche pour le reste de l'année !

Becca rendit son bébé à Ruth et dit :

— Je vais aller voir ce qu'il a cassé. Abe, je t'ai laissé une assiette de bœuf aux légumes. Réchauffe-la au four à micro-ondes.

Abe grogna.

— Je vais d'abord réchauffer le reste de tourte aux cerises, avant qu'Aidan ne mette la main dessus.

— Alors, va la manger dans le salon, ordonna Ruth en le chassant d'un geste de la main. Je voudrais dire un mot à Kristen. Vous voulez un café, Kristen ?

— Non merci, fit celle-ci en secouant la tête.

— Asseyez-vous, s'il vous plaît, dit Ruth en désignant la table.

Kristen s'exécuta.

— Becca m'a dit que vous dîniez ici ce soir, reprit Ruth. Nous avions peur que vous ne reveniez pas.

— Pourquoi ? demanda Kristen en fronçant les sourcils.

— Vous aviez l'air si vexée quand vous êtes partie, hier soir. Vous avez essayé de ne pas le montrer, mais nous n'étions pas dupes.

Hier soir... Hier soir, elle avait passé un moment merveilleux avec Reagan.

Et elle avait été agressée dans sa propre chambre à coucher.

— Vous voulez parler de votre réaction quand j'ai ri, dit Kristen. Oui, c'est vrai, j'étais vexée. Mais pas tant que ça, au fond, et j'ai vite oublié cet épisode, je dois l'avouer. Quand Abe m'a ramenée chez moi…

Elle hésita avant de poursuivre :

— Quelqu'un s'était introduit chez moi et m'a menacée. Abe l'a fait fuir.

Ruth se figea.

— Ce sont les mêmes types qui ont percuté votre voiture, vendredi soir ? s'enquit-elle.

— Probablement pas.

Les soupçons se portaient sur Jacob Conti, mais la police ne disposait d'aucune preuve. Il n'y avait qu'un peu de peau et de sang, prélevés sous les ongles de Kristen. Faute de pouvoir comparer l'ADN de l'agresseur avec celui d'un suspect potentiel, cela ne leur était guère utile pour l'instant. Kristen haussa les épaules.

— Mais ça va bien, maintenant, ajouta-t-elle. Je suis juste un peu secouée.

— Abe a passé la nuit chez vous, n'est-ce pas ? Il n'a pas voulu vous laisser seule…

Kristen s'efforça de ne pas rougir, mais comprit, à en juger par le regard amusé de Ruth, qu'elle n'y parvenait guère. Elle tenta de garder un ton neutre pour répondre :

— Non, en effet, il n'a pas voulu me laisser seule.

Ruth lui prit doucement la main.

— Tant mieux, dit-elle. Je suis sincère, Kristen. Abe est seul depuis si longtemps. C'est un chic type. Il mérite de rencontrer quelqu'un qui saura le rendre heureux.

Kristen avait du mal à supporter le regard complice et chaleureux de Ruth. Elle rendait Abe heureux, c'était sans doute vrai. Mais elle était persuadée que cela ne durerait pas.

— Je ne veux surtout pas que vous vous fassiez trop d'illusions, Ruth. Si Abe veille ainsi sur moi, c'est à cause de toute cette affaire.

Elle fit un geste vague de la main avant de préciser :

— Ces journalistes qui me harcèlent, ce tueur en série obsédé par moi, ces hommes armés qui me menacent…

Mais je ne crois pas qu'Abe continuera de me fréquenter, quand tout ça sera fini.

Ruth laissa échapper un soupir.

— C'est votre affaire, Kristen. Et celle d'Abe. Ce qui se passe entre vous ne me regarde pas. Je voulais juste m'excuser pour ma réaction d'hier soir. J'ai été si impolie… Mais, quand je vous ai entendue rire, j'ai vraiment cru que Debra était revenue parmi nous.

Elle berça son bébé et ce geste tout simple, tout naturel, émut étrangement Kristen.

— Ça va être dur pour Abe de revoir les parents de Debra, samedi prochain, murmura Ruth.

Le baptême du bébé que Kristen avait sous les yeux… Kristen avait une véritable phobie des baptêmes, et elle s'était toujours débrouillée jusque-là pour éviter d'assister à ce genre de cérémonies. Mais elle accompagnerait Reagan à ce baptême, s'il le souhaitait. Cela rouvrirait de vieilles plaies, mais elle ne lui refuserait pas son soutien, même si elle devait en souffrir.

— Abe m'a expliqué qu'ils étaient en désaccord concernant le maintien en vie de Debra, dit-elle.

Ruth resta un instant pensive avant d'embrasser le petit crâne duveté de son bébé.

— Il ne faut pas leur en vouloir, finit-elle par dire. Mon oncle et ma tante pensaient sincèrement qu'ils agissaient dans l'intérêt de Debra. Moi-même, je ne sais pas ce que je ferais, si j'avais à prendre de telles décisions.

Kristen la regarda tandis qu'elle serrait son bébé contre son sein. Elle médita ses derniers mots. *Agir dans l'intérêt de son enfant…* Faire ce qu'il fallait faire, même au prix des plus affreux chagrins. Oui, elle comprenait ce qu'il pouvait y avoir de déchirant dans de tels choix. Mieux que quiconque, en fait.

Ruth s'éclaircit la gorge.

— En tout cas, ce serait plus facile pour Abe s'il était

accompagné, samedi prochain. Voulez-vous venir au baptême ? Je sais que je vous prends un peu au dépourvu, mais…

— Bien sûr, répondit Kristen. Si cela peut aider Abe… Merci pour votre invitation.

— T'inviter où ? demanda Abe, qui venait d'apparaître sur le seuil de la cuisine, le sac de Kristen à la main.

Il se pencha pour embrasser le nourrisson et ajouta :

— Ton sac à main s'est mis à sonner.

Kristen se leva.

— Ah, oui, mon portable…

Elle le sortit du sac et dit dans l'émetteur :

— Mayhew à l'appareil.

Abe la vit froncer les sourcils et se mettre à pâlir, en écoutant la réponse.

— Elle va bien ? s'enquit-elle.

Ses doigts étaient crispés sur le téléphone.

— Tu en es sûr ?

Elle écouta la réponse de son correspondant et répliqua :

— Mais je suis très calme. Faut-il que je vienne ?

La réponse la fit grimacer.

— Non, probablement pas. As-tu appelé la police ?

Elle serra les dents.

— Non, papa, ce n'est pas un canular. Ne touche surtout pas à cette lettre, ni à cette fleur. Je me charge d'appeler la police. Les policiers auront besoin d'examiner la lettre et la fleur. Il leur faudra aussi une description de toutes les personnes qui sont venues à la maison de santé dans la soirée.

Elle pinça les lèvres et referma son téléphone d'un geste sec.

— Bon sang, lâcha-t-elle avec amertume. Voilà autre chose…

Abe s'assit à la table, juste à côté d'elle.

— Un problème avec ta mère ?

Elle hocha la tête.

— Quelqu'un a laissé une rose noire et une lettre sur son oreiller, à la maison de santé…

Elle jeta un bref coup d'œil à Ruth et précisa :

— Ma mère est au stade terminal de la maladie d'Alzheimer.

Abe lui prit doucement le menton et la sentit trembler.

— Quelle est la teneur de la lettre ?

— Juste cette question : « Qui est-ce ? »

Elle se releva pesamment, le visage dur et morne.

— Où est mon manteau ? demanda-t-elle.

— Tu pars dans le Kansas ?

Kristen secoua la tête.

— Non, répondit-elle. Mais je m'en vais. Je ne peux pas rester dans cette maison. Le type qui m'a menacée, hier soir, m'a dit que mes proches allaient mourir si je ne lui disais pas où trouver le tueur. Il n'est pas question que je mette ta famille en danger, Abe. Ramène-moi chez moi.

Du coin de l'œil, Abe vit Ruth serrer instinctivement son bébé contre sa poitrine.

— Calme-toi, Kristen, dit-il.

Il s'aperçut aussitôt que ce conseil n'était pas des plus judicieux. Son père lui avait dit la même chose.

— Je suis calme, affirma-t-elle froidement. Et je le serai encore plus quand tu m'auras ramenée chez moi.

Résigné, Abe se leva.

— Je vais te chercher ton manteau.

Lundi 23 février, 23 heures

Il était trop tôt. Mais il devait mettre les bouchées doubles : le temps commençait à lui manquer. Il y avait tant de noms, dans le bocal à poisson ! Des criminels, des avocats, des juges…

Il faisait si froid. Il grelotta. Ses os étaient endoloris. Il sentait sa gorge se dessécher de minute en minute. Le toit était glacial sous son ventre, et ses doigts commençaient à s'engourdir. Cela faisait deux heures qu'il attendait. William Carson n'allait pas venir. Un triste sourire se dessina sur ses lèvres gercées. Peut-être que les avocats se méfiaient. Peut-être que le décès prématuré de Skinner les dissuadait de se déplacer seuls, à des heures indues, dans des quartiers mal famés de la ville, en quête de preuves salissant les victimes de leurs clients.

Pourtant, les médias n'avaient pas soufflé mot de la manière dont il attirait ses cibles. Carson n'avait donc guère de raison de se méfier d'un informateur anonyme.

Il se renfrogna, luttant contre le vent glacial. Si les journalistes avaient eu la moindre idée de ses méthodes, cette garce de Zoe Richardson se serait déjà empressée d'en faire part publiquement. Jour après jour, elle laissait entendre dans ses reportages que Kristen et la police en savaient plus que ce qu'ils voulaient bien dire. Il fallait empêcher cette journaliste de nuire. Malheureusement, elle n'avait jamais commis le moindre délit. Ce n'était qu'une sale petite carriériste.

Un mouvement attira son attention. Il se haussa légèrement et scruta l'obscurité.

Le rat avait trouvé l'appât trop alléchant pour résister à la tentation.

Parfait. Il se remit à plat ventre et colla l'œil sur l'objectif de la lunette, grimaçant au contact de l'acier glacial. Il visa le front de Carson. Il n'y avait plus qu'à appuyer sur la détente.

Un mouvement à la périphérie de son champ de vision le fit soudain tressaillir. Un cri strident s'éleva dans la rue, et Carson tomba à terre.

J'ai raté sa tête. Il vit encore.

Cette pensée avait à peine atteint son cerveau qu'un autre homme émergeait de la pénombre, courant vers Carson. Le tireur vit avec horreur l'homme sortir un téléphone portable de sa poche. Carson n'était pas venu seul. Comme s'il était guidé par une main invisible, le tireur mit en joue l'homme accroupi et fit feu.

L'homme s'écroula en silence. Mais Carson se tordait encore de douleur. Le tireur ajusta la mire sur sa poitrine et appuya une nouvelle fois sur la détente. Le corps s'immobilisa aussitôt.

Puis le tireur se mit à courir.

Lundi 23 février, 23 h 35

Postée à sa fenêtre, Kristen regarda le 4x4 d'Abe s'éloigner. Un nouveau meurtre venait d'être commis. Mais, cette fois, c'était différent. Le tueur avait raté son tir, et l'une de ses cibles avait survécu.

Une fois informé, Abe avait rechigné à la laisser seule chez elle. Mais elle avait tant insisté pour qu'il y aille qu'il avait fini par céder, répondant à l'appel du devoir. A présent, le silence était revenu dans la maison, et elle se sentait seule, mal à l'aise et apeurée. Elle alla dans la cuisine préparer du thé, cherchant dans ces gestes routiniers un peu de réconfort. Elle vit alors sur le comptoir les épingles à cheveux, à l'endroit exact où Reagan les avait posées. Elle repensa à cette scène. Samedi soir... Deux jours auparavant... Elle avait l'impression qu'il s'était écoulé plusieurs semaines depuis. Il l'avait tenue dans ses bras à cet endroit-là, l'avait embrassée pour la première fois, et ce baiser lui avait donné l'impression de revivre. Elle regrettait terriblement son absence.

La sonnerie de la porte d'entrée retentit et elle sursauta.

— Ne sois pas ridicule, se morigéna-t-elle à voix basse. Il y a un flic en faction devant ta porte.

Qui n'a servi à rien, hier soir.

La sonnerie retentit de nouveau, de façon plus insistante cette fois. Elle regretta que le délai administratif pour l'obtention de son port d'arme ne soit pas écoulé, rassembla tout son courage, et sortit de la cuisine d'un pas tremblant. Elle prit son téléphone portable dans sa poche et composa le numéro de police secours, sans appuyer sur la touche d'appel. Juste au cas où... Elle doutait qu'un individu animé de mauvaises intentions sonne à la porte pour s'introduire chez elle. *Mais on ne sait jamais.* Des choses plus étranges encore étaient arrivées à tant de gens…

A moi, par exemple. Et pas plus tard que cette semaine…

Elle colla son œil au judas et eut un soupir soulagé.

— Kyle ! dit-elle en ouvrant la porte et en refermant son portable.

Kyle Reagan pénétra dans l'entrée, aussi costaud que son fils. C'était un homme tranquille. Il ne lui avait guère adressé la parole, au cours des deux visites qu'elle avait rendues à la famille Reagan. Mais il souriait volontiers, et ses yeux bleus pétillaient de bienveillance.

Son regard était sérieux, à présent, tandis qu'il scrutait celui de Kristen, sans doute pour cerner son angoisse. Il avait dû s'apercevoir, tant c'était visible, qu'elle était partie de chez lui fort contrariée. Il lui tendit un sac et dit :

— Becca m'a demandé de vous apporter à manger.

Kristen esquissa un sourire. A l'évidence, la nourriture était, aux yeux de Becca, une vraie panacée — le remède à tous les tracas, et le réconfort des âmes troublées.

— Mais c'est Abe qui vous envoie, n'est-ce pas ?

Il haussa les épaules.

— On pourrait dire ça. Vous avez du café ? Il fait froid, dehors.

— J'étais sur le point de faire du thé.

Kyle la suivit dans la cuisine et demeura silencieux tandis qu'elle plaçait un sachet de thé dans la théière.

— Je suppose que je devrais vous dire que vous n'auriez pas dû venir, ajouta-t-elle. Mais, pour dire la vérité, je suis bien contente que vous soyez là !

Elle serra les poings sur le comptoir et ajouta :

— Je déteste avoir peur quand je suis chez moi.

— Je vous comprends, dit-il posément. Je ne vais pas vous reprocher d'avoir peur, Kristen. C'est une réaction naturelle et, dans votre cas, salvatrice. Cela vous pousse à rester sur vos gardes.

— J'ai acheté un pistolet.

— Je sais. Abe me l'a dit. Il m'a dit aussi que vous saviez très bien vous en servir.

Elle se tourna et s'adossa au comptoir.

— Il a dit ça ?

— Mais oui. En fait, tous les membres de ma famille chantent vos louanges.

Kristen détourna le regard.

— J'aime beaucoup votre famille, Kyle. Je l'aime tant que je ne veux surtout pas l'entraîner dans mes problèmes.

— Je sais.

Il la regardait calmement de ses yeux doux et francs, sans chercher à cacher la crainte qu'il éprouvait pour sa famille.

— Comment va votre mère ? demanda-t-il.

— Aussi bien que possible, je vous remercie.

La bouilloire se mit à siffler et elle la retira du feu.

— J'ai appelé la maison de santé dès que je suis revenue ici, tout à l'heure, reprit-elle.

Elle avait téléphoné assise sur le canapé, avec Abe à son côté, qui avait posé un bras sur son épaule pour la soutenir dans cette épreuve.

— Il fallait, poursuivit-elle, que je parle directement au personnel de l'établissement. Mon père a tendance à… me faire des cachotteries.

— Oui, nous, les parents, nous faisons souvent ça… Nous n'aimons pas inquiéter nos enfants.

Kristen haussa les épaules. Elle savait à quoi s'en tenir sur ce chapitre.

— Peut-être bien, fit-elle en se gardant de poursuivre cette conversation.

Elle prit la théière et deux tasses, s'attabla en face de Kyle et changea de sujet :

— Ensuite, Abe a appelé ses collègues du Kansas.

— Que lui ont-ils appris ?

— Pas grand-chose. Aucun employé de la maison de repos n'a vu la personne qui a apporté la lettre et la fleur. Et cet établissement n'est pas équipé de caméras de surveillance.

— Et l'examen de la lettre et de la fleur ?

— Abe a essayé de convaincre les flics du Kansas de les envoyer ici, mais ils ont poliment refusé. Ils ont dit qu'ils la feraient examiner dans leur propre labo, à Topeka.

— Si c'est un coup de Conti, ils ne trouveront de toute façon aucun indice.

— Je sais.

Kyle glissa sa main dans sa poche, et en sortit un jeu de cartes.

— Je vais rester ici, si vous allez vous coucher. Mais si vous n'arrivez pas à dormir…

Il étala le jeu sur la table.

Kristen savait qu'elle ne trouverait pas le sommeil avant qu'Abe ne revienne avec des nouvelles du dernier meurtre.

— Désolée, je ne connais pas beaucoup de jeux de cartes, dit-elle. Mon père nous interdisait d'y jouer. De toute façon, il faut que je travaille.

— Je peux vous aider ?

— Vous vous y connaissez, en bases de données ?

Il grimaça.

— A peu près autant que vous en jeux de cartes.

Kristen sourit.

— Alors, tenez-moi simplement compagnie.

Il répartit les cartes pour commencer une réussite et répondit :

— Ça, je sais faire.

Mardi 24 février, 00 h 05

Les gyrophares se reflétaient sur les cinq voitures de patrouille, les six véhicules banalisés, la camionnette des techniciens de la police et les deux ambulances qui étaient garés aux abords de la scène de crime.

Mia se tenait près de l'une des deux victimes. Lorsqu'elle vit Abe, elle se leva et lui fit signe de s'approcher.

— Désolé d'être en retard, lança-t-il. Il a fallu que je trouve quelqu'un pour veiller sur Kristen.

— Aucun problème. Tenez, voilà Rafe Muñoz, dit-elle en désignant un grand costaud allongé sur un brancard et enveloppé d'une housse mortuaire. C'est un garde du corps. Enfin, c'était…

Elle désigna un autre brancard, qu'on était en train de charger dans une ambulance.

— Et celui-là, c'est William Carson, ajouta-t-elle.

Abe grimaça. Il connaissait ce nom. Il avait eu la malchance d'être questionné par Carson, à l'époque où il portait encore l'uniforme, bien des années auparavant.

— Encore un avocat, fit-il. Il est grièvement blessé ?

— Oui. Il n'est pas sûr qu'il survive à ses blessures. Il est resté conscient pendant quelques minutes, après l'arrivée de la première voiture de patrouille. Il a pu donner le nom de Muñoz avant de perdre connaissance. On l'emmène à l'hôpital de Rush. Muñoz a pris une balle dans la tête. Apparemment, il était agenouillé près de Carson quand il a été touché. Mais Carson…

Malgré l'obscurité, Abe vit les yeux de Mia pétiller.

— Le premier tir l'a touché, mais lui a juste éraflé le cuir chevelu, poursuivit-elle en se touchant le haut du crâne. La deuxième balle l'a atteint en pleine poitrine. Il y a une blessure d'entrée, mais pas de blessure de sortie.

Abe sentit son pouls s'accélérer.

— La balle est restée logée dans le corps, murmura-t-il.

— Avec un peu de chance, nous aurons avant l'aube un poinçon bien net à montrer à Diana Givens.

— D'où provenait le tir ?

Mia se tourna et désigna un immeuble de quatre étages, de l'autre côté de la rue.

— Il attendait Carson là-haut. Allons y jeter un coup d'œil.

Ils se munirent d'un puissant projecteur et gravirent l'escalier de secours extérieur qui menait au toit de l'immeuble.

Ils atteignirent d'un pas prudent l'endroit où le tueur s'était mis à l'affût.

Mia laissa échapper un petit sifflement.

— Est-ce une hallucination ? demanda-t-elle. Dois-je en croire mes yeux ? Enfin, un indice !

Abe regarda le gobelet et son couvercle en plastique, s'efforçant de modérer leur espoir :

— Ce n'est peut-être pas lui qui l'a oublié là…

Mia se courba pour renifler le gobelet. Elle le serra dans sa main déjà gantée de latex.

— C'est du café, et il est encore tiède, déclara-t-elle.

Elle sourit à Abe et ajouta :

— C'est Jack qui va être content.

Mardi 24 février, 00 h 30

Il était assis à la table de sa cuisine. Ses mains tremblaient encore de manière incontrôlable. Il l'avait raté.

J'ai foiré.

Et, ensuite, il avait paniqué et tué un innocent.

Bon. Cet homme n'était peut-être pas aussi innocent que ça, après tout. Il accompagnait Carson. Et Carson était un avocat véreux qui défendait sans vergogne des meurtriers, des trafiquants de drogue et des violeurs. Quiconque se trouvait en compagnie d'une telle ordure ne pouvait être complètement innocent.

Mais ce n'en était pas moins un échec regrettable, il devait bien se l'avouer. Pis encore, il s'était enfui sans s'assurer que les deux hommes étaient bien morts. Il avait décampé sans attendre son reste, dévalant l'escalier de secours et prenant la fuite comme un vulgaire criminel — comme un truand qui a la police aux trousses.

Les policiers ne savaient toujours pas qui il était. Mais cela n'allait pas tarder.

Il était peut-être temps d'envisager la fin.

Il ramassa les trois bouts de papier qu'il n'avait pas encore placés dans le bocal, avec les autres. Ces trois noms-là étaient spéciaux. Il avait remis à plus tard l'exécution de ces trois hommes, parce qu'il savait qu'une fois qu'il aurait éliminé ces salauds, les enquêteurs n'auraient aucun mal à l'identifier. Il aurait voulu vider le bocal d'abord, mais le temps lui manquait.

Il se leva péniblement. Ses articulations étaient endolories. Il avait du mal à déglutir, et une horrible migraine lui vrillait le crâne. Les longues heures passées à attendre dans le froid, à creuser des tombes et à transporter des cadavres se faisaient cruellement sentir. Il avait eu du mal à assurer son service, à son travail. Il fallait que tout cela cesse, et rapidement. Il entreprit de se faire un café, espérant que ce breuvage lui réchaufferait le corps. Il retira le couvercle de la boîte métallique et se figea brusquement lorsque l'odeur du café moulu vint lui chatouiller les narines.

Le café.

Il avait acheté un gobelet de café, pour se réchauffer pendant qu'il guettait Carson. Et il l'avait oublié sur place.

Il se força à poursuivre sa tâche, versant le café dans le filtre. Les policiers n'étaient pas des crétins, et ils disposaient d'un laboratoire. Reagan et Mitchell allaient forcément retrouver le gobelet, et ils disposeraient ainsi d'un échantillon de son ADN. Ce genre d'erreur devait fatalement arriver. Il savait depuis le début qu'il arriverait un moment où il laisserait derrière lui des preuves de sa culpabilité, quelles que soient les précautions qu'il pouvait prendre.

A présent, c'était fait, et il allait le payer.

Auparavant, il fallait absolument qu'il règle son compte à ces trois personnages. Il fallait qu'il le fasse avant que la police ne l'arrête.

Il le devait à Leah.

17

Mardi 24 février, 8 h 30

Jack était content.

— On n'a pas seulement pu prélever un échantillon d'ADN sur ce gobelet, annonça-t-il. Ce type doit avoir mal à la gorge. Parce qu'on a aussi trouvé des traces de menthol dans le café, ce qui pourrait indiquer qu'il était en train de sucer une pastille pour la toux pendant qu'il le buvait.

— La belle affaire ! fit Mia d'un ton sarcastique. C'est la saison de la grippe… On n'a plus qu'à embarquer tous les gens qui ont la goutte au nez.

— C'est peut-être pour ça qu'il a raté son tir, observa Abe. Parce qu'il est malade.

— Pauvre chou, ironisa Kristen. Ça me fend le cœur.

— Ça peut vouloir dire qu'il commettra d'autres erreurs, dit Mia.

Elle brandit un sachet en plastique. Et ajouta :

— Et puis, on a son poinçon. Bien net, cette fois…

Spinnelli prit le sachet et l'examina à la lumière du plafonnier.

— En effet, la balle n'est pas trop endommagée, confirma-t-il.

— Elle a été retrouvée dans le poumon droit de Carson, indiqua Abe. Le chirurgien a réussi à l'extraire.

— Heureusement qu'on a assisté à l'opération, grogna Mia. Le toubib a failli la jeter à la poubelle.

— Il en a eu tellement honte qu'il s'est senti obligé d'inviter Mia à dîner, précisa Abe en souriant.

Mia grommela, mais prit elle aussi le parti d'en sourire.

— J'ai une touche avec un médecin. Moi qui rêvais d'ascension sociale…

Spinnelli secoua la tête en souriant lui aussi.

— Bon, dit-il, quelle est l'étape suivante ?

— Julia va autopsier Arthur Monroe, répondit Mia. C'est bizarre, quand même. Conti a été tué avec une telle sauvagerie, alors que Monroe…

Elle haussa les épaules avant de poursuivre :

— Une seule balle dans la tête. Ça m'étonne de lui. On aurait pu s'attendre à davantage de brutalité, vu que Monroe avait abusé d'une petite fille.

— Le meurtre de Conti était sans doute atypique, intervint Jack. Il lui en voulait terriblement d'avoir traîné Kristen dans la boue. C'était une vengeance toute personnelle. A présent, il a repris la routine…

— Il est peut-être en train de perdre les pédales, suggéra Kristen d'un ton pensif. De toute évidence, il a déjà perdu tout sang-froid avec Conti.

— C'est peut-être pour ça, aussi, qu'il a raté Carson, cette nuit, ajouta Abe. Je voudrais bien savoir comment il a fait pour attirer Carson dans cette embuscade. Nous savons que Skinner avait reçu une lettre, le jour de son meurtre. Essayons de savoir si c'est aussi le cas de Carson.

Spinnelli fronça les sourcils.

— Il n'y a qu'à le lui demander, dit-il.

Mia secoua la tête.

— On a attendu après l'opération, rapporta-t-elle. Pour voir s'il allait reprendre connaissance. Mais il était encore inconscient. L'hôpital est censé nous appeler quand il se réveillera.

— Et Muñoz ? insista Spinnelli. Quel est son lien avec Carson ?

Mia haussa les épaules.

— Carson a dit aux collègues qui l'ont trouvé qu'il l'avait engagé comme garde du corps.

— Apparemment, il y a pas mal d'avocats qui ont fait de même, ces derniers jours, déclara Kristen d'un ton pince-sans-rire. L'un d'eux m'a même envoyé la facture par fax, juste avant que je ne quitte mon bureau hier après-midi.

— Tu parles d'un garde du corps, marmonna Jack. Il n'avait même pas de pistolet.

Mia fronça les sourcils.

— Vous n'en avez pas retrouvé, sur la scène de crime ? demanda-t-elle. Je me souviens avoir remarqué qu'il avait un holster, quand il a été placé dans la housse mortuaire.

— Non, répliqua Jack. Nous n'avons trouvé près de lui que son téléphone portable.

— Ça veut dire que quelqu'un d'autre a récupéré l'arme, dit Abe. Quelqu'un a assisté à la fusillade et s'est emparé du pistolet avant l'arrivée des collègues.

— C'est peut-être le tueur lui-même qui l'a pris, hasarda Jack.

Mia secoua la tête.

— Alors pourquoi n'a-t-il pas pris le portable de Muñoz ? C'est comme ça qu'on les a localisés. Grâce au portable…

— Et au GPS intégré, précisa Jack. Vous avez raison, Mia. S'il avait eu la présence d'esprit de récupérer le pistolet, il aurait également pris le téléphone portable. Muñoz le serrait dans sa main.

— Ce qui signifie qu'il y a un témoin visuel, conclut Abe.

— Qui a vu une camionnette avec un faux panneau magnétique, soupira Kristen. On est bien avancé…

— Un de ces jours, on réussira à obtenir des témoignages plus intéressants, poursuivit Abe. Marc, vous pouvez demander à un collègue d'enquêter auprès des prêteurs sur gages ? Je parie que Muñoz avait une arme de prix, et que la personne qui l'a récupérée s'est empressée de la mettre au clou.

Spinnelli en prit note et dit :

— Je vais demander à Murphy de s'en occuper. Il vient de boucler une grosse enquête.

— Ou alors le voleur a gardé l'arme pour lui…, marmonna Mia.

— Décidément, tout le monde a une arme, sauf moi ! soupira Kristen.

Abe esquissa un sourire.

— Tu pourras aller chercher ton pistolet demain, affirma-t-il. Mais si tu veux voir à quoi il ressemble, viens donc avec nous. Nous allons de ce pas rendre visite à Diana Givens. Comme tu es en congé…

— Comment ça ? lança Jack, étonné. Que s'est-il passé ?

— J'ai été mise en congé administratif, répondit Kristen d'une voix posée. Les avocats prétendent que je représente une menace pour eux.

Mia ne put s'empêcher de ricaner.

— Excusez-nous, Marc, dit Abe. On est un peu sur les nerfs. Aucun d'entre nous n'a dormi, cette nuit.

Spinnelli se tourna vers Kristen et lui demanda :

— Vous êtes allée sur la dernière scène de crime ?

Kristen secoua la tête.

— Non, mais je n'ai pas réussi à trouver le sommeil. J'ai effectué quelques recherches, pendant que Mia et Abe étaient à l'hôpital, avec Carson.

Elle tapota la pile de documents qui était posée sur la table.

— A l'exception des Blades et d'Angelo Conti, reprit-elle, toutes les victimes du tueur étaient liées à une agression sexuelle. Pourtant, on a du mal à cerner ses motivations. Il ne tient pas compte de la chronologie des crimes qu'il venge. Il saute toute une année, puis il revient en arrière. Il n'y a pas, non plus, de point commun entre les décisions judiciaires favorables à ces criminels, hormis le fait qu'aucun d'entre eux n'a purgé de peine de prison. Certains ont été acquittés, d'autres ont négocié et obtenu du sursis, ou alors une peine de substitution. Il vise des accusés aussi bien que des avocats. J'ai l'impression qu'il choisit ses cibles de façon aléatoire, avec une prédilection pour les auteurs de crimes sexuels.

— Je vois, fit Spinnelli.

Il désigna les documents qu'elle avait apportés.

— Et qu'y a-t-il, là-dedans ? s'enquit-il.

— C'est une liste que j'ai dressée à partir de toutes les affaires d'agression sexuelle où j'ai représenté l'accusation, et où l'accusé n'a pas fait de prison ferme. Je ne crois pas qu'il y ait de rapports entre ces affaires. Mais le tueur est lié, lui, à l'un de ces procès, j'en suis certaine. A l'une des victimes, donc… Mais attention : il ne s'agit pas forcément d'une des victimes qu'il a déjà vengées. Il le fera peut-être plus tard. Les autres affaires peuvent relever à ses yeux du…

Elle haussa les épaules avant d'achever sa phrase :

— … du service rendu à son pays.

— L'humble serviteur de la police et de la justice, en quelque sorte, fit Jack.

— Exactement. En tout cas, il y a de fortes chances pour que, la prochaine fois qu'il frappe, ce soit une personne qui figure sur cette liste : soit un accusé, soit un avocat.

Spinnelli eut un geste de recul.

— Ne me dites pas qu'il va falloir surveiller et protéger toutes ces personnes, dit-il d'une voix lasse.

— Non, Marc, ce n'est pas ce que je propose. Mais vous vous souvenez de ce qu'a dit Westphalen ? Il pense que cet homme a récemment subi un traumatisme. Si j'étais vous, j'appellerais toutes les victimes qui figurent sur la liste que j'ai établie cette nuit, afin d'avoir une idée de leur état mental, et de déterminer s'ils ont récemment subi un traumatisme.

— Si le tueur fait vraiment partie de cette liste, il ne sera pas assez naïf pour nous avouer qu'il a subi un traumatisme récent, objecta Jack.

Kristen haussa les sourcils.

— J'y ai pensé, rétorqua-t-elle. Ce n'est pas forcément le moyen d'identifier à coup sûr le coupable. Mais cela permettra sans doute d'éliminer plusieurs noms de la liste.

Vous avez mieux à proposer ? Pour l'instant, vous n'avez qu'un échantillon d'ADN, une victime dans le coma, un bout d'empreinte digitale et une balle…

— La victime va peut-être sortir du coma, et la balle, avec son poinçon spécifique, va peut-être « parler », répliqua Abe.

Kristen haussa les épaules.

— Eh bien, faites-la donc parler, fit-elle. Ça n'empêche nullement de vérifier ma liste.

— Elle a raison, Abe, intervint Mia. Ça pourrait être une bonne piste. Et puis, comme Kristen est en congé, c'est normal qu'elle cherche à se rendre utile.

— Il y a de ça, reconnut Kristen. En dehors de ma cheminée, que j'ai presque fini de rénover, je n'ai strictement rien à faire, et je déteste me tourner les pouces. De toute façon, je ne suis pas suspendue, je n'ai simplement pas le droit de travailler sur des affaires en cours. Personne n'a rien dit concernant les affaires anciennes…

Abe comprenait son besoin de rester active. Il s'était lui-même jeté corps et âme dans son travail, quand Debra s'était fait tirer dessus. Cela avait été pour lui l'unique manière de tenir le coup.

— Il vaut mieux que tu fasses tes recherches ici, sur nos ordinateurs, dit-il à Kristen. Ta ligne est peut-être sur écoute.

— Cette liste comporte beaucoup de noms, observa Spinnelli. Ça va vous prendre des heures… Des journées entières, même…

Kristen les dévisagea l'un après l'autre.

— Ecoutez, vous avez neuf cadavres sur les bras… Neuf ! Je n'ai pas l'intention d'assister à leurs funérailles, et je ne vais pas pleurer leur mort, mais ils ont été victimes de meurtres. Skinner laisse derrière lui une femme et des enfants. Ne serait-ce que pour ces derniers, il faut que justice soit faite. Tant qu'on n'aura pas mis ce type hors d'état de nuire, j'y consacrerai tout le temps qu'il faudra.

*
* *

Mardi 24 février, 9 h 15

Mia s'accouda au comptoir vitré, le regard fixé sur Diana Givens, qui examinait la balle à la loupe.

— Eh bien ? demanda-t-elle. Vous avez déjà vu ce poinçon, oui ou non ?

Diana leva la tête, agacée.

— Ne vous énervez pas comme ça, inspecteur, maugréa-t-elle.

Elle se courba en louchant sur la balle et dit :

— Des M ou des W entrelacés… Je n'ai jamais rien vu de tel… Mais l'un de mes clients pourrait peut-être en savoir plus long sur ce poinçon.

— Et où pouvons-nous les trouver, vos clients ? insista Mia.

— Eh bien, je vous ai dit que j'allais leur proposer une petite réunion, mais je n'imaginais pas que vous reviendriez aussi vite avec une balle.

Elle rendit la balle à Mia et prit une feuille de papier sous le comptoir.

— Je vais vous donner leurs noms, reprit-elle. Vous n'aurez qu'à les appeler vous-mêmes, si ça vous chante.

Mia la gratifia d'un large sourire.

— Merci, fit-elle. On vous revaudra ça.

Mardi 24 février, 11 h 30

— Je déteste les hôpitaux presque autant que les morgues, grommela Abe.

Mia ne quittait pas des yeux le cadran de l'ascenseur.

— Je sais, répliqua-t-elle, vous me l'avez déjà dit quand Carson a été opéré. Plusieurs fois, même…

La sonnerie retentit et les portes de la cabine coulissèrent.

— Ne vous comportez donc pas comme une mauviette, ajouta-t-elle. Je tiens à lui parler, avant qu'il ne sombre de nouveau dans l'inconscience.

L'infirmière se renfrogna en les voyant entrer dans la chambre de Carson.

— Il n'est pas en état de parler, lâcha-t-elle sèchement.

— Il est vivant, rétorqua Mia. Il est donc en meilleur état que les neuf cadavres qui sont à la morgue.

Carson était livide.

— Muñoz ? articula-t-il.

— Il est mort, dit posément Abe.

— Tu parles d'un garde du corps, marmonna Carson. Il faudra que je me souvienne de ne pas payer la facture.

Mia leva les yeux au ciel, mais elle adopta, en se plaçant au chevet de Carson, un ton purement professionnel pour déclarer :

— Nous avons quelques questions à vous poser, maître Carson. Ensuite nous vous laisserons vous reposer. Il faut que nous sachions pourquoi vous vous êtes rendu là-bas, hier soir.

Carson ferma les yeux et inspira faiblement.

— J'étais venu chercher des informations. J'ai reçu un appel sur mon portable, juste avant le dîner. Un type m'a dit qu'il avait des renseignements sur Melanie Rivers qui pourraient m'intéresser…

— Qui est Melanie Rivers ? s'enquit Abe.

Carson grimaça.

— Une petite racaille.

Il lâcha un soupir et ils attendirent qu'il reprenne son souffle.

— Elle a porté plainte pour viol contre mon client, poursuivit-il. Elle prétend qu'il l'a agressée pendant une fête. Elle sait qu'il est plein aux as.

Il lâcha un autre soupir avant d'ajouter :

— Elle ne cherche qu'un arrangement à l'amiable. Croyez-moi, tout ce qu'elle veut, c'est lui soutirer un maximum de fric.

Abe contint son dégoût.

— Et si elle disait la vérité ? hasarda-t-il.

— Et alors ?

Carson ouvrit les yeux. Malgré sa faiblesse physique, son regard était rusé et malicieux.

— Je sais ce que vous pensez de moi, dit-il. Et, franchement, je m'en fiche. De toute façon, je ne m'attends pas à ce que vous retrouviez le tueur…

— Et pourquoi donc ? demanda Mia d'une voix glaciale.

Les lèvres exsangues de Carson se déformèrent en un rictus désabusé.

— Ce type est en train d'accomplir le sale boulot à votre place, répondit-il d'un ton cynique. C'est tout bénéfice, pour vous. Si j'étais à votre place, c'est ainsi que je verrais les choses…

Mia ouvrit la bouche pour protester, mais se ravisa. Abe intervint :

— Qui avait votre numéro de portable, maître ?

— Pas grand monde. C'est pour ça que j'y suis allé en confiance. Il m'a dit que c'était un ami commun qui le lui avait donné. Il prétendait vouloir m'aider. Contre paiement, bien sûr…

Il respira bruyamment et écarta la main de l'infirmière lorsqu'elle tenta d'ajuster le tuyau d'oxygène qu'il avait dans le nez.

— Il m'a dit qu'il voulait deux mille dollars, reprit-il. Pour une victoire au procès, ce n'était pas cher payé.

Abe se demanda quel genre d'amis un parasite comme Carson pouvait bien avoir, puis il repensa à un détail.

— Est-ce que Trevor Skinner avait votre numéro ? Il l'avait peut-être dans le répertoire de son propre téléphone portable ?

— C'est probable, articula Carson. Trevor notait tout dans son Smartphone…

Il haussa un sourcil et demanda :

— Il ne l'avait pas sur lui, quand vous avez découvert son corps ?

— Non, fit Abe en secouant la tête. Non, il ne l'avait pas.

— Alors, le tueur va s'en servir. Trevor connaissait la vie privée de tous ses clients et de la moitié des avocats de la ville. Et de pas mal de juges, aussi…

Mardi 24 février, 13 h 30

Spinnelli fronça les sourcils.

— Et de pas mal de juges ? Qu'a-t-il voulu dire par là ?

Mia versa un peu de ketchup sur son hamburger.

— Il s'est contenté de sourire et nous a dit de deviner. Quel salaud !

— Il a raison, cependant, répliqua Abe.

Il avait réfléchi à ce que cela impliquait.

— Si le tueur détient le Smartphone de Skinner, il a assez de munitions pour tenir des semaines, ajouta-t-il.

— A propos de munitions, dit Spinnelli, qu'est-ce que ça a donné, à l'armurerie ?

— Elle nous a fourni les noms des clients qui fabriquent eux-mêmes leurs balles, répondit Mia. On avait déjà rendu visite aux deux premiers de la liste quand on a reçu l'appel de l'hôpital et appris que Carson avait repris connaissance. Aucun des deux ne connaissait ce poinçon. Mais il reste quatre noms sur la liste.

— A part ça, poursuivit Spinnelli, j'ai reçu la réponse du juge, concernant l'accès au casier judiciaire de mineur d'Aaron Jenkins.

Il serra les mâchoires et ajouta d'une voix lasse :

— Il a refusé tout net…

Abe soupira.

— Il ne nous reste plus qu'à interroger sa mère, quand nous aurons fini de rendre visite aux amateurs d'armes à feu, conclut-il.

Mia jeta un coup d'œil dans le sac.

— Il reste un hamburger. On l'a acheté pour Kristen. Où est-elle ?

Une fois de plus, Abe balaya des yeux l'open space où travaillaient ses collègues de la brigade. Lorsqu'il était rentré de l'hôpital, sa première pensée avait été pour elle. Il n'avait cessé de songer à elle, pendant qu'ils discutaient avec Spinnelli, tout en avalant leurs hamburgers. Mais le petit sourire narquois de Mia l'avait dissuadé de demander où la jeune femme se trouvait.

Spinnelli haussa les épaules.

— Elle a pris une pause, il y a une heure. Elle est allée déjeuner.

Abe sentit ses poils se hérisser.

— Et vous l'avez laissée partir ? Toute seule ?

— C'est une adulte, Abe, dit doucement Spinnelli. Et elle n'est pas idiote. Elle m'a dit où elle allait. Et elle a même demandé à Murphy de la conduire en voiture dans ce restaurant.

Abe se détendit un peu.

— Rien ne vous empêche de l'appeler pour demander si tout va bien…, lui lança Mia, toujours narquoise.

Abe posa les yeux sur son hamburger, conscient des regards entendus qu'échangeaient Mia et Spinnelli. Mais il s'en fichait.

— C'est bien ce que j'ai l'intention de faire, répondit-il.

Mardi 24 février, 13 h 30

— Bravo, vous avez tout mangé ! s'exclama Vincent d'un ton approbateur.

Kristen regarda son assiette vide :

— J'avais faim, fit-elle.

Ce qui la surprenait elle-même. Après s'être plongée pendant des heures dans ses vieux dossiers et avoir affronté, au téléphone, la colère refoulée des victimes qu'elle avait trop mal représentées à leur goût, elle pensait avoir perdu tout appétit. Elle était surtout venue se réfugier chez Owen pour se changer les idées, et n'avait accepté de manger quelque chose que lorsque ce dernier l'avait exhortée à se restaurer, avant de disparaître en cuisine pour s'entretenir avec son nouveau cuisinier. Kristen tressaillit en entendant le fracas de la vaisselle et les imprécations d'Owen s'élever de la cuisine.

— Je ne sais pas qui est plus à plaindre, dit-elle. Owen ou le nouveau cuisinier…

Vincent secoua sa tête hirsute.

— A mon avis, c'est moi que vous devriez plaindre. J'ai bien envie de faire un saut chez Timothy, pour savoir quand il va se décider à revenir travailler ici. J'espère que sa grand-mère sera bientôt rétablie. S'il ne revient pas vite, je vais devenir dingue, moi.

— Timothy a travaillé longtemps, ici ? demanda Kristen.

Vincent se gratta la tête avant de répondre :

— Voyons voir… Ça fait quinze ans que je suis là… Owen a racheté le restaurant il y a trois ans, et il a embauché Timothy un an plus tard. Bon, vous voulez de la tarte ? Je l'ai faite ce matin.

— C'est assez tentant, en effet.

Vincent sourit.

— Avec de la crème glacée ? s'enquit-il.

— Pourquoi pas ?

Vincent était en train de manier la cuillère à glace, couvrant la tarte de Kristen de boules à la vanille, lorsque la clochette de la porte vitrée se mit à tinter. Un courant d'air polaire fit frissonner Kristen. Elle regarda derrière elle, tandis que Vincent reposait lentement sa cuillère. Tous deux considérèrent longuement celle qui venait d'entrer dans le petit restaurant. Kristen mit un moment à reconnaître le visage qui émergeait de la capuche du long manteau de fourrure.

— Sara ?

La femme de John.

Oh ! mon Dieu, songea Kristen, saisie d'un sombre pressentiment devant le visage accablé de Sara Alden.

— Il y a un problème ? lança-t-elle sans la saluer. Qu'est-il arrivé à John ?

Sara déboutonna son manteau et dit :

— Puis-je vous parler, Kristen ?

— Bien sûr.

Elle désigna sa table et fit signe à l'épouse de son supérieur de prendre place. Sara demanda d'un ton brusque :

— Qu'est-ce qui vous fait penser qu'il a pu arriver quelque chose à John ?

— Vous avez dû avoir du mal à me trouver. Comment saviez-vous que je déjeunais ici ?

— Lois m'a dit que vous veniez souvent. Elle m'a aussi appris que vous étiez en congé, pour une durée indéterminée...

Kristen sentit la blessure se rouvrir, mais n'en fit rien paraître.

— C'est exact, affirma-t-elle posément.

— C'est la faute de John, dit Sara.

Ses yeux brillaient de colère.

Perplexe, Kristen secoua la tête.

— Non, répliqua-t-elle. C'est le procureur d'Etat qui a demandé ma mise en congé. John m'a assuré qu'il avait tout fait pour l'en dissuader. Milt n'a rien voulu savoir.

Sara eut un sourire amer.

— Mensonges ! dit-elle. Ça m'étonnerait que John ait insisté...

Kristen resta perplexe.

— Sara, qu'est-ce qui se passe ?

— L'inspecteur Murphy, qui travaille sous les ordres du lieutenant Spinnelli, m'a téléphoné ce matin. Il est chargé de vérifier les alibis fournis par les employés du bureau du procureur, concernant les nuits des meurtres. Il m'a demandé où était John.

— C'est normal. C'est la procédure qui veut ça. Le lieutenant Spinnelli tient simplement à s'assurer qu'aucune personne ayant eu connaissance de certains dossiers n'est impliquée, de près ou de loin, dans tous ces meurtres. C'est ça qui vous inquiète, Sara ? Je peux vous dire, en tout cas, que personne ne soupçonne John. Il est impossible qu'il soit impliqué, d'une façon ou d'une autre.

— Il a menti, lâcha Sara d'un ton catégorique. John a dit à Murphy qu'il était au lit, avec moi, toutes les nuits où un meurtre a été commis… Il croit que je dors, mais, quand il sort du lit et quitte la maison, je m'en aperçois. Et, le soir de l'un des meurtres, il n'était pas là…

Kristen se cala au fond de son siège et inspira profondément. Elle n'ignorait pas que John figurait sur la liste de tireurs d'élite que Spinnelli avait établie. Mais elle n'en avait pas moins rejeté aussitôt l'hypothèse qu'il puisse être le tueur. John se donnait beaucoup de mal pour faire son travail. Il veillait jalousement au respect des procédures et à la légalité des décisions judiciaires. C'était un excellent procureur.

En revanche, il ne semblait pas être un excellent mari.

— Oh ! Sara, murmura Kristen.

A sa grande consternation, elle vit les yeux de cette femme froide et élégante se remplir de larmes.

— Je ne sais vraiment pas quoi dire, ajouta Kristen.

Sara sortit un mouchoir de son sac et ajouta :

— Il voulait que je mente pour le couvrir.

— Et vous l'avez fait ?

— Non.

Les yeux embués de Sara exprimaient plus de fureur que de désarroi.

— Enfin, pas exactement, reprit-elle. J'ai dit à l'inspecteur Murphy que John ne s'était pas couché, ce soir-là… Et que je ne pouvais donc pas être certaine de l'endroit où il se trouvait.

— Mais, vous, vous savez où il était ?

Sara releva son col de fourrure, s'efforçant de reprendre contenance.

— Depuis des années, il parle dans son sommeil, Kristen. Il parle de toutes sortes de choses. De choses que je ne devrais pas entendre, parfois. Mais j'ai été une bonne épouse, et je n'ai jamais divulgué le moindre de ses secrets.

Kristen ouvrit de grands yeux en imaginant quelles pouvaient être les implications de ce phénomène.

— Il parle des dossiers en cours, pendant son sommeil ? demanda-t-elle avec inquiétude.

— Entre autres.

— Et… a-t-il livré des noms ?

— Vous ne vous êtes jamais demandé comment Zoe Richardson savait que le tueur vous avez envoyé des lettres, Kristen ? Ou comment elle a appris qu'il signe ces lettres « votre humble serviteur » ?

Kristen resta bouche bée.

— Eh bien, il en a parlé de façon assez claire pendant son sommeil, ajouta doucement Sara. Quelques nuits après le début de cette série de meurtres. C'est comme ça que je l'ai su. Et c'est comme ça, aussi, que Zoe Richardson l'a su.

Kristen déglutit. Elle avait du mal à en croire ses oreilles.

— John a une liaison avec Zoe Richardson ? s'écria-t-elle. John ? John Alden ? Mon patron ?

— Exactement. Votre patron… Qui est aussi mon mari… Oh ! Richardson n'est pas sa première maîtresse. Loin de là… Mais, cette fois, c'est différent. Vous êtes en danger, et c'est parce que cette femme a claironné partout que vous étiez liée à ce tueur. Je suis au courant, pour vendredi et samedi. Je sais que vous avez déjà été agressée deux fois.

Abasourdie, Kristen posa une main sur sa bouche, s'efforçant de réfléchir.

— Je…, commença-t-elle.

Elle regarda Sara dans les yeux avant de lui demander :

— Pourquoi ne lui avez-vous pas reproché son infidélité plus tôt ?

Sara haussa les épaules. Son regard était empreint d'un infini chagrin.

— Je me sentais trop humiliée… Je ne voulais pas que ça se sache… Et je l'ai laissé faire, répondit-elle.

— Jusqu'à aujourd'hui…

Prenant conscience de la gravité de la situation, Kristen ferma les yeux.

— Je ne vais pas mentir pour le couvrir, Kristen, poursuivit Sara. Et il faut qu'il paye pour tout le mal qu'il vous a fait. Vous vous souvenez du soir où vous avez trouvé les trois premières lettres, dans le coffre de votre voiture ? Vous avez essayé de le joindre. A plusieurs reprises…

— Il avait éteint son portable.

— C'est exact, et pourquoi ? Parce qu'il était avec *elle*. Il est rentré au milieu de la nuit, en se faufilant sournoisement. Il me croyait endormie et il a pris une douche. J'en ai profité pour allumer son portable, et j'ai écouté vos trois messages. Puis je les ai effacés, pour qu'il ne s'aperçoive pas de mon indiscrétion.

— Oui, je me souviens. Il croyait à une erreur de la part de son opérateur de téléphonie mobile. Auparavant, il m'avait vertement reproché de ne pas l'avoir appelé.

Sara se leva.

— Je crois que, moi aussi, je vais prendre un « congé », conclut-elle.

Kristen la regarda s'éloigner en soupirant. Elle sortit son téléphone de sa poche et composa le numéro de Spinnelli.

Mardi 24 février, 17 h 30

— Entrez et asseyez-vous, dit Grayson James.

Abe scruta brièvement le petit appartement. Il remarqua une petite cheminée, ornée de plusieurs trophées : des coupes et des médailles que lui avait valu son adresse au tir.

— Merci de nous accorder un peu de temps, monsieur James.

— Diana m'a annoncé votre venue. Elle m'a dit que vous vous intéressiez aux poinçons de balles artisanales.

Il posa une petite lampe sur la table de la cuisine et l'alluma en disant :

— Montrez-moi cette balle.

Pour la sixième et dernière fois de la journée, Mia exhiba le petit sachet en plastique transparent qui contenait la balle. Jusque-là, aucun des clients de Diana n'avait été capable de les aider.

— Je peux la toucher ?

— Absolument, fit Abe.

Il observa le vieillard tandis que celui-ci manipulait le projectile de ses mains ridées et l'approchait de la lampe.

James se rassit en silence et demanda :

— Où l'avez-vous trouvée ?

Mia lui lança un regard plein d'espoir.

— Vous avez déjà vu ce poinçon ?

— Oui. Il y a fort longtemps…

James regarda longuement la balle, l'œil nostalgique. Puis il la rendit à Mia.

— J'avais un ami, quand j'étais adolescent, juste avant la guerre. On allait faire du tir tous les deux, près de la cabane que sa famille possédait à la campagne. Son père fabriquait ses propres balles. Et il nous a appris comment faire. Il les estampillait de ce poinçon. Je n'avais jamais vu cette marque auparavant, et je ne l'ai jamais revue depuis.

— Et votre ami, monsieur James, on peut lui parler ? s'enquit Abe, en s'efforçant de masquer son excitation.

James pinça les lèvres.

— A moins de faire tourner les tables, ce sera difficile. Hank Worth est mort à Iwo Jima, en 1945[1].

Mia lâcha un soupir mécontent. Sa déception était aussi palpable que celle d'Abe.

— Il n'avait pas d'enfants ? demanda-t-elle.

— Non. Il n'avait que dix-huit ans quand il s'est engagé dans l'armée. Ecoutez, j'ai fait de mon mieux pour vous aider. Le moins que vous puissiez faire, c'est me dire où vous avez

1. La bataille d'Iwo Jima, en février et mars 1945, opposa le Japon et les Etats-Unis, et fut l'une des plus sanglantes de la guerre du Pacifique.

trouvé cette balle. Vous êtes inspecteurs, je suppose donc qu'elle doit être liée à une sale affaire. Je n'aimerais pas voir la mémoire de Hank ternie. C'était mon ami.

Abe hésita avant de répondre :

— Je ne peux pas vous donner de détails, monsieur James. Mais je peux vous dire que nous travaillons à la brigade des homicides. Cette balle a été tirée au cours d'une tentative de meurtre.

James écarquilla les yeux, comprenant soudain pourquoi ils s'intéressaient tant à ce projectile.

— Vous enquêtez sur le justicier, celui qui tue des criminels et des avocats…, finit-il par murmurer.

Mia se redressa, piquée au vif par le ton accusatoire qu'elle crut percevoir dans la voix de James.

— C'est exact, répondit-elle sèchement.

— Ce doit être un dilemme, pour vous, dit James. Il élimine des types qui le méritent, mais…

— Mais ? insista Mia.

— Mais ce sont quand même des meurtres. Pendant la guerre, j'ai tué des gens, moi aussi, parce que c'était mon devoir… Mais je peux vous dire que ça vous change un homme. Quand on supprime la vie d'autrui, ça vous transforme…

Abe vit Mia s'assombrir tout à coup. Sans doute repensait-elle à la fusillade au cours de laquelle son ancien partenaire avait trouvé la mort. Elle avait tué un homme, ce soir-là. Le copain de ce voyou avait riposté, blessé Mia et tué son partenaire. Mia avait de la chance d'être encore en vie.

— Oui, monsieur James, dit-elle. Vous avez raison. Ça vous transforme. Il faut absolument qu'on arrête ce type. Je vous prie de nous dire tout ce que vous savez sur votre ami.

James la regarda d'un air grave.

— Il avait une petite amie, avant d'être envoyé dans le Pacifique. Ils envisageaient de se marier à son retour. Mais elle a changé d'avis et épousé quelqu'un d'autre, deux mois après le départ de Hank. Le pauvre, ça l'a bouleversé… Attendez-moi un instant.

Il sortit de la cuisine. Mia et Abe attendirent en silence son retour.

— Voilà une lettre qu'il m'a envoyée, confia-t-il en se rasseyant. Elle est datée de décembre 1943. Il y parle de sa petite amie. Voilà son nom : Genny O'Reilly. Il m'annonçait qu'il venait de recevoir une lettre de rupture, mais le courrier mettait du temps à être acheminé, à l'époque. Elle a peut-être épousé ce type plusieurs mois avant.

Il leur tendit la feuille de papier jauni.

— J'aimerais que vous me la rendiez, quand vous n'en aurez plus besoin, ajouta-t-il. Mes souvenirs sont tout ce qu'il me reste.

Mardi 24 février, 18 heures

Alan Wainwright, le rédacteur en chef de Zoe, lui lança un regard noir.

— Mais qu'est-ce que vous aviez dans la tête ? demanda-t-il d'un ton excédé.

Zoe lui rendit son regard et répondit :

— Je pensais que si j'arrivais à le faire boire un coup de trop, j'arriverais à lui soutirer des informations.

Wainwright ne put réprimer un petit ricanement.

— En lui ouvrant la braguette ? s'exclama-t-il. Mais enfin, c'est l'adjoint du procureur ! Vous savez quel effet ça fait, de se faire incendier par le maire *et* par les cadres dirigeants de la ville ?

— Et vous, vous savez à quel point notre audience s'est accrue, depuis que j'ai révélé les dessous de cette série de meurtres ? rétorqua Zoe.

Elle avait eu une rude journée, elle aussi. Lorsqu'elle avait traversé la salle de rédaction, ses collègues l'avaient sifflée et couverte de quolibets obscènes, telle une femme de mauvaise vie égarée dans une chambrée de soudards… John Alden n'était pas le premier homme piégé par ses charmes, mais elle avait jusque-là toujours choisi des types qui avaient intérêt à rester discrets. Elle ne voulait pas qu'on puisse dénigrer ses reportages en mettant en doute sa déontologie.

Wainwright resta silencieux un instant, avant d'arborer un sourire carnassier.

— On a gagné sept points, finit-il par répondre.

— Alors, ne vous mêlez pas de mes méthodes de travail, grommela Zoe. J'ai fait ce qu'il fallait faire. Et je recommencerai, s'il le faut.

Elle saisit sa serviette d'un geste sec et se dirigea vers la porte.

— C'est Spinnelli qui a prévenu le maire, lâcha Wainwright. Et devinez qui l'a dit à Spinnelli…

Zoe se figea.

— Qui ça ? demanda-t-elle.

Mais elle connaissait déjà la réponse. Le ton provoquant du rédacteur en chef en disait assez long.

— Kristen Mayhew, répondit-il.

Zoe laissa échapper un soupir excédé, et Wainwright se mit à glousser.

— Je savais que vous seriez contente de le savoir, dit-il.

Mardi 24 février, 18 h 30

Jacob Conti était assis à son bureau, dans la pénombre. Il perçut des murmures dans l'entrée, et comprit que Drake était de retour, avec un nouveau rapport — le deuxième ce jour-là. Il savait que le tueur avait frappé deux fois depuis le meurtre d'Angelo. Il savait aussi que, la dernière fois, l'une de ses cibles avait survécu à ses blessures.

Il savait que sa femme n'avait pas quitté son lit depuis la mort d'Angelo. Que, pendant ses rares moments de lucidité, elle pleurait son fils, brisant le cœur de Jacob. Qu'elle ne dormait que sous l'effet des calmants.

Il savait que le corps massacré de son fils gisait toujours à la morgue, froid et nu.

Mais, plus que tout, il savait que l'assassin d'Angelo allait le payer cher.

Drake pénétra dans le bureau et referma la porte derrière lui. Il y eut un moment de silence avant que la voix de Drake ne s'élève dans l'obscurité.

— Je peux allumer, Jacob ? demanda-t-il.

— Si tu veux. Peu importe.

La pièce s'illumina, et Jacob cligna des yeux, aveuglé.

Drake s'approcha de lui, l'air renfrogné.

— Tu ne devrais pas rester ici dans le noir, dit-il.

Jacob le fusilla du regard et répliqua :

— Garde tes conseils pour toi, et dis-moi ce que tu as appris.

Drake sortit un petit bloc-notes de la poche intérieure de sa veste.

— Elle n'a pas beaucoup de famille. Sa mère est dans une maison de santé du Kansas, atteinte de la maladie d'Alzheimer. Elle lui rend visite une fois par mois. Son père prétend qu'ils ne sont pas adressé la parole depuis des années.

— Pour quelle raison ?

— Il n'a pas voulu le dire, mais je sais qu'il y a une forte animosité entre eux.

— Son père n'est donc pas mort… Enfin, pas encore, fit Jacob d'une voix lourde de sous-entendus.

Drake secoua la tête.

— J'ai l'impression que ce n'est pas de ce côté-là qu'il faut frapper, dit-il. J'ai fait déposer une rose noire et un mot sur l'oreiller de la mère, hier soir.

Jacob eut un sourire méprisant.

— Très mélodramatique, tout ça, commenta-t-il.

Drake haussa les épaules.

— Oui, c'était l'effet recherché. Le gars que j'ai envoyé

là-bas se fait passer pour un détective qui enquête sur cette rose noire et ce mot. S'il ne trouve rien, c'est qu'il n'y a rien à trouver.

— Tout le monde a ses petits secrets, même une sainte-nitouche comme Mayhew.

Drake n'avait pas l'air convaincu.

— On verra bien, maugréa-t-il. La petite frappe que tu as envoyée chez elle pour la menacer, l'autre soir, lui a dit que, si elle ne parlait pas, ses proches allaient mourir.

— Oui, c'est moi qui lui ai demandé de dire ça.

Et il avait la ferme intention de mettre ses menaces à exécution.

— Et alors ? poursuivit-il.

Drake s'éclaircit la gorge. Visiblement, il n'avait pas apprécié cette initiative.

— Et alors, j'ai commencé à me renseigner sur ses proches, dit-il. Je n'ai pas réussi à savoir si elle avait eu des amants, mais il semble qu'elle passe beaucoup de temps avec l'inspecteur Abe Reagan, ces derniers jours…

Jacob se renfrogna.

— Si c'est Reagan qui la protège, ça va être difficile de la coincer. Cette Mayhew n'est pas une andouille. Elle sait ce qu'elle fait.

— C'est bien pour ça qu'il ne fallait pas l'agresser chez elle, lui lança Drake avec humeur.

Jacob savait qu'il avait raison, mais cela ne faisait qu'ajouter à son irritation.

— Alors, que vas-tu faire ? demanda Jacob. Je veux la peau de ce tueur.

Il serra les poings et ajouta :

— Je veux la peau du type qui a battu mon fils à mort, et Mayhew sait qui c'est. C'est évident.

— Je n'en suis pas si sûr, Jacob. Je crois que, si elle connaissait son nom, il serait déjà en taule.

— Je ne veux pas qu'il aille en taule. Je veux qu'on me l'amène ici, pieds et poings liés ! vociféra Jacob.

Drake haussa les sourcils.

— Elle a passé du temps avec l'inspecteur Reagan, mais aussi avec sa famille…, commença-t-il.

Jacob se détendit.

Menacer la famille de ceux avec qui on négocie constitue toujours un argument de poids.

— Bien, dit-il. Tout ce que je veux, c'est une réponse. Peu m'importe comment tu l'obtiendras.

Drake eut un sourire mauvais, qui rassura Jacob.

— Je m'en occupe, répondit l'homme de main avant de quitter la pièce.

Mardi 24 février, 19 heures

Abe s'engagea dans l'allée de la maison de ses parents, s'arrêta à mi-hauteur et coupa le contact. Ses mains tremblaient de peur autant que de rage. Il jeta un coup d'œil à Kristen, qui dormait paisiblement sur le siège du passager. Son visage était légèrement empourpré, et sa respiration régulière. Elle s'était assoupie dès qu'ils avaient quitté le commissariat. Elle n'avait donc pas entendu le téléphone d'Abe sonner, ni les jurons étouffés qu'il avait lâchés, lorsque Aidan lui avait demandé d'accourir au plus vite.

Pas plus qu'elle n'avait entendu le carillon de son propre téléphone portable. Ni la seconde bordée de jurons qu'il avait lâchée, en entendant la voix moqueuse d'un correspondant anonyme.

Il jeta un bref coup d'œil aux nombreuses voitures déjà garées devant la maison de ses parents. Tout le monde était venu. Sean et Ruth, Aidan et Annie. Kristen et lui ne feraient que prêter main-forte à ceux qui étaient déjà là.

Elle allait s'en vouloir. A tort. Mais elle s'en voudrait quand même.

Il ne pouvait plus lui cacher la situation.

— Kristen, réveille-toi, dit-il en lui secouant le bras.

Elle se tourna vers lui et se blottit contre son torse dans un inaudible murmure. Elle frotta son visage contre le sien avec tant de confiance qu'il sentit son cœur se serrer d'émotion. Quand cette affaire serait finie, il l'emmènerait loin d'ici, dans un endroit où ils seraient seuls. Un endroit où elle pourrait enfin se détendre et rétirer ces maudites épingles à cheveux. Un endroit où il pourrait la prendre dans ses bras tendrement, et lui apprendre à débrider sa sensualité. Il lui montrerait qu'elle ne pouvait pas le décevoir.

— Kristen, ma chérie, réveille-toi, répéta-t-il.

Il vit ses cils frémir et ses paupières se soulever. Elle ouvrit lentement les yeux, puis se redressa brusquement lorsqu'elle comprit où ils se trouvaient.

— Tu m'as promis de me ramener chez moi, protesta-t-elle.

Il posa la main sur sa nuque et pressa doucement sa peau satinée.

— C'est ce que je vais faire. Mais il faut d'abord que je voie mes parents.

Il fronça les sourcils, et elle se redressa sur son siège.

— Que se passe-t-il ? demanda-t-elle.

Elle scruta le visage d'Abe, dans la pénombre qui régnait dans l'habitacle, puis, l'air épuisé, s'affaissa contre le dossier de son siège.

— Qui ? lâcha-t-elle laconiquement.

— Mon père, répondit-il d'une voix hachée.

Elle ferma les yeux.

— Il prétend qu'il va bien, mais je ne me fie pas trop à lui. Aidan m'a dit qu'il était sous le choc…

— Je vois, dit-elle avec amertume. Celui qui a fait ça voulait connaître l'identité du tueur, je suppose ?

Il ne pouvait lui mentir.

— Oui, confirma-t-il.

Elle se passa la main sur le front d'un geste las.

— Je t'avais dit qu'il ne fallait pas que je voie ta famille. Je ne devrais même pas être là, en ce moment. Va voir ton père. Moi, je vais appeler un taxi et rentrer chez moi. Truman est de garde, ce soir. Tout ira bien, ne t'inquiète pas…

« Ne t'inquiète pas »… Ces mots résonnèrent un instant dans la tête d'Abe, et quelque chose se déclencha en lui. Il se tourna vers elle et approcha son visage furieux de celui de la jeune femme, qui resta interloquée. Pendant un instant, ils se regardèrent en silence. Puis il colla sa bouche contre la sienne et plongea la langue entre ses lèvres avec voracité.

Il regretta aussitôt son geste. Il était en colère, mais pas contre elle. Elle était assez fragile comme ça sans qu'il aggrave les choses. Il recula la tête, mais les mains de Kristen s'agrippèrent à lui avec une sorte de désespoir. Elle l'embrassa longuement, ardemment, et, quand elle le laissa s'éloigner de son visage, ils haletaient tous deux, le cœur battant.

— Oui, je m'inquiète, et j'ai de quoi, murmura-t-il. Toi aussi, tu es inquiète.

— Je suis désolée, Abe, je suis vraiment déso…

Il l'interrompit d'un autre baiser fougueux, qui devint peu à peu plus tendre. Puis il couvrit ses joues de minuscules baisers. Il parcourut son cou des lèvres, ne s'arrêtant que lorsqu'il sentit le corps de Kristen frémir de plaisir.

— Quand tout cela sera fini, nous partirons en vacances en amoureux, lui chuchota-t-il dans le creux de l'oreille. Nous nous allongerons sur une plage au soleil et oublierons toutes ces horreurs.

Ne fais pas de promesse que tu ne pourras pas tenir, eut-elle envie de lui dire.

Ils étaient là parce que quelqu'un avait passé son père à tabac.

Par ma faute.

Même les Reagan auraient du mal à lui pardonner. Elle se dit qu'elle aurait, quant à elle, du mal à supporter leurs reproches, même si elle les méritait amplement. Kristen tourna la tête et plaqua son visage contre la main ouverte d'Abe. Elle déposa un baiser sur sa paume et dit :

— Va voir ton père. Je t'attends dans la voiture.

— Je ne veux pas que tu restes toute seule ici. Viens avec moi.

Ce n'était pas une proposition, elle le savait bien. Tout comme elle savait qu'il valait mieux ne pas tenter le destin, en restant seule dans la voiture. C'est ainsi que, lorsque Abe sortit du 4x4, elle le suivit sans émettre la moindre protestation. Et ils marchèrent bras dessus, bras dessous, en direction de la maison.

En passant dans la buanderie, elle perçut la délicieuse odeur du plat qu'avait préparé Becca pour le dîner, mais elle remarqua aussi qu'il régnait dans la maison un silence inhabituel. Abe poussa la porte de la cuisine. Cinq paires d'yeux se tournèrent vers eux, débordant d'émotions diverses.

Ceux de Becca étaient emplis de peur, ceux d'Aidan de fureur. Sean et Annie avaient l'air incrédules. Ruth était à côté de Kyle, un rouleau de gaze à la main. Elle secoua la tête en les voyant, tandis que Kyle détournait obstinément le regard. Kristen vit Abe déglutir avec difficulté en s'approchant de son père. Il ferma les yeux, et elle vit sa pomme d'Adam osciller tandis qu'il s'efforçait de garder son calme.

— C'est grave ? demanda-t-il à Ruth.

— J'ai connu pire, lâcha Kyle d'un ton sec, mais en articulant avec difficulté. J'en ai pris plein la figure, mais je peux encore voir et entendre ce qui se passe.

— Qu'est-ce qui est arrivé ? s'enquit Abe.

Becca inspira longuement avant de répondre :

— Il sortait de l'épicerie quand un homme…

— Je peux raconter ce qui s'est passé moi-même, Becca, l'interrompit Kyle.

Il se redressa péniblement sur sa chaise. Aidan voulut l'aider, mais Kyle le repoussa sèchement.

— Je peux y arriver tout seul, dit-il. Je sortais du magasin quand un type m'a plaqué un pistolet contre les reins. Il m'a dit de marcher comme si de rien n'était, et il m'a obligé à aller derrière l'épicerie.

— Combien étaient-ils ? s'enquit Abe.

— Quatre, répondit Kyle.

Kristen, qui était restée sur le seuil de la buanderie, ne put s'empêcher de frémir.

— Ils m'ont demandé de te dire, poursuivit Kyle, que vous auriez tout intérêt à identifier le tueur. Et que, dans le cas contraire, ils s'occuperaient du reste de la famille…

Abe regarda autour de lui et demanda d'une voix inquiète :

— Où est Rachel ?

Ruth lui posa une main sur l'épaule pour le calmer.

— Elle est dans sa chambre, avec les petits.

— Et Kristen ? lança Kyle. Tu n'aurais pas dû la laisser seule.

— Je suis là, fit Kristen calmement, en faisant un pas en avant.

Kyle leva une main bandée et dit :

— Venez par ici.

Kristen s'exécuta d'un pas tremblant. Elle redoutait d'entendre ce qu'il avait à lui dire.

Lorsqu'elle posa les yeux sur le visage du vieil homme, son cœur se mit à battre plus vite.

Il était couvert d'hématomes violets. Une partie de son crâne avait dû être rasée, pour y apposer un énorme pansement. Ses deux mains étaient bandées — la droite plus que la gauche. Elle s'agenouilla près de lui et le regarda en clignant des yeux, retenant ses larmes. Il avait veillé sur elle et lui avait tenu compagnie toute la nuit, en faisant des réussites pour tuer le temps. Grâce à lui, elle s'était sentie en sécurité. Et voilà que sa bienveillance et son dévouement lui avaient valu un passage à tabac qui avait failli lui coûter la vie.

Elle ouvrit la bouche, mais il émit aussitôt un petit grognement et murmura entre ses lèvres tuméfiées :

— Si vous me dites que vous êtes désolée, je me verrai dans l'obligation de vous botter les fesses.

Elle réprima à grand-peine un petit gloussement et répliqua, soulagée :

— J'allais vous demander dans quel état vous avez mis vos assaillants !

Les yeux de Kyle pétillèrent brièvement.

— Malheureusement, je n'ai pas pu leur montrer de quel bois je me chauffe.

Debout derrière lui, Becca adressa à Kristen un sourire timide.

— Ce n'est pas votre faute, Kristen, dit-elle. Vous aussi, vous êtes une victime…

Kyle approuva d'un hochement de tête, avant de grimacer de douleur.

— Vous n'avez rien de cassé ? s'enquit Kristen.

— Juste une côte fêlée, répondit-il avant de sourire faiblement. Et ma fierté en a pris un coup…

Il redevint sérieux et ajouta :

— Il ne faut pas que vous cédiez, Kristen. Il ne faut rien leur dire. Promettez-le-moi.

Kristen soupira d'un air excédé.

— Mais je ne sais rien, moi ! Si je connaissais le nom du tueur, il serait déjà derrière les barreaux.

Elle se tut un instant, puis reprit, l'air décidé :

— Je sais ce que je vais faire. Je vais appeler moi-même Conti pour le prévenir que je ne sais rien.

— Ça ne servirait à rien, intervint Abe. Ils ont appelé sur ton portable quand tu dormais dans la voiture. Ils ont dit qu'ils te rappelleraient tous les jours jusqu'à ce que tu craches le morceau. Peu leur importe comment tu arrives à identifier le tueur, ils veulent connaître son nom.

Tous les jours… Elle parvint à contrôler la panique qui l'envahissait et dit d'une voix mal assurée :

— Tu peux savoir d'où a été passé cet appel ?

— J'ai fait la demande à l'opérateur, même si je suis presque sûr qu'il s'agissait d'un téléphone volé ou jetable.

— Pourquoi ne pas boucler Conti ? demanda Aidan. Sers-toi d'un prétexte quelconque. Tu sais que c'est lui le commanditaire.

Abe pinça les lèvres.

— Ça ne servirait à rien non plus, et il porterait plainte contre nous pour arrestation injustifiée et abus de pouvoir. Oui, c'est bien lui, le commanditaire, ça ne fait aucun doute… Mais comment le prouver ? Ce n'est jamais lui en personne. D'ailleurs, les huiles de la police ont déjà ordonné à Spinnelli de ne pas l'arrêter tant qu'on n'a rien de solide contre lui.

Kristen se leva.

— Eh bien, dans ce cas, il faut déterminer qui sont les personnes qui agissent sur ordre de Conti. Je pense notamment à l'individu qui était avec lui, le jour où il a agressé Julia sur la scène de crime. Il s'appelle Drake Edwards, et c'est le bras droit de Conti. La rumeur prétend que c'est un vrai tordu.

Elle se tourna vers Kyle et lui demanda :

— Avez-vous remarqué des signes distinctifs permettant d'identifier l'un ou l'autre de vos agresseurs ?

Les lèvres tuméfiées de Kyle se déformèrent en une grimace.

— Je n'ai pas pu voir leurs visages, mais, dit-il malicieusement, je leur en ai fait quelques-uns, des signes distinctifs… Je suis sûr qu'un de ces types a récolté un gros bleu à la pommette gauche.

— Je vais le signaler, fit Abe.

Becca leva les mains.

— Bon, assez discuté. Sean, va chercher les assiettes et mets la table. Aidan, va découper le rôti. Annie, viens m'aider à éplucher d'autres patates. Il y a quatre bouches de plus à nourrir, sans compter les petits.

Kristen recula d'un pas et bredouilla :

— Becca, je…

Becca lui imposa silence d'un geste de la main.

— Pas de chichi, Kristen. Vous et Abe, je vous avais comptés… Ce sont les autres qui n'étaient pas prévus.

La cordialité de Becca se lisait sur le visage des autres Reagan.

Ils ne la jetaient pas dehors. Ils ne la rejetaient pas.

Elle sentit son estomac se dénouer. Elle faisait toujours partie de cette famille formidable.

— Alors, laissez-moi vous aider à éplucher les pommes de terre, dit-elle.

Elle jeta un regard chaleureux à Annie et ajouta à son intention :

— Si vous n'y voyez pas d'inconvénient…

Annie la gratifia d'un sourire encourageant, puis lui tendit un épluche-légumes, et elles se mirent à l'ouvrage.

Mardi 24 février, 19 heures

Le soleil s'était couché sur Chicago, mais le tueur n'avait pas bougé de sa chaise et demeurait assis dans la pénombre de sa cuisine. Il ressassait ses souvenirs, s'interrogeait sur la situation présente et réfléchissait à ses prochaines initiatives.

Le portrait de Leah se trouvait à sa gauche, le tas de balles à sa droite. Au centre de la table trônait le bocal à poisson, toujours rempli de bouts de papier…

Il y avait tant de salauds en liberté.

Et lui, il était seul contre tous, et il n'avait plus beaucoup de temps devant lui. Trois autres bouts de papier étaient posés devant le bocal. Il n'avait pas besoin d'allumer la lumière pour savoir quels étaient les noms qui y étaient inscrits. Ils étaient à jamais gravés dans sa mémoire. Un juge, un avocat et un violeur en série… Il ferma les yeux et se souvint du regard de Leah, la dernière fois qu'il l'avait vue vivante. Son désarroi, sa solitude, sa détresse…

A cause de ce juge, de cet avocat et de ce violeur.

Tous trois méritaient de mourir.

Et ils allaient mourir. Mais il lui faudrait redoubler de prudence. Après le meurtre du juge, les hypothèses des enquêteurs allaient se restreindre. Quand il aurait tué l'avocat, ils comprendraient… Ils sauraient qui était le tueur. Quant au violeur, il ferait la même déduction, et s'enfuirait.

Et sa vengeance resterait inachevée.

Cette perspective était insoutenable. Alors, pourquoi ne pas les tuer ensemble, afin d'éviter que chacun ne se doute qu'il serait la prochaine cible ?

Mais, justement, il voulait qu'ils s'en doutent, même si c'était pour une courte durée. Il voulait que l'avocat apprenne la mort du juge et crève de peur avant de subir son châtiment. De même, il voulait que le violeur se sente traqué. Il voulait qu'il soit terrorisé, comme Leah l'avait été.

Il voulait que chacun de ces hommes maléfiques sache pourquoi il allait les tuer.

Et il voulait aussi qu'ils souffrent énormément, avant de rendre l'âme.

Il restait assis dans le noir, élaborant divers scénarios avant de revenir à son plan initial. Il les traquerait tous les trois comme on traque des chiens enragés. Il les mutilerait et les amènerait dans son antre. La traque devait être aussi courte qu'efficace. Mais, dès lors qu'ils seraient en son pouvoir, il leur infligerait une mort lente et douloureuse, tandis qu'ils imploreraient en vain sa pitié.

La pitié qu'il comptait leur accorder serait égale à celle qu'ils avaient accordée à Leah.

En d'autres termes, il serait sans pitié aucune.

Mardi 24 février, 22 heures

Kristen écarquilla les yeux lorsqu'ils atteignirent son allée. La voiture de patrouille n'était plus garée dans la rue.

— Où est passé Truman ? demanda-t-elle.

— Il a fallu qu'il aille patrouiller. Six de ses collègues ont la grippe, et il a fallu réaffecter plusieurs policiers en urgence. J'ai donné mon feu vert.

Elle resta silencieuse un instant avant de dire tout bas :

— Parce que tu leur as dit que tu allais rester chez moi pour me protéger.

Ils n'en avaient pas discuté. Dans l'esprit d'Abe, c'était une évidence, mais il perçut de l'indécision dans la voix de Kristen, et il la comprenait. Les deux autres nuits qu'il avait passées chez elle constituaient des exceptions. Chaque fois, elle venait d'être agressée. La nuit précédente, le père d'Abe avait remplacé son fils, et elle s'était sentie en sécurité. Mais, ce soir-là, il en allait tout autrement.

Ce soir-là, ils seraient juste un homme et une femme, seuls dans cette maison.

Il aurait menti s'il avait prétendu ne pas avoir fantasmé sur cette situation. Une partie de son cerveau était d'ailleurs en proie à de tels rêves érotiques, en cet instant, qu'il était bien aise d'être plongé dans l'obscurité…

— Je dormirai sur le canapé, murmura-t-il.

Elle se cala contre le dossier de son siège et tourna la tête pour le regarder.

— Ça ne te dérange pas ?

— Non, pas du tout, répondit-il sans la moindre hésitation. Sauf si tu en décides autrement.

Elle eut un léger sourire.

— C'est donc à moi d'en décider ?

Il ne lui rendit pas son sourire.

— Absolument, fit-il.

— Mais tu m'embrasseras, avant que je m'endorme ?

Il ne put s'empêcher de sourire.

— Du moment que tu ne me demandes pas de te border, répliqua-t-il malicieusement. Mes principes ne sont pas à toute épreuve…

Sans lui donner le temps de commenter cette dernière phrase, il l'aida à descendre du 4x4, et voulut la débarrasser du sac où était rangé son ordinateur portable, ainsi que d'une sorte de sac à provisions.

— Qu'y a-t-il dans ce sac ? s'enquit-il.

— Des magazines, répondit-elle. Pendant qu'on épluchait les pommes de terre, j'ai parlé à Annie des travaux que j'envisageais de faire dans ma cuisine, et elle m'a prêté ces magazines de décoration, pour que j'y puise des idées. Je crois que je vais abattre un mur, pour agrandir la pièce principale et la refaire à neuf. Je ne sais pas encore dans quel style. Tu regarderas les photos, et tu me donneras ton avis. Je…

Elle s'interrompit brusquement.

Perplexe, Abe tourna la tête. Le mur latéral de sa maison était couvert d'un monumental graffiti des Blades, peint en noir et haut de deux mètres. Une longue ligne horizontale en forme de flèche partait du graffiti et pointait vers l'arrière de la maison.

— Je vais chercher une lampe… Reste là, dit Abe.

Il déposa les sacs aux pieds de Kristen et sortit une grosse lampe torche du coffre du 4x4. Puis il longea le mur, l'arme au poing, et la lampe pointée sur la neige qui tapissait le jardin. Il s'arrêta lorsqu'il trouva ce que les Blades avaient laissé.

— Merde ! s'exclama-t-il.

— Qu'est-ce que c'est ? demanda-t-elle derrière lui.

Il sursauta.

— Bon sang, Kristen ! gronda-t-il d'un ton de reproche. Je t'avais dit de rester près de la porte.

Mais il était trop tard. Sa remontrance fut interrompue par le cri qu'elle poussa en découvrant de quoi il s'agissait.

— Abe… Oh ! non !

— Tiens-moi ça et ne bouge pas.

Il lui tendit la lampe, sortit son téléphone de sa poche et activa le numéro préenregistré de Mia.

— Venez me rejoindre chez Kristen, dit-il d'une voix sourde. Nous venons de retrouver Aaron Jenkins…

18

Mercredi 25 février, 8 heures

— Allons-y, dit Spinnelli, debout près du tableau blanc. On peut commencer.

Le brouhaha cessa aussitôt. L'ambiance semblait plus calme dans la salle de réunion, ce matin-là. Ils avaient enfin trouvé une piste à remonter.

Mais il y avait aussi un nouveau cadavre à l'institut médico-légal.

Aaron Jenkins avait été égorgé, et son corps avait été déposé dans le jardin de Kristen. Les membres de la bande avaient dû passer devant chez elle et, constatant qu'il n'y avait pas de voiture de patrouille, sauté sur l'occasion. La menace était limpide. Toute personne qui assisterait le tueur était vouée à la vengeance des Blades. Et Kristen figurait en haut de la liste de leurs cibles.

La salle de réunion était pleine. L'équipe qui travaillait sur l'enquête était présente, ainsi que Julia, le médecin légiste, et Todd Murphy, un inspecteur chevronné de la brigade des homicides. Miles Westphalen, le psychologue de la police, était là lui aussi.

— Alors, quoi de neuf ? lança Spinnelli. Abe ?

— Nous avons un nom qui va avec la balle, répondit Abe. Hank Worth. Le problème, c'est qu'il est mort depuis plus de soixante ans.

Spinnelli inscrivit ce nom sur le tableau en faisant grincer son feutre.

— Quoi d'autre ?

— Sa fiancée s'appelait Genny O'Reilly, ajouta Mia. Mais elle a épousé quelqu'un d'autre, deux mois après son départ pour le front du Pacifique. J'ai peut-être vu trop de vieux films, mais j'ai bien l'impression qu'elle s'est dit que son fiancé ne reviendrait pas, alors qu'elle allait devoir trouver de quoi nourrir une bouche supplémentaire… Si c'est bien le cas, leur enfant aurait la soixantaine aujourd'hui.

Spinnelli médita cette information.

— Soixante ans, ça me paraît un peu vieux, pour notre « humble serviteur », dit-il d'un ton incrédule.

— Il y a beaucoup de sexagénaires qui sont en pleine forme ! observa Westphalen, lequel n'était plus tout jeune lui-même.

Spinnelli le gratifia d'un sourire.

— Vous avez raison, Miles, concéda-t-il.

— En tout cas, intervint Jack, il doit être d'une force au-dessus de la moyenne. Combien pesait la plus lourde des victimes, Julia ?

Cette dernière examina brièvement ses notes avant de répondre :

— Ramey pesait cent kilos. Ross King, près de cent quinze kilos… Tous les autres étaient moins lourds. Mais je pense qu'il se sert d'un chariot, ou d'un lit à roulettes.

— Qu'est-ce qui vous fait croire ça ? demanda aussitôt Abe.

— On n'a pas retrouvé de traces indiquant que les corps avaient été traînés sur le sol. Pas d'éraflures dans le dos, pas de bleus aux chevilles ou aux poignets, qui auraient pu provenir d'une manipulation des corps. Les cordes qu'il a utilisées pour leur lier les mains et les pieds ont laissé des marques bien visibles, mais ce genre de trace se distingue nettement de celles que produit le maniement brutal d'un corps inerte. S'il s'est servi d'un lit à roulettes comme ceux que l'on trouve dans les ambulances, il n'a pas forcément eu besoin d'une force extraordinaire. Il lui a suffi de hisser les corps dessus.

— Mais un sexagénaire aurait-il la force de le faire ? s'enquit Jack. Ramey et King étaient de vrais colosses.

Mia leva la main.

— Avant de s'emballer, il faudrait d'abord vérifier que Genny O'Reilly a bien eu un enfant, et un garçon, de préférence. Et se renseigner alors sur les actes de naissance et de mariage de ses éventuels petits-enfants. Les petits-enfants de Hank et de Genny auraient entre vingt et quarante ans aujourd'hui. Ils seraient dans la force de l'âge.

— Si cette piste s'avère tangible, observa Miles d'un ton pensif, le tueur devait connaître l'identité de son père ou de son grand-père biologique, puisqu'il a conservé le moule à balles… Ou, au minimum, le poinçon de la famille Worth. Quant à l'homme que Genny O'Reilly a épousé, comment a-t-il élevé cet enfant qui n'était pas le sien ? A-t-il été bien traité, dans son enfance ? S'il y a eu d'autres enfants nés après lui, n'a-t-il pas été rejeté par ses demi-frères, et considéré comme un bâtard ? Tout cela a pu faire naître en lui du ressentiment et de la frustration.

Westphalen haussa les épaules et ajouta :

— Mais ce ne sont là que des hypothèses. Si ça se trouve, il a eu une enfance parfaitement heureuse…

— Bref, il faut commencer par retrouver tout l'état-civil de Genny O'Reilly, conclut Spinnelli. On en saura davantage. Quoi d'autre ?

Abe se pencha vers son supérieur et dit :

— Le vieil homme qui a reconnu le poinçon, Grayson James, nous a dit qu'il allait s'exercer au tir avec Hank Worth, dans sa propriété de famille, à la campagne. Mia, vous vous souvenez que nous avons évoqué, l'autre jour, la possibilité que le tueur dispose de son propre champ de tir ?

— Il faut vérifier dans les cadastres et registres notariaux quels étaient les terrains possédés par les Worth.

De nouveau, le feutre de Spinnelli grinça sur le tableau en plastique, tandis qu'il prenait note de cette observation.

— Rien d'autre ? demanda-t-il ensuite.

— J'ai tenté d'identifier le type de chaîne dont il s'est servi pour étrangler Ramey, répondit Jack. Nous avons fait un moulage des traces de strangulation, et j'ai trouvé plusieurs modèles de chaîne dont la taille et les mailles sont similaires.

Il posa trois chaînes sur la table.

— Celle du milieu est celle qui correspond le plus au moulage, précisa-t-il.

— Des plaques de l'armée, lâcha Spinnelli d'un ton pensif. J'ai vu des hommes qui accrochaient leurs plaques militaires à des chaînes comme celles-là.

Mia sortit une chaîne de sa poche.

— Comme celle-là, par exemple ?

Plusieurs plaques d'identité militaire étaient accrochées à la chaîne.

— Mon père m'a donné ces plaques quand je me suis engagée dans la police, expliqua-t-elle. Il m'a dit qu'elles lui avaient porté chance au Viêt-nam, et qu'il espérait qu'elles me permettraient de rester en vie, sous l'uniforme de la police.

— Nous avons déjà envisagé la possibilité que ce soit un militaire ou un ancien militaire, puisque c'est un tireur d'élite, fit Abe avec une pointe d'excitation dans la voix. Ce serait logique.

Spinnelli fit l'aller-retour entre le tableau blanc et la table.

— Bien, très bien, dit-il. Renseignez-vous auprès des autorités militaires. Si vous rencontrez des problèmes avec ces messieurs, faites-le-moi savoir, je ferai intervenir le gouverneur de l'Etat.

Il grimaça et ajouta d'un ton sarcastique :

— Ça l'occupera sainement. Il cessera peut-être de passer son temps à appeler le maire, qui passe lui-même son temps à me téléphoner, à moi.

Il marqua une pause avant de se tourner vers l'inspecteur Murphy, qui n'avait pipé mot jusque-là, pour lui demander :

— Murphy, qu'avez-vous à nous dire sur l'arme de Muñoz ?

— On a fait la tournée des prêteurs sur gages.

Murphy était un homme au regard sérieux et au costume fripé. Kristen savait que c'était un flic efficace, expérimenté. Et très méthodique.

— On a retrouvé l'arme hier soir, ajouta-t-il.

— Il y avait des empreintes digitales, dessus ? s'enquit Abe.

Murphy hocha la tête.

— Oui, et on les avait déjà dans notre fichier des empreintes. Ce sont celles d'un petit voyou qui se fait appeler Boom-Boom. On a lancé un avis de recherche. Avec un peu de chance, on va le retrouver… Et avec un peu plus de chance, il aura vu quelque chose d'intéressant lundi soir.

Spinnelli replaça le capuchon sur le feutre.

— Je vais redemander au juge de nous laisser consulter le casier judiciaire de mineur d'Aaron Jenkins. Maintenant qu'il est mort, ça ne devrait plus poser problème.

Mia se leva.

— Le service des archives judiciaires ouvre à 9 heures, et je ne veux pas faire la queue. Vous venez, Abe ?

Abe enfila son manteau, et Kristen dut détourner la tête pour ne pas le dévorer des yeux.

Il ne s'était rien passé de torride entre eux pendant la nuit, et elle le regretta subitement. Avant toute chose, ils avaient dû appeler l'unité de scène de crime, pour qu'ils procèdent à l'examen des lieux. Puis les assistants du médecin légiste étaient venus emporter le corps d'Aaron Jenkins. Lorsque tout ce beau monde eut disparu, et qu'ils s'étaient retrouvés seuls, Abe lui avait souhaité bonne nuit en l'embrassant sur la bouche. Le baiser avait été long et délicieux. Après quoi, il l'avait envoyée se coucher. Il s'était allongé sur le canapé, comme il le lui avait promis, la laissant, le cœur battant, se diriger seule vers sa chambre. Une fois couchée, elle s'était demandé ce qui se serait passé, si elle lui avait demandé de la border…

Il était venu voir si tout allait bien plusieurs fois au cours de la nuit, et chaque fois elle avait été tentée de lui proposer de rester dans sa chambre et de se coucher à son côté.

Mais elle n'avait pas osé. Et, quand le sommeil avait fini par la gagner, elle avait fait rêve érotique sur rêve érotique…

— C'est moi qui conduis, Mitchell, dit-il. C'est donc à moi de choisir ce qu'on va manger à midi.

Il s'arrêta un instant près de Kristen et se pencha pour lui murmurer à l'oreille :

— Ne va nulle part toute seule, je t'en supplie. Pas même chez Owen. Promets-le-moi.

Elle sentit son cœur se serrer en voyant l'inquiétude envahir les yeux d'Abe.

— C'est promis, murmura-t-elle tout bas. Je resterai ici toute la journée.

Abe se redressa.

— Je serai peut-être de retour avant la fin de l'après-midi, dit-il.

— Abe, fit Spinnelli d'un ton grave. J'ai appris ce qui est arrivé à votre père, hier soir. Tant qu'on n'aura rien de solide pour arrêter Conti, faites tous bien attention.

*
* *

Mercredi 25 février, 22 heures

— Il y en a tant que ça ? s'exclama Abe en découvrant l'énorme tas d'archives. Mais on en a pour des jours !

L'employée, qui se nommait Tina, lui jeta un regard compatissant.

— Les actes de mariage des années 1940 ne sont pas encore numérisés et informatisés, déclara-t-elle. Mais ne vous découragez pas… Quel est le nom que vous cherchez ? Et quelle date ?

— Genny O'Reilly, répondit Mia en regardant par-dessus l'épaule de l'employée. Elle s'est mariée à l'automne 1943.

Tina glissa deux marque-pages dans l'un des gros volumes.

— Cherchez entre ces deux signets. Pendant que vous consultez ce registre, je peux m'occuper de rechercher les titres de propriété sur lesquels vous souhaitez vous renseigner.

— D'accord, et merci, dit Mia. Nous cherchons un terrain appartenant à un dénommé Worth. Nous ne savons pas exactement où il se trouve, mais il doit être situé au nord de la ville.

Tina se mordit la lèvre.

— Vous n'avez pas de prénom ?

Abe secoua la tête.

— Non, notre source l'a désigné sous le nom de M. Worth. Il a eu un fils prénommé Hank, si ça peut vous aider. Son père portait peut-être le même prénom…

Tina haussa les épaules.

— Je vais faire de mon mieux, fit-elle en soupirant. Bonne chance, inspecteurs.

Lorsqu'elle eut quitté la pièce, Mia se laissa tomber sur une chaise.

— Il faudrait que j'arrête de faire la fête tous les soirs, dit-elle d'un ton sarcastique.

Abe ouvrit le gros recueil en demandant :

— Qu'a dit le chirurgien quand vous l'avez planté là, hier soir ?

— Oh ! de toute façon, il était terriblement ennuyeux. J'ai sauté sur ce prétexte pour lui demander de me raccompagner chez moi.

Elle haussa les sourcils et ajouta :

— Et vous ? Quand tout le monde est reparti, hier soir, vous avez passé une bonne soirée ?

Il songea à Kristen, à l'attitude qu'elle avait eue, tout au long de la soirée. Dès le départ des techniciens de la police, elle avait verrouillé la porte d'entrée et activé l'alarme. Puis elle s'était tournée vers lui et, en un éclair, l'atmosphère était devenue électrique entre eux. Elle était venue se coller contre lui, tout naturellement, comme si elle faisait cela tous les soirs.

Il l'avait embrassée. Longuement… Jusqu'à ce qu'ils en tremblent tous les deux. Abe, frémissant de désir, avait serré les poings pour refréner son désir.

Et il était parvenu à se maîtriser. A vaincre son impatience et sa passion. Il était parvenu à la repousser doucement, puis à la faire pivoter vers la porte de sa chambre, en disant simplement :

— Bonne nuit.

Si elle lui avait fait comprendre explicitement qu'elle désirait qu'il la rejoigne, il n'aurait pas hésité une seconde. Il l'aurait prise dans ses bras et l'aurait portée jusque dans son lit. Là, il l'aurait aidée à… franchir une étape nouvelle, dans sa quête du plaisir physique.

Mais elle n'avait rien dit. Pas la moindre allusion. Et elle s'était dirigée vers sa chambre, ne se retournant qu'une seule fois pour lui jeter un dernier coup d'œil. Un coup d'œil dans lequel il avait lu de la confiance, mais aussi du désir. Et ce mélange l'avait bouleversé.

Alors il l'avait laissée se diriger seule vers sa chambre. Le corps toujours tendu par le désir, il avait dressé l'oreille pendant qu'elle se préparait pour la nuit. Elle ne s'était pas endormie avant 3 heures du matin. Il le savait car il avait passé la tête par la porte de sa chambre, toutes les demi-heures.

Il aurait voulu se persuader qu'il l'avait fait parce qu'il s'inquiétait pour elle. Elle avait été bouleversée de découvrir le cadavre de Jenkins dans son jardin. C'était là une menace implicite qui lui était directement adressée. Abe aurait voulu se dire que c'était là la seule raison de sa sollicitude. Mais il savait bien qu'il espérait, au fond de lui-même, qu'elle change d'avis et lui demande de se coucher à son côté. Elle en avait envie autant que lui, il l'avait lu dans ses yeux d'émeraude.

Mais elle ne lui avait pas demandé de rester. Et elle avait fini par se recroqueviller dans son lit, et par dormir comme un loir.

On ne pouvait pas en dire autant d'Abe. Il la désirait avec une telle ardeur qu'il ne pouvait trouver le repos. Il n'avait cessé de penser à elle, tandis qu'il était allongé sur l'inconfortable canapé, les yeux rivés au plafond. C'était une très belle femme, aucun doute là-dessus. Mais il en avait rencontré d'autres, des belles femmes, dans sa vie… Kristen avait quelque chose de plus, quelque chose de plus profond : de l'intégrité, du courage, de la gentillesse… Un cœur tendre, qu'elle cachait de son mieux sous une carapace protectrice. Un cœur qu'elle ne voulait pas dévoiler. Un cœur qu'il voulait pour lui seul.

Car en une semaine elle lui avait pris le sien.

Il leva les yeux et vit que Mia l'observait intensément. Il lut dans son regard bleu de la compréhension. Elle non plus ne manquait pas de charme. Mais c'était Kristen qu'il désirait.

— Je pourrais vous dire d'y aller doucement, avec elle, dit Mia. Mais je crois que ça, vous le savez déjà.

Abe fronça les sourcils.

— Pourquoi dites-vous ça ? Que savez-vous d'elle ?

Mia eut un haussement d'épaule.

— Ça fait longtemps que je pense que le dévouement de Kristen n'est pas seulement dû à son zèle pour la justice. Je suis même allée jusqu'à vérifier si elle avait porté plainte, dans le passé. L'une de mes meilleures amies, Dana, travaille comme psychologue auprès de femmes qui ont subi des traumatismes. J'ai pensé qu'elle pourrait aider Kristen. Mais je n'ai trouvé aucune trace de plainte, ici, à Chicago.

— J'aimerais bien en savoir plus, avoua Abe.

— Mais il vaut mieux que ce soit elle qui se confie à vous. Soyez patient, Abe. Elle vit seule depuis si longtemps. Il va lui falloir du temps pour s'habituer à compter sur quelqu'un d'autre qu'elle-même.

Abe discerna une pointe de regret dans la voix de Mia. Elle aussi se sentait seule.

— Et vous, sur qui pouvez-vous compter ? demanda-t-il.

Elle eut un petit sourire triste.

— Moi-même, répondit-elle.

Elle soupira en roulant les yeux au ciel et ajouta :

— Eh oui, même les garçons manqués rêvent du prince charmant ! Malheureusement, je ne tombe que sur des vilains crapauds…

Le sourire se mua en petit rire gêné, et elle plongea le nez dans le registre.

— Allez, dit-elle. Au boulot ! Voyons voir combien de Genny O'Reilly se sont mariées en 1943…

Mercredi 25 février, 22 heures

Traquer le juge s'avéra plus facile qu'il ne l'avait imaginé.

C'est drôle comme quelques informations confiden-

tielles peuvent faire toute la différence, en ce bas monde, songea-t-il.

Il avait d'abord prévu d'enlever le juge au moment où il sortirait de sa Lincoln blindée, conduite par un chauffeur et équipée de vitres pare-balles. L'entreprise s'annonçait pour le moins difficile.

Mais, à présent… Il sourit en pensant au petit gadget électronique qu'il avait trouvé dans la poche de Trevor Skinner. C'était à la fois un téléphone portable, un agenda électronique, un carnet d'adresses, et tant d'autres choses encore… Apparemment, Skinner ne laissait rien au hasard. Son Smartphone contenait tant d'informations scabreuses, sur chacun des avocats et des juges de la ville, qu'il en avait pour des semaines à les exploiter. Devenu détenteur de secrets qui multipliaient ses possibilités d'action, il en aurait presque regretté d'avoir agi publiquement.

Mais il n'y avait rien à regretter. Désormais, les criminels et les crapules qui les défendaient tremblaient de peur. Ils craignaient de sortir de chez eux, regardaient autour d'eux d'un air inquiet — comme le faisaient leurs victimes, quand elles avaient eu affaire à ces sinistres personnages. Grâce à Zoe Richardson, il avait appris que le dernier homme qu'il avait tué, le soir où il avait tenté d'assassiner William Carson, était le garde du corps de ce dernier, et que les avocats les plus en vue de Chicago se disputaient dorénavant les meilleures gâchettes de la ville.

Mais leur sentiment de sécurité était une illusion, une vue de l'esprit. Quand on devient paranoïaque, on a peur même dans les endroits les plus sûrs. Et tel était son but, justement. Faire trembler de peur toutes les personnes dont le nom se trouvait dans le bocal à poisson.

Il tripota la carte qu'il avait dans la poche. Le juge Edmund Hillman… C'est lui qui avait présidé les débats, lors du procès de l'agresseur de Leah. Grâce au Smartphone de Skinner, il savait à présent que l'honorable Edmund Hillman avait une maîtresse. Il fréquentait la dénomée

Rosemary Quincy depuis plus de trois ans et la retrouvait tous les mercredis dans un petit hôtel de Rosemont — où l'honorable magistrat perdait alors toute honorabilité. Selon les notes de Skinner, c'était le seul moment où le juge conduisait lui-même sa limousine.

Il avait prévu de se rendre à l'hôtel un peu avant Hillman. Il l'y attendrait et passerait à l'action dès que celui-ci serait en vue.

Ce serait alors à son tour de se faire juge… et bourreau.

Mercredi 25 février, 11 h 30

Kristen reposa soigneusement le téléphone sans fil sur sa base, résistant à l'envie de raccrocher aussi brutalement que venait de le faire Ronette Smith. Ronette lui avait dit qu'elle allait bien, merci, sa famille aussi et que, si tout allait bien dans sa vie, ce n'était certes pas grâce au système judiciaire américain.

Ni grâce à moi, songea Kristen en se passant la main sur le front. Ronette avait été extrêmement claire à ce sujet.

La plupart des personnes figurant sur la liste avaient réagi avec la même hostilité. Kristen jeta un nouveau coup d'œil à la colonne de noms inscrits sur la feuille. Elle avait réussi à joindre la moitié des victimes. Trois d'entre elles avaient perdu leur emploi récemment, ce qu'on pouvait considérer comme un événement traumatisant, mais Kristen avait jugé qu'elles ne s'exprimaient pas comme des tueurs psychopathes.

Mais comment s'exprime un tueur qui se prend pour un justicier ? Froidement ? Sans passion ? En tenant des propos délirants ?

Elle était plongée dans ces sombres pensées lorsqu'une ombre vint planer sur les documents étalés devant elle. Elle leva la tête, s'attendant à voir le visage de Spinnelli ou d'Abe.

Mais c'était Milt Hendricks qui se tenait face à elle. Le procureur d'Etat. Le patron de John. Par réflexe, elle se leva.

— Monsieur Hendricks, fit-elle.

Il jeta un bref coup d'œil sur les papiers qui jonchaient le bureau d'Abe, puis la regarda bien en face.

— Je ne vais pas tourner autour du pot, dit-il. Je voulais m'assurer que vous savez pourquoi je vous ai placée en congé forcé.

— Parce que les avocats vivent dans la peur, et que vous craigniez qu'ils ne contestent en appel tous les jugements rendus en ma présence, répondit-elle en répétant presque mot pour mot ce que lui avait confié John.

Hendricks hocha la tête.

— C'est exact. Mais je voulais aussi, et surtout, vous éloigner des projecteurs. Il semble que cet étrange justicier fasse une fixation sur vous. J'ai demandé à John de bien vous faire comprendre que je me préoccupais avant tout de votre sécurité, et que ce congé n'était en rien une sanction. Mais, étant donné les circonstances et ce qu'on vient d'apprendre sur John, je ne suis pas sûr qu'il vous ait transmis le message dans son intégralité. Cette mesure est provisoire, Kristen. Vous avez le meilleur taux de condamnations de la ville. Quand cette affaire sera passée, je tiens à ce que vous vous remettiez rapidement au travail. D'ailleurs, à en juger par le tas de documents étalés devant vous, vous êtes encore en train de travailler...

Kristen sentit ses joues s'empourprer, mais elle répondit d'une voix ferme.

— J'aide la police à examiner de vieux dossiers. Nous sommes certains qu'il y a un rapport entre le passé et les événements actuels.

Hendricks la regarda d'un œil perplexe.

— John vous a autorisée à le faire ?

— Non, mais il n'a pas dit le contraire, monsieur.

Elle le vit esquisser un sourire.

— Je comprends. Eh bien, je n'y vois, pour ma part, aucun inconvénient. Mais soyez prudente.

Il reprit son sérieux et ajouta :

— Faites très attention. Je viens de perdre un procureur, je ne veux pas en perdre un autre.

Kristen pâlit.

— Il est arrivé quelque chose à John ? demanda-t-elle d'une voix inquiète.

— Sur le plan physique, tout va bien, la rassura Hendricks. Mais il vient de présenter sa démission. Et je l'ai acceptée.

Kristen se rassit et leva les yeux vers son supérieur.

— Je ne sais que dire, fit-elle.

— Il a mis à mal la réputation d'intégrité du bureau du procureur, dit posément Hendricks. J'espère que ce scandale sera vite oublié, et que nous pourrons nous remettre sereinement au travail. Par ailleurs, j'ai cru comprendre que vous cherchiez à accéder au casier judiciaire de mineur de Jenkins. Il n'y a aucun problème. C'est comme si c'était fait.

Il la salua d'un petit geste de la main et sortit. Kristen le regarda s'éloigner, bouche bée.

— Ma mère dirait qu'à garder la bouche ouverte trop longtemps, on finit par gober les mouches, fit une voix narquoise derrière elle.

Elle tourna la tête et vit Aidan Reagan, les hanches appuyées contre un bureau voisin. Elle lui lança un sourire chaleureux.

— Vous êtes libre, pour le déjeuner ? demanda-t-il.

— Pourquoi me demandez-vous ça ?

— Abe m'a dit que vous aviez un achat à faire, et je suis entre deux tours de Rachel.

— Un achat ? Ah, oui ! se souvint-elle. Mon pistolet. Le délai d'attente est écoulé.

Puis elle fronça les sourcils et ajouta :

— Qu'entendez-vous par « entre deux tours de Rachel » ? Elle va bien ?

— Très bien. Je lui sers juste de garde du corps pendant la journée, parce que je suis de nuit, cette semaine. Je l'aurai déposée au collège avant de vous accompagner à l'armurerie, et j'aurai largement le temps d'aller la chercher après. Et ne me dites pas que ça vous gêne, la prévint-il. Ça mettrait mon père en rogne, et il vous botterait le derrière !

Elle eut un petit sourire désolé.

— Comment va-t-il ?

Aidan haussa les épaules.

— Il est furieux. Sa fierté en a pris un coup… mais il s'en remettra.

Kristen le regarda d'un œil circonspect.

— Vous vous montrez bien sympathique avec moi, tout à coup…

Les joues d'Aidan s'empourprèrent, exactement comme celles d'Abe lorsqu'il était contrarié ou embarrassé.

— Je regrette d'avoir été impoli, quand on s'est vus pour la première fois, dit-il d'un ton désolé. Ecoutez, je suis au courant, pour le graffiti que les Blades ont peint sur votre maison. Abe m'a dit que vous pensiez à acheter un chien. Je connais un gars qui entraîne les chiens de la brigade canine. Ça vous intéresse ?

Emue par cette marque de sympathie, Kristen prit son manteau et lança :

— Allons-y !

Mercredi 25 février, 12 heures

— Alors ? Vous avez trouvé ? demanda Tina.

Mia leva les yeux au ciel.

— Oui, répondit-elle. Mais, bien entendu, tout à la fin de la liste…

— C'est toujours comme ça, acquiesça Tina.

— Genevieve O'Reilly, dit Abe en relisant ce qu'il avait noté sur son calepin. Elle a épousé Colin Barnett le 15 septembre 1943. C'est le père Thomas Reed, de la paroisse du Sacré-Cœur, qui a célébré le mariage.

Tina hocha la tête d'un air satisfait.

— Bien, fit-elle. Vous pouvez maintenant vérifier dans les registres des actes de naissance si elle a eu des enfants. Vous pouvez aussi vous adresser à cette paroisse, qui a peut-être conservé leurs certificats de baptême.

— Et vous ? s'enquit Mia. Vous avez avancé, dans vos recherches concernant le terrain de Worth ?

Tina leur tendit une feuille de papier.

— Je me suis dit que Hank était sans doute le diminutif de Henry, et c'est comme ça que je l'ai trouvé. Henry Worth… Après son décès, le terrain est devenu la propriété de Paul Worth. Voilà, c'est tout ce que j'ai pu trouver. J'espère que ça vous suffira.

Mia scruta le document, puis leva les yeux d'un air de triomphe.

— C'est parfait, dit-elle. Appelons Spinnelli, il nous faut des tenues de combat, au cas où notre homme se trouverait là-bas.

Abe saisit son manteau avec impatience.

— J'espère bien. J'ai deux mots à lui dire…

Mercredi 25 février, 13 h 30

— Vous auriez dû me dire que vous étiez allergique aux chiens, déclara Aidan en se retenant de rire.

Il aida Kristen à marcher jusqu'à la voiture.

— J'ai mal, gémit-elle.

Quand elle avait essayé son pistolet, sur le stand de tir de Diana Givens, elle avait éprouvé un réel contentement — qui s'était dissipé à l'étape suivante : un chenil, abritant des chiens de garde impeccablement entraînés. Dès l'entrée, elle commença à renifler. Cinq minutes plus tard, elle éternuait avec une telle violence qu'elle avait failli tomber à la renverse. Seule l'intervention d'Aidan, qui riait sous cape, l'en avait empêchée.

— Ce n'est vraiment pas drôle, grommela-t-elle.

— Pourquoi êtes-vous entrée dans un chenil, sachant que vous étiez allergique ?

Kristen s'adossa à la voiture pour reprendre son souffle.

— Je ne le savais pas, répondit-elle. Je n'ai guère l'occasion de côtoyer des chiens. Un jour, un chien d'aveugle est entré dans le restaurant où je déjeunais, et je me suis mise à éternuer, mais je me suis dit que c'était à cause de ce chien-là, en particulier.

Elle essuya ses yeux humides et monta dans la voiture. Contrairement à son frère, Aidan préférait les lignes profilées de la Camaro à la puissance massive d'un 4x4. Elle renifla et grelotta, tandis qu'il démarrait le moteur et que la ventilation crachait dans l'habitacle un air glacial.

— Je crois que je vais renoncer à acheter un chien de garde, dit-elle.

Aidan ne put réprimer un sourire.

— Oui, ça vaut mieux. Mais je crois qu'Abe sera ravi de jouer ce rôle…

Elle rougit malgré l'air froid, qui tardait à se réchauffer.

— Abe est très gentil, dit-elle.

Aidan jeta un coup derrière lui avant de manœuvrer la Camaro.

— Gentil ? C'est tout ce qu'il vous inspire, comme remarque ? Il va falloir que je lui donne quelques cours de travaux pratiques, railla-t-il.

Le visage de Kristen devait refléter son indignation, car Aidan éclata de rire.

— Je plaisante, Kristen. D'abord, parce que ce que vous faites avec lui ne me regarde pas. Ensuite, parce qu'il me botterait les fesses s'il apprenait que je me mêle de ses amours…

— Voilà une expression qu'on entend souvent dans votre famille, commenta-t-elle.

— C'est qu'on est une famille de garçons.

— Vous avez deux sœurs, lui fit remarquer Kristen.

— Disons plutôt qu'elles ont trois frères, rectifia Aidan. Ce n'est pas pareil…

— Au temps pour moi, dit-elle d'un ton pince-sans-rire.

Il gloussa un peu avant d'ajouter :

— Vous allez penser que je suis un homme de Neandertal, mal dégrossi, avec les mains qui traînent au sol…

Kristen fit mine d'examiner les mains en question et répliqua :

— Non, je dirais plutôt que vous en êtes au stade suivant de l'évolution, celui de l'homme de Cro-Magnon, et…

Brusquement, Aidan fit un tête-à-queue qui coupa net la phrase de Kristen.

— Qu'est-ce que vous…

Elle jeta un coup d'œil par-dessus son épaule et se tourna vers Aidan, qui regardait dans son rétroviseur d'un air satisfait.

— Des journalistes ? demanda-t-elle.

— Une blonde peroxydée et son larbin de cameraman. On les a semés.

— Je la déteste, cette bonne femme, lâcha Kristen, d'une voix lasse.

— Je partage votre dégoût.

Kristen fronça les sourcils.

— Je ne lui ai jamais rien fait, à cette Richardson, dit-elle d'un ton pensif. Pourquoi me harcèle-t-elle ainsi ?

— Elle se nourrit du malheur des autres, alors, pourquoi pas du vôtre ?

— Quand même, je me demande bien pourquoi, marmonna Kristen.

Aidan se pencha pour régler le chauffage.

— C'est mieux, comme ça ?

— J'ai l'habitude du froid. J'allais à l'école à pied en hiver, quand j'étais gamine.

— Au Kansas, hein ?

Kristen lâcha un soupir.

— Abe vous a donc tout répété ? demanda-t-elle avec un brin d'agacement dans la voix.

Pour toute réponse, Aidan eut un sourire narquois. Kristen leva les yeux au ciel.

— C'est trop fort, maugréa-t-elle.

Elle savait que ses joues étaient écarlates. Cramoisies. Et pourquoi ? Parce qu'elle s'était laissé caresser par Abe. Ils n'étaient pas allés plus loin, pourtant.

Même si elle souhaitait peut-être qu'ils aillent plus loin…

— Il faudra vous habituer à nos taquineries, dit Aidan. On est comme ça, dans la famille…

Kristen ressentit soudain l'envie irrépressible d'appartenir à cette famille. Elle éprouva même une pointe de jalousie à l'égard de Debra, qui avait été, selon toute apparence, pleinement acceptée par la tribu.

— Parlez-moi de Debra, lâcha-t-elle à brûle-pourpoint.

Aidan cligna des yeux, visiblement pris de court.

— De Debra ? fit-il.

— Oui. Vous savez, celle qui a le même rire que moi… et qui a été votre belle-sœur, ajouta-t-elle d'un ton caustique.

Aidan se concentra sur la route devant lui.

— Il n'y a pas de quoi se fâcher, dit-il. Vous voulez déjeuner ? Je meurs de faim.

Visiblement, parler de Debra mettait Aidan mal à l'aise. *Ou peut-être qu'il ne tient pas à en parler avec moi…*

— D'accord. On n'est pas très loin du restaurant où j'ai mes habitudes.

Elle lui indiqua comment se rendre chez Owen, puis se creusa la tête en vain pour trouver un nouveau sujet de conversation.

— Elle était tout, pour Abe. Toute sa vie tournait autour d'elle, lâcha brusquement Aidan.

Kristen posa les yeux sur lui et observa son profil. Sa mâchoire était crispée et ses phalanges exsangues.

— J'ai cru qu'il allait mourir, quand elle s'est fait tirer dessus, reprit-il. Il a perdu le goût de vivre.

Aidan s'exprimait d'un ton neutre, qui rendait ses propos encore plus poignants.

— Excusez-moi, dit-elle. Je n'aurais pas dû vous en parler.

— Ce n'est pas grave. Je suppose que vous avez le droit de savoir.

Il haussa ses larges épaules et poursuivit :

— Ça faisait quelques années que j'étais dans la police, quand c'est arrivé. Je croyais avoir vu toutes les horreurs possibles…

Il secoua la tête et s'efforça de déglutir.

— Mais la voir si longtemps dans cet état, comme un légume…, murmura-t-il.

Il s'éclaircit la gorge et ajouta :

— Je crois que le pire, ça a été l'enterrement du bébé.

Stupéfaite, Kristen sentit sa gorge se serrer.

— Quel bébé ? parvint-elle à articuler.

Adam lui jeta un bref coup d'œil.

— Debra était enceinte de huit mois, quand elle s'est fait tirer dessus. Le bébé n'a pas survécu. Je croyais que vous le saviez.

Elle fit signe que non et tourna les yeux vers la rue qui défilait, derrière la vitre. C'est à peine si elle remarqua l'enseigne du restaurant d'Owen, quand Aidan se gara devant.

— Non, répliqua-t-elle. Abe ne m'a jamais parlé de cet enfant.

— Ne vous minez pas pour ça. Il n'a plus jamais reparlé de ce bébé, depuis l'enterrement. A aucun d'entre nous. Même à ma mère. Je crois que c'est sa manière à lui de faire son deuil. Mais, rassurez-vous, il adore les enfants. Vous n'avez qu'à voir comment il se comporte avec les gosses de Sean. Je suis certain qu'il veut fonder une famille.

Kristen pinça les lèvres pour les empêcher de frémir. Quelle ironie ! Il avait perdu son enfant, alors qu'elle… Oui, quelle cruelle ironie !

— C'était une fille ou un garçon ? s'enquit-elle, incapable de ne pas poser la question.

Aidan hésita un instant avant de répondre :

— Un petit garçon. Abe l'avait prénommé Kyle, comme papa.

— Pauvre Abe, murmura Kristen. Tout perdre en une seule journée…

Et comment réagira-t-il, quand il apprendra la vérité sur moi ? se demanda-t-elle.

Elle ne tenait guère à le savoir, en fait.

Aidan coupa le contact et le silence se fit dans l'habitacle.

— Si ça peut vous rassurer, dit-il, ça fait des années que je ne l'ai pas vu aussi heureux. Grâce à vous, il revit.

Il s'éclaircit de nouveau la gorge.

— Et nous vous en sommes tous reconnaissants, ajouta-t-il un peu solennellement.

— Merci.

Elle se força à sourire et pointa le doigt vers le restaurant d'Owen.

— Allons déjeuner.

Elle marcha d'un pas lent jusqu'au restaurant mais, lorsqu'elle poussa la porte, celle-ci lui résista. Elle jeta un coup d'œil à l'intérieur, au travers de la vitrine. Les lumières étaient allumées, mais l'endroit désert.

— Il y a un panneau indiquant que c'est fermé, fit remarquer Aidan.

— Mais ça ne ferme jamais en milieu de journée.

Son cœur se mit à battre plus vite tandis qu'elle envisageait le pire.

— Oh ! non ! fit-elle. J'aurais dû le prévenir.

Elle se précipita vers le magasin voisin, un salon de coiffure pour hommes.

— Monsieur Poore, qu'est-il arrivé à Owen ?

M. Poore quitta des yeux la chevelure dont il s'occupait et jeta un regard peiné à Kristen.

— Il est à l'hôpital avec Vincent, Kristen, répondit le vieil homme d'un air las.

— Pourquoi ? Qu'est-ce qui s'est passé ?

M. Poore s'approcha lentement d'elle, en s'essuyant les mains dans son tablier blanc.

— Des voyous sont venus et ont frappé Vincent, dans la ruelle qui longe l'arrière du restaurant, expliqua-t-il. Il était allé sortir les poubelles. Ce quartier était si tranquille, dans le temps. Maintenant…

Il leva les deux mains d'un geste découragé.

— C'est grave, Kristen, précisa-t-il. Vincent est dans un état grave.

— Oh non !

Ses jambes chancelèrent, et elle sentit Aidan passer son bras sous le sien.

— C'est la triste vérité, dit M. Poore. Owen est allé voir ce qui se passait, et ils l'ont frappé lui aussi, mais moins brutalement que Vincent. Quand j'ai entendu tout ce raffut, j'ai appelé les flics, et les voyous se sont tirés.

Il secoua son crâne chauve et ajouta :

— Il avait l'air vraiment mal en point, Vincent. Les urgences sont venues et l'ont emmené à l'hôpital.

— Vous savez lequel ? demanda Aidan d'un ton posé, tel un flic menant un interrogatoire.

Ce calme rasséréna un peu Kristen.

— A l'hôpital du comté, selon les flics, répondit le vieux coiffeur.

Aidan secoua le bras de Kristen et elle redressa le dos.

— Allons-y, dit-il.

*
* *

Mercredi 25 février, 14 h 15

Aidan l'accompagna jusque dans l'hôpital. Il resta derrière elle sans dire un mot, lorsqu'elle demanda à une infirmière où elle pouvait trouver Vincent. Il la suivit dans l'ascenseur et appuya sur le bouton de l'étage du bloc opératoire, toujours silencieux. Et lorsqu'elle sortit de l'ascenseur et vit Owen, assis seul dans la salle d'attente, Aidan demeura en retrait, sans la quitter des yeux.

Elle traversa la salle pour aller s'asseoir à côté d'Owen. Il avait pris un coup de vieux. Il lui parut non seulement fatigué, mais aussi usé et frêle. Elle se sentait coupable, mais aussi furieuse et effrayée. Elle ne savait pas par quoi commencer.

— Vous êtes blessé ? murmura-t-elle.

Il secoua la tête.

— Vincent…, fit-il.

La voix d'Owen se perdit dans un murmure. Il déglutit, détourna les yeux et dit :

— Il n'a jamais fait de mal à personne. C'était l'homme le plus doux que j'ai jamais connu.

Kristen lui prit le bras et demanda, paniquée :

— « C'était » ? Owen, dites-moi la vérité !

Il resta silencieux, et Kristen crispa les doigts sur son bras.

— Je vous en supplie, Owen, dites-moi s'il est encore en vie !

Owen se tourna vers elle, et elle vit de grosses larmes perler au coin de ses yeux.

— Le prêtre est avec lui, en ce moment…

Elle encaissa ces mots comme un coup de poing en pleine poitrine.

— Mon Dieu, souffla-t-elle.

Un lourd silence s'installa entre eux. Au bout d'un moment, Kristen entendit les premières notes du *Canon* de Pachelbel résonner dans son sac à main. Elle sortit son téléphone portable et constata qu'aucun numéro de correspondant ne s'affichait sur l'écran.

— Madame ! s'exclama une femme qui lisait *Cosmopolitan* en face d'elle. Vous n'avez pas le droit de vous servir de votre portable ici. Vous n'avez pas vu le panneau ?

Kristen plaqua l'appareil contre son oreille.

— Mayhew, fit-elle.

— Alors, vous avez la réponse ?

C'était une voix masculine, qu'elle ne reconnaissait pas. Elle trembla un peu, mais s'efforça de rester droite sur sa chaise.

— Qui est à l'appareil ? demanda-t-elle.

— Répondez par oui ou par non, mademoiselle Mayhew, répliqua la voix d'un ton sardonique. Vous l'avez, cette réponse ?

Owen fit signe à la lectrice de magazine de garder le silence.

— Non, répondit Kristen. Je ne l'ai pas.

— Dommage, lâcha la voix. Alors, dépêchez-vous de trouver. La prochaine fois, on ne se contentera pas de rudoyer des vieux. On visera la jeunesse.

Et il raccrocha.

La jeunesse…

Rachel…

Terrifiée, elle consulta sa montre. Rachel devait sortir du collège dans un quart d'heure. Et elle serait seule. Parce que Aidan était venu à l'hôpital avec Kristen, au lieu d'aller chercher sa sœur. Elle se tourna vers le mur où il se tenait adossé, mais il n'y était plus. Elle scruta les alentours d'un œil affolé et l'aperçut enfin. Il était en train de téléphoner, près du bureau des infirmières. Elle courut vers lui.

— Où est Rachel ? s'enquit-elle.

Aidan raccrocha calmement.

— Sean est avec elle, répondit-il. Elle est en sécurité, Kristen.

Kristen sentit ses genoux trembler, et Aidan l'empêcha une fois de plus de s'effondrer.

— Vous en êtes sûr ? insista-t-elle d'une voix tremblante. Ils m'ont dit que la prochaine fois, ils s'en prendraient à « la jeunesse »... J'ai songé à Rachel et j'ai...

Elle sentit sa gorge se serrer, et les larmes lui monter aux yeux. Aidan lui posa un bras sur l'épaule, tandis qu'elle frissonnait de tout son être et tentait de refouler ses larmes.

— Vous pouvez pleurer tout votre soûl, murmura-t-il. Ça ne me choque pas. J'ai deux sœurs, vous savez.

Kristen s'agrippa au sweat-shirt d'Aidan.

— Je croyais que c'étaient elles qui avaient trois frères, railla-t-elle entre ses dents serrées.

Elle sentit la poitrine d'Aidan se soulever en un rire silencieux.

— C'est une question de point de vue, ma chère. Je sais que vous avez eu une semaine difficile. Vous avez parfaitement le droit de pleurer, si ça peut vous faire du bien.

Elle grinça des dents et dit :

— Je ne pleurerai pas.

— Alors, vous n'aurez pas besoin de ça.

Il lui glissa un mouchoir en papier dans la main, et elle se tamponna les yeux aussi discrètement que possible.

Puis elle recula d'un pas et inspira profondément.

— Merci. Quand avez-vous appelé Sean ? Vous ne m'avez pas quittée un seul instant.

— J'ai appelé dans le hall de l'hôpital, pendant que vous parliez à l'infirmière.

— Mais je ne vous ai pas entendu parler...

Aidan lui montra son téléphone portable.

— Je lui ai envoyé un SMS. Ainsi qu'à Abe, mais, lui, je n'ai pas réussi à le joindre. Et je viens d'appeler Spinnelli, pour l'informer de ce qui est arrivé. Il y a toute une équipe de flics qui travaille sur ces menaces, Kristen. Vous pouvez compter sur eux, ils vont arrêter ceux qui ont agressé mon père et votre ami.

— C'est un coup de Conti ! fit-elle. J'en suis sûre.

— Moi aussi. Mais Abe a raison. Tant qu'on n'a pas de preuves irréfutables contre lui, on ne peut pas l'arrêter. Mais ça viendra…

Kristen jeta un coup d'œil par-dessus son épaule en direction d'Owen, assis tout seul dans son coin.

— Il faut que j'aille lui parler, dit-elle.

— Je vous attends ici. Je peux rester autant que vous le souhaitez.

Elle se força à sourire et lui effleura timidement le bras.

— Merci. Sincèrement…

Les yeux d'Aidan s'assombrirent.

— C'est tout naturel, dit-il. Allez rejoindre votre ami.

Elle se dirigea à pas lents vers Owen.

— La jeune fille va bien ? lui demanda le vieil homme, lorsqu'elle se fut rassise à son côté.

— Oui, répondit-elle.

Il se cala au fond de son siège, l'air rassuré.

— Tant mieux. Elle a l'air d'une brave petite.

— Owen, je suis désolée. J'aurais dû vous prévenir, vous et Vincent. Je me sens coupable.

Le regard d'Owen se durcit.

— Vous avez été menacée ?

— Dimanche soir, un homme s'est introduit chez moi.

Owen pâlit et lui prit la main.

— Rien de grave, le rassura-t-elle. Je m'en suis sortie indemne. Abe l'a mis en fuite. Mais ce type a eu le temps de me dire que, si je ne lui donnais pas le nom du justicier, tous les gens qui sont proches de moi allaient mourir. J'aurais dû vous mettre en garde. Je suis vraiment navrée.

— Il aurait pu vous tuer, dit-il dans un murmure. Oh ! mon Dieu… Et ils s'en sont pris à d'autres personnes ?

— Ils ont menacé ma mère.

Owen parut surpris.

— Je croyais que vos parents étaient décédés.

— Ma mère est atteinte de la maladie d'Alzheimer.

Elle… Elle ne me reconnaît plus. Je lui rends visite aussi souvent que possible, mais mon père refuse que je la fasse venir à Chicago. Heureusement, ces voyous ne lui ont fait aucun mal. Ils se sont contentés de la menacer.

— Qui d'autre, Kristen ? Qui d'autre a été menacé ?

— Le père d'Abe. Ils l'ont passé à tabac, comme Vincent.

Elle sentit ses lèvres trembler et les pinça fermement avant d'ajouter :

— Mais, lui, il s'en est tiré avec une côte froissée. Alors que ce pauvre Vincent…

Owen lui effleura le menton d'un geste paternel.

— Ce n'est pas votre faute, Kristen.

Elle garda le silence et il leva les yeux au ciel.

— Pas la peine de rester dans cet hôpital à vous ronger les sangs, dit-il. Je vous appellerai quand Vincent sortira du bloc opératoire. Retournez voir votre jeune ami. Il vous attend.

Kristen se tourna vers Aidan, qui était toujours adossé au mur d'en face et ne la quittait pas des yeux.

— Ce n'est pas Abe que vous voyez là, c'est son frère Aidan. Abe lui a demandé de veiller sur moi, aujourd'hui.

Owen jeta un long regard à Aidan, avant de hocher la tête d'un air approbateur.

— La famille de votre ami vous a donc adoptée. Tant mieux. Vincent et moi, nous nous inquiétions souvent de vous savoir sans famille, avec pour seule compagnie deux vieux imbéciles comme nous.

Kristen pressa les mains d'Owen.

— Ne vous inquiétez pas pour moi. Je suis sous protection permanente.

Elle grimaça légèrement et ajouta :

— Ça commence d'ailleurs à me taper sur les nerfs, de ne pouvoir jamais être seule… Mais cela n'aura qu'un temps, heureusement. Ecoutez, je sais qu'Aidan doit aller travailler, maintenant. Je vais lui demander de me raccompagner chez moi, et je vais lui dire de trouver un collègue pour vous ramener chez vous.

Owen eut un sourire paternel.

— Ce n'est pas nécessaire. Je rentrerai tout seul.

Kristen soupira.

— Vous devriez accepter, Owen. Vous êtes en danger. Ils peuvent s'en prendre à vous comme ils s'en sont pris à Vincent.

A ce nom, leurs deux regards se tournèrent vers la porte du bloc opératoire, qui demeurait désespérément fermée.

— Vous m'appellerez, dès qu'il sera sorti de là ? demanda-t-elle.

— C'est promis.

Mercredi 25 février, 15 h 55

Abe s'accroupit à côté de la voiture de patrouille.

— On dirait qu'il n'y a personne.

Ils avaient retrouvé le terrain de Worth, sur lequel se dressait une modeste cabane. Un tuyau de poêle émergeait du toit, mais aucune fumée ne s'en échappait. Cela faisait une vingtaine de minutes qu'ils surveillaient l'endroit, et ils n'avaient pas perçu le moindre mouvement.

— Allons voir ce qu'il y a dans cette cabane, proposa Mia.

Abe se rendit compte que c'était la première fois qu'ils allaient faire irruption ensemble dans un endroit potentiellement périlleux.

— J'y vais en premier, dit-il. Vous, vous me couvrez.

— J'offre une cible moins large, protesta Mia. Avec Ray, c'était toujours moi qui entrais en premier.

Abe la toisa un instant d'un air agacé.

— Je ne suis pas Ray, fit-il.

Jack, qui se cachait derrière l'autre voiture de patrouille, intervint d'une voix irritée :

— Réglez ça à pile ou face ! Mais dépêchez-vous. Je préférerais examiner les lieux à la lumière du jour. On ne sait même pas si cette baraque a l'électricité.

— Il a raison, dit Abe. Ne traînons pas. Couvrez-moi, Mia. S'il vous plaît.

L'arme au poing, Abe sortit de son abri. Il était équipé d'une tenue de combat complète, avec casque et gilet pare-balles. Mais on est toujours vulnérable quand on avance à découvert. D'autant plus que les alentours étaient parsemés de bosquets denses et touffus, dans lesquels un homme armé aurait très bien pu se poster sans être visible. Il avança précautionneusement jusqu'à la porte de la cabane, et posa délicatement un pied sur les planches branlantes du perron.

— Couvrez-moi, dit-il.

Il entendit Mia grommeler, mais elle obéit. Elle le suivit d'un pas leste et ils prirent position de part et d'autre de la porte de bois.

— Police ! cria Abe. Ouvrez !

Silence. Il saisit la poignée et la tourna.

— La porte n'est pas fermée à clé, murmura Mia en le suivant à l'intérieur. Personne n'est venu ici depuis longtemps.

— Vous avez raison.

Il avança dans l'entrée, après avoir fait signe à Jack et aux autres de les rejoindre.

— La voie est libre ! hurla-t-il.

Il se tourna pour scruter l'unique pièce de la cabane.

— Il n'habite pas ici, en tout cas, c'est clair !

— Et le sol n'est pas en béton, comme sur les Polaroid. Ce n'est donc pas ici qu'il tue ses victimes.

Mia ouvrit un placard perché au-dessus de l'évier.

— Il n'y a pas l'eau courante, constata-t-elle. Mais il y a quelques boîtes de conserve, et un morceau de savon.

Elle prit le pain de savon et le brandit vers la lumière.

— Ma grand-mère avait le même. C'est une antiquité.

— Quoi donc ? demanda Jack, qui venait d'arriver.

— Tout ce qu'il y a ici est vieux et démodé, répondit-elle en lâchant un soupir déçu. Pourtant, j'étais sûre qu'on était sur une piste.

— La patience n'est pas sa vertu principale, hein ? demanda Abe à Jack.

Celui-ci sourit.

— C'est maintenant que vous vous en rendez compte ? Pas terrible, pour un inspecteur de police !

Abe lui rendit son sourire et se mit à faire le tour de la petite pièce.

— Quelqu'un est venu ici récemment, dit-il en brandissant un journal qui traînait dans un coin. Il est daté du 28 décembre de l'année dernière.

— Et regardez-moi ça, lança Mia.

Elle se courba, puis se redressa, en tenant une balle dans sa main gantée.

— Elle est toute propre. Et il y a le même poinçon que sur l'autre : les deux W entrelacés. W comme Worth, évidemment.

— Si elle est toute propre, ça ne doit pas faire longtemps qu'elle est ici, observa Jack, en tapotant du pied contre une chaise. La pièce est remplie de toiles d'araignées.

— Il ne se sert pas de cet endroit comme d'une maison de campagne, ajouta Abe.

Il ouvrit la porte de derrière et scruta le terrain.

— Vous aviez raison, Mia. Il s'est aménagé son champ de tir personnel.

Il franchit le seuil, regardant à droite et à gauche, guettant le moindre mouvement. Puis il marcha sur le sol enneigé jusqu'à la cible mobile, de fabrication artisanale — un câble tendu entre deux arbres, sur lequel était accrochée une planche de bois de la taille d'une porte, recouverte d'une silhouette humaine en papier découpé. La tête et la région du cœur étaient criblées de trous.

— Il y a un crochet téléguidé à quatre vitesses, pour déplacer la cible, indiqua-t-il.

Mia contourna la cible.

— Pas de balles, ni d'empreintes de pas, constata-t-elle. Il n'a pas neigé depuis une semaine, ce qui veut dire que personne n'est venu ici depuis.

— Mia ! Abe ! cria Jack depuis la porte de la cabane, en faisant de grands gestes. Venez voir ! On a trouvé ça dans une boîte, à côté du lit de camp !

Il avait à la main deux photos encadrées. L'une d'elles était un portrait de famille : un père, une mère et leurs deux fils.

— A en juger par les vêtements qu'ils portent, elle doit dater du début des années 1930, dit Mia. C'est peut-être la famille Worth.

— On va les apporter au labo, fit Jack. Retirons-les du cadre. Il y a peut-être quelque chose d'écrit au dos. Et regardez l'autre photo. C'est le fils aîné, à peu près dix ans plus tard. Il est en uniforme, avec une fille au bras.

— Il était dans la marine, observa Abe. Ce couple serait-il Genny O'Reilly et Hank Worth, juste avant le départ de celui-ci pour le front ?

— C'est possible, dit Mia. Mais je m'interroge sur le fils cadet. M. James ne nous en a pas parlé.

Elle regarda autour d'elle et demanda aux techniciens de scène de crime :

— Vous avez trouvé autre chose ?

L'un des techniciens secoua la tête et éteignit sa lampe torche.

— Non, répondit-il. J'ai placé le savon et les boîtes de conserve dans des sachets. On fera un relevé d'empreintes digitales au labo. On pourrait revenir avec des projecteurs, pour essayer de trouver des empreintes sur les murs et sur les meubles, mais ça m'étonnerait qu'on en trouve.

Mia eut une moue pensive.

— On ne sera pas venu pour rien, affirma-t-elle. Surtout si c'est bien Genny sur la photo.

Jack plaça précautionneusement les photos dans des sacs transparents.

— Croisons les doigts, dit-il. Parce qu'on n'a rien trouvé d'autre de vraiment intéressant.

— Inspecteur Reagan ?

Un policier en uniforme se tenait sur le perron.

— Il y a eu un appel radio pour vous. C'était le lieutenant Spinnelli. Il vous demande de le rappeler quand vous en aurez fini ici. C'est important.

Kristen... Abe sentit son cœur se serrer.

— Il a dit important ou... urgent ? s'enquit-il avec appréhension.

— Il a dit « important ».

Abe eut un petit soupir de soulagement. Kristen devait être en sécurité. Si elle avait eu de nouveaux ennuis, Spinnelli aurait évidemment appelé cela une « urgence ». Abe se tourna vers Mia.

— On a fini ?

Elle hocha la tête.

— Oui, répondit-elle. On peut appeler Spinnelli.

Mercredi 25 février, 18 h 15

Il était arrivé trop tard pour voir le juge entrer dans l'hôtel. Il leva les yeux vers les fenêtres de la façade, et se dit que ce n'était pas grave. D'après les notes de Skinner, Hillman n'y passait jamais la nuit entière.

Il avait profité de l'attente pour se remémorer le procès, celui qui aurait dû aboutir à la condamnation de l'agresseur de Leah. Mais il n'y avait pas eu de condamnation. Pas de justice pour Leah... Certes, le jury avait fait son boulot, et avait déclaré le violeur coupable. Mais, chose rare dans ces cas-là, le juge Hillman avait annulé le verdict.

Et le monstre qui avait violé Leah était sorti libre du tribunal.

Il ne connaissait pas encore Leah, à l'époque. Il l'avait rencontrée plus tard, alors qu'elle n'était plus que l'ombre d'elle-même. Il avait lu les minutes du procès, envahi d'une rage impuissante.

Mais il allait enfin pouvoir laisser libre cours à sa colère. Car c'était le juge Hillman qui allait se retrouver à la barre des accusés.

Il attendit patiemment que Hillman sorte, tout guilleret, de l'hôtel. Le juge s'arrêta près d'une vieille Dodge, dans laquelle il était venu jusqu'ici, plutôt que dans sa rutilante Lincoln. Ce piètre subterfuge ne pouvait tromper personne.

Surtout pas moi.

Il démarra sa camionnette et roula jusqu'à la Dodge. Il avait mal à la tête, mais, ignorant la douleur, il se concentra sur sa proie.

Il vit la peur envahir le regard de Hillman quand il sortit de la camionnette, l'arme au poing. L'acier du silencieux, fixé à l'extrémité du canon, brillait à la lueur d'un réverbère du parking de l'hôtel.

— Les mains en l'air, ordonna-t-il calmement.

Hillman voulut plonger la main droite dans sa poche, mais le tueur l'en dissuada aussitôt en lui enfonçant brutalement son pistolet dans les côtes.

— J'ai dit « en l'air », les mains ! Si j'appuie sur la détente, vous êtes un homme mort. Vous crèverez là, sur ce parking miteux… et on retrouvera votre cadavre près de cette voiture, que vous ne conduiriez pas si vous n'aviez pas peur que votre femme ne découvre vos adultères.

Hillman écarquilla les yeux.

— Si c'est de l'argent que vous voulez…, bredouilla-t-il.

— Ce n'est pas ce qui m'intéresse, juge Hillman.

Il fit coulisser la porte latérale de la camionnette et vit Hillman blêmir en comprenant ce qui l'attendait.

— Retirez votre manteau, dit le tueur, en enfonçant un

peu plus son arme dans les côtes du juge. Tout de suite, je vous prie.

Hillman défit d'une main tremblante les boutons de son luxueux manteau en cachemire.

— Vous ne vous en tirerez pas comme ça, lança-t-il d'une voix incertaine.

Cette phrase fit rire le tueur.

— Je m'en suis pourtant tiré, après avoir éliminé Skinner. Quel dommage, bien sûr, que j'aie tué le garde du corps de Carson plutôt que ce pourri, mais on ne fait pas d'omelette sans casser des œufs. Il est donc plus que probable que je m'en tire, après vous avoir châtié. Et, même si je ne m'en tire pas, vous serez mort, de toute façon.

Le visage de Hillman devint franchement livide.

— Oh ! mon Dieu, balbutia-t-il.

— J'espère sincèrement que vous êtes prêt à comparaître devant votre Créateur, juge Hillman. Allez, montez et asseyez-vous.

Hillman regarda autour de lui d'un air affolé. Mais il n'y avait personne dans les parages. Pas âme qui vive. C'était d'ailleurs pour cela qu'il avait choisi cet hôtel, loin du centre-ville. Personne ne risquait de l'y surprendre en train de retrouver clandestinement sa maîtresse.

— Je vais hurler, dit Hillman d'une voix de plus en plus blanche.

— Personne ne vous entendra, et vous mourrez quand même. Dommage que vous ayez voulu préserver votre anonymat, lors de vos rencontres avec Mlle Quincy.

Il eut un sourire cruel.

— Quelle ironie, vous ne trouvez pas ? ajouta-t-il d'une voix railleuse. Si j'appuie sur la détente, adieu la vie !

— Si je monte, je vais mourir aussi, observa le juge.

Le tueur haussa les sourcils.

— Sauf que vous êtes lâche. Vous allez vous raccrocher à l'espoir que quelqu'un viendra vous sauver… Je compte jusqu'à trois, juge Hillman. Un, deux…

Le juge monta dans la camionnette, comme le tueur l'avait prédit. Avec dextérité, celui-ci fixa sa proie au plancher de la camionnette à l'aide de menottes, une paire au poignet, une autre à la cheville. Hillman se débattit et lui décocha un coup de pied.

— Vous me le paierez, Hillman, marmonna le tueur. Comme vous allez payer pour le reste…

— Mais qu'est ce que je vous ai fait ? demanda Hillman, le front baigné de sueur.

Le tueur découpa un large morceau de bande adhésive et le colla sur la bouche de Hillman en disant :

— Leah Broderick…

Le juge lui jeta un regard perplexe. Visiblement, ce nom ne lui disait rien. Cet oubli ne fit qu'accroître la colère du tueur.

— Vous ne vous souvenez pas d'elle ? s'écria-t-il. Je vais vous rafraîchir la mémoire, alors. Avant de crever, vous aurez retrouvé la mémoire, croyez-moi !

Il appuya sur le bâillon, s'assurant qu'il couvrait bien sa fine moustache. Le juge aurait très mal, plus tard, quand le tueur le retirerait d'un coup sec. Il s'accordait là un petit plaisir que certains auraient probablement jugé mesquin.

Mais il fallait le comprendre : il avait eu une rude journée.

Mercredi 25 février, 18 h 30

Abe s'était garé dans la rue, car la Camaro d'Aidan occupait l'allée de la maison de Kristen. Il perçut le bruit dès qu'il sortit de son 4x4, et s'approcha de la voiture de patrouille, elle aussi garée le long du trottoir. En le voyant, McIntyre baissa sa vitre.

— Quoi de neuf ? demanda Abe.

McIntyre haussa les épaules.

— Personne n'est venu déposer de nouveaux colis, répondit-il. L'un de ses voisins est venu se plaindre du bruit, mais elle ne l'a pas laissé entrer. Votre frère l'a ramenée de l'hôpital il y a quelques heures. Je suis allé voir ce qui se passait, quand j'ai entendu le bruit qui venait de chez elle, mais votre frère m'a dit qu'elle allait bien. Apparemment, elle se change les idées en bricolant, histoire d'évacuer le stress. Elle en a bien le droit, après tout…

Abe acquiesça. Spinnelli l'avait informé de ce qui était arrivé aux amis de Kristen — aux deux hommes qui tenaient son restaurant préféré. Il imaginait aisément le chagrin qu'elle devait éprouver.

— Merci, fit-il.

Il remonta l'allée à pas pressés et ralentit l'allure lorsqu'il atteignit l'auvent, sous lequel était garée la voiture de location de Kristen. Derrière le véhicule, il y avait des portes de placards brisés et une vieille cuisinière, couchée sur le côté. Il ouvrit la porte précautionneusement et vit Aidan traîner un énorme réfrigérateur, tout aussi démodé que la cuisinière.

Le souffle court, Aidan leva les yeux vers son frère.

— Ce fichu frigo n'a pas de roulettes, grommela-t-il. Et il pèse au moins une tonne. Referme la porte derrière toi. Avec ce courant d'air, on va attraper une pneumonie !

Abe s'exécuta et cligna des yeux lorsque le bruit cessa enfin. Une couche de poussière blanche recouvrait le sol et les meubles de la cuisine — ainsi qu'Aidan et Kristen, laquelle se tenait debout à l'autre bout de la pièce, un marteau à la main. Il y avait un grand trou dans le mur, offrant une vue inédite sur le salon.

Kristen se tourna vers lui. Ses cheveux auburn étaient blanchis par la poussière. Son visage, rougi par l'effort, ruisselait de sueur, et ses seins oscillaient sous un fin maillot sans manches. Très fin et très moulant… Abe ne put détacher ses yeux de ses deux mamelons dressés, visibles au travers de la fine étoffe. Les yeux de Kristen, d'un vert lumineux, se mirent à briller de désir. Elle abaissa lentement son marteau, le laissant pendre le long de sa cuisse droite.

Aidan s'éclaircit la gorge.

— Bon, il faut que j'aille bosser, moi, dit-il. Ciao.

Abe jeta un coup d'œil à son frère tandis que ce dernier sortait à reculons de la cuisine. Il remarqua qu'Aidan évitait soigneusement de lorgner le maillot moulant de Kristen.

— A plus tard, ajouta Aidan. Appelle-moi si tu as besoin de moi.

Il toussa en terminant sa phrase et Abe soupçonna cette toux de couvrir un rire narquois. La porte se referma derrière lui, et Abe et Kristen se retrouvèrent seuls dans la cuisine dévastée.

Abe ne savait pas quoi dire. Il ouvrit la bouche, la referma, et renonça à parler lorsque son regard se posa de nouveau sur les seins de Kristen.

— Vous avez trouvé quelque chose ? demanda-t-elle d'une voix rauque.

Il leva les yeux vers le visage de la jeune femme et répondit :

— Nous avons trouvé son stand de tir, mais il n'y était pas.

Elle médita cette information en silence, sans ciller. Abe désigna la cuisine en chantier et demanda :

— C'est quoi, ce fouillis ?

Il vit trembler les lèvres de Kristen, mais elle se reprit et les pinça fermement. Sans répondre, elle se tourna vers le mur troué, qu'elle se remit à frapper avec son marteau. Il la regarda faire pendant un long moment, avant de retirer son manteau, puis sa veste. Il dénoua sa cravate et ôta sa chemise. Saisissant la barre à mine posée sur la table, il entreprit de faire sauter les débris de plâtre autour du trou qu'elle avait percé.

Pendant dix minutes, ils travaillèrent ainsi sans échanger un mot. Puis elle cessa de marteler la cloison.

— Vincent est à l'unité de soins intensifs, murmura-t-elle.

Le marteau lui glissa des mains et vint heurter le sol.

— Les hommes de Conti l'ont passé à tabac.

A demi aveuglé par la poussière, Abe posa la barre sur la table et tendit ses bras à Kristen. Elle s'y jeta sans hésiter, plaquant ses poings serrés contre la poitrine d'Abe. Il l'enlaça et posa son menton sur ses boucles auburn.

— Je suis au courant, ma chérie. Je suis vraiment désolé…

Elle donna un petit coup de poing, contenu mais rageur, contre la poitrine d'Abe.

— Il a eu un AVC sur la table d'opération. Aidan venait de me raccompagner chez moi quand Owen m'a appelée pour me le dire. Les médecins craignent qu'il ne s'en sorte pas. C'est vraiment dur, Abe. C'est à cause de moi que Conti s'en est pris à ce malheureux.

Ses épaules frémirent, mais elle ne pleura pas.

— Vincent est un chic type, dit-elle d'une voix brisée. Un homme adorable… Il n'a jamais fait de mal à personne.

Il la berça doucement.

— Ce n'est pas ta faute, Kristen.

Elle donna un autre coup sur son torse, plus violent cette fois.

— Alors je suis entrée dans la maison, et Aidan a refermé la porte derrière moi, et…

Elle pleurait, à présent. Abe ne savait pas quoi faire. Il se contenta de la serrer encore plus fort dans ses bras.

— Et alors, quelqu'un a frappé la porte, poursuivit-elle entre deux sanglots, et j'ai eu peur… J'ai eu peur d'ouvrir la porte de ma propre maison !

Elle ravala un sanglot.

— Mais ce n'était que le voisin, celui qui dirige l'association des riverains. Ils ont signé une pétition. Tous. Ils disent que ma présence met tout le quartier en danger. Ils veulent que je déménage. Ils veulent me jeter dehors. Hors de chez moi !

Ses épaules furent de nouveau parcourues d'un long

frisson. Abe étouffa un juron. Les pleutres ! Il aurait bien aimé les avoir en face de lui, ces voisins…

— Ils ne peuvent pas t'obliger à déménager, ma chérie, dit-il d'un ton apaisant. On s'occupera de ce problème plus tard.

— Alors, j'ai déchiré sa pétition et je la lui ai jetée à la figure, reprit-elle sans tenir compte de son intervention. Et je leur ai dit d'aller au diable, lui et son association !

Abe ne put s'empêcher de sourire.

— Tu as bien fait, chuchota-t-il.

Elle s'éloigna un peu de lui. Son visage était baigné de larmes, mais son regard était déterminé, animé d'une colère froide.

— Ensuite, je me suis changée. Je m'habille comme je veux, chez moi ! Je suis chez moi ! Et puis j'ai pris un marteau et je me suis mise à faire ce trou dans le mur.

Elle regarda autour d'elle en fronçant les sourcils.

— Et les chats ont pris peur, et sont allés se planquer je ne sais où, poursuivit-elle.

Abe lui essuya les joues du bout des doigts.

— Ils reviendront quand ils auront faim, dit-il.

— Je sais. Ton frère m'a proposé de m'aider, et je lui ai demandé de me débarrasser des placards de la cuisine. Et de la cuisinière… Et du frigo… Je les ai assez vus, ces vieux machins !

— Je partage ton avis. Ils étaient vraiment hideux.

Il posa la main sur le chignon défait de Kristen, duquel s'échappaient des flots de boucles soyeuses, et se mit à en retirer les épingles une à une.

— Alors que toi, tu es belle, très belle, ajouta-t-il.

Elle parut se calmer un peu.

— Tu le penses vraiment ? demanda-t-elle.

— Oui.

Elle déglutit, et Abe sentit son cœur bondir dans sa poitrine.

— Grâce à toi, en tout cas, je me sens belle…, susurra-t-elle d'une voix rauque, presque inaudible, comme si elle craignait des oreilles indiscrètes. Et…

Il lui effleura la bouche du bout des lèvres et compléta sa phrase :

— Et désirable ?

Les yeux de Kristen se mirent à briller.

— C'est la première fois que ça m'arrive, révéla-t-elle.

— Tant mieux. Je suis content que ce soit moi qui en profite, dit-il d'un ton amusé.

Il l'attira vers lui et prit possession de sa bouche, comme il rêvait de le faire depuis qu'il l'avait envoyée se coucher seule, la veille. Elle reposa les mains sur son torse musclé, paumes ouvertes, puis passa les doigts dans ses cheveux, tout en se frottant légèrement contre lui. Laissant glisser ses mains jusqu'aux reins de la jeune femme, il fut pris d'une irrésistible envie de la serrer contre lui et de lui caresser les reins. De se fondre en elle. De la pénétrer, là, tout de suite. De la sentir vibrer et se contorsionner de plaisir.

Mais il parvint à se maîtriser *in extremis*, et ses mains se posèrent, plus sagement, sur les bras de la jeune femme. Dans un soupir, il décolla ses lèvres de celles de Kristen.

— Je ne veux pas te forcer, chuchota-t-il.

Elle était aussi haletante que lui.

— Mais tu ne me forces pas, répondit-elle.

Et elle se dressa sur la pointe des pieds pour enrouler ses bras autour du cou d'Abe, frottant ses seins bombés contre sa poitrine.

— Tu es venu me regarder dormir, pendant la nuit, dit-elle entre deux baisers. Pourquoi ?

Abe sentit sa gorge s'assécher.

— Je voulais juste voir si tout allait bien.

Elle secoua la tête d'un air sceptique.

— Il n'y avait pas d'autre raison ? demanda-t-elle d'une voix troublée par le désir.

Il ferma les yeux et fit glisser ses mains le long des bras

de la jeune femme, jusqu'à toucher ses reins et frôler ses fesses fermes, si joliment moulées dans son petit short.

— J'espérais que tu me proposerais de partager ton lit, avoua-t-il.

— Vraiment ? Et pourquoi ? murmura-t-elle.

Abe sentit un frisson de désir lui parcourir la peau. Une fois de plus, c'était elle qui avait pris les rênes. Et, une fois de plus, il en était ravi. Si ce n'avait été qu'une simple taquinerie, il l'aurait endurée de manière stoïque. Mais il pouvait sentir à quel point elle avait envie de lui. Ses mamelons étaient durs comme deux diamants au bout de ses seins.

Il fallait pourtant qu'il se contrôle. Du moins, tant qu'elle ne lui aurait pas explicitement dit qu'elle était prête.

Elle lui mordilla les lèvres et reprit :

— Qu'aurais-tu fait, si je t'avais demandé de t'allonger à côté de moi ?

Il déglutit.

— Kristen, je ne crois pas que…

— J'ai rêvé de toi toute la nuit, le coupa-t-elle.

Il ouvrit les yeux et sentit son cœur battre à tout rompre.

— Et qu'as-tu rêvé ?

— J'ai rêvé que tu me caressais partout et que tu me faisais crier de plaisir.

Il plaqua ses mains contre ses fesses et les caressa doucement.

— Comme ça ? s'enquit-il.

— Exactement. Et ensuite, tu me faisais l'amour…

Elle hésita à entrer dans les détails et détourna les yeux.

Il lui prit le menton d'une main, laissant l'autre fermement plaquée contre son short.

— Regarde-moi, je t'en supplie, dit-il.

Il attendit jusqu'à ce qu'elle le regarde en battant timidement des cils.

— Tu as rêvé que je te faisais l'amour… Et ensuite ? demanda-t-il.

Elle inspira rapidement à plusieurs reprises avant de répondre :

— Et je t'ai satisfait.

Il eut l'impression de recevoir un coup de poing dans le ventre.

— Kristen, il ne s'agit pas de me satisfaire. Tu n'as donc pas encore compris que ce qui compte, c'est qu'on soit tous les deux satisfaits ?

Il l'embrassa, et sentit les pulsations de leurs deux cœurs se mêler dans ce baiser.

— Tu aimes quand je t'embrasse ? demanda-t-il.

Elle hocha presque imperceptiblement la tête en murmurant :

— Oui…

Il lâcha son menton et posa la main sur l'un de ses seins. Il sentit le mamelon durcir encore plus au contact de sa paume.

— Et ça, tu aimes ?

Elle s'humecta les lèvres et répéta :

— Oui…

Il lui caressa le haut des cuisses du revers de la main et la sentit frissonner.

— Et l'autre nuit, quand je t'ai caressée, tu as aimé ?

— Tu sais bien que oui.

Il prit l'une des mains de Kristen et déposa un baiser sur sa paume moite.

— Après cette caresse, je t'ai promis que tu serais capable de me donner tout autant de plaisir, dit-il.

Il fit lentement glisser la main de Kristen vers son entrejambe et la plaqua contre son sexe en érection. Kristen se raidit, mais ne retira pas sa main.

— Tu vois, ajouta-t-il. Moi aussi, j'aime ça.

Il lut de l'indécision dans son regard, et maudit une fois de plus l'homme qui lui avait fait du mal, autrefois. Et qui l'avait dégoûtée des plus doux plaisirs.

— Mais je ne te demande pas de faire quelque chose que tu as peur de faire, murmura-t-il.

Elle le regarda soudain d'un air déterminé, comme si elle était prête à relever le défi.

— Kristen, je ne te mets pas à l'épreuve. On peut s'arrêter là…

Elle le força à courber la nuque et l'embrassa avec fougue.

— Ne sois pas si délicat, lança-t-elle d'une voix ferme. Quand tu es entré dans ma chambre, la nuit dernière, que voulais-tu de moi ? Sois franc.

— Je voulais être en toi. Je voulais te sentir jouir. Je voulais t'entendre crier de plaisir et me supplier de te faire jouir encore. Je le désirais tant que j'aurais donné ma vie pour connaître un tel instant. Ai-je été assez franc ?

Le regard de Kristen s'embua, et elle cligna des yeux pour refouler ses larmes.

— Je te crois, affirma-t-elle. Dis-moi une chose, maintenant. Si tout était normal… Je veux dire : si, moi, j'étais normale…

Cette fois, c'est lui qui l'interrompit d'un baiser fougueux.

— Arrête, dit-il. Tu es parfaitement normale.

Les yeux de Kristen lancèrent des éclairs, telles deux émeraudes de la plus belle eau.

— Alors, montre-moi. Montre-moi comment on fait. J'ai toujours eu envie d'apprendre…

Ils restèrent un instant immobiles, collés l'un contre l'autre. Abe se rendit compte que c'était lui, à présent, qui devait relever le défi. Elle voulait être courtisée. Choyée.

Et il s'aperçut subitement d'autre chose : il avait peur. Oui, il était mort de trouille. Il inspira longuement.

— D'accord, fit-il en rassemblant tout son courage. Je vais te dire comment on s'y prend, avec les filles. D'abord, il faudrait que je sois mieux habillé. En costume-cravate, de préférence.

Elle sourit légèrement et caressa la poitrine dénudée d'Abe.

— Je te préfère comme ça, dit-elle. Et ensuite ?

— Ensuite, je te préparerais un délicieux dîner.

Elle haussa un sourcil.

— Tu sais faire la cuisine ?

Il lui sourit avant de répondre :

— Bien sûr. Pas toi ?

Elle se renfrogna.

— Tu es censé me séduire, pas te moquer de moi ! s'écria-t-elle en faisant mine de s'indigner.

— Excuse-moi. Ensuite, après le dîner, je mettrais un peu de musique douce, et je te prendrais dans mes bras.

Il se serra un peu plus contre elle, et les mains de Kristen glissèrent le long de ses larges épaules.

— Et nous danserions, tendrement enlacés.

— Je ne sais pas danser, avoua-t-elle.

— Ce n'est pas grave.

Il déposa un petit baiser sur ses lèvres et ajouta :

— Il ne s'agit pas de savoir danser. Ce n'est pas ça qui compte…

— Mais, qu'est-ce qui compte, alors ? demanda-t-elle d'une voix haletante.

— Te tenir dans mes bras, te toucher, sentir ton corps contre le mien… C'est ça qui compte. Te donner envie d'aller plus loin…

Il esquissa un pas de danse, entraînant Kristen avec lui, et lui montra comment évoluer à son rythme. Elle frémit dans ses bras, et il dut serrer les dents pour résister à l'impétueuse vague de désir qui montait en lui.

— Ça marche, lâcha-t-elle d'une voix rauque. Et ensuite ?

— Patience, patience, fit-il en déposant un baiser sur son front poudré de plâtre. Terminons d'abord notre danse.

Il ralentit le mouvement jusqu'à ce qu'ils s'immobilisent, oscillant sur place au rythme d'une mélodie imaginaire. Il la couvrit alors de baisers, passant des tempes aux joues, puis à la gorge. Il l'entendit soupirer voluptueusement.

— Ensuite, reprit-il tout bas, j'aurais très envie de te

serrer fort contre moi. Je te pousserais lentement vers le fond de la pièce, et je te plaquerais contre le mur.

Il haussa les sourcils avant de rectifier :

— Mais comme tu as défoncé le mur, c'est impossible.

Elle eut un sourire tentateur et dit :

— Il va falloir improviser.

Il ne pouvait plus se retenir. Il l'embrassa avec une ardeur insatiable, et elle lui rendit son baiser avec la même ferveur. Elle passa les bras autour du cou d'Abe et se colla tout contre lui. Il saisit ses fesses rondes à pleines mains et pressa son sexe érigé contre le ventre de la jeune femme. Elle se cambra, jusqu'à ce qu'il tombe en gémissant, l'entraînant dans sa chute. Il l'étendit doucement sur le sol, glissant ses mains, dans le même mouvement, sous la nuque gracile de la jeune femme.

Les nerfs tendus par le désir, il lui souleva la tête et murmura :

— C'est ça que je voulais.

Il se cala entre ses cuisses, colla ses hanches aux siennes, en la regardant droit dans les yeux.

— C'est ça que je voulais dès notre première rencontre, murmura-t-il.

— Et c'est ça que je veux, moi aussi. Montre-moi le reste, Abe, je t'en prie…

Il se dressa sur ses genoux et lui enleva son maillot, emportant du même geste le soutien-gorge. Elle se laissa faire bien volontiers, levant les bras pour lui faciliter la tâche, et se retrouva poitrine nue sous les yeux d'Abe.

— Tu es belle, Kristen. Aussi belle que je me l'imaginais.

Il se pencha pour mieux se délecter du spectacle, tandis qu'elle épiait ses moindres gestes.

— Une fois que tu es dans cet état, toute chaude et à moitié nue, je suis censé t'exciter encore plus. Pour que tu aies envie d'aller plus loin…

Il courba la tête et se mit à lécher doucement l'un de ses mamelons. Elle tressaillit. Il passa à l'autre mamelon, et elle se cambra, s'offrant un peu plus à lui. Mais les caresses d'Abe restaient douces, comme une brise légère effleurant les dunes. Jusqu'à ce qu'elle n'y tienne plus et implore :

— Je t'en supplie…

Il était aux anges.

— Tu me supplies de quoi ?

Elle se cabra de nouveau et protesta :

— Tu vois très bien ce que je veux dire !

Il lui parcourut les seins du bout de la langue. Goûta sa sueur et la trouva succulente. Se proposa aussitôt de la faire transpirer bien davantage dans les instants à venir.

— Non, dit-il d'un ton taquin. Je ne vois pas… J'étais en train de te montrer comment j'avais envie de m'y prendre, et voilà que tu changes les règles en cours de route…

Elle étouffa un petit rire.

— Abe…

Il décida de cesser de la taquiner et lui donna ce qu'elle n'osait lui demander franchement. Il prit l'un de ses seins dans sa bouche et se mit à sucer le mamelon goulûment, puis à le titiller de la langue, avant de se remettre à le sucer de plus belle. Elle gémit, en faisant glisser ses doigts dans les cheveux d'Abe. Puis il fut pris d'une sorte de frénésie. Avec ardeur, il continua à lui dévorer la poitrine, jusqu'à ce qu'elle se tortille sous lui en haletant :

— Oh ! mon Dieu…

Il leva la tête.

— Ne me dis pas que tu veux que j'arrête, murmura-t-il d'une voix inquiète.

Elle décolla la tête du sol, se redressa un peu et le regarda droit dans les yeux.

— Je te préviens, tu n'as pas intérêt à arrêter ! s'écria-t-elle.

Il eut un soupir de soulagement. Il n'était pas certain qu'il aurait pu se dominer, si elle le lui avait demandé. Il aurait obéi, bien sûr, mais au prix d'un effort surhumain…

Il couvrit de baisers appuyés les deux globes de chair puis

fit glisser sa langue en direction de son ventre, ralentissant le rythme avant de lui embrasser le nombril.

Elle souleva les hanches et dit :

— Abe, je suis peut-être une novice, mais je crois qu'à ce stade, on est censés enlever le reste de nos vêtements…

Il s'était arrêté au nombril, où il marqua une pause, les épaules enserrées par les cuisses vibrantes de Kristen.

— Tu devrais être contente d'avoir un professeur comme moi, dit-il d'un ton léger. Tu es tellement impatiente.

Il plaqua sa bouche entre ses cuisses et elle poussa un petit cri de plaisir.

— Mon Dieu, tu es déjà toute mouillée, susurra-t-il.

Il leva les yeux vers elle. Appuyée sur ses deux coudes, elle le fixait d'un œil luisant de désir.

— C'est ça que je voulais, la nuit dernière, expliqua-t-il d'une voix rauque. Tu comprends ?

Elle hocha doucement la tête en guise de réponse, et Abe crut que son cœur allait bondir hors de sa poitrine.

— Je peux ? demanda-t-il.

Et elle hocha de nouveau la tête.

Incapable de se contenir plus longtemps, il lui retira hâtivement son short, puis plongea de nouveau sa tête entre ses cuisses, fouillant de la langue la chaleur moite de son sexe. Elle bascula en arrière en étouffant un gémissement de plaisir, puis se cacha les yeux derrière son bras.

Lorsqu'elle laissa échapper de petits cris saccadés, il ralentit le rythme, prolongeant le plaisir qu'il lui procurait pour ne pas précipiter l'orgasme.

— Tu aimes ça, dit-il entre deux caresses.

— Oui, fit-elle.

Elle se cambra de nouveau et murmura :

— Encore…

Quelques instants plus tard, elle se raidit et tendit les bras en arrière. Il plaqua les mains sous ses fesses pour lui soulever le bassin.

— Abe ! cria-t-elle brusquement.

C'était un cri à la fois strident et langoureux, et les coups de langue d'Abe redoublèrent d'intensité, jusqu'à ce qu'elle atteigne l'orgasme et lâche un long gémissement rauque. Il lui embrassa alors l'intérieur des cuisses, jusqu'à ce que la respiration de la jeune femme redevienne régulière.

Tout près de jouir à son tour, il releva la tête, et sut qu'il n'oublierait jamais le regard qu'elle avait en cet instant. Un regard étincelant, radieux, ébahi… et couvert de poussière de plâtre.

Elle le regarda dans les yeux.

— Et ensuite, qu'es-tu censé faire ? chuchota-t-elle.

Il déglutit.

— Ensuite… Eh bien, je suis censé te demander de déboucler ma ceinture et d'ouvrir ma braguette.

Elle se redressa, le forçant doucement à s'agenouiller.

— Alors, allons-y, lança-t-elle.

Elle agrippa la ceinture d'Abe et tira dessus, sous les yeux affamés de son amant. Concentrée sur sa tâche, elle esquissa une jolie moue de ses lèvres pleines. Elle finit par déboucler la ceinture, mais il posa une main sur les siennes, interrompant le jeu.

— Attends, fit-il.

Il sortit son portefeuille de la poche de son pantalon et y prit un préservatif. Elle ouvrit de grands yeux et il crut l'entendre penser : « En a-t-il toujours un sur lui, au cas où… ? Faisait-il cela avec toutes les femmes qu'il rencontrait ? » Sur ce dernier point, il n'aurait aucun mal à dissiper les doutes de Kristen.

— Kristen, la dernière fois que j'ai fait l'amour remonte à plus de six ans.

Il lut dans son regard qu'elle le croyait, et précisa :

— J'ai mis ce préservatif dans mon portefeuille mercredi dernier, quand je suis rentré chez moi.

— Le jour où tu m'as rencontrée, dit-elle tout doucement.

— Oui, pour la deuxième fois, en fait, rectifia-t-il d'une voix rauque. Maintenant, je te prie respectueusement de bien vouloir m'enlever mon pantalon, parce que j'ai une folle envie de te pénétrer.

Les joues de Kristen virèrent à l'incarnat, et elle baissa la tête. D'une main rendue gauche par l'émotion, elle parvint à déboutonner le pantalon. Puis elle ouvrit la fermeture Eclair d'un geste délicat, et inspira profondément. Elle fit tant bien que mal glisser le pantalon et le caleçon d'Abe jusqu'aux genoux, puis elle marqua une pause. Abe s'aperçut qu'il retenait son souffle. Elle se mit à lui caresser le sexe d'une main timide, et il lâcha un long soupir.

— Oh mon Dieu ! grommela-t-il. C'est si bon.

Ces mots durent encourager Kristen, car elle s'empara de son membre et le serra. Abe crut qu'il allait mourir de plaisir.

— Arrête, fit-il.

Il lui saisit le poignet et ajouta :

— Je veux être en toi quand je jouis.

D'une ruade, il se débarrassa de son pantalon et de son caleçon, avant d'enfiler le préservatif d'une main fébrile. Puis il se coucha sur elle et l'embrassa sur la bouche, jusqu'à ce qu'il l'entende gémir de nouveau.

— N'aie pas peur, chuchota-t-il.

Elle leva de grands yeux vers lui et balbutia :

— Je n'ai pas peur.

Mais c'était faux. Il savait qu'elle avait peur, malgré le désir qui brillait dans ses yeux. Il ne connaissait qu'un moyen de chasser cette peur : lui démontrer en acte qu'elle ne craignait rien — bien au contraire.

Il s'enfonça en elle doucement, et frissonna en sentant le sexe de Kristen se contracter autour de son membre turgescent, l'enserrer goulûment en signe d'acceptation. Elle était chaude et étroite. Et d'une beauté exquise.

Et elle est à moi, enfin.

— Kristen ?

Le visage de Kristen était tendu, mais toute peur avait disparu de son regard.

— Continue, dit-elle.

— Je ne pourrais pas m'arrêter, de toute façon, bredouilla-t-il.

Il se retira brièvement avant de s'enfoncer un peu plus profondément, tandis qu'elle retenait son souffle.

— A ce stade, parvint-il à dire, je pourrais te suggérer de…

Il s'interrompit lorsqu'elle souleva les genoux pour enserrer ses cuisses, lui permettant ainsi de s'enfoncer un peu plus encore.

— Oui, que c'est bon ! Maintenant, bouge avec moi, Kristen.

Il se mit à aller et venir en elle, tandis qu'elle ondulait à son rythme.

— Parle-moi, murmura-t-il. Dis-moi ce que tu ressens…

— C'est indescriptible, répondit-elle en haletant.

Un coup de boutoir plus appuyé lui arracha un cri de plaisir, et elle s'agrippa des deux mains aux épaules d'Abe.

— Je… Je ne savais pas que ça pouvait être si bon, dit-elle d'une voix défaillante.

Cet aveu mit un terme à la conversation, laissant place au dialogue de leurs corps. Il allait et venait avec ardeur, à présent. Avec une vigueur débridée, insatiable… Il l'entendit crier, et ce cri lui parvint aux oreilles comme étouffé par une brume épaisse. Le corps de Kristen se crispa tout entier, et ils jouirent ensemble. Serrant les dents, il donna un dernier coup de reins.

Puis le calme revint. Leurs corps étaient repus, apaisés, mais encore frémissants. En haletant, il s'allongea à côté de Kristen. Pourvu qu'elle ne sente pas coupable, à présent que c'était fini ! Si jamais elle se renfermait dans sa coquille… Ce serait trop injuste. Il venait d'avoir la preuve qu'elle était incroyablement sensuelle et faite pour l'amour. Même si elle ne consentirait peut-être jamais à l'admettre.

Il songea que c'était même *la plus* sensuelle de *toutes* les femmes qu'il avait rencontrées. Il avait eu de la chance, dans sa vie. Il avait rencontré deux femmes remarquables. Debra était morte, et rien ne pourrait la ressusciter. Mais Debra, plus que quiconque, aurait souhaité qu'Abe soit heureux. Et, pour la première fois depuis qu'il avait pris dans ses bras le corps ensanglanté de son épouse, Abe crut pouvoir se permettre d'envisager l'avenir.

Il allait retrouver une vie normale. Il aurait de nouveau une compagne, il ne dormirait plus seul. Et il aurait une ribambelle d'enfants, aux cheveux roux et bouclés comme ceux de Kristen. Cette pensée fit naître un sourire sur ses lèvres.

Kristen était allongée au côté d'Abe, encore tout imprégnée des sensations nouvelles dont il lui avait fait cadeau. Là, à même le sol de la cuisine… Elle déposa un baiser nonchalant sur le torse velu d'Abe et posa sa tête contre son bras puissant. De toutes les émotions qu'elle ressentait en cet instant, le soulagement n'était pas la moins intense.

Elle l'avait satisfait. Et même bien davantage, semblait-il. Bien sûr, elle manquait terriblement d'expertise en la matière. Mais elle n'était pas complètement idiote. Le pouls d'Abe s'était accéléré de manière fulgurante. Et elle avait pu juger de l'intensité de cette jouissance à la manière presque animale dont il avait porté l'assaut final, dans la chaleur de l'orgasme, lorsque son corps tout tremblant s'était cabré. Il avait donc connu l'extase. Et elle aussi. Elle venait de jouir. Et deux fois de suite, en plus. Jamais elle n'aurait imaginé en être capable.

Je ne suis donc pas frigide. Cette pensée euphorique, si riche en promesses, la fit rire doucement.

Elle entendit Abe inspirer longuement. Il murmura d'une voix rauque.

— Pour reprendre la leçon, puis-je me permettre de te suggérer de ne pas éclater de rire après l'amour. Certains amants pourraient s'en offusquer…

Il avait dit cela sans acrimonie, d'un ton taquin.

— Ça risquerait de les vexer, précisa-t-il. Et leur ego pourrait en prendre un coup…

Elle lui embrassa le cou et répliqua :

— Ne t'en fais pas pour ton ego. Je ris parce que je suis heureuse, voilà tout.

Il l'attira contre lui et l'étreignit longuement.

— Et rien n'est plus important que le bonheur, dans la vie, lui murmura-t-il dans le creux de l'oreille.

— Tu as raison.

Elle releva la tête et contempla un instant leurs corps nus. C'était un spectacle qu'elle avait longtemps cru ne jamais avoir l'occasion de savourer : celui de son corps au côté d'un homme. Et que cet homme soit Abe, c'était là un bonheur inespéré. Elle déposa un baiser sur l'épaule de son amant.

— Tu te rends compte qu'on est allongés tout nus sur le sol de ma cuisine, alors qu'un agent de police monte la garde en bas de chez moi ? demanda-t-elle.

Il se gratta le nez avant de répliquer :

— Tu te rends compte que je suis sur le point d'éternuer à cause de toute cette poussière, et que je suis allongé sur des débris de plâtre ?

Elle pouffa de rire. Kristen Mayhew, la « reine des glaces », était allongée dans la poussière de plâtre avec un homme nu et musclé !

Il sourit et lui effleura le bout du nez.

— Tu devrais rire plus souvent. Ton nez est couvert de plâtre !

Elle s'étira longuement. Jamais elle ne s'était sentie aussi bien, jamais elle n'avait connu une telle plénitude.

— Une bonne douche, et il n'y paraîtra plus, dit-elle.

— Une douche ? répéta-t-il d'une voix enjoleuse. Tu sais que tu me donnes des idées ?

19

Mercredi 25 février, 20 h 30

— Merci, fit Zoe avant de refermer son téléphone portable d'un claquement sec.

Scott démarra le monospace et demanda d'une voix lasse :

— On va où ?

— L'hôpital du comté. Elle vient d'y arriver, en compagnie de l'inspecteur Reagan.

Scott lâcha un soupir et mit le clignotant.

— Laisse-moi deviner. Tu tiens ça d'une de tes sources, c'est ça ?

— Une employée qui travaille à l'accueil de l'hôpital, répondit Zoe. Mayhew est déjà venue, plus tôt dans la journée. Mais cette fois, on ne va pas la rater…

— Super, marmonna Scott.

Zoe lui jeta un regard noir.

— Conduis et tais-toi, Scott, dit-elle d'un ton cinglant.

Mercredi 25 février, 20 h 45

Kristen alla se coller à la vitre de l'unité de soins intensifs. Le cœur serré, elle observa un instant le corps inerte de Vincent, allongé dans un lit d'hôpital. Abe et elle étaient sortis manger un morceau, et, sans qu'elle ait eu à le lui demander, il avait roulé droit vers l'hôpital.

— Merci, murmura-t-elle.

— Mais c'est tout naturel, dit Abe. Pourquoi me remercies-tu ?

Elle sentait les vibrations de sa voix grave dans son dos, tandis qu'il se tenait derrière elle, la serrant fort contre lui, dans une attitude remplie d'affection. Elle s'adossa à lui, sentit ses cheveux accrocher la barbe naissante qui ornait son menton. Pour la première fois depuis des années, elle était sortie de chez elle sans chignon. Parce qu'il le lui avait demandé, et qu'elle n'avait pas voulu lui refuser cette petite faveur.

— Parce que tu as pensé à m'amener ici, répondit-elle. Je sais que tu n'aimes pas les hôpitaux.

— Comment le sais-tu ?

— Figure-toi que je m'en suis aperçue, dans l'ascenseur, quand tu n'as pas cessé de marmonner…

— Excuse-moi, mais c'est… plus fort que moi.

— Qu'importe, fit-elle. Merci de m'avoir amenée voir Vincent. C'est un geste que j'apprécie.

Elle le vit réprimer un haussement d'épaule.

— Je savais que tu t'inquiétais pour lui, dit-il.

— Et merci aussi de m'avoir permis d'entrer ici.

Au début, on lui avait en effet refusé l'accès à l'unité de soins intensifs, au motif qu'elle ne faisait pas partie de la famille du patient. Mais Abe avait exhibé son insigne, et cela avait suffi à convaincre le personnel de les laisser passer.

Elle lâcha un profond soupir en se tournant vers Vincent, toujours immobile sur son lit.

— Je n'ai jamais pensé à Owen et à Vincent comme à des personnes âgées, reprit-elle d'un ton pensif. Mais, je me rends compte maintenant qu'ils ne sont plus tout jeunes…

Une infirmière parut et dit d'une voix sévère à Abe :

— Les heures de visite sont passées depuis longtemps, inspecteur. Il faut que vous partiez, maintenant..

Elle haussa un sourcil avant d'ajouter :

— A mois que vous n'ayez des questions à me poser…

— Non, répliqua Kristen calmement. Vous nous avez dit que son état était stationnaire. Nous n'avons rien de plus à vous demander.

— Attendez ! J'ai une question, moi… Quelqu'un est-il venu lui rendre visite ? demanda Abe, adoptant sa voix de flic.

Kristen se tourna vers lui d'un air surpris.

— Deux hommes, mais ni l'un ni l'autre n'était de la famille du patient, répondit l'infirmière.

— *Deux* hommes ? s'exclama-t-elle. L'un d'eux était sans doute Owen Madden… Mais qui donc était l'autre ?

— Il n'a pas laissé son nom. Et il avait l'air affolé.

— Pouvez-vous nous le décrire ? s'enquit Abe.

Le regard de l'infirmière s'adoucit.

— Vingt-cinq ans environ, blanc, visiblement atteint d'une forme légère de trisomie. Il m'a dit qu'il avait entendu parler de l'agression de son ami aux infos. J'aurais bien voulu le laisser entrer, mais…

Kristen baissa la tête d'un air affligé.

— Timothy…, murmura-t-elle.

Abe lui souleva le menton pour la regarder dans les yeux.

— Tu le connais ?

— Il travaillait en cuisine chez Owen. Il a démissionné il y a un mois, quand sa grand-mère est tombée gravement malade.

Abe plissa les yeux.

— Quand a-t-il démissionné ? A quelle date exactement, Kristen ?

— Je ne sais pas. A la mi-janvier, peut-être.

Elle comprit subitement où il voulait en venir, et secoua énergiquement la tête.

— Impossible, Abe, dit-elle. Il est absolument impossible que Timothy soit impliqué dans une affaire de ce genre.

— La mi-janvier, Kristen… C'est quand même une drôle de coïncidence.

— Si vous parlez de votre justicier, intervint l'infirmière, j'aurais tendance à être d'accord avec Mlle Mayhew. D'après ce que j'ai lu dans les journaux, ce tueur est très intelligent… Froid et calculateur. Alors que Timothy a beau être tout à fait à l'aise dans sa vie, c'est un handicapé mental, quand même…

Abe fronça les sourcils.

— Je sais, fit-il. Mais je hais les coïncidences. S'il revient, vous pouvez m'appeler ?

L'infirmière prit sa carte de visite et répondit :

— Bien sûr.

Mercredi 25 février, 21 h 05

La sonnerie de l'ascenseur retentit dans le hall de l'hôpital, annonçant que Reagan et Mayhew étaient de retour au rez-de-chaussée. Zoe plissa les yeux en voyant Reagan poser le bras sur l'épaule de Mayhew, au moment de sortir de la cabine. Elle s'était bien doutée qu'il y avait anguille sous roche, et que ce Reagan ne se contentait pas de surveiller la maison de Mayhew. A présent, elle réfléchissait à toute allure, pour déterminer quel profit elle pourrait en tirer.

— Les voilà, siffla-t-elle. Tu es prêt, Scott ?

— Comme toujours, dit-il sans enthousiasme.

Zoe se porta à la rencontre du couple, tout en jaugeant ses réactions. Le regard de Mayhew luisait de rage, et Reagan serrait les dents.

Parfait, parfait…

— Mademoiselle Mayhew, pouvez-vous nous dire quelque chose sur l'état de Vincent Protemski ? demanda-t-elle.

— Non.

Mayhew et Reagan se dirigèrent d'un pas pressé vers la porte, et Zoe leur colla aux basques en brandissant son micro.

— Comment réagissez-vous aux récentes allégations de manquement à l'éthique visant John Alden ?

Mayhew s'arrêta net, imitée par Reagan, et lui jeta un regard totalement incrédule, stupéfaite par le culot de la journaliste. Elle secoua la tête, faisant valser ses boucles rousses.

— Pas de commentaire, mademoiselle Richardson, lâcha-t-elle sèchement. A présent, si vous voulez bien nous excuser…

Ils se remirent à marcher vers la porte, mais Zoe avait perçu un léger tremblement dans la main de Mayhew, et elle avait appris, à force de la suivre partout, que c'était un signe de stress chez la substitut. Mayhew avait peut-être l'air pleine d'assurance et de sang-froid, mais ce n'était qu'un masque. Et ce masque était sur le point de tomber.

— Est-il exact que votre ami a failli mourir à cause de vous ? Vous sentez-vous responsable ? Eprouvez-vous des remords, en sachant qu'il va probablement vivre comme un légume jusqu'à la fin de ses jours ? demanda Zoe dans le dos de Mayhew.

Une fois de plus, Mayhew se figea. Mais, lorsqu'elle se tourna vers Zoe, ce n'était plus de l'incrédulité que celle-ci lut dans son regard, c'était de la haine. De la fureur à l'état pur. Zoe attendit la réponse, en jubilant intérieurement. Elle avait enfin trouvé une faille chez Mayhew.

Celle-ci fit un pas vers elle, mais Reagan la retint discrètement par l'épaule.

— Kristen, dit-il sans hausser le ton, mais assez fort pour être entendu. Cette garce n'en vaut vraiment pas la peine.

Pendant un instant, Zoe crut, à sa grande déception, que Mayhew allait suivre ce sage conseil. Mais elle continua à avancer d'un pas menaçant.

— Premièrement, mademoiselle Richardson, le terme correct, c'est « état végétatif prolongé », et je suis sûre que les familles des malades souffrant de cet état apprécieraient que vous ayez un peu plus d'égards pour ces malheureux. Deuxièmement, vous jouissez d'un grand pouvoir, grâce à ce micro que vous brandissez à tout va — ainsi que vous, monsieur, avec cette caméra… On pourrait espérer que vous mettiez ce pouvoir au service de la justice, plutôt que de jeter continuellement de l'huile sur le feu !

Ayant dit cela, elle pivota sur ses talons et se remit à marcher vers la porte, escortée par Reagan. Il avait passé un bras possessif et protecteur sur l'épaule de Mayhew, et Zoe vit que celle-ci s'appuyait contre lui pour ne pas chanceler.

Pendant un très bref instant, Zoe regretta de n'avoir personne dans sa vie sur qui compter. Mais la colère dissipa ce regret.

Cette sale petite garce pontifiante allait le payer cher.

— Arrête de filmer, ordonna-t-elle à Scott.

Ce dernier abaissa sa caméra, sans quitter Mayhew des yeux. Zoe lut dans le regard de Scott une sorte de respect, ce qui ne fit qu'exacerber sa fureur.

— Et boucle-la ! ajouta-t-elle.

Et elle hâta le pas pour passer devant lui.

Elle avait un sujet à préparer.

Mercredi 25 février, 22 h 30

— Mais qui est Leah Broderick ? Dites-le-moi, je vous en supplie ! s'écria Hillman.

Il regarda le juge avec mépris. Ce magistrat faisait preuve de tant d'arrogance lorsqu'il siégeait au tribunal, imbu de son pouvoir ! A présent, alors que sa vie était en danger, le juge Hillman n'était plus qu'une loque impuissante. Le tueur aurait aimé que Leah le voie ainsi.

Il avait transféré Hillman de la camionnette au sous-sol de sa demeure avec une relative facilité. Hillman avait résisté lorsqu'il l'avait allongé sur la table, mais un grand coup de matraque sur le crâne l'avait persuadé de se tenir tranquille. Le coup l'avait assommé, et il avait perdu connaissance pendant un long moment. Quand il s'était réveillé, il avait longuement tiré sur ses liens pour tenter de s'en dégager. En vain, bien sûr. Puis il s'était mis à implorer la pitié de son ravisseur. Et celui-ci tirait une grande satisfaction de voir ce haut personnage s'humilier ainsi devant lui.

Il sortit son pistolet de sa poche et, ignorant les supplications de son prisonnier, il lui logea une balle dans le genou gauche. Hillman poussa un hurlement. Son corps tout entier vibrait de douleur. Il se mit à sangloter, et le tueur regretta une fois de plus que Leah ne soit pas là pour assister à la scène.

— Simple précaution, juge Hillman, dit-il en ajustant son arme de nouveau. Je ne veux pas que vous me filiez entre les pattes.

Le genou droit éclata avec la même force lorsque la balle le transperça. Hillman poussa un autre cri, plus strident encore que le précédent. Le tueur se pencha pour examiner son ouvrage. Le sang coulait abondamment des deux genoux brisés. Il les pansa avec de la gaze.

— Je ne veux surtout pas que vous vous vidiez de votre sang, juge Hillman. Enfin, pas encore… Je reviendrai vous voir plus tard. En attendant… disons que je vous ai préparé une petite surprise.

Il alluma la chaîne hi-fi et reprit :

— J'ai pris la liberté d'enregistrer les minutes d'un certain procès. Ecoutez bien… Vous saurez ainsi de quoi vous vous êtes rendu coupable.

Puis il monta à l'étage pour s'allonger sur son lit, totalement épuisé. Il fallait qu'il dorme quelques heures avant de reprendre sa traque.

Mercredi 25 février, 23 h 40

— Comment va Kristen ? demanda Mia.

— Elle va bien, répondit Abe.

Mieux que bien, songea-t-il.

— Elle nous attend dans l'open space, précisa-t-il.

Mia lui jeta un regard narquois.

— J'espère, fit-elle, que je ne vous ai pas dérangé, en appelant aussi tard…

Abe secoua la tête, tout en s'efforçant de ne pas sourire d'un air de triomphe.

— Pas vraiment, dit-il d'un ton détaché. Je somnolais.

Allongé à côté de Kristen, dans son lit… Les mains posées sur ses seins nus.

La vie était belle.

Mia plissa les lèvres d'un air sceptique avant de demander :

— Sur le canapé de Kristen.

— Exactement ! répondit-il d'un air enjoué, en mentant avec aplomb.

Il vit Mia contenir un sourire et désigna la vitre qui séparait le couloir de la salle d'interrogatoire.

— Qui est là-dedans ?

— Craig Dunning, le chauffeur et garde du corps du juge Edmund Hillman…

— Qui est porté disparu.

Mia hocha la tête.

— Ouais…

Elle ouvrit la porte de la salle et s'assit à côté de l'homme, qui tripotait nerveusement sa casquette de chauffeur.

— Monsieur Dunning, je vous présente mon partenaire.

— Inspecteur Reagan, fit Abe en lui tendant la main.

Celle de Dunning était moite, mais sa poigne était puissante.

— Je vous ai vu à la télé, dit-il.

— C'est la rançon de la gloire, répondit Abe d'un ton caustique. Alors, quand avez-vous vu le juge Hillman pour la dernière fois ?

Visiblement mal à l'aise, Dunning gigota sur son siège.

— Dans le parking de l'agence de location de limousines.

Mia leva les yeux au ciel et lança :

— Allons, allons, Dunning, il se fait tard. Dites-nous tout ce que vous savez.

Dunning lui jeta un regard furieux, mais il obtempéra :

— Tous les mercredis, je vais chercher le juge Hillman

au tribunal et je l'emmène à l'agence. Là, dans le parking, on échange nos véhicules. Il prend ma vieille Dodge et je reste dans la limousine jusqu'à son retour. Ce soir, il n'est pas revenu.

Mia agita la main avec impatience :

— Mais où va-t-il comme ça ?

Dunning hésita avant de répondre :

— Voir sa bonne amie…

Abe secoua la tête.

— D'abord Alden, et maintenant Hillman… Ces gens-là ne couchent-ils donc jamais avec leurs femmes ? dit-il avec une pointe d'ironie dans la voix. Bon, monsieur Dunning, donnez-nous davantage de détails. A quelle heure le juge revient-il, d'habitude ? Et savez-vous où il retrouve sa maîtresse ? Quel est le nom de cette femme, d'ailleurs ?

— Elle s'appelle Rosemary Quincy, et ils se retrouvent dans un hôtel, à Rosemont. Il revient habituellement vers 18 h 30, 19 heures au plus tard.

Mia esquissa un sourire avant de reprendre son sérieux, ravalant visiblement une remarque moqueuse sur le peu d'endurance du magistrat.

— Et aujourd'hui vous avez attendu jusqu'à quelle heure ?

Dunning se remit à gigoter sur sa chaise.

— Jusqu'à 21 h 30. Ensuite, je suis rentré chez moi. Mais, à 22 h 30, Rosemary a appelé. Elle venait de sortir de l'hôtel et elle avait vu la voiture du juge — c'est-à-dire la mienne — toujours garée sur le parking de l'hôtel. Elle m'a dit que ça faisait des heures qu'il avait quitté la chambre, et qu'elle avait peur qu'il lui soit arrivé quelque chose. Avec tous ces meurtres, en ce moment…

— Pourquoi ne nous a-t-elle pas appelés directement ? demanda Mia.

Dunning haussa les épaules.

— Elle espère que son nom ne soit pas mentionné.

— Ça, ça ne va pas être facile, intervint Abe. Et Mme Hillman ? Elle est au courant ?

— Au courant de quoi ? De la liaison du juge, ou de sa disparition ?

— Les deux, répliqua Mia.

— Je ne crois pas qu'elle sache, pour Rosemary. Elle aurait coupé les vivres à Hillman. Mais, pour la disparition, oui, elle est au courant. Elle m'a appelé vers 20 heures, et…

— Et vous lui avez dit qu'il n'était pas avec vous, compléta Mia, un brin agacée.

— Voilà… Ecoutez, je suis venu ici de mon plein gré. Je peux partir, maintenant ?

Abe lui tendit un calepin et un crayon.

— Ecrivez d'abord le nom de Rosemary et son numéro de téléphone. Ajoutez-y la description de votre véhicule et son numéro d'immatriculation. Ensuite, vous pourrez rentrer chez vous.

Il fit signe à Mia, et ils sortirent ensemble de la pièce. Après avoir refermé la porte, Abe observa Dunning derrière la vitre.

— Hillman n'est pas forcément en danger, dit-il sans trop y croire.

— Mme Hillman a pu le faire liquider, si elle a découvert l'adultère.

— Mais vous n'y croyez pas…

— Pas plus que vous.

Elle se passa la main sur le front et ajouta :

— Merde, j'en ai marre de cette affaire. Bon, maintenant, il faut éplucher la liste de Kristen.

Jeudi 26 février, 8 heures

Comme ils ont l'air sombre ! songea Kristen en parcourant la pièce du regard.

Il y avait de quoi. A présent, c'était un juge qui avait disparu. Le tollé était général dans la presse, et la profession judiciaire tout entière était au bord de la crise de nerfs.

Spinnelli se frotta les tempes avant de dire :

— J'espère que vous avez au moins trouvé un indice, près de la voiture…

— Pas l'ombre d'un indice, lâcha Jack en soupirant.

— Et aucun témoin, précisa Abe.

Kristen se racla la gorge.

— Je sais que vous en avez assez de mes listes, mais j'en ai dressé une autre, dit-elle. Fondée sur tous les procès d'agressions sexuelles où j'ai représenté l'accusation et où c'était Hillman qui siégeait. J'ai déjà questionné par téléphone certaines des plaignantes. La plupart de celles qui ont été déboutées sont encore terriblement en colère à l'égard de la justice. Mais aucune ne semble avoir vécu d'événement traumatisant, ces derniers mois.

— Il y a des noms qu'on a déjà vus passer ? s'enquit Mia.

— Un seul : Katie Abrams.

— La gosse de cinq ans qui « aguichait » le petit copain de sa mère, précisa Spinnelli avec amertume.

Ce déni de justice avait laissé des traces, et son évocation ne pouvait que raviver l'indignation des policiers présents autour de la table.

— C'est exact, acquiesça Kristen.

Elle se tourna vers Todd Murphy et poursuivit :

— Or, après le meurtre d'Arthur Monroe, Murphy, ici présent, a vérifié ce qu'il était advenu de la famille de Katie. La mère est en prison pour détention de stupéfiants. Katie se trouve dans une famille d'accueil. J'ai parlé avec l'assistante sociale. Elle m'a dit qu'elle avait vu Katie il y a quinze jours. C'est une bonne famille d'accueil, et Katie y est plutôt heureuse.

— Et les parents de cette famille d'accueil ? demanda Spinnelli. Vous vous êtes renseignés sur eux ?

— Ils ont des alibis en béton, Marc, répondit Murphy posément.

— Bon sang…, grommela Spinnelli. Miles ? Quel est votre avis ?

— Ça dépend.

Westphalen leva la main, comme pour apaiser le mécontentement de Spinnelli.

— Soit, reprit-il, il a choisi Hillman au hasard, soit il en avait fait sa cible depuis longtemps. Il n'a pas frappé depuis qu'il a raté Carson, lundi soir. Cet échec l'a peut-être perturbé. Il est peut-être en train de nous faire savoir, à sa manière, *pourquoi* il se venge ainsi.

— S'il a choisi Hillman au hasard, parmi d'autres juges laxistes, sa disparition ne nous apprend rien que nous ne sachions déjà, observa Abe. Mais, si c'est de Hillman qu'il voulait plus particulièrement se venger, peut-on considérer que sa « mission », et donc la série de meurtres, est terminée ?

— Moi, je suis sûre qu'il a un projet bien structuré, insista Kristen. Il est si méthodique. Il agit toujours selon le même schéma. Et il tue toujours au nom d'une victime.

— Et pour vous, aussi, lui fit remarquer Mia.

— Et pour moi, en effet... Il y a un rapport avec moi, même si l'on ignore lequel. Mais je ne viens qu'au second plan, si l'on peut dire. Il agit d'abord et surtout au nom des victimes. Je suis peut-être influencée par les conversations que j'ai eues avec elles, au cours des derniers jours, mais ce sont toujours les mêmes griefs qui reviennent dans leur bouche. Elles en veulent au système judiciaire dans son ensemble. Elles en veulent aux criminels, mais aussi à leurs avocats, au juge et à moi. Elles ont du mal à faire le distinguo.

— Qu'en déduisez-vous, Kristen ? demanda Jack. Quel est le lien entre ces meurtres et le juge Hillman ? Katie Abrams ?

Kristen secoua la tête.

— Je ne crois pas, répondit-elle. D'abord, il ne semble pas y avoir eu d'événements déclencheurs de ce côté-là. Ensuite, personne ne se souciait assez de Katie, dans son déplorable entourage, pour la venger. Sa mère elle-même a soutenu Monroe, malgré l'atrocité de ses actes. C'est d'ailleurs pour cela que cette affaire était si sordide... Non, je crois qu'il s'agit de quelqu'un d'autre.

— Peut-être que nous échafaudons des hypothèses trop subtiles, dit calmement Mia. Il a peut-être simplement lu des articles sur vous dans les journaux, Kristen. Ça a pu l'inciter à vous faire parvenir des colis macabres et à vous dédier sa mission. Parce qu'il est dingue, tout simplement. Cela rappellerait la fascination de John Hinckley pour Jodie Foster[1]... Peut-être que vous êtes le seul lien entre tous ces meurtres, après tout...

— Que ce soit le cas ou non, nous n'avons aucune piste tangible, répondit Kristen. Parce qu'il a réussi à ne nous laisser comme indices qu'une balle et une empreinte partielle sur un gobelet...

Spinnelli soupira.

— Et la cabane que vous avez perquisitionnée hier ? Il y avait des empreintes, Jack ?

— Quelques empreintes partielles sur les cadres des photos, mais recouvertes d'une épaisse couche de poussière. On en a relevé aussi sur le journal qu'on a trouvé là-bas. Elles pourraient appartenir à n'importe qui. Mais on a vérifié quand même. Aucune de ces empreintes ne correspond à celle qu'on a trouvée sur le corps de Conti. Au dos de chacune des deux photos, il y avait une inscription. Sur l'une : « Famille Worth : Henry, Callie, Hank et Paul ». Et sur l'autre : « Hank et Genny, 1943 ».

Abe en prit note et dit :

— Ainsi, l'autre fils se nommait Paul. Ça colle avec le reste : l'employée des archives nous a dit que c'est un certain Paul Worth qui a hérité du terrain, à la mort de Henry, le père. Et nous savons, grâce à l'acte de mariage, que Genny

1. John Hinckley, un déséquilibré obsédé par l'actrice Jodie Foster, à qui il envoyait des lettres enflammées, tenta d'assassiner le président Ronald Reagan en 1981 pour impressionner l'héroïne de *Taxi Driver* — film où le protagoniste, joué par Robert De Niro, tente lui-même d'assassiner un candidat à l'élection présidentielle.

a épousé un certain Colin Barnett. Nous savons aussi dans quelle paroisse ils se sont mariés, et à quelle date. Et nous avons une photo de Genny. Je suis d'avis de suivre cette piste. De toute façon, nous n'en avons pas d'autre…

— Il faut s'intéresser à Paul Worth, aussi, intervint Mia. C'est sans doute lui qui a conservé les vieux moules à balles de son père. Il faudrait le retrouver.

Abe acquiesça d'un sourire amer.

— Evidemment, c'est une piste plus concrète que de chercher un hypothétique fils biologique de Hank, né il y a plus de soixante ans, reconnu-t-il.

— Je crois que Mia a raison, dit Kristen. Je vais creuser du côté de Paul Worth. Si c'est bien lui, le propriétaire du terrain que vous avez visité hier, il doit payer une taxe foncière, et le fisc pourra me renseigner.

— Bien, fit Spinnelli après avoir noté tout cela sur son tableau blanc. Quoi d'autre ?

Ce fut Murphy qui répondit :

— Marc m'a demandé de consulter le casier judiciaire de délinquant juvénile d'Aaron Jenkins. Jenkins a été jugé pour agression à caractère sexuel. Il a essayé de violer une fille sous l'escalier de son collège, il y a sept ans. Mais elle ne figure pas sur votre liste de victimes, Kristen. J'ai vérifié. Elle se nomme June Erickson.

Kristen fouilla dans sa mémoire avant de dire :

— Je n'ai jamais entendu parler d'elle. On peut l'interroger ?

Murphy grimaça.

— Si l'on arrive à la retrouver. Sa famille a déménagé peu après le dépôt de plainte. J'ai parlé à leurs anciens voisins. Ils m'ont confié que June avait eu des problèmes à l'école, après avoir dénoncé Jenkins. Apparemment, il était populaire auprès des autres élèves, à l'époque. J'ai établi une liste de gens portant le même nom que ses parents, et je vais tenter de les retrouver. Je vous tiendrai au courant.

— Bon, nous savons maintenant dans quelle direction aller, conclut Spinnelli. Abe et Mia, à vous de retrouver

Genny O'Reilly. Murphy, occupez-vous de découvrir où habite June Erickson. Et vous, Kristen, essayez de joindre Paul Worth, mais ne quittez pas ce bâtiment toute seule. Si quelqu'un dépose devant chez vous un colis concernant le juge Hillman, l'agent en faction nous le fera savoir.

— Et vous, Marc, qu'allez-vous faire ? demanda Abe.

— Moi, il faut que je m'occupe des politiciens et des journalistes qui veulent nous apprendre notre métier…

Kristen leur remit à chacun un exemplaire de sa dernière liste.

— Voici la liste des procès jugés par Hillman, avec les noms des accusés et des avocats. S'il y a vraiment un rapport avec les crimes actuels, l'un de ces types sera la prochaine victime.

Jeudi 26 février, 9 h 30

Spectateur assidu de la série *Columbo*, le père Ted Delaney, curé de l'église du Sacré-Cœur, aimait à s'imaginer en détective. C'est ainsi que, lorsque Abe lui apprit la raison de leur visite, le vieux prêtre se prêta au jeu avec un enthousiasme qui fit sourire les deux policiers.

— Je n'étais pas encore curé, à l'époque, raconta-t-il en ajustant ses lunettes sur son nez. Je ne suis arrivé dans cette paroisse qu'en 1965. Le père Reed était le prédécesseur de mon prédécesseur. Il était déjà bien âgé, en 1943. Je crois qu'il est mort avant la fin de la guerre.

— Nous n'espérions évidemment pas retrouver le prêtre qui les a mariés, répondit Abe d'un ton patient. Mais vous souvenez-vous d'une famille de paroissiens du nom de Barnett ? Nous cherchons le dénommé Colin Barnett, qui a épousé Genny O'Reilly.

— Ce nom ne me dit rien. Mais, en ce temps-là, la paroisse comptait beaucoup plus de fidèles que de nos jours…

Il leva les yeux par-dessus ses montures métalliques d'un air un peu accablé, et ajouta :

— Les gens ne fréquentent plus autant les églises que par le passé.

Abe, qui se sentait visé, faillit baisser les yeux.

— Oui, mon père, dit-il, c'est bien vrai. Mais vous pourriez jeter un œil dans le registre des baptêmes, pour vérifier si leur enfant a été baptisé dans cette paroisse. Il a dû naître aux alentours de mars 1944.

Delaney s'empara d'un gros volume relié posé sur une étagère et se mit à le feuilleter lentement, de ses doigts épais et déformés par la vieillesse. Quelques instants plus tard, il leva la tête.

— Ils ont eu un fils. Il a été baptisé au moment de sa naissance. Robert Henry Barnett, le 2 mars 1944.

On avance, se dit Abe.

— Ont-ils eu d'autres enfants, mon père ? demanda-t-il.

— Si voulez bien patienter un instant, je vais vérifier.

Un long moment plus tard, les vieux doigts de Delaney s'immobilisèrent sur une autre page du registre.

— Une fille… Baptisée Iris Anne, le 12 mai 1946.

Puis il se remit à feuilleter le registre, et une éternité sembla s'écouler avant qu'il ne dise :

— Un autre fils… Colin Patrick, le 30 septembre 1949.

— Serait-il possible que Genny soit encore en vie ? lança Mia.

— Elle serait vraiment très âgée, si c'était le cas, répondit Delaney. Les registres des décès se trouvent dans une autre pièce. Attendez-moi ici, je vais aller vérifier.

Lorsqu'il fut sorti de la pièce, Abe se tourna vers Mia.

— Ils n'ont pas baptisé leur aîné du nom de Colin, comme le voulait la tradition, à l'époque, murmura Abe.

Mia haussa les sourcils.

— Un bébé né après sept mois de mariage, dit-elle. C'est cousu de fil blanc… Je me demande si Colin, le père, a épousé Genny en connaissance de cause, ou s'il a été surpris par la naissance de cet enfant, avec deux mois d'avance…

— Genny a baptisé son fils aîné Robert Henry.

— Or Hank est le diminutif de Henry…

Abe hocha la tête.

— Soit Colin n'était pas rancunier, soit Genny lui a fait le coup en douce : elle a donné à son fils le prénom de son père biologique.

— Espérons qu'au moins l'un des enfants Barnett vive encore à Chicago.

— Quand le curé nous aura dit ce qui figure dans le registre des décès, nous nous renseignerons là-dessus.

Jeudi 26 février, 10 h 30

Kristen raccrocha, déçue par son incapacité à retrouver les dernières victimes figurant sur sa liste. Certains avaient déménagé, d'autres semblaient tout bonnement s'être évaporés.

Spinnelli s'approcha d'elle.

— J'attendais que vous ayez raccroché, dit-il d'un ton lugubre.

— Que s'est-il passé ?

Il lui tendit la liste qu'elle lui avait remise plus tôt dans la matinée. L'un des noms était cerclé de rouge.

— Gerald Simpson n'est pas venu au tribunal, ce matin…

Kristen se pinça les lèvres. Simpson était un avocat réputé pour son efficacité. Dans son esprit, tous les criminels méritaient d'être libérés, et les procureurs étaient des mégalomanes vindicatifs, qui ne cherchaient à obtenir des condamnations que pour hâter leur promotion. Il plaidait brillamment, mais sans trop se soucier des victimes.

— Supposons que ce soit lui, la nouvelle victime, répondit-elle en réfléchissant à voix haute. Si l'on continue de penser que le tueur en veut personnellement à Hillman, cela restreint notre champ d'investigation. Je n'ai affronté

Simpson que six fois, lorsque c'était Hillman qui présidait le tribunal. Ne faudrait-il pas surveiller les six ex-accusés de ces procès ?

— J'en ai déjà donné l'ordre. Nous avons lancé un avis de recherche pour retrouver la voiture de Simpson. Je vais aller interroger sa femme, puisque Mia et Abe sont sur le terrain. Mme Simpson m'apprendra peut-être quelque chose d'intéressant.

— Quant à moi, je vais téléphoner aux six plaignantes.

Spinnelli se passa la main dans les cheveux.

— Vous n'avez pas réussi à localiser Paul Worth, le fils de Henry Worth ? s'enquit-il.

— Les gens des archives s'en occupent. Ils doivent m'appeler dès qu'ils ont trouvé quelque chose.

Jeudi 26 février, 14 h 30

Il n'y avait plus personne du nom de Barnett, dans la paroisse du Sacré-Cœur, mais le père Delaney leur avait remis une liste des paroissiens résidant là depuis longtemps. Viola Keene y avait, quant à elle, vécu toute sa vie. La désaffection des pratiquants semblait l'avoir quelque peu aigrie.

— Bien sûr que je m'en souviens, des Barnett, déclara-t-elle. Pourquoi me demandez-vous ça ?

Elle jeta un regard désapprobateur aux chaussures des deux policiers.

— Je viens de passer la serpillière, maugréa-t-elle. Pouvez-vous vous essuyer les pieds ?

— Excusez-nous, madame, dit Abe.

Il obtempéra avec zèle, aussitôt imité par Mia.

— La neige est en train de fondre, dehors, ajouta-t-il.

— Oui, fit Viola avec une pointe d'irritation dans la voix. Ça sent le dégel…

Elle n'était pas aussi âgée qu'elle le paraissait. Elle avait à peine soixante ans, en fait. Mais son air morose la vieillissait. Et sa coiffure austère, comme ses vêtements noirs, ne la rajeunissaient pas.

— Espérons-le, lança Mia. Cet hiver est interminable.

— Bon, alors, que voulez-vous savoir ? demanda sèchement Viola. J'ai un magasin à tenir, moi… Je n'ai pas que ça à faire.

Elle possédait une petite boutique de chapeaux, mais il était clair qu'ils ne risquaient guère d'être dérangés. La couche de poussière qui recouvrait les couvre-chefs mis à la vente indiquait que les clients étaient rares.

— Comment avez-vous connu la famille Barnett ? demanda Abe.

— Je suis allée dans la même école qu'Iris Anne. Quelle idiote, celle-là…

Ils se penchèrent au-dessus du long comptoir derrière lequel se tenait Mlle Keene, courbée sur une pelote de rubans.

— Pourquoi dites-vous ça, madame ? s'enquit Mia.

— Elle ne pensait qu'aux garçons. Et jamais à ses études… Mais son frère, c'était une tout autre affaire…

Mia se pencha un peu plus, pour regarder la vieille fille droit dans les yeux.

— Quel frère, mademoiselle Keene ?

Viola lui jeta un regard outragé.

— L'aîné, bien sûr, répondit-elle. Robert travaillait dur, à l'école. Il aidait son père à tenir le magasin, comme devrait le faire tout bon fils.

Tout à coup, ses traits s'adoucirent, et elle eut l'air d'avoir dix ans de moins.

— Il s'occupait bien d'Iris, poursuivit-elle. Et de l'autre, là…

Elle se renfrogna de nouveau.

— Le plus jeune, reprit-elle.

Elle s'interrompit, fouillant dans sa mémoire.

— Colin, dit-elle enfin. Celui-là, c'était un enfant gâté. Il avait toujours des ennuis, et se bagarrait continuellement avec les autres gamins du quartier.

Elle renifla avant d'ajouter :

— Mais il a eu ce qu'il cherchait.

Mia consulta Abe du regard, avant de se tourner de nouveau vers Viola.

— Comment ça ? demanda-t-elle d'un ton prudent.

— Colin a voulu se battre avec plus fort que lui…

Viola se mit à tripoter la pelote de rubans.

— Et il s'est fait casser la figure. Il a été à l'hôpital. Ça a fait du bruit, dans le quartier.

— Et ensuite ?

— Colin est mort.

Mia cligna des yeux.

— Mince ! Je comprends que ça ait fait du bruit, dans le quartier !

Viola tira sur l'un des rubans de sa pelote.

— L'autre garçon avait un couteau dans sa botte. Colin ne s'en était pas aperçu, avant de lui chercher querelle.

Abe s'efforça de dissimuler la surprise que lui causait le ton froid avec lequel la chapelière évoquait ce drame.

— Et Robert, qu'est-il devenu ?

Une nouvelle fois, le visage de Viola s'adoucit, et Abe y lut de la nostalgie.

— Sa vie est devenue un enfer après la mort de son frère, dit-elle. Son père le maltraitait encore plus qu'avant. Finalement, il a quitté le domicile familial. Iris Anne en a eu le cœur brisé.

Viola aussi, apparemment, songea Abe.

— Qu'entendez-vous par « son père le maltraitait encore plus » ? Il le battait ? demanda-t-il.

Viola leva vers lui un œil plein de colère.

— M. Barnett était très sévère avec Robert. Il laissait Iris et Colin faire tout ce qu'ils voulaient, mais Robert, lui, était obligé de travailler dur. A la moindre incartade, son père le corrigeait avec une cravache. Mais, comme je viens de vous le dire, il a fini par s'en aller. Et je ne l'ai plus jamais revu…

— Mademoiselle Keene, dit doucement Mia, qu'est-il arrivé au garçon qui a tué Colin ?

Viola baissa les yeux vers la pelote.

— Il est allé en prison, répondit-elle. Dans une maison de correction, plus exactement. Mais, quand il en est sorti, il s'est bagarré dans un café et il a été poignardé. Il a fini exactement comme Colin.

Elle souleva la pelote, comme pour l'examiner à la lumière du plafonnier.

— Puni par où il a péché… Justice est faite, n'est-ce pas ? C'est ce que les journalistes ont écrit à l'époque, en tout cas. On n'a jamais arrêté le coupable. La plupart des gens pensaient qu'il avait dû se faire des ennemis, dans sa maison de correction. Mais, Iris et moi, on se demandait si Robert n'était pas revenu dans le quartier pour venger son frère…

Elle soupira avant d'ajouter :

— Bien sûr, ce n'était là que rêveries d'adolescentes. J'ai cru aussi le revoir, un jour, quelques années plus tard, mais ce n'était pas lui.

— Où ça ?

— A un enterrement. Ses parents et Iris ont trouvé la mort dans un accident de voiture.

— C'est triste, murmura Mia.

Viola haussa les épaules.

— C'était il y a près de vingt-cinq ans. C'est de l'histoire ancienne, tout ça.

Puis la chapelière renfrognée les étonna tous deux, en gratifiant Mia d'un large sourire.

— Mais je vous remercie quand même de compatir, poursuivit-elle. C'était ma meilleure amie…

— Qu'est-ce qui s'est passé exactement quand vous avez cru le reconnaître, mademoiselle Keene ? demanda Abe.

— Je lui ai dit bonjour, de loin, mais il ne m'a pas répondu. Le Robert que j'avais connu dans l'adolescence n'aurait jamais été aussi impoli.

— Une autre question, mademoiselle Keene, dit Mia.

Et puis on vous laissera tranquille. Avez-vous des photos de Robert ?

— Alors, là, vous me prenez au dépourvu. J'ai dû garder un ou deux albums datant du lycée, mais je ne sais pas du tout où j'ai pu les ranger…

Mia lui tendit sa carte de visite.

— Nous avons absolument besoin d'une photo de lui, dit-elle. Sur cette carte, il y a mon nom et mon numéro de portable. Si vous retrouvez ces albums, pouvez-vous m'appeler ?

Jeudi 26 février, 15 heures

— M. Conti va vous recevoir.

Zoe était nerveuse. A présent qu'elle était là, elle se demandait si cette demande d'interview était bien judicieuse. Surtout que les sbires du riche industriel avaient interdit à Scott de l'accompagner. Ils l'avaient même empêché de conduire sa collègue au rendez-vous avec le monospace de la chaîne. Elle suivit le majordome, vêtu d'un costume anthracite, d'une impeccable chemise blanche et d'une cravate de soie noire.

On se croirait chez Al Capone, songea-t-elle en se félicitant d'avoir prévenu ses collègues qu'elle se rendait chez Conti.

— Mademoiselle Richardson, annonça le majordome, tout en faisant signe à Zoe d'entrer dans le bureau personnel de Jacob Conti.

Ce dernier était assis derrière son bureau et la fixait de ses yeux mi-clos. Drake Edwards se tenait debout, à sa droite. Edwards s'efforçait d'avoir l'air décontracté, mais il dégageait une telle impression de puissance qu'il lui était impossible de paraître nonchalant. Elle l'observa un instant, fascinée par la lueur animale qui brillait dans ses yeux, avant de se tourner vers Jacob Conti.

— Merci de me recevoir, dit-elle. Toutes mes condoléances pour la perte de votre fils.

Conti resta silencieux, et Edwards lui désigna l'unique fauteuil de la pièce, face au bureau.

— Asseyez-vous, mademoiselle Richardson, fit Edwards d'un ton doucereux. Mettez-vous à l'aise.

Il y avait une intonation sinistre dans sa voix, mais Zoe refusa de se laisser intimider. Elle prit place, prenant garde à ne montrer de ses jambes que le strict minimum.

— Je souhaite réaliser un entretien avec vous, expliqua-t-elle.

Edwards haussa un sourcil.

— Pourquoi M. Conti serait-il intéressé par une interview ? demanda-t-il.

— Il y a eu plusieurs agressions visant Kristen Mayhew et ses proches, cette semaine, répondit Zoe.

Le visage de Conti demeura impassible, tandis qu'Edwards prit un air amusé.

— Et en quoi cela nous regarde-t-il ? lança-t-il d'un ton presque moqueur.

— Il y a des rumeurs qui courent à votre sujet, monsieur Conti. La police est venue chez vous, ce matin…

— Les policiers n'ont absolument pas parlé de ces rumeurs, mademoiselle Richardson, répliqua Edwards. Votre « source » a dû vous… tromper, conclut-il d'un ton plein de sous-entendus, avant de la déshabiller du regard.

Zoe ne se démonta pas et se tourna vers Conti, qui n'avait toujours pas prononcé un mot.

— Je voudrais vous donner l'occasion de réfuter publiquement ces allégations, dit-elle en y mettant le plus de sincérité possible, tout en tâchant d'ignorer le regard concupiscent d'Edwards.

Conti garda le silence. Son expression était restée figée, depuis que Zoe était entrée dans la pièce. Sans le léger mouvement de sa poitrine, on aurait pu croire qu'il était mort.

Mais il était bien vivant.

Et dangereux.

Elle se leva.

— Si vous changez d'avis, n'hésitez pas à m'appeler.

Elle posa une carte de visite sur le bureau et ajouta :

— Une fois de plus, toutes mes condoléances…

Elle avait atteint la porte lorsque Conti se décida à parler :

— Mademoiselle Richardson, sachez que je vous tiens pour responsable de la mort de mon fils, autant que son assassin et que Mlle Mayhew.

Incapable de maîtriser un frisson, elle se tourna vers lui.

— C'est une menace, monsieur Conti ? demanda-t-elle d'une voix mal assurée.

— Qu'est-ce qui vous fait croire ça ? répliqua Conti en lui souriant de façon sinistre.

Et Zoe connut alors le goût qu'avait la peur.

— Fichez-moi le camp, maintenant, poursuivit Conti, avant que je vous fasse jeter dehors par mon service d'ordre.

Elle obéit et sortit de la pièce d'un pas chancelant.

Edwards la raccompagna jusqu'à l'entrée de la demeure et lui ouvrit la porte. Il avait la carte de visite de Zoe à la main. D'un geste leste, il la fit glisser dans son décolleté, entre ses deux seins.

— Nous sommes bien informés, mademoiselle Richardson. Nous savons très bien comment vous joindre, si nécessaire.

Les jambes chancelantes, elle parvint tant bien que mal à démarrer sa voiture, et ne reprit son souffle que lorsqu'elle eut franchi le lourd portail de la demeure. Après avoir roulé quelques minutes, elle sentit se dissiper la nausée, remplacée par la colère.

Elle avait perdu tous ses moyens, face à ces sinistres personnages. Il fallait qu'elle reprenne le dessus.

Jacob ne daigna pas lever les yeux des documents étalés sur son bureau, lorsque Drake revint dans la pièce.

— Tue-la, murmura-t-il d'un ton morne.

*
* *

Jeudi 26 février, 17 heures

Kristen éclata de rire lorsqu'un affreux chapeau atterrit sur le bureau derrière lequel elle était assise. Elle leva la tête et vit Mia qui souriait.

— C'est quoi, ça ? demanda Kristen.

— Un cadeau pour vous.

Abe surgit derrière Mia, un sourire narquois sur les lèvres.

— Mia s'est liée d'amitié avec une chapelière, expliqua-t-il.

Mia s'assit derrière son bureau et soupira.

— J'ai eu pitié d'elle, toute seule dans cette boutique, sans jamais voir un client…, expliqua-t-elle.

— Elle est toute seule parce qu'elle est grincheuse et acariâtre, c'est tout, répliqua Abe.

Il tira une chaise vers lui et y prit place à califourchon, en face de Kristen. En le voyant ainsi, Kristen se souvint subitement de leurs tendres ébats. Elle ne put s'empêcher de tendre la main vers lui, se ravisa, et serra le poing avant de poser les yeux sur le chapeau hideux.

— Acariâtre, sauf avec vous, Mia, ajouta-t-il d'un ton taquin. Vous parvenez à charmer tous ceux que vous rencontrez, semble-t-il.

Mia fit une grimace.

— Taisez-vous donc ! Vous voulez que je lui annonce la nouvelle, ou vous préférez la lui livrer vous-même ?

Abe eut un geste nonchalant.

— Faites donc.

Kristen écouta attentivement Mia, tandis que celle-ci lui relatait leur conversation avec Viola Keene.

— Robert a donc commencé jeune, conclut-elle. Enfin, si c'est bien lui qui est revenu venger son frère.

— Il aurait été un justicier bien précoce, en effet, dit Mia. Une sorte de boy-scout meurtrier.

Kristen secoua la tête en souriant.

— Mia, vous êtes incorrigible… Bon, qu'en pensez-vous ? Ce Robert Barnett peut-il être le tueur ? Son nom ne figure pas sur la liste, mais…

Abe hocha la tête.

— Selon moi, c'est fort possible, dit-il. Le problème, c'est qu'on se heurte à un mur. Nos recherches n'ont rien donné. Impossible de le localiser. Et toi, tu as avancé, de ton côté ?

— J'ai appelé toutes les plaignantes des procès où figuraient à la fois Hillman et Simpson. Aucune ne semble avoir subi de nouveau traumatisme récemment. En revanche, deux d'entre elles m'ont invitée à un dîner, organisé en l'honneur du justicier… Une autre a proposé qu'on lui attribue le prix Nobel de la paix. Il y en a trois que je ne suis pas parvenue à joindre. Je réessaierai demain. Et j'ai réussi à localiser Paul Worth, le frère de Hank — et donc, probablement, l'oncle biologique de Robert Barnett.

Abe haussa un sourcil.

— Et alors ?

— Il est vivant, mais on ne peut pas lui parler. Il vit dans une maison de santé, du côté de Lincoln Park. Mais il n'a plus toute sa tête. J'ai parlé à son comptable, qui gère l'ensemble de ses biens. Paul Worth n'a pas d'enfant, ni d'autres héritiers. A sa mort, le terrain que vous avez visité deviendra propriété de l'Etat.

— Je me demande comment le tueur a pu découvrir l'existence de ce terrain…, poursuivit Abe d'un ton pensif.

— Je ne sais pas, fit Kristen. Peut-être connaissait-il les Worth ?

Elle lui tendit la feuille de papier sur laquelle elle avait griffonné quelques notes.

— J'ai demandé à la directrice de la maison de santé si l'on avait le droit de lui rendre visite. Elle m'a répondu qu'on pouvait toujours essayer de communiquer avec lui… mais je ne voulais pas y aller seule, et Spinnelli est parti.

Abe se tourna vers le bureau désert de Spinnelli.

— Où est-il ?

Kristen lâcha un soupir avant de répondre :

— Dans le bureau du maire.

Mia tressaillit.

— Mince, fit-elle.

— Il doit donner une conférence de presse à 19 heures. Il va s'en prendre plein la figure…

Ils restèrent muets un instant. Le silence fut rompu par la sonnerie du portable d'Abe, qui fit sursauter Kristen.

Elle était à cran. Elle avait passé la journée à s'inquiéter au sujet des Reagan, d'Owen et de Vincent, de sa mère. Mais il n'y avait pas eu de nouvelle agression. Elle avait également mis en garde Lois et Greg. Elle avait fait de son mieux pour protéger les gens qui lui tenaient à cœur.

Mais serait-ce suffisant ?

Abe ouvrit son téléphone.

— Reagan à l'appareil.

Ses traits se durcirent, et Kristen lui saisit le bras.

— C'est Rachel ?

Il secoua la tête, posa sa main sur celle de Kristen et la pressa brièvement.

— Non, murmura-t-il tout bas. Toute la famille va bien… Il s'agit d'autre chose.

Il se leva et s'éloigna de quelques mètres.

— Ce n'est vraiment pas le moment, marmonna-t-il dans l'émetteur. Non, je ne suis pas libre, ce soir. Ni pour dîner, ni pour boire un verre avec vous. Bon sang, Jim, dites-moi ce que vous avez à me dire, qu'on en finisse.

Jim… Le père de Debra. Pauvre Abe, songea Kristen.

— J'essaierai, dit Abe d'un ton sec avant de raccrocher.

Il resta immobile un instant, les yeux perdus dans le vide, et Kristen sentit son cœur se briser. Sans se soucier de Mia, elle se leva et lui mit la main sur l'épaule. Il se tourna lentement vers elle.

— Ils sont en ville pour le baptême. Ils veulent m'inviter à dîner.

— Pourquoi ?

Ses larges épaules frémirent.

— Je ne sais pas, répondit-il. Pour causer, m'a dit Jim, sans plus de précisions.

— Tu veux que j'y aille avec toi ?

Il eut un pâle sourire.

— Merci, mais je ne crois pas que ce soit une bonne idée. Ne m'en veux pas.

— Je ne t'en veux pas du tout.

Elle posa une joue sur l'épaule d'Abe et ajouta :

— Je m'inquiète un peu pour toi, c'est tout.

Derrière eux, Mia se racla la gorge, comme pour les mettre en garde.

— Salut, Marc, lança-t-elle d'une voix forte.

Abe et Kristen se retournèrent d'un même mouvement et firent face à Spinnelli. Pendant un instant rempli de gêne, personne ne dit rien.

— Il y aura au moins une partie de cette histoire qui finira bien, soupira Spinnelli.

Kristen lâcha l'épaule d'Abe et dit :

— Le maire n'est pas content, c'est ça ?

Spinnelli se laissa tomber dans un fauteuil.

— Qu'a-t-il dit ? Ah oui… Que nous étions nuls, que la police de Chicago était la risée du monde entier, que nous méritions d'être limogés… Je vous passe les détails. Mia, appelez Murphy. Essayez de savoir s'il a retrouvé cette fille…

Il claqua des doigts en fronçant les sourcils avant d'ajouter :

— Comment s'appelle-t-elle, déjà ?

— June Erickson, fit Mia. Je m'en occupe tout de suite.

Spinnelli remarqua tout à coup le chapeau posé sur le bureau de Kristen et s'écria :

— C'est quoi, cette horreur ?

— Du travail de proximité, dit Abe. Je vais tout vous raconter.

*
* *

Jeudi 26 février, 20 h 45

— Ça me donne le mal de mer, ce truc, lâcha Kristen.

— Mais non, c'est super ! objecta Rachel.

Elle était assise devant l'un des téléviseurs des Reagan, dévalant une montagne en snowboard, dans un jeu vidéo particulièrement réaliste.

— Bienvenue dans mon enfer quotidien, fit Kyle d'un ton caustique.

Becca eut un petit gloussement.

Kristen se mit la main devant les yeux.

— Je ne peux plus regarder ça, je vais vomir.

— Génial ! s'écria Rachel. Je suis à la sixième place !

Elle arrêta le jeu vidéo et annonça :

— Bon, j'ai assez joué comme ça pour aujourd'hui.

— C'est un miracle que tu parviennes encore à bouger les mains et que tes yeux ne soient pas complètement brûlés par l'écran, répliqua Kyle. Tu as passé la journée à jouer à ce jeu débile.

Car elle n'avait pas été à l'école, ce jour-là. Ce n'était qu'une précaution supplémentaire, avait assuré Kyle. Et Becca avait ajouté que Kristen n'y était pour rien. Mais celle-ci se sentait quand même responsable. Rachel, quant à elle, était ravie d'avoir manqué une interrogation écrite et de susciter la curiosité de ses copines.

Kristen soupira.

— Ne commencez surtout pas à vous excuser ! lui lança Kyle.

— Sinon, vous me botterez le derrière, dit celle-ci. Je sais. Abe a téléphoné ?

— Pas depuis que vous me l'avez demandé, il y a cinq minutes, répondit Becca en lui prenant doucement la main. Il s'en tirera très bien tout seul, ne vous inquiétez pas pour lui.

Elle avait dit cela machinalement, d'une voix de mère

et d'épouse de flic, qui a l'habitude de prononcer des mots rassurants.

— Et puis, ce n'est qu'un dîner au restaurant, poursuivit Kyle. Le pire qu'il puisse lui arriver, c'est de se tromper de fourchette, et que Sharon le lui fasse remarquer. Elle n'a pas sa langue dans sa poche, cette bêcheuse !

Kristen le regarda avec curiosité.

— Pourquoi dites-vous ça ? s'enquit-elle.

Kyle parut soudain mal à l'aise. Becca intervint d'un air peiné :

— Debra était la femme la plus douce et la plus généreuse du monde, mais ses parents ne pensaient qu'à l'argent. A leurs yeux, Abe ne méritait pas leur fille, et Jim ne ratait jamais une occasion de le lui faire remarquer.

— Becca, la gronda gentiment Kyle, c'est du passé, tout ça. Ils ne peuvent plus le blesser, maintenant.

Le regard de Kristen passa de Kyle à Becca, mais aucun des deux ne paraissait disposé à rentrer dans les détails.

— Abe m'a parlé de la procédure qu'ils avaient engagée, pour le priver de la tutelle de Debra, dit-elle.

Kyle écarquilla les yeux.

— Il vous a parlé de ça ? s'exclama-t-il.

Becca serra les mâchoires.

— Il vous a dit, aussi, qu'ils lui reprochaient sans cesse d'être responsable de ce qui est arrivé à Debra ? demanda-t-elle.

Pauvre Abe... Pauvres Kyle et Becca, aussi, qui ont assisté aux tourments de leur fils.

— Il ne voulait pas dîner avec eux, ce soir, répondit-elle.

Becca dit en maugréant :

— Bien sûr que non !

— Alors, pourquoi y est-il allé ? lança Rachel.

Kristen cligna des yeux, interloquée. Elle avait presque oublié la présence de l'adolescente, qui n'avait pas perdu un mot de la conversation.

Kyle lâcha un profond soupir.

— J'imagine qu'il y est allé pour qu'ils vident enfin leur sac, et qu'on n'en parle plus, dit-il.

— Comme ça, ils n'auront pas à le faire samedi, ce qui évitera de gâcher le baptême du bébé, ajouta Kristen.

Elle n'en éprouvait que plus de respect pour Abe. Il montrait ainsi qu'il savait prendre sur lui, par égard pour son frère et sa belle-sœur.

Le regard de Becca se remplit de larmes.

— Vous le comprenez si bien ! s'exclama-t-elle.

Kristen en eut la gorge serrée.

— C'est un type bien, fit-elle sobrement.

Kyle se racla la gorge et tendit la main vers son portefeuille, posé sur la table basse.

— Kyle, murmura Becca. Ne fais pas ça.

Kristen eut un sourire perplexe.

— Il va me donner des sous ?

— Non, il va vous montrer une photo de Debra ! intervint Rachel.

Kristen se raidit, mais il était trop tard. Kyle lui tendait déjà le cliché. Il aurait été impoli de ne pas y jeter un coup d'œil.

Elle se força donc à regarder la photo de l'épouse d'Abe. Elle vit une grande et jolie femme, au ventre gonflé par une grossesse bien avancée. Elle se tenait au côté d'un Abe qui paraissait aux anges, souriant comme s'il avait atteint le stade suprême du bonheur.

— Elle était ravissante, dit Kristen.

Et c'était vrai. Ce n'était pas une beauté de magazine, mais elle avait un regard si lumineux, si radieux… On voyait bien, sur cette photo, qu'elle était, elle aussi, au comble du bonheur.

— Cette photo a été prise deux semaines avant qu'elle ne se fasse tirer dessus, précisa Kyle d'une voix enrouée par l'émotion.

Kristen déglutit, bouleversée.

— Je croyais, poursuivit Kyle, ne plus jamais revoir cette expression sur le visage de mon fils.

Il caressa du pouce le plastique transparent qui protégeait le cliché.

— Mais je l'ai revue. Et c'est grâce à vous.

Son pouce se mit à trembler sur la photo, et Kristen n'osa pas le regarder en face.

Rachel lui tendit un mouchoir en papier.

— Tenez, mouchez-vous avant qu'on se mette tous à pleurer comme des madeleines, dit-elle d'un ton narquois.

— Tu es sûre que tu n'as que treize ans ? demanda Kristen.

— Presque quatorze, rétorqua Rachel malicieusement.

Kyle grommela, sonnant la fin de ce moment d'émotion.

— Bientôt vingt, dirait-on…

— Alors, est-ce que je peux sortir avec Trent ?

Kyle se renfrogna subitement.

— Non, répliqua-t-il d'un ton catégorique. Tu attendras d'avoir seize ans.

Rachel haussa les épaules.

— Tant pis, je tenterai ma chance une autre fois !

Kristen consulta sa montre, et Kyle grommela de nouveau.

— Si vous vous inquiétez tant que ça pour lui, pourquoi ne l'appelez-vous pas sur son portable ? demanda-t-il avec une pointe d'agacement dans la voix.

— Je ne veux pas qu'il se sente harcelé partout où il va.

Kyle eut un soupir las.

— Ah, les femmes…

— Elles sont toutes pareilles, ajouta Rachel en imitant son père.

Kristen ne put réprimer un sourire.

— Et toi, tu t'y connais mieux que personne, n'est-ce pas ? lança-t-elle à Rachel d'un ton taquin.

— Plus que vous ne le pensez ! rétorqua la gamine.

Elle prit le téléphone sans fil et le tendit à Kristen.

— Appelez-le, vous en mourez d'envie.

Gênée, Kristen saisit le téléphone et composa le numéro d'Abe. Elle fronça les sourcils et dit :

— Il a éteint son portable.

Kyle la regarda d'un œil soucieux.

— Comment ça ?

— Il a éteint son portable, répéta Kristen. Ou alors il se trouve dans un endroit qui n'a pas de réseau. Quoi qu'il en soit, il ne décroche pas.

Kyle tendit la main, l'air inquiet.

— Donnez-moi ce téléphone.

20

Jeudi 26 février, 22 h 20

Les parents de Debra avaient imploré le pardon d'Abe.

Il s'était attendu à tout, sauf à cela.

Il posa les mains sur le volant et contempla les lumières de la grande roue, dans le parc d'attractions de Navy Pier. Pour lui, cet endroit avait toujours été associé au sourire de Debra.

C'était là qu'ils étaient allés, le soir de leur premier rendez-vous, arrangé par Sean et Ruth. C'était là que, quelque temps plus tard, il lui avait fait sa demande en mariage. Il avait soudoyé l'employé de la grande roue pour qu'il arrête celle-ci à l'instant où leur nacelle se trouverait tout en haut, afin de pouvoir lui demander sa main avec la ville à leurs pieds. C'était encore là qu'elle lui avait annoncé qu'elle était enceinte — ayant pris soin, à son tour, de soudoyer l'employé, pour recréer cet instant magique…

Voilà pourquoi il était venu au pied de la grande roue, après ce dîner de réconciliation avec les parents de Debra. Pour se souvenir de son épouse, du temps où elle était pleine d'enthousiasme et où la vie lui souriait. Pour tenter de puiser dans son cœur le pardon que les parents de Debra lui avaient supplié de leur accorder.

Il avait totalement perdu la notion du temps lorsque l'on frappa à la vitre de son 4x4. Il sursauta.

C'était Sean, qui le regardait d'un air sévère.

— Mais qu'est-ce que tu fiches ici ? On était morts d'inquiétude ! s'exclama-t-il.

Abe consulta sa montre avec stupéfaction.

— Je n'ai pas vu le temps passer, dit-il.

— Où est ton téléphone ? Ça fait plus d'une heure qu'on essaie de te joindre…

Abe le sortit de sa poche et fronça les sourcils.

— Plus de batterie, constata-t-il.

C'était la première fois qu'il se montrait aussi négligent, depuis qu'il avait un portable. Il le brancha aussitôt sur l'allume-cigare.

— Kristen est dans la voiture, lui annonça Sean.

Abe se tourna vers le véhicule de Sean, dans lequel Kristen était assise, tête baissée.

— Pourquoi est-elle venue ? demanda Abe.

— Elle était dans tous ses états. Elle avait peur que tu te sois fait buter par les gros bras de Conti.

Abe sentit soudain la lassitude l'envahir.

— Je n'y avais pas pensé.

— Eh bien, tu le lui diras toi-même. Moi, je retourne m'occuper de ma femme.

Un instant plus tard, Sean repartait en trombe au volant de sa voiture, et Kristen montait à bord du 4x4. Elle détourna les yeux, et Abe se sentit coupable. Il avait manqué de considération pour la femme qu'il aimait.

— Je suis désolé, Kristen. Je ne pensais pas que tu t'inquiéterais comme ça, dit-il d'un ton penaud.

— Je commençais à être un peu inquiète, c'est vrai, mais ça va mieux, maintenant.

Elle persistait à garder la tête baissée.

— Regarde-moi, fit Abe.

Elle tourna légèrement la tête vers lui, avec réticence, et en évitant son regard. Elle avait l'air… bizarre.

— Il y a un problème ? demanda Abe.

Elle ferma les yeux et inspira faiblement.

— Tu peux me ramener chez moi ?

— Pas avant que tu me dises pourquoi tu me fais la tête.

Elle se recroquevilla sur son siège, les yeux toujours clos.

— Je t'en prie, Abe, murmura-t-elle.

Alarmé, il fit démarrer son 4x4.

— Qu'est-ce qui s'est passé ? Bon sang, Kristen, si tu essaies de te venger de ma négligence, tu y parviens à merveille !

— Ce n'est pas ça. Ramène-moi chez moi, s'il te plaît.

— C'est à cause de Vincent ?

— Non, son état est stationnaire, d'après Owen. Il m'a appelée quand j'étais en route avec Sean.

— Est-ce que Timothy est revenu rendre visite à Vincent, à l'hôpital ?

— Je ne lui ai pas demandé. Je m'inquiétais trop pour toi.

Il la vit soulever légèrement les paupières, pour jeter un coup d'œil dans le rétroviseur extérieur, puis refermer les yeux.

Il regarda dans son rétroviseur et n'y vit que les lumières bariolées du parc d'attractions.

— Quand nous serons arrivés chez toi, tu me diras ce qui te pèse sur le cœur ? demanda-t-il.

Elle hocha brièvement la tête.

— Oui, fit-elle.

Jeudi 26 février, 22 h 45

Le tueur fut soulagé de voir le 4x4 de Reagan s'engager dans l'allée de la maison de Kristen. De son poste d'observation, à quelques dizaines de mètres de là, il vit Abe sortir du véhicule et en faire le tour, pour aller ouvrir la portière de la jeune femme.

Reagan est un vrai gentleman.

Il était content qu'ils soient de retour chez Kristen, sains et saufs. Car, si quelque chose de grave était une nouvelle fois arrivé, à un proche de Kristen ou à elle-même, il ne se le serait jamais pardonné. Il avait voulu qu'elle se sente épaulée.

Qu'elle soit contente de savoir que l'un de ses admirateurs éliminait les crapules qui avaient échappé aux foudres de la justice. Mais les choses ne s'étaient pas passées comme prévu : la vie de Kristen avait été complètement chamboulée. Elle avait été menacée, dans sa propre maison.

Il fallait qu'il trouve un moyen de faire savoir au monde qu'elle n'était pour rien dans cette vague d'assassinats, et qu'elle n'avait aucune idée de l'identité du justicier.

Il fallait qu'il cesse de lui écrire des lettres.

Il fronça les sourcils. Elle aurait dû sortir plus vite de la voiture. La nuit était glaciale, elle allait prendre froid. Reagan aurait dû se hâter de la raccompagner chez elle. Mais il se contentait de rester planté là, devant la portière.

Quelque chose ne tournait pas rond.

Elle finit par descendre, et Reagan lui mit un bras sur l'épaule. Ils commencèrent à marcher vers la porte qui donnait sur la cuisine. Elle avait l'air en bonne santé.

Mais il fallait qu'il en ait la certitude.

Jeudi 26 février, 22 h 45

Kristen alluma la lumière de la cuisine et se figea en découvrant l'aspect qu'avait la pièce. Elle en oublia immédiatement la grande roue.

— Mais c'est tout propre ! s'écria-t-elle, ébahie. Plus aucune trace de gravats !

La cloison du fond avait elle aussi disparu… Pourtant, Abe et elle n'avaient pas fini de l'abattre, hier soir. Elle n'en avait pas moins disparu. Tout comme le réfrigérateur, l'évier et le linoléum. Il ne restait que la table, couverte de magazines exhibant en couverture de magnifiques cuisines refaites à neuf.

— Les magazines d'Annie ! s'exclama-t-elle.

Et c'est alors qu'elle comprit ce qui s'était passé.

— Aidan et Annie sont venus ici ! Tu savais ce qu'ils avaient prévu de faire ? demanda-t-elle.

Abe souriait, savourant la surprise de Kristen.

— Où crois-tu qu'ils ont trouvé la clé ? lança-t-il.

— Et toi, tu l'as trouvée où ?

— Mia l'a volée dans ton sac à main, et j'en ai fait un double. C'est une surprise, n'est-ce pas ?

Elle se laissa tomber sur une chaise et se couvrit les yeux des mains. Des larmes se mirent à couler sur ses joues. Abe s'agenouilla sur le sol et la prit dans ses bras.

— Ils voulaient te rendre service. C'est Aidan qui en a eu l'idée.

— C'est le plus beau cadeau qu'on m'ait jamais fait. Oh ! Abe…

Il lui frotta doucement le dos, pour chasser la tension qui lui raidissait les muscles.

— Tu veux bien me parler, maintenant ? demanda-t-il.

Elle essuya ses larmes sur le manteau d'Abe.

— Je crois que oui, répondit-elle.

Il l'embrassa sur la bouche, puis se releva et prit place sur une chaise à côté d'elle. Déboutonnant son manteau, il dit :

— Quand tu voudras… Je t'écoute.

Le moment était venu, elle le savait. Il était temps de raconter ce qu'elle n'avait jusque-là raconté qu'une seule fois dans sa vie. Et cette fois-ci on la croirait. Elle avait gardé ce secret si longtemps. Trop longtemps. A présent, il lui fallait vider son sac.

— J'avais vingt ans, et j'étais en deuxième année d'études, à l'université du Kansas. J'avais passé un an en Italie, alors je suivais des cours d'été, pour rattraper mon retard. Il y avait un type qui suivait le même cours de statistiques que moi. Comme j'avais fait jusque-là des études artistiques, je n'étais pas très bonne en statistiques, et ce type m'aidait à faire mes devoirs…

Le visage d'Abe resta impassible, mais l'intensité de son regard trahissait son trouble.

— Tu le connaissais donc.

— Je croyais le connaître, en effet. Nous étions allés manger une pizza ou un hamburger ensemble, deux ou trois fois. Il arrosait son repas de quelques bières, tandis que moi, je ne buvais pas une goutte d'alcool. Il me taquinait au sujet de ma pruderie, et je me contentais de sourire. Un soir, nous sommes allés avec des camarades à la foire du comté. C'était en été. Il voulait se dégourdir les jambes, et nous nous sommes séparés du groupe avec lequel nous étions venus. Nous nous sommes éloignés tous les deux des stands de bonbons et de spécialités locales. Il m'a embrassée… Ce n'était pas la première fois qu'il essayait… Mais, ensuite, il a voulu…

Sa voix se brisa.

— Il a voulu avoir un rapport sexuel avec toi…, compléta Abe, toujours impassible.

Elle hocha la tête, soulagée qu'il l'ait dit à sa place.

— C'était la première fois, dit-elle.

— La première fois qu'il insistait ? Ou la première fois qu'on te le proposait ?

— Les deux.

Il ferma les yeux.

— Tu étais vierge, lâcha-t-il entre ses dents serrées.

— Oui. Je devais être la seule de ma classe à l'être encore. Mon père m'interdisait de boire, de danser, d'écouter du rock, de jouer aux cartes… Alors, tu penses bien qu'à ses yeux, le sexe était le plus grand des péchés. J'attendais donc de rencontrer l'âme sœur… Et ce type, je ne le désirais pas du tout.

— Et il ne t'a pas écoutée quand tu as dit non, c'est ça ?

— Je me suis débattue et je l'ai griffé, mais il était bien plus costaud que moi. Il n'a eu aucun mal à me maîtriser. Il m'a dit que c'était ce que je cherchais, que j'en mourais d'envie… Je lui ai répondu que je n'avais jamais fait ça avant, mais il m'a ri au nez. Il m'a rétorqué qu'une fille comme moi, qui avait parcouru le vaste monde, devait avoir eu bien des expériences. Il m'a fait tomber par terre et il m'a bâillonnée avec sa main…

Elle leva les yeux vers le plafond, incapable de regarder Abe en face, et poursuivit :

— Et puis il m'a violée. J'ai cessé de réfléchir, j'ai juste attendu que ce calvaire prenne fin. J'ai levé les yeux, et j'ai vu la grande roue qu'on avait installée, pour la foire. Je la regardais tourner, je comptais les nacelles. Et, après ce qui m'a semblé une éternité, il s'est enfin relevé.

Elle baissa les yeux vers Abe et vit qu'il serrait les poings, avec une rage contenue.

— Il m'a laissée là, dans la boue, derrière l'un des stands de la foire.

— Tu en as parlé à quelqu'un ?

— Oui, mais plus tard…

— A la police ? demanda-t-il d'une voix tendue.

— Non, soupira-t-elle. On encourage les victimes de viols à porter plainte, mais elles ont souvent peur de le faire. Moi aussi, j'avais peur. Je craignais que personne ne me croie. Il m'avait dit, après m'avoir violée, qu'il raconterait que j'étais d'accord, si jamais on venait à l'interroger. Ça faisait deux mois qu'on nous voyait ensemble. Personne n'aurait mis sa parole en doute. En plus, ce n'était pas une brute. Il avait tout du gars normal. C'était un bon élève, qui rendait toujours ses devoirs dans les temps. Ce n'était pas un dragueur. C'est d'ailleurs pour ça que je lui avais fait confiance…

— Alors, à qui en as-tu parlé ?

— A mes parents.

— Et alors ?

Elle revoyait la tête de son père, comme si c'était hier. Il était devenu rouge vif et avait frémi de rage. Elle n'avait pas oublié le son de sa main fendant l'air et la giflant avec violence, à tel point qu'elle en était tombée à la renverse. Elle était restée un long moment allongée sur le parquet. Prostrée, tremblante et nauséeuse.

Et enceinte.

— Il ne m'a pas crue.
— Comment ?
Abe se leva en titubant, bouche bée.
— Ton père ne t'a pas crue ?
— Non. Il m'a accusée d'être comme ma sœur. Une pécheresse, une petite traînée…
Elle regarda Abe arpenter la pièce à grands pas.
— C'est pour ça que tu as quitté le domicile familial ?
— Je ne l'ai pas quitté, c'est mon père qui m'a fichue dehors.
Terrifiée, sans un sou et enceinte…
Abe se figea avant de se tourner vers Kristen. Elle lut dans ses yeux de l'incrédulité.
— Il t'a fichue dehors ?
— Oui.
— Et ta mère ? Qu'a-t-elle fait ?
— Rien. Elle m'a juste regardée d'un air accablé, sans dire un mot… Si Kara avait été vivante, elle aurait peut-être eu la force de s'opposer à mon père, mais, là, elle s'est tue. De toute façon, ça n'avait pas d'importance. Le garçon avait raconté à tous ses amis qu'il m'avait fait l'amour. Tout le monde a cru que j'étais une fille facile.
Et je savais qu'à l'automne ma grossesse serait visible.
— Alors, à la fin de l'été, poursuivit-elle, j'ai quitté l'université du Kansas. Une vieille copine de ma sœur s'était installée à Chicago, et je suis allée habiter avec elle. Je me suis inscrite à la fac ici, et j'y ai décroché mon diplôme.
Les mains d'Abe tremblaient tant qu'il dut les fourrer précipitamment dans sa poche.
— Un diplôme d'art ? demanda-t-il.
Elle secoua la tête.
— Non, je n'arrivais plus à peindre, après une telle épreuve. J'ai obtenu une licence d'économie et j'ai décidé ensuite de m'inscrire à la fac de droit.
Et j'ai eu un bébé.
Et j'ai renoncé à lui.

Et je l'ai donné à d'autres gens.

Lorsqu'elle ouvrit la bouche pour achever son récit, elle ne put s'empêcher de penser à la photo que lui avait montrée Kyle : celle d'Abe et de Debra, enceinte d'un enfant que la fatalité leur avait dérobé.

Et moi, j'ai donné le mien…

Abe se laissa tomber sur sa chaise et se frotta le front de la main.

— Mon Dieu, murmura-t-il.

— Quand j'ai vu la grande roue, ce soir…

Elle frémit avant d'avouer :

— Je ne peux plus voir une grande roue sans penser à…

Sa voix se perdit dans un murmure.

Abe ne dit rien, gardant la tête baissée. Elle tendit la main et lui caressa la tête.

— Ce qui est fait est fait, Abe, dit-elle doucement. La vie a suivi son cours. J'ai fait du chemin, depuis…

Il leva la tête et la regarda d'un œil perçant.

— Toute seule.

Elle soutint son regard et répondit :

— Oui. Jusqu'à aujourd'hui…

— Qu'est-il devenu, ce garçon ?

Elle secoua la tête.

— Ça, je ne préfère pas te le dire.

— Si, dis-le-moi ! insista-t-il, presque menaçant.

— Et si je refuse ? répliqua-t-elle.

Les épaules d'Abe s'affaissèrent.

— Je t'en supplie, fit-il tout bas.

Elle aurait dû se douter qu'il voudrait savoir. Elle, elle savait déjà. Elle s'était tenue au courant. Des années et des années plus tard, elle se renseignait encore sur ce qu'était devenu son bourreau.

— L'ironie de l'histoire, c'est qu'il a lui aussi suivi des études de droit, dit-elle enfin. Il s'est lancé dans la politique, et il est à présent maire d'une petite ville du Kansas…

Elle eut un sourire amer en ajoutant :

— Cette année, il s'est porté candidat au congrès de l'Etat du Kansas. Les sondages lui donnent une avance de dix points sur son principal adversaire.

Abe sentit son estomac se nouer. Qu'un tel homme puisse mener une belle carrière, sans jamais avoir eu à répondre de son crime, sans même savoir le mal qu'il avait fait à sa victime, c'en était trop pour lui.

— Tu pourrais ruiner sa carrière politique, dit-il d'un ton plein de colère.

Elle ne cilla pas.

— Certes, mais je ne le ferai pas, affirma-t-elle fermement. Je n'ai rien dit à l'époque, ce n'est pas maintenant que je vais me mettre à en parler.

Elle détourna les yeux, mais Abe vit une larme perler au coin de sa paupière.

— Parce que, en vérité, je suis une lâche, ajouta-t-elle d'une voix brisée.

Abe la regarda sans en croire ses oreilles.

— Tu n'es pas lâche ! protesta-t-il.

Elle cligna des yeux, et les larmes se mirent à couler sur sa joue.

— Mais si, je suis lâche ! s'écria-t-elle. Les femmes qui osent porter plainte contre les violeurs, ce sont elles qui ont du courage ! Moi, je les oblige à revivre le drame, à s'humilier en public, et pour quel résultat ? La plupart du temps, pour rien.

Il lui saisit le bras.

— Je ne veux plus jamais t'entendre parler comme ça ! s'exclama-t-il.

Elle lui avait raconté son histoire d'un ton calme et froid, mais à présent elle pleurait à chaudes larmes. Et, si le récit du viol avait éveillé la fureur d'Abe, ces larmes lui fendaient le cœur. Il la prit dans ses bras et la serra contre lui.

— Il y a différentes sortes de courage, Kristen, dit-il. Tu as eu celui de faire un métier qui t'oblige à revivre quotidiennement ton épreuve. Tu permets à ces femmes, autant que possible, d'obtenir justice. Tu es la femme la plus courageuse qu'il m'ait été donné de rencontrer.

Il déposa un baiser sur son front et la berça doucement.

— Quand Debra s'est fait tirer dessus, j'ai vécu au jour le jour, reprit-il. Je me suis porté volontaire pour les missions les plus dangereuses, et j'ai pris des risques insensés, parce que j'avais perdu le goût de la vie. J'avais peur de l'avenir, Kristen. J'avais même peur d'envisager le bonheur.

Elle s'était figée dans ses bras.

— Et maintenant tu es heureux, Abe ?

Il lui souleva doucement le menton et dit :

— Oui.

Il l'embrassa avec douceur.

— Et toi ? demanda-t-il.

— Je n'ai jamais été aussi heureuse, répondit-elle, avec une telle solennité qu'il sentit son cœur se serrer.

Il fallait qu'il la voie sourire de nouveau.

— Et tu n'as encore rien vu ! fit-il d'une voix taquine.

Elle sourit et dit :

— Je n'en doute pas un instant.

Jeudi 26 février, 23 h 15

Il attendit qu'ils aient quitté la cuisine avant de se faufiler dans le jardin pour regagner sa camionnette. Au début, il avait été choqué, et en proie à tous les doutes. Mais à présent il n'éprouvait plus qu'une colère froide, et savait avec une absolue certitude ce qu'il devait faire.

Il avait traqué sa dernière proie, l'avait capturée et ligotée. Il y avait désormais trois hommes qui attendaient dans son sous-sol qu'il rende la justice.

Il avait pris de l'avance.

Il avait le temps de châtier un autre coupable.

*
* *

Vendredi 27 février, 8 h 45

Spinnelli avait l'air hagard. Il ne s'était visiblement pas remis de la conférence de presse de la veille. Il aurait probablement voulu se trouver n'importe où plutôt que dans cette salle de réunion de la brigade des homicides. Mais il était là, toujours fidèle au poste, son feutre à la main.

Il y a en effet différentes sortes de courage, songea Abe.

— Alors, chers amis, quoi de neuf, ce matin ? demanda-t-il d'un ton lugubre.

— J'ai parlé aux policiers que vous avez désignés pour surveiller les six accusés communs à Simpson et à Hillman, dit Abe. Quatre d'entre eux sont d'ores et déjà suivis en permanence. Mais les collègues n'ont pas pu localiser les deux autres. On ne sait même pas s'ils sont encore en vie. Mais on continue à les rechercher activement.

— On a retrouvé la voiture de Simpson, hier soir, dit Jack. Les vitres de la portière, côté conducteùr, étaient brisées. Comme s'il s'était enfermé dans son véhicule, et que le tueur avait cassé la vitre pour le menacer. Police secours a reçu un appel émanant de son téléphone portable, mais le correspondant n'a rien dit. Et dix secondes plus tard l'appel a été coupé. Ils ont essayé de le rappeler, mais personne n'a décroché. On a retrouvé le portable en mille morceaux, sur le plancher de la voiture de Simpson. On dirait que notre « humble serviteur » a pris conscience des dangers du GPS…

— Où cette voiture a-t-elle été retrouvée, Jack ? s'enquit Abe.

— Elle était garée sur le parking de son club de remise en forme… Un de ces gymnases qui sont ouverts vingt-quatre heures sur vingt-quatre.

— Son épouse nous a dit qu'il aimait faire un peu de gym, à l'aube, avant l'affluence matinale, rapporta Spinnelli. La scène n'a pas été filmée par les caméras de sécurité ?

— J'ai visionné l'enregistrement. On y voit une camionnette blanche, avec les plaques d'immatriculation d'une

Oldsmobile, enregistrée au nom de Paul Worth, répondit Jack avec gourmandise.

Un soupir collectif salua cette information.

— Enfin, dit Mia. Nous avons un indice matériel qui fait le lien avec la famille Worth…

— Mais, malheureusement, le ravisseur de Simpson n'apparaît pas sur la vidéo, précisa Jack. La camionnette le dissimulait.

Spinnelli se frotta les mains.

— On va tout de suite demander un mandat de perquisition pour la maison de Paul Worth, annonça-t-il. Kristen, vous avez le nom du comptable qui gère ses biens ?

— Je l'ai ! intervint Abe.

Il sortit de son bloc-notes le bout de papier qu'elle lui avait remis la veille.

— Je m'occupe de demander au juge un mandat de perquisition, ajouta-t-il.

La porte de la salle s'ouvrit et Murphy fit son apparition. Il avait des valises sous les yeux, et Mia ne put réprimer une grimace en le voyant.

— Vous n'avez pas l'air dans votre assiette, Todd, dit-elle.

— Merci de l'avoir remarqué, rétorqua-t-il. J'ai retrouvé June Erickson, la fille qui a porté plainte pour tentative de viol contre Aaron Jenkins. Elle est étudiante dans le Colorado.

Spinnelli se redressa légèrement.

— Quand l'avez-vous retrouvée ?

— Ce matin, vers 4 heures du matin.

Mia émit un petit sifflement.

— Vous appelez les gens à 4 heures du matin ? s'étonna-t-elle. Ce n'est pas vraiment la meilleure façon de se faire des amis…

Un rictus s'afficha sur les lèvres de Murphy.

— On peut le dire comme ça, répliqua-t-il.

— Merci, Todd, fit Spinnelli. J'apprécie beaucoup votre zèle.

— Et moi, je n'ai pas du tout apprécié que le maire nous

traite d'incompétents, dit Murphy en se renfrognant. Bref, les parents de June ne voulaient pas nous parler, mais, quand je leur ai appris que Jenkins était mort, ils sont devenus beaucoup plus vigilants, tout à coup. Et ils ont accepté de répondre à nos questions. Ils m'ont donné le numéro de téléphone de la résidence universitaire où habite June. Elle attend notre appel à 7 h 30, heure locale, c'est-à-dire 9 h 30, heure de Chicago. Nous serons également en ligne avec les parents… J'ai pensé qu'une conversation à trois serait plus instructive. Il est presque l'heure, d'ailleurs.

Spinnelli plaça le téléphone à haut-parleur au milieu de la table et dit :

— Allons-y.

Kristen mit la main sous la table et s'empara de celle d'Abe. Elle la serra bien fort tandis que Murphy composait un numéro, puis l'autre. Il fit les présentations, puis laissa la parole à Abe :

— Merci de nous accorder un peu de votre temps. Je suis l'inspecteur Reagan, et je travaille avec l'inspecteur Mitchell depuis une semaine sur une série de meurtres.

Après un silence, la voix de M. Erickson, où l'inquiétude le disputait à la perplexité, lança :

— Qu'est-ce qu'on a à voir là-dedans, nous autres ?

— L'assassinat d'Aaron Jenkins est lié à cette série de meurtres. Après sa mort, nous avons trouvé le nom de June dans un dossier judiciaire où il était impliqué. Nous espérons que vous pourrez nous fournir des informations permettant d'établir le lien exact entre Jenkins et le tueur en série.

— Il s'agit de l'affaire du justicier qu'on a vue sur CNN ? demanda Mme Erickson.

— Oui, madame, répondit Abe. Votre fille a porté plainte contre Jenkins pour agression sexuelle, n'est-ce pas ?

Il y eut un nouveau silence à l'autre bout du fil. Puis une voix féminine, plus jeune que la précédente, se fit entendre :

— Il m'a coincée sous l'escalier quand j'étais au collège.

Sa voix se brisa lorsqu'elle ajouta :

— Excusez-moi, mais c'est un très mauvais souvenir.

Kristen se pencha vers le téléphone.

— Je vous comprends, June, dit-elle. Je suis la substitut du procureur qui travaille avec la police sur cette enquête. Je m'appelle Kristen. Je rencontre beaucoup de filles dans votre cas, et je sais combien c'est dur de se souvenir de ces mauvais moments. Mais, là, nous avons vraiment besoin de votre aide. Pouvez-vous nous dire ce qui s'est passé exactement ?

— Il m'a poussée sous l'escalier, révéla June d'une voix hésitante. Il a essayé de… prendre des libertés avec moi.

— Je vois. Qu'avez-vous fait, June ? Comment lui avez-vous échappé ?

Cette fois le silence se prolongea. Kristen fronça les sourcils et dit :

— June, c'est Kristen. Vous êtes toujours en ligne ?

— Oui.

La jeune fille soupira avant de dire :

— Une autre fille est intervenue. Je hurlais, mais tout le monde avait peur d'Aaron. Cette fille a été la seule à avoir le courage de s'interposer. Elle a tenté de le retenir, mais elle était petite, et lui, il était grand et fort.

— Les violeurs le sont souvent, dit Kristen d'une voix posée.

Elle serra la main d'Abe si fort qu'il faillit grimacer de douleur.

— Que s'est-il passé, ensuite ? s'enquit-elle.

— Elle a couru prévenir une prof. La prof est arrivée juste à temps. Il n'a pas eu le temps de me violer. Il ne s'est rien passé, en fait.

Abe avait lu dans le dossier de Jenkins qu'il avait, néanmoins, eu le temps de lui arracher ses vêtements, et qu'il ne s'en était fallu que de quelques secondes. Mais il préféra ne pas insister sur ce détail. Il laissa Kristen, qui s'en tirait très bien, communiquer avec June.

— Je ne suis pas tout à fait d'accord, dit Kristen d'un

ton objectif. Vous avez été agressée, vous avez eu peur. Ce n'est pas rien, ça !

— En tout cas, ensuite, la prof a signalé l'incident à la direction du collège. Selon elle, elle ne pouvait pas faire autrement. Les flics sont arrivés. Il y en avait partout. Aaron était très populaire, parmi les élèves. Tous ceux qui se mettaient en travers de sa route le regrettaient… Alors, après ça, ma vie a complètement changé… Tous les élèves me rejetaient.

Mia passa à Kristen un petit mot où il était écrit :

« Demandez-lui le nom de la fille qui est intervenue, et pourquoi son nom ne figure pas dans le dossier. »

Kristen hocha la tête.

— Croyez-moi, June, je vous comprends très bien, dit-elle. L'un des inspecteurs ici présents a une question à vous poser. Qui était l'autre fille, et pourquoi ne figure-t-elle pas dans le dossier ?

— Elle s'appelait Leah, répondit June.

Kristen ferma les yeux un instant en entendant ce prénom.

— Après l'intervention de la prof, quand Aaron a pris la fuite, elle nous a suppliées de ne pas parler d'elle aux flics. Elle était déjà la risée de tout le collège. Elle ne voulait pas que ça s'aggrave…

— Tu ne nous avais jamais dit ça, ma chérie, s'étonna Mme Erickson.

— C'était à sa demande, maman. Elle m'a suppliée de ne pas parler d'elle. Je ne pouvais pas lui refuser ça. Elle avait pris de sacrés risques pour me porter secours.

Kristen traça un cercle autour de l'un des noms de sa liste, et posa celle-ci au milieu de la table.

Leah Broderick… L'une des victimes de la liste.

Enfin !

— J'ai eu l'occasion de rencontrer Leah, autrefois, dit Kristen à June. Elle était devenue une jeune femme tout à fait remarquable.

— Ça ne m'étonne pas, lâcha June d'une voix émue. Si vous la revoyez, dites-lui que je ne l'ai pas oubliée, et que je la remercie du fond du cœur.

Une ombre vint voiler le regard de Kristen.

— Je n'y manquerai pas, assura-t-elle. Dites-moi encore une chose, June, et nous vous laisserons tranquille. Qu'est-il arrivé à Leah et à vous, après cet incident ?

June soupira.

— Je n'ai jamais mentionné son nom devant les flics, et la prof non plus. Mais ça n'a rien changé : Aaron a fait de la vie de Leah un véritable enfer. Alors, sa mère l'a changée d'école. Et mes parents ont fait de même.

— C'est bien ce que je pensais. Merci pour votre aide, June. Elle a été précieuse.

— C'est bon, là ? Vous savez ce que vous vouliez savoir ? s'enquit M. Erickson.

Abe regarda autour de lui. Ses collègues avaient l'air d'avoir retrouvé le moral, tout à coup.

— Oui, fit-il. Tout à fait. Je vous remercie.

— Kristen ? dit June d'une voix qui tremblait un peu.

— Oui, June ?

— Je voulais vous dire que j'avais peur de reparler de tout ça, mais vous m'avez facilité les choses…

Kristen se mordit la lèvre, mais ses yeux ne s'en remplirent pas moins de larmes.

— J'en suis très heureuse, June. Ça peut aider, parfois, de parler à des gens qui ont subi les mêmes épreuves. Prenez bien soin de vous.

Dans le silence qui s'ensuivit, Murphy déconnecta la ligne. Pendant un long moment, tous les regards restèrent posés sur Kristen. Elle finit par se lever.

— Excusez-moi. Il faut que je me retire un instant.

Emue, elle aussi, Mia voulut la suivre dans le couloir, mais Abe la retint doucement.

— Laissez-la seule, murmura-t-il.

***

Vendredi 27 février, 8 h 55

Lorsqu'elle revint dans la salle, ils patientaient tous en silence. Aucun maquillage n'aurait pu cacher ses yeux bouffis et rougis par les larmes. Abe se tourna vers elle et la contempla avec fierté. Elle s'assit à côté de lui et jeta un regard à l'assistance. Elle lut dans les yeux de Mia combien celle-ci la comprenait. Jack et Murphy étaient encore sous le choc. Spinnelli semblait partagé entre le chagrin et la colère.

Westphalen s'était joint à eux, pendant sa brève absence. Kristen ne savait pas si c'était à cause de ce qu'ils venaient d'apprendre sur Leah Broderick, ou s'ils craignaient qu'elle ne craque en pleine réunion.

— J'ai demandé à Lois de m'envoyer le dossier de Leah par coursier, dit-elle.

Elle posa le classeur sur la table et garda un instant le silence, avant de se lancer :

— Leah Broderick a été violée il y a presque cinq ans. Son cas a été l'une de mes premières affaires de viol. Mais ce n'est pas pour ça que je m'en souviens particulièrement bien. C'est parce que Leah souffrait d'un handicap mental. Son cerveau était celui d'une gamine de douze ou treize ans. Elle en avait conscience, et le vivait très mal. C'était une jeune femme très fière…

— Vous parlez d'elle au passé, observa Miles.

Kristen posa ses mains à plat sur la table pour maîtriser son tremblement.

— Miles, c'est vous qui avez soupçonné qu'à l'origine de toute cette affaire il y avait un traumatisme. J'ai essayé d'appeler Leah hier soir, mais le numéro n'est plus attribué. J'ai appelé le supermarché où elle travaillait, et le gérant m'a dit qu'il ne l'avait pas vue depuis un an.

Elle se tourna vers Abe et dit :

— Moi non plus, je n'aime pas les coïncidences…

— Cette disparition est inquiétante, murmura-t-il.

— Leah avait un emploi, et elle y allait en bus. Elle participait aux activités du temple protestant de son quartier. Elle aidait le pasteur à enseigner le catéchisme, tous les dimanches. Tous ceux qui la connaissaient l'aimaient beaucoup. Bref, elle rentrait chez elle lorsqu'elle a été accostée par Clarence Terrill.

— L'un des deux hommes que les collègues n'ont pas pu retrouver, souligna Abe.

— La voilà, votre triade, Kristen ! s'exclama Miles. Un juge, un avocat et un accusé qui ont tous les trois disparus. Vous aviez raison…

Kristen essuya ses mains moites sur son pantalon.

— Clarence Terrill était un récidiviste. Il s'était déjà rendu coupable de deux agressions sexuelles, mais avait échappé chaque fois à une condamnation sévère. C'est le genre de type qui parvient à se glisser entre les mailles du système judiciaire… Il l'a violée. Leah a pu donner à la police une bonne description de son agresseur, et un témoin l'avait vu entraîner Leah dans sa voiture. Après son crime, Terrill s'est vanté auprès de ses amis d'avoir « baisé une débile ». Notre dossier était donc solide. En outre, on avait retrouvé son ADN sur la victime. La stratégie de Simpson, dans les affaires de viol, consistait généralement à faire admettre à son client qu'il y avait bien eu un rapport sexuel mais qu'il avait été consenti. Pourtant, dans cette affaire, cette stratégie semblait inefficace. Malgré son handicap, Leah avait témoigné de manière extrêmement crédible… jusqu'à ce que ce soit au tour de Simpson de l'interroger. Il a été féroce, impitoyable. Il a piétiné toutes les règles déontologiques du barreau. Mais Hillman le laissait faire. Je soulevais objection sur objection, à tel point que Hillman m'a solennellement avertie que, si je ne cessais pas immédiatement d'interrompre l'avocat, il m'accuserait d'outrage à la cour…

Elle plissa les yeux d'un air sombre.

— J'étais encore novice, à l'époque, ajouta-t-elle avec

amertume. J'aimerais bien le voir essayer de me prendre de haut comme ça, maintenant.

— S'il est encore vivant, dit Abe.

— Ce qui est peu probable, observa Mia.

— Simpson, reprit Kristen, a fait comparaître des témoins, qui ont déclaré qu'ils connaissaient Leah depuis le lycée, et que tous les élèves savaient que c'était une fille facile. Certains ont même affirmé qu'elle avait certainement aguiché Clarence Terrill. Cela a bien sûr renforcé son système de défense, qui consistait à prétendre à un rapport consenti.

Elle ouvrit le classeur avant de poursuivre :

— Tyrone Yates figurait dans la liste des trente témoins cités par la défense… ainsi que le dernier messager du justicier, celui qui est en détention protectrice.

— Tiens, et si on le libérait, celui-là ? proposa Jack d'un ton rageur.

— Ces témoins ne figuraient pas dans ma base de données, parce qu'ils n'ont pas comparu, en définitive. J'ai pu récuser trois témoins, l'une de mes rares demandes acceptées par le juge Hillman, pendant ce procès. Ensuite, Simpson a attaqué Leah. Il a prétendu qu'elle portait des tenues aguichantes. Aimait-elle les garçons ? Comme elle déposait sous serment, elle a répondu par l'affirmative. Voulait-elle se marier un jour ? Etait-elle curieuse en matière sexuelle ? Aimait-elle faire l'amour ? J'avais beau objecter, Hillman le laissait la harceler. Il m'a même collé une amende. Cela n'a pas empêché le jury de déclarer Terrill coupable. Hillman a remercié les jurés et leur a dit qu'ils pouvaient rentrer chez eux. Juste après leur départ, il a déclaré que le témoignage de Leah montrait clairement qu'elle avait consenti au rapport sexuel, qu'il passait outre le verdict du jury et qu'il l'acquittait.

— Salopard, lâcha Mia.

Kristen marqua une pause, pour rassembler ses souvenirs, puis reprit :

— J'étais stupéfaite. Je me souviens que Terrill a eu

un geste de victoire, en regardant Simpson. Et il a adressé un clin d'œil appuyé à Leah, avant de sortir du tribunal. Un clin d'œil… Je n'en croyais pas mes yeux. Leah était totalement désespérée.

Elle soupira et feuilleta les documents qui figuraient dans le classeur.

— Elle n'avait pour toute famille que sa mère, mais elle avait beaucoup d'amis. Si l'un d'entre eux est notre justicier, il va être difficile à identifier.

Vendredi 27 février, 11 h 30

Drake referma la porte du bureau derrière lui et annonça à Jacob Conti :

— Ça y est. Ils sont sur une piste. L'étau se resserre.

Conti se cala dans son fauteuil et demanda :

— Comment le sais-tu ?

— Spinnelli est sorti du bureau du maire l'air satisfait et sans œil au beurre noir, ricana Drake.

— Ah, oui. C'est ta nièce qui t'a dit ça… Celle qui travaille à la mairie… Comment va-t-elle ?

— Toujours aussi belle, et toujours aussi loyale.

Jacob tripota ses boutons de manchette d'un air pensif. Elaine avait trouvé assez d'énergie pour lui choisir ses vêtements, ce matin-là, avant de retourner se coucher. Elle était totalement hébétée, sous l'effet des calmants. Parfois, il l'enviait. Mais il fallait bien que quelqu'un s'occupe des affaires du ménage.

— L'institut médico-légal nous a rendu le corps d'Angelo ce matin, dit Jacob.

Les épaules de Drake s'affaissèrent.

— Jacob…, fit-il.

Conti détourna les yeux, incapable de supporter la douleur qu'il lisait sur le visage de son ami. Il savait trop bien qu'elle ne faisait que refléter la sienne.

— Le corps ne sera pas exposé, finit par dire Jacob.

Le visage d'Angelo était trop abîmé pour être exhibé. Rien que d'y penser, Jacob en avait la nausée.

Mon fils…

— Il y aura une cérémonie demain, mais le cercueil sera clos, précisa-t-il.

Son chagrin se mêlait d'une colère aussi froide qu'intense.

— Je veux que tu m'amènes l'assassin d'Angelo, avant la cérémonie, exigea-t-il.

Drake se leva.

— Je t'appellerai dès que j'en saurai plus, répondit-il.

— Comment va Mlle Mayhew ?

— Elle a la trouille. Elle ne sort jamais sans garde du corps. Ses proches sont sur leurs gardes, eux aussi. On a failli choper la fillette à la sortie de l'école, mais l'un des frères Reagan nous a devancés.

— C'est décevant.

— Ils vont tous à un baptême, demain.

— Intéressant… Continue de faire surveiller Mayhew et Reagan. Je veux mettre la main sur le tueur avant eux. Hors de question que ce salopard ait droit à un procès ! Je n'ai aucune confiance dans les jurys… Ah, au fait, Drake…

Drake s'arrêta sur le seuil.

— Oui, Jacob ? demanda-t-il.

— Et la Richardson ?

— Elle ne nous causera plus d'ennuis, fit Drake après un instant d'hésitation.

Jacob songea un instant aux… appétits particuliers de son bras droit. Il avait toujours fermé les yeux sur cet aspect de sa personnalité : chacun trouvait son plaisir comme il l'entendait. Mais à présent, ses goûts spéciaux pouvaient s'avérer utiles.

— Tu l'as enlevée ?

— Oui, elle est entre nos mains.

— Personne ne va s'inquiéter de sa disparition ?

— Elle a appelé le rédacteur en chef, pour lui annoncer

qu'elle se mettait en retrait quelque temps, et qu'il valait mieux attendre que le scandale de sa liaison avec Alden soit oublié. Elle a même ajouté qu'elle avait du mal à trouver des gens acceptant d'être interviewés par elle...

— Elle était convaincante ?

Drake se tourna vers Jacob, une lueur vorace dans les yeux.

— Extrêmement, murmura-t-il.

— Angelo sera placé dans un cercueil fermé, dit Conti d'un ton suggestif.

Il laissa à Drake le temps de comprendre où il voulait en venir.

— Elle qui voulait interviewer un Conti..., murmura Drake. Elle va être servie...

Jacob regarda la porte se refermer derrière Drake. Son vieil ami allait se montrer efficace, il pouvait lui faire confiance. Puis il repensa à l'enquête en cours. Dès que ses hommes connaîtraient l'identité du tueur, Mayhew ne lui servirait plus à rien.

Et, avec un peu de chance, Drake avait aussi du goût pour les rousses...

Vendredi 27 février, 16 h 30

— Inspecteur Reagan !

De retour dans les locaux de la brigade, Abe fit volte-face et regarda qui l'interpellait ainsi. C'était le caméraman de Richardson, qui marchait à grands pas vers lui.

— Ils n'en ont donc jamais assez ? fit Abe en grimaçant.

Le caméraman le rejoignit. Il n'avait pas de caméra.

— Je m'appelle Scott Lowell, dit-il, légèrement essoufflé.

Abe plissa les yeux.

— Je sais qui vous êtes. Que voulez-vous ?

— Inspecteur, vous me détestez, et je vous comprends. Mais je voulais vous dire que Zoe a disparu.

Abe et Mia échangèrent un bref regard.

— Comment ça, « disparu » ? lâcha Mia.

— Elle est allée chez Conti, hier, pour solliciter une interview.

— Elle n'a pas froid aux yeux, en tout cas, déclara Mia d'un ton admiratif.

— Elle y est allée seule, précisa Scott.

— Elle est donc inconsciente, rectifia Mia. Et elle n'en est pas revenue ?

— Si. Elle était folle de rage et pestait contre Conti. Elle jurait qu'elle aurait sa peau… Mais ce matin elle a appelé pour dire qu'elle se mettait en congé, jusqu'à ce que le scandale de sa liaison avec Alden soit retombé.

— Et vous ne l'avez pas crue ? demanda Abe.

— Ce n'est vraiment pas son genre de laisser tomber une enquête. Et puis, elle était remontée contre Conti, et encore plus contre Mayhew… Elle flairait le scoop…

— Dans l'affaire du tueur ? s'enquit Mia.

— Oui, elle avait fait de cette enquête une affaire personnelle. Elle y voyait une occasion de gravir les échelons. Elle a reçu des propositions de CNN et de NBC. Et elle faisait une fixation sur Mayhew. Elle n'aurait jamais lâché cette affaire de son plein gré.

— Pourquoi déteste-t-elle autant Kristen ? lança Mia.

Scott secoua la tête.

— Je n'en sais rien. Et je préfère ne pas le savoir. C'était déjà assez dur de filmer tout ça. Je pourrais vous expliquer que je ne faisais qu'accomplir mon travail, mais je sais que ce n'est pas une excuse. Dites à Mlle Mayhew que je suis désolé.

Abe serra les dents tandis que Mia répondait à Scott :

— Je lui transmettrai le message, monsieur Lowell. Avez-vous signalé la disparition de Mlle Richardson au commissariat ?

Scott haussa les épaules.

— Pour quoi faire ? Après tout, elle a appelé elle-même pour annoncer qu'elle se mettait en retrait. Mais je voulais quand même vous mettre au courant, au cas où il y aurait anguille sous roche. Bon, il faut que j'y aille. On m'a envoyé sur un autre reportage aujourd'hui. Bonne chance.

Mia soupira en le regardant s'éloigner.

— Un tueur qui élimine des crapules… Un riche truand comme Conti, qui fait tabasser des personnes âgées, puis s'en prend à Richardson… Difficile de distinguer les bons des méchants, marmonna-t-elle.

Vendredi 27 février, 16 h 45

— La mère de Leah est morte, annonça Abe lorsqu'ils se retrouvèrent dans la salle de réunion de la brigade. Elle a succombé à un cancer, il y a trois ans.

— Personne ne semble avoir vu Leah depuis un an, poursuivit Mia. Du moins, aucune des personnes que nous avons interrogées. Le pasteur nous a confié qu'elle était de plus en plus déprimée, avant de disparaître. Et puis, un jour, elle n'est pas revenue au temple, où elle rendait de menus services. Et il ne l'a jamais revue… On lui a dit qu'elle avait déménagé, sans laisser d'adresse où faire suivre son courrier. Je suis désolée, Kristen.

Kristen s'efforça sans succès de dissimuler sa tristesse.

— Pauvre Leah, murmura-t-elle.

— On a perquisitionné la maison de Paul Worth, dit Jack. Il y a pas mal d'empreintes digitales, mais aucune ne correspond à celle trouvée sur le corps d'Angelo Conti. Corps qui, soit dit en passant, a été rendu à la famille ce matin. Dans le garage de Worth, on a retrouvé l'Oldsmobile, sans ses plaques d'immatriculation. Ainsi qu'une scie circulaire et une boîte à outils montée sur roulettes, soigneusement rangées, entre lesquelles se trouvait un espace assez grand pour y loger l'étau Craftsman qui a servi à immobiliser Skinner. La maison elle-même était déserte. Un employé d'une société de nettoyage vient y faire le ménage une fois tous les quinze jours. Il n'a rien remarqué de suspect.

— Il est certain, intervint Miles Westphalen, que Paul Worth n'a rien à voir avec tout ça. Il a perdu toute sa tête depuis son AVC, l'an dernier. Je suis allé le voir à moi-même à la maison de santé où il réside.

— Il a de la visite, depuis qu'il est là-bas ? demanda Abe.

— Aucune, répondit Miles d'un air affligé. Triste manière de finir ses jours…

— Par ailleurs, Zoe Richardson a disparu, ajouta Mia.

Cette nouvelle provoqua un brouhaha de commentaires, que Spinnelli fit cesser d'un mouvement autoritaire de la main.

— Nous ne pouvons rien faire tant qu'elle n'est pas officiellement portée disparue, dit-il. Ne nous laissons pas détourner de nos priorités, chers collègues. Nous savons que Robert Barnett est le fils biologique de Hank Worth et de Genny O'Reilly, et de ce fait le neveu de Paul Worth. Mais quel est le rapport entre la famille Worth et Leah Broderick ?

— On ne l'a pas encore trouvé, reconnut Abe d'une voix tendue.

— On n'a retrouvé aucune photo d'elle dans la maison de Worth, précisa Jack. Désolé.

Spinnelli soupira.

— Quoi d'autre ?

— Avec l'aide de Murphy, je me suis mise à chercher des certificats de décès au nom de Leah, annonça Kristen. Murphy a également fait circuler sa photo dans les différents services de la police. Mais il tombait de sommeil, et je lui ai dit de rentrer chez lui dormir un peu. Julia m'a aidée, aussi, en envoyant sa photo à tous les instituts médico-légaux de l'Illinois. Elle pense qu'on a peut-être retrouvé quelque part un corps de femme qui n'a pas été identifié.

Kristen sentit sa gorge se serrer.

Quel gâchis, songea-t-elle.

Vendredi 27 février, 18 heures

— On dirait que tout le monde est là, dit Abe. Maman organise un petit dîner réservé aux membres de la famille. Demain, il y aura une grande fête, après le baptême.

Il se gara entre le monospace de Sean et la Camaro d'Aidan. Puis il lâcha un soupir.

— Ça promet d'être intéressant, ajouta-t-il.

Il y avait une Lexus haut de gamme devant le monospace, et Kristen sut instinctivement à qui elle appartenait.

— Les parents de Debra sont invités ? demanda-t-elle.

— Oui.

— Tu ne m'as pas dit comment ça s'était passé avec eux, hier soir.

Abe posa les bras sur le volant.

— Ils m'ont demandé de leur pardonner.

— Vraiment ?

— Oui. J'ai failli tomber de ma chaise… Ils m'ont dit qu'ils avaient eu tort. Ils ont pris conscience, le jour de la mort de Debra, qu'ils n'auraient pas été capables de mettre fin à ses jours, même avec mon accord. Ils ont ajouté qu'ils auraient voulu me le dire avant, mais qu'ils ne savaient pas où me joindre.

— Comment as-tu réagi ?

— J'ai dit que j'y réfléchirais…

— Et tu as réfléchi ?

Il se tourna vers elle et lut dans ses yeux verts un soutien indéfectible. Son cœur se serra brusquement.

Il l'aimait.

Il vit ses joues s'empourprer, et comprit que ce qu'il ressentait était inscrit sur son visage.

— Oui, j'ai beaucoup réfléchi, fit-il.

Elle lui caressa doucement la joue.

— Et alors ? Quelle est ta décision ?

— Je vais leur pardonner, évidemment. La vie est trop courte, Kristen. Il faut que je passe à autre chose… avec toi.

Elle eut un léger sourire.

— On y va ? demanda-t-elle.

Il l'embrassa avec ardeur.

— Oui, allons rejoindre les autres.

La cuisine était, comme d'habitude, en proie à la pagaille. Les enfants de Sean couraient dans tous les sens. Becca tentait d'éloigner Aidan de la tourte qu'elle venait de sortir du four. Annie était en train d'éplucher des pommes de terre au-dessus de l'évier. Kyle et Sean regardaient un match, dans le salon. Tout était en règle.

— Salut, maman, lança Abe. Il y en aura assez pour deux autres convives ?

— On ne peut plus faire à manger, dans ma cuisine, dit malicieusement Kristen. Quelqu'un l'a fait disparaître.

Aidan et Annie échangèrent un regard de conspirateur. Sous les yeux étonnés des Reagan, Kristen alla tout droit vers Aidan pour l'embrasser sur la joue.

— Merci, fit-elle.

Elle étreignit Annie et ajouta d'une voix émue :

— C'est le plus beau cadeau qu'on m'ait jamais fait. Personne n'a jamais été aussi gentil avec moi.

Annie lui lança un regard radieux, tandis qu'Aidan souriait d'un air malicieux.

— Si personne n'a jamais été aussi gentil avec vous, il faudra vraiment que je dise deux mots à Abe…

Elle rougit et se tourna vers Becca.

— Collez-lui une gifle, s'il vous plaît ! dit-elle.

Becca haussa les sourcils.

— Vous n'êtes plus une simple invitée, répliqua-t-elle. Vous n'avez qu'à le gifler vous-même !

Elle reprit son sérieux et s'adressa à Abe :

— Toi, tu as de la visite. *Ils* sont dans le salon.

— Je sais, dit-il. J'ai un truc à leur dire et je reviens.

Kristen le regarda disparaître dans la pièce voisine. Il était enfin prêt à jeter la rancune et la douleur aux oubliettes. Il était prêt à aller de l'avant et à affronter l'avenir.

Un avenir qu'il veut partager avec moi.

Elle avait compris qu'Abe Reagan n'était pas du genre à avoir des liaisons sans lendemain. Il voulait une épouse. Une famille. Comme elle aurait aimé pouvoir lui dire oui ! Mais il fallait d'abord qu'elle lui fasse d'autres révélations. Et celles-ci risquaient fort de le faire changer d'avis.

C'était la raison pour laquelle Kristen ne s'était pas engagée davantage, avec lui. Il allait falloir qu'elle lui dise *tout*. Bientôt. Ensuite, s'il ne la rejetait pas, elle lui donnerait sa réponse.

Elle se reprit et se tourna vers Annie.

— Alors, quel est votre avis, pour la décoration de ma cuisine ?

Vendredi 27 février, 18 h 30

Le retrouver n'avait posé aucun problème. Rares étaient les maires de petites villes du Kansas qui se présentaient aux élections législatives, et un seul d'entre eux avait fait ses études à l'université du Kansas. Il ne lui avait fallu qu'une heure pour savoir que Geoffrey Kaplan était l'homme qui avait violé Kristen. Pour se rendre dans le Kansas, il lui en avait fallu quatorze autres. Il avait dormi quelques heures dans sa camionnette, pendant que Kaplan se trouvait dans le centre de la ville, à honorer ses obligations d'édile local.

A présent, il guettait son retour, dans la jolie maison qui se dressait au milieu d'un terrain de quatre hectares. Il avait garé sa camionnette dans une vieille grange. L'épouse de Kaplan avait laissé la porte du garage ouverte, et il n'avait donc eu aucun mal à s'y faufiler, pour attendre le retour de sa cible. C'était un garage en sous-sol, comme le sien, qui ne manquait pas de recoins où se cacher. Au moins deux téléviseurs étaient allumés à plein volume, dans la maison, et son pistolet était équipé d'un silencieux. Personne n'entendrait le coup de feu.

Il sentit sa poitrine se serrer lorsqu'il aperçut la voiture de Kaplan se garer non loin de lui. Dans quelques secondes, il allait voir le visage du salaud qui avait violé une jeune femme et l'avait abandonnée dans la boue d'une foire agricole. Les phares de la voiture s'éteignirent, plongeant le garage dans l'obscurité. Une portière s'ouvrit, et le plafonnier de la voiture illumina l'habitacle. Kaplan sortit de la voiture.

Kristen avait raison. Ce type avait une apparence totalement banale. Un mètre quatre-vingts, de corpulence moyenne, une petite bedaine. Le front dégarni.

Il attendit, pour émerger de sa cachette, que Kaplan se penche sur la banquette arrière afin de récupérer sa serviette. De la main droite, il brandit son pistolet. Il tenait dans l'autre un démonte-pneu, trouvé dans le garage de Kaplan. Il s'approcha à pas feutrés de sa proie.

— Redressez-vous, monsieur Kaplan. Les mains en l'air ! ordonna-t-il.

Kaplan se figea avant de se redresser lentement, levant les mains dans le même mouvement.

— Qui êtes-vous ?

— Tournez-vous, monsieur Kaplan. Lentement…

Kaplan obéit et, malgré la pénombre, le tueur vit la peur briller dans ses yeux.

Tant mieux.

— Qui êtes-vous ? répéta Kaplan.

Son regard terrifié se posa sur le pistolet, puis il leva les yeux vers le plafond, au-dessus duquel des bruits de pas étaient perceptibles. Ce devait être l'épouse de Kaplan qui s'affairait dans la maison.

La volonté du tueur vacilla un instant. Puis il se raidit. *Cette femme vivrait mieux sans son mari.* Il valait mieux être veuve que l'épouse d'un monstre.

— Kristen Mayhew, sussurra-t-il.

Il attendit la réaction de Kaplan.

— Qui ça ? fit ce dernier.

Il secoua la tête, aussi paniqué qu'incrédule.

— Qui est Kristen Mayhew ? s'enquit-il.

Il ne s'en souvenait même pas. Il avait dérobé l'innocence d'une belle jeune femme qui lui avait fait confiance, et il ne se souvenait même pas de son nom !

— Essayez de vous souvenir, monsieur Kaplan. La fac… L'été… La foire agricole…

Il fixa Kaplan avec intensité, tandis que celui-ci fouillait dans sa mémoire.

— Kristen May…

Il se redressa légèrement.

— Ah oui, je m'en souviens. Une fille avec qui je suis brièvement sorti à la fac… Et alors ?

— Vous l'avez violée.

Kaplan écarquilla les yeux, puis les ferma à moitié.

— C'est ce qu'elle vous a dit ? La petite salope !

Le démonte-pneu surgit de l'obscurité, heurtant Kaplan juste au-dessus de la tempe droite. Kaplan tomba sur les genoux en gémissant.

— Pas de gros mots, Kaplan, murmura le tueur.

L'homme se tenait la tête à deux mains, et le tueur vit le sang couler entre ses doigts.

— Je n'ai jamais violé personne, je vous le jure. Elle essaie de ruiner ma carrière, voilà tout !

— Et pourquoi voudrait-elle ruiner votre carrière ? demanda le tueur d'une voix crispée.

Kaplan leva les yeux vers lui, furieux.

— Parce que les sondages me donnent gagnant, voilà pourquoi ! s'exclama-t-il. Toutes les pétasses que j'ai tirées cherchent à me faire chanter !

Il l'a traitée de pétasse.

Le doux visage de Kristen lui revint à la mémoire, et la

rage l'envahit. Le démonte-pneu s'abattit encore et encore sur la tête de Kaplan.

— Papa ? fit une voix d'enfant.

Le tueur cessa de frapper. Encore étourdi par sa frénésie meurtrière, il entendit la petite voix flûtée répéter :

— Papa ! Il y a une camionnette garée dans la grange.

Paniqué, il tituba, abaissant le pistolet et le démonte-pneu.

Et, par-dessus le toit de la voiture, il vit le visage horrifié d'une petite fille.

Il baissa les yeux et s'aperçut qu'il était couvert de sang. Le sang du père de cette enfant. Elle l'avait vu couvert du sang de son père…

Elle avait vu son visage. Elle allait s'enfuir, appeler à l'aide. Elle le dénoncerait. Et il serait pris.

Il ne faut pas que je me fasse prendre maintenant. Je n'ai pas achevé ma mission… Leah…

Lentement, il leva son arme vers la gamine.

21

Vendredi 27 février, 22 heures

A moitié allongé sur le lit de Kristen, Abe la regardait se préparer à aller se coucher. C'était la première fois qu'il en avait l'occasion. Chaque fois qu'ils étaient entrés ensemble dans cette chambre, ils y étaient allés en trébuchant, semant leurs vêtements sur le chemin, s'affalant dans le lit pour faire l'amour avec fougue. Mais ce soir-là, il pouvait la regarder. Il avait toujours aimé regarder Debra se déshabiller. Longtemps, cette intimité lui avait manqué — cette présence réconfortante de l'être aimé, s'apprêtant à s'allonger à son côté.

Il avait du mal à croire qu'il avait retrouvé avec Kristen une telle intimité.

Elle marqua une pause, immobilisant ses doigts sur le bouton de son chemisier. Elle sentait le regard d'Abe posé sur elle. Il avait empilé quelques oreillers entre son dos dressé et la tête de lit, étendant ses longues jambes. Elle se retourna un instant et frissonna en découvrant l'intensité de son regard.

— Pourquoi me regardes-tu comme ça ? demanda-t-elle.

Le sourire d'Abe était à la fois sensuel et béat.

— Parce que tu es belle, répondit-il. Fais comme si je n'étais pas là. Continue de te déshabiller.

Elle baissa les yeux, fixa le bouton sur lequel ses doigts étaient posés et s'efforça de ne pas trembler. Il fallait qu'elle lui dise la vérité. *Maintenant, Kristen!* s'exhorta-t-elle. *Courage!* Mais elle garda le silence et se concentra sur ses vêtements, les retirant lentement et les accrochant à des cintres, selon son habitude. Jusqu'à ce qu'elle ne soit plus vêtue que de son soutien-gorge et de sa culotte.

Elle entendit un bruit de draps froissés et, en un éclair, sentit la chaleur de sa présence derrière elle. Il posa les mains sur ses épaules et lui embrassa la nuque. Elle inclina la tête pour lui faciliter la tâche et frissonna une nouvelle fois lorsqu'elle sentit sa langue parcourir son cou et ses épaules dénudées.

— Tu as froid? murmura-t-il.

— Non.

— Tant mieux.

Il lui massa le dos, puis la guida doucement vers la chaise qui faisait face à la coiffeuse.

— Assieds-toi, fit-il.

Elle obtempéra et, les yeux mi-clos, l'observa dans le miroir pendant qu'il retirait une à une les épingles de ses cheveux. C'était déjà un rituel entre eux. Les épingles atterrirent sur la table de toilette, et les cheveux de Kristen, libérés, vinrent balayer ses épaules. Il prit une brosse et la coiffa doucement.

Elle ferma les yeux. C'était si bon…

Mais il cessa tout à coup de lui brosser les cheveux et reprit son sérieux pour demander :

— Qu'est-ce qui ne va pas, Kristen? Tu n'as presque rien dit de toute la soirée…

Maintenant, Kristen. Ne sois pas si lâche. Maintenant…

Elle se leva, enfila son peignoir.

— Il faut que je te parle, dit-elle.

Abe fronça les sourcils, posa la brosse sur la table et revint s'asseoir sur le lit.

— J'écoute.

Elle ouvrit le tiroir de sa coiffeuse et en sortit un petit

album. Elle le colla contre sa poitrine, se tourna vers Abe et lut dans son regard bleu une profonde inquiétude.

— Je suis au courant, pour ton bébé, murmura-t-elle.

Abe blêmit.

— Comment ? demanda-t-il.

— Aidan m'en a parlé. Il ne savait pas que tu ne me l'avais pas dit. Et ton père m'a montré une photo de Debra, juste avant… l'accident.

Il hocha la tête nerveusement. Sa peau était livide sous sa barbe naissante.

— Je suis désolé. Je ne voulais pas te le cacher. C'est juste quelque chose dont je n'aime pas parler…

— Je sais.

Elle s'assit sur le lit, face à lui.

— Et je te comprends, ajouta-t-elle.

Elle déglutit avant de poser l'album sur le lit, à côté de la hanche d'Abe, et se releva d'un bond. Il ramassa l'album et regarda la première photo, celle d'un nouveau-né avec de grands yeux verts. Elle vit au regard d'Abe qu'il avait immédiatement compris.

— C'est ton enfant, dit-il d'un ton morne.

Elle demeura muette pendant qu'il feuilletait l'album.

— Il y a onze photos de lui, constata-t-il.

Kristen tremblait de tout son être.

— Oui, fit-elle. La première a été prise au moment de la naissance de ma fille, et les autres à chaque anniversaire.

— Elle est jolie.

— Merci.

Il leva les yeux.

— Quel est son nom ?

Elle croisa les bras pour tenter de maîtriser son tremblement.

— Ils l'ont baptisée Savannah.

Il hocha la tête, sans quitter Kristen des yeux.

— Où est-elle ?

— En Californie.

— C'est loin, la Californie…

— Ses parents adoptifs ont quitté Chicago quand elle a eu quatre ans.

Abe baissa les yeux vers l'album ouvert et effleura du bout du doigt le visage souriant de Savannah.

— Comment pensais-tu que j'allais réagir, Kristen ?

Elle se mordit la lèvre.

— Je ne sais pas, fit-elle.

— Tu croyais que j'allais t'en vouloir ?

Elle courba la tête et baissa les yeux.

— Je m'en veux à moi-même, alors…

— Ça, je le vois bien.

La chaleur de sa voix incita Kristen à relever la tête. Il ouvrit grand ses bras et elle vint s'y pelotonner.

— Kristen, ma chérie…

Elle ne put retenir ses larmes plus longtemps, et il la fit asseoir sur ses genoux.

— Abe, je ne savais pas comment tu réagirais. Tu as perdu ton bébé, et moi, j'ai renoncé au mien…

— Non, ce n'est pas vrai. Tu as donné une famille à ta fille pour qu'elle ait une vie normale.

Il lui caressa les cheveux et la serra contre lui, jusqu'à ce que ses sanglots s'apaisent.

— Je suppose que tu es tombée enceinte après…

Il s'interrompit et déposa un baiser sur le front de Kristen.

— Je ne voulais parler à personne du viol, dit-elle. Et puis je n'ai pas eu mes règles, deux mois de suite… Et je ne savais pas quoi faire. C'est là que j'en ai parlé à mes parents.

Il resserra son étreinte et demanda :

— Et ils ne t'ont pas crue, hein ?

— Pour mon père, une fille mère, c'était encore pire qu'une fille morte dans un accident après avoir trop bu.

Il y eut un long silence.

— Je hais ton père, Kristen, finit par dire Abe.

Elle colla sa joue contre la large poitrine d'Abe.

— Moi aussi, avoua-t-elle.

Il y eut un autre silence, tout aussi long.

— Tu la vois, Savannah ? s'enquit Abe.

Kristen sentit son cœur se serrer.

— Non. Ses parents adoptifs et moi sommes convenus qu'ils m'enverraient une photo d'elle une fois par an et que, le jour où elle leur poserait la question, ils lui diraient que j'étais jeune et seule, et que je ne pouvais pas m'occuper d'un bébé.

— Ce qui est la stricte vérité.

— Oui. Quand elle aura dix-huit ans, ils la laisseront décider si elle veut me rencontrer ou non.

— Ils sont sympathiques ?

— Oui, dit-elle. Et ils l'aiment tellement…

— Alors, tu as fait ce qu'il fallait faire, murmura-t-il.

Il rangea délicatement l'album dans le tiroir de la coiffeuse. Puis il lui donna un long et doux baiser. Elle sentit son cœur battre dans sa poitrine et, lorsqu'il lui releva lentement la tête, elle le regarda dans les yeux, l'esprit troublé.

Ce n'est pas tout. J'ai autre chose à te dire. Il y a quelque chose qui ne fonctionne pas bien, chez moi.

Je t'en supplie, n'en tiens pas compte. Ne m'en veux pas.

— Je t'aime, souffla-t-elle.

Les yeux d'Abe rayonnaient d'une indicible joie.

— Redis-le. Je veux que tu me le dises à haute voix.

— Je t'aime, répéta-t-elle d'une voix plus ferme.

Il la plaqua sur le lit et sa bouche prit possession de la sienne, tandis qu'il se frottait contre elle avec insistance.

— Dis-moi que tu as envie de moi, chuchota-t-il.

— J'ai envie de toi !

Et c'était vrai. Vibrant au rythme de son désir, elle se cambra contre lui. Elle tira gauchement sur sa chemise pour dénuder son torse puissant et lui caressa la poitrine.

Il lui retira son peignoir et s'agenouilla entre ses jambes offertes. Il se débarrassa en hâte de sa chemise. Elle se redressa et, sans le quitter des yeux, dégrafa son soutien-gorge et le jeta au pied du lit. Il baissa son pantalon, s'en débarrassa prestement et se chargea de lui retirer sa culotte. Puis il se figea. Et contempla. Kristen sentit sa gorge s'assécher.

Ce n'était plus l'amant prudent et attentionné qu'elle avait connu. Il était frénétique, prêt à se déchaîner. Elle lui saisit les épaules pour l'attirer vers elle. Ils s'embrassèrent à pleine bouche, avec une fougue presque animale, jusqu'à ce que les pulsations qui taraudaient son bas-ventre deviennent insoutenables.

— Abe, prends-moi… Tout de suite !

Il s'exécuta. Il la pénétra profondément, d'un seul coup, et gémit lorsqu'elle se mit à pousser de petits cris voluptueux. Il s'enfonça en elle sauvagement, et chaque coup de boutoir lui faisait gravir un nouveau degré dans la jouissance. Elle sentit qu'elle se contractait sous l'effet du désir. Puis le plaisir la saisit, avec une intensité époustouflante. Mais, son plus grand plaisir, elle le tira du regard de l'homme qui jouissait et répandait sa semence en elle.

Il s'effondra sur elle en haletant. Elle lui caressa le dos et attendit qu'il reprenne ses esprits. Il se figea, inspira profondément et prononça les mots qu'elle attendait :

— Moi aussi, je t'aime.

Puis ils roulèrent ensemble sur le côté, toujours enlacés, ne faisant plus qu'un.

Plus tard, alors qu'elle le croyait endormi, elle l'entendit murmurer d'une voix rauque :

— Kristen, excuse-moi, j'ai oublié de mettre un préservatif.

— Ce n'est pas grave, dit-elle tout bas.

Il resta silencieux un instant avant de demander timidement :

— Ce qui veut dire que c'est un jour où tu ne risques pas de tomber enceinte ?

Elle déglutit.

— Non, il n'y a pas de risque.

Et il n'y en aura jamais.

Je n'aurai jamais l'enfant que tu désires, Abe.

Elle s'exhorta à laisser ces mots sortir de sa bouche,

aussi aisément que les mots d'amour qui lui avaient échappé auparavant.

Mais cette terrible vérité, elle ne voulait pas l'avouer, elle le savait. Et elle ne l'avouerait jamais.

Samedi 28 février, 9 heures

J'ai mal.

Ce fut sa première pensée lorsqu'elle émergea du brouillard.

Elle se rendit compte ensuite qu'on la déplaçait. Elle éprouvait une étrange sensation de flottement. Puis elle se remémora les instants atroces qu'elle avait vécus, avant de sombrer dans l'inconscience.

Mon Dieu, ce que j'ai mal. Il m'a déchirée, ce salaud.

Elle frissonna en se souvenant de la violence des actes commis par Drake Edwards. Elle tenta de crier, mais elle n'avait plus de voix. Elle cligna des yeux, tentant de distinguer ce qui l'environnait. Il y avait du blanc. Beaucoup de blanc.

Je suis peut-être morte.

Mon Dieu, faites que je sois morte.

La mort était préférable à Drake Edwards. Le mouvement ralentit, et elle comprit qu'elle franchissait une porte. Puis la sensation de flottement disparut.

— Quand va-t-elle se réveiller ?

Non !

Une fois de plus, elle voulut crier, mais elle ne pouvait toujours pas émettre le moindre son.

C'était la voix d'Edwards qu'elle venait d'entendre. Il était donc toujours là.

Je ne suis pas morte.

— J'ai l'impression qu'elle se réveille. Les effets de la drogue ne seront complètement dissipés que dans une heure.

Elle ne reconnaissait pas l'autre voix.

Bon sang, qui est-ce ?

De quelle drogue s'agit-il ?

— D'ici là, elle ne pourra ni bouger ni parler.

— Bien, fit Edwards d'une voix satisfaite.

Elle l'avait beaucoup entendue, cette voix, depuis qu'il était venu chez elle pour l'enlever.

— Je veux qu'elle soit capable de hurler et de griffer.

L'autre homme ne fit aucun commentaire. Mais Edwards eut un atroce petit gloussement.

— On ne vous paie pas pour approuver ce qu'on fait, dit-il à l'autre homme. On vous paie pour faire votre boulot.

L'autre homme soupira.

— Si on enlève le molleton, ils tiendront tous les deux dedans.

Le molleton ? Elle tenta de regarder autour d'elle, mais son cou n'obéissait pas à son cerveau. Elle regarda du coin de l'œil vers la gauche. Et sentit son cœur se serrer.

Elle était allongée dans un cercueil.

Elle voulut hurler.

— Je me fiche de la manière dont vous vous y prenez, affirma Edwards. Faites-le, c'est tout.

Elle vit son visage apparaître au-dessus du sien, et un brusque accès de nausée faillit l'étouffer. Il souriait, de ce même sourire de prédateur qu'elle avait vu flotter sur ses lèvres cruelles, dans le bureau de Conti. Quand était-ce, au juste ? Hier ? Aujourd'hui ?

— Vous avez sollicité une interview de Jacob, mademoiselle Richardson, déclara-t-il ironiquement. Malheureusement, M. Conti est occupé, cet après-midi. Il doit assister aux funérailles de son fils. Il a cependant pris des dispositions pour que vous puissiez interviewer un autre membre de la famille.

Il lui prit la tête et la fit pivoter vers lui.

— Avec un tel scoop, vous allez casser la baraque ! s'écria-t-il d'une voix railleuse.

Il s'éloigna en ricanant tout bas. Zoe put voir ce qui gisait à sa droite.

Elle sentit son cœur se figer dans sa poitrine. C'était un cadavre vêtu d'un costume noir.

Un cadavre sans visage.

Angelo Conti !

Ils allaient l'enterrer avec Angelo Conti. Du fond de ses entrailles surgit un hurlement.

Mais son cri d'horreur ne résonna que dans sa tête embrumée.

Samedi 28 février, 11 h 15

C'était la première fois que Kristen mettait les pieds dans une église catholique, et elle ne savait pas du tout comment il fallait s'y comporter. Heureusement, il y avait beaucoup de Reagan dans la nef, et elle n'eut qu'à les imiter. Il y avait des prie-Dieu sur lesquels s'agenouiller, et des livres de prières qu'il fallait lire ou réciter en chœur… Le rituel sacramentel de la communion, et le son tonitruant de l'orgue… Le prêtre affublé d'une chasuble et des autres parures de son sacerdoce… Et les fonts baptismaux dorés à l'or fin, près desquels se tenaient Sean et Ruth, rayonnants de joie.

Et il y avait une famille. Une famille si nombreuse que Kristen sentit sa poitrine se serrer. Il y avait aussi une bonne douzaine de flics en armes, assis sur les bancs du fond. Des amis de Kyle, d'Aidan ou d'Abe, venus empêcher Conti ou les Blades de jouer les trublions. Mia était là, elle aussi, ainsi que Spinnelli. Même Todd Murphy avait tenu à venir, vêtu d'un beau costume.

Kristen regarda le prêtre prendre le bébé dans ses bras en souriant. Abe l'entendit inspirer profondément à cet instant et murmura :

— Elle est belle, hein, ma nièce ?

Kristen sentit ses yeux se remplir de larmes.

— Oui, fit-elle.

— C'est maintenant que les parrains vont être désignés, chuchota-t-il. C'est Annie la marraine et Franklin, le cousin de Ruth, le parrain.

Abe regarda Annie et Franklin prendre leur place près des fonts, et son regard se voila légèrement.

Avec Debra, ils avaient choisi Ruth et Sean pour parrainer leur fils. La cérémonie n'avait jamais eu lieu, bien sûr. Il se dit qu'il ferait de nouveau appel à eux, quand il s'agirait de baptiser le premier enfant qu'il aurait avec Kristen. Cette pensée lui réchauffa le cœur. Il prit la main de Kristen et la serra bien fort.

Elle leva les yeux vers lui en souriant faiblement, l'air ému. Elle avait subi tant d'épreuves, au cours de la semaine qui venait de s'écouler ! Il avait eu du mal à cerner ce qui se cachait derrière ces yeux embués et ce pâle sourire un peu crispé. De la douleur, sans aucun doute. Il songea à la petite Savannah. Au chagrin que devait éprouver Kristen, tous les ans, quand arrivait par la poste une photo de sa fille.

Il connaissait ce chagrin. Il ressentait le même lorsque survenait l'anniversaire de son fils, cet anniversaire macabre que personne ne célébrait.

Il songea à la nuit précédente, aux mots d'amour qu'elle avait prononcés. Il songea à l'amour qu'il avait pour elle, cet amour si spontané, si pur. Il examina son profil et fronça les sourcils. La veille, il lui avait fait l'amour sans protection. Et il avait joui en elle. Elle lui avait assuré qu'elle ne tomberait pas enceinte. Mais peut-être s'était-elle trompée…

Il lui posa le bras sur l'épaule et se serra contre elle. Il songea au jour où ce serait leur tour de faire baptiser leur enfant. Un enfant avec de grands yeux verts et des boucles rousses. Ou peut-être avec ses yeux bleus…

Sa vie avait recommencé. Grâce à Kristen, il se sentait ressuscité.

*
* *

Samedi 28 février, 12 heures

Drake s'assit sur le banc, à côté de Jacob et de sa femme. Elaine était complètement hébétée, abrutie par les calmants dont on la gavait depuis la mort de son fils. Jacob lui tenait la main et endossait tout seul le chagrin de leur couple. Drake se dit qu'il pouvait mettre un peu de baume sur ce chagrin.

— C'est fait, Jacob, murmura-t-il.

Jacob ne cilla pas. Son regard impassible était rivé sur le cercueil.

— Bien, dit-il.

Samedi 28 février, 12 h 15

— La fête est très réussie, dit Mia, un verre de punch à la main. Elle le serait davantage si le punch était plus alcoolisé, mais bon…

— C'est un baptême, Mia, lança Abe en souriant.

— Il n'est jamais trop tôt pour apprendre à faire la fête, répliqua-t-elle malicieusement.

Elle jeta un regard circulaire à la salle paroissiale et vit que les collègues en armes étaient toujours présents.

— Je suis contente que votre famille soit sous protection, ajouta-t-elle. A part ça, j'ai reçu un appel de Mlle Keene, la chapelière. Elle a retrouvé ses albums du lycée. Et il y a des photos de Robert Barnett dans l'un d'eux.

Abe sentit son cœur s'emballer.

— On va peut-être enfin découvrir quel est le lien entre Paul Worth, Robert Barnett et Leah Broderick. Vous voulez que je vienne avec vous ?

— Non… Vous, vous avez des obligations familiales à honorer. Je peux m'occuper toute seule de Mlle Keene. Elle m'aime bien, vous savez.

Abe la regarda droit dans les yeux et dit :

— Elle n'est pas la seule.

Mia détourna les yeux.

— Ray vous aurait apprécié, Abe.

Elle garda un instant le silence, puis reprit :

— Je reviens avec l'album.

Reagan la regarda s'éloigner. Elle venait de lui faire le plus grand compliment possible dans sa bouche. Son téléphone portable se mit à sonner et il décrocha aussitôt.

— Reagan.

Il tendit l'oreille et sentit tous les muscles de son corps se contracter peu à peu.

— On arrive dès que possible, conclut-il avant de raccrocher.

Abe regarda autour de lui et repéra Kristen, en grande conversation avec Aidan. Il fendit la foule et vit les sourcils de Kristen se froncer tandis qu'elle découvrait son visage accablé.

— Qu'est-ce qui s'est passé ? demanda-t-elle tout bas.

— Tu as reçu un nouveau courrier du tueur. Aidan, tu nous excuseras auprès de Ruth et de Sean. Allons chercher nos manteaux. Il faut qu'on y aille.

Samedi 28 février, 12 h 50

Kristen s'arrêta sur le perron de sa demeure et se renfrogna à la vue de l'enveloppe.

— Ce n'est pas un colis. Jusqu'à présent, il n'a envoyé que des colis, fit-elle observer.

Un véhicule s'arrêta derrière la voiture de patrouille et Jack en sortit en hâte.

— Ce n'est pas un colis ! s'exclama-t-il lui aussi.

— Ouvrons cette enveloppe pour en savoir plus, proposa Abe.

— J'espère qu'on n'en a pas pour longtemps, marmonna

Jack en désignant sa voiture, dans laquelle Julia et un petit garçon l'attendaient.

— Nous allons au cirque, poursuivit-il en rougissant.

Kristen le gratifia d'un sourire, faible mais sincère.

— Je suis heureuse pour vous. Allez, finissons-en le plus vite possible, pour ne pas décevoir ce bout de chou.

Jack s'arrêta net à la vue de la cuisine.

— C'est vous qui avez fait ça ? s'écria-t-il.

— En partie seulement. On m'a donné un coup de main…

Jack étala une nappe de papier blanc sur la table et dit :

— Voyons voir.

Il ouvrit l'enveloppe, la secoua, et deux feuilles de papier tombèrent sur la nappe.

Il tendit la lettre à Kristen et déplia la grande feuille qui lui était jointe.

— Oh ! mon Dieu, fit Kristen en découvrant le contenu de la feuille.

Elle eut un haut-le-cœur, posa une main sur sa bouche, et Abe crut qu'elle allait vomir. Il observa la grande feuille. C'était une affiche électorale, sur laquelle était imprimé en gros caractères le slogan :

« GEOFFREY KAPLAN, POUR LE KANSAS »

Dessous se trouvait la photo d'un homme au front dégarni et au regard terne.

Le Kansas. Les élections.

C'était l'homme qui avait violé Kristen.

Oh ! mon Dieu…

— C'est lui ? s'enquit-il.

Elle hocha la tête, la main toujours posée sur la bouche.

— Comment a-t-il pu savoir ? s'exclama Abe. Merde, Kristen, comment a-t-il pu savoir ?

Elle se laissa tomber sur une chaise, horrifiée.

— Je ne sais pas.

Elle regarda par-dessus son épaule, en direction de la fenêtre.

— Nous écoutait-il, hier soir ?

Jack s'approcha d'elle et lui demanda :

— Qui est-ce ?

Elle consulta Abe du regard.

— Réfléchissez, Jack, dit Abe posément. Pensez à ce que Kristen a dit à June Erickson, hier matin…

Jack réfléchit un instant, puis blêmit.

— Non ! s'écria-t-il.

Les mains de Kristen tremblaient.

— Je n'en ai parlé qu'à toi, et à toi seul, Abe, jura-t-elle. La seule fois de ma vie où j'en ai parlé à quelqu'un, c'était jeudi soir, ici même, dans cette cuisine. Soit il écoutait à la fenêtre, soit il a mis cette pièce sur écoute.

Jack regarda autour de lui. Les murs étaient à nu. La pièce était vide.

— Le seul endroit où il aurait pu dissimuler un micro, c'est sous la table. Aide-moi, Abe, dit Kristen.

Ils retournèrent la table et Jack l'examina.

— Il n'y a rien, conclut-il. Attendez-moi là.

Il sortit quelques instants et revint en annonçant :

— Quelqu'un est venu dans le jardin, récemment. Le dégel a commencé jeudi matin, il est donc possible que le tueur soit venu ici jeudi soir. Il y a des traces juste sous la fenêtre. Il y en a également près de la remise.

— Celles-là, je peux vous dire à quoi elles correspondent, intervint McIntyre, qui venait d'entrer dans la cuisine. Tout à l'heure, j'ai entendu un drôle de bruit dans le jardin, derrière la maison, et j'ai vu de la fumée s'élever dans le ciel. Je suis allé voir et j'ai trouvé une grenade fumigène par terre. Alors, je suis revenu en courant vers la porte d'entrée, et j'ai trouvé l'enveloppe sur le perron.

— Une diversion, marmonna Abe. Quand est-ce arrivé, tout ça ?

— Deux minutes avant que je ne vous téléphone, répondit McIntyre. J'ai aussi appelé des collègues, pour qu'ils ratissent le quartier. Je leur ai demandé de rechercher une camionnette blanche, mais ils n'ont rien repéré de louche, jusqu'à présent.

— Lis la lettre, Kristen, dit Abe.

— Je ne peux pas.

Elle tremblait comme une feuille.

Abe lui prit la lettre des mains. Elle était manuscrite et rédigée d'une écriture fluide, sur une feuille de papier blanc.

— « Ma très chère Kristen, je ne puis exprimer les regrets que j'ai de vous avoir causé tant de tracas, à vous et à vos proches. Mon intention initiale était de vous épauler et de vous procurer une revanche. Je ne vous enverrai plus d'autres missives de ce genre, après celle-ci, mais je tiens à vous faire connaître moi-même cet ultime acte de soutien. Je vous ai vengée, ma chère. L'homme qui a souillé votre innocence et bafoué votre jeunesse ne vous nuira plus jamais. Je reste, à jamais, votre humble serviteur. »

Kristen regarda Abe d'un œil ébahi.

— Et le post-scriptum ? murmura-t-elle.

— « Adieu ».

Samedi 28 février, 13 heures

Il s'assit sur les marches du sous-sol et examina les trois hommes, attachés à des tables côte à côte. Tous trois le regardaient et, dans leurs yeux, il lut de l'effroi et de la stupeur.

Le juge Edmund Hillman, l'avocat Gerald Simpson et le violeur Clarence Terrill.

Il baissa les yeux vers le pistolet qu'il tenait dans sa main droite, puis son regard se posa sur le médaillon de Leah, posé dans sa main gauche. Il l'avait monté sur une chaîne et le portait autour du cou, depuis que le corps de la malheureuse avait quitté la morgue. Il orienta le bijou vers la lampe, pour le faire briller, et contempla longuement les initiales qui y étaient gravées, comme il l'avait fait tant de fois depuis la mort de Leah.

WWJD. Que ferait Jésus, à sa place ?

Il ferma les yeux.

Pas ce qu'il avait fait, en tout cas.

Jamais Jésus n'aurait fait ça.

Sa propre voix résonnait en arrière-plan, lisant les minutes du procès pendant lequel Leah avait été humiliée par les trois personnages allongés à présent devant lui.

Il avait préparé ce CD plusieurs semaines auparavant, à l'époque où il élaborait son plan, savourant à l'avance cette scène finale. Il avait laissé l'enregistrement passer en boucle dans le sous-sol quand il s'était rendu dans le Kansas, la veille. Ses captifs avaient dû l'entendre une vingtaine de fois, voire davantage.

L'élimination de Kaplan était inévitable. Cet homme méritait de mourir. Mais qu'il l'ait tué avec une telle rage, une telle fureur animale…

Et puis il avait croisé le regard de la fillette.

Et il avait pointé son arme vers elle. Pour la tuer à son tour.

Elle n'avait rien dit, la fille de Kaplan. Elle était simplement restée là, le regardant se redresser, couvert de sang et le regard fou, tel un monstre enragé dans un film d'horreur. Et elle s'était figée, écarquillant les yeux.

Il avait failli tuer une enfant sans défense. Une fillette qui n'avait jamais fait de mal à personne. Une innocente.

A cet instant, il avait compris ce qu'il était devenu.

Il était devenu comme ceux qu'il détestait tant.

Un monstre.

Alors, il avait abaissé son arme. Et lâché le démonte-pneu. Puis il avait foncé vers la camionnette. Et il avait roulé plusieurs kilomètres avant de faire halte au beau milieu de la nature, pour se laver dans la neige. L'étendue immaculée rougissait, au fur et à mesure qu'il y frottait ses mains et son visage.

Il avait fini par remonter dans sa camionnette et était revenu à Chicago. Il s'était rendu dans le quartier de Kristen, s'était garé à quelques dizaines de mètres de sa maison. Il avait créé une diversion et en avait profité pour déposer la dernière lettre destinée à la jeune femme.

Et il était rentré chez lui.

Il avait froid. Il se sentait engourdi. Mais il n'avait pas achevé sa mission. Or il finissait toujours ce qu'il commençait. Il se leva lourdement et alla éteindre le lecteur de CD, sentant dans son dos les trois paires d'yeux épier ses moindres gestes. Le silence se fit dans la pièce, et il prit la parole d'une voix solennelle :

— J'espère que vous vous souvenez de Leah Broderick, maintenant. C'était ma fille. Elle est morte.

— Ce n'est pas moi qui l'ai tuée ! protesta rageusement Clarence Terrill.

Il se tourna vers l'homme qui avait profané la pureté de son enfant.

Ce pervers dénué de remords continue à jouer l'innocent.

Le justicier leva son arme et appuya sur la détente. Terrill cessa de se montrer arrogant.

Allongé à côté de lui, Simpson se mit à sangloter et à implorer la pitié.

— Et vous, Simpson, vous l'avez dépeinte comme une putain, vous l'avez dépouillée du peu de confiance qu'elle avait en elle-même…

Il pressa la détente une nouvelle fois. Simpson cessa de sangloter et de supplier.

Enfin, le tueur se tourna vers Hillman, tétanisé par la terreur.

— Et vous, juge Hillman, je vous tiens pour le plus coupable des trois. Vous avez juré de faire respecter la loi, mais vous l'avez foulée aux pieds. J'aurais bien aimé faire votre procès, et y tenir le rôle du juge. Mais je n'ai plus le temps de jouer une telle comédie.

Sans plus de cérémonie, il lui logea une balle dans le crâne.

Il était si las. Mais il lui fallait écrire une dernière lettre.

Il regarda l'arme qu'il tenait à la main, renifla l'odeur âcre de la poudre.

Et, cette dernière tâche accomplie, j'irai rejoindre Leah.

Samedi 28 février, 14 heures

Abe n'avait jamais vu Kristen aussi abattue, aussi fragile. Elle était assise sur le canapé, toute pâle.

Une brève conversation téléphonique avec le shérif de la ville dont Kaplan était le maire avait confirmé le décès de ce dernier. Sa femme l'avait retrouvé, sauvagement battu à mort, dans son propre garage. Les autorités locales avaient cru à un cambriolage qui avait mal tourné.

Et ce qui avait achevé de démoraliser Kristen, ce fut d'apprendre que l'épouse de Kaplan avait trouvé sa petite fille sur le seuil du garage, en état de choc, prostrée et muette.

Ce que l'enfant avait vu, nul ne le savait exactement. Elle était murée dans son silence.

Mais il y avait des empreintes digitales partout, cette fois. Des empreintes sanglantes. Le tueur avait craqué. Il avait fini par perdre tout contrôle sur lui-même.

Quant à Kristen, elle était sur le point de craquer, elle aussi.

Abe s'assit avec précaution à côté d'elle et lui posa un bras sur l'épaule. Mais elle ne se détendit pas. Elle demeura toute raide, les yeux dans le vide.

— Kristen, que puis-je faire pour toi ? demanda-t-il.

— Je ne sais pas.

Elle ferma les yeux.

— Je suis si lasse, Abe, murmura-t-elle.

— Je sais, ma chérie. Mais il a fait une erreur qui va lui être fatale, cette fois. Nous allons bientôt l'arrêter, et toute cette affaire sera finie.

Il lui massa doucement le dos.

— Nous irons nous reposer au soleil et nous oublierons tout ça, ajouta-t-il.

Elle resta silencieuse et il chercha un nouveau sujet de conversation — n'importe lequel, pourvu que son visage s'anime de nouveau.

— La cérémonie a été très belle, tu ne trouves pas ? chuchota-t-il. Sean et Ruth avaient l'air si heureux.

Mais elle ne fit que se raidir davantage.

— J'ai pensé à mon fils, pendant le baptême, reprit-il.

Elle se tourna vers lui, et il lut tant de peine dans son regard qu'il en eut le cœur brisé.

— Toi, tu pensais sans doute à ta fille, à Savannah…

— Abe…

Il lui caressa doucement la joue du bout du pouce.

— Et puis, poursuivit-il, j'ai pensé à nous, dans cette même église, tenant notre enfant dans les bras.

Il pensait que cette évocation lui réchaufferait le cœur. Mais elle se leva en chancelant et s'éloigna de lui, les traits déformés par l'angoisse.

— Arrête ! cria-t-elle.

Il se leva et lui tendit la main, mais elle fit quelques pas en arrière et ferma les yeux avant de dire :

— Il faut que je te fasse un aveu, quelque chose que j'ai du mal à dire… Ecoute-moi bien, parce que c'est important.

Le cœur d'Abe se serra.

— Je t'écoute, dit-il.

Elle se redressa, les mains dans le dos, s'efforçant visiblement de se contrôler. Tout à coup, elle était redevenue la femme qu'il avait rencontrée, dix jours plus tôt. Distante, inaccessible. Elle avait revêtu son armure.

— Je n'aurai plus jamais d'enfant, murmura-t-elle.

Ces quelques mots prononcés d'un ton neutre firent à Abe l'effet d'un coup de poing dans le ventre. Il resta coi un instant et inspira profondément.

— Kristen, je sais que tu te sens coupable d'avoir renoncé à ta fille, mais ça ne veut pas dire que tu ne seras pas une bonne mère.

Une étrange lueur naquit dans les yeux de Kristen, et

Abe crut pendant une seconde qu'elle allait éclater d'un rire nerveux. Mais elle resta impassible, et c'est le plus calmement du monde qu'elle lui dit :

— Non, Abe, tu ne comprends pas… Je ne peux plus… Je suis…

Elle déglutit avant de poursuivre :

— Après la naissance de mon bébé et son adoption, je croyais que ma vie était fichue. J'avais renoncé à quelque chose de si précieux… Mais je me suis dit que j'étais encore jeune. Et que j'aurais peut-être un autre bébé, un jour. Six semaines plus tard, je suis allée à l'hôpital, pour un examen de suivi postnatal. Et les médecins m'ont trouvé une tumeur…

Elle grimaça furtivement, mais reprit d'une voix calme.

— Kaplan ne m'avait pas seulement violée et mise enceinte. Il m'avait aussi fait cadeau d'une maladie sexuellement transmissible.

Le visage d'Abe devait exprimer son désarroi, car elle le gratifia d'un petit sourire sans joie.

— Ne t'en fais pas, le rassura-t-elle. La tumeur a été extirpée, ainsi que la moitié du col de mon utérus. Mais je suis stérile.

Abasourdi, Abe se laissa tomber sur le canapé. Il inspira profondément et chercha que dire.

Ça n'a pas d'importance.

Mais ça en avait énormément.

Nous pourrons adopter un enfant.

Mais l'ironie d'une telle proposition serait sans doute trop cruelle, pour Kristen.

Il mit un moment à faire le deuil de cet espoir. Il ne la verrait jamais enceinte de son enfant. Il ne caresserait jamais son ventre rebondi. Il ne se tiendrait jamais sur le parvis de l'église, son enfant dans les bras, sous les regards heureux de ses proches. Tous les bonheurs qu'avaient connus Ruth et Sean, il ne les connaîtrait jamais. *Ils* ne les connaîtraient jamais…

Car, au bout du compte, ils seraient toujours ensemble, unis face à l'adversité, avec ou sans enfant.

Car, au bout du compte, il aimait Kristen, et elle l'aimait aussi.

Kristen observa Abe tandis qu'il prenait peu à peu conscience de la cruelle vérité. Elle vit dans ses yeux s'effondrer son rêve le plus cher.

Et ce spectacle poignant était insoutenable.

Elle lui tourna le dos et alla dans sa chambre se poster devant la fenêtre.

Abe la regarda s'éloigner en silence. Il redoutait tant d'être maladroit dans ses paroles qu'il préférait ne pas parler.

Son téléphone portable se mit à sonner, rompant cet insoutenable silence.

— Reagan, dit-il.

— Inspecteur Reagan, je suis infirmière à l'unité de soins intensifs de l'hôpital du comté. Nous nous sommes déjà vus…

Il sentit son cœur se serrer. Vincent était sans doute décédé. Et ce serait un nouveau choc pour Kristen.

— Oui, je me souviens de vous. Qu'est-il arrivé à Vincent ?

— M. Protemski est toujours dans un état stationnaire. En fait, je vous appelle parce que le jeune homme est revenu. Timothy… Il demande à voir Vincent.

Abe se leva d'un bond.

— Pouvez-vous le retenir une demi-heure, le temps que je vienne ? demanda-t-il.

— Je vais essayer.

Abe se précipita vers la chambre de Kristen, mais s'arrêta brusquement sur le seuil. Elle se tenait à la fenêtre, la tête baissée, les bras croisés comme si elle grelottait.

Elle était au bout du rouleau. Il valait mieux ne pas l'emmener à l'autre bout de la ville dans un tel état. Il savait quelle importance elle attachait à la maîtrise de soi — ou, du moins, à l'apparence de la maîtrise de soi. Elle avait besoin de se retrouver seule un moment. Il parlerait lui-même à

Timothy. Et, quand il reviendrait de l'hôpital, il saurait lui faire comprendre qu'il l'aimait toujours.

— Kristen, il faut que je sorte. Je n'en ai pas pour longtemps, dit-il le plus doucement possible. Je vais appeler Aidan pour qu'il te tienne compagnie jusqu'à mon retour.

Il entra dans la chambre et vint se placer derrière elle. Puis, la prenant dans ses bras, il la réconforta en silence.

— Allonge-toi et repose-toi un moment, murmura-t-il. Nous reprendrons cette conversation à mon retour.

Elle hocha la tête lentement et lui permit de la mener jusqu'à son lit. Elle s'y assit, sans prononcer un mot. Il lui effleura la joue et déposa un petit baiser sur ses lèvres closes. Puis il sortit de la pièce.

Samedi 28 février, 14 h 15

Bien sûr que cela avait de l'importance. Comment aurait-il pu en être autrement ? Un seul coup d'œil au visage affligé d'Abe en disait long à cet égard. Et pourtant elle aurait tant voulu qu'il lui dise que ce n'était pas grave ! Qu'il l'aimait quand même. Et qu'ils pouvaient quand même être heureux ensemble. Mais il n'avait rien dit de tout cela.

Calme-toi, Kristen. Il n'a pas dit non plus qu'il voulait rompre.

Elle se remettait à penser de manière logique, mais la logique ne pouvait remplacer les mots qu'elle aurait aimé entendre dans la bouche d'Abe. En soupirant, elle se leva et fit quelques pas dans la maison. Le silence lui pesait. Pour la première fois depuis une semaine, elle se retrouvait toute seule chez elle. Et c'était troublant.

— Minou, minou, dit-elle, comme pour entendre le son de sa propre voix.

Avant qu'elle ne rencontre Abe Reagan, le plus grand silence avait toujours régné dans cette maison. Mais elle n'avait jamais pris conscience du malaise que ce silence provoquait. Elle regrettait de ne pas être chez Kyle et Becca, dans l'incessant vacarme des téléviseurs. Elle sursauta lorsque Nostradamus vint se frotter contre ses mollets. Elle n'avait pas revu ses chats depuis qu'elle avait abattu le mur de la cuisine.

— Je vais te donner à manger, lui dit-elle.

Mais elle n'avait plus de cuisine. Elle regarda autour d'elle et se demanda, pour la première fois depuis le passage d'Aidan et d'Annie, où était passée sa vaisselle. Annie l'avait sans doute rangée quelque part, mais où ? Elle n'eut pas le courage de chercher. Elle préféra vider une soucoupe remplie de fleurs séchées et commença à la garnir abondamment de croquettes pour chats.

Elle entendit soudain son téléphone sonner dans son sac à main et l'en extirpa, le cœur battant. Le dernier appel qu'elle avait reçu sur son téléphone portable avait été une menace. Et, même si la salle paroissiale était pleine de flics, les Reagan couraient toujours le risque d'être agressés. Tant que ce cauchemar ne serait pas fini…

— Kristen Mayhew, fit-elle dans l'émetteur.

— Mademoiselle Mayhew, vous ne me connaissez pas. Je suis le Dr Porter. Je travaille à l'institut médico-légal du comté de Lake. J'ai entendu dire que vous faisiez des recherches sur Leah Broderick.

Kristen sentit son pouls s'accélérer. Elle s'assit à son bureau et sortit précipitamment un calepin d'un tiroir. C'était dans le comté de Lake, au nord-est de Chicago, qu'Abe et Mia avaient retrouvé la cabane de Worth et le stand de tir du tueur.

— Oui, c'est exact, dit-elle. Qu'avez-vous à me dire à son sujet ?

— Eh bien, j'ai signé un certificat de décès à son nom, le 27 décembre dernier. Il s'agissait d'un suicide.

Kristen soupira longuement.

— Ça ne me surprend pas, hélas ! Pouvez-vous me dire qui a identifié son corps et s'est occupé des obsèques ?

— Son père, si je me souviens bien.

Kristen l'entendit ouvrir une armoire à l'autre bout de la ligne.

— Je vais vérifier son nom…

Voilà qui est étrange, songea Kristen.

Dans ses souvenirs, la mère de Leah n'était pas mariée.

— Il ne s'appelait pas Robert Barnett, par hasard ? Ou Worth ? interrogea-t-elle.

— Non. Patientez un instant, je vous prie. Voilà… Il s'appelait Owen Madden.

Owen.

Kristen en lâcha son stylo. Elle n'en croyait pas ses oreilles.

— Non, dit-elle. Il doit y avoir une erreur.

— Mais non, je vous assure que c'est bien le nom qu'il y a dans le registre ! protesta son interlocuteur, offusqué. Je me souviens bien de lui, d'ailleurs. J'ai fait procéder à l'identification par vidéo, parce que la jeune fille s'était fait sauter la cervelle, et elle était complètement défigurée. M. Madden est resté stoïque tout du long, impassible comme une statue grecque.

Pendant un instant, Kristen resta bouche bée. Elle avait du mal à respirer.

Owen…

C'était tout simplement impossible.

Oh ! mon Dieu.

— Merci, Dr Porter, parvint-elle à dire. Excusez-moi, mais cette nouvelle me surprend un peu.

Un peu ? En réalité, elle était sur le point de s'évanouir.

— J'ai photocopié sa pièce d'identité, ajouta Porter. Je peux vous l'envoyer par fax, si vous le souhaitez.

— Oui, ça m'arrangerait beaucoup.

Elle donna à Porter son numéro de fax.

— Merci de m'avoir appelée.

Et elle raccrocha, le cœur battant la chamade.

Il faut que je réfléchisse. Il faut que je reste rationnelle.

Owen…

Qui l'eût cru ?

Mais plus rien ne lui paraissait incroyable, ces derniers jours.

Il faut que j'appelle Abe.

Elle ouvrit son téléphone portable d'une main tremblante.

— Pas maintenant, ma jolie, fit une voix rauque dans son dos.

Avant qu'elle n'ait le temps de hurler, une grosse main lui couvrait la bouche, tandis qu'une autre s'emparait de son téléphone et la plaquait prestement contre un torse d'homme, dur comme l'acier.

— Fermez-la et faites ce que je vous dis de faire, dit son agresseur.

Kristen se débattit, mais l'homme était brutal et vigoureux. Elle pensa à Vincent, à Kyle.

Ce serait elle, la prochaine victime.

Mais où est McIntyre ?

— Arrêtez de gigoter, grommela l'homme, ou je vous jure que vous allez le regretter.

Elle songea à son nouveau pistolet, rangé dans le tiroir de son bureau — où il ne lui était d'aucune utilité. Elle se débattit de plus belle, et tenta de lui donner un coup de pied. La main se décolla de sa bouche et vint lui serrer le cou.

Elle cligna des yeux, les oreilles bourdonnantes, et parvint à pousser un cri.

Comme par miracle, la porte d'entrée s'ouvrit.

Aidan apparut sur le seuil, la clé à la main et le regard ébahi. Il se précipita aussitôt sur l'intrus, se jeta sur lui et le projeta sur le sol, libérant Kristen de son étreinte. Elle recula jusqu'à son bureau, regardant d'un œil horrifié la lutte qui s'était engagée entre les deux hommes.

La police. Appelle la police !

Comme l'homme lui avait confisqué son téléphone portable, elle décrocha le téléphone sans fil. Pas de sonorité. Le câble avait été coupé.

Elle jeta l'appareil sur le bureau d'un geste rageur et

sortit promptement le pistolet du tiroir, tandis que les deux hommes roulaient sur la moquette, en une lutte acharnée. Soudain, Aidan frappa de toutes ses forces, projetant son adversaire contre le mur.

Sans plus réfléchir, elle passa à l'action, et pressa la détente à trois reprises. L'homme s'effondra. Aidan se redressa, haletant, et fixa le corps inerte de l'intrus.

Kristen restait paralysée. Son bras était toujours tendu en avant, le canon du pistolet braqué vers le mur, où une traînée de sang maculait le papier peint à rayures bleues.

— Bon sang, grommela Aidan en se relevant.

Il rejoignit Kristen et lui retira doucement le pistolet des mains. Puis il lui passa le bras autour des épaules et ils reprirent ensemble leur souffle, en haletant.

Soudain, Aidan tressaillit et s'effondra sur la moquette. Elle tourna lentement la tête, bouche bée. Elle vit des chaussures, un pantalon, puis un manteau. Une main qui tenait une petite matraque.

Et, enfin, le visage agacé de Drake Edwards.

— Et voilà le travail, marmonna-t-il. Il faut tout faire soi-même…

Il se pencha et ramassa le pistolet de Kristen, qu'Aidan avait lâché dans sa chute. Il s'empara ensuite de celui d'Aidan, rangé dans le holster. Puis il fit rouler le cadavre de l'intrus et récupéra son pistolet.

— Mademoiselle Mayhew, venez avec moi ! ordonna-t-il.

— Non !

Il lui jeta un regard amusé.

— Non ? Et comment allez-vous m'empêcher de vous y contraindre ? demanda-t-il d'une voix sardonique.

Le cœur battant à tout rompre, elle recula d'un pas, et poussa un cri lorsqu'il lui saisit le bras. Une sonnerie de téléphone se mit à retentir. Kristen reconnut le double bip de son fax. Ils tournèrent tous deux la tête en même temps. L'homme qu'elle avait tué avait coupé le câble du téléphone, mais pas celui du télécopieur.

Edwards, l'œil gourmand, regarda la feuille sortir de l'imprimante.

C'était le permis de conduire d'Owen.

Kristen sentit son estomac se nouer. Edwards haussa les sourcils, et un sourire cruel se dessina sur ses lèvres.

— Vous faites des heures supplémentaires, mademoiselle Mayhew ? demanda-t-il en désignant le fax. Qui est cet homme ? C'est *lui* ?

La gorge sèche, Kristen ne trouva rien à répliquer.

— Je savais que vous étiez proche du but, reprit Edwards, mais est-ce bien la réponse que je cherche ?

Il prit la feuille, la plia et la rangea dans sa poche.

— Allez, venez, fit-il. Je mets un point d'honneur à ne jamais tuer de flic. La mort d'un flic peut vous apporter beaucoup d'ennemis, et les flics n'oublient jamais. Mais, si vous refusez de me suivre, je ferai une exception pour celui-là.

Kristen jeta un coup d'œil désespéré au corps inerte d'Aidan et sortit de chez elle, suivi d'Edwards, qui lui braquait discrètement son arme dans le dos. Elle alla tout droit à la voiture de patrouille garée le long du trottoir, en bas de chez elle. Un inconnu en uniforme était assis au volant. Il la salua d'un sourire narquois.

Où est McIntyre ?

Drake Edwards était en train de l'enlever, en plein jour, et dans une voiture de patrouille... Elle se tourna vers le bras droit de Conti, le regarda d'un air incrédule et le vit sourire, sincèrement amusé.

— Il y a eu tant d'allées et venues dans votre maison, ces derniers temps, mademoiselle Mayhew. Et vous avez tant de gardes du corps. Un de plus, un de moins... Personne ne remarquera la différence.

Il avait raison. Aucun voisin ne semblait trouver cela suspect. Edwards ouvrit la portière arrière gauche, et Kristen aperçut le corps inanimé de McIntyre, sur le siège du passager. Un filet de sang coulait de son oreille droite.

Mais il respirait. Il était donc encore vivant. Edwards se pencha pour lui chuchoter à l'oreille :

— Ne tentez rien d'imprudent, si vous ne voulez pas que je tue ces deux petits garçons qui s'approchent de nous à vélo.

Elle leva la tête et vit deux enfants passer devant elle sur leur bicyclette. Elle savait qu'Edwards était capable de mettre sa menace à exécution. C'était l'homme de main de Conti, et il avait la réputation d'être un véritable psychopathe. Mais les autorités n'avaient jamais rien pu prouver contre lui.

Kristen se demanda si elles y parviendraient, cette fois — ou si elle deviendrait l'une de ses « victimes supposées ».

— Où m'emmenez-vous ? demanda-t-elle en montant dans la voiture.

— Vous avez rendez-vous, mademoiselle Mayhew. Je suis sûr que vous n'aimeriez pas arriver en retard.

Samedi 28 février, 14 h 15

Mia revint à la salle paroissiale, l'album scolaire de Mlle Keene à la main. Elle repéra Spinnelli, au milieu de la petite foule des invités des Reagan, le rejoignit et lui demanda :

— Abe n'est pas encore revenu de sa visite à l'hôpital ?

Spinnelli secoua la tête.

— Pas encore, répondit-il. Il vous appellera pour vous tenir au courant.

Il secoua la tête et dit :

— Pauvre Kristen.

C'est le moins qu'on puisse dire, pensa Mia en songeant à la lettre annonçant la mort de Kaplan. *Un tel choc, après tout ce qu'elle a enduré ces derniers jours…*

Elle regarda autour d'elle en fronçant les sourcils.

— Où est-elle, au fait ?

— Elle est rentrée chez elle se reposer. Le frère d'Abe

est allé la rejoindre, pour veiller sur elle pendant qu'Abe est à l'hôpital.

— Bon, au moins, elle n'est pas seule.

— Alors, qu'avez-vous trouvé, dans cet album ? Vous avez mis un temps fou.

Mia soupira et ouvrit l'album à la page qu'elle avait cornée.

— C'est lui, là, révéla-t-elle en désignant la tête d'un jeune homme, dans une photo de groupe. Robert Barnett... Je suis passée au service des portraits-robots, et je leur ai demandé de le dessiner tel qu'il pourrait être, quarante plus tard.

Elle lui montra le croquis, qu'elle avait glissé dans l'album, et ajouta :

— Sa tête ne me dit rien du tout.

— A moi non plus, dit Spinnelli en fronçant les sourcils. J'espérais pouvoir le reconnaître.

— Moi aussi..., lâcha Mia en soupirant.

— Salut ! fit une voix juvénile dans leur dos.

Ils se tournèrent et virent une adolescente qui leur souriait poliment.

— On m'a demandé de venir vous embêter... Vous avez tout ce qu'il vous faut ? Je m'appelle Rachel Reagan...

Elle les examina un bref instant.

— Et je parie que vous êtes Mia et le lieutenant Spinnelli.

Mia n'avait eu aucun mal à reconnaître la petite sœur d'Abe, avant même qu'elle ne se présente. Elle avait les mêmes yeux que lui.

— Ravie de te rencontrer, Rachel. La fête est très réussie, affirma-t-elle avec chaleur.

— Ouais, ça peut aller, dit la gamine. Ça manque un peu de pizza, je trouve.

Elle jeta un coup d'œil curieux à l'album que Mia tenait à la main et se pencha pour mieux le voir.

— C'est Kristen qui vous a donné ce portrait ?

Surprise, Mia consulta Spinnelli du regard et demanda à son tour :

— Pourquoi dis-tu ça ?

Rachel haussa les épaules.

— Ce type ressemble à l'un de ses amis, dit-elle.

— Tu as déjà vu cet homme ? s'exclama Mia d'un air stupéfait.

Rachel ouvrit de grands yeux alarmés.

— Je crois bien. Pourquoi ?

— Où l'as-tu vu, ma chérie ? s'enquit Spinnelli avec douceur.

— Il lui a apporté un sandwich, la semaine dernière. Je suis allée la voir dans son bureau, au tribunal, et j'ai croisé ce monsieur qui en sortait. Il s'appelle Owen, il me semble…

Elle leur jeta un regard anxieux et demanda :

— Pourquoi ?

Mia prit aussitôt son téléphone.

— Il faut que j'appelle Abe, dit-elle.

Elle grimaça en tombant sur la boîte vocale de son partenaire.

— Il doit encore être à l'unité de soins intensifs. Son téléphone est débranché.

— Appelez Kristen, fit Spinnelli.

Il fit signe à Todd Murphy de les rejoindre.

Kyle Reagan s'approcha d'eux en fronçant les sourcils.

— Il y a quelque chose qui ne va pas ? s'enquit-il.

En bon flic, même à la retraite, il avait tout de suite perçu qu'il se passait quelque chose de singulier.

Mia serra les dents.

— Ça sonne, mais ça ne répond pas, maugréa-t-elle. Merde… Elle ne répond pas !

Kyle lui prit son téléphone des mains.

— Je vais appeler Aidan. Il est censé être avec elle.

Quelques instants plus tard, il devint tout pâle.

— Il ne répond pas non plus, dit-il avec inquiétude.

Spinnelli sortit son propre téléphone et composa un numéro d'un doigt rageur.

— Envoyez une voiture le plus vite possible chez Mlle Mayhew, ordonna-t-il. C'est urgent !

Spinnelli se tourna vers Murphy et Kyle Reagan.

— Assurez-vous que tout le monde reste calme et que personne ne sorte d'ici. Mia, allons-y !

Samedi 28 février, 14 h 45

Le téléphone sonna. Cela le surprit, car personne ne l'appelait jamais chez lui. En fait, le dernier appel qu'il avait reçu à son domicile remontait à la mort de Leah, lorsque le bureau du shérif du comté de Lake l'avait informé de son suicide. Il posa son stylo et décrocha.

— Allô ?

— Monsieur Madden, c'est Zoe Richardson. Vous avez entendu parler de moi, je suppose…

Il serra la mâchoire, et son poing se crispa sur le combiné.

— Oui, fit-il.

— Eh bien, votre compte est bon, monsieur Madden. Je sais qui vous êtes vraiment.

Pas de panique.

— Je ne vois pas de quoi vous voulez parler, dit-il.

Elle gloussa et reprit :

— Comme vous voulez… Je tenais juste à vous avertir que je suis en train de préparer mon sujet de ce soir. J'ai découvert des éléments prouvant que la substitut Mayhew entretient une relation personnelle avec le tueur justicier, et que c'est elle qui le manipule. Je crois que ces révélations vont faire du bruit…

Il sentit son pouls s'emballer.

— Vous savez bien que c'est ridicule. Kristen n'a jamais rien fait de mal.

— C'est possible. Mais sa carrière était déjà menacée et, après ce reportage, elle ne pourra plus jamais exercer son métier. Aucun tribunal n'acceptera de la recruter.

La voix de sa correspondante se fit plus sèche lorsqu'elle ajouta :

— Je vais tout dévoiler ce soir au journal télévisé, monsieur Madden. A moins que vous n'acceptiez que je vous interviewe. Vous pourrez dissimuler votre visage et masquer votre voix. Vous pourrez même poursuivre vos… activités, par la suite. Tout ce que je veux, c'est une interview exclusive… Vous avez un stylo ?

— Oui, grommela-t-il.

— Bien. Notez cette adresse. Je vous y attends.

Il tourna la feuille sur laquelle il était en train d'achever sa lettre d'adieu et nota l'adresse.

— Vous êtes une ordure, ajouta-t-il.

— Qui se ressemble s'assemble, monsieur Madden.

Il raccrocha et regarda longuement l'adresse qu'il venait de transcrire. Il avait pris sa décision. La vie de Kristen ne serait pas brisée à cause de lui.

Il plia la feuille et la fourra dans sa poche. Puis il ouvrit son placard à armes.

Il en avait déjà tué tant. A ce stade, un de plus ou un de moins…

Elle lui rendit le téléphone.

— Je m'en suis bien tirée ?

Drake sourit.

— Tu as été parfaite, répondit-il. Tout simplement parfaite.

Il glissa un billet de cent dollars dans la poche de la jeune femme et ajouta :

— Tiens, voilà pour la peine… Achète-toi quelque chose de joli. Et n'oublie pas d'embrasser ta mère de ma part.

— Merci, oncle Drake.

Elle se leva et déposa un baiser sur la joue de Drake.

Jacob attendit que la nièce de Drake soit sortie de la limousine pour murmurer :

— Elle promet, celle-là.

— N'est-ce pas ? répliqua Drake avec un petit sourire narquois. Le spectacle va commencer, Jacob.

Samedi 28 février, 14 h 55

Mia et Spinnelli se précipitèrent dans la maison de Kristen. Jack et ses hommes s'y trouvaient déjà, en quête d'indices permettant de retrouver la jeune femme. La pièce était en désordre, et il y avait du sang sur le papier peint. S'efforçant de maîtriser son angoisse, Mia s'agenouilla au côté du frère d'Abe, lui palpa la gorge, et constata avec soulagement que son pouls était régulier.

Le ciel soit loué.

— Lequel d'entre vous m'a appelé ? demanda Spinnelli aux agents de police qui l'entouraient.

— C'est moi, monsieur, répondit un jeune homme en uniforme. J'ai trouvé l'agent Reagan étendu par terre, inconscient. Et j'ai tout de suite appelé une ambulance. L'autre type est mort. Il n'a pas de pièce d'identité sur lui. L'arme de service de l'agent Reagan a disparu.

Mia leva les yeux vers le jeune homme et lança :

— Et McIntyre ?

— Aucun signe de lui, ni de sa voiture de patrouille. On a fouillé la maison et la remise du jardin. Il a disparu. Et il ne répond pas à nos appels radio. Mais une voisine a vu Mlle Mayhew quitter les lieux dans une voiture de patrouille. Elle nous a dit qu'elle était accompagnée d'un grand costaud. Il portait un chapeau qui lui masquait le visage. A part cette voisine, il n'y a aucun témoin.

Spinnelli laissa échapper un juron.

— Vous lui avez demandé pourquoi elle n'a pas appelé la police ?

— Oui, et elle m'a répondu qu'il y avait tant de policiers qui passaient dans la rue, depuis la semaine dernière, qu'elle n'avait pas trouvé ça louche, rapporta l'agent en soupirant.

— Et personne n'a entendu de coups de feu ? s'enquit Mia.

— La voisine a dit qu'il y avait eu beaucoup de bruit dans la maison de Mlle Mayhew, ces derniers jours. Elle n'a donc pas pensé à mal.

Jack leur jeta un regard sombre.

— J'ai appelé le supérieur d'Aidan. Il m'a dit que son arme de service était un Glock calibre 38. Or les balles qui ont tué ce type étaient de calibre 22.

— Kristen venait justement d'acheter un pistolet de ce calibre, intervint Mia.

Elle appuya sur la touche recomposer de son téléphone portable, sans plus de succès que les dix fois précédentes.

— Merde, fit-elle. Mais où est passé Abe ?

— Vous avez appelé l'hôpital ? demanda Jack, tandis que Spinnelli s'agenouillait pour examiner le cadavre.

— Oui, fit Spinnelli. Ils m'ont promis de se renseigner pour savoir où il était. Apparemment, ce Timothy a été pris de panique en voyant Abe, et les infirmiers ont dû le faire sortir de l'unité de soins intensifs. Abe l'a emmené ailleurs, pour essayer de le calmer et de lui parler.

Mia inclina la tête et dressa l'oreille.

— Chut ! Ecoutez… C'est le téléphone de Kristen qui est en train de sonner.

Spinnelli fit rouler le cadavre et dit :

— Oui, il est dans sa poche.

Il l'en sortit et l'ouvrit.

— Oui, répondit-il. Non, mais c'est bien son téléphone… Je suis le lieutenant Marc Spinnelli, de la police de Chicago. Qui êtes-vous ?

Il tendit l'oreille et se releva d'un bond.

— Y avait-il quelque chose sur le plateau de réception du télécopieur, quand vous êtes arrivés ? demanda-t-il aux agents.

Ils se consultèrent du regard.

— Non, monsieur, firent-ils en chœur.

— Non, dit Spinnelli à son correspondant. Elle ne l'a pas reçu. Pouvez-vous nous le renvoyer ?… Oui, au même numéro… Le plus vite possible ! Merci.

Il se tourna vers Mia.

— C'était le Dr Porter, de l'institut médico-légal du comté de Lake. Il a appelé Kristen pour lui donner le nom de l'homme ayant identifié le corps de Leah Broderick. Puis il lui a envoyé une copie de son permis de conduire. C'était bien Owen Madden…

Mia ferma les yeux.

— Alors, elle sait…, souffla-t-elle.

— Oui, fit Jack. Et la personne qui l'a enlevée sait aussi.

— Et si c'est Conti…

Spinnelli n'acheva pas sa phrase. C'était inutile.

Conti voulait mettre la main sur le tueur. A présent, il savait qui avait tué son fils.

Et il avait enlevé Kristen.

22

Samedi 28 février, 15 heures

— Ça va mieux, maintenant ?

Timothy aquiesca en silence. Mais Abe n'était pas convaincu. Pour l'instant, tout ce qu'il avait pu tirer du garçon, c'est qu'il avait vu quelque chose de terrifiant. Chaque fois qu'ils approchaient de la vérité, Timothy se mettait à trembler comme une feuille, et devenait mutique. Abe était sur le point d'appeler Miles Westphalen pour lui demander son aide.

Mais il avait déjà appris deux choses. Ce jeune homme éprouvait une profonde affection pour Vincent, comme pour Kristen. Et il n'était pas capable d'être le tueur justicier qui avait agi avec tant de méthode. L'infirmière ne s'était pas trompée en affirmant que Timothy était un trisomique qui se débrouillait bien, dans la vie.

Leah Broderick, elle aussi, se débrouillait dans la vie, même si, comme l'avait expliqué Kristen, son cerveau était resté bloqué à l'adolescence. Ce n'était sans doute pas une coïncidence.

— Essayons une nouvelle fois, proposa Abe à Timothy. Tu travaillais dans le restaurant où Kristen prend ses repas ?

Timothy ferma les yeux d'un air tourmenté.

— Oui, murmura-t-il.

— Timothy, connaissais-tu une jeune femme nommée Leah Broderick ?

Timothy hocha la tête.

— Oui, nous fréquentions le même temple. Parfois, nous allions ensemble à des petites fêtes, au foyer municipal.

— C'était ta petite amie ?

Il fronça les sourcils.

— Non, ce n'était qu'une copine. Sans plus.

— D'accord. Et quand l'as-tu vue pour la dernière fois ?

Le jeune homme baissa la tête avant de répondre :

— Il y a longtemps. Elle est morte, maintenant.

— Tu sais de quoi elle est morte ?

Timothy tripota un fil qui dépassait de son pantalon.

— Elle s'est tuée.

Le voilà, le traumatisme que nous cherchions, songea Abe. *Le suicide d'une personne aimée est un événement suffisamment traumatique pour déclencher une grave crise émotionnelle.*

— Je suis désolé, dit Abe.

Timothy ne répondit rien, et Abe reprit d'une voix douce :

— Elle avait de la famille ?

Timothy pâlit.

— Oui.

— Ecoute, Timothy, je sais que tu as peur, mais c'est très important. Il y va peut-être de la vie de Kristen. Un membre de la famille de Leah s'appelait-il Robert Barnett ?

— Je ne sais pas. Sa mère est morte d'un cancer. Elle n'avait plus que son père, mais il ne s'appelle pas comme ça.

— Tu connaissais son père ?

Timothy se remit à trembler.

— C'était mon patron, finit-il par dire.

Abe crut que son cœur allait s'arrêter de battre.

— Ton patron ? Le patron du restaurant ? Owen est le père de Leah ? s'écria-t-il.

Timothy hocha la tête d'un air accablé.

— Timothy, qu'as-tu vu ? Dis-le-moi, je t'en supplie !

— Le congélateur. J'allais chez lui et, dans son congélateur, il y avait toujours de la crème glacée.

Il se tortilla nerveusement sur sa chaise et murmura :

— Deux hommes… Ils étaient dans le congélateur… Ils étaient morts…

Oh ! mon Dieu.

Timothy avait vu les deux Blades assassinés et conservés dans un congélateur. Celui d'Owen.

— Owen sait que tu as vu ces deux hommes, dans son congélateur ?

— Non. J'ai couru. Très vite. J'ai couru jusqu'à l'arrêt de bus…

— Ne t'en fais pas, Timothy, il ne te fera aucun mal. Tu peux me dire où il habite ?

Abe appela Mia dès qu'il se retrouva dans le hall de l'hôpital.

— Où étiez-vous ? demanda Mia.

— Je parlais avec Timothy, dit Abe en courant vers le parking. Mia, l'ami de Kristen, Owen… C'est le père de Leah Broderick !

Il y eut un bref silence avant que Mia ne réponde :

— Oui. Owen n'est autre que Robert Barnett.

Le lien, enfin !

Bon sang, ils avaient trouvé. Mais pourquoi Mia se montrait-elle aussi réservée ?

Le cœur d'Abe se mit à battre plus vite.

— Mia, il s'est passé quelque chose ?

— Kristen a disparu, Abe. Elle a été enlevée chez elle.

Il venait d'atteindre son 4x4 et se figea en serrant les poings.

Mon Dieu. Conti.

— Elle sait que c'est Owen, Abe. Et les gens qui l'ont enlevée le savent aussi. Et ils ont l'adresse d'Owen. Marc et moi sommes déjà en route.

Abe se força à reprendre son souffle. Puis à ouvrir la portière du 4x4. Conti pouvait la séquestrer n'importe où. Mais il était bien capable, par esprit de vengeance, de l'emmener à l'endroit où son fils était mort.

— Je suis tout prêt de chez lui. On se retrouve là-bas, dit-il.

Samedi 28 février, 15 h 30

Kristen regarda autour d'elle. L'entrepôt était rempli de caisses empilées, qui pouvaient atteindre plus de vingt mètres de haut. D'autres étaient rangées sur des étagères métalliques, qui se dressaient jusqu'au plafond. Les noms de marque qui ornaient les caisses lui étaient familiers, depuis qu'elle avait enquêté sur les activités commerciales des Conti, au moment de l'instruction visant Angelo. Elle était sur le territoire de Jacob Conti. Et elle était à sa merci.

Drake Edwards avait roulé dans la voiture de patrouille sur quelques kilomètres, avant de s'arrêter dans un endroit discret, où était garée la limousine de Conti. Edwards l'avait laissée sous la garde du chauffeur, et était monté dans la limousine. Quelques minutes plus tard, une jeune femme en était sortie, en souriant d'un air satisfait. Puis Kristen avait été traînée dans la limousine. Jacob Conti l'avait toisée d'un œil reptilien, rempli de haine. Mais elle avait soutenu son regard. Et cela avait paru amuser l'homme d'affaires.

A présent, elle était là, au milieu des caisses. Il ne servait à rien d'essayer de défaire les liens qui immobilisaient ses poignets et ses chevilles. Drake Edwards l'avait ligotée de manière experte. Et un bâillon la condamnait au silence.

Quelque chose allait se passer, bientôt. Elle l'avait compris à la façon dont Edwards avait gloussé, en l'abandonnant là.

— Richardson ! cria soudain une voix familière.

Owen ?

Puis elle comprit.

J'ai servi d'appât… Ils l'ont attiré ici.

— Richardson, j'en ai assez de vos petits jeux ! Montrez-vous, et qu'on en finisse !

Elle ne savait plus que penser.

Owen Madden est un assassin.

Mais c'était aussi mon ami.

Certes, mais il a tué treize personnes. En supposant que Hillman, Simpson et Terrill soient morts à cette heure, comme tout porte à le croire.

Et pourtant elle ne voulait pas qu'il tombe dans les mains de Conti.

Sa silhouette apparut, entre deux tas de cartons, à l'autre bout de l'entrepôt. Lorsqu'il aperçut Kristen, il eut un cri rauque qui résonna dans l'immense entrepôt, aussitôt suivi du martèlement de ses pas, tandis qu'il se précipitait vers elle. Il arracha le bâillon qui couvrait la bouche de la jeune femme.

— Owen, c'est un piège ! s'écria-t-elle aussitôt. Allez-vous-en ! Vite !

Samedi 28 février, 15 h 30

Abe tira une balle dans la serrure de la porte d'entrée. A l'intérieur de la maison d'Owen Madden régnait le plus grand silence. L'arme au poing, il y pénétra d'un pas prudent.

Il commença par inspecter les chambres, puis il se rendit dans la cuisine. Il se figea en voyant sur la table un bocal à poisson, rempli de bouts de papier soigneusement pliés. Treize autres bouts de papier — similaires, mais dépliés — étaient alignés près du bocal. Sur chacun d'entre eux était inscrit un nom. Dix de ces noms correspondaient aux cadavres qui avaient transité par la morgue, au cours des dix derniers jours. Les trois autres étaient Hillman, Simpson et Terrill… Il y avait aussi sur la table un petit tas de balles poinçonnées, et une photo encadrée de Leah Broderick. Abe avait vu son visage, sur les clichés que Jack et Kristen avaient fait circuler, lors de la réunion de la veille.

Une tasse de café était posée à côté du tas de projectiles. Le breuvage était encore tiède.

Devant le bocal, il y avait également un bloc-notes. Il le feuilleta et reconnut l'écriture fluide et régulière qu'il avait déjà vue sur la lettre annonçant la mort de Kaplan. Sur la première page étaient tracés ces mots :

« Ma très chère Kristen ».

Abe sentit la fureur l'envahir, mais il la refoula aussitôt. Madden avait mis la vie de Kristen en danger, et il avait le culot de se montrer affectueux avec elle.

Il poursuivit son inspection et trouva l'escalier menant au sous-sol. Il le descendit à pas lents, l'esprit aux aguets, le doigt posé sur la détente de son arme.

Si Conti se trouve au sous-sol, je suis dans sa ligne de mire.

Mais il n'y eut pas de coups de feu pour l'accueillir. Ni aucun autre son, d'ailleurs.

Le sous-sol était plongé dans un silence de mort. Trois corps d'hommes étaient étendus, attachés à des tables. Tous trois avaient un trou sanglant dans le front. Il jeta un regard à la pièce, remarqua la présence d'un étau Craftsman, d'un moule à balles, de plaques de marbre soigneusement empilées, et de rouleaux de caoutchouc, posés à la verticale tels des rouleaux de moquette. Il y avait une machine dans un coin, et il s'en approcha pour l'examiner. Elle était composée d'un boîtier long de deux mètres, blanchi par la poussière, et couvert d'une plaque de Plexiglas. Dans le boîtier, il y avait deux ouvertures circulaires, sur lesquelles étaient fixés des gants en caoutchouc, permettant de travailler en toute sécurité sous la plaque de Plexiglas. C'était, selon toute apparence, une cabine de sablage. A l'intérieur se trouvait une pierre tombale sur laquelle était gravé ce nom :

Leah BRODERICK.

Il y avait un congélateur dans l'un des coins de la pièce, un modèle grand format. Il l'ouvrit et constata qu'il était vide.

Conti avait emmené Kristen ailleurs. Abe parvint à surmonter la panique qui commençait à s'emparer de lui. Il retourna au rez-de-chaussée et l'inspecta une nouvelle fois. Il s'arrêta pour examiner la photo posée sur le téléviseur. Un portrait de Genny O'Reilly, épouse Barnett, plus âgée, plus mûre que sur la photo où elle se tenait au bras de Hank Worth. C'était la mère d'Owen.

Abe prit le bloc-notes et en feuilleta une nouvelle fois les pages. Les trois premières étaient remplies de l'écriture de Madden, mais ce qui était rédigé sur la quatrième s'arrêtait au beau milieu d'une phrase. Comme si Owen avait été interrompu dans sa rédaction. Intrigué, Abe tourna la page et remarqua que la cinquième feuille avait été arrachée. Il passa le doigt sur la page vierge qui suivait, sentit le relief laissé par un stylo à bille, et songea aussitôt à une astuce digne d'un film policier.

Mon Dieu, je vous en supplie, faites que ça marche.

Sans trop appuyer, il noircit la page vierge avec la mine d'un crayon, faisant apparaître ce que Madden avait écrit sur la feuille arrachée. Il reconnut l'adresse. C'était au bord du lac, dans la zone portuaire.

Un entrepôt. Appartenant à Conti. Son supérieur à la brigade des stupéfiants lui avait fait part, naguère, de ses soupçons concernant Conti : il était persuadé que ce dernier se servait de cet entrepôt pour cacher des cargaisons de drogue, sous couvert d'activités commerciales légales. Mais les policiers avaient eu beau fouiller l'endroit, ils n'avaient pas trouvé le moindre gramme de substance illégale. Et Conti pouvait continuer de se pavaner, nimbé de respectabilité et gavé de richesses.

— Merci, murmura-t-il en levant les yeux vers le ciel.

Il sortit son téléphone et composa le numéro de Mia.

— Mia, c'est Abe. Retrouvez-moi à l'entrepôt de Conti, dans la zone portuaire.

Il lui donna l'adresse tout en se précipitant vers la porte.

— Appelez des renforts ! ajouta-t-il.

— Abe, attendez-moi ! N'y allez pas seul ! l'implora-t-elle.

Abe entendit une voix d'homme marmonner, puis reconnut Spinnelli, qui avait pris le téléphone des mains de Mia et disait :

— Abe, je vous interdis d'entrer dans cet entrepôt avant l'arrivée des renforts. C'est un ordre ! Vous m'entendez ?

Abe ne répondit pas. Kristen se trouvait là-bas, il en était certain.

Et il allait tout faire pour qu'elle sorte de cet entrepôt vivante.

Il s'installa en hâte sur le siège du conducteur et saisit le volant de ses mains tremblantes.

Mon Dieu, faites qu'ils n'abusent pas d'elle.

— Abe ! cracha Spinnelli. Vous m'avez bien compris ?

Il fit crisser les pneus du 4x4 en s'éloignant à toute allure de la maison de Madden.

— Oui, fit-il. Je vous ai bien compris.

Samedi 28 février, 15 h 45

Owen leva les yeux vers elle après avoir tranché ses liens.

— Vous saviez ?

— Depuis une heure...

Il se redressa et demanda :

— Qui vous a amenée ici ?

— Jacob Conti.

Kristen se releva en frottant ses poignets endoloris.

— Il n'est pas vraiment content que son fils ait été tué, ajouta-t-elle d'un ton caustique.

Owen la dévisagea, et Kristen se dit qu'elle ne lui avait jamais vu un regard aussi déterminé.

En fait, songea-t-elle, *je n'ai sans doute jamais voulu le remarquer.*

Car enfin, c'était Owen, c'était son ami. Il tenait un petit restaurant. Il la nourrissait. Il faisait un excellent poulet frit, une succulente tourte aux cerises…

Et il a impitoyablement assassiné treize personnes.

— Je le referais sans hésiter, si cela ne vous mettait pas en danger.

— Et tu vas le payer ! fit une voix dans le dos de Kristen.

Ce fut sans surprise que Kristen et Owen virent approcher Jacob Conti et Drake Edwards. C'était l'homme de main qui avait prononcé ces paroles menaçantes. Il avait à la main un pistolet semi-automatique, et son œil luisait d'un regard mauvais, qui ne laissait rien présager de bon.

Kristen sentit le sang se figer dans ses veines.

Abe, j'espère que tu sais que j'ai été enlevée. Je t'en supplie, viens me tirer de là…

— Drake, fouille-le et désarme-le. Ensuite, nous irons quelque part où nous serons tous plus à l'aise, dit Jacob Conti d'un ton doucereux.

Edwards palpa Owen de haut en bas et lui confisqua deux gros pistolets semi-automatiques. Il trouva le premier dans un holster d'épaule et le second glissé dans sa ceinture, contre ses reins. Il les obligea ensuite à marcher entre deux rangées de caisses, jusqu'à ce qu'ils atteignent l'allée centrale, où se déplaçaient habituellement des chariots élévateurs à fourche. Au bout de cette allée se trouvaient deux quais de chargement, déserts. Le silence était absolu.

Owen s'arrêta de marcher et dit :

— Tuez-moi ici. Je ne vais pas plus loin.

— Tu feras ce qu'on te dit ! cracha Edwards.

— Ça y est, vous m'avez capturé, reprit Owen sans tenir le moindre compte de ce que venait de dire Edwards. Laissez-la partir, maintenant.

Conti esquissa un sourire.

— Pour renoncer à la meilleure partie de ma vengeance ? Jamais !

Kristen remarque une nouvelle fois la férocité du regard d'Edwards. Et elle comprit ce qui allait se passer. Owen avait tué pour elle. Et ils allaient se servir d'elle pour le faire souffrir.

Elle chancela un peu, et Edwards laissa échapper un petit gloussement.

— Tu as le chic pour dénicher des femmes intelligentes, Jacob, ricana-t-il. Elle a déjà tout compris.

Owen pâlit, mais resta silencieux. Conti éclata de rire.

— Vois-tu, dit-il, te tuer ne me suffit pas. Tu vas souffrir comme tu as fait souffrir mon fils. Drake va la sauter sous tes yeux… Ensuite, il va la tuer, toujours sous tes yeux. Et ensuite… tu regretteras d'être encore en vie.

— Venez ici, mademoiselle Mayhew, ordonna Edwards.

Il lui saisit le bras, et Kristen tenta de se dégager. Edwards lui jeta un regard noir et resserra son étreinte, enfonçant ses doigts dans la chair de la jeune femme.

— J'ai dit : venez !

Il la plaqua contre lui et elle se débattit, tentant de le repousser, détournant la tête lorsqu'il essayait de l'embrasser.

Conti se mit à rire de nouveau.

— Alors, Drake, tu crois que tu t'amuseras autant qu'avec la Richardson ?

Edwards la prit par les épaules et la secoua violemment.

— Je crois bien, Jacob, dit-il. Moi, je les préfère comme ça, quand elles me résistent !

Kristen cligna des yeux, s'efforçant de retrouver son équilibre.

Soudain, elle vit Owen se baisser brusquement et Edwards tressaillir. Il resta figé une fraction de seconde, le front orné d'une étoile rouge, puis s'effondra sur le sol.

En un éclair, Conti se jeta sur elle, la saisit par le cou et colla le canon de son pistolet contre sa tempe.

Owen était toujours à genoux, un petit pistolet Beretta à la main. Il avait dû le dissimuler dans sa chaussure. Il haletait, et son regard était dur et perçant. Kristen fut certaine alors que c'était bien là l'homme qui avait assassiné treize personnes. Elle jeta un coup d'œil au corps d'Edwards et eut un haut-le-cœur.

Quatorze, en fait.

— Espèce de salaud, gronda Conti. Jette ton arme, ou je la flingue !

— Il va me tuer, de toute façon ! s'écria Kristen. Allez chercher de l'aide. Je vous en supplie !

Conti enfonça un peu plus le canon de son arme dans la tempe de Kristen.

— Ta gueule, toi ! Jette ton pistolet, Madden. Tout de suite !

Owen lâcha son arme, qui tomba sur le béton.

— Maintenant, relève-toi et pousse-la du pied vers moi, ordonna Jacob.

Owen obéit.

Puis il y eut un autre coup de feu.

Owen s'effondra en se tordant de douleur. Son genou était en sang, mais il n'émit pas la moindre plainte. Elle se souvint de ce que lui avait dit le médecin légiste du comté de Lake. *Il était aussi impassible qu'une statue grecque.*

— Maintenant, Madden, regarde bien : elle va mourir ! s'écria Conti.

Kristen ferma les yeux. Elle ne verrait plus jamais Abe. *Il me retrouvera ici*, songea-t-elle. *Morte. Avec une balle dans le corps, comme Debra. Oh ! Abe, c'est trop injuste…*

C'est alors que la voix d'Abe retentit dans l'entrepôt.

— Lâchez-la, Conti ! hurla-t-il.

Kristen vacilla sur ses jambes.

Abe…

Conti la secoua brusquement pour qu'elle se redresse, le canon de son pistolet toujours collé contre sa tempe. Abe surgit d'un amas de cartons, près des quais de chargement. Il pointait une arme devant lui.

— Pourquoi obéirais-je ? répliqua Conti.

— Parce que je vous tuerai si vous touchez à un seul de ses cheveux ! cria Abe.

Il s'approcha lentement et répéta :

— Lâchez-la !

Conti recula d'un pas, entraînant Kristen avec lui, et appela ses hommes à l'aide d'une voix autoritaire.

Abe se rapprocha davantage.

— Si ce sont les types qui montaient la garde que vous appelez ainsi, il va falloir crier plus fort. Ils ne peuvent vous entendre.

Kristen sentit le corps de Conti se raidir sous l'effet de la rage.

— Je vais la tuer, cria-t-il. Je le jure !

Luttant contre la panique, Kristen baissa les yeux sur Owen, étendu sur le sol et se tenant le genou. Elle le vit diriger son regard de manière insistante vers la droite. Elle suivit son regard et faillit s'évanouir de soulagement.

A peine visible derrière une rangée de cartons, Spinnelli pointait son pistolet sur Conti.

Et donc, sur moi, se dit-elle. Elle chercha désespérément un moyen de se dégager de l'étreinte de Conti, afin qu'Abe et Spinnelli puissent ouvrir le feu sans risquer de la toucher.

Soudain, Owen leva les yeux, et Kristen suivit de nouveau son regard. Et elle vit Mia, perchée sur les rayonnages métalliques, tenant une caisse en équilibre au bord d'une étagère. Mia ouvrit peu à peu les mains… Le souffle bloqué par l'émotion, Kristen attendit.

Et la caisse tomba au sol avec fracas.

Surpris, Conti sursauta, éloignant l'arme de la tempe de Kristen. Celle-ci en profita pour passer à l'action. Lui donnant un violent coup de pied, elle parvint à lui échapper et roula sur le sol. Aussitôt, trois détonations retentirent dans l'entrepôt, et Conti s'effondra à son tour.

Pour ne plus jamais se relever.

Un instant plus tard, elle avait couru dans les bras d'Abe. Il la berça pour l'apaiser en répétant sans cesse :

— Mon Dieu, mon Dieu…

Il enfonça son visage dans la chevelure ébouriffée de Kristen et murmura :

— J'ai cru que je ne te reverrais plus jamais vivante.

Un frisson lui parcourut l'épiderme, et il la serra un peu plus fort contre lui. Kristen lui caressait le dos en disant :

— Tout ira bien, Abe. Tout ira bien, tu verras…

Il recula d'un pas, plissa les yeux pour s'assurer qu'elle n'avait pas été blessée ni agressée. Il ferma les yeux, soulagé de la voir indemne.

— J'aurais voulu tuer Edwards aussi, murmura-t-il.

— Oublie tout ça. Il est mort. Owen l'a tué.

— Je sais. Je me trouvais derrière les caisses, lorsque vous êtes tous apparus dans l'allée. J'ai tout vu…

Et je n'oublierai jamais le spectacle de ces salauds menaçant de profaner ton corps.

— Si vous ne vous étiez pas arrêtés là, nous n'aurions pas pu intervenir à temps, reprit-il.

Kristen se retourna et jeta un coup d'œil à Owen, qui était allongé sur le ciment, toujours silencieux, le visage déformé par la douleur.

— C'est grâce à vous, Owen, dit-elle. C'est vous qui avez refusé d'aller plus loin.

Mia descendit de son perchoir, au milieu des rayonnages.

— Il nous a repérés quand on s'est déployés près du quai de chargement, confirma-t-elle.

Elle se tourna vers Owen et le toisa d'un œil impassible.

— Vous avez une vue d'aigle, ajouta-t-elle.

Kristen eut un petit soupir.

— Vous m'avez sauvé la vie, Owen…

Elle le regarda d'un air affligé, tandis que les larmes lui montaient aux yeux.

— Comment avez-vous pu tuer tous ces gens ? demanda-t-elle.

Il ne répondit pas mais soutint son regard, toujours stoïque.

— Je suis obligée de vous arrêter, dit-elle d'une voix entrecoupée de sanglots.

Comme s'il n'y avait pas trois flics en armes qui l'auraient empêchée de le laisser filer, si tel avait été son choix !

— Je sais, lâcha-t-il entre ses dents serrées. Vous ne mériteriez pas mon respect si vous me laissiez libre.

Il se redressa tant bien que mal et, en un éclair, sortit un autre Beretta de sa chaussure.

— Mais je ne veux pas aller en prison... Adieu Kristen !

— Owen, non !

Horrifiée, Kristen le vit coller le petit pistolet sous son menton, et une dernière détonation résonna entre les rangées de caisses.

— Ne regarde pas, ma chérie, lui chuchota Abe dans le creux de l'oreille. Ne regarde surtout pas.

Elle détourna les yeux. Ce qu'elle venait de voir lui suffisait amplement.

Samedi 28 février, 18 h 15

Elle ne devrait pas être ici, songea Abe en regardant Kristen lire la dernière lettre d'Owen, restée inachevée. Elle devrait être avec Aidan et McIntyre, qui étaient tous les deux sous observation, à l'hôpital. Elle venait de subir un terrible choc, elle aussi. Mais elle avait refusé de rester à l'hôpital, même lorsque les Reagan l'avaient suppliée de se laisser examiner par un médecin. Elle avait insisté pour accompagner Abe et Mia dans la maison d'Owen. Là où le cauchemar avait commencé.

A présent, elle était attablée dans la cuisine d'Owen. Son visage était tout pâle, et ses mains gantées tremblaient, alors même qu'elles étaient posées à plat sur la table. Abe lui-même tremblait un peu, et il n'en avait pas honte. Il avait failli la perdre. Et il avait du mal à oublier le pistolet que Conti lui avait collé contre la tempe.

Mais elle était vivante. Et indemne. Physiquement, en tout cas. Qui pouvait dire combien de temps durerait le traumatisme psychique ?

Elle avait failli être violée par Edwards. Et tuée par Conti.

Elle avait découvert qu'un homme auquel elle accordait toute sa confiance était un assassin impitoyable. Elle l'avait vu se coller un Beretta sous le menton et se faire sauter la cervelle.

Abe sentit la main de Mia lui effleurer le dos.

— Elle a l'air d'aller bien, chuchota-t-elle.

— Je sais, mais…

Il laissa sa voix se perdre dans un souffle et Mia lui tapota le dos.

— Venez voir ce que Jack a trouvé, dit-elle. Laissez-la seule quelques instants.

Il se laissa mener à contrecœur dans l'une des chambres, dans laquelle Jack se tenait assis face à un ordinateur.

— Qu'avez-vous trouvé ? demanda Abe.

Jack regarda par-dessus son épaule d'un air sombre.

— La base de données de Kristen, répondit-il. Mais comment diable Madden a-t-il fait pour accéder à son ordinateur ?

— Il l'a volé, fit la voix de Kristen derrière eux.

Elle passa devant Abe, le bloc-notes d'Owen à la main.

— Il a mis un somnifère dans mon thé, un soir, quand j'étais allée dîner dans son restaurant. Je me souviens m'être endormie et m'être réveillée peu après, en pensant que je devais être vraiment très fatiguée. Ça faisait plusieurs nuits que j'avais des insomnies, ça ne m'a donc pas vraiment étonnée. Je me souviens que ma première pensée, quand je me suis éveillée, a été pour mon ordinateur portable. « Où est mon ordinateur ? » me suis-je dit. C'est là que je me suis aperçue qu'il était à mes pieds, dans son étui. Et je me suis dit que, comme Owen était là et veillait sur moi, personne n'aurait osé me le voler…

Elle tendit le bloc-notes à Abe.

— Tout est là-dedans, ajouta-t-elle.

— Je suis désolé, Kristen, dit doucement Abe.

Elle déglutit avant d'ajouter :

— Il s'est servi de moi pour assassiner ces gens, murmura-t-elle avec amertume.

— Vous êtes une victime, vous aussi, dans cette affaire, insista Mia.

Kristen eut un petit rire sans joie.

— Allez raconter ça aux familles des gens qu'il a tués, répliqua-t-elle. Je crois qu'elles ne seront pas tout à fait d'accord...

Elle leva les yeux vers le mur, derrière l'ordinateur. Des certificats y étaient accrochés dans des cadres. Certains lui avaient été délivrés à Chicago, pour son travail de bénévole auprès des handicapés mentaux. Owen enseignait le travail du bois et des métaux, ainsi que la gravure sur pierre, au foyer communautaire que Leah fréquentait. D'autres certificats, délivrés à Pittsburgh, récompensaient trente-cinq ans de bons et loyaux services dans la police de la ville. Une médaille figurait en bonne place, parmi tous ces certificats : la Purple Heart, décoration attribuée aux soldats blessés. Il avait été blessé au Viêt-nam, en 1965.

— J'ai toujours du mal à y croire, lâcha Kristen d'une voix presque inaudible. C'est incroyable qu'il ait été flic. Et c'est incroyable qu'il ait tué tant de gens. Mais c'est la triste vérité...

Mia prit le bloc-notes des mains d'Abe et parcourut la lettre.

— Bon, fit-elle. Il a eu le temps de tout nous raconter par écrit, avant d'être interrompu. Tout s'explique, à présent. Ou presque...

— Qu'est-ce qu'il y a, dans ce bloc-notes ? demanda Spinnelli, qui venait d'apparaître sur le pas de la porte.

— Une lettre pour Kristen, répondit Abe.

Kristen avait toujours les yeux rivés sur le mur couvert de certificats.

— Il y explique un certain nombre de choses. Par exemple, qu'il s'appelait Robert Henry Barnett, avant de changer son nom au début des années soixante, en raison de certaines « dissensions » au sein de sa famille.

— C'est l'époque du meurtre du garçon qui avait poignardé Colin, son frère, indiqua Mia. La chapelière,

Mlle Keene, nous a confié qu'elle avait cru un moment que Robert était revenu venger la mort de son frère. Ça paraît plutôt probable, en effet, maintenant qu'on sait de quoi cet homme était capable…

— Il a été marine au Viêt-nam, dit Spinnelli avant de remarquer la médaille du Purple Heart. Mais je pense que vous avez dû arriver aux mêmes conclusions.

— Et vous, comment l'avez-vous su ? demanda Abe, qui ne quittait pas Kristen des yeux.

— Les empreintes digitales qu'il a laissées dans le garage de Kaplan ont parlé, répondit Spinnelli.

Il marcha vers le mur pour étudier de plus près les certificats.

— Owen Madden a été démobilisé avec mention honorable, après un séjour au Viêt-nam dans le corps des marines. Quand il est revenu aux Etats-Unis, il s'est engagé dans la police de Pittsburgh. Tout au long de sa carrière, il a reçu les éloges de ses supérieurs. Il a pris sa retraite il y a cinq ans, et a acheté un petit bar fréquenté par les flics, à Pittsburgh. J'ai appelé son ancien chef, qui m'a dit qu'il avait disparu sans explications, il y a trois ans. Du jour au lendemain, il a mis son bar en vente et il a quitté la ville.

— Il avait appris l'existence de Leah, dit Kristen à voix basse.

Elle se tourna vers les policiers.

— La mère de Leah, poursuivit-elle, était atteinte d'un cancer incurable et s'inquiétait pour sa fille. Qui allait s'occuper d'elle, après sa mort ? Elle a engagé un détective privé pour retrouver Owen. Apparemment, il était venu à Chicago vingt-trois ans plus tôt, et y avait rencontré la mère de Leah. Il n'y était resté qu'une semaine, mais avait eu le temps d'avoir une brève liaison avec elle. Et puis, il était retourné à Pittsburgh.

— Il y a vingt-trois ans, dit Mia d'un air pensif. S'il était revenu à Chicago, c'était pour assister à l'enterrement de ses parents et de sa sœur, Iris Anne. Souvenez-vous que Mlle Keene croyait l'y avoir vu, mais qu'il n'avait pas répondu lorsqu'elle l'avait salué.

— Oui, ça tient debout, acquiesça Kristen. Apparemment, la mère de Leah est tombée enceinte, mais elle ne savait pas où joindre Owen. Il ne prévoyait pas de revenir à Chicago. Elle a fini par le retrouver juste avant de mourir. Leah avait déjà subi l'épreuve du procès, et commençait à sombrer dans la dépression. Sa mère s'inquiétait de plus en plus de ce qu'il adviendrait de sa fille après son décès.

— Il s'est impliqué dans la vie de sa fille beaucoup trop tard, lâcha Spinnelli, sans quitter des yeux les certificats accrochés au mur.

— Comment l'avez-vous rencontré, Kristen ? demanda-t-il.

Kristen haussa les épaules.

— Par hasard, répondit-elle. J'étais contrariée par un procès où j'avais été obligée de transiger avec la défense, et je suis allée me promener en ville pour me changer les idées. Je suis entrée dans le restaurant d'Owen pour manger un morceau et nous nous sommes mis à bavarder. Rien, dans sa conversation, ne pouvait laisser penser qu'il était le père de Leah, ou qu'il avait été flic dans une autre ville.

— Comment aurais-tu pu t'en douter ? fit Abe d'un ton conciliant. Il tenait un restaurant. Qu'est-ce qui aurait pu te faire penser que c'était un flic à la retraite ?

Kristen secoua la tête.

— Je sais bien que c'était impossible à deviner, dit-elle. Mais j'aurais dû sentir qu'il dissimulait quelque chose. En tout cas, il semble que Leah se soit de plus en plus enfoncée dans la dépression. Owen lui a trouvé un appartement loin du centre de Chicago, pour qu'elle change de vie. Il voulait lui épargner de revoir tous les jours le quartier où elle avait été violée. Alors, il lui a loué quelque chose dans le comté de Lake, non loin du terrain appartenant à Paul Worth.

— Mais c'était déjà trop tard, intervint Mia. Et Leah s'est suicidée quand même…

— C'est le traumatisme que nous cherchions, observa Spinnelli.

— Comment va la petite fille ? voulut savoir Kristen. La fille de Kaplan… Je n'ai pas cessé de penser à elle.

Spinnelli serra les mâchoires.

— D'après ce que les psys ont pu en tirer, répondit-il, elle n'a pas assisté au meurtre de son père. Ils pensent qu'elle n'a pas vu le corps… Elle n'a vu que Madden, tout sanglant et à moitié fou. C'est ce qu'elle répète sans arrêt : « Le fou plein de sang, le fou plein de sang… »

— Elle est traumatisée à vie, murmura Kristen d'un air coupable.

— Ce n'est pas ta faute, dit fermement Abe.

— Comment a-t-il appris l'existence de Paul Worth, son oncle biologique ? s'enquit Spinnelli.

— Il n'a pas eu le temps de nous l'expliquer dans sa lettre, répondit Kristen en haussant les épaules. Quand il a interrompu sa confession écrite, il en était à expliquer comment il m'avait subtilisé mon ordinateur… D'après ce que j'ai compris, il a dû recevoir un appel de Zoe Richardson. En tout cas, c'est son nom qu'il a crié, quand il est arrivé dans l'entrepôt.

Le regard de Spinnelli se fit encore plus sombre. Il se renfrogna un peu.

— Il a sans doute dû recevoir un appel de quelqu'un qui se faisait passer pour Richardson. Ce qui est sûr, c'est que ce n'était pas Richardson…

Kristen ferma les yeux.

— Elle est morte ? demanda-t-elle tout bas.

— Oui, dit Spinnelli après un instant d'hésitation.

Il échangea un regard lourd de sous-entendus avec Abe. *Est-ce vraiment nécessaire d'en parler maintenant à Kristen ?* semblait-il demander. Mais la jeune femme ouvrait déjà les yeux.

— Dites-moi comment, insista-t-elle.

— Conti l'a tuée, Kristen. Vous n'avez pas besoin d'en savoir plus.

Le regard de Kristen s'enflamma.

— Comment est-elle morte ? Bon sang, Marc, j'ai le droit de le savoir !

Spinnelli soupira avant de répondre :

— Elle est morte asphyxiée, lâcha-t-il du bout des lèvres.

Mia fronça les sourcils.

— Asphyxiée ? Mais…

— Jack, vous avez fini ? l'interrompit Spinnelli. Il faut que j'organise une conférence de presse, et j'ai besoin d'une synthèse de tout ce que vous avez découvert ici. Alors, dépêchez-vous. Kristen, il y avait une pile de livres sur la table de nuit de Madden. Il avait collé un Post-it avec votre nom sur le haut de la pile. Des livres de poésie, je crois. Keats et Browning… Mia, montrez-lui ces bouquins.

Kristen lui lança un regard intense.

— Peu importe que vous me le disiez ou pas, Marc, dit-elle d'une voix ferme. Un jour ou l'autre, un journaliste le saura, et je n'aurai qu'à regarder le journal télévisé pour savoir ce qui s'est passé.

Elle sortit de la pièce avec Mia. Lorsqu'elles furent sorties, Spinnelli lâcha un profond soupir.

— Quand la presse a diffusé la nouvelle de la mort de Conti et d'Edwards, nous avons reçu un appel anonyme. On nous disait que, si nous empêchions l'enterrement d'Angelo Conti, nous retrouverions une personne disparue. Heureusement, le sol était si boueux, à cause du dégel, que les fossoyeurs n'avaient pas pu procéder à l'inhumation.

Abe ne put réprimer une grimace, en comprenant où Spinnelli voulait en venir.

— Non ! s'exclama-t-il. Ils l'ont…

— Eh oui, fit Spinnelli. Kristen a raison : tout cela passera aux infos d'ici peu. Je vous laisse le soin de lui en parler. Maintenant, faites-moi le plaisir de l'emmener hors d'ici, et allez vous reposer en famille. Au fait, comment va votre frère ?

Abe consulta sa montre.

— Les médecins devraient le laisser rentrer chez lui d'un moment à l'autre, répondit-il. Bon, je vais raccompagner Kristen.

— Ne la ramenez pas chez elle, le mit en garde Spinnelli. Il va d'abord falloir qu'on fasse nettoyer son salon. Il y a du sang partout, sur le papier peint.

Le papier peint à rayures bleues... Abe s'efforça de ne pas songer à la scène que Mia et Spinnelli avaient découverte. Le cadavre dans le salon, le sang sur le mur. Il imaginait aussi Kristen, au moment où elle avait abattu l'homme de main qui s'était introduit chez elle et l'avait molestée...

— Je n'avais pas l'intention de la ramener chez elle, dit Abe d'une voix mal assurée. Je vais l'emmener chez mes parents. Toute la famille y sera rassemblée.

Il avait déjà tourné les talons, lorsque la main de Spinnelli se posa sur son épaule.

— J'ai été fier de vous, aujourd'hui, Abe, déclara le lieutenant. Vous avez attendu qu'on arrive à l'entrepôt au lieu de jouer les héros solitaires. Vous n'avez pas cédé à la panique. Vous avez fait ce qu'il fallait faire.

Cela avait été dur d'assister à la scène sans intervenir, sachant que Conti pouvait tuer Kristen d'un moment à l'autre. Mais Spinnelli avait raison : il avait fait ce qu'il fallait faire. Il n'aurait pas pu la sauver tout seul.

— Merci, souffla-t-il.

Spinnelli lui jeta un long regard rempli de soulagement.

— De rien, répondit-il.

Samedi 28 février, 19 h 30

Le brouhaha lui fit tant de bien que Kristen sentit des larmes lui piquer les yeux. D'un accord tacite, elle et Abe avaient choisi de ne pas revenir chez elle, et d'aller plutôt là où on les accueillerait à bras ouverts. Abe poussa la porte de la buanderie qui donnait sur la cuisine, et Kristen eut aussitôt la sensation d'être chez elle, dans sa vraie famille — celle où elle pouvait trouver soutien et réconfort. Les enfants de Sean et de Ruth jouaient à cache-cache dans la cuisine, Becca regardait une émission à la télévision et Annie épluchait des pommes de terre. Rachel était assise à la table de la cuisine, plongée dans un devoir de maths. Rassemblés autour du téléviseur du salon, les hommes de la maisonnée regardaient un match en lançant des imprécations.

Rachel poussa un cri et se leva d'un bond pour accueillir Kristen, qu'elle faillit renverser par son étreinte enthousiaste. Kristen la serra bien fort contre elle. Elle déglutit et caressa doucement la tête de l'adolescente, enfouie dans le creux de son épaule.

— Tout va bien, maintenant, ma chérie, murmura-t-elle. Le cauchemar est fini.

— J'ai eu si peur, bredouilla Rachel d'une voix tremblante. Quand j'ai appris que vous aviez disparu, je…

— Moi aussi, j'ai eu peur.

Elle pouvait l'avouer, à présent que tout était fini. Elle avait vu mourir quatre hommes en un après-midi. Dont l'un qu'elle avait tué. Elle n'avait pas encore pleinement pris conscience du fait qu'elle avait été forcée de tuer un homme dans son propre salon.

Pour l'heure, elle serrait Rachel dans ses bras, et cela lui faisait le plus grand bien.

— Et toi, ma chérie, dit-elle, tu as aidé Abe et ses collègues à me sauver la vie. L'inspecteur Mitchell m'a raconté comment tu as reconnu Owen, sur le portrait-robot. Sans toi, ils n'auraient pas compris que c'était lui, le tueur. Et tu les as aussi aidés à retrouver Aidan, pour qu'ils l'amènent à l'hôpital.

Rachel se dégagea en souriant faiblement, les joues baignées de larmes.

— Oui, fit-elle. J'espère qu'il me revaudra ça !

Kristen lui effleura les joues, essuyant ses larmes du bout du pouce.

— Moi aussi, je l'espère. Et, moi aussi, je te revaudrai ça. Merci, Rachel.

— Vous allez bien ? s'inquiéta subitement l'adolescente. Vous vous sentez vraiment bien ? Vous ne faites pas semblant ?

Kristen ne put réprimer un sourire.

— Non, je ne fais pas semblant, répliqua-t-elle. Je vais aussi bien que possible. Et ça va encore mieux depuis que je suis ici, avec toi et ta famille.

Rachel pencha la tête de côté, comme pour examiner le visage de Kristen.

— Aidan m'a dit que vous avez tué un sale type.

Kristen inspira profondément.

— C'est exact, fit-elle.

Rachel plissa les yeux.

— Bravo, dit-elle. Il l'avait bien mérité.

— Rachel, intervint Becca, je ne crois pas que Kristen ait envie d'en parler.

Elle se leva pour embrasser Kristen et chuchota :

— Nous étions morts d'inquiétude. Je suis heureuse de vous revoir dans cette maison, qui est aussi la vôtre.

Elle déposa un petit baiser sur le front de Kristen et se mit à s'affairer dans la cuisine.

— Abe, rends-toi utile. Amène cette tourte à ton frère, ordonna-t-elle. Il se repose dans le salon, allongé sur le canapé.

Abe fronça les sourcils.

— Aidan a droit à une tourte pour lui tout seul ? C'est pas juste !

— Il a eu une commotion cérébrale. C'est parfaitement juste ! rétorqua Becca.

Elle posa le plat contenant la tourte dans les mains d'Abe et ajouta en gloussant :

— Et n'en pique pas un bout en route. Allez, vas-y. Ah, ces garçons… Kristen, il va y avoir du monde à la maison, ce soir. Si vous vous sentez d'attaque, il y a de la laitue et de quoi faire une salade dans le frigo. J'ai besoin d'aide, moi.

— Maman…, murmura Annie d'un ton gentiment réprobateur.

Becca lui jeta un regard noir, et Kristen comprit que Becca n'avait nullement besoin d'aide. C'était simplement sa manière à elle de faire comprendre à Kristen qu'elle faisait partie de la famille.

Elle était en train d'extirper des concombres du bac à légumes lorsque Ruth fit son apparition sur le pas de la porte. Elle tenait son bébé dans les bras. Elle observa Kristen un instant avant de lui sourire.

— Il paraît que vous avez eu une journée mouvementée, dit-elle.

Kristen écoutait Ruth, mais ses yeux étaient rivés sur le bébé. Elle n'avait pas oublié qu'Abe et elle avaient encore bien des choses à mettre au clair. Elle avait prévu qu'elle serait émue de revoir le bébé de Ruth, mais elle ne pensait pas que ce serait à ce point. Elle chancela légèrement.

Elle aurait tant voulu tenir, elle aussi, son enfant dans ses bras ! Mais elle craignait que sa stérilité ne creuse un fossé entre elle et Abe, et ne lui fasse perdre sa place dans cette famille qu'elle considérait déjà comme la sienne.

— Kristen ? fit Ruth en s'approchant d'elle.

Elle lui prit le menton et la força doucement à redresser la tête.

— Dites quelque chose, murmura-t-elle.

Kristen cligna des yeux, inspira un grand coup et se força à répondre :

— Je vais très bien. Mais, comme vous dites, j'ai eu une journée mouvementée, et je suis épuisée.

Elle posa les concombres sur la table avant d'ajouter :

— Et je crois que ce que j'ai de mieux à faire, c'est de m'occuper les mains. Le baptême était très réussi, Ruth. Je suis désolée que la fête ait été gâchée.

Ruth la dévisagea d'un air peu convaincu.

— Si vous avez besoin de quoi que ce soit, n'hésitez pas à me le dire.

— Je n'y manquerai pas, c'est promis.

Kristen s'installa devant l'évier et entreprit de laver la laitue.

— Alors Rachel, encore de l'algèbre ?

Rachel grimaça.

— Oui, il faut bien que je rattrape le retard que j'ai pris en manquant l'école, ces derniers jours. Les profs auraient pu me faire une faveur, étant donné les circonstances, mais, pensez-vous ! Il faut que je rende ce devoir lundi…

Kristen se concentra sur la salade.

— Bienvenue dans le monde réel, ma chérie, lança-t-elle d'un ton caustique.

Un monde qui ne lui avait guère fait de faveurs, jusque-là. *Ne pourrait-il pas y avoir une exception, juste pour une fois ?* se dit-elle en songeant à Abe.

Samedi 28 février, 22 h 45

La maison était plutôt calme. Sean et Ruth étaient rentrés chez eux, emmenant leur marmaille — ce qui avait éliminé les trois quarts du vacarme. Aidan était couché dans son ancienne chambre, dans laquelle il avait consenti à dormir, sur l'insistance de Becca. Annie aussi était rentrée chez elle, non sans avoir dit à Kristen de ne pas se soucier de son salon. Elle avait en réserve un papier peint qui conviendrait à merveille pour remplacer celui maculé de sang. Elle lui promit qu'elle le poserait et remettrait toute la pièce à neuf.

A présent, Kristen et Abe étaient assis avec Becca et Kyle devant le téléviseur, regardant une émission dans laquelle des animaux de compagnie accomplissaient des tours d'adresse. Collée contre Abe, Kristen eut un brusque sursaut. *Des animaux de compagnie… Zut…*

— Il faut que j'aille chez moi, dit-elle, n'osant imaginer

comment elle réagirait, une fois sur place. Il faut que je nourrisse mes chats.

Abe la serra un peu plus fort contre lui en répondant :

— Mia s'en est chargée. Ils sont bien nourris.

Kristen put regarder l'émission sans mauvaise conscience, repoussant à plus tard les questions en suspens. Puis l'émission prit fin et Kyle se leva en grognant.

— Excusez-moi, mais il faut que j'aille me coucher. Je me fais vieux, et tous ces événements m'ont épuisé. Tu viens, Becca ?

Becca se leva et se pencha pour embrasser Abe puis Kristen sur la joue.

— Où allez-vous passer la nuit ?

— Dans mon appartement, répliqua Abe d'un ton ferme.

Kristen n'était pas d'humeur à le contredire. Quelques instants plus tard, ils étaient assis dans le 4x4 d'Abe, regardant la maison de ses parents. Il n'avait pas encore mis le contact, et le silence était lourd. Kristen savait qu'il se posait les mêmes questions qu'elle. Le temps des décisions était venu.

— Il faut qu'on parle, Kristen, annonça-t-il posément. Mais pas ici.

Ils roulèrent en silence jusqu'à l'appartement qu'elle n'avait vu qu'une fois. Le logis d'Abe était vide et impersonnel, et Kristen s'aperçut qu'elle redoutait presque autant d'y aller que de retourner chez elle.

Mais c'était sans doute la conversation qu'ils y auraient qu'elle redoutait le plus.

Il l'aida à retirer son manteau et alluma. Il appuya sur un interrupteur, et la cheminée à gaz s'embrasa aussitôt. Il lui tourna le dos et resta immobile un instant, tandis qu'elle attendait qu'il se décide à parler.

— Hier soir, je t'ai dit que je t'aimais, dit-il brusquement.

Elle se rendit compte qu'il ne le lui avait pas redit depuis.

— Toi aussi, tu m'as dit que tu m'aimais, reprit-il en se tournant vers elle, pour la regarder d'un œil perçant. Le pensais-tu vraiment ?

Kristen déglutit.

— Oui, fit-elle.

Le regard d'Abe s'enflamma.

— Que pensais-tu que j'allais dire, Kristen ? demanda-t-il. Que mon amour était conditionnel ? Que je ne pouvais t'aimer que si tu me donnais des enfants ? Que si ce n'était pas possible, que le contrat était rompu ?

Le ton brusque avec lequel il avait dit cela alarma Kristen.

— Je t'avais bien dit que tu serais déçu, murmura-t-elle.

Il leva les yeux vers le plafond et lâcha un profond soupir.

— Je suis déçu, avoua-t-il avant de baisser les yeux vers elle. Mais pas par toi.

Il franchit les quelques mètres qui les séparaient et la prit dans ses bras.

— Je ne serai jamais déçu par toi, insista-t-il. Comment t'en persuader ?

Il la serra contre lui et, tout à coup, elle ne put contenir plus longtemps ses émotions. Ses larmes affluèrent. Elle saisit à pleines mains la chemise d'Abe et s'y accrocha de toutes ses forces. Il la souleva et la porta jusqu'au canapé. Elle s'assit sur ses genoux et se laissa étreindre, jusqu'à ce que la vague retombe et que ses pleurs s'amenuisent. Il lui souleva le menton et l'embrassa, longuement, profondément. Comme si ce baiser ne devait jamais cesser.

Comme si leur amour ne devait jamais cesser.

Elle eut un soupir soulagé et frémit avant de murmurer :

— Je suis désolée, Abe. J'aimerais qu'il en soit autrement. Mais c'est impossible.

Il lui jeta un regard intense et grave.

— Notre passé a fait de nous ce que nous sommes, Kristen. On ne peut pas remonter le temps pour changer ce que nous avons vécu. Mais c'est aussi notre passé et les épreuves que nous avons subies qui ont permis notre rencontre. Et nous voilà ensemble, pour le meilleur et pour le pire. Et ça, je ne veux rien y changer. Pour rien au monde…

De nouvelles larmes vinrent brouiller la vue de Kristen, et elle cligna des yeux pour les laisser couler sur ses joues.

— Et l'avenir ? Quand tu voudras un enfant ?

— Nous pouvons en adopter un. Tout enfant que nous élèverons ensemble sera notre enfant. C'est ce que je voulais te dire, ce matin… mais j'ai eu peur que tu ne veuilles pas m'entendre dire ça.

— Les délais d'adoption sont longs, murmura-t-elle. Ce n'est pas facile d'adopter un bébé.

Elle avait encore du mal à croire à son bonheur.

— Qui te parle d'un bébé ? répliqua-t-il. Partout sur la planète, il y a des enfants qui n'ont pas de famille. Nous pouvons être cette famille, Kristen. Toi et moi. Même si on ne se reproduit pas, au sens biologique du terme, je t'aime. Et, même si je n'ai jamais d'enfants, je t'aimerai toute ma vie.

Il l'embrassa avec une telle tendresse qu'elle crut que son cœur allait se briser.

— Epouse-moi, dit-il. Je veux me marier avec toi.

Le mariage. Avec un homme comme Abe. C'était plus que ce qu'elle se croyait en droit d'espérer.

— Tu en es sûr, Abe ?

Je t'en supplie, dis que tu en es sûr. Dis-le !

— J'en suis certain, fit-il.

— Je t'aime, chuchota-t-elle en lui caressant les lèvres du bout des doigts. Je n'aurais jamais cru rencontrer un homme comme toi, Abe. Je veux que tu sois heureux.

En voyant les yeux bleus d'Abe tout brillants d'émotion, elle se demanda comment elle avait pu trouver son regard froid, au premier abord.

— Répondez à ma proposition, mademoiselle la substitut, insista-t-il.

Elle le gratifia d'un large sourire en prononçant ce mot tout simple :

— Oui.

Les épaules d'Abe s'affaissèrent et elle se rendit compte, tout à coup, qu'il avait douté de sa réponse. Il se leva brusquement et, sans un mot, alluma le téléviseur. Il passa d'une chaîne à l'autre sous les yeux médusés de Kristen. Quand il arriva aux dernières chaînes, celles qui ne passent que de la musique, il cessa de zapper pour laisser une voix de crooner roucouler une mélodie ancienne. Il se tourna vers elle et lui prit la main.

— Danse avec moi, dit-il.

Elle se colla contre lui et ils oscillèrent, enlacés, au rythme de la musique. Elle se laissa entraîner ainsi, leurs corps ne faisant qu'un, jusqu'au fond de la pièce. Elle sentit la chaleur du corps d'Abe, sentit son érection, son désir avide.

— Tu as faim ? demanda-t-il.

Elle leva les yeux vers lui et inspira profondément. Il avait faim, mais pas de nourriture. Il avait faim d'elle. C'était évident.

Elle sourit en se souvenant de la première fois qu'ils avaient fait l'amour, quand il lui avait décrit la méthode à suivre pour un amant consciencieux : le dîner, la danse, et ensuite…

De toute façon, même si elle avait eu faim, elle ne l'aurait pas avoué.

— Non, dit-elle.

— Ça tombe bien.

Il l'embrassa longuement, à lui en donner le vertige.

— Je n'avais pas vraiment envie de faire à manger, précisa-t-il.

Elle le regarda d'un air coquin et répondit :

— Mais je ne dirais pas non à un petit dessert…

Il lui sourit, et elle sentit son cœur battre la chamade.

— Moi aussi, fit-il. Moi aussi.

Epilogue

Samedi 17 juillet, 13 h 30

Abe serra la dernière vis du chevalet qu'on pouvait, à en croire le mode d'emploi, monter en dix minutes. En fait, il lui avait fallu près de deux heures pour y parvenir. Le fait que ce chevalet ait été livré avec une vidéo explicative aurait dû lui mettre la puce à l'oreille. *S'il faut une vidéo pour apprendre à le monter, c'est forcément compliqué.* Mais cela n'avait aucune importance. C'était un cadeau pour Kristen.

La pièce tout entière était un cadeau pour Kristen.

C'était la chambre d'amis de la maison qu'ils avaient achetée, la semaine précédente. Il l'avait transformée en atelier d'artiste, et s'était procuré tout ce qu'il fallait pour peindre. L'employée du magasin d'art avait failli embrasser un aussi bon client. Les tubes de peinture à l'huile étaient hors de prix. Mais cela non plus n'avait pas la moindre importance. C'était un cadeau pour Kristen, et ils pouvaient se le permettre, maintenant qu'elle n'avait plus à rembourser les traites de son ancienne maison.

Ils avaient réussi à la vendre rapidement, après qu'Annie les avait aidés à effectuer quelques ultimes réparations. Coller un nouveau papier peint dans le salon et rénover entièrement la cuisine, par exemple. Mais, malgré le temps et l'argent que ces travaux leur avaient coûtés, Abe et Kristen — ainsi que leurs voisins — étaient heureux de savoir que la maison était à présent habitée par un couple qui trouvait très excitant le passé du lieu. Le mari était journaliste, et la femme écrivain. Abe frissonna en y repensant.

Qu'ils profitent bien de cette maison, se dit-il. *Et bon débarras !*

La maison d'Owen avait, elle aussi, été revendue. Owen l'avait léguée à Kristen, en stipulant dans son testament qu'une partie du revenu de la vente devait être léguée au foyer municipal qu'avaient fréquenté Leah et Timothy. Avec le reste de l'argent, elle avait constitué un fonds destiné à soigner la fille de Kaplan, et à financer les soins dont Vincent avait besoin. Ce dernier s'était avéré plus solide qu'on aurait pu le croire. Et, même s'il ne serait plus jamais capable de travailler dans un restaurant, il allait pouvoir, grâce aux soins prodigués, retrouver une vie à peu près normale.

Abe recula d'un pas pour contempler son ouvrage. Pourvu d'un trépied et d'une manivelle pour incliner les toiles, le chevalet pouvait supporter des châssis de près de deux mètres cinquante. Abe jeta un coup d'œil aux toiles qu'il avait trouvées dans la remise de l'ancienne maison de Kristen. C'était ce trésor qu'elle y cachait, derrière une porte condamnée par d'énormes cadenas. Les toiles qu'elle avait peintes en Italie et pendant ses études d'art… Des portraits et des paysages, d'une si belle facture qu'Abe ne pouvait les regarder sans émotion. Bien sûr, son opinion en la matière était un peu partiale…

Sa femme avait du talent, et il était fier d'elle. Dans bien des domaines, d'ailleurs.

Sa dernière œuvre était posée sur un chevalet de fortune, dans un coin de la pièce. Elle avait réussi à transposer la beauté de Florence avec une telle aisance ! C'était une vue de la capitale toscane, qu'elle avait croquée de leur chambre d'hôtel, pendant leur lune de miel. Ce tableau revêtait donc aux yeux d'Abe une importance particulière.

La décoration de la maison, en elle-même, était plutôt banale. Mais Abe savait qu'Annie et Kristen ne tarderaient pas à la transformer, grâce à leurs doigts de fée. Cette fois, au moins, ils n'auraient pas de problème avec les voisins. La nouvelle maison était située à quelques dizaines de mètres de celle des parents d'Abe. Sean et Ruth habitaient, eux aussi, dans le voisinage. La vie était belle.

— Abe ?

Il entendit la porte d'entrée claquer au rez-de-chaussée.

— Je suis là, ma chérie. Dans la chambre d'amis…

Il la regarda d'un œil un peu anxieux gravir l'escalier, se demandant quelle serait sa réaction, à la vue de son nouvel atelier. Son anxiété se mua rapidement en franche inquiétude lorsqu'elle atteignit le palier. Elle était toute pâle et tremblante, malgré la chaleur de cette journée d'été.

— Qu'est-ce qui ne va pas ? demanda-t-il.

Elle se contenta de le regarder d'un air distant et énigmatique. Il la prit par le bras et la conduisit dans la chambre d'amis. Il la força doucement à s'asseoir dans un fauteuil et s'accroupit à son côté.

— Je t'ai demandé si tout allait bien, insista-t-il en la regardant dans les yeux.

Elle regarda autour d'elle et dit d'une voix émue :

— Oh ! Abe, c'est merveilleux… Merci…

Mais ce remerciement avait été prononcé d'une voix presque inaudible. Il ne la reconnaissait plus.

— Kristen, tu m'effraies. Tu es sûre que tout va bien ?

Elle fronça les sourcils, comme si elle réfléchissait à ce qu'elle allait répondre.

— Je reviens de chez le médecin, dit-elle enfin.

Le cœur d'Abe se figea. *Oh ! mon Dieu…* Les pensées les plus alarmantes défilèrent en désordre dans sa tête. Et se fixèrent sur quelque chose qu'il tenait enfoui au plus profond de sa mémoire. *Une récidive de la tumeur…*

— Il y a récidive ?

Elle le regarda, interloquée.

— Récidive ? Quelle récidive ? Je n'ai pas été au tribunal, aujourd'hui.

— Celle de la tumeur, dans le col de l'utérus.

Elle pâlit et ses épaules s'affaissèrent.

— Mais non, pas du tout. Excuse-moi Abe, je ne voulais pas t'inquiéter comme ça. Non, je suis en très bonne santé…

Tandis qu'Abe sentait son pouls ralentir, elle jeta un autre coup d'œil à la pièce en souriant.

— Je vois que tu n'as pas chômé, ce matin. Malheureusement, il va falloir que tu descendes bientôt tout ça au sous-sol. On va avoir besoin de cette chambre…

Abe secoua la tête.

— Ça, pas question ! protesta-t-il. J'ai travaillé toute…

Il remarqua qu'elle le regardait d'une drôle de manière et s'interrompit. Il n'avait jamais vu cette lueur dans ses yeux. Une lueur d'espoir et de… quelque chose d'indéfinissable. Il sentit son cœur battre plus vite dans sa poitrine, et il écarta une mèche rousse du front de sa femme.

— Quel médecin es-tu allée consulter ? demanda-t-il.

Elle soutint son regard en disant :

— Je suis allée chez le médecin parce que j'étais fatiguée. Ma mère était anémique, et je me sens vraiment épuisée depuis que je suis rentrée de mon dernier voyage au Kansas.

Abe préférait ne pas repenser à ce voyage, à sa rencontre avec le père de Kristen, qui refusait toujours obstinément de lui prodiguer l'amour qu'elle méritait. Abe aurait voulu lui casser la figure.

Mais Kristen s'était contentée de dire adieu à son père. Elle avait décidé de continuer à rendre visite à sa mère, tant que celle-ci serait en vie. Mais elle avait renoncé à reconquérir l'affection de son père. C'était son père qui y perdait le plus, après tout. Il allait finir ses jours dans la solitude. Kristen appartenait désormais à la famille Reagan, qui l'avait unanimement adoptée.

— Et qu'est-ce qu'elle a dit ?

— Elle a dit que je n'étais pas du tout anémiée.

Elle le regarda d'un air émerveillé avant d'ajouter :

— Et elle m'a annoncé que j'étais enceinte.

Enceinte... Ce mot résonna dans la tête d'Abe. Et dans son cœur. Il aurait voulu hurler de joie, rire à gorge déployée, renverser le mobilier. Mais elle avait l'air si sérieuse, si calme. Alors il attendit la suite de l'histoire.

— Je lui ai dit que c'était impossible, reprit-elle. Puisque la majeure partie de mon col de l'utérus avait subi une ablation... Mais elle m'a dit que le chirurgien avait pratiqué une biopsie conique. Et même si, en effet, il m'en manque une partie, je ne suis pas stérile.

Elle avait dit cela machinalement, comme si elle n'y croyait pas vraiment elle-même.

— Elle a dit que le chirurgien aurait dû me l'expliquer, après l'opération.

— Il ne l'a pas fait ? s'étonna Abe.

— Peut-être que si. Mais j'étais tellement bouleversée. Par le viol, l'accouchement, l'adoption de mon enfant et la tumeur... Bref, je n'ai pas bien écouté ce qu'il me disait. Je me suis dit qu'après une telle opération j'étais forcément stérile. Et par la suite, eh bien... je ne voulais tout simplement pas y repenser.

Abe ne put s'empêcher de sourire. Il la prit dans ses bras et la fit danser comme une petite fille. Elle éclata de rire.

Il lui pencha la tête en arrière pour pouvoir la regarder dans les yeux. Ses yeux vert émeraude, mouillés de larmes...

— Je t'aime ! s'écria-t-il, fou de bonheur.

Elle cligna des yeux, et ses larmes coulèrent lentement sur ses joues.

— Je sais, dit-elle. Moi aussi, je t'aime, Abe. Je n'arrive pas à croire que c'est vrai... Je vais être maman !

— C'est prévu pour quand ?

— En janvier.

Il se livra à un rapide calcul.

— Tu es déjà enceinte de trois mois ?

Elle le regarda avec une sorte de stupeur.

— J'ai entendu son cœur battre, Abe.

Elle se passa la main sur le ventre et ajouta :

— Nous allons avoir un bébé.

Il posa sa main sur celle de Kristen, regrettant de ne pas l'avoir accompagnée chez le médecin.

— La prochaine fois, je viens avec toi. Moi aussi, je veux entendre son cœur battre ! Et je viendrai toutes les autres fois !

Elle eut un petit sourire narquois.

— Il faudra que tu rembourses Mia, pour tous les remplacements qu'elle devra faire quand tu m'accompagneras chez le médecin…

— Je la laisserai choisir le casse-croûte de midi !

Il colla son front contre le sien. Il se sentait tellement heureux.

— Je t'aime, redit-il d'une voix euphorique.

— Je t'aime aussi.

— On peut l'annoncer ?

Kristen se dégagea de son étreinte et se dirigea vers la porte.

— Si Ruth ne l'a pas déjà fait.

Abe sourit.

— C'est elle, ton médecin ?

Kristen lui rendit son sourire.

— Elle me fait une réduc, dit-elle en riant.

Remerciements

Kay et Marc, pour leur aide en tout ce qui concerne la médecine.

Sherry et Barry Kirkland, pour m'avoir si cordialement invitée au Tonitown Grape Festival et avoir répondu à mes questions sur les projectiles sans même hausser un sourcil.

Susan Heneghan, pour ses renseignements sur les relations transversales entre la police de Chicago et ses interlocuteurs de la justice et de la police scientifique.

Jimmy Hatton, Mike Koenig et Paula Linser, pour leur travail d'équipe exemplaire. Ce furent de belles années.

CHEZ MOSAÏC POCHE

Par ordre alphabétique d'auteur

KRISTAN HIGGINS	*L'Amour et tout ce qui va avec* *Tout sauf le grand Amour* *Trop beau pour être vrai*
LISA JACKSON	*Ce que cachent les murs* *Le couvent des ombres* *Passé à vif* *De glace et de ténèbres*
ANNE O'BRIEN	*Le lys et le léopard*
TIFFANY REISZ	*Sans limites* *Sans remords*
EMILIE RICHARDS	*Le bleu de l'été* *Le parfum du thé glacé* *La saison des fleurs sauvages*
NORA ROBERTS	*Par une nuit d'hiver* *La saga des O'Hurley* *La fierté des O'Hurley*
ROSEMARY ROGERS	*Un palais sous la neige* *L'intrigante* *Une passion russe* *La belle du Mississippi* *Retour dans le Mississippi*
KAREN ROSE	*Le silence de la peur* *Elles étaient jeunes et belles* *Les roses écarlates* *Dors bien cette nuit*

La plupart de ces titres sont disponibles en numérique.

Composé et édité par HARLEQUIN

Achevé d'imprimer en mars 2015

CPI
BRODARD & TAUPIN

La Flèche
Dépôt légal : avril 2015

Pour l'éditeur, le principe est d'utiliser des papiers composés de fibres naturelles, renouvelables, recyclables, et fabriquées à partir de bois issus de forêts qui adoptent un système d'aménagement durable. En outre, l'éditeur attend de ses fournisseurs de papier qu'ils s'inscrivent dans une démarche de certification environnementale reconnue.

Imprimé en France